Wilfried Eggers

Paragraf 301

Roman

grafit

Wilfried Eggers, geboren 1951, Studium der Rechtswissenschaften und skandinavischer Sprachen in Kiel. Verheiratet, drei Kinder, überzeugter Moorbewohner. Seit Ende der Siebzigerjahre ist er als selbstständiger Notar und Rechtsanwalt tätig und hat so Einblick in das gesamte Spektrum des prallen Lebens – vom platt gefahrenen Huhn bis zur Aktiengesellschaft. Nachdem seine Kinder aus dem Haus sind, ist er wieder mehr auf Reisen; eine hat ihn nach Tunceli in der Türkei geführt, einen Ort im gebirgigen Osten Anatoliens, an dem Fürchterliches passiert ist …

Paragraf 301 wurde als einer der fünf besten Romane, die 2008 erschienen sind, für den Friedrich-Glauser-Preis nominiert.

Von Wilfried Eggers sind außerdem lieferbar: *Die Tote, der Bauer, sein Anwalt und andere* und *Ziegelbrand.*

Weitere Informationen unter www.wilfried-eggers.de

für Nika und Sıddık

Was immer du suchst – such es in dir selbst.
Der erste Schritt zur Weisheit ist Bescheidenheit.
Hüte deine Hand, deinen Mund und deine Lenden.
Der Weg, der nicht durch die Wissenschaft führt, endet in Finsternis.
Gib den Frauen Bildung.
Schätze keinen Menschen und kein Volk gering.
Der Verstand sitzt im Kopf und nicht in der Krone.
Vergiss nicht, dass auch dein Feind ein Mensch ist.
Betet nicht mit den Knien, sondern mit dem Herzen.
Andere haben die Kaaba, meine Kaaba ist der Mensch.
Auch wenn man dich verletzt hat – verletze niemanden.
Tue niemandem an, was du nicht willst, dass man es dir antut.

Hacı Bektaş Veli (1209–1295),
Gründer des anatolischen Alevitentums.
Aus seiner Grabinschrift in Hacıbektaş, Türkei

GESETZ NR. 2510 VOM 14. JUNI 1934

Art. 1
Um die Bevölkerungskonzentration der nicht türkischsprachigen Menschen zu verhindern und die bereits vorhandene aufzulösen, ist es notwendig, eine Verbannung innerhalb des Landes vorzunehmen.

Art. 11
Diejenigen, die nicht zur türkischen Rasse gehören, werden in Form von Zerstreuung in Dörfer, in verschiedene Stadtteile und Bezirke zwangsumgesiedelt, damit sie keine Mehrheit bilden.
Personen ohne Beziehung zur türkischen Kultur und Personen mit einer Beziehung zur türkischen Kultur, aber mit einer anderen Muttersprache können jederzeit auf Anordnung des Innenministeriums aus kulturellen, militärischen, politischen, gesellschaftlichen oder sicherheitsbezogenen Gründen umgesiedelt werden.

AMTLICHES NACHRICHTENBLATT DER TÜRKEI
AM 21. JUNI 1934

Um die türkische Kultur zu verbreiten, wird die Regierung das oben genannte Gesetz nach bestimmten Punkten verwirklichen. Dazu hat das Innenministerium die Türkei in drei Regionen aufgeteilt:

1. die Regionen, in denen die türkische Kultur in der Bevölkerung sehr stark verankert ist;
2. die Regionen, in denen die Bevölkerung anzusiedeln ist, die es zu türkisieren gilt (das sind Gebiete im Westen, besonders am Mittelmeer, der Ägäis, dem Marmarameer und Thrakien);
3. die Regionen, die aus gesundheitlichen, ökonomischen, kulturellen, militärischen und sicherheitstechnischen Gründen entvölkert werden müssen, in denen sich niemand mehr ansiedeln darf (das sind Ağrı, Sason, Dersim, Van, Kars, der südliche Teil von Diyarbakır, Bingöl, Bitlis und Muş).

Surnâme

Der Regierungsgesandte für die Hinrichtung der Festgenommenen, ein Mann mit Namen İhsan Sabri Çağlayangil, der spätere Außenminister der Türkei, traf am Samstag, den 6. November 1937 früh um neun mit dem Nachtzug von Ankara aus in Xarpêt ein, oder besser – in Elazığ, wie die Großstadt im Osten Anatoliens jetzt hieß. Sechs Männer begleiteten ihn.

Seine Exzellenz, der Erste Staatspräsident Atatürk, hatte Çağlayangil mit weitreichenden Kompetenzen ausgestattet, damit er die rechtzeitige Hinrichtung der Festgenommenen veranlassen konnte. Diese sollten, natürlich unter strengster Beachtung aller Vorschriften des Rechtsstaates, durchgeführt werden, noch bevor Atatürk am kommenden Montag anreisen würde. Der Staatspräsident war auf dem Weg nach Diyarbakır, wo er die Brücke über den Fluss Murat einweihen wollte, einem Symbol der staatlichen Macht im Osten des Landes. In Elazığ lungerten sechstausend Weißhosen, wie man die Leute aus der Provinz Dersim, die nun den Namen Tunceli trug, nannte. Sie sollten keine Gelegenheit mehr bekommen, Seine Exzellenz um Gnade anzubetteln für ihren Anführer, der sie ins Elend geführt und um ihre Heimat gebracht hatte.

Im letzten Jahr hatte Seine Exzellenz Atatürk in seiner Rede zur Eröffnung des Parlaments die Zustände in der Provinz Tunceli als *Narbe im Fleisch der Türkei,* als *furchtbaren Eiter im Innersten des Landes* erkannt und gefordert, die Aufständischen endlich niederzuwerfen und das Übel samt seiner Wurzel anzupacken und zu säubern, koste es, was es wolle. Wenig später, am 4. Mai 1937 fasste der Ministerrat den geheimen Beschluss, sämtliche Dörfer der Provinz zu vernichten und ihre Einwohner zu deportieren und alle, die eine Waffe benutzt hatten, unschädlich zu machen. Jetzt, nach exakt achtzehn Monaten, war der Aufstand beendet; er hatte viele Menschen das Leben gekostet, aber dafür war das Dersimtum endgültig vernichtet und man konnte nun das Gebiet schrittweise dem türkischen Rechtswesen unterwerfen. Der greise Anführer der Aufständischen, Seyit Rıza, und sechsundzwanzig seiner Gefährten waren schon vor Monaten verhaftet worden, als sie nach Erzurum gekommen waren, um der Regierung einen Friedensvorschlag zu machen. Aber es ging nicht um Frieden, sondern um Vernichtung und Unterwerfung.

Die Gerichtsverhandlung gegen die Gefangenen war kurz und fast abgeschlossen. Das *Gesetz über die Verwaltung der Provinz Tunceli Nr. 3195* vom 2. Januar 1936 gebot, innerhalb von zwei Tagen nach Abschluss der Vorermittlungen Anklage zu erheben, und es verbot, die Anklage den Angeklagten zur Kenntnis zu geben. Das war auch nicht nötig, denn diese verstanden kein Türkisch. Außerdem war gemäß Paragraf 29 des Gesetzes die Berufung ausgeschlossen.

Der Regierungsgesandte deponierte sein Gepäck im Hotel und eilte zur Wohnung des Richters, den er mit dem Diktat der Urteile beschäftigt vorfand.

Übermorgen, am kommenden Montag, treffe Seine Exzellenz in der Stadt ein, erklärte der Gesandte und verlangte, dass die notwendigen Todesurteile bis dahin vollstreckt zu sein hätten.

Am Samstag könne das Gericht nicht tagen, lehnte der Richter ab, nachdem er die Sekretärin fortgeschickt und ihr Tee zu bereiten befohlen hatte. Und ebenso wenig am Sonntag. Das Gericht trete vorschriftsgemäß nur an Werktagen zusammen, die Urteile könnten deshalb erst am Montag verkündet und vor Dienstag nicht vollstreckt werden.

Der nimmt es wohl sehr genau, wie es sich gehört für einen ordentlichen Richter einer Republik, dachte der Regierungsgesandte. Ob es auch vorkomme, fragte er listig, dass das Gericht nach 17 Uhr tage, in den Abend hinein?

Der Richter rieb seine klammen Hände über dem Kohlebecken, das neben seinem Schreibtisch stand. O doch, gab er widerstrebend zu, das komme vor, man verhandele mitunter bis abends um 22 Uhr oder noch länger. Wenn es nötig sei.

Wenn man Gerichtsverhandlungen später enden lassen könne, schlug der Gesandte vor, könne man sie doch auch früher beginnen lassen? Nämlich Sonntagabend um Mitternacht; beginne nicht der Montag um 24 Uhr? Wo sei da ein Unterschied zu machen? Wie solle er, der Gesandte, Seiner Exzellenz erklären, dass der Richter zwar bereit sei, eine Verhandlung um fünf Stunden zu verlängern, jedoch nicht, sie um kaum längere Zeit früher zu beginnen?

Die Sekretärin brachte den Tee, ließ das Henkeltablett auf dem Schreibtisch stehen. Der Richter rührte schweigend in seinem Glas, mit einem scheuen Seitenblick auf das Porträt des Präsidenten. Man könne derart verfahren, gab er schließlich zu – doch werde es an der notwendigen Beleuchtung fehlen.

Das Problem werde er lösen, versicherte der Gesandte, auch werde er Galgen, Henker und Beisitzer herbeischaffen, damit die Urteile unmittelbar nach ihrer Verkündung vollstreckt werden könnten; der Staatsanwalt habe den Tod aller siebenundzwanzig Angeklagten verlangt, ob man die Vorbereitungen danach orientieren könne?

Das wisse er nicht, erklärte der Richter, das stehe erst fest, wenn die Urteile geschrieben seien.

Nachdem dies besprochen war, eilte der Regierungsgesandte zum Kommandeur des Ausnahmezustandsgebietes,

Abdullah Paşa. Dieser hatte nach Paragraf 33 des Tunceli-Gesetzes die Todesurteile zu bestätigen. Auf siebenundzwanzig vorbereiteten Blankobögen unterschrieb der Kommandeur den Satz *Das obige Urteil wird hiermit bestätigt* und versah jedes Blatt mit Signatur und Siegel.

Der Gesandte war zufrieden. Den Erfordernissen des Rechtsstaates war Genüge getan und er und seine Mitarbeiter hatten noch einen ganzen Tag Zeit, um mit Unterstützung des Kommandeurs die technischen Vorkehrungen zu treffen, also Galgen, Henker und Beisitzer herbeizuschaffen und nicht zuletzt reißfeste Stricke und einen Eimer Olivenöl, um sie einzuweichen.

Zur Mitternacht des folgenden Tages, zur ersten Minute des Montags, trat das Gericht im Gefängnis zusammen, dessen Umfeld mit Autoscheinwerfern ausgeleuchtet wurde. Der übermüdete Richter verkündete seine Urteile. Nur sieben der Angeklagten wurden zum Tode verurteilt, der Rest zu Freiheitsstrafen; einige wurden sogar freigesprochen. Da der Richter im Urteilsspruch nicht den Begriff ›Hinrichtung‹ gebrauchte, das türkische Wort dafür hatten die Angeklagten im Gefängnis gelernt, sondern die ›Todesstrafe‹ verhängte, verstanden die Angeklagten das Urteil falsch und jubelten: Keine Hinrichtung!

Dann fuhr man mit dem Automobil zum Gendarmeriequartier. Der Polizeidirektor Ibrahim als Stellvertreter des Staatsanwalts und der Sondergesandte nahmen den Anführer des Aufstands, Seyit Rıza, zwischen sich. Für alles war gesorgt. Der Gouverneur, Abdullah Alpdoğan, hatte einen Henker aufgetrieben, der zehn Lira je Hinrichtung verlangte und damit nicht zu teuer war.

Sie führten Rıza in das Gebäude, dessen rissige Wände von Druckluftlampen erhellt wurden. Die Tischchen waren aufgestellt, wie es sich gehörte für Hinrichtungen. Erst als Seyit Rıza diese sah, begriff er seine Lage.

»Ihr werdet uns erhängen«, stellte er fest und wandte sich dem Gesandten zu. »Bist du extra aus Ankara gekommen, um mich zu erhängen?« Rıza zitterte nicht und lächelte kalt.

Der Gesandte Atatürks schwieg. Er war erst neunundzwanzig Jahre alt und stand zum ersten Mal in seinem Leben einem Menschen gegenüber, der hingerichtet werden sollte, einem alten Mann von fünfundsiebzig Jahren. Über die Schultern des Delinquenten hinweg beobachtete er durch das Fenster, wie Findik Hafiz auf dem Hof gehenkt werden sollte. Das Seil riss, offenbar hatte es der Henker nicht lange genug im Öl eingeweicht. Der Gesandte stellte sich so vor das Fenster, dass Rıza nicht hindurchblicken konnte; denn das Strafgesetzbuch schrieb vor, dass, sofern mehrere Personen zu erhängen waren, diese nicht den Tod der anderen sehen durften.

Der Staatsanwalt fragte Rıza, wie es das Gesetz bestimmte, ob er beten wolle und welchen letzten Wunsch er habe.

Rıza schüttelte den Kopf und antwortete: »Ich habe nur vierzig Lira und meine Uhr. Gebt alles meinem Sohn.«

Dann wurde er nach draußen geführt. Die Scheinwerfer der herbeigeholten Personenkraftwagen beleuchteten den Galgen. Der tote Hafiz war fortgebracht.

Keine Menschenseele war zu sehen, aber Rıza hob den Kopf und sprach laut, als hätte er eine Menge vor sich: »Wir sind die Nachfahren von Kerbela. Wir sind unschuldig. Es ist eine Schande! Eine Grausamkeit! Ein Mord!«

Die Worte hallten wider von den Mauern des Hofes. Den Gesandten überlief es kalt.

Der alte Mann ging mit gleichmäßigen scharfen Schritten auf den Henker zu und stieß ihn zur Seite, bestieg den Stuhl, nahm das Seil, legte die Schlinge um seinen Hals und trat ins Leere.

»Es ist kalt«, sagte der Gesandte zum Staatsanwalt. »Ich gehe zurück zum Hotel.«

Seine Stimme zitterte. Seine Nerven waren angegriffen. Aber er hatte seinen Auftrag ausgeführt und alle rechtsstaatlichen Vorschriften eingehalten.

Teil 1

Adamans Stein

Ich könnte die Thora schreiben
Die Bibel könnte ich in Verse fassen
Den verborgenen Gehalt des Koran fühle ich
Denn ich bin ein Mensch

Aşık Daimi (1932–1983),
alevitischer Dichter

1.

»Wackel nicht so, beim Satan!«, brüllte der Mann unter uns.

Eine Sekunde später stand er neben dem Bett und zog hinten unter dem Hemd einen Eisenspieß hervor. Dann ging er auf mich los. Aber er hatte seine Augen nicht unter Kontrolle. Es sind die Augen, die verraten, ob du Angst hast. Du musst deine Augen ruhig und überlegen blicken lassen, schon bevor du sie aufmachst. In den Augen des Mannes aber flitzte Angst hin und her wie eine Ratte, die du in die Enge getrieben hast. Ich ließ mein rechtes Bein hervorschnellen und traf die Ratte mit dem Fuß an der Kehle. Der Spieß streifte mich am Bein und fiel scheppernd zu Boden, bevor der Mann zusammensackte. Er röchelte und blieb liegen. Ich hätte ihn töten können mit diesem Tritt. Ich bin sonst ein friedlicher Mensch, der niemandem Böses will, aber als ich ihn trat, hatte ich den Bauch voller Hass. Das haben hier alle.

»Lass mich zufrieden, wenn du nicht sterben willst«, sagte ich. Ganz ruhig sagte ich das. Und sah dabei woanders hin, als interessierte mich der Verletzte nicht mehr. Denn Ruhe zeigt Macht. Seine Kumpane rührten sich nicht um ihn, aber sie wollten den Spieß, und eine behaarte Hand kroch zu dem Eisen hin. Da sprang ich schon hinunter und quetschte sie, der Mann stöhnte vor Schmerz, blieb sonst aber schweigsam, und ich nahm den Spieß. Nun hatten wir eine Waffe.

Zum Glück hatte ich nicht gelegen. Wer weiß, ob ich sonst die Kehle so gut getroffen hätte. Wir können hier tagsüber nicht liegen. Es sind nicht genug Betten für alle da. Ich hatte im Schneidersitz gehockt, im Rücken den Koffer des Deutschen, den ich bewache. Das ist eine meiner Pflichten und ich erfülle sie gewissenhaft.

Der Angreifer hatte verloren. Wer hier verliert, hat keine Würde mehr. Er ist nichts mehr wert und taugt nur noch zum Diener, zum Sklaven.

Ich bin auch Sklave, aber ich habe es besser als die anderen Sklaven, weil ich der Sklave der Ausländer bin. Wir sind nur zu viert. Es ist die kleinste Gruppe hier. Es gibt Gruppen mit über zwanzig Leuten, vielleicht sogar mehr, ich kenne sie nicht alle. Jede Gruppe hat einen Anführer. Der Anführer ist der König und, was er sagt, ist Gesetz. Die übrigen sind Untertanen, sie müssen gehorchen. Einige unterstehen nur dem König, wie Minister. Er bespricht sich mit ihnen, wenn er will. Die anderen Untertanen müssen den Ministern gehorchen und natürlich auch dem König selbst. Sie sind kleine Statthalter. Der Sklave aber muss allen gehorchen. In Gruppen, die groß sind, gibt es mehrere Sklaven. Wenn man längere Zeit hier ist, stellt man fest, dass es auch unter ihnen eine Rangordnung gibt. Immer gibt es einen, der ganz unten ist, der sich mit niedergeschlagenem Blick zur Seite drückt, wenn ein anderer seinen Weg geht. Der Mann, der mich angegriffen hatte, würde von jetzt an auch mir gehorchen.

Mein König ist ein Österreicher. Er ist ein komischer König, weil er Arbeiten macht, die eigentlich mir zustünden als seinem Sklaven. Aber das schadet seiner Würde nicht, er kann es sich leisten. Wer mächtig ist, darf geben, ohne seine Macht zu verlieren. Ja, die Macht wird durch das Geben sogar noch größer. Wer viel geben kann, ist ein mächtiger König. Zum Beispiel kocht der Österreicher für uns, er bedient uns, obwohl er König ist. Er hat ein Kuchenblech und Geld genug, um sich Gas zu kaufen für den Kocher. Auf dem Kuchenblech brät er Zwiebeln und Kartoffeln und manchmal ein Ei. Ich schneide die Zwiebeln und schäle die Kartoffeln für ihn und die anderen beiden Ausländer, und er brät sie, der Österreicher. Ich sitze stumm daneben und warte, dass er mir das Essen zuteilt. Der König muss für seine Untertanen sorgen, das gehört zu seinen Pflichten. Denn die Untertanen sind sein Heer, das ihn verteidigt, wenn es zum Kampf kommt. Wenn wir tapfer sind, belohnt er uns, und als ich dem Mann unter uns den Spieß genommen hatte, da bekam ich ein gebratenes Ei.

Nach dem Essen wasche ich ab. Ich gehe nach nebenan, durch den steinernen Torbogen in einen dämmrigen Seitenraum, wo es einen Spülstein mit drei Wasserhähnen gibt und zwei Klos. Unter den Löchern im Betonboden gären unsere Ausscheidungen, man glaubt, die Dünste zu sehen, und die Luft taugt nicht zum Atmen. Es ist immer starker Betrieb dort, besonders wenn der Durchfall seine Runde macht, denn die Leute von oben haben nur ein Klo und keinen eigenen Wasserhahn. Sie verrichten ihre Notdurft bei uns und holen ihr Wasser aus unseren Wasserhähnen, und weil sie keine Eimer haben, sondern nur kleine Konservendosen, müssen sie den ganzen Tag herunter- und hinaufgehen, und so ist es ein Kommen und Gehen von früh bis spät. Sie leben in einem riesigen steinernen Saal, mehr als dreihundertfünfzig sollen es sein, und ich habe lange gebraucht, bis ich mir bestimmte Gesichter merken konnte.

Einige Male war ich oben. Man muss in den Innenhof gehen und eine steile eiserne Treppe aufsteigen, um in den Saal zu gelangen. Vor dem einzigen Fenster steht eine Tonne, ein ehemaliges Ölfass vielleicht, unter dem ein rauchiges Feuer das Wasser wärmt. Beißender Qualm empfängt dich, wenn du eintrittst, und dahinter ist eine Dunkelheit, so dicht und pechschwarz wie der Blick des Blinden. Sie haben ein paar nackte Glühbirnen dort und manchmal, wenn es Strom gibt, sieht man die langen Reihen der doppelstöckigen Betten, immer vier und vier zusammengestellt, und die bärtigen Gesichter magerer Männer. Sie hocken auf den Matratzen und schweigen, oder sie flüstern miteinander, meistens von der nächsten Amnestie, und dann werden ihre Blicke noch glühender als sonst.

Dagegen ist unser Reich klein. Es besteht aus der oberen Etage von zwei zusammengestellten doppelstöckigen Eisenbetten. Nachts schlafen wir darauf und am Tag sitzen wir darauf, jeder auf seinem Viertel, wir vier: der Österreicher, der Deutsche, der Franzose und ich. Seit ich Untertan des Österreichers bin, habe ich genug zu essen. Deshalb passe ich gut auf den Koffer des Deutschen auf, denn darin sind seine Sachen, die er nach und nach verkauft. Mit dem Geld schicken sie mich einkaufen, unten im Hof kann man vormittags an einer hölzernen Luke Kartoffeln, Zwiebeln und Eier erstehen, und manchmal Käse oder Tomaten und Paprika. Nur das Brot und die Suppe, die wir vormittags bekommen, müssen wir nicht bezahlen. Aber man wird nicht satt davon und kann die Suppe nur essen, wenn man einen Napf hat. Die Ausländer haben jeder einen, der Franzose hat ihn dem letzten Toten abgenommen, einem Mann aus Bingöl, über den ich sonst nichts weiß. Hier wird ziemlich viel gestorben, besonders nach Razzien, wenn wir geschlagen worden sind, oder nach Verhören, in denen wir gefoltert wurden. Sie fesseln uns die Hände auf dem Rücken und hängen uns daran auf, an einem Haken in der Decke, den sie drehen können. Es dauert nicht lange, bis die Arme auskugeln, und man kann seine Kraft verlieren für alle Tage. Oder wir müssen uns nackt ausziehen und werden mit eiskaltem Wasser abgespritzt. Manchmal müssen wir dabei auf Glasscherben stehen, jede Bewegung schneidet in die Füße. Oder sie machen Sachen mit uns, die man später niemals erzählen kann. Denn sie dürfen mit uns machen, was sie wollen – es gibt ein Gesetz, dass sie nicht bestraft werden können für das, was sie im Dienst getan haben.

Den Deutschen schlagen sie nicht. Er glaubt, er kommt hier bald raus, sein Konsul hole ihn. In der letzten Woche dachte er, es sei so weit. Die Wachen haben ihn abgeführt und abends zurückgebracht. Ihm war nichts passiert, er kam so gesund wieder, wie er fortgegangen war. Er erzählte, er sei in einem großen Raum gewesen, mehrere Männer in Uniformen hätten hinter Tischen gesessen, sie hätten geredet, aber er habe ja nichts verstehen können. Den Konsul habe er nicht gesehen. Eine Gerichtsverhandlung, habe ich ihm erklärt. Sicher hatte man ihn verurteilt. Aber zu wie vielen Jahren, das vermochte ich auch nicht zu sagen. Wir haben hier nur Drogenhändler, Mörder und Politische. Die Drogenhändler bekommen alle sechsunddreißig Jahre, die Mörder lebenslänglich und die Politischen verschiedene Strafen.

Wenn Zellendurchsuchung ist, werfen wir unsere Waffen auf die Betten der Mörder, ihnen macht es nichts, wenn sie drei Jahre mehr bekommen wegen unerlaubten Waffenbesitzes. Sie kommen sowieso nicht wieder heraus. Es sei denn, dass es eine Amnestie gibt. Fast jeden Tag wird gemunkelt, es gäbe bald eine neue Amnestie. Das ist ein großes Thema hier. Und dass bald neue Gefängnisse gebaut werden sollen, mit kleinen Zellen für höchstens drei Gefangene oder sogar mit Einzelzellen. Solche Zellen nennen wir Särge. Wir wollen keine Zellen wie zu Musa Anters Zeiten. Alle haben Angst davor, denn wenn wir allein sind, können wir uns nicht wehren, wir sterben einen namenlosen Tod und verlieren unsere Ehre. Unsere Angehörigen können nichts erzählen. Wenn die neuen Gefängnisse kommen, wird es einen Aufstand geben, wird gemunkelt.

Der Deutsche braucht keine Amnestie. Dauernd redet er von seinem Konsul. Er sagt es so oft, dass ich es nachsprechen kann. Überhaupt – ich lerne Deutsch. Er und der Österreicher, sie bringen mir ihre Sprache bei und ich ihnen meine. Sie schwärmen von ihren Ländern. Dort gäbe es keine Gemeinschaftszellen, sagen sie. Und die Häftlinge haben keine Angst vor kleinen Zellen. Im Gegenteil, sie beschweren sich sogar, wenn sie in einer Zelle sitzen müssen, in der mehr als vier oder fünf Gefangene sind. Alles genau umgekehrt wie hier.

Der Franzose redet wenig, denn er versteht niemanden. Deutsch beherrscht er nicht, unsere Sprachen erst recht nicht, und er will sie auch nicht lernen. Der Österreicher spricht ein paar Worte Französisch und ist sein Dolmetscher.

Der Deutsche hat mir seine Adresse gegeben. Er sagt, in seinem Land ist alles besser. Es würde Rechtssicherheit geben, sagt er. Ein langes Wort, das hat er mir beigebracht. Man dürfe seine Meinung überall kundtun, und jeder in seiner Sprache.

Hier im Gefängnis von Edirne dürfen wir alle Sprachen sprechen, die Kurden tragen sogar ihre Beutelhosen, die sie Şalvar nennen, aber draußen ist das verboten, dort ist nur Türkisch erlaubt, und wer Kurdisch oder Zazaki spricht, ist ein Staatsfeind, der für die Spaltung des Landes eintritt. Es reicht schon für eine Verhaftung, dass man eine Kassette mit kurdischer Musik im Auto liegen hat. Und wer Zazaki spricht und gar noch wie ich ein Rotkopf aus dem Dersim ist, der ist für die Türken ein Terrorist. Auch den Kurden sind wir verdächtig. Einer wie ich gehört nirgendwo dazu. Deshalb nennen sich viele von uns Kurden, obwohl wir keine sind, und manche behaupten sogar, sie seien Türken, obwohl wir das erst recht nicht sind.

Der Deutsche sagt, in Deutschland gebe es keine Unterdrückung. Wohl deshalb sind von unseren Leuten aus dem Dersim so viele nach Deutschland geflohen, es sollen schon hunderttausend sein, oder in die Schweiz und sogar nach Schweden. Die meisten sagen, es gehe ihnen gut, und sie schicken ihren Familien Geld. Ich wollte es nicht glauben, denn wem ein Wagnis misslungen ist, der mag es nicht zugeben und übertreibt gern.

Doch mittlerweile glaube ich es auch. Es sind nur noch wenige, die im Dersim leben. Die Türken nennen den Bezirk Tunceli, seit damals, als unsere Leute unter Seyit Rıza den Aufstand gewagt haben und mit dem Tod oder Vertreibung bezahlten.

Wenn ich hier jemals herauskomme, dann werde ich nach Deutschland gehen, nach Hamburg. Mein Onkel sagt, wo ein großer Hafen ist, dort sind die Menschen freundlicher. Sie sind gewöhnt an fremde Menschen und haben keine Angst vor dunkler Haut und fremden Sitten.

Ja, wenn ich hier herauskomme – dann gehe ich nach Deutschland, nach Hamburg.

2.

Es gab keinen Grund, mehr Angst zu haben als sonst. Trotzdem klopfte sich Heyder Cengi den Zementstaub aus der blauen Arbeitsweste, wischte sich den Schweiß aus dem Gesicht und trat zum dritten Mal an das offene Fenster im Südgiebel, um einen misstrauischen Blick nach unten auf die Straße zu werfen.

Nichts. Dieselben Baufahrzeuge wie vorhin. Irgendwo kreischte eine Flex, wahrscheinlich kam der Lärm aus dem übernächsten Block, wo Paul die alten Heizkörper von den Wänden holte. Paul war in Ordnung. Er nahm Cengi morgens mit zur Arbeit und abends wieder mit zurück. Er brachte ihn sogar bis zum Wohnwagen nach Ruthensand, wo Cengi seit dem Sommer wohnte. Der Campingplatzwart ließ ihn einen der Wohnwagen benutzen, als Gegenleistung mähte Cengi den Rasen, schnitt die Hecken und machte das Klohaus sauber. Es war gut, wenn man nicht mit dem Fahrrad zur Arbeit musste. Nicht wegen der Anfahrtszeit, zweiunddreißig Kilometer hin und zweiunddreißig Kilometer wieder zurück – das war nicht schlimm. In seiner Zeit in Vechta war Cengi monatelang fünfzig Kilometer zur Arbeit gefahren. Und fünfzig wieder zurück. Nein, auf dem Fahrrad fühlte man sich schutzlos. Man war allein. Als würde jeder sehen, dass man keine Aufenthaltsgenehmigung hatte. Besonders im November. Im November fuhr bestimmt niemand freiwillig mit dem Fahrrad: nur illegale Türken und führerscheinlose Einheimische. Wenn man mit dem Fahrrad fuhr, fuhr die Angst mit. Deshalb war Cengi froh, dass ihn Paul mit zur Arbeit nahm, in die ehemalige Kaserne, die vor gut drei Jahren geschlossen worden war.

Der Mann, für den sie arbeiteten, ein gewisser Schütt, hatte drei große Häuser gekauft; man nannte die Gebäude Mannschaftsblöcke, weil früher Soldaten darin gewohnt hatten. Er wollte sie zu Wohnungen umbauen; eine Menge Arbeit, Cengi würde lange zu tun haben. Das beruhigte. Nur organisieren konnte Schütt nicht; in allen drei Blöcken wollte er gleichzeitig mit der Arbeit anfangen. Bevor der Winter kam, sollten die alten Heizkörper von der Wand, damit sie nicht platzten und das Wasser durch die Decke lief.

Dutzende der klobigen Backsteinriesen säumten die Straße, angetreten und stillgestanden wie Soldaten zum Appell, jeder ungefähr zwanzig Meter breit und fünfzig Meter lang. Sie trugen noch die alten Nummern, die Hitler und seine Generäle ihnen 1938 gegeben hatten. Vor einigen der Häuser rührten sich Schilder, Container, Schutthaufen, Gruben, Baumaterial. Die meisten aber hielten den Atem an und warteten auf einen Käufer.

Ein harmloser blauer Wagen bog in die Straße ein und fuhr langsam an den Häusern vorbei. Der Fahrer suchte etwas, denn er saß weit vorgebeugt und drehte seinen Kopf zwischen den Fäusten am Steuerrad. Cengi sah dem blauen Wagen nach, bis er im Westen hinter den letzten welken Novemberblättern der Bäume verschwand. Wahrscheinlich war die alte Turnhalle sein Ziel. Cengi atmete tief durch, drehte sich um und begann, neuen Putzmörtel zu mischen.

Vier Schaufeln Sand, eine Schaufel Kalk und eine knappe halbe Schaufel Zement in die Balje. Zementstaub puffte aus dem Bottich auf, eine kleine Wolke, durch die die Sonne schien. Schnell einen Eimer Wasser dazu, bevor der Staub ihm in die Augen biss. Cengi hätte den Mörtel auch unten vor der Tür und mit der Mischmaschine und nicht hier im zweiten Stock mit der Hand mischen können. Aber so musste er das Wasser, mit dem er die Masse anrührte, nicht auch noch mit hochtragen. Es gab in dem langen Flur ein Klo und neben den Pinkelbecken einen Wasserhahn, von dort hatte er sich einen Schlauch in diesen Raum gelegt. Der Chef war einverstanden.

Außerdem fühlte er sich hier oben sicherer. Cengi stach die Schaufel in den Mörtel und näherte sich wieder dem Fenster. Wo war der harmlose blaue Wagen? Ob der schon wieder zurückgekommen war? Oder fuhr er auf der Parallelstraße zurück?

Cengi hängte den Schlauch in den Wassereimer, drehte die Düse auf und ließ ihn volllaufen. Dann tauchte er den Quast in das Wasser und bespritzte die Wand zwischen Fenster und Tür. Das war das Wichtigste beim Putzen: Die Wand nahm nichts an, wenn sie trocken war. Und diese Wand war so trocken wie der anatolische Sommerwind, der den Wasserstand des Euphrat um Meter senkte, zwischen Mai und Oktober, wenn kein Regen fiel. Der Mörtel musste an der Wand kleben bleiben, wenn man ihn mit einem lockeren Schwung aus dem Handgelenk von der Kelle dagegen warf. Lieber hätte Cengi mit Lehm geputzt. Der blieb überall sofort kleben. Zu Hause benutzten sie ihn seit jeher, sie bauten sogar ihre flachen Dächer aus Lehm, mischten Salz unter die letzte Schicht und walzten sie, bis sie wasserdicht war. Zu Hause brauchten sie neben dem Haus nur ein Loch zu graben und schon hatten sie genug Lehm. Nach der Schneeschmelze war der so schmierig, dass man nach drei Schritten feststeckte. Hier kam Lehm gerade in Mode. Wer Geld hatte, besorgte sich Lehmputz vom Biobaustoffhandel und beschmierte damit seine Wände. Der Chef lästerte über diese Leute. »Früher hatten sie lange Haare und einen Bart, und heute laufen sie kahl rasiert rum und lassen sich Lehm an die Wände schmieren.« Cengi schüttelte den Kopf. Ganz schön verrückt, dachte er und dabei fiel ihm auf, dass er auf Deutsch dachte. Es war besser, auf Deutsch zu denken, wenn man hier war. Die anderen Sprachen, die er konnte, nützten ihm in diesem Land nichts.

Jedenfalls sollte hier kein Lehm an die Wand und auch kein Fertigmörtel, »bei dem weiß man nie, was drin ist«, wie der Chef gesagt hatte, sondern ein von Hand angerührter ordentlicher Kalkzementputz. Selbst gerührter Mörtel war billiger. Der Chef war ein geiziger Kerl, er zahlte nur sechs Mark die Stunde und hatte einen monströsen Bauch. Es gab viele dicke Bäuche und große Hosen hier. Den Leuten ging es gut.

Cengi arbeitete systematisch. Er bewarf die feuchte Wand mit Mörtel und strich ihn grob zurecht. Er nahm das große Putzbrett, stemmte es mit beiden Händen an die Wand und schliff in geschwungenen Achten über den Putz, zuerst abwärts, dann wieder aufwärts, drückte die Unebenheiten auseinander. Er hörte nur das sanfte Schmirgeln des Bretts über den fester werdenden Putz und seinen stoßweisen Atem. Zwischendurch ließ er das Brett sinken, trat einen Schritt zurück, prüfte das Ergebnis seiner Arbeit mit zusammengekniffenen Augen und horchte dabei instinktiv nach ungewohnten Geräuschen. Das war ihm zur Gewohnheit geworden, denn die Angst begleitete ihn Tag und Nacht, seit er aus dem Gefängnis freigekauft worden und mit falschen Papieren nach Deutschland geflohen war.

Putzen musste man können. Eine Arbeit, die man nicht mit Maschinen machen konnte, deren Ergebnis aber so aussehen sollte, als sei sie mit der Maschine gemacht worden. So war das hier. Dafür brauchte man zwei Fäuste an lockeren Handgelenken und im Auge eine dreidimensionale Wasserwaage. Die Leute waren anspruchsvoll in Deutschland, das könnte man zu Hause in Pulur niemandem erklären. Cengi legte das Putzbrett über die Balje. Dabei rechnete er aus, wie lange er den Mörtel noch würde verarbeiten können, bevor Riefen entstanden, weil er zu fest geworden war. Die Sonne, die durch die Fenster schien, heizte den Raum noch erstaunlich auf.

Plötzlich hörte er laute Stimmen. Cengi machte zwei lange Sätze zum Fenster. Der blaue Wagen stand vor dem Haus, der verdammte harmlose blaue Wagen. Drei Leute waren ausgestiegen und einer von ihnen ging auf die Eingangstreppe zu. Cengi riss seine Tasche an sich und stand mit einem Sprung im Treppenhaus. Von unten hallten die entschlossenen Schritte eines Mannes hoch, der in dreißig Sekunden vor ihm auftauchen würde.

Zu spät. Er steckte in der Falle.

Katzenleise wich Cengi zurück, zog die Tür zum Treppenhaus bis auf einen Spalt zu, stellte seine Tasche neben die Schwelle an die Wand. Zog das Putzbrett aus dem Mörtel. Begann zu reiben, während er die Schritte näher kommen hörte. Fühlte, wie ihm der Schweiß aus den Haarwurzeln trat.

Sie dürfen mich nicht kriegen, sie dürfen nicht.

Mit hämmerndem Herzen zwang er sich zur Arbeit. Die Tür wurde aufgeschoben. Cengi täuschte Überraschung vor, hielt in seiner Arbeit inne, das Putzbrett noch an der Wand. Ein schwerer Mann mit strähnigen blonden Haaren und fettglänzender Stirnglatze stand in der Tür. Er war mehr als einen Kopf größer.

»Guten Tag«, sagte Cengi höflich und zog die Augenbrauen fragend hoch.

»Guten Tag«, erwiderte der Dicke. »Sie – arbeiten hier?« Er atmete rasselnd und schwitzte. Der Mann war nicht in bester Form.

»Ja, wie Sie sehen.« Cengi schlenkerte mit der Rechten, als würde er Mörtelreste abschütteln, und ließ das Putzbrett locker herunterhängen. »Kann ich Ihnen helfen?«

»Mein Name ist Helmcke. Helmcke mit c, k. Ich komme vom Arbeitsamt.« Er hatte ein fettes Gesicht, falsche Zähne und bleiche Bürokratenfinger, die aussahen wie Würste.

»Ah ja.« Cengi setzte das Putzbrett wieder an.

»Sozialversicherungskontrolle«, erklärte Helmcke mit c, k. »Wir prüfen, ob Sie eine Arbeitserlaubnis haben und als sozialversicherungspflichtig gemeldet sind. Wollen Sie meinen Ausweis sehen?«, fragte er und griff in die Jackentasche.

»Nein, tut nicht nötig.«

»Haben Sie eine Arbeitserlaubnis?«, fragte der Kontrolleur.

»Ach so«, machte Cengi. »Natürlich! Sie wollen meine Papiere sehen, verstehe ich das richtig?«

»Das verstehen Sie sehr richtig«, nickte Helmcke. Er trat von einem Fuß auf den anderen und sein Bauch schwabbelte.

»Mönsch, so 'n Scheiß. Die habe ich leider nicht hier«, erklärte Cengi bedauernd und sah dem Mann mit der Andeutung eines Lächelns in die Augen. »Die sind zu Hause. Würde es Ihnen ausreichen, wenn ich sie morgen mitbrächte – so um die gleiche Zeit?«

»Nein. Leider nicht. Meine Anweisungen ... Ich müsste Sie sonst ...« Der Dicke sprach nicht weiter, aber Cengi verstand ihn trotzdem sehr gut.

»Tja«, sagte Cengi und legte das Putzbrett auf die Balje. »Dann müssen wir eben ...«, er zog sich die Weste aus und klopfte sie über den Knien aus, »... hinfahren. Zu mir nach Hause, meine ich. Meinen Sie, dass das geht?«

Helmcke nickte. »Müssen wir denn eben«, sagte er und blieb stehen wie festgewachsen, mitten in der Tür. »Hauptsache Sie zeigen mir die ...«

Während in seinem Kopf die Gedanken rasten, ging Cengi in einem großen Oval an den Fenstern entlang, die sich über dem Haupteingang zum Parkplatz hin befanden. »Ein schönes Arbeiten hier«, sagte er. Er trat an das offene Fenster im Südgiebel. »Sehen Sie mal. Allein die Aussicht!«

Unten standen die Kumpane des Kontrolleurs, der eine lehnte am Wagen und rauchte. Der andere verdrehte den Kopf, als wollte er Vogelnester zählen.

Wenn er es vor dem Dicken ins Erdgeschoss schaffte und durch den Hinterausgang fortlief? Vielleicht hatte er eine Chance. Eine sehr kleine Chance. Und nur, wenn der Dicke ihn verfolgen würde, anstatt seine Kumpane von oben aus dem Fenster heraus zu alarmieren.

»Sehen Sie, da drüben!«, zeigte Cengi aus dem Fenster.

Der Dicke rührte sich nicht. Helmcke mit c, k interessierte sich nicht für Aussichten. Er bewachte die Tür wie Koukul die Gruft.

Umständlich faltete Cengi seine Weste.

Breitbeinig stand Helmcke in der offenen Tür und beobachtete Cengi misstrauisch.

»Kommen Sie schon«, sagte er. Ungeduld war in seiner Stimme. Sein Atem hatte sich inzwischen beruhigt und er wischte sich den Schweiß von der glänzenden Stirn. Er hatte milchblaue Augen.

»O Mann, schade um den Mörtel«, sagte Cengi, während er sich langsam dem Vollstrecker näherte. »Der wird mir jetzt hart. Und nachher kann ich die Brocken aus der Balje klopfen. Können wir nicht …«

»Tut mir leid, aber …«

Jetzt war Cengi neben dem Beamten. Er bückte sich zu seiner Tasche hinab und spannte alle Sehnen. Dann schnellte er hoch und rammte dem Kontrolleur den linken Ellbogen in den Schwabbelbauch, während er mit der rechten Faust seine Tasche packte und durch die Tür zurück in das Treppenhaus sprang.

Der Beamte keuchte, schnappte zusammen, fuchtelte mit den Armen, erwischte die Tasche und hielt sie fest wie ein Terrier die Ratte, stolperte hinter Cengi her bis vor den Absatz der Treppe.

Heyder Cengi kämpfte um sein Eigentum. Aber der Beamte ließ nicht los. Sie drehten sich wortlos umeinander und knurrten sich an wie zwei brünstige Kater. Der Beamte langte mit einer Pranke nach Cengis Brust. Cengi ließ die Tasche fahren und stieß seinen Gegner mit beiden Fäusten von sich. Helmcke geriet ins Stolpern, torkelte Richtung Treppenabsatz und hielt sich im letzten Moment am Geländer fest. Die Tasche polterte zu Boden.

»So haben wir nicht gewettet«, zischte Helmcke und blockierte breitarmig wie ein Sumo-Ringer den Treppenabgang.

Cengi bohrte seine Augen in die seines Feindes, machte einen Satz und brachte mit einem Griff die Tasche wieder in seine Gewalt. Aber wie sollte er jetzt an dem Kerl vorbeikommen? Plötzlich blitzte ihm die Erkenntnis auf, dass gestern auf der anderen Seite des Dachbodens das Dach für eine Loggia geöffnet worden war und seit vorgestern das Gerüst an der Fassade stand. Ein Fluchtweg. Die einzige Möglichkeit. Die Kumpane des Dicken standen mit ihrem Auto auf der Vorderseite des Hauses, vielleicht konnte er unbemerkt auf der Rückseite hinuntersteigen. Wenn er schnell war …

Bevor er weiterdenken konnte, hatte Cengi sich umgedreht und die Eisentür auf der anderen Seite des kleinen Flurs am Kopfende der Treppe aufgerissen. Als die Tür hinter ihm zuknallte, hatte er den Bodenraum schon fast durchquert, er sprang durch das Loch im Dach hinaus auf das Gerüstbrett, wandte sich nach links und hastete außen an der Fassade entlang. Die Leiter nach unten – wo war der Niedergang? Hinter sich hörte er das angestrengte Schnaufen des Dicken.

Cengi umrundete die Hausecke, dort müsste er nach unten kommen können, hoffentlich sahen ihn die beiden anderen nicht.

Aber es gab hier keinen Niedergang. Er war in die falsche Richtung gelaufen. Er war gefangen. Er hatte den Fluchtweg nicht erkundet. Er hatte sich zu sicher gefühlt, er …

An der Hausecke rannten sie ineinander. Helmcke hieb seine fetten Pranken in Cengis sehnige Schultern und zerrte ihn zurück zur Loggia. Der Dicke war Spross eines Altländer Obstbauerngeschlechts und ließ niemals los, was er einmal in Händen hielt, Äpfel oder Geld – oder einen armen Anatolen, der Angst vor Verhaftung, Abschiebung und Folter hatte.

Sie kämpften verbissen, ohne Worte, um jeden Zentimeter.

Cengi verlor, der Vollstrecker zerrte ihn Stück um Stück zurück, bis Cengi sich mit beiden Händen an einer der senkrechten Gerüststangen festklammerte. Die Panik verlieh ihm die Kraft, die Knie hochzubringen, er stemmte sie dem Dicken vor die Brust und gewann etwas Raum.

Und dann …

»Ohh!«

Plötzlich war der Dicke weg.

Cengi ließ los. Er hörte ein trockenes Krachen, sah die unter ihm fortschwingende Gerüststange und dann Helmcke mit c, k, der mit aufgerissenen Augen auf dem Betonmischer lag, unten vor dem Hinterausgang. Er hatte noch nicht einmal mehr Zeit zum Schreien gehabt.

Cengi starrte die Gerüststange an, die schräg und sinnlos die Ordnung des rechtwinkligen Gefüges störte. Er schwankte auf dem jetzt ungesicherten Brett, fand den Abstieg jenseits der Loggia, die Leiter führte hinab zur nächsten Gerüstetage, mechanisch wie ein Schlafwandler griff er Sprosse für Sprosse, als habe er Zeit. Er konnte nicht mehr denken. Unten angekommen, blieb er Sekunden auf dem Gras stehen, näherte sich zögernd dem Vollstrecker, seine Tasche an sich gepresst wie einen Schutzschild. Es war kaum etwas darin. Nur eine saubere Hose, ein sauberes Hemd, eine Dose mit Brot und die Thermoskanne. Das war alles, was er besaß, nicht mehr als das, womit er vor drei Jahren nach Deutschland gekommen war.

Helmcke rutschte in Zeitlupe vom Betonmischer, sackte zusammen und blieb verrenkt liegen, mit leerem Blick aus toten Augen.

»He, Hinrich, was machst du denn da?«, brüllte es plötzlich von oben.

Cengi schnellte herum. Die Kollegen. Er hatte sie vergessen. Er musste fort.

»Was machst du bloß, Hinrich?!«

Aber Hinrich machte nichts mehr.

Jetzt stiegen die beiden Männer die Leiter herab. Mit jeder Sprosse wurden sie schneller.

»Ich ...,« fing Cengi an. Er wollte erklären, wie ... Aber sie würden ihm nicht zuhören.

Schnell überquerte er die mit Büschen und Bäumen bewachsene Fläche zum nächsten Mannschaftsblock und verschwand dahinter.

Er hatte eine sehr kleine Chance, wenn er es über den Zaun schaffen würde. Über den Stacheldraht.

3.

Rechtsanwalt Schlüter, von manchen seiner Kollegen auch »der Fuchs« genannt, verließ seine Kanzlei im Dachgeschoss des Altstadthauses, trat hinunter auf die dunkle Straße und atmete die scharfe Novemberluft ein. Es roch nach fauligem Hafenwasser und Frost. Gestern war Buß- und Bettag gewesen und pünktlich zeigte der Winter seine ersten Kristalle. Nicht lange, und man würde Weihnachtssterne und Lichterketten aufhängen und die Fensterbänke mit Kerzentreppen vollstellen.

Im alten Hafen dümpelte ein abgetakeltes Segelschiff. Man hatte es kürzlich mit einem Kran in das Becken gesetzt, der Touristen wegen. Es konnte nicht fort und hinaus auf die

Elbe in Wind und Tide und Wellen und die Freiheit der Meere, weil eine Straße den alten Hafen vom neuen trennte. Und so wie das Schiff fühlte sich Schlüter: eingesperrt, überflüssig, schal. Ein Leben ohne Herausforderungen. Am liebsten wäre er zum Nordpol gegangen, aber er ging immer nur in sein Büro, im dritten Jahrzehnt nun schon, jeden Arbeitstag, und das ganze Jahr stritt er sich für andere und zu Hause las er dicke Bücher und trank Tee mit Christa, seiner Frau, mit der er seit frühesten Studententagen verheiratet war und drei Kinder großgezogen hatte, die längst ihr eigenes Leben führten. Schlüter fühlte sich taub, leer. Er sehnte sich nach einem Abenteuer. Er hatte schon lange nichts Richtiges mehr erlebt.

Abgesehen vielleicht von dem Konzert vorgestern. In dem er mit Christa gewesen war, in der Stadthalle, dem teuersten Dorfgemeinschaftshaus Norddeutschlands, ein 53 Millionen Mark teurer Beweis für die Unfähigkeit des Menschen, mit fremdem Geld zu haushalten; es sollte der müden Kultur dieses verschlafenen Beamtennestes aufhelfen. *Kultureum* hieß das Haus aus Beton und Glas hochtrabend, das sich der Stadtdirektor als Denkmal gesetzt hatte, bevor er zum Aufbau Ost nach Sachsen-Anhalt davongegangen war. Nun hatte sein Nachfolger das Defizit zu verantworten.

Seitdem konnte Heino auch in Hemmstedt *Kein schöner Land* singen. Aber nicht für Peter Schlüter und seine Frau Christa, sie hatten das slowakische Symphonieorchester aus Bratislava unter der Leitung von Libor Pešek gehört: die Salzburger Symphonie von Mozart, Köchelverzeichnis 137, und Stücke von Haydn und Vivaldi. Frau Elfers hatte die Konzertkarten, die sie von ihrem Putzstellenchef geschenkt bekommen hatte, auf Schlüters Schreibtisch gelegt, als sie ihn wegen des Grabsteinprozesses heimsuchte, mit der Bemerkung, vielleicht könne er ja was damit anfangen. Sie jedenfalls nicht. »Mein Mann geht nicht zu so was, und Pratischlawa, wo ist das eigentlich?«

Schlüter ging eigentlich auch nicht zu so was, nach der Arbeit mied er Menschen. Seine freie Zeit pflegte er lieber mit dem Lesen abseitiger Bücher zu verbringen, möglichst mit einer Tasse gutem Tee. Lesend lernte man; Länder, Landschaften, Städte und Völker waren aus der Verborgenheit jenseits der gefallenen Grenzen wieder aufgetaucht, mit neuen Namen. Und mit ihnen die Literaturen, ein halber Ersatz für Reisemuffel wie Schlüter, die glaubten, dass man seit der Erfindung des Buchdruckes Erfahrungen nicht mehr selbst machen musste. Seine letzte Reise mit Christa ging vor vier Jahren nach Oslo, damals, nachdem er die Sache Kaczek gegen von Rönn überstanden hatte. Ein Einzelkämpfer konnte sich keinen Urlaub leisten, denn einer Vertretung traute Schlüter nicht, abgesehen von den Kosten. Er war unentbehrlich. Der Gedanke an freie Tage mitten in der Woche machte ihm Angst.

Schlüter beschloss, wenn er denn schon nicht zum Nordpol gehen konnte, wenigstens eine Runde am Burggraben entlang zu machen, bevor er in den Gerbergang heimkehrte. Man bewegte sich ja sonst nicht. Man wurde älter und setzte an. Sollte er sich mit seinen mittlerweile deutlich mehr als fünfzig Jahren etwa eine pink Hose mit bonbonfarbenen Nähten und reflektierenden Rallyestreifen anziehen und im Stadtpark zwischen den Enten herumrennen? Nein! *No sports.* Schlüter ging spazieren und hinterher würde er Björnsson lesen, einen vergessenen Dichter, den man zu seiner Zeit in den Städten Europas als Aufrührer und Frauenbefreier gefeiert hatte, in Paris, Berlin, Wien – und wahrscheinlich auch Bratislava, als es noch Pressburg hieß und seine Juden noch nicht ermordet und seine Ungarn noch nicht vertrieben waren. Björnsson stammte aus einer kleinen Stadt weit im Norden, die damals nicht größer als das Hemmstedt von heute gewesen war und keine 40.000 Einwohner gezählt hatte. Von diesem Kaff namens Bergen hatte sich Björnsson die Welt erobert. In Oslo hatte Schlüter einer zehnbändigen Gesamtausgabe nicht widerstehen können, obwohl er kein Wort Norwegisch konnte, und so blieb ihm nichts anderes übrig, als die Sprache zu lernen, wollte er sich nicht dem Spott seiner Frau aussetzen. Er hatte zunächst heimlich begonnen und nach den ersten Fortschritten offen unter Christas Augen weitergemacht. Zurzeit buchstabierte er sich durch die Erzählung *Synnöve Solbakken* mithilfe eines Wörterbuches und einer deutschen Übersetzung, die er im Hemmstedter Antiquariat entdeckt hatte. Die jungfräulichen Seiten des Buches schnitt er mit einem Federmesser altmodisch auf.

Oslo, Bergen, Bratislava. Die Konzertkarten. Frau Elfers, die nicht wusste, woher die Musiker kamen, war die eine der beiden guten Töchter der Erna Rathjens, der Engelsmoorer Altbäuerin, die, jämmerlich krepiert vor fünf Jahren, nicht zur Ruhe kam, weil ihre Kinder um ihren Grabstein prozessierten. Die guten Töchter hatten die Beerdigung bezahlt und verlangten von ihrem Bruder, Hans-Herrmann Rathjens aus Engelsmoor, er möge sich an den Kosten beteiligen, exakt zu einem Drittel; sie wollten sich nicht bereichern, sondern nur haben, was ihnen zustand. Alle wollten immer nur haben, was ihnen zustand. In diesem Land von Gerechtigkeitsfanatikern ein weit verbreiteter Wunsch, der stets für Zwist sorgte und den Rechtsanwälten Brot und Arbeit verschaffte. Wie viel stand einem zu? Das war die Frage, die auch die Justiz nicht beantworten konnte, sooft man sie ihr auch stellte, denn von ihr bekam man keine Gerechtigkeit, sondern nur Urteile.

Hans-Herrmann Rathjens wollte nicht bezahlen, weil er weder die Musik bestellt habe, womit er wohl den Pastor meinte, noch zur Beerdigung der alten Hexe erschienen sei, wie er seine Mutter nannte. Aber er freute sich über das Ansinnen, denn so konnte er es mit Inbrunst zurückweisen und hatte endlich wieder einen Streit, der das Leben lebenswert machte. Hans-Herrmann Rathjens brauchte Streit wie die Luft zum Atmen und nun war das verrostete Familienbeil ausgegraben, frisch geschärft und Schlüter zur Schlacht übergeben worden. Fast täglich fand er eng beschriebene Zettel in seinem Briefkasten, die Rathjens spätabends nach dem Melken verfasst, nach Hemmstedt transportiert und eingeworfen hatte.

Schlüter verdankte die Konzertkarten also der toten Erna Rathjens. So musste er Christa keine Blumen kaufen zum sechsunddreißigsten Hochzeitstag und lud sie zum Konzert ein. Er mied sonst alle Zusammenkünfte, an denen mehr als drei Menschen teilnahmen, er bekam Platzangst bei jeder größeren Versammlung, schon Gerichtsverhandlungen brachten ihn an seine Grenze. Seine Scheu hatte sich mit den Jahren verstärkt. Er war mutig hingegangen zum *Kultureum,* mit Christa im langen schwarzen Rock, schön wie immer, er selbst in unauffälliger grauer Bürokluft.

Mozart, Haydn und Vivaldi. Eine gehobene Veranstaltung für die obere Klasse, und alles, was Rang und Namen hatte, war in dem lichtfunkelnden Saal erschienen, stand in Grüppchen und unterhielt sich vertraulich. Richter Hohlmeier, genannt Vulgo, ehemals Vorsitzender der Großen Strafkammer, nunmehr der Zweiten Zivilkammer, Schlüters Intimfeind, war einer der Ersten, dem Schlüter zunicken musste. Einige Reihen vor ihnen nahm tatsächlich der perfekt frisierte Kollege Meier-Mertes Platz neben seiner dritten Frau, mit der er nun auch schon wieder zwei Kinder hatte, wie es hieß. Drei Plätze daneben erkannte Schlüter den Präsidenten an seinem feisten Nacken. Er war aus Eisleben zurück, wo er geholfen hatte, die Ostjustiz durcheinanderzubringen, die entspannte Zeit ohne ihn war viel zu schnell zu Ende gegangen. Der Präsident verschickte bereits erste Terminsladungen, natürlich war er auch in der Grabsteinsache zuständig. Und drüben im Gang unterhielten sich die stark geschminkte Familienrichterin mit dem Strafrichter Vollmann und dem Kollegen Reimers.

»Hast du was?«, hatte Christa leise gefragt und ihm ihre intime Hand auf den Schenkel gelegt, eine Geste, mit der sie ihn immer versöhnte.

»O Frau«, stöhnte Schlüter leise. »Zu viele Paragrafen hier.« Ihm ging es wie dem Sellerie, der mit sich selbst unverträglich ist und nicht neben seinesgleichen wachsen will. Man muss ihn für sich pflanzen, weit fort von den anderen.

»Ich weiß dein Opfer zu würdigen«, flüsterte Christa und lächelte ermunternd.

Während er jetzt auf dem knirschenden Fußweg am Burggraben ging, dachte Schlüter daran, wie er – schon mitten im zweiten Satz der Salzburger Symphonie – jenseits des Mittelganges seinen alten Freund Arthur Havelack entdeckt hatte, den Chef der psychiatrischen Abteilung im Hemmstedter Krankenhaus, der sich müde durch sein Silberhaar strich. Sein spitzer Ellbogen fuhr greisenhaft durch die Luft. Er war allein, denn seine Frau Meike war im Frühling gestorben, *nach kurzer schwerer Krankheit* hatte sie ihn verlassen. Sie hätte auf dem leeren Abonnementsplatz neben Havelack sitzen sollen und Schlüter verfluchte sich, dass er sich seit zwei Monaten nicht um seinen Freund gekümmert hatte. Früher hatten sie sich regelmäßig getroffen, zu viert, und manchmal auch nur die Männer zu zweit, um mithilfe einiger Flaschen guten Weines die Rätsel der Welt zu lösen. Und jetzt? Als würden sie auf zwei verschiedenen Planeten wohnen. Was taugte Freundschaft, wenn man einen einsamen Freund leiden ließ?, fragte sich Schlüter, während Mozarts Klavierakkorde unter den Händen des slowakischen Pianisten aufklangen. Wie konnte das sein? Noch dazu der einzige Freund, den er in den Jahren seines Berufes gewonnen hatte, während die andern von früher verloren waren.

Damals, als Schlüter eine Diebin verteidigt hatte, eine Säuferin, und Havelack hatte das Gutachten zu ihrer Schuldfähigkeit erstellt, nach der Verhandlung tranken sie Kaffee miteinander, er und Havelack, der Mann mit dem schwarzen Humor. Und nun sollte der verloren sein, der auch?

Schlüter war vor dem großen Kanzleigebäude des Kollegen Dr. Spindelhirn angekommen. Er hatte es immer noch nicht renovieren lassen, dieser Geizkragen. Von den Fenstern blätterte die Farbe ab. Der musste doch Geld wie Heu haben! Ohne Kinder zudem. Jetzt, um 19 Uhr, war Hochbetrieb. Spindelhirn arbeitete immer bis mindestens um Mitternacht. Seine Angestellten hatte er in drei Schichten eingeteilt. Man konnte Beurkundungstermine abends um elf und sogar nachts um drei mit ihm vereinbaren. Zu entfernten Gerichten ließ er sich fahren, damit er unterwegs diktieren oder Schlaf nachholen konnte. Woher nahm dieser Mann, den keiner leiden konnte, die Kraft?

In der Pause hatten sich Christa und Peter Schlüter nach Havelack auf die Suche gemacht, zwischen den Stehtischen hindurch, an denen die Honoratioren der Stadt und des Landkreises Sekt tranken, plauderten und zu laut lachten; dort stand der glatte Oberkreisdirektor Dieken neben seiner gewagt dekolletierten Frau, sie zeigten ihre vom letzten Skiurlaub gebräunten Gesichter. In weniger als einem halben Jahr, am 1. April 1995, würde Diekens Amtszeit als Oberkreisdirektor zu Ende sein, und es hieß, er habe sich zu Höherem – vor allem: besser Bezahltem – nach Köln beworben, denn Dieken war ein verschwenderischer Mann, wie jeder wusste.

Neben den beiden sah Schlüter den ehemaligen Landrat Graf Giselbert von Brunkhorst-Rothenfels, einen Nachkommen der Raubritter, die dereinst im 13. Jahrhundert auf einem Bankett in Hemmstedt, zu dem der Erzbischof von Bremen geladen hatte, die freien Kehdinger Bauern betrunken machten, sie auf ein geheimes Kommando niederstachen, um sich ihrer Frauen und der riesigen Marschgüter nördlich von Großenborstel zu bemächtigen. Ihre Nachfahren, die Rothenfelser, waren hochnäsige Leute, denn die Arroganz, die ihnen der frühere Reichtum verliehen hatte, war ihnen zum Gen geworden. Aber mittlerweile mussten sie die Arbeiten, für die sie nicht geboren waren, aus Geldmangel selbst tun oder sie gar, wie man hörte, auf ungesetzliche Weise von ausländischen Wanderarbeitern tun lassen. Ihre Gutshäuser verfielen, manchmal konnten sie die maroden Reetdächer mit dem Geld einer Familienstiftung für verarmte Adlige retten. Dennoch: Die Rothenfelser pflegten nicht zu grüßen, sie warteten, bis man sie grüßte, um sich eventuell zu einem huldvollen Gegengruß herabzulassen. Also ging Schlüter grußlos vorbei; er war ein freier Mann und niemandem Rechenschaft schuldig.

Ganz in der Ecke fanden sie Havelack, er stand für sich und starrte aus dem Fenster in den nächtlichen Stadtpark. Sie versuchten, ihn mit einem Glas Sekt aus seiner Einsamkeit zu lösen, aber Havelack blieb abwesend. Er wich aus, als Schlüter eine Verabredung vorschlug. So hatten sie ihn wieder verloren.

Der Trott der Jahre. Das Leben war müde und sterbenslangweilig wie der *Nachsommer* von Stifter und so unbegreiflich wie die Bücher von Handke. Man lebte von einem Tag zum andern, man tat, was einem auferlegt war zu tun, Wochen, Monate vergingen unbemerkt, der Sommer war davongeschlichen, der Herbst durchgehuscht, nun lag schon Frost in der dunklen Luft, bald war wieder ein Jahr futsch, abends zu Hause las man sich durch Berge von Büchern, für die sich außer einem selbst niemand interessierte, über die man außer mit seiner Frau mit niemandem reden konnte. Um einen alten Freund aber kümmerte man sich nicht und selbst wurde man immer einsamer. Routine. Pflicht. Geld verdienen.

Büro. Die feuchten Hände der Mandanten. Die elenden Streitereien, derer er sich anzunehmen hatte. Die Beschimpfungen, die er sich anhörte. Jeden Tag das Gleiche. Als sei man auf ein Gleis gesetzt und hätte von hinten einen Tritt bekommen und rollte nun langsam fort und fort und fort ...

Der Mensch geht nicht zum Nordpol, er geht ins Büro, isst Suppe und sammelt Rabattmarken.

Ich bin völlig vereinsamt, dachte Schlüter. Sogar zu den eigenen Kindern hatte er wenig Kontakt. Er hasste das Telefon, und wenn sie anriefen, sprachen sie immer mit Christa, die er hinterher befragte, ohne sich wirklich dafür zu interessieren. Er nahm sich sein Buch und eine neue Tasse Tee, las und verschwand in Fantasiewelten.

Markus hatte sich als Tischler in Oldenburg selbstständig gemacht, mit einem Kumpel, den er in der Lehre kennengelernt hatte, Mareike war Lehrerin geworden, wie ihre Mutter, und hatte eine Stelle in einer Grundschule in der Nähe von Göttingen bekommen, wo sie studiert hatte, und Mara hatte nach ihrem Soziologiestudium gemeinsam mit einer Kommilitonin ein Café im sonnigen München aufgemacht. Junge Leute, die voller Optimismus und Energie aufbrachen in eine neue Zeit. Fröhliche Vögel, die sie in ihrem Nest gefüttert hatten, schon während des Studiums und später in Husum, wo Schlüter die ersten Berufsjahre verbracht hatte, schließlich in Hollenfleth in dem Bauernhaus, das sie dann verkauft hatten, als die Kinder mit der Schule fertig waren. Längst waren sie fortgeflogen, hinaus ins fröhliche Leben, und er und Christa hatten sich hier in der Altstadt von Hemmstedt zwischen ihren Büchern verkrochen.

Sollte das alles gewesen sein? Sollte er sich auch den Rest seines Lebens mit Streit vergällen, mit Ehescheidungen, Verkehrsunfällen und fristlosen Kündigungen, jeden Tag Hassbriefe lesen und Hassbriefe schreiben und abends mit trockenen Fingern in dürren Büchern blättern?

Es musste sich etwas ändern. Man musste wieder lernen, die Haupt- und Nebensachen zu unterscheiden. Man musste wieder etwas fühlen können, etwas Richtiges tun, es musste sich alles ändern ... Gleich würde er Christa sagen, dass sie unbedingt einmal ...

Als Schlüter wieder in der Fußgängerzone angekommen war, nur noch wenige Schritte vom Gerbergang entfernt, trat ihm ein Mann in den Weg.

»Entschuldigen Sie – Sie sind doch Rechtsanwalt?«, fragte er.

Der Mann hatte ein dunkles rundes Gesicht, einen dunklen Akzent. Kurze schwarze Haare, einen pechschwarzen Schnurrbart dick wie ein Besen, und bläulich schimmernde Stoppeln an den Backen. Ein Türke?

Schlüter nickte. »Schlüter mein Name. Warum?«

»Darf ich Sie zu einem Tee einladen? Ich habe eine Frage.«

Schlüter nickte noch einmal.

Der Fremde dirigierte ihn in den Döner-Imbiss, vor dem sie standen, seit gut einem Jahr gab es den *Sivas-Grill.* Der Mann lotste Schlüter zu einem der drei weißen Plastiktische, blieb selbst aber stehen und sprach in fremder Sprache zu dem Burschen in T-Shirt und roter Schürze, der hinter dem Tresen vor der Hitze zweier sich drehender Spieße arbeitete.

Schlüter wartete.

»Ich habe Sie schon öfter gesehen, wenn Sie mit Ihrem schwarzen Mantel über dem Arm hier vorbeigegangen sind«, erklärte der Mann, während Schlüter sich willig setzte. »Den ziehen Sie doch im Gerichtssaal an, oder?«

Schlüter nickte ein drittes Mal. Der Mann sprach recht ordentliches Deutsch.

»Wir brauchen einen guten Anwalt. Asylsache. Verstehen Sie? Aufenthalt. Auslieferung. Mein Neffe ...«

Der Mann unterbrach sich und rief erneut dem Burschen hinter dem Tresen etwas in der fremden Sprache zu, um dann mit den Worten »Augenblick bitte« durch eine schmale weiße Tür zu schlüpfen, auf der *Privat* stand. Fort war er.

Drei junge Männer standen jetzt am Tresen; sie hatten kleine, alte Gesichter mit Pickeln und sprachen Russisch miteinander; vermutlich gehörten sie zu denen, die neuerdings die Terminsrolle des Strafrichters füllten. Sie bestellten einen Jumbodöner, einen Döner mit Kalbsfleisch und einen mit Hühnerfleisch. Ihre Frage nach Bier wurde abschlägig beschieden; Alkohol gab es in diesem Laden nicht. Aus dem Kassettendeck schallte türkische Musik: Trommeln, dramatische Geigenstöße, schrilles Getröte und ein Gesang, der leierte wie von einem defekten Plattenspieler.

»Mit alles?«, fragte die Bedienung.

Die drei Russen senkten düster ihre kurz geschorenen Köpfe, als bestätigten sie Todesurteile. Es waren nur noch wenige Leute draußen unterwegs und der Imbiss war der einzige Laden in der Fußgängerzone, der noch geöffnet hatte.

Nun betraten zwei junge dunkelhäutige Männer das Lokal; sie unterhielten sich in einer Sprache mit vielen kehligen Lauten, es musste Arabisch sein. Einer hatte einen millimeterschmalen Bartstreifen an den Backen, wie einen Halbmond. Vermutlich Leute aus dem Ostpreußenviertel, einem Stadtteil mit heruntergekommenen Wohnblöcken, in dem man in hundertsiebzig Sprachen die Worte Haschisch und Heroin verstand.

Mit meinem Björnsson bin ich total aus der Zeit, dachte Schlüter, ich müsste ganz andere Sachen lesen oder vielleicht sollte ich gar nichts mehr lesen, ich sollte auch nicht Norwegisch lernen, sondern eine Weltsprache: Arabisch, Russisch, Chinesisch. Er stellte fest, dass er schön in der Ecke saß; man konnte ihn von draußen nicht sehen. Schlüter kam oft erst später nach Hause, Christa würde ihn noch nicht vermissen. Außer diesem Türken und dem Burschen hinter dem Tresen wusste niemand, wo er war. Etwas sehr Seltenes in Schlüters verplantem Leben.

Die drei Russen hatten ihre Döner bekommen und bezahlt und verließen den Imbiss. Die beiden Araber hatten nur ein Getränk gekauft und waren verschwunden. Schlüter überlegte, was genau der Mann von ihm wollte. Auslieferung, hatte er gesagt, und Schlüter fiel der große Bericht im *Hemmstedter Tageblatt* ein, den Angela, seine Sekretärin seit langen Jahren, ihm gezeigt hatte. Ein Schwarzarbeiter, vermutlich ein Türke ohne Aufenthaltsrecht, hatte einen Kontrolleur vom Arbeitsamt vom Gerüst gestoßen. Der Mann war auf einen Betonmischer geprallt und hatte sich das Genick gebrochen. Der Täter war über einen Stacheldrahtzaun geflüchtet, an dem man sein Blut gefunden hatte. Solche lokalen Neuigkeiten erfuhr Schlüter von seiner Angestellten, denn er selbst hatte das *Hemmstedter Tageblatt* abbestellt, nachdem er herausgefunden hatte, dass er die Berichte von den Schützenfesten im Sommer und den Laientheateraufführungen im Winter für die Orientierung im Alltag ebenso wenig brauchte wie einen Fernseher. Den Arbeitgeber des Türken hatte man ermittelt, wie es hieß. Ob der Dönermann damit etwas zu tun hatte? Strafsachen bearbeitete Schlüter nicht mehr, seit er vor zehn Jahren das unfreiwillige Werkzeug eines Fehlurteils geworden war, das Richter Hohlmeier und seine Strafkammer gesprochen hatten.

Die Tür hinter Schlüters Rücken öffnete sich, der Mann, der ihn von der Straße geholt hatte, erschien wieder und setzte sich ihm gegenüber.

»Mein Name ist Kaya, Kemal Kaya«, stellte er sich endlich vor. Er hatte Hamsterbacken, melancholische braune Augen und einen würdigen Bauch.

Der Tresenbursche brachte zwei kleine tulpenförmige Gläser mit goldbrauner Flüssigkeit und stellte sie auf winzige Untertassen.

Schlüter hätte dem Mann spätestens jetzt erklären müssen, dass er keine Ausländersachen machte, weil er keine Ahnung von Asylsachen und Auslieferungsverfahren hatte, dass der Kollege Reimers, dessen Büro sich keine zweihundert Schritte entfernt befand, das viel besser konnte, weil er auf derartige Dinge spezialisiert war. So wie Schlüter es sonst immer tat. Aber er tat es nicht, sondern er nickte nur, zum vierten Mal, und wusste nicht, warum.

Der Türke nahm mit einer Zange drei Würfel Zucker aus einer Dose, die auf dem Tisch stand, ließ sie im Tee versinken und rührte um.

»Bitte«, sagte er und wies auf den Zucker.

»Ist das Tee?«, fragte Schlüter. Das *etwa* unterdrückte er.

»Ja.«

»Ich trinke Tee immer ohne Zucker.« Das *und mit Milch* unterdrückte er.

Schlüter hatte noch nie Tee aus so kleinen Gläsern getrunken. Dafür brach er auch nicht das Gespräch ab, bevor es richtig angefangen hatte, mit dem Hinweis, der Mann möge am nächsten Tag einen Termin mit Schlüters Sekretärin vereinbaren, wie sonst immer, wenn er seinen Kunden in der Stadt über den Weg lief und sein Privatleben verteidigte. Schlüter ließ alles so, wie es war. Es war zu spät umzukehren für einen grüblerischen Mann, der über fünfzig war, in seinem grauen Leben noch nichts erlebt und vielleicht vorgestern seinen besten Freund verloren hatte.

Er schlürfte einen winzigen Tropfen aus dem Glas. Der Tee verbrannte ihm die Lippen und war so bitter, dass er das Gesicht verzog.

»Bitte«, wiederholte Kaya lächelnd und schob die Zuckerdose um die Plastikblumen herum über den Tisch.

Schlüter nahm einen Würfel und nach kurzem Zögern warf er zwei weitere in das Glas und rührte um, während Kaya ihm gönnerhaft zusah.

»Es geht um meinen Neffen«, begann der Türke.

Auf die Wand hinter dem Tresen hatte man ein Bild gemalt. Der Bosporus. Blaues Meer, weiße Küste, Säulen, und die grüngoldenen Kuppeln der Moscheen und Paläste aus Tausendundeiner Nacht. Istanbul. Konstantinopel. Byzanz. Das Miklagard der Wikinger. Das goldene Horn. Seidenstraße, Samarkand, Alma-Ata, Ulan-Bator.

Sie waren allein, der Bursche hinter dem Tresen, der jetzt mit dem ausdruckslosen Blick des Jongleurs sein langes Dönermesser derwischartig an einem Spieß schärfte und blitzen ließ, Herr Kemal Kaya und Schlüter.

Schlüter setzte sein Teeglas ab und sagte: »Erzählen Sie.«

4.

Die Arbeit war getan. Heute hatten sie den ganzen Tag Apfelbäume geschnitten, tief im Hof und unter einem niedrigen nassen Himmel. Es war nichts Besonderes, wenn Veli Adaman einen Helfer mitbrachte zu Holthusens Hof. Draußen kroch die frühe Dämmerung aus den Gräben, schlich zwischen die Bäume des Apfelhofes und ließ das alte Haus in ihrem dunklen Schlund verschwinden.

Veli Adaman kochte Çay. Das Wasser simmerte auf der Küchenhexe. Adaman stand an der Anrichte, sehnig, weißhaarig, schnurrbärtig, groß, leicht gebeugt, und nahm aus einer Packung mit der Aufschrift *Çaykur* drei Mal ein kleines Häufchen grober schwarzer Teeblätter, gerade so viel, wie zwischen die ersten drei Finger passt, und rieb die Blätter bedächtig in ein kleines metallenes Kännchen. Dann ging er zur Spüle und tränkte sie mit kaltem Wasser aus dem Hahn, schwenkte das Kännchen und ließ das Wasser vorsichtig wieder auslaufen. Er wiederholte die Prozedur mit kochendem Wasser vom Herd. Endlich brühte er den Tee auf, füllte die große Kanne mit kochendem Wasser, stellte die kleine auf die Öffnung der großen und beide auf den Herd. Es summte beruhigend. Veli Adaman feierte die Zeremonie des Çay, als wäre nichts gewesen. Im Herd summten die guten Geister und verbreiteten ihre Wärme an diesem nassen Novembertag.

»Was soll ich jetzt machen, Xal Veli?«, fragte Cengi verzweifelt. Er nannte Adaman ›Xal‹, Onkel, weil Adamans Vater und Cengis Großvater Brüder gewesen waren. Adaman hatte sich um Cengi gekümmert, seit die Familie ihn aus der türkischen Haft freigekauft hatte und er nach Deutschland geflüchtet war.

»Ich habe den Dede gefragt«, antwortete Adaman, während er ein paar kleine Holzscheite nachlegte und sich danach über dem heißen Ofen, über dem ihre nassen Arbeitssachen hingen, die Hände rieb. »Er sagt, du hast Schuld auf dich geladen, bist aber nicht böse.« Seine Stimme war heiser geworden, seit er vor einem Jahr aus der Türkei zurückgekehrt war, vielleicht vom Rauchen, denn seitdem rauchte er noch mehr, oder von dem, was er erlebt hatte.

Cengi sog tief die Luft in seine Lungen und sagte: »Will er mich damit nur beruhigen?«

»Nein.« Adaman kniete vor dem Herd, blies in die Glut und stand auf, als das Feuer zu knistern begann. »Unser Dede spricht immer die Wahrheit, obwohl er natürlich nicht unfehlbar ist. Aber meinst du, ich nehme die Gefahr auf mich und fahre nach Hamburg, nur um Beruhigungen zu hören? Ich habe ihm alles so erzählt, wie du es mir erzählt hast. Er sagt, du hast es nicht absichtlich getan.«

»Nein.« Cengi wusste, wie gefährlich der Weg nach Hamburg war. Adaman war hingefahren, um mit ihrem religiösen Führer zu sprechen. Paul Clever hatte ihn chauffiert, der Mann ohne Bildung und Vorurteile, auf den sie sich verlassen konnten.

»Aber du kannst nicht mehr zurückgehen«, warnte Adaman. »Nach Ruthensand, meine ich. Auch hier bei mir kannst du nur kurze Zeit bleiben. Du musst fort.«

Adaman nahm zwei kleine Gläser und Untertassen mit vergoldetem Rand aus der Anrichte neben dem Herd, auf der in einem silbernen Rahmen das Bildnis des Hacı Bektaş Veli stand, und stellte sie auf den Tisch, dicht nebeneinander. Die Gläser waren kleiner als die Blüte einer Tulpe und auch so geformt. Cengi beobachtete Xal Veli. Wie ruhig er war. Ruhe und Gelassenheit sprach aus seinen Bewegungen, seiner Haltung, sogar seinen rissigen Arbeitshänden. Er kochte Tee wie immer, wenn Cengi bei ihm und die Arbeit getan war. Die kleinen Zeremonien waren der Kitt im Alltag, der das bedrohte Leben zusammenhielt.

Als Adaman aus der Anrichte den Zucker nehmen wollte, gewahrte er Werner Söhl draußen vor dem Fenster, er stand, in jeder seiner mit Leukoplast bandagierten Hände einen Eimer, wer weiß wie lange schon, und fixierte Adaman aus kalten Augen, während er die Eimer hochmütig an seinen Schenkeln pendeln ließ. Söhl verzog sein Gesicht nun zu einem schiefen Grinsen, zeigte seine schwarzen Zahnstümpfe. Adaman wartete, bis der Deutsche sich wieder in Bewegung setzte und seine knochige Gestalt gespensterhaft zwischen den Apfelbäumen verschwand.

Sie hörten das dissonante Quieken der hungrigen Schweine, die Söhl in einem baufälligen Schuppen hielt. Er fütterte sie wie immer um diese Zeit des Tages; eigentlich zu spät, aber Werner Söhl richtete sich nicht nach den Zeiten, die für andere Bauern verbindlich waren. Er richtete sich nie nach dem, was andere taten, verachtete jeden Ratschlag und lebte in seiner eigenen Welt.

Das Quieken steigerte sich, brach dann aber plötzlich ab und schlug in ein lautes Schmatzen um. Endlich, dachte Adaman. Er hatte bei Söhls Anblick eine Gänsehaut bekommen. Er konnte sich an ihn nicht gewöhnen, obwohl Söhl, der mit seinem gleichfalls unverheirateten Bruder Gustav und seiner alten Mutter die andere Hälfte des alten Hauses bewohnte, ihm seit über einem halben Jahr jeden Tag begegnete.

»Er hält immer noch diese Schweine?«, fragte Cengi.

Adaman nickte und sagte: »Der Stall ist viel zu klein. Besonders seit die Sau geferkelt hat.« Er setzte sich an den Küchentisch. »Er weiß nicht, dass du Heyder Cengi bist.«

Cengi lachte trocken auf. Bei den Deutschen hieß er Murat, so stand es in seinem falschen Pass: Murat Açikgöz, geboren am 1. Januar 1974. Nach seinen echten Papieren war er zwar am gleichen Tag geboren, aber zwei Jahre später, nämlich am 1. Januar 1976. In Wahrheit aber hatte er seinen ersten Schrei irgendwann im Frühjahr des Jahres 1972 getan, Xal Veli behauptete am 23. März, und auch nicht in Sancak bei Bingöl, wie es in seinem falschen Pass stand, sondern in der Provinz Dersim, in einem kleinen Bergdorf, das Çakperi hieß, nicht weit von Pulur. Diese Namen waren verboten jetzt. Alles hatte neue Namen, sogar die Menschen. Niemand durfte die alten erwähnen in der Heimat. Tunceli musste die Provinz genannt werden, und Cengis Geburtsort hieß umständlich Gisney Konak Köyü und Pulur Ovacık. Dort hatte ihn sein Vater bei der Behörde angemeldet, zusammen mit der vier Jahre älteren Schwester Belfe, und weil der Vater sich an den Tag ihrer Geburt nicht mehr erinnern konnte, hatte er bei beiden den 1. Januar angegeben. Geburtstage waren unwichtig. Viel wichtiger war, dass die Schulen wieder geöffnet hatten und es Hoffnung auf Bildung gab, damals in den Siebzigern, und zur Schule durften nur die registrierten Kinder gehen.

Sechs Jahre später brannten die Schulen in Dersim erneut, die Eltern flohen nach Elazığ und versteckten sich in der Anonymität der Stadt, zogen sich zurück in eine dunkle

Wohnung in einer der schmalen Gassen im Viertel der Tuchhändler, nicht weit von dort, wo man einst Seyit Rıza hingerichtet hatte. Sie kehrten Jahre später wieder in ihr Dorf zurück, weil sie Heimweh nach dem alten Leben hatten. Das Dorf gab es nicht mehr, vor zehn Monaten hatte die Armee die letzten Einwohner vertrieben und die Häuser, die Felder und den Wald in Brand gesetzt. Das Tal, in dem Cengis Familie früher gewohnt hatte, war nackt und kalt, das Dorf eines von zweihundert Dörfern, die in diesen Jahren zerstört worden waren, ein Haus von mehr als fünfzehntausend, eine Familie von mehr als zwanzigtausend Menschen, die ihre Heimat verloren hatten. Und so wohnten sie jetzt in einer Hütte in Ovacık.

Cengi merkte, dass er nicht mehr auf Deutsch dachte, sondern auf Dersimci, dem Zaza-Dialekt, den man schon unten in Elazığ, jenseits des aufgestauten Euphrat, nicht verstand. Xal Veli hatte Cengi erst in Deutschland die Muttersprache richtig beigebracht. Denn in der Heimat war ihre Sprache verboten gewesen, die Eltern hatten mit den Kindern Türkisch gesprochen, damit der Lehrer sie nicht schlug. Wer die verriet, die Dersimci sprachen, wurde belohnt und zum Spitzel gemacht.

Aber hier in der Fremde konnten Onkel und Neffe unbekümmert in ihrer Muttersprache reden.

Adaman schob die Tassen auf dem Tisch zurecht.

»Ich weiß bald selbst nicht mehr, wer ich bin«, sagte Cengi bedrückt. »Und außerdem hilft mir der falsche Name nicht. Hier bin ich Murat Açikgöz. Und nach dem werden sie suchen.«

»Auch das weiß Söhl nicht«, beruhigte Adaman. »Er weiß nur, dass du mit mir verwandt bist. Dass du mein Neffe bist. Das stimmt ja auch. So ungefähr. Ich werde ihm sagen, dass du, sagen wir – Perihan heißt, ganz einfach. Den Namen kann er dann von mir aus jedem erzählen.«

In Veli Adamans grauem Gesicht konnte Cengi nichts ablesen. Es wirkte entspannt wie immer, fast heiter. Wenn man Veli fragte, wie es ihm gehe, würde er immer lächeln und ›Xatere semah‹ sagen: Danke, gut, alles in Ordnung, wunderbar. Und man würde seine Lachfalten sehen.

»Das wäre mein dritter Name«, sagte Cengi. »Ich würde viel darum geben, einmal wieder so zu heißen, wie meine Eltern mich genannt haben.«

»Das ist nicht die Zeit«, schüttelte Adaman den Kopf. »Jemand, der den Beinamen Alis trägt, muss ihn nicht stets im Munde führen. Und es gibt Schlimmeres. Perihan, so hieß dein Großvater. Ist doch kein schlechter Name, oder?« Adaman lächelte amüsiert. Wie viele Namen hatte er selbst schon getragen?

»Und wenn Söhl trotzdem herausbekommt, dass man nach mir sucht?«

»Dann wird er dich verpfeifen«, stellte Adaman trocken fest. »Sofort. Deshalb kannst du nicht lange hierbleiben. Söhl hasst alle Fremden. Uns besonders. Und mich – ganz besonders. Er denkt, er ist besser als wir, weil er hier schon sein ganzes Leben gelebt hat, und alle seine Vorfahren. Und er hat ein bisschen Angst vor uns, weil wir anders sind als er.«

»Warum ist er so dumm?«, fragte Cengi.

»Die Menschen sind so«, entgegnete Adaman und zuckte mit den Schultern. »Nichts Besonderes. Leute, die selten Fremde sehen, denken oft, dass sie besser sind als die Fremden, und gleichzeitig haben sie Angst vor ihnen. Das ist natürlich dumm. Aber normal. Unsere Leute denken doch genauso über die Türken. Hass und Angst.«

»Das ist ja wohl auch berechtigt!«, widersprach Cengi.

»Nicht alle Türken sind schlecht, das weißt du. Viele sind Aleviten wie wir und auch nicht alle Aleviten sind gute Leute. Und die Sunniten sind nicht alle schlecht, auch dann nicht, wenn sie manchmal schlechte Taten begehen. Viele

Sunniten sprechen Zazaki oder Kurdisch und leiden unter den gleichen Verboten wie wir, vergiss das nicht.«

Achte zweiundsiebzig Religionen, pflegte Veli Adaman zu sagen. Cengi wunderte sich immer wieder über die Sanftmut seines Onkels, der ihm am Tisch gegenübersaß, die nagellosen Finger in der Wölbung seiner Rechten verbergend. Entweder war er immer schon so sanft gewesen oder er war durch das Dritte Tor geschritten, welches das Tor der Erkenntnis ist.

»Söhl gefällt mir nicht«, fing Cengi wieder an. »Du sagst, er hasst dich besonders. Warum eigentlich?«

»Das ist ganz einfach«, erklärte Adaman leichthin. »Erstens würde er gern diese Wohnung haben. Er will immer das haben, was er nicht hat. Und außerdem – ich habe seinen Bruder, du weißt, diesen Dicken, den habe ich neulich zurechtgewiesen, er ist nicht gut mit einer Frau umgegangen, die hier zu Besuch war …«

Cengi war versucht zu fragen, was der Dicke getan hatte, ließ es dann aber. Neugier ist eine schlechte Angewohnheit, sagte Xal Veli stets. Wer sich entschlossen hatte, den Weg der Vier Tore und Vierzig Stufen zu gehen, um Weisheit zu erlangen, sollte nicht neugierig sein, sondern geduldig, bescheiden und schamhaft. *Bescheidenheit ist der erste Schritt zur Weisheit.* Neugierig sollte der Mensch nur sein in der Wissenschaft. Denn *der Weg, der nicht durch die Wissenschaft führt, endet in der Finsternis.*

»Söhl wird mitbekommen haben, dass ich seit vorgestern Abend hier bin«, sagte Cengi. »Und er wird sich wundern, wenn ich hier jetzt wohne. Weiß er eigentlich, dass du keinen Aufenthalt hast?« Er benutzte das deutsche Wort.

»Holthusen hat es ihm gesagt.«

»Warum das denn!?«, fuhr Cengi auf.

»Damit wir Angst voreinander haben. Söhl weiß, wovor ich Angst habe, und ich weiß, wovor Söhl Angst hat. Und beide wissen wir, was der andere weiß. So will Holthusen das. So will das einer, der Macht über seine Mitmenschen haben will. Holthusen hat mir erzählt, dass Söhl keine Tiere mehr halten darf. Das Gericht hat ihn wegen Tierquälerei verurteilt vor zwei oder drei Jahren und ihm die Viehhaltung verboten. Er hat seine Tiere verhungern lassen, dann wurde sein Hof versteigert und seitdem wohnt er hier.«

»Und wieso lässt Holthusen zu, dass Söhl trotzdem Schweine mästet und Pferde hält?«

»Weil er Söhl damit in der Hand hat. Holthusen hat ihm ein paar saure Weiden gegeben, hinten im Moor, für die Pferde. Pacht kann Söhl nicht bezahlen, er muss sie abarbeiten, und so hat Holthusen einen billigen Arbeiter. Mich hat er auch in der Hand, denn er könnte mich jederzeit an die Polizei verraten. Aber immerhin gibt er mir noch etwas Geld dazu, denn er weiß, dass ich auch einen anderen Platz finden würde. Solange ich ihm nütze, bin ich sicher. Außerdem kann ich von hier aus in die Stadt fahren und dort arbeiten, wenn Holthusen für mich keine Arbeit hat.«

»Die Deutschen sind komische Leute«, sinnierte Cengi und befühlte den aufgeweichten Wundschorf seiner vom Stacheldraht zerschnittenen Hände, mit denen er noch nicht wieder richtig arbeiten konnte.

»Ach«, sagte Adaman. »Schlechte Leute gibt's auf der ganzen Welt.« Er stand auf. »Der Tee ist längst fertig.«

Er warf einen Kontrollblick aus dem Fenster nach Osten, prüfte den schmalen Brockenweg, der durch den Apfelhof zur Straße führte und erst nach ungefähr hundertfünfzig Metern zum Fleet abschwenkte. Er würde jeden sehen, der sich dem Haus näherte, und wenn er schnell genug war, würde er aus einem der Fenster springen oder aus der Tür und im umliegenden Apfelhof verschwinden, durch die Zäune, die er heimlich zerschnitten hatte, mit wenigen Sprüngen, hinter den Spalierbäumen, die an Drähten wuchsen und so dicht standen, dass man, jedenfalls während der Vegetationszeit, hinter ihren Blättern unsichtbar wurde. Über das Fleet hatte Adaman einen hölzernen Steg gelegt, er konnte jenseits über die schwarzen Schollen des Ackers fort. Aber die Polizei war bisher noch nicht gekommen. Adaman dachte an Söhls starre Augen und sein schiefes Grinsen. Vielleicht habe ich zu viel Angst vor der Polizei und zu wenig vor Söhl.

In diesem Apfelhof konnte man leben, ohne anderen Menschen zu begegnen als den Söhls und Holthusen und seiner Sippe, wenn sie vom Hofplatz, der noch weiter im Moor lag, zur Arbeit in den Plantagen kamen; nicht einmal der Briefträger fuhr bis ans Haus, weil der vorsichtige Holthusen einen Postkasten an der Straße angebracht hatte. Es gab mehrere solcher Apfelhöfe am Rande des Moores und Veli Adaman war nicht der einzige Illegale, der hier Unterschlupf gefunden hatte. In der Nachbarschaft beschäftigte der Obstbauer Quast seit Jahren einen Kurden namens Mehmet aus Karakoçan, das war eine sunnitische Gegend, in der hauptsächlich Kurden wohnten; auch Mehmet und seine Leute waren in die Nähe von Elazığ gezogen, nachdem ihr Dorf zerstört worden war, denn auch in ihren angestammten Gebieten herrschte Krieg. Der Kurde wohnte das ganze Jahr in einer niedrigen Holzhütte mitten im Apfelhof, in der es weder Wasser noch ein Klo gab, deshalb verrichtete er seine Notdurft zwischen den Bäumen. Quast sprach nur verdrehtes Plattdeutsch mit *seinem Türken,* denn er wollte nicht, dass Mehmet Hochdeutsch lernte und selbstständig wurde und womöglich andere Arbeitgeber finden konnte, die ihm mehr gaben als nur vier Mark die Stunde; und doch ließ Mehmet von seinem Lohn ein vierstöckiges Mietshaus in Yazıkonak bauen. Es sollte ihn ernähren, nach der Heimkehr.

Adaman unterdrückte ein Seufzen, warf einen Blick auf das Bildnis des Hacı Bektaş Veli und kehrte zum Tisch zurück, in jeder Hand eine Kanne.

»Lass uns endlich Tee trinken«, sagte er feierlich. In kunstvollem Bogen goss er ein, viel Tee und wenig Wasser, den Strahl nur einen winzigen Augenblick für die zweite Tasse unterbrechend. Er stellte beide Kannen zurück auf die Hexe, setzte sich und schob seinem Neffen die eine Tasse hinüber.

Sie nahmen sich Zucker, rührten mit kleinen Löffeln und tranken schlürfend den heißen Tee, wobei sie die Gläser nur mit Daumen und Zeigefinger am obersten Rand hielten, um sich nicht zu verbrennen. Adaman benutzte dabei immer seine linke Hand, an der keine Fingernägel fehlten.

»Tee ist Heimat«, sagte Adaman und schloss die Augen.

»Ja«, murmelte Cengi, »ohne Tee könnte ich nicht leben.«

Mit dem Glas, das man zwischen den Fingerspitzen hielt, kehrte die Erinnerung an die kleinen Stuben wieder, in denen der Bollerofen knisterte, wenn der Schnee bis an die Dächer reichte, wenn man dicht nebeneinander auf Kissen reihum an der Wand hockte und Tee miteinander trank. Hier sind die Zimmer größer, dachte Cengi, aber der viele Platz nützt einem nichts, denn man sitzt auf Stühlen weit entfernt und jeder für sich, als hätte man Angst voreinander. Er legte seine Arme auf den Tisch, fast berührten sie Velis. In Deutschland ist es kalt, dachte Cengi. Bei uns im Dersim findet man immer jemanden, mit dem man sprechen kann, keine Tür in den Laubengängen unserer Lehmhäuser ist verschlossen, du findest immer einen Nachbarn, der Zeit hat, du trinkst Çay mit ihm und hörst die neuesten Neuigkeiten. In Deutschland ist das anders. Die Leute sind für sich und machen die Tür hinter sich zu. Sie trinken keinen Tee, und wenn, dann aus riesigen Tassen. Sie reden wenig oder gar nicht oder zu viel oder zur falschen Zeit. Obwohl in der Heimat der Schnee im April noch Berg und Tal bedeckt, ist es doch irgendwie kälter in Deutschland.

»Wohin soll ich gehen?«, fragte Cengi. »Wenn ich hier nicht bleiben kann und auch nicht zurück nach Ruthensand?«

»Warte ab. Ich habe mir etwas überlegt.«

»Und was?«

»Ein Bauer. Er lebt allein auf seinem Hof«, erklärte Adaman. »Sicher kann er Gesellschaft gebrauchen.« Er lachte.

»Vielleicht sollte ich zurück in die Türkei?«, zweifelte Cengi.

»Das kannst du nicht«, erklärte Adaman kategorisch.

Nein. Das stimmte. Er würde über keine Grenze kommen, höchstens bis Holland mit einem zuverlässigen Fahrer, aber ein Flug von Amsterdam wäre zu gefährlich, vermutlich würde es einen internationalen Haftbefehl geben. Und selbst wenn – er würde in der Heimat kein Geld verdienen können. Arbeit gab es in ganz Ostanatolien nicht, schon gar keine, mit der er die Eltern, die Schwester und sich selbst ernähren konnte. Und schließlich würde er in der Heimat sofort zum Militär eingezogen werden für die restliche Dienstzeit, vor der er vor mehr als drei Jahren geflohen war, mit allen Folgen. Ein dreckiger Dimli und Dogulu aus einem der Dörfer des Dersim beim Militär! Er würde nicht verbergen können, dass er kein rechtgläubiger Sunnit war, sondern nur ein Alevit, ein Ketzer. Irgendwann würden sie herausbekommen, dass er aus Tunceli stammte und ein Kızılbaş, ein Rotkopf, sein musste. Alle Rotköpfe aber waren geborene Kommunisten und alle Kommunisten würden früher oder später Kämpfer der PKK werden oder sie zumindest mit Lebensmitteln und Informationen versorgen – so würden sie denken und ihn gerade deshalb wieder im Osten des Landes einsetzen, ihm befehlen, Dörfer niederzubrennen, Männer festzunehmen, sie abzuführen zum Verhör. Und dann wäre es mit ihm, Heyder Cengi, aus.

Adaman holte die Kannen vom Herd und schenkte nach, etwas weniger Tee und etwas mehr Wasser als beim ersten Glas, das Goldene und das Transparente vereinigten sich noch über der Tasse und wirbelten lustig in den Gläsern.

»Und wenn ich mich – hier stelle?«, fragte Cengi leise.

»Dann bist du tot«, antwortete Adaman hart. »Du hast keine Chance. Sie werden dich verurteilen. Und dann abschieben. In den türkischen Knast. Du weißt doch, was mit Hüseyin und Ramazan passiert ist!«

Cengi nickte. Hüseyin, der mittlere Sohn des alten Necati, war zum Militär eingezogen worden und in Haft gekommen, weil er sich geweigert hatte, Feuer an kurdische Dörfer zu legen. Im Gefängnis war er an einer Blinddarmentzündung gestorben, so hatten die Behörden mitgeteilt. Später hatten seine Verwandten erfahren, dass man ihn zwar operiert, dann aber sofort wieder in die Zelle zurückgebracht hatte, in der über zweihundert Leute steckten. Nach ein paar Tagen war er krepiert wie ein Hund. Cengi wusste, wie es dort zuging. Schlimmer konnte es in der Hölle, an die die Sunniten glaubten, auch nicht sein. In der Haft hatte er gelernt, dass die Aleviten recht daran taten, sich um ein gutes Leben im Diesseits zu mühen, als auf ein Paradies zu hoffen, in dem man sich auf Dauer nur langweilen würde. Wer zu sehr an die Hölle und das Paradies glaubte, verlor das Interesse am Leben im Diesseits.

Und Ramazan, Cengis älterer Bruder, war verschwunden, nachdem die Gendarmerie ihn verhaftet hatte, weil er *in die Berge gegangen* war. So sagte man, wenn sich einer den Kämpfern anschloss. Alle Nachforschungen nach Ramazan waren vergeblich gewesen. Vermutlich hatte man ihn erschossen und verscharrt, denn wenn ihm die Flucht gelungen war, hätte es sicher ein Lebenszeichen von ihm gegeben. Keine Familie, in der es nicht Tote oder Gefolterte gab.

Cengi war geflohen, weil er ein normales Leben führen und nicht in den Krieg ziehen wollte, vor allem aber, weil er nie wieder die Schreie gefolterter Frauen hören wollte, und nun hatte er hier einen Menschen getötet. Wieder hörte er das trockene Krachen des Genicks auf dem Betonmischer, sah die blicklosen Augen des toten Kontrolleurs. »Ich wollte ihn nicht töten!«, murmelte Cengi. Er hatte Mühe, seine Stimme zu halten.

»Wir wissen das«, nickte Adaman. »Der Dede hat gesagt, dass sie dich vielleicht nicht wegen Mordes oder Totschlags verurteilen. Aber wegen Körperverletzung mit Todesfolge. Sie werden dir vorwerfen, dass du fliehen wolltest, nicht stehen geblieben bist, dich nicht hast festnehmen lassen. Du bekommst mehrere Jahre, wie viele, weiß ich nicht. Und die werden sie nicht hier vollstrecken, sondern sie werden dich abschieben. Und dann – den Rest weißt du.«

Den Rest wusste er.

»Und hat der Dede auch verraten, wie ich damit fertig werden soll?«

Adaman schlürfte mit spitzen Lippen seinen Tee. Dann stellte er das Glas auf die Untertasse zurück, dabei ließ er nicht das kleinste Klirren hören. Er stützte die Ellbogen auf den Tisch und faltete die Hände unter seinem Kinn.

»Er hat gesagt: *Das Größte, was uns Allah gegeben hat, ist unser Verstand*, und: *Wenig beten und viel arbeiten ist besser als viel beten und wenig arbeiten.*«

»Was soll ich daraus schließen?«

Adaman lachte. »Ist doch ganz einfach! Grüble nicht! Wer grübelt, benutzt seinen Verstand auf eine falsche Weise. Er tritt auf der Stelle. Gott weiß, dass du das Geschehen bereust. Arbeite! Versorge deine Familie. Sie brauchen dich. Sie können nichts für das, was passiert ist. Du musst sie weiter versorgen. Schütze dich. Wenn du in Haft bist, kannst du sie nicht ernähren. Und du kannst sonst nichts tun. Auch nicht für die Familie dieses – Helmcke.«

Adaman stand auf, um erneut Tee nachzuschenken. Wieder ein Strahl aus jeder Kanne, noch etwas mehr Wasser und etwas weniger Tee als beim zweiten Glas. Er traf genau und zitterte nicht.

5.

Schlüter ging im Wohnzimmer – oder dem, was die Bücher davon übrig gelassen hatten – auf und ab und sortierte seine Gedanken. Christa war noch nicht da. Es war nach acht. Wo blieb sie nur? Er hatte sich einen Tee gekocht, einen richtigen ostfriesischen, den man aus großen Tassen, in die das ganze Gesicht passte, mit viel frischer Milch englisch trinken konnte, und unkonzentriert in der Erzählung von Björnsson geblättert, die er in letzter Zeit zu enträtseln suchte. Jetzt stand er am Fenster und starrte auf die roten Ziegelgefache und Giebelschnitzereien der gegenüberliegenden Häuserfront und dachte an den Auftrag, den er vor zwei Stunden bekommen hatte.

»Es geht um meinen Neffen«, hatte Kemal Kaya gesagt und sich den Tee aus dem Bart gewischt, der seine Oberlippe verdeckte und so schwarz war wie Schuhwichse. Schon nach wenigen Sätzen hatte der Türke Schlüter in seine Geschichte hineingezogen und danach war es zu spät gewesen für Einwände.

Ob er nicht doch hinunter und zurück zum Imbiss gehen sollte, um dem Mann zu sagen, dass er, Schlüter, sich in diese türkischen Dinge nicht einmischen wollte? Weil er davon nichts verstand und es zu lange dauern würde, bis er sich orientiert hatte? Weil er weder vom Asylrecht noch von Politik eine Ahnung hatte, und schon gar nicht von Religion?

Schlüter beschloss zu warten, bis Christa käme, er würde sie fragen. Von Menschendingen verstand sie mehr als er.

Wie würden sie, Christa und er, von hier oben fliehen können, wenn es brennen würde? Schlüter stellte seine Tasse auf der Fensterbank ab. Die schiefen fachwerkenen Fassaden der Altstadthäuser schienen zu schwanken. Das Kopfsteinpflaster glitzerte unter der Abendlaterne, in trügerischer Idylle. Wenn es hier brennen würde, gab es kein Entrinnen. Das Treppenhaus war wie ein Kamin, es würde in Minuten zur Hölle werden, die Flammen würden sich knisternd und fauchend hochfressen zum dritten Stock, die Farbe würde an der Tür herunterlaufen, in Blasen sich aufwölben, der Rauch durch alle Ritzen dringen und dann würde man husten und schreien, hin und her am offenen Fenster und noch eine Minute haben oder zwei. Die Tür würde zerbersten, die Glut würde dich anspringen, ihre heißen Krallen in deinen Rücken schlagen, man würde nicht brennen wollen und deshalb den wahnsinnigen Sprung tun in die Tiefe und den Tod.

Schlüter fühlte ein Ziehen im Magen und drehte sich um. Er sah sich mit zerschmetterten Knochen im Gerbergang liegen, während die Flammen den Dachstuhl eroberten und die Ziegel die Leute von der Feuerwehr erschlugen.

»Es war letztes Jahr in Sivas, als meinem Neffen diese schreckliche Sache passiert ist.« So hatte Kemals Geschichte angefangen.

Schlüter vergaß seinen Tee und das Buch, er starrte aus dem Fenster auf das Pflaster des Gerbergangs hinunter, die Worte des Grillwirtes klangen in ihm nach, und während er überlegte, ob er alles richtig verstanden hatte, nahm das Geschehen an jenem Tage Gestalt an:

Am 2. Juli 1993, einem Freitag, war Emin Gül in seinem Wohnort, einer türkischen Stadt im Osten Anatoliens, die Sivas heißt und an die zweihunderttausend Einwohner hat, als guter Muslim mittags gegen eins in die Moschee gegangen. Freitag ist der heilige Tag der Muslime und es ist eines guten Muslims Pflicht, zumindest an diesem Tag zum Mittagsgebet in die Moschee zu gehen – »in die *Ulu Dschami*, wissen Sie«, hatte der Dönermann gesagt. Gül hatte sich in die Moschee begeben, um das Gebet zu verrichten und auch um die Worte des Imam zu hören, die ihm Rat und Weg sein sollten.

»Was ist das, ›*Ulu Dschami*‹?«, fragte Schlüter dazwischen.

»Das heißt ›Große Moschee‹«, erklärte Kemal. »Dschami wird Camii geschrieben, ist Türkisch und heißt Moschee, wissen Sie, in fast jeder türkischen Stadt gibt es eine *Ulu Camii,* es wimmelt sozusagen davon bei uns zu Hause«, sagte er. »Diese ist die Lieblingsmoschee meines Neffen. Es liegt an der Atmosphäre.« Der Türke machte eine Kunstpause und senkte seine Stimme: »Die Moschee hat eine unglaubliche Atmosphäre, in ihr haben sich wundersame Dinge ereignet.« Er streckte seine Hand aus und legte sie kurz auf Schlüters: »Ich wünschte mir, Sie würden sie einmal sehen.« Er trug einen mächtigen goldenen Ring am rechten Ringfinger, mit drei Halbmonden, wie Möwen im Sturm.

Schlüter ging auf die Bemerkung nicht ein und forderte den Wirt auf, in seinem Bericht fortzufahren.

Der Imam predigte und schimpfte an diesem Freitag auf *Die satanischen Verse,* ein schändliches Buch, das so hieß, und auf einen bösen Mann mit Namen Aziz Nesin, »ein Ungläubiger, wissen Sie«, der noch stolz auf seinen Unglauben ist, der dieses Buch – oder Teile davon, was ist der Unterschied? – auf Türkisch veröffentlicht hatte. Dieser Mann paktierte mit Leuten, die sich Aleviten nannten, in Sivas kamen sie an jenem Tag zusammen, um Allah zu lästern. Nach der Predigt des Imams zogen die Männer ihre Schuhe wieder an und strömten auf die Straße, aus der *Ulu Camii* und auch aus den anderen Moscheen zum Sitz des Gouverneurs …

»Wieso auch aus den anderen?«, fragte Schlüter nach. »Wie viele Moscheen gibt es denn in dieser Stadt?«

Der Türke hatte gelacht, dass ihm der Bauch wackelte. »Na, Sie sind witzig«, erklärte er und strich sich den Schnurrbart glatt. »Eine einzige Moschee für zweihunderttausend Leute! Wie soll das denn gehen? In Hemmstedt gibt es doch auch nicht nur eine Kirche, sondern, wenn mich nicht alles täuscht, mindestens drei – die Wulfhardi-Kirche, die Cosmae-Kirche, die – na, ich kenn sie nicht alle, und bei uns gibt es eben auch mehrere Moscheen.«

»Wie viele denn?«, wiederholte Schlüter, obwohl es ihn eigentlich nicht interessierte und außerdem kamen sie vom Thema ab.

»Über siebzig!«, antwortete Kaya stolz. »Und allein die *Ulu Camii* gibt dreitausendfünfhundert Männern Raum zum Gebet!«

Schlüter begann automatisch zu rechnen. Hemmstedt hatte vierzigtausend Einwohner und vier Kirchen. Das macht, auf Sivas übertragen, zwanzig Kirchen …

»Und die Frauen?«, fragte er.

»Die Frauen verrichten ihre religiösen Pflichten meistens zu Hause«, klärte Kaya gönnerhaft den unwissenden Schlüter auf. »Und in der *Ulu Camii* gibt es eine kleinere Abteilung für die Frauen, einen abgesonderten Raum, in dem sie unbehelligt von den Blicken der Männer beten können.«

Der Türke kehrte zum Thema zurück. Aus der *Ulu Camii* und den anderen Moscheen der Stadt zogen die Männer zum Sitz des Gouverneurs, der sich nicht weit von der Großen Moschee entfernt befand – »das Herz der Stadt, dort trifft der *İnönü Bulvarı* auf den *Atatürk Bulvarı*. Jede Stadt hat einen *Atatürk Bulvarı*, Sie wissen schon, unser Staatsgründer …« Kaya drückte seine Brust heraus.

In einem grausteinernen plumpen Gebäude saß der überraschte Gouverneur. Ihn wollten die Leute zur Rechenschaft ziehen, denn er hatte die Versammlung der Gottlosen genehmigt, statt sie zu verbieten, wie es sich gehört hätte. Die Leute brauchten nur die paar hundert Schritte zum Atatürk Boulevard zu gehen, sie kamen an der *Meydan Camii* vorbei, wo sich ihnen weitere Männer anschlossen, passierten die *Paşa Camii,* auch aus der strömten viele Männer, und dann erreichten sie die schmale Seitenstraße, in der, nur zwanzig

Meter vom Boulevard entfernt, das Hotel *Madımak* lag, eingeklemmt in der Häuserzeile, schmal und vierstöckig, große rote senkrechte Leuchtbuchstaben. In diesem Hotel hatten sich die Gottlosen versammelt, lümmelten sich in den Sesseln im Foyer und sangen ihre lästerlichen Lieder. Aus der Querstraße quollen die Leute aus der *Aliağa Camii* und die zur Masse gewordenen Männer schoben sich immer weiter. Von der anderen Seite her strömten die Männer aus der *Kale Camii* oder aus wer weiß welchen Moscheen sonst noch, denn in allen Moscheen waren an diesem Freitag das Treffen der Aleviten und Aziz Nesin und *Die satanischen Verse* das Thema der Predigt gewesen.

Und alle wollten sie zum Gouverneur, der die Versammlung dieser Gottlosen zu verantworten hatte. Der aber hatte der Polizei befohlen, die anrückende Menge auseinanderzutreiben, die dann zurückströmte, wieder ein Stück den Atatürk Boulevard hinunter in die enge *Belediye Sokak* hinein und direkt bis vor das Hotel, in dem die Lästerer steckten. Von überall her, aus allen Vierteln der Stadt kamen Männer, immer mehr Männer, sie quollen aus den Gassen wie Linsen aus einem Sack, und nur Allah weiß, woher sie alle gekommen waren. Hinter der gläsernen Front des Hotels war nur manchmal ein verwischtes Gesicht zu sehen, denn es war klar: Die Gottlosen hatten Angst. Sogar das Restaurant gegenüber, das *Örnek Lokanta,* habe dichtgemacht und keinen mehr hereingelassen, erzählte Kaya.

Die Polizei habe die Menge nun in die andere Richtung gedrängt, zurück zum Sitz des Gouverneurs, aber auch dort habe die Polizei sie empfangen, und so sei es immer hin- und hergegangen, bis zum Abend, und immer wütender seien die Männer geworden, Schulter an Schulter begannen sie zu skandieren. »Sieg für den Islam!«, rief es aus vielen Kehlen und: »Wir sind zum Sterben gekommen, wir sind zum Begräbnis von Nesin gekommen«, von der *Aliağa Camii* her schrie ein Haufe: »Nesin, der Teufel!«, und andere brüllten es nach, sie hieben ihre Fäuste im Takt in die Luft, und wieder andere schrien: »Es lebe die Scharia!«, bis die ganze vieltausendfache Menschenmeute brüllte: »Töte sieben Aleviten, so kommst du in den Himmel!« Die Menge umschloss das Hotel und es dauerte nicht lange, da flogen die ersten Steine in die Fenster, es folgten Brandsätze und dann schlugen die ersten Flammen aus dem Hotel.

»Da war Emin aber nicht mehr dabei«, versicherte Kaya außer Atem und mit ausgebreiteten Armen. »Da war er schon fortgegangen, schon am späten Nachmittag, zurück zu seiner Arbeit in einem Geschäft für gebrauchte Möbel. Emin hat nichts gemacht, er hat nur protestiert«, schloss der Türke seinen Bericht.

»Gegen was haben die Leute denn protestiert?«, hatte Schlüter dumm gefragt. »Ich meine, satanisch, was ist das?« Natürlich hatte er von dem Buch gehört, aber solange er Fragen stellen konnte, fühlte er sich auf der sicheren Seite. Wer Fragen stellte, war Herr des Gesprächs.

Das wäre schwer zu erklären, hatte der Dönermann erwidert. Er selbst sei ein gläubiger Muslim, er sei für Frieden und auch dafür, dass jeder Mann seine Religion ausüben dürfe, ob Christ, Jude, Moslem, das sei gleich, denn alle hätten sie ihr heiliges Buch und glaubten an den einen Gott. Aber wenn Gottlose seine Religion verhöhnen würden, dann sei es die Pflicht eines Gläubigen, zu protestieren und sich zu wehren.

Gegen *Die satanischen Verse* habe Emin Gül protestiert, gegen das Sudelbuch dieses Engländers aus Indien, »davon haben Sie bestimmt gehört«, sagte der Mann, gegen diesen gottlosen Schmierenschreiber, der reich geworden sei mit Gotteslästerung, irgendeine finanzstarke Gesellschaft habe ihn durch Geld dazu bewogen, das Buch zu schreiben, mehr als eine Million habe er dafür bekommen, ein Auftragswerk also, mit dem die Muslime in aller Welt beleidigt und verhöhnt werden sollten. Und natürlich habe Emin Gül auch gegen Aziz Nesin protestiert, ein vielfach vorbestrafter Kerl, ein Schmierfink, der sich damit brüste, dass er an nichts glaube, denn dieser sogenannte Schriftsteller habe das verruchte Buch auf Türkisch drucken lassen, um alle Türken mitsamt ihrer Sprache zu beleidigen. »Blut wird er spucken müssen, auch er, eines Tages!« Gegen diesen Vaterlandsfeind, der sich im Hotel verschanzt hatte mit seinen lästerlichen Kumpanen, die sich zusammengefunden hatten, um den Islam und den Staat zu beleidigen, habe Emin Gül friedlich protestiert. Dass man zur Tötung der Aleviten aufgerufen habe, damit sei man zu weit gegangen, denn geschrieben stehe, dass Allah selbst über jene richten wird, die ihn lästern, im Diesseits wie im Jenseits, und er wird jene sich selbst überlassen, die ihn schmähen. Aber sein Neffe habe recht getan, indem er friedlich geblieben sei, denn der Islam sei eine friedliche Religion, Emin habe nur demonstriert und seinen Ärger und seine Wut zeigen wollen an diesem Tag vor dem Hotel *Madımak* in Sivas, an diesem 2. Juli 1993, *denn Allah liebt die Standhaften.* Emin Gül habe nicht gewollt, dass so viele Menschen starben, und das habe er auch nicht zu verantworten.

»Wie viele sind gestorben?«, hatte Schlüter leise gefragt.

Siebenunddreißig waren es. Fünfunddreißig starben in dem Hotel, verbrannten in den Flammen, erstickten im Rauch, wurden erschlagen von niederstürzenden Steinen und glühendem Holz. Und zwei wurden erschossen.

»Was ist ein Alevit überhaupt?«, wollte Schlüter wissen. »Hab ich noch nie gehört.«

Das seien Männer, die den Propheten verleugneten, den Staat nicht anerkannten, das Türkentum ablehnten und ihre Frauen anderen zum Beischlaf anböten, und das im eigenen Hause, erklärte Kaya, während er den Ring mit den drei

Halbmonden an seiner linken Hand drehte. Ihre Töchter würden sie ehrlos werden lassen.

Der Dönermann beugte sich zu Schlüter über den Tisch. »Sie tanzen miteinander bei Kerzenlicht«, flüsterte er. »Frauen und Männer zusammen! Und dann – dann blasen sie die Lichter aus und dann ist es dunkel und dann machen sie ... dann treiben sie – Unzucht miteinander! Ja, das tun sie, Unzucht treiben sie, die Frauen mit den Männern, und schon die jungen, schon die ganz jungen geben sich hin, die noch keine richtigen Brüste ...« Er leckte sich die Unterlippe und sein Gesicht schien Schlüter grün geworden, oder war es das Neonlicht?

»Ist doch unglaublich, oder?«, grunzte Kaya.

Diese Leute, fuhr Kaya fort und setzte sich mit verschränkten Armen zurück, und jetzt hatte er wieder sein braunes Gesicht, diese Leute, die in Unzucht und Sittenlosigkeit lebten, hätten kein Recht darauf, die Türkei in Misskredit zu bringen. Seinen Widerstand habe Emin Gül zeigen wollen, gegen diese Leute, die eigentlich gar keine richtigen Menschen seien, denn ein Mensch sei nur, wer eine Ehre habe, und Ehre habe nur, wer sich ehrenhaft benehme, aber ein Alevit benehme sich nicht ehrenhaft. Aleviten seien schmutzig und unmoralisch, der Religion stünden sie fern, sie müssten eigentlich erst einmal Christen werden, bevor sie Muslime werden könnten. Und außerdem, was gingen ihn, Kemal Kaya, die krummen Gedanken verruchter Rotköpfe und seldschukischer Heiden an?

Rotköpfe? Seldschuken?

»Haben Sie Rushdie denn gelesen?«, fragte Schlüter stattdessen. Indische Engländer oder englische Inder gehörten nicht in sein Einzugsgebiet.

Kaya bekam große Augen, sein Bart sträubte sich, seine Augenbrauen zitterten und er schüttelte heftig den Kopf: »Nein, wie kommen Sie darauf? Bestimmt nicht! Und ich werde es niemals lesen! Ich spreche noch nicht einmal den Namen dieses Verbrechers aus.« Er streckte beide Hände abwehrend vor sich und wedelte damit über den blauen Plastikblumen herum. Dieses Buch könne er als gläubiger Mensch nicht lesen, es sei ein volksverhetzendes Buch, das eigentlich nicht hätte gedruckt werden dürfen. Er habe schon oft gehört, die Freiheit in diesem Land werde so verstanden, dass sie die Freiheit des Andersdenkenden sei, aber warum gelte diese Freiheit nur für diesen Brunnenvergifter aus Indien und nicht für eine Milliarde Muslime? Warum genieße jemand, der unter die Gürtellinie ziele, den Beifall der Gelehrten im Westen? Seien denn nicht zu Recht in Deutschland seit den Nazis volksverhetzende Bücher verboten? Er, Kemal Kaya, habe gelernt in diesem Land – »und ich lebe seit über zwanzig Jahren hier!« –, dass Meinungsfreiheit dort ihre Grenze habe, wo ihre Anwendung ihre Grundlagen zerstöre.

Als der Mann schwieg, fingerte Schlüter unschlüssig an seinem Glas. Schließlich nahm er sich zusammen. »Aber wie können Sie das denn beurteilen, wenn Sie das Buch nicht gelesen haben?«

Es reiche aus, dass der Imam der Gemeinde mit Kollegen gesprochen habe, die hätten sich gewisse Passagen des Sudelbuches schicken lassen und unter größter geistiger Pein gelesen. Er selbst müsse das Buch ebenso wenig lesen wie ein Christ das nackte Paar sehen müsse, das neulich auf dem Hochaltar im Kölner Dom demonstriert habe …

Der Türke hielt inne: »Und wie können Sie uns beurteilen, wenn Sie den Koran nicht gelesen haben? So können Sie doch gar nicht verstehen, was dieser Engländer aus Indien bekämpft! Uns ist es verboten, die in Ehren gehaltenen Persönlichkeiten der Andersgläubigen zu beleidigen! Meint ihr, Angriffe auf unseren Propheten seien zulässig, nur weil ihr es euch angewöhnt habt, euren Jesus zu besudeln?«

Keinen Unterschied machen wir zwischen einem von ihnen.

Schlüter führte ein theologie- und religionsfreies Leben, er hatte keine Freude an theologischen Diskussionen, seit er in Husum konfirmiert worden war, von einem Pastor, der die Lehren der Bergpredigt mittels Ohrfeigen verbreitete und ihn, den seinerzeit gewiss unschuldigen, ja noch nicht einmal strafmündigen Schlüter der Erbsünde bezichtigt hatte. Schlüter war aus der Kirche ausgetreten. Jetzt fühlte er sich Kaya unterlegen. Es war Zeit, zu den Fakten zurückzukehren.

»Und dann – was ist mit Ihrem Neffen geschehen?«

Emin Gül sei nicht mehr dabei gewesen, als das Hotel zu brennen begonnen hatte, wiederholte Kaya, er sei zur Arbeit gegangen in Yahya Bey, in ein Geschäft für gebrauchte Möbel, nicht weit von der *Gökmedrese,* wo es übrigens den besten türkischen Honig in der Stadt zu kaufen gebe, »da sollten Sie mal hingehen, fragen Sie nach Achmed, so ein Kleiner, wissen Sie, sein Honig ...!« Später am Abend sei Emin aber zurückgekehrt, aus reiner Neugier, denn so eine Demonstration für den Glauben hatte die Stadt noch nicht gesehen.

Gül hatte zu den Leuten gehört, die sich Stunden nach dem Ausbruch des Feuers auf dem Platz vor dem Hotel aufhielten, nachdem die Schreie verstummt, das Feuer niedergebrannt war und aus der Ruine nur noch ein böses Knistern und der höllische Gestank verbrannten Menschenfleisches drang. Und jetzt erst waren die Rettungskräfte angerückt, als es nichts mehr zu retten gab.

Emin Gül war festgenommen worden, auf die Gendarmerie geführt, geschlagen, verhört und vor Gericht gestellt.

Zwanzig Jahre für eine Demonstration. Emin Gül wurde mitverantwortlich gemacht für den Tod der Menschen in dem Hotel. So war er nach Deutschland geflohen und hatte Asyl beantragt, denn er werde politisch verfolgt.

»Er ist ein guter Moslem und hat nichts getan«, erklärte sein Onkel. »Einen Batzen Geld kriegen Sie von mir, wenn Sie ihm helfen! Hier in Deutschland würde man niemanden zu zwanzig Jahren verurteilen, nur weil er an einer Demonstration teilgenommen hat.«

Das stimmte. Warum nicht einen guten Moslem vertreten, der nur sein Recht auf freie Meinungsäußerung und Versammlung hatte wahrnehmen wollen?

»Ich muss mit Ihrem Neffen selbst sprechen«, verlangte Schlüter und forderte Kaya auf, sich gleich morgen einen Termin geben zu lassen.

»Werden Sie ihm helfen?«, hatte Kaya gefragt.

»Ich werde es versuchen«, hatte Schlüter geantwortet, worauf Kaya seine Hände mit den kurzen Fingern über den Tisch gefahren und die des Anwalts ergriffen und gedrückt hatte. Der Ring mit den drei Halbmonden blitzte im Neonlicht.

Ein Batzen Geld.

Schlüter nahm die Teetasse vom Fensterbrett, setzte sich auf das Sofa und schlug den Björnsson wieder auf, aber irgendwie interessierte ihn das Buch nicht mehr. Er holte den alten Diercke-Schulatlas und blätterte. Es gab keine ordentliche Karte von der Türkei darin. Der westliche Teil befand sich auf der Europakarte und der östliche im Asienteil, zerrissen zwischen Okzident und Orient. Im Register fand Schlüter aber immerhin den Namen der Stadt und dann stellte er fest, dass Sivas mindestens vierhundert Kilometer östlich von Ankara lag, mehr im Norden des Landes, wohl mitten in einem Gebirge.

Der Schlüssel knirschte in der Eingangstür.

»Gott sei Dank, endlich bist du da«, rief Schlüter, er ließ es nicht zu, dass Christa den Mantel auszog, umarmte sie und sog den Duft ihres Leibes ein. »Wo bist du gewesen? Möchtest du einen Tee?«

»Was ist denn mit dir los?«

»Hast du *Die satanischen Verse* gelesen?«

»Rushdie? Warum? Nee, weißt doch, was ich lese.« Christa zog die Amerikaner und Engländer vor, las sie meistens im Original, mied aber Bücher, die jünger als dreißig Jahre alt waren, und bewegte sich meistens im 19. Jahrhundert. Die Schinken von Bulwer-Lytton waren ihre Lieblingslektüre. Sie machte sich los und zog ihren Mantel aus.

Schlüter verfolgte sie bis zur Garderobe: »Wir müssen das Buch unbedingt haben. Und am besten auch noch gleich den Koran.«

»Bist du verrückt geworden? Lies erst mal die Bibel!«, amüsierte sich Christa.

»Vielleicht auch das. Und weißt du, was Aleviten sind?«

»Nie gehört. Ich kenne höchstens die Leviten, die man jemandem lesen kann. Was soll das sein?«

»Was? Wer! Gottlose Leute, fürchterliche Menschen. Sittenlose Leute, sie feiern sogar Orgien!«

»Orgien?«, grinste Christa, klapperte mit den Wimpern und legte Schlüter einen Arm um die Hüfte. »Das musst du mir näher erklären ...«

»Ich glaube, ich bin da in so eine orientalische Geschichte reingeraten«, murmelte Schlüter.

»Tausendundeine Nacht? Wo der Sultan die Leute köpft, wenn sie was Falsches gemacht haben?«

»Köpfen? Schon möglich. Vielleicht auch verbrennen!«

6.

Sie saßen, schwiegen und tranken Tee, ein Glas nach dem andern, während sich der Abend zur Nacht niederlegte.

Plötzlich hörten sie ein Räuspern vor der Tür. Veli Adaman sprang auf, doch es war schon zu spät, die Tür öffnete sich und drei Männer drängten herein; drei, die es gewohnt waren, ohne Laut zu leben, so wie die, die sie besuchten. Zwei von ihnen waren nicht mehr als mittelgroß und schlank; der erste, der kleinste und jüngste, hatte einen Dreitagebart, ihm folgte ein Mann mit knochigem Kopf und glühenden Augen. Der dritte, ein großer kräftiger Kerl von mehr als mittlerem Alter, mit breiten Schultern und einem grauen Schnurrbart, zog die kreischende Tür hinter sich in die Füllung.

»Guten Abend«, grüßte der Kleine auf Kurdisch; er war offensichtlich der Anführer, denn die beiden anderen hielten sich hinter ihm und nickten nur.

Adaman stand auf, schaltete das Deckenlicht an und antwortete auf Zazaki: »Xêr be sılamet! Grüß dich!«, während er die silberne Sichel, die er wie eine kleine Wiege an einem Kettchen um den Hals trug, ins Verborgene schob und sein Hemd zuknöpfte.

»Wer ist das?«, fragte der Besucher misstrauisch und wies mit einem Blick auf Heyder Cengi.

»Namê dey Murato – sein Name ist Murat. Ein Kollege von mir. Er ist – in Ordnung«, antwortete Adaman. Dann lächelte er höflich und fügte hinzu: »Setzt euch. Nehmt euch die Stühle dort. Tee?« Mit diesen Worten war er ins Türkische gewechselt.

Ohne die Antwort abzuwarten, wandte sich Adaman zur Anrichte, um drei neue Gläser zu holen; dabei legte er mit einer unauffälligen Bewegung das Bildnis des Hacı Bektaş Veli auf den Bauch, als würde es ihn stören. Dann schürte er das Feuer und legte kleine Scheite nach. Der Wortführer hatte sich rittlings auf Adamans Stuhl gesetzt und kreuzte die kurzen Unterarme über der Lehne. Er hatte Schweißperlen auf der Stirn und seine Bartstoppeln schimmerten bläulich im Licht der Lampe.

Adaman servierte den Tee.

»Wir kommen, um deinen Beitrag zu holen«, sagte der Besucher endlich, nachdem er das Glas gehoben und den ersten Schluck genommen hatte, mit einer Stimme, die so rau war, als hätte er Sägespäne in der Kehle.

Adaman zog die Augenbrauen hoch und tat, als verstehe er nicht. »Beitrag?«

»Für unsere kurdische Sache«, antwortete der Kleine. »Du weißt. Du hast noch nichts gegeben.«

»Ich habe kein Geld«, zuckte Adaman mit den Schultern.

»Das hast du das letzte Mal auch gesagt«, erwiderte der Besucher. »Du gibst uns, sagen wir, zweitausend Mark pro Jahr. Und heute fünfhundert. Du arbeitest, du verdienst.«

»Ich muss meine Familie ernähren«, schüttelte Adaman den Kopf. »Ich kann dir nichts geben. Außerdem unterstütze ich Murat. Er hat keine Arbeit.«

»Ich habe ihn noch nie gesehen. Woher kommt er?«, fragte er Adaman, als könnte Cengi nicht für sich sprechen.

»Aus Çakperi«, antwortete Cengi und sprach den alten Namen aus, bevor Adaman antworten konnte. »Heute nennen sie den Ort Gisney Konak Köyü.«

»Wo ist das denn?«, fragte der Besucher, jetzt direkt an Cengi gerichtet.

»Nicht weit von Pulur«, antwortete Cengi. »Jetzt nennen sie den Ort Ovacık.«

»Ovacık?«, fragte der Besucher. »Ovacıks gibt's mehrere. Ich kenne eines, südlich von Siverek.«

Adaman schüttelte den Kopf. »Wir meinen das im Dersim«, erklärte er. »Du weißt, die Gegend, aus der ich stamme.«

»Ach so, aus dem Tunceli also«, nickte der Wortführer und rieb sich nachdenklich den knisternden Bart. »Wie du weißt, sind wir noch einmal gekommen, damit du Geld geben kannst für den Kampf gegen Unterdrückung und Entrechtung.«

»Höre, Esat«, schüttelte Adaman den Kopf. »Ich glaube nicht, dass ihr unseren Leuten helft mit dem, was ihr tut.

Wir wissen, was das Militär in unseren Dörfern anrichtet. Überall, wo einer von euch auftaucht, da verbrennen die Soldaten unsere Häuser und vertreiben uns. Ja, der Verdacht, einer von euch sei da gewesen, reicht schon aus dafür. Hunderte Dörfer, Tausende Häuser sind im letzten Jahr vernichtet worden! Unsere Leute leben in Zelten, ihre Felder sind zerstört, sie haben nichts, wovon sie leben können. Und sie dürfen neuerdings keine Lebensmittel auf Vorrat mehr kaufen, weil es heißt, sie würden sie der PKK geben. An jeder Brücke, in jedem Dorf hat die Armee ihre Kontrollposten und schnürt den Leuten die Luft zum Atmen ab! Meint ihr wirklich, ihr würdet uns helfen? Und die PKK verbrennt die Schulen und entführt die Lehrer! Und das soll uns helfen?«

Adaman hatte leise, aber bestimmt gesprochen und Esat suchte in den Gesichtern seiner Freunde nach Hilfe, aber sie tranken nur ihren Tee und der mit den glühenden Augen sah Adaman drohend an.

»Die Lehrer büßen dafür, dass sie die Kinder Türkisch lehren«, widersprach Esat. »Das ist gerecht. Denn Kurdisch ist unsere Sprache. Und Kurdisch sollen sie in den Schulen lernen. Sie sollen nicht die Sprache der Unterdrücker lernen, das wirst du wohl begreifen. Und du kannst unsere Leute nicht für die Taten der Armee verantwortlich machen!«

Adaman schüttelte den Kopf. »Damit die Kinder nicht lesen und schreiben lernen und die Eltern mit ihnen fortgehen müssen! Bald werden alle fort sein! Kannst du mir erklären, was wir von eurem Krieg haben sollen?«

»Hör auf damit, Veli«, sagte Esat. »Es ist nicht unser Krieg. Es ist der Krieg der Nationalisten!«

»Ach, Esat«, sagte Adaman müde. »Und wenn ihr gewinnt? Die Türken wollen einen Staat, in dem es nur Türken gibt, und ihr wollt einen Staat, in dem es nur Kurden gibt. Und wir?«

Esat sah Adaman verständnislos an. »Wieso fragst du?«, sagte er. »Ich verstehe dich nicht!«

»Du sprichst nicht für das Volk der Zaza, Esat«, stellte Adaman fest. »Und schon gar nicht für die Zaza aus dem Dersim. Und du kennst die Verhältnisse in unserer Gegend nicht. Bei euch in Batman ist das anders.« Mit einem schalkhaften Lächeln setzte er hinzu: »Und bevor du dein Kurdistan bekommst, will ich mein Zazaistan haben und meine Religion will ich ...«

»So kann nur ein Rotkopf reden, verdammt noch mal!«, rief Esat wütend. »Alle aus dem Dersim sind doch Rotköpfe!«

»Wenn ich ein Rotkopf bin, dann bist du ein Bergtürke«, entgegnete Adaman.

Esat schoss hoch, streckte seine kurzen Arme zur Decke und rief: »Das sagst du nicht noch einmal, du ...«

Der mit den glühenden Augen starrte auf die Tischplatte. Er hielt das Teeglas in seiner Faust, als wollte er es zerbrechen, und sein knotiger Adamsapfel rutschte auf und ab.

»Streitet euch nicht«, versuchte der Schnurrbärtige, der älteste der drei Besucher, zu schlichten. »Wir müssen zusammenhalten. Vergesst nicht, dass die türkischen Faschisten unser aller Feinde sind! Die würden sich freuen, wenn sie euch streiten sehen würden!«

»Du hast recht, regen wir uns nicht auf«, stimmte Adaman ihm zu. »Bitte setz dich, Esat, und trinke noch einen Tee. Natürlich bist du kein Bergtürke. Aber wir sind auch keine Rotköpfe, verstehst du? Warum beleidigst du uns mit den Schimpfworten der Türken?«

Zögernd setzte Esat sich wieder und griff nach seinem Teeglas. »Trotzdem musst du Geld geben für die gerechte Sache!«, verlangte er.

Adaman schüttelte bestimmt den Kopf. »Eure Politik und euer Kampf nützen uns nichts«, wiederholte er. »Wir wollen endlich in Ruhe leben, unsere Familien ernähren, unsere

Sprache sprechen, unsere Feste feiern und unsere Gebete beten, wenn uns danach ist. Weiter nichts.«

»Du machst mich verrückt!«, brüllte Esat und stand erneut. »Religion interessiert uns doch überhaupt nicht! Religion ist für die Befreiung des kurdischen Volkes unwichtig. Wir machen Politik und keine Religion – wir kämpfen! Religion ist von gestern, für Leute von vorgestern! Religion bringt uns kein Stück weiter! In unserem eigenen Staat kann jeder seine Religion haben, von mir aus. Es reicht jetzt: Wirst du nun Geld geben oder nicht!?«

»Wir haben kein Geld«, blieb Adaman stur. Er erhob sich, ging zur Anrichte, stellte das Bildnis des Hacı Bektaş Veli wieder auf und blieb, an das Möbel gelehnt, stehen. »Und außerdem bin ich anderer Meinung als du. Ich glaube, dass man mit Politik und Kampf keine Probleme lösen kann.« Er deutete auf das Bild neben sich. »Wenn sich etwas ändern soll, dann muss sich zuerst der Einzelne ändern. Und dazu braucht er die Religion. Sonst weiß er doch gar nicht, wie er sich verhalten soll.«

Der Dicke schüttelte verächtlich den Kopf, stellte das Teeglas mit vernehmlichem Klirren auf den Tisch, wischte sich mit dem Handrücken knisternd durch die Bartstoppeln und baute sich vor Adaman auf.

»Ich will nur eines wissen«, verlangte er und stemmte die kurzen Arme in die Hüften. »Bist du gegen uns?«

»Wie kann ich gegen euch sein, nur weil mir Geld fehlt?«, fragte Adaman zurück. »Ihr seid nicht für uns.«

»Wer uns nicht unterstützt, ist gegen uns. Wir kommen wieder. Und dann wirst du geben!«

»Und wenn ich nicht gebe?«

Der Dicke hielt schon die Klinke in der Hand, seine Kumpane neben sich. »Dann ...«, antwortete er feindselig. »Ich an deiner Stelle würde zahlen, überleg es dir. Wir werden sehen. Denk nach.«

»Wolltest du nicht Freiheit schaffen, Esat?«, fragte Adaman leise. »Ist das Freiheit, was du mir jetzt anbietest?«

Der Kurde antwortete nicht mehr. Nacheinander verließen die drei Männer den Raum, zuletzt der Knochige, der die quietschende Tür in die Füllung drückte.

Cengi räusperte sich und probierte seine Stimme: »Und jetzt?«

»Du musst fort«, sagte Adaman und löschte das Deckenlicht. Nur noch die kleine Lampe neben der Spüle brannte. »Sie werden wiederkommen. Es wird Schwierigkeiten geben.«

»Wirst du ihnen Geld geben?«, fragte Cengi.

»Nê – ich weiß nicht.«

Der ewige Streit, dachte Adaman. Die PKK und die Armee machten letztlich gemeinsame Sache, was sie taten, lief auf das Gleiche hinaus. Wo die PKK auftauchte, wurden die Dörfer verbrannt, das alte Leben wurde zerstört und mit ihm der Glaube. Die PKK wollte genauso über die Leute bestimmen wie die Türken mit ihrer Armee. Die Armee brauchte die PKK, damit sie die Dörfer verbrennen konnte, damit es einen Vorwand gab. Nachts schlichen sich die Kämpfer in die Dörfer und verlangten Essen, und wenig später erschien das Militär, zündete die Häuser an und jagte die Familien fort.

Adaman räumte die Gläser der Besucher zur Spüle.

»Weißt du, dass es oben in deinem Tal keinen einzigen Baum mehr gibt?«, fragte er. »Ich war im letzten Jahr da. Sie haben alles niedergebrannt. Die Nussbäume, die Aprikosen-, die Birnenbäume, die Zedern – alles weg. Die Berge sind nackt, von den Häusern existieren nur noch Steine ... Geh fort vom Fenster!«

Cengi zuckte zusammen und zog sich zurück in das Dunkel des Raumes.

»Werner«, brummte Adaman. »Er schleicht überall herum. Die Nacht ist seine beste Zeit.« Er begann abzuwaschen.

»Willst du wirklich ein Zazaistan?«, fragte Heyder Cengi unsicher.

»Wo denkst du hin«, lachte Adaman. »Noch nie hat ein Zaza ein Zazaistan gefordert. Es sind die Kurden, die sich uns einverleiben wollen. Sie ziehen uns mit ihrer Forderung in ihren Krieg. Ich kann es nicht leiden, wenn die Kurden von der PKK uns zu Kurden machen und unser Land für sich in Anspruch nehmen, verstehst du? Hast du gemerkt, dass sie mit mir Kurdisch reden wollten? Sie verlangen, dass du auch Kurdisch sprichst, genauso wie die Türken von dir verlangen, dass du Türkisch sprichst.«

Er war an das Fenster getreten. Draußen war es dunkel geworden und er sah nur sein eigenes zweifelndes Gesicht, und das silberne Kettchen um seinen Hals, an dem das Schwert Alis baumelte, dem seine ganze Friedfertigkeit nichts genützt hatte, denn man hatte ihn trotzdem ermordet.

»Die Tür«, sagte Cengi, stand auf und stellte sich neben seinen Onkel. »Sie war offen vorhin. Du musst sie abschließen, immer, von jetzt an.«

Sie betrachteten ihre verwaschenen Spiegelbilder im Fenster: zwei Fremde in einem Land, das nichts von ihnen wusste; die keine Vergangenheit und keine Zukunft hatten.

Mit einem Ruck zog Adaman die Vorhänge zu.

»Jetzt trinken wir noch einen Tee«, sagte er trotzig, lachte wieder und fügte hinzu: »Xatere semah!«

7.

Gräfin Sigunde von Talheim ließ bitten. Sie wollte die weltlichen Dinge regeln, bevor sie sich auf die letzte Reise begab. Sie war stets eine fordernde Frau gewesen, der Konventionen nichts bedeuteten, wenn sie auch von Adel war und dies betonte.

Dr. Spindelhirn versah Mandantentermine nur ausnahmsweise am helllichten Tag; er war berühmt dafür, in drei Schichten zu arbeiten: morgens die Gerichtstermine, nachmittags die Diktate, abends die Mandanten. Nur wenn er rund um die Uhr schuftete, konnte er seine dreißig Angestellten lückenlos beschäftigen. Doch ließ er sich an diesem nasskalten Novembertag des Jahres 1994 von seiner Chefsekretärin, die ihn vorzugsweise in der Nachtschicht bediente, nach Lieth chauffieren, einem Ort, der kurz hinter Hemmstedt in Richtung Hamburg an der meistbefahrenen Bundesstraße der Republik lag und in der Schwedenzeit Katharinenburg geheißen hatte, nach der gleichnamigen Frau des schwedischen Generalgouverneurs, der Urahnin der Gräfin.

Sie warteten den Gegenverkehr ab, der an diesem Freitag besonders dicht war, endlose Blechkolonnen, dröhnende Lkw auf dem Weg zum nahen Industriegelände. Endlich konnten sie nach links auf die Kopfsteine der Auffahrt abbiegen, in eine Lindenallee, die zum Katharinenschloss führte, einem dreistöckigen Backsteinbau, kastenförmig und plump, der nachträglich mit einem sechseckigen Treppenturm verunziert worden war. Auch die riesigen landwirtschaftlichen Gebäude beiderseits der Allee wollten nicht recht zum Schloss passen. Doch Gefühle für Form und Ästhetik gingen Spindelhirn ab. Gefühle waren ihm fremd, mit Ausnahme von Schadenfreude und Hass, die Geschwister sind.

Die Sekretärin der Nachtschicht parkte den alten Mercedes vor der Treppe; sie würde im Wagen ausharren, ungeachtet des Frostwetters, bis man ihrer bedurfte. Dr. Spindelhirn hangelte sich aus dem Wagen, seine Spinnenfinger suchten Halt am Holm, er richtete sich auf, nahm die Freitreppe ins Visier und torkelte hinüber, die Mappe unterm Arm. Er hatte zwei ungleiche Beine und einen Klumpfuß und sein tropfenförmiger Körper schwankte auf und ab wie ein Pumpenschwengel. Der Stock war im Wagen geblieben; Spindelhirn gebrauchte ihn so wenig wie möglich, obwohl seine Hüfte schmerzte und die Sekretärin der Nacht ihm Vorhaltungen machte. Irgendwann, in ein paar Jahren, würde sie nicht mehr nur seine Diktate schreiben, sondern ihn auch im Rollstuhl an den Schreibtisch schieben. Spindelhirn verbannte diesen Gedanken mit einem Knurren, zog sich am Geländer empor und klingelte, mit vor Anstrengung verzerrtem Mund, aus dem sein einziger Zahn ragte, der dem lebensfeindlichen Biotop noch widerstand.

Die alte Mamsell ließ ihn ein und nahm ihm den Mantel ab. Sie diente ihrer Herrin länger als Spindelhirn, und das war seit immerhin fast dreißig Jahren. Sie sah gesund und fett aus wie immer. Spindelhirn grüßte spärlich, Höflichkeit irritierte ihn. Er hasste gesunde Menschen, sein ungerechtes Schicksal und seinen verkrüppelten Körper, weshalb er ein gefürchteter Gegner auf dem juristischen Schlachtfeld war.

Spindelhirn kannte den Weg. Er durchquerte den kleinen Vorflur und gelangte in den großen Salon mit dem blauen Kachelofen in der Ecke, der mit Kinderengeln, Rittern und nackten Frauen, die winzige Apfelbrüstchen hatten, verziert war, als hätte der Künstler sich nicht getraut, frivol zu sein. Spindelhirn achtete der nackten Frauen nicht, denn das Frivole hatte er aus seinem Leben ebenso verbannt wie die Freude. Aus den der Tür gegenüberliegenden Fenstern blickte man weit über die Elbmarschen hin, über gepflügte Felder und Weiden und Obstplantagen. Das Schloss stand auf dem letzten Ausläufer der Geest. Hier hatte der Graf aus Schweden residiert und auf seine Latifundien herabgeblickt, deren Herr und Ausbeuter er gewesen war.

Die Gräfin empfing Spindelhirn links neben dem Salon im kleinen Comptoir, wie sie den Raum nannte, der nichts als ein Büro war, ausgestattet mit einem Sekretär, Regalen, Ordnern und zwei schweren Lehnstühlen. In einem saß die Gräfin, matt lächelnd, ein Plaid über den Knien und ein Kissen im Rücken. Zärtlich rieb sie den geschnitzten Löwenkopf an der Armlehne. Eine greise Frau, leicht und trocken wie Herbstlaub, bevor es der Wind fortträgt.

»Guten Tag, Rechtsverdreher, ich grüße Sie!«, hieß sie Spindelhirn mit leiser, aber fester Stimme willkommen, als dieser in der Flügeltür erschien.

»Ich wünsche einen guten Tag«, nuschelte der Notar widerwillig, während er wieder einmal überlegte, ob die Grande Dame des Landkreises mit Handschlag oder Handkuss zu begrüßen war. Er hasste es, sich Menschen über freies Gelände zu nähern, seine Behinderung zur Schau zu stellen, die seine Schritte Tag für Tag beschwerlicher machte.

»Keine Umstände, Spindelhirn«, verzichtete die Gräfin auf Formalitäten. »Setzen Sie sich.« Sie winkte ihn zu dem anderen Sessel.

»Kommen wir zur Sache«, verlangte die alte Dame, noch bevor Spindelhirn Platz genommen hatte, die Mamsell fortscheuchend. »Ich werde sterben, sehr bald. Ich habe Sie rufen lassen, um mein Testament zu machen.« Sie wollte höfliche Reden vom fernen Tod nicht hören. Sie hatte immer gewusst, was sie tat. Sie würde es auch bei ihrer letzten Tat, dem Sterben, wissen. »Ich habe Sie kommen lassen, weil Sie der hinterhältigste Advokat sind, der hier in der Gegend zu finden ist … – Schon gut, sparen Sie sich das, Spindelhirn, Sie wissen, dass es stimmt.«

Spindelhirn ließ sich wieder zurücksinken und schwieg, während kalter Stolz in seinen grauen Augen blitzte. Er strich sich den speckigen Schlips vor dem Bauch glatt und stopfte ihn unter den schmalen Gürtel, der eine mausgraue Hose hielt. Die unteren Knöpfe seines Hemdes standen auf, sodass seine wollene Unterhose zu sehen war, die bis über den Nabel reichte wie bei Kindern, die sich nicht erkälten sollen.

»Ich habe einen Sohn«, erklärte die Gräfin.

Erstaunt hob Spindelhirn die Brauen und entblößte dabei seinen Zahn.

»Davon wissen Sie nichts.« Sie stellte es fest.

Spindelhirn schüttelte den Kopf. Er hatte noch nicht einmal derlei Gerüchte gehört, die sonst durch dickste Schweigemauern drangen. Die Gräfin musste den Sohn sehr früh aus dem Weg ihres Lebens geräumt haben.

»Wenn ich gestorben sein werde, ist er Alleinerbe. Richtig?«

Spindelhirn nickte. »Nach gesetzlicher Erbfolge – und wenn Sie nur den einen haben, ja.«

»Nun, er soll so wenig wie möglich bekommen.« Scharf schnitten ihre Worte durch den hohen Raum.

Spindelhirn hörte den Zug vorbeibrausen. Die einzige Bahnlinie führte unmittelbar am Schloss entlang, am Fuße des Geestberges.

Die Witwe schwieg und wartete auf Spindelhirns Vorschläge, wie das zu bewerkstelligen sei.

»Sie können ihn enterben. Ich meine – jemanden anders als Erben einsetzen. Aber das heißt nicht, dass Ihr Sohn nichts bekommt. Er ist pflichtteilsberechtigt.«

»Und – was bedeutet das?«, fragte sie ungeduldig.

»Das bedeutet, dass er einen Anspruch auf Geld hat, in Höhe der Hälfte des gesetzlichen Erbteils. Da der gesetzliche Erbteil einhundert Prozent ist, stünde ihm ein Geldanspruch auf die Hälfte vom Nachlasswert zu. Das wäre sein Pflichtteil.«

»Der Bastard soll nicht so viel kriegen!«

Spindelhirn zuckte zusammen, als gälte ihm das böse Wort. Ein illegitimes Kind? »Das Gesetz wägt das Blut schwerer als den Willen«, sagte er kalt. »Abkömmlinge haben Anspruch auf den Pflichtteil. Gleich ob sie ehelich sind – ähem – oder nicht.«

»Es gibt keine Möglichkeit?«

Spindelhirn, dem alle Winkelzüge der Jurisprudenz geläufig waren, zögerte, um die Wirkung seiner Worte zu steigern. »Vielleicht doch ...«, begann er schließlich. Wer war dieser verhasste Sprössling der hoch angesehenen Gräfin?, fragte er sich. Wo mochte er leben? Trug er ihren Namen?

»Reden Sie, Spindelhirn!« Die Gräfin hielt die Augen geschlossen, als koste der Anblick des Advokaten sie zu viel Kraft. »Meine Zeit ist kostbar. Ich werde morgen oder übermorgen sterben.«

Ist es möglich, dass man sein Ende so genau kommen sieht? So todkrank war die Alte doch nicht? Spindelhirn dachte an seinen eigenen Tod, der so gewiss wie der tägliche Untergang der Sonne war und ihn eines Tages aus dem Kerker seines Körpers befreien würde. Er wünschte, er würde ihn unversehens holen, ihn ohne Vorwarnung und Schmerz von Pflicht und Fron befreien, jeden Tag in drei Schichten für dreißig Angestellte zu arbeiten und die vielen Prozesse zu führen, die seinen Hass nährten.

»Es bleibt das Vermächtnis«, erklärte er. »Sie setzen Ihrem – ähem – gesetzlichen Erben ein Vermächtnis aus. Eine Summe Geld, die ...«

»Wie viel, Spindelhirn?«

»... man so hoch bemisst, dass sie den Verstand ausschaltet, und gleichzeitig so niedrig, dass das Erbe im Wesentlichen gerettet werden könnte«, näselte Spindelhirn mit feuchten Lippen.

»Das klingt gut, Spindelhirn, aber ... Sie sprechen im Konjunktiv?«

»Um die Höhe des Vermächtnisses zu bestimmen«, flüsterte Spindelhirn und hüstelte verschlagen, »muss man wissen, in welchen Verhältnissen der Erbe lebt, was für ein Mensch er ist, wodurch er sich beeindrucken lässt, kurz ...«

»Man müsste ihn kennen, nicht wahr?«, sprach die Gräfin für den Winkeladvokaten weiter und lächelte spöttisch.

»Nun – ja.«

»*Ich* kenne ihn«, wies sie den Advokaten ab. »Und insbesondere kenne ich seinen Vater. Das reicht. Das Vermächtnis soll 100.000,– DM betragen.«

Spindelhirn resignierte und fand schnell zurück zu juristischem Denken: »Das Geld muss dem Erben sofort ausgezahlt werden.«

»Und wenn es seinen Verstand nicht ausschaltet …?«

Spindelhirn zuckte mit den Schultern. »… und er trotzdem den Pflichtteil verlangt? Dann kann man nichts machen. Außer zahlen.«

»Das behalten Sie für sich, Spindelhirn«, verlangte die Gräfin mit schmalen Augen. »Das fällt unter Ihre Verschwiegenheitspflicht, verstanden? Ich will, dass dieses Schloss, nachdem ich fort bin, der Öffentlichkeit zugänglich gemacht wird. Ein Kulturschloss soll es werden, ich denke an Ausstellungen, Musik, Lesungen und so weiter. Ich werde meinen Besitz dem Geschichts- und Heimatverein vermachen. Und der Landkreis wird für die Kosten geradestehen, die der Verein nicht tragen kann.«

Spindelhirn dachte nach. »Entschuldigen Sie, verehrte Gräfin, das ist ein schwieriges Erbe. Wertvoll einerseits, äußerst wertvoll, allein Ihre Möbel …«

»… und die Bibliothek meines Mannes, ich weiß«, unterbrach die Gräfin und wies zum offenen Durchgang nach nebenan, wo in raumhohen Regalen die Rücken der Bücher glänzten. »Sehr wertvoll. Und es finden sich sehr seltene Werke darin. Aber zerbrechen Sie sich nicht den Kopf des Heimatvereins, Spindelhirn. Einiges wird man verkaufen müssen. Es ist alles besprochen. Sie kennen Dieken? Er ist ein großer Kulturfreund.«

Spindelhirn nickte. Er kannte alle Gerüchte über den smarten Oberkreisdirektor und wusste genug, um sich überlegen zu fühlen. Gerade vor zwei Wochen hatte sich der Chef der

Hemmstedter Sparkasse bei Spindelhirn erkundigt, wie seine Bank sich gegen die unbescheidenen Kreditwünsche des Oberkreisdirektors wehren konnte, der qua Amt im Vorstand der Bank saß. Spindelhirn hatte dem Sparkassenchef geraten, künftig dafür zu sorgen, dass Dieken die Sitzung verließ, wenn über seine Kreditanträge entschieden wurde.

»Und er ist zugleich Vorsitzender des Geschichts- und Heimatvereins ...«, ergänzte die Gräfin.

»... sodass er für beide Seiten erklären kann«, sprach Spindelhirn die Gedanken seiner Mandantin aus. »Unter diesen Umständen empfiehlt sich ein Erbvertrag. Ein schwieriges Erbe kann man ausschlagen. Hat man einmal einen Erbvertrag unterschrieben, geht das nicht mehr. Man bindet sich für alle Zeit. Übrigens wäre ein Testamentsvollstrecker hilfreich.«

»Daran habe ich bereits gedacht, Spindelhirn. Giselbert von Brunkhorst-Rothenfels.«

Der hagestolze Großgrundbesitzer von raubritterlichen Gnaden, inzwischen gut in den Siebzigern, residierte nördlich von Hemmstedt. Die beiden – er und Sigunde von Talheim – pflegten eine distanzierte, aber kultivierte Freundschaft in der dritten Generation beider Häuser, die sich in winterlichen Banketten dies- und jenseits von Hemmstedt auslebte. Spindelhirn sah die rothenfelsschen Flurkarten vor sich, große Blätter, auf denen die Marken des Herrschers der Marschen nördlich von Großenborstel kenntlich waren, von der Geest bis an die Elbe, und die Grundbücher, in die er in den letzten Jahren mit Geheiß und Unterschrift des Freiherrn Grundschulden in hohen Summen hatte eintragen lassen. Der Freiherr überzog sein Budget, auch er. Doch im Gegensatz zu Dieken, der sich seine Position selbst erworben hatte, lebte Rothenfels von geraubter Substanz.

»Die beiden werden in einer Stunde hier sein«, fuhr die Gräfin fort. »Kaffee?«

»Später«, antwortete Spindelhirn, denn die Gräfin hasste nichts mehr als weiches Wohlleben; sie hatte sich nichts geschenkt und lebte nur auf großem Fuß, weil ihre hohe Geburt dies forderte. Sie trug ihren Reichtum wie andere Arbeitsstiefel.

»Ich werde meine Sekretärin holen«, erklärte Spindelhirn und machte Anstalten, sich hochzustemmen.

»Lassen Sie, Spindelhirn«, unterbrach die Gräfin, griff den Stock, der an ihrem Sessel lehnte und stieß ihn gegen den blechernen Paravent vor dem Kamin. Die Mamsell streckte ihren feisten Kopf durch die Tür.

»Frau Dr. Spindelhirn!«, verlangte die Gräfin. Nur wenigen war bekannt, dass die Sekretärin der Nachtschicht zugleich die Ehefrau des Advokaten war.

Nach vierzig Minuten war der Erbvertrag entworfen und beim Kaffee, den man anschließend gemeinsam mit dem Freiherrn Giselbert von Brunkhorst-Rothenfels und dem Oberkreisdirektor Dietrich Dieken einnahm, fand man wenig zu ändern. Die Herren gaben sich informiert und vorbereitet.

Wie die Gräfin befohlen hatte, vermied Spindelhirn einen Hinweis auf den möglichen Pflichtteilsanspruch des Sohnes, er hatte, zu seiner eigenen Sicherheit, nur eine wolkige Klausel in den Vertrag aufgenommen, wonach der Notar auf die erbrechtliche Bedeutung des Vermächtnisses umfassend hingewiesen habe, und die Parteien versicherten, alles verstanden zu haben. Spindelhirn las den Vertrag mit näselnd monotoner Stimme vor.

»Fragen?«, fragte er, scharf aufblickend.

Keine Fragen. Der Emporkömmling und der abgehalfterte Adlige schüttelten einträchtig den Kopf. Umstandslos wurde unterzeichnet.

»Nun ist alles bestens geregelt«, erklärte die Gräfin zufrieden und ließ Cognac reichen.

Auch die Herren Testamentsvollstrecker und Oberkreisdirektor ergingen sich, so weit es der bedrückende Anlass der Zusammenkunft zuließ, in aufgeräumter Stimmung. Spindelhirn nippte nur an seinem Glas, er habe noch Termine, entschuldigte er sich. Es entging ihm nicht, wie die Besucher sich verstohlen umsahen, als seien sie schon die neuen Herren des Schlosses. Auch schien es dem Advokaten, als habe die Gräfin dies bemerkt, aber sie lächelte nur spöttisch, wie es ihre Art war.

Sodann erschien der Pastor zum seelsorgerischen Zwiegespräch, was Spindelhirn Gelegenheit zum umstandslosen Abschied gab und auch die Herren Oberkreisdirektor und Brunkhorst-Rothenfels zum Aufbruch nötigte.

Das Schicksal konnte seinen Lauf nehmen. Es zögerte nicht, denn drei Tage später war die Gräfin tot.

8.

Es war Sonntag, aber darauf kommt es nicht an, denn für beide war jeder Tag gleich, für den grimmigen Bauern Heinsohn, seitdem er allein auf seinem Hofe in Engelsmoor bei Hollenfleth hauste wie ein Eremit, und für Veli Adaman aus Ovacık am Fuße des Munzurgebirges im Osten Anatoliens, seit er seine Heimat verlassen hatte.

Heinsohn saß auf Strohballen in der offenen Tür des Boxenlaufstalles, und während hinter ihm die Kühe im Silo schnauften, rauchte er eine zweite Pfeife, trank Mariacron aus der Flasche und konnte den frechen Kerl nicht aus dem Kopf kriegen, den er gerade verscheucht hatte. Was diese Kümmeltürken sich herausnahmen!

Die Hofstelle befand sich auf dem letzten Zipfel schwarzer Marscherde, die dahinter ins braune Moor überging, am Ende eines langen Birkenweges nicht weit vom Torfwerk, und bestand aus einem bald zweihundert Jahre alten reetgedeckten Niedersachsenhaus, einem zehn Jahre alten Boxenlaufstall für fünfundvierzig Kühe, einem windschiefen Maschinenschuppen und diversen schwarzen Anbauten und Verlängerungen. Heinsohn wirtschaftete seit mehr als einem Jahr allein. Zuerst waren die beiden Töchter gegangen, nach der Schule, hatten dann geheiratet. Der Sohn hatte die landwirtschaftliche Lehre gemacht, davon zwei Jahre zu Hause und eines, das letzte, auf einem Hof in Dorum in der Nähe von Bremerhaven, fast zwei Stunden mit dem Auto bis dahin. Die Frau hatte immer gesagt, der Junge müsse mal vom Hof und was anderes sehen; dem hatte Heinsohn sich gefügt. Doch was hatte er jetzt davon? Flausen hatte der Sohn bekommen, weil er andere Verhältnisse gesehen hatte. Er hatte plötzlich behauptet, Melken sei nicht sein Ding, im Melken läge nicht die Zukunft der Landwirtschaft, auf absehbare Zeit würde die Milch nichts mehr kosten, sie müssten dann immer mehr Kühe haben, einen größeren Stall und einen größeren Melkstand und dafür noch mehr Schulden machen – und dazu habe er keine Lust. Und außerdem, jeden Tag das Einerlei mit den Kühen, davon würde man verblöden. Er wollte den Betrieb auf biologische Landwirtschaft umstellen und Mutterkühe halten, Galloways, widerstandsfähige Allwettertiere, die keinen Stall brauchten, sondern nur einen Unterstand.

Seit der Sache mit dem kleinen Lars hatte Bauer Heinsohn aufgehört zu reden. Kein Mensch kann sprechen mit einem Kloß im Hals. Und den hatte Bauer Heinsohn tagaus, tagein, sogar nachts. Seit der Sache mit dem kleinen Lars konnte Bauer Heinsohn die Gegenwart seiner Frau nicht mehr ertragen, denn sie wollte ständig über die Sache reden, sie suchte die Nähe ihres Mannes, strich um ihn her wie eine hungrige Katze, die Würmer hat. Sie wurde ihm zuwider, nach all den Jahren. Bis sie endlich ging, auch sie, nach fast vierzig Jahren Ehe. Sollte sie doch fortbleiben, er wollte seine Ruhe und nicht mehr reden müssen.

Nur der Sohn war geblieben. Er klebte am Vater, weil er am Hof klebte. Er wollte den Hof partout übernehmen. Jeden Tag drängelte er. Sie müssten die Übergabe endlich regeln, sagte er. Aber Bauer Heinsohn wollte den Hof nicht abgeben. Noch nicht. Sollte der Sohn erst mal zeigen, was er konnte. Und sich nicht so einfach ins gemachte Nest setzen. Und womöglich alles, was sein Vater und Großvater in Jahrzehnten aufgebaut hatten, durchbringen mit seinen Bioideen und den zottligen Rindern, Galloways oder wie die hießen. Wer hatte schon je davon gehört, dass einer von Mutterkühen leben konnte?

Bauer Heinsohn hatte seinem Sohn angeboten, er könne den Hof pachten, für den Anfang. »Sagen wir, für drei Jahre und danach mit jährlicher Verlängerung.«

So hatte schon der Großvater den Hof dem Vater übergeben: Da war er, Bauer Heinsohn, knapp vierzig gewesen und hatte zwanzig harte Probejahre hinter sich. Harte Zeiten hatten noch niemandem geschadet. Deshalb konnte Bauer Heinsohn den Hof seinem Sohn nicht mir nichts, dir nichts überschreiben. Außerdem würde er, der Vater, erst in drei Jahren die Bauernrente bekommen. Und umstellen auf Bio? Nur über seine Leiche.

Das alles hatte Bauer Heinsohn seinem Sohn ganz klar gesagt. Der hatte ihm vorgeschlagen, in Frührente zu gehen. »Wegen dem Kreuz und wegen dem Fuß, Vater. Du solltest Berufsunfähigkeitsrente beantragen. Du kannst doch gar nicht mehr richtig.«

Es hörte sich an wie: *Du tickst doch gar nicht mehr richtig.* So ein Quatsch! Vor zehn Jahren war Bauer Heinsohn durch die Heuluke vom Boden auf die Tenne gestürzt, auf Beton, es hatte im Rücken gekracht und der Fuß war gebrochen. Einer der vielen möglichen Bauerntode, den er fast gestorben wäre. Gerade nachdem der neue Boxenlaufstall fertig geworden war. Einen Tag war er im Krankenhaus gewesen, man hatte ihm einen Gips verpasst, und dann übernahm der Tierarzt die Behandlung. Seine Salben halfen den Menschen genauso gut wie den Tieren. Dass es morgens immer so zwei Stunden dauerte, bis man einigermaßen laufen konnte, daran konnte man sich schon gewöhnen, und sonst war es mit Bauer Heinsohns Gesundheit nicht schlecht bestellt. Jedenfalls fühlte er sich mit zweiundsechzig nicht wie einer, der in Rente gehen muss und zum alten Eisen gehört.

»Du willst mich wohl billig auf Staatskosten entsorgen, was?«, hatte er gefragt.

Der Sohn hatte das abgestritten und seine Freundin vorgeschoben. Die käme nicht mit auf den Hof, wenn das mit der Übergabe nicht klar geregelt wäre. Kindergärtnerin war die. Und wollte ihren Beruf nicht aufgeben. Dann war das auch keine Frau für den Hof und dann hatte sowieso alles keinen Zweck. Auch das hatte er dem Sohn gesagt, womit das Gespräch beendet war. Endgültig.

Kurz darauf war der Sohn fortgegangen. Vom Postboten, einem Mann mit bananenbreitem Grinsen, der jeden Tag die neuesten Wetter- und andere Nachrichten brachte, hörte Bauer Heinsohn, der Sohn sei ins Alte Land gegangen und würde sich dort verdingen, aber nicht in der Landwirtschaft, sondern in einem Gartenbaubetrieb. Sein Sohn lege Gärten an und pflastere Wege und habe jeden Tag Feierabend und an den Wochenenden frei. So war das mit der jungen Generation heute. Die meisten taugten nicht mehr für die Arbeit auf dem Hof, sie wollten Urlaub haben und nach Mallorca fliegen. Als Milchbauer hatte man die Fünfunddreißig-Stunden-Woche spätestens mittwochs zum Frühstück rum und der längste Urlaub dauerte von zehn Uhr vormittags nach dem Melken bis vier Uhr nachmittags vor dem Melken. Aber nur, wenn sonst nichts zu tun war, und das gab es allenfalls im Winter und im Sommer nach dem ersten Schnitt und vor der Getreideernte, ein oder zwei Wochen lang.

Also hauste der grimmige Bauer Heinsohn seit über zwei Jahren allein auf dem Hof und wollte keinen sehen. Außer dem Postboten kam jeden zweiten Tag der Milchwagen und holte die Milch. Einmal im Monat erschien der Milchkontrolleur, sah ihm beim Melken zu und zog seine Proben. Dessen Gesabbel war nicht zum Aushalten. Letztens hatte der Mann von einem Schwarzarbeiter erzählt, vermutlich einem Illegalen aus der Türkei, der in Hemmstedt einen Mann vom Arbeitsamt vom Gerüst gestoßen haben sollte. Bei einer Kontrolle. Tot sei der Mann, mausetot. Bauer Heinsohn hatte nicht geantwortet. Von Toten wollte er nichts hören.

Er molk nun jeden Tag zwei Mal seine vierzig Kühe allein. Nachmittags vor dem Melken setzte er sich auf ein paar Strohballen unter das Tor des Boxenlaufstalles, rauchte eine Pfeife, trank ein paar Schlucke Mariacron und versuchte, eine Viertelstunde lang über nichts nachzudenken, während seine Knochen summten. Das war seine einzige richtige Pause, abgesehen von der Zeit, die er zum Essen brauchte. Essen war wie eine unangenehme Pflicht, denn es hielt ihn nur von der Arbeit ab. Bratkartoffeln, Spiegeleier, Speck, Steak. Brot, Butter, Wurst. Nach dem Melken fütterte er und arbeitete weiter bis weit in den Abend, bis er sicher war, dass er im Schlaf versinken würde wie ein Stein im Wasser und für ein paar Stunden Ruhe hatte vor sich selbst. Er schlief einen erschöpften traumlosen Schlaf, in seiner schmutzigen, mit Heu- und Strohhalmen besudelten Schlafstatt, neben sich die leere und verstaubte Hälfte der Frau. Im Morgengrauen erwachte er, sobald sein Körper die knappe Kraft für einen neuen Tag getankt hatte, stand auf und tat seine Arbeit wie ein Uhrwerk.

Jedenfalls war heute, an einem dieser endlosen Arbeitstage, während Bauer Heinsohn seine einzige Pause machte und seinen schmerzenden Rücken an den Strohballen lehnte, ein Mann den Weg von der Straße her gekommen. Als er sich näherte, erkannte Bauer Heinsohn, dass der Mann ein Ausländer war. Heinsohn hatte die Flasche mit dem Weinbrand zwischen die Strohballen geschoben und gewartet, bis der Fremde vor ihm stand. Er war ziemlich groß, aber schmal, nicht mehr jung, aber auch noch nicht richtig alt, hatte eine karierte Schiebermütze auf dem Kopf und ein Gesicht wie nasse Brikettasche, mit einem weißen Schnurrbart.

»Guten Tag«, sagte der Fremde und lächelte höflich.

Bauer Heinsohn räusperte sich, um den Kloß in seinem Hals zu prüfen. Wann hatte er eigentlich zuletzt gesprochen?

»Goden Dach«, krächzte er endlich, nickte ohne Freundlichkeit und sah sich die glänzenden schwarzen Schuhe des Besuchers an.

»Ich wollte Sie fragen, ob Sie Arbeit haben?«, sagte der Fremde. »Ich könnte Ihnen einen jungen Mann schicken.«

»Arbeit?! De he'ck 'n gah'n Dach«, nuschelte Bauer Heinsohn unwirsch zwischen Zahnlücke und Pfeifenstiel und nuckelte.

»Ich weiß«, erwiderte der Fremde. »Deswegen frage ich. Guter Mann, schnelle Arbeit.« Er kramte in seiner ausgebeulten Hosentasche und zog ein Feuerzeug hervor. »Feuer?«, fragte er und drehte am Zündrad.

Wortlos wischte Bauer Heinsohn dem Mann das Feuerzeug aus der Hand und brannte seine Pfeife wieder an. Man wartete nicht, wenn man es gewohnt war, in möglichst kurzer Zeit möglichst viel zu schaffen.

Nachdem der Fremde sein Feuerzeug wiederbekommen hatte, zog er aus der Innentasche seines Jacketts eine Zigarettenschachtel hervor, klopfte eine Zigarette heraus und steckte sie an.

Nun hatten sie etwas Gemeinsames, sie rauchten, und es hätte gemütlich sein können. Heinsohn starrte auf die Schuhe des Fremden, der Fremde auf den grünen Mützendeckel, der auf der zusammengesunkenen Gestalt in den verdreckten Arbeitsklamotten klebte. Sie schwiegen eine Weile. Die Kühe standen hinter den Fressgittern, käuten wieder und schnauften verwundert.

»Denn wart sonne Schou ober fix schieterig!«, brummelte Bauer Heinsohn endlich, diesmal etwas deutlicher.

»Natürlich. Das sind auch keine Arbeitsschuhe.«

»Versteihst Platt?«

»Ein wenig.«

»Woneem büst du her?«

»Ich stamme aus der Türkei.«

»So. Ssü so, 'n Kümmeltürke, wa?«

Der Fremde lächelte. »Die gibt's bei uns auch, ja.« Er hatte schnell geraucht und zerdrehte nun die Kippe mit dem Schuh. Bauer Heinsohn nuckelte an seiner Pfeife, nestelte mit der freien Hand im Stroh umher und drehte geistesabwesend lose Halme zwischen seinen Fingern. Er schien den Besucher vergessen zu haben. Der betrachtete den ausgemergelten Bauern aus braunen Augen, in denen das Weiße nicht weiß war, sondern hellbraun wie Milchkaffee und schlierig glänzte.

»Ick bruuk hier keen«, sagte Heinsohn endlich.

Quast hatte einen Türken, aber Quast war ein Arschloch. Jedes Frühjahr stritt Heinsohn mit ihm um den Wasserstand in den Gräben. Quast wollte Wasser für seine Obstbäume, falls es Frost gab, und Heinsohn wollte, dass seine Weiden und Äcker endlich trocken wurden. Quast war ein Zugereister aus dem Alten Land, ein geiziger Mann mit anmaßendem Bauch, der seine Frau schlug, wie jeder wusste. Mit dem würde er, Heinsohn, sich nicht auf eine Stufe stellen, indem er sich auch einen Türken anschaffte.

»Ich werde ihn mal vorbeischicken«, erwiderte der Kümmeltürke. »Sie können ihn ja ausprobieren. Er ist wirklich sehr tüchtig.« Drehte sich um und ging fort.

Ausprobieren! So hatte Quast auch geredet. Er hätte mehrere Türken *ausprobiert.*

Der Fremde hatte den gepflasterten Platz vor dem Stall noch nicht verlassen, als er ein Stöhnen hinter sich hörte.

Bauer Heinsohn war rücklings auf den Strohballen zurückgefallen. Die Pfeife lag zwischen seinen Füßen. Er beugte sich weit vor, die Haare vorm Gesicht, und massierte fluchend mit beiden Händen seinen geschwollenen rechten Fuß. Schließlich stopfte er sich die Pfeife in die Joppentasche und stand mit einem zweiten Stöhnen auf, langsam diesmal, das Gewicht auf dem linken Bein.

Aber das sah der Fremde schon nicht mehr, denn er hatte sich wieder umgedreht, weil man eines kranken Mannes Blöße nicht bestarrte. Mit ruhigem Schritt ging er den langen Weg zurück zur Straße, seine aufragende Gestalt wurde kleiner, bis sie sich verlor zwischen dem Geäst der Birken, an denen die letzten braunen Blätter im Novemberwind schwankten.

Heinsohn ließ sich erneut auf das Stroh fallen und stieß einen langen lästerlichen Fluch aus, während er seine Mütze am Knie ausklopfte. Er drehte seine Haare auf der Glatze zurecht, stülpte die Mütze darüber, nahm einen kräftigen Schluck aus der Flasche und stopfte seine Pfeife neu. Eine zweite Pfeife hatte er seit Monaten nicht geraucht. Er hatte eigentlich keine Zeit. Die Kühe. Aber der Alkohol betäubte seinen Willen, er blieb sitzen und nahm noch einen Schluck. Er brauchte keine Hilfe auf dem Hof. Zwar fehlten am Nordgiebel des Hauses etliche Bretter, der Giebel sah aus wie Heinsohns Gebiss, und er musste dringend die Löcher auf dem Weg zum Hof mit Brocken füllen, der Briefträger hatte schon öfter festgesessen; noch dringender musste er die maroden Betonrippen über dem Güllekeller im Boxenlaufstall auswechseln, sonst brachen bald die Kühe durch; im Grunde benötigte der Stall auch neuen Holzschutz und an zwei Stellen waren die Firstkappen zerbrochen, es regnete durch. Am allerdringendsten aber musste er zwanzig Hektar Drainage spülen, das Wasser stand zwei Meter breit in den Gräben, und wenn er jetzt nicht bald damit in Gang kam, würde er die Gülle nicht rausfahren können und der Austrieb im Frühjahr würde sich verzögern. Es gab massenhaft Arbeit, nicht erledigte Arbeit. Sie glotzte Heinsohn von überall her an. Zum Beispiel dieser Haufen mit den Sägespänen für die Liegeboxen, den er seit drei Monaten fortschaffen wollte, damit er nicht mehr im Weg lag, wenn er Silo in den Boxenlaufstall fuhr. Aber er würde das schon alles irgendwie schaffen, und zwar ohne Hilfe, so wahr er hier saß.

Dieser Kümmeltürke hatte ihn ganz schön durcheinandergebracht. Unverschämter Kerl! Verdammte Ausländer! Die Sache mit dem Mann vom Arbeitsamt spukte Heinsohn durch den Kopf, aber er schüttelte den Gedanken ab, indem er seine Pfeife ausklopfte, sich mühsam erhob.

»Ick ward di wat, din Quiddje!«, murmelte er. »Bün ick 'n Lotterfent?« Vorbeischicken! Ausprobieren! Dem Klokschieter würde er was husten!

Der Schmerz pulste wütend in seinem Fuß.

9.

Am folgenden Montag, den 21. November, saß Schlüter nach dem Termin beim Arbeitsgericht in der Bibliothek des Verwaltungsgerichts, das im gleichen Gebäude untergebracht war, am Ende eines kahlen Flurs. Zuvor hatte er sich der strengen Sicherheitskontrolle der Bibliothekarin unterzogen, die seine Erklärung, er sei Rechtsanwalt Schlüter, nicht für ausreichend hielt und seinen handschriftlichen Eintrag in eine Besucherliste forderte. Widerwillig kam Schlüter der Aufforderung nach. Das Missachten überflüssiger oder falscher Regeln war seit 1945 Bürgerpflicht, aber er hatte keine Zeit für einen Disput. Auf dem Fensterbrett dudelte Musik aus einem winzigen Radio. Er durfte die Bibliothek betreten.

Am Donnerstag der vergangenen Woche, als Kemal Kaya in seinem Grill in der Fußgängerzone die Geschichte vom Hotelbrand von Sivas erzählte, hatte Schlüter den sicheren Grund verlassen, auf dem er seine langweiligen Verkehrsunfälle, Ehescheidungen und Mietstreitigkeiten bearbeitete. Auslieferung. Asyl. Vier Buchstaben, ein Begriff, mit dem er bisher juristisch nichts hatte anfangen können. Allenfalls literarisch. *Nachtasyl* hieß die Geschichte von Gorki, die Schlüter in seiner russischen Phase vor Jahrzehnten gelesen hatte, sie handelte von zerlumpten Gestalten, Opfern von Bürokratie und eigensüchtigen Herren. Ein Buch aus einer Zeit, als man Gut und Böse noch auseinanderhalten konnte. Asylanten waren in der Literatur gute, aber unterdrückte und in der aktuellen politischen Nachrede böse und gierige Leute, die Deutschland überschwemmten und sein Sozialsystem ersäuften. Man musste sich ihrer erwehren und, wie es hieß, zu diesem Zwecke *den Rechtsstaat ausschöpfen,* bis er leer und trocken war.

Die Toten von Sivas waren Schlüter nicht aus dem Sinn gegangen, obwohl ihm die religiösen Verwicklungen in der Türkei, einem Land, mit dem er sich bisher weder literarisch noch auf andere Weise beschäftigt hatte, herzlich gleichgültig waren. Man musste vor der eigenen Haustür kehren. In Europa waren die letzten Hexen und Ketzer verbrannt und erschlagen worden schon vor Hunderten von Jahren, und Schlüter war unfähig, die Kategorien des Herrn Kaya von Häresie, Blasphemie und Sakrileg gelten zu lassen. So man einer Religion bedurfte, folgte man der, die man für richtig hielt, und wenn es keine fertige gab, bastelte man sich aus dem westöstlichen Baukasten eine zusammen, ganz nach individuellem Bedürfnis.

Was war es, was diese Muslime so wütend machte? Weshalb fühlten sie sich durch diese sogenannten Aleviten so provoziert, dass sie brandschatzten und mordeten?

Mit seiner Frau hatte Schlüter die geheimnisvoll-schwülen Hinweise Kayas auf die Sittenlosigkeit von Rotköpfen herzlich belacht, bei einer guten Flasche Rotwein, auch wenn sie sich auf die Gnade ihrer westlichen Geburt nichts einbilden durften, denn der Einzelne hat selten eigenen Verdienst, steht er doch nur auf den Schultern seiner Ahnen. Christa hatte den ersten Band der Märchen aus Tausendundeiner Nacht vorgeholt und angefangen vorzulesen, aber dann war sie Haremsdame geworden, hatte Bauchtanz geübt, sie hatten noch mehr gelacht, schließlich die Kerzen gelöscht und eine Orgie gefeiert.

Später hatte Schlüter die verstaubte fünfbändige Ausgabe *Religionen der Welt* von Mircea Eliade vom obersten Regal im Schlafzimmer konsultiert, bei Calvados und Espresso: Die Menschheit hatte unzählige Schöpfungsmythen und Religionen hervorgebracht, wie konnte da jemand, der sich für geistig normal hielt und womöglich Gynäkologe von Beruf war, behaupten, gerade die eigene sei die einzig richtige, und zwar mit allen Dogmen, bis hinunter zur jungfräulichen Geburt? Das Stichwort ›Alevit‹ kam bei Eliade nicht vor, also konnte es sich um keine gewichtige Glaubensrichtung handeln.

Jetzt durchforstete Schlüter die letzten Jahrgänge des Deutschen Verwaltungsblatts, um einen Überblick über das Recht auf Asyl und Nichtauslieferung zu bekommen.

Alle Urteile, die er las, handelten von Kurden. Von der Verfolgung der Kurden in der Türkei hatte man gehört; Nachrichten aus einem fernen Land, die einen nicht betrafen. Schlüter las Urteile zur *Frage der asylrechtlichen Relevanz von Maßnahmen staatlicher Sicherheitsorgane in den kurdischen Siedlungsgebieten.* Von Bürgerkrieg war die Rede. Doch es gab viele Kriege in der Welt, da konnte man sich nicht um jeden einzelnen kümmern, zumal man selbst ein Krieger war und Paragrafenpfeile schoss.

Vertreibung und Folter in der Türkei, lernte Schlüter, seien aber keine Verfolgung im Sinne des Asylrechts, weil es sich lediglich um einzelne unorganisierte und auch nach türkischem Recht gesetzeswidrige Übergriffe handele. Deswegen fehle den Maßnahmen, auch soweit sie von staatlichen Organen ausgeübt würden, die *asylerhebliche Zielgerichtetheit.* Eine sibyllinische Formulierung. Asylanträge wurden fast stets abgelehnt, Schlüter schüttelte den Kopf über den Büchern, wischte seine hineingefallenen grauen Haare fort und fragte sich, wie man eine zielgerichtete von einer nicht zielgerichteten staatlichen Verfolgung unterscheiden sollte? Und wie beweisen? Konnte man überhaupt jemanden nicht zielgerichtet verfolgen? Der japanische Zen-Bogenschütze lernte, wie man sein Wollen ausschaltete, um das Ziel desto besser zu treffen. Aber das war ja wohl nicht gemeint. Jedenfalls, so las Schlüter weiter, seien *Kurden in der Westtürkei vor politischer Verfolgung hinreichend sicher. Ihnen drohen dort auch keine sonstigen existenziellen Nachteile.* Kurden könnten also dorthin umziehen, sollte es ihnen im Osten zu ungemütlich werden. *Inländische Fluchtalternative* nannte man das im juristischen Jargon. Wer ihr Fehlen behaupte, trage dafür die volle Beweislast. Ein alter Grundsatz: Trägst du die Beweislast, verlierst du den Prozess. Die Rechtssicherheit fraß die Gerechtigkeit auf wie die Ziege das Heu. Die Gerichte produzierten Urteile und die Ziege …

Soweit Schlüter das übersah, hatten praktisch alle Kurden ihre Prozesse verloren. Jedenfalls die friedlichen. Demgegenüber konnte ein Kurde, der Mitglied der PKK war, sich

Hoffnung machen. Das Schwert war ein besserer Asylgrund als das Pflugschar.

Schlüter blätterte in den großformatigen gelben Büchern und suchte nach Asylgründen für Türken, aber es schien keine Türken zu geben, die behaupteten, vom türkischen Staat verfolgt zu werden. Wahrscheinlich behandelte der türkische Staat seine Türken gut und Gül war die einzige Ausnahme. Oder war Gül kein Türke?

War eine zwanzigjährige Haftstrafe für die Teilnahme an einer Demonstration staatliche Verfolgung? Die Justiz der Türkei genüge nicht den hiesigen rechtsstaatlichen Grundsätzen, betonten die deutschen Gerichte hochnäsig, fern von Selbstkritik wie immer, als wären sie nie blind gewesen auf dem rechten Auge. Aber: Reichte das aus?

Schlüter stopfte seine Exzerpte, die sämtlich das Thema verfehlten, in die Tasche und klappte den schweren Band laut zusammen. Es klang wie ein Schuss.

Die Bibliothekarin steckte ihren Kopf durch die Tür und fragte: »Kann ich Ihnen helfen?«

»Nein«, seufzte Schlüter, während er seine Tasche schloss und aufstand. »Mir können Sie nicht helfen. – Aber Moment«, fuhr er nach einem tiefen Atemzug Pause fort. »Vielleicht doch. Sagen Sie: Was ist ein ›existenzieller Nachteil‹? Was meinen Sie?«

Die Bibliothekarin öffnete die Tür ganz und füllte mit ihrem Lächeln den Raum. Sie blühte auf, denn schon lange hatte sie niemand mehr nach ihrer Meinung gefragt; Rosenduft entströmte ihrem tiefen Ausschnitt und wölkte über die Bücher in den metallenen Regalen. »Wenn Sie mich so fragen: ein Nachteil, der an die Existenz geht. Existenz – ist Leben. Der also mein Leben bedroht. Lebensgefahr also.«

»Danke«, grinste Schlüter. »Was meinen Sie: Ist Folter, die Leib und Seele verletzt, aber den Menschen nicht sterben lässt und auch so geplant ist, ein existenzieller Nachteil?«

Die Frau überlegte. »Nein«, antwortete sie. Und dann fragte sie sich: »Aber kann das sein?«

»Und nun stellen Sie sich vor«, fragte Schlüter weiter, »Sie werden grundlos von der Polizei verhaftet, in eine dunkle kalte Zelle gesperrt und geschlagen. Würde es für Sie einen Unterschied machen, ob die Polizisten auf eigene Rechnung handeln oder auf Anweisung des Innenministers?«

»Gott, wie schrecklich«, rief die Bibliothekarin, drei Finger vor dem Mund. »Unterschied? Nein, erst mal nicht. Ist das etwa hier in Hemmstedt passiert?!«

»Nochmals besten Dank«, knurrte Schlüter. »Ihre Logik ist besser als die des Bundesverwaltungsgerichts.«

Er zog seine Tasche vom Tisch und ging grußlos am aufknospenden Busen der Bibliothekarin vorbei, die ihm begeistert nachsah.

War ein Nachteil erst dann asylrechtlich von Bedeutung, wenn er existenziell war und das Leben bedrohte? Oder meinten die Oberrichter das *existenziell* gar nicht so? Ein bisschen nicht zielgerichtete Prügel und Vertreibung schadeten wohl nicht, das musste ein ordentlicher Kurde aushalten können.

Ich bin richtig wütend, stellte Schlüter fest, und das, obwohl es überhaupt noch nicht angefangen hat und ich über Gül, den Türken, gar nichts gefunden habe. Schlüter überquerte den in lebensmüdem Grau gefliesten Marktplatz zwischen Landkreisverwaltung, Arbeitsgericht und Verkehrsbehörde, der wie immer fast menschenleer war. Nur ein paar Landstreicher hockten an seinem Rande, mit ihren Hunden und Bierdosen.

10.

Bauer Heinsohn hinkte nach dem morgendlichen Melken auf seinen Kälberstall zu, um die Tiere dort zu füttern. Verdattert blieb er in der Tür stehen: Ein fremder Kerl in scheckigen Jeans und Gummistiefeln stand im Futtergang und schächtete mit zwei blitzschnellen Bewegungen die Bänder eines Strohballens, packte ein Drittel des Strohs und warf es in die Kälberbox. Staub wirbelte auf und tanzte in der Sonne, die durch die löchrigen Plastikscheiben hereinschien. Der Mann ähnelte irgendwie dem Kümmeltürken von vorgestern, auch wenn er jünger war, kürzer auch und breiter, mit geradem Kreuz und womöglich noch dunkler, er trug keine Mütze, keinen Bart und hatte nicht weiße, sondern kraftige schwarze Haare.

»Was machst denn du hier?«, hörte Bauer Heinsohn sich fragen. Die Überraschung hielt ihn noch nieder.

»Kälber streuen«, antwortete der Mann, ohne sich umzudrehen, und setzte seine Tätigkeit fort, als sei das seine tägliche Arbeit. Schwungvoll warf er die zusammengepressten Strohplacken auf die obere Kante der Trennwände zwischen den Kälberboxen, das Stroh zerteilte sich fast von allein und fiel auf beiden Seiten in die Boxen.

So habe ich das früher auch immer gemacht, dachte Heinsohn. »Wer hat dir gesagt, dass du das machen sollst?!«

»Mein Onkel.«

So, der Onkel also. Dieser Schnurrbart von vorgestern.

»Ich könnte übrigens gleich noch ausmisten«, erklärte der Fremde, ohne Heinsohn anzusehen.

Die Kälber standen hoch auf dem Mist, das hatte der Mann richtig erkannt, sie hatten Mühe, ihre Schnauzen bis an das Schrot in den Trögen zu bringen. Aber …

»Hier bestimmt nur einer, wo ausgemistet wird!«, schnarrte Bauer Heinsohn wütend. Hatte sich dieser Onkel heimlich in seinem Stall umgesehen und Arbeitspläne gemacht?

»Soll ich lieber die Liegeboxen im Laufstall einstreuen?«, fragte der Fremde. Dabei sprang er behänd über das Fressgitter, stand im Nu zwischen den Kälbern und trat das Stroh auseinander.

Die Kälber schreckten nicht zurück wie sonst, wenn Bauer Heinsohn selbst zu ihnen hineinstieg, sondern blieben stehen und betrachteten den Fremden wohlwollend aus ihren großen auberginеglänzenden Augen. Ließen sich sogar berühren.

»Das ist meine Sache, das mit den Liegeboxen«, grummelte Bauer Heinsohn. Er würde das schon allein schaffen. Irgendwie. Auch wenn schon das erste Gras auf dem Haufen mit den Sägespänen vor dem Scheunentor wuchs. Heinsohn wünschte sich, dass er endlich wütend genug werden würde, um diesen Kerl vom Hof zu jagen.

»Natürlich, Chef«, nickte der Fremde und stieg in die nächste Kälberbox zu den Zwillingen von Berta und einem dritten Bullenkalb. Die meisten Kälber dieses Jahr waren Bullenkälber. Was sollte man nur mit denen machen? Sie waren praktisch unverkäuflich, der Markt war zusammengebrochen, man konnte sie noch nicht einmal verschenken. Man musste draufzahlen, als wären sie Müll und trügen Gift unter ihrem Fell, kein Fleisch, das man essen konnte. Statt sie nach der Geburt, oft nachts, trocken zu reiben, sie im Kälberstall womöglich unter Rotlicht zu legen, damit sie überlebten, sie an das Saufen aus dem Trog zu gewöhnen und sie Tag für Tag zu füttern, hätte Heinsohn die siebenundzwanzig Bullenkälber, die ihm seit dem Weideabtrieb geboren waren, eigentlich sofort totschlagen müssen, wenn er Verstand gehabt hätte. Aber Heinsohn hatte es nicht getan und sie fraßen Schrot und Heu und kosteten Arbeit und Geld. Die Landwirtschaft hatte ihre Ehre verloren, wenn man so denken musste, und die Arbeit ihren Sinn.

»Verschwinde hier!«, rief Bauer Heinsohn, jetzt lauter. Endlich wurde er richtig wütend.

»Dann geh ich jetzt zu den Liegeboxen«, sagte der Fremde und flankte in die nächste Box. »Karre hab ich gesehen und Sägespäne sind auch genug da.«

Er trat die letzten Strohplacken mit kräftigen Tritten auseinander, als würde er Tore schießen, schwang sich über das Fressgitter zurück auf den Futtergang, lief an Heinsohn vorbei und trabte aus dem Stall. Er hatte sich noch nicht einmal ins dunkle Gesicht sehen lassen.

»He«, brüllte Bauer Heinsohn ihm hinterher und setzte dem Eindringling nach. »So war das nicht gemeint! Du sollst nicht …« Jäh stieß er mit seinem verdammten Knöchel gegen den Milcheimer, der gestern liegen geblieben war. Der Schmerz kreischte in steiler Kurve durch sein Bein.

Heinsohn ließ sich stöhnend auf den letzten Strohballen fallen, den dieser freche Kümmeltürke übrig gelassen hatte. Als hätte er gewusst, dass Bauer Heinsohn ein Polster brauchen würde.

So weit war es mit ihm gekommen. Er war nicht mehr Herr auf seinem Hof! Die Kümmeltürken hatten sich im ganzen Land ausgebreitet, in Hamburg und Berlin sollte es Gegenden geben, wo nur noch Türken herumliefen, und jetzt wollten sie seinen Hof besetzen.

Bauer Heinsohn sog die Luft scharf durch die Zähne ein und massierte wütend seinen Fuß. »Tööf man«, murmelte er. »Di ward ick kriegen, din Dolitschen!«

Langsam ließ der Schmerz nach und Bauer Heinsohn rappelte sich hoch. Aber er merkte, dass er nicht würde gehen können, ohne zu humpeln. Er musste erst üben, bevor er diesem Affen aus Asien mit Anstand und nicht als Krüppel entgegentreten konnte. Heinsohn knirschte vor Wut und

Schmerz mit den Zähnen und humpelte vor seinen Kälbern herum. Neugierig steckten sie die Köpfe durch das Fressgitter wie bei einer spannenden Theatervorstellung.

»Kiek nich so blöd«, brüllte der Bauer wütend und fuchtelte mit den Armen. Erschrocken rissen die Tiere ihre Köpfe aus dem Fressgitter.

Endlich klappte es mit dem Gehen. Als Bauer Heinsohn den Kälberstall verlassen hatte, hörte er plötzlich Lärm und Krachen, dann ein Bölken seiner Kühe und kurz darauf ein Gebrüll in einer Sprache, die er nicht kannte. Heinsohn vergaß seinen Schmerz und lief los.

Das Getöse wurde lauter. Im Boxenlaufstall war die Hölle los. Noch bevor Heinsohn das offene Tor erreichte, hörte er den Türken brüllen: »Ein Seil – schnell – ein Seil!«

Heinsohn machte, ohne nachzudenken, kehrt auf seinem gesunden Hacken. Neben der Innentür zum Kälberstall hingen die Stricke. Er griff sich den längsten und stürmte zurück, umrundete den nutzlosen Haufen mit den Sägespänen.

Jetzt sah er die Bescherung: Im Laufstall drängten sich die Kühe auf der gegenüberliegenden Seite ängstlich zusammen. Zwei der Kühe waren durch die morschen Betonrippen in den Güllekeller durchgebrochen, sie strampelten wild in der Jauche, die hoch aufspritzte und schon den Kopf des Türken verzierte. Der kniete vor dem Loch und versuchte, eines der Tiere an den Ohren zu halten, aber sie glitschten ihm immer wieder aus den Fäusten. Die Tiere schnaubten voller Panik, hielten ihre jauchigen Köpfe steil über die Betonkante des Güllekellers wie ertrinkende Kinder und scheuten vor ihrem Retter. Mindestens fünf Betonrippen waren durchgebrochen.

»Schnell, Chef, mach eine Schlinge«, forderte der Türke mit gedämpfter Stimme, ohne sich umzudrehen.

Hatte der Mann hinten Augen? Aber es war nichts gegen die Anordnung zu sagen. Heinsohn knüpfte eine Schlinge und reichte dem Mann den Strick, der ihn sogleich der Kuh um den Kopf warf. Mit angstgeweiteten Augen strampelte das Tier in der zähflüssigen Pampe.

»Scheißkühe, haben keine Hörner!«, sagte der Türke. »Muss um Hals gelegt werden!«

»Mach und halt sie fest«, sagte Heinsohn. »So können wir nicht ziehen. Wir würgen sie bloß. Ich hol einen Halfter, dann kriegen wir sie.«

Er drehte sich um und lief den Weg zum Kälberstall noch einmal, nahm einen Halfter vom Haken und kehrte zurück. Der gelenkige Türke beugte sich weit vor und legte der Kuh den Halfter an, merkwürdigerweise wusste er, wie man das machte, und befestigte das Ende an der letzten intakten Betonrippe; dabei redete er leises Kauderwelsch. Die Kuh ließ sich alles gefallen.

»Die ist sicher«, sagte der Türke schließlich und löste den langen Strick.

»Wo ist die andere?«, wollte Heinsohn wissen. Er ärgerte sich, dass er nicht gleich zwei Halfter aus dem Kälberstall mitgebracht hatte.

»Schon untendrunter, Chef, ich kann nicht zwei halten.«

Nein, zwei konnte er nicht halten, das konnte niemand.

»Diese verdammten Ställe«, fluchte Heinsohn leise. »Erst kürzen sie das Milchgeld, dass man immer mehr Kühe haben muss, obwohl man schon keine Lust mehr hat. Und dann baut man diese Ställe, damit man die Arbeit schafft, und dann brennt man den Tieren die Hörner weg, damit sie sich nicht gegenseitig umbringen.« Und dann, dachte er, hätte man längst die morschen Betonrippen auswechseln müssen. »Verfluchter gottverdammter Mist!!«, schrie er.

»Mist stimmt, Chef«, stimmte der Türke zu. Er hielt den Strick und kratzte sich mit der freien Hand das Gesicht. »O Scheiße«, murmelte er, denn er hatte seine Hand betrachtet und konnte sich ausrechnen, wie sein Gesicht aussah. Die

Jauche lief ihm in den Hemdkragen. »Aber Gott verdammt man nicht.«

»Was geht dich das an?« Endlich konnte Heinsohn brüllen. »Ihr seid doch Mohammedaner da unten, was geht ein gottverdammter Gott dich an? Ich kann so viel fluchen, wie ich will, merk dir das!« Heinsohn wischte sich den Geifer vom Mund.

»Wenn es nützt ...«, murmelte der Fremde. »Die andere ist weg jetzt. Das kommt von der Brüllerei.«

Diese verdammte blöde Kuh! Heinsohn wollte weiterbrüllen, aber dann überlegte er, ob das Tier Grund bekommen würde. »Wo ist sie hin?«

»Da lang«, sagte der Türke und wies zur Südseite des Stalles.

Heinsohn folgte seinem Blick und hörte es irgendwo unter den Betonrippen planschen. Der Türke wischte seine Hände an der Hose ab, zog sich die Jacke aus, wirbelte sie wie ein Lasso über seinem Kopf und ließ sie auf den Futtergang segeln. Dann begann er, sein Hemd aufzuknöpfen. Ein muskulöser dunkel behaarter Brustkasten kam zum Vorschein. Auch auf den Schultern hatte der Türke Haare.

»Ist egal jetzt«, sagte er zu sich selbst und schleuderte das Hemd fort wie die Jacke.

»Was hast du vor?«, fragte Heinsohn, während er den Halfter an den Strick knüpfte und diesen am Fressgitter festband.

»Hinterher«, antwortete der Fremde. Er kniete am Rand des Güllekellers und sog mit zusammengekniffenem Gesicht Luft ein.

»Bist du wahnsinnig?«, flüsterte Heinsohn. »Willst du dich umbringen?«

Der Türke schüttelte den Kopf, antwortete aber nicht, sondern zog die Schuhe aus und warf sie zu den anderen Sachen auf den Futtergang. Er setzte sich hin und ließ seine Beine in der Gülle versinken, die Hände neben dem Hintern.

»Halt!«, schrie Heinsohn. »Ich sage halt! Komm sofort da weg!«

»Und – wie willst du deine Kuh wiedersehen?«

»Da drin ist Gas, du Witzbold. Ein Atemzug und du bist tot!«

»Den Strick«, sagte der Fremde, lüpfte den Hintern und ließ sich langsam neben der gebundenen Kuh in die Jauche versinken, die blasig um ihn aufbrodelte. Der Mann war nicht groß. Das erkannte Heinsohn erst jetzt. Nur Hals und Kopf staken noch aus der Brühe, der Türke drehte sich um und hielt sich mit den jaucheglänzenden Händen fest.

»Das geht«, sagte er zwischen zusammengebissenen Zähnen. »Schnell!«

Heinsohn warf hastige Blicke auf die beiden Lebewesen, die ihn aus dem Güllekeller anstarrten, und dorthin, wo unter den Betonrippen das Schnaufen der anderen Kuh zu hören war.

»Du Idiot!«, brüllte Heinsohn und war sich nicht sicher, ob er sich nicht selbst meinte. Er bückte sich, hob den langen Strick auf und drückte dem Türken das eine Ende in die Hand. Der knüpfte sich mit erhobenen Armen eine Schlinge und zog sie unter die Achseln.

Er schnaufte. »Ich rufe ›Allah ist groß‹ alle paar Sekunden. Wenn ich nicht mehr rufe, ziehst du mich raus«, ordnete er an, drehte ab und tauchte langsam unter die Betonrippen.

Heinsohn achtete darauf, dass der Strick sich nirgendwo verfangen konnte, ließ ihn durch seine Hände gleiten, so weit wie der Selbstmörder in das Dunkel des Güllekellers vordrang.

»Allah ist groß«, hörte Heinsohn. »Allah ist groß. Da ist sie. Allah ist groß. Sie haut ab. Allah ist groß. Sie haut immer noch ab. Allah ist groß.«

»Treib sie nach draußen, in den Schacht. Der Kanal zweigt hinten rechts ab«, rief Bauer Heinsohn.

»Allah ist groß. Es stinkt hier gewaltig, aber Allah ist groß. Kann man das sehen?«

»Der Strick ist gleich zu Ende, Mann!«

»Wie viel noch? Allah ist groß. Hier bin ich!«

Heinsohn sah ein paar jauchige Fingerspitzen zwischen zwei Betonrippen zappeln. Er prüfte die Schlaufen in seiner Linken. »Noch ungefähr vier Meter«, antwortete er. »Wohin geht sie?«

»Nach rechts. Allah ist groß«, hörte Heinsohn den Türken. Es hörte sich dumpf an.

»Dann ist sie gleich draußen im Schacht!«

»Geh nach draußen!«, rief der Türke. »Ich glaube, sie ist schon da! Vielleicht kannst du sie da festbinden. Allah ist groß und wird mich nicht ersticken lassen!«

»Aber ich kann doch den Strick hier nicht loslassen!«, antwortete Heinsohn. »Und ich muss erst einen neuen Halfter holen, damit ich die Kuh festbinden kann!«

»Dann mach schnell, Chef! Ich zieh mich so lange hoch und atme gleich unter den Ritzen! Mach schnell!«

Bauer Heinsohn warf den Strick hin und sauste ein drittes Mal los. Als er den vermaledeiten Haufen Sägespäne zum wer weiß wievielten Male umrundete, fiel ihm die Geschichte mit dem kleinen Lars ein, an die er nicht denken wollte, und er verfluchte sich, dass er diesen Kümmeltürken nicht einfach fortgezogen hatte, zurück ans Tageslicht. Und dass er nicht längst die brüchigen Betonrippen durch neue ersetzt hatte. Wenigstens durch starke Eichenbohlen.

Entsetzt hielt Heinsohn inne. Er hörte den Mann nicht mehr. Das Gas! Gärende Gülle erzeugte nicht nur Ammoniakgas, sondern auch Metan. Ein Atemzug reichte, um einen starken Mann besinnungslos zu machen. Er würde sofort in der Gülle versinken und ertrinken.

Warum hatte er diesen Wahnsinn zugelassen? Was sollte er jetzt machen?

Es drängte ihn umzukehren, ja, er musste umkehren, aber Heinsohn rannte so schnell wie noch nie in seinem Leben weiter, gegen seinen Willen, über den Hofplatz zum Kälberstall und riss den zweiten Halfter vom Haken. Warum habe ich den nicht gleich mitgenommen?, dachte er noch und keuchte zurück. Warum bin ich drei Mal gelaufen? Warum bin ich eben nicht umgekehrt? Warum bin ich überhaupt losgelaufen? Warum habe ich auch noch angehalten und wertvolle Zeit vergeudet? Das werde ich mich fragen – auch das – bis zum Ende meines Lebens ...

Er stürzte zurück in den Stall. Zwei Kühe hatten sich der Fallgrube genähert und schnupperten neugierig. Es war ruhig. Kein Wort zu hören. Kein Menschengeräusch. Nichts. Heinsohn blieb auf dem Futtergang stehen und konnte sich nicht mehr bewegen. Wie damals, als die Sache mit dem kleinen Lars passiert war.

»Nein!«, flüsterte Heinsohn. »Nicht noch einmal, Herrgott, nicht noch einmal.« Ihm wurde grau vor Augen und es rauschte ihm in den Ohren.

»Allah ist groß!«, hörte Heinsohn.

»Allah ist groß!!«, brüllte Heinsohn. »Allah ist groß!!«, er rannte zum Südtor und nach draußen, von wo die Stimme hergekommen war, riss die Bohlen vom Schacht an der Stallwand und sah den gülligen Kopf des Türken hinter dem gülligen Leib der Kuh im Sonnenlicht glänzen. Das war das Beste, was Heinsohn seit langer Zeit gesehen hatte.

Der Türke grinste ihn breit an. »Allah ist groß!«, riefen sie beide und Heinsohn stürzte auf die Knie und reichte dem Türken die Hand.

»Erst der Halfter«, verlangte der.

Die Kuh war abgekämpft und rührte sich nicht. Gemeinsam zogen sie ihr den Halfter über den Kopf, banden ihn an eine Bohle und verkeilten sie so, dass sie sicher war.

»Komm jetzt«, bat Heinsohn leise.

Sie gingen nebeneinander über den breiten Futtergang zum Nordtor und in die Melkkammer. Dort nahm Heinsohn den langen Schlauch vom Wasserhahn und rollte ihn nach draußen ab. »Das wird jetzt kalt«, warnte er.

»Besser, als so bleiben«, nickte der Türke.

Heinsohn drehte den Wasserhahn vorsichtig auf. Zuerst spülte er dem Retter der Kühe den Rücken. Schließlich kniete er vor ihm nieder und wusch ihm die Füße, an denen noch die stinkenden Socken hingen.

»Wie heißt du eigentlich?«, fragte Heinsohn.

»Heyder. Heyder Cengi.«

»Sind alle Türken so mutig?«, fragte Heinsohn, aufblickend.

»Ich bin kein Türke«, sagte Cengi und richtete sich auf. »Ich bin ein Zaza.«

11.

Schlüter hockte allein im Büro und wartete auf Gül, während er die Exzerpte noch einmal durchlas, die er in der Bibliothek angefertigt hatte. Angela hatte Feierabend gemacht, eine Stunde früher, weil heute Mittwoch war, und Schlüter lauschte auf das Klingeln an der Tür. Den späten Termin hatte Kaya erbeten, der Mann vom *Sivas-Grill*, der Herr der Spieße, der Onkel aus der Fußgängerzone.

»Er sagt mir nicht, worum es geht«, hatte Angela beleidigt erklärt, als Kaya wegen des Termins angerufen hatte. Wenn Leute Schlüter verlangten, ohne zu erklären, worum es sich handelte, sah sie Ehre und Kompetenz bezweifelt. Für sie war Kemal Kaya erledigt, bevor er das erste Mal Schlüters Büro betreten hatte. Vielleicht hatte sie recht.

Sein Neffe habe die ganze Woche tagsüber keine Zeit, hatte Kaya behauptet. Keine Zeit vor abends um sieben, und das ohne Arbeitserlaubnis?, überlegte Schlüter.

Aber er schob den Gedanken beiseite. Er knipste die zweite Schreibtischlampe an und erwog, noch den Schriftsatz in der Grabsteinsache Rathjens zu diktieren; die Akte hatte den höchstzulässigen Umfang von fünf Zentimetern überschritten. Das war die Dicke, von der ab man nichts mehr verdiente und überdies die Übersicht verlor. Hans-Herrmann Rathjens war zu voller Form aufgelaufen und produzierte endlose handschriftliche Pamphlete, die, da auf Deutsch verfasst, prozesszulässig und somit zu studieren waren bis hinunter zum lächerlichsten Detail, denn zwischen den Tiraden konnte Prozesserhebliches stecken.

Schlüter erhob sich vorsichtig von seinem alten Eichenstuhl, der aus dem Leim gegangen war und unbedingt repariert werden musste. Aber wann? Der Stuhl diente zehn Stunden täglich Schlüters reichlich fünfzigjährigem Juristenhintern und hatte keine Zeit. Schlüter drehte sich um und hieb ihn mit einem Schlag von beiden Seiten zusammen. Erschrocken fuhren die Dübel in ihre Löcher.

Neben dem Fenster hing das neue bodentiefe Bücherregal, auf dem Schlüter seine soziologische und kriminologische Bibliothek untergebracht hatte, Relikte aus ferner Studienzeit, als man noch an das Gute im Verbrecher glaubte, das der Staat böswillig zu wecken unterließ. Zu Hause wollte Schlüter die Bücher nicht mehr sehen, weil sie ihn zu sehr an seine verlorenen Ideale erinnerten.

Unter dem Fenster lag feierabendruhig die langweilige Stadt, die Leute saßen vor ihren Fernsehern und ließen sich betäuben, damit sie die Ungerechtigkeiten der Welt nicht schmerzten, die Dächer schimmerten friedlich im Zwielicht des frühen Abends, anheimelnde Lichter strahlten empor aus den Gassen.

Es war kurz nach sieben, als es endlich klingelte.

Gül glich seinem Onkel in nichts, abgesehen von der dunkleren Hautfarbe: ein schlanker junger Mann, höchstens zwanzig, mit einem ernsten Blick aus einem schmalen Gesicht, die schwarzen Haare in Vokuhila, vorn kurz und hinten lang, frisiert. Schwarze Lederjacke, hochgeschlossen bis zum Hals, die bei jeder Bewegung knarrte, ein weißes Hemd und Salz-und-Pfeffer-Hosen mit Bügelfalten, dazu scharfspitze schwarze lange Schuhe mit hohen Absätzen, die Christa Weiberschuhe nennen würde und die bei den Türken, wie Schlüter später lernte, ›Gagoş‹ hießen. Aber die sah Schlüter erst, als er den Mann wieder verabschiedete und ihn ungeniert von der Seite betrachten konnte.

Gül kam nicht allein, er wurde begleitet von einer jungen Frau, die er hinter sich eintreten ließ. Sie trug einen grauen, mehr als knielangen Mantel, darunter einen noch längeren schwarzen Rock und ein dunkles Kopftuch, das ihre Haare verbarg und das Gesicht schmal und bleich erscheinen ließ. Obwohl sie keine eins sechzig war, schien ihre Gestalt groß, aber zerbrechlich.

Schlüter streckte der Frau die Hand entgegen, die aber hielt ihre Hände auf dem Rücken, deutete ein Kopfschütteln an, schlug die Augen nieder und schwieg. Gül dagegen griff beherzt zu und schüttelte Schlüters Hand mit einem seitlichen Schlenkern.

»Guten Tag«, sagte Gül.

Schlüter registrierte, dass der neue Mandant nicht viel mehr Deutsch konnte als diese Begrüßung.

»Ich bin die Dometscherin, guten Abend, Herr Schlüter«, sagte die junge Frau jetzt. »Emin – Herr Gül – spricht noch kein Deutsch. Er ist erst seit ein paar Monaten hier.«

»Wieso geben Sie mir nicht die Hand?«, fragte Schlüter irritiert und musterte verdattert seine Handfläche. »Ist irgendwas?«

Sie standen immer noch im Flur und kamen nicht voran.

»Das ist wegen der Religion«, antwortete die Frau.

»Wie?«, entfuhr es Schlüter. »Wieso das denn? Na, kommen Sie erst mal rein.«

Er ging voraus in sein Arbeitszimmer, wies den Besuchern die Stühle vor seinem abgewetzten Schreibtisch, nahm auf seinem Eichenstuhl dahinter vorsichtig Platz; immer das gleiche Ritual. Er atmete tief durch, legte die Fingerspitzen aneinander, die Ellbogen auf den Stuhllehnen, und machte ein fragendes Gesicht.

»Sie müssen schon entschuldigen, Frau …?«

»Kaya. Zekiye Kaya. Ich bin die Tochter von Kemal Kaya, mit dem Sie gesprochen haben, Emin Gül ist mein Cousin. Es ist uns verboten, fremden Männern die Hand zu geben.«

»Und warum?«

Die Frau mochte achtzehn Jahre alt sein, dem Mädchenalter gerade entwachsen. Sie warf einen schnellen Seitenblick auf Gül, der dem Gespräch aufmerksam zu folgen schien, aber offenbar nichts verstand. »Weil es in unserer Schrift so geschrieben steht.«

»Und aus welchem Grund steht es so in Ihrer Schrift geschrieben?«, fragte Schlüter und versuchte ein verbindliches Lächeln. »Gestatten Sie mir die Offenheit: Aber es irritiert mich, wenn jemand sich weigert, mir die Hand zu geben. Bei uns macht man das nur, wenn man jemandem böse ist. Sie sind mir doch nicht böse?«

Sie lachte kopfschüttelnd. »Es ist uns so vorgeschrieben in unserem Glauben.«

»Und das steht – im Koran?«

Sie nickte.

»Sicher?«

Sie nickte nochmals.

»Haben Sie das selbst gelesen?«

»Nein, aber …«

Gül war ungeduldig geworden und sprach seine Begleiterin auf Türkisch an.

»Er will wissen, worüber wir reden«, sagte sie. »Natürlich. Männer wollen immer alles wissen.« Sie lachte ansteckend.

»Männer sind neugierig. Viel neugieriger als Frauen.« Dann ließ sie einige türkische Brocken fallen und Gül nickte ernst; seine Lederjacke knarrte lauter als Schlüters alter Stuhl.

»Packen wir das beiseite«, entschied Schlüter schulterzuckend. »Lassen Sie uns zur Sache kommen.«

Gül solle ausgeliefert werden, erklärte die Frau, die Türkei habe ein Auslieferungsersuchen gestellt. Und demnächst, schon in drei Wochen, sei Verhandlung vor dem Oberlandesgericht in Celle. Das Asylverfahren laufe; er habe zunächst eine Duldung bekommen. Sie bräuchten einen neuen Anwalt, denn der, den sie bisher gehabt hätten, sei bei den Gesprächen immer betrunken gewesen, deshalb habe man zu ihm kein Vertrauen mehr. So habe der Onkel Schlüter angesprochen.

Das kann nur Bardenhagen gewesen sein, dachte Schlüter; der war bekannt für seine Saufeskapaden, manchmal konnte er keine ordnungsgemäßen Anträge mehr stellen und dann musste ihn das Gericht nach Hause schicken.

Sie wandten sich dem Sachverhalt zu; Schlüter stellte Fragen, die junge Frau übersetzte.

Gül, so erklärte sie mit ausladenden Handbewegungen, wobei Schlüter feststellte, dass ihre Fingernägel zartrosa lackiert waren, Gül werde vom türkischen Staat verfolgt. Er sei zu zwanzig Jahren Haft verurteilt worden wegen einer Demonstration, an der er teilgenommen habe. Im Urteil stehe, Gül habe versucht, die Verfassung der Türkei mit Gewalt zu verändern oder umzustürzen.

»Die Verfassung ändern? Umsturzversuch?«, fragte Schlüter. »Durch Teilnahme an einer Demonstration?«

»Wir haben solche Gesetze«, antwortete die junge Frau.

Schlüter bat um eine genaue Schilderung der Ereignisse.

»Emin sagt, der Onkel habe Ihnen doch schon alles erzählt«, erwiderte die Frau.

»War der bei der Demonstration dabei?«, fragte Schlüter.

»Natürlich nicht. Aber Emin sagt, mein Vater weiß, wie es war.«

»Erzählen Sie trotzdem«, verlangte Schlüter und sah Gül ins Gesicht.

Gül begann zu reden. Schlüter rutschte in seinem Eichenstuhl hin und her und wartete auf die Übersetzung, während er einen Blick aus dem Fenster warf, vor dem sich die Nacht über den Dächern der Kleinstadt niederließ wie eine müde Taube im Baum.

»Emin war in der Moschee«, begann die Dolmetscherin. »Das war ein Freitag, wissen Sie. Bei uns ist der Freitag das, was hier der Sonntag ist, nur gehen hier die Leute nicht mehr zur Kirche. Bei uns ist das anders, wir haben unseren Glauben noch. An diesem Freitag hat der Imam zu einer Demonstration aufgerufen, gegen die Rotköpfe, die in dem Hotel versammelt waren und Mohammed beleidigt hatten. Der Imam sagte, sagt Emin, sie seien verpflichtet, ihren Glauben zu verteidigen, sie würden in die Hölle kommen, wenn sie nicht etwas gegen diese Gotteslästerung unternehmen würden. Und nur das hat Emin getan, sagt Emin.«

»Was sind Rotköpfe?«, fragte Schlüter und erinnerte sich an die Orgie in der letzten Woche.

»Kızılbaş? Das sind Leute, die nicht an Allah glauben und Mohammed verhöhnen«, antwortete die junge Frau. »Mein Vater sagt ...«

»Steht das auch im Koran?«, fragte Schlüter.

»Mein Vater ...« Die junge Frau verstummte und warf einen Blick auf Gül.

Der legte beide Arme rückwärts über die Stuhllehne, streckte seine Teile vor und begann zu wippen, als verkehre er, seine Jacke knarrte rhythmisch; er blickte gelangweilt auf seine schwere Armbanduhr, legte schließlich die flachen Hände zwischen die Bügelfalten seiner Hose. Er machte ein unbeteiligtes Gesicht.

»Und wieso heißen die so?«, fragte Schlüter.

»Die werden schon immer so genannt …«

»Und wie verhöhnen diese Leute Mohammed?«, fragte Schlüter und dachte an die handschriftlichen Pamphlete von Hans-Herrmann Rathjens, die morgens im Briefkasten lagen: *An den Rechtsverdreher Schlüter.* Oder: *An den Lügner Schlüter.*

»Indem sie behaupten, er wäre nicht der letzte Prophet. Sie haben einen unrechtmäßigen Propheten.«

»Sind die Rotköpfe Aleviten?«, wollte Schlüter wissen. »Ihr Vater hat von Aleviten geredet.«

»So nennen sich diese Leute selbst«, erklärte die Dolmetscherin. »Aber wir, mein Vater und die andern, nennen sie immer Rotköpfe. Jedenfalls hielt sich in dem Hotel auch ein Mann auf, der Nesin heißt, Aziz Nesin, er hat *Die satanischen Verse* in der Türkei drucken lassen, womit er alle Muslime beleidigt hat, und …«

Bei dem Namen Aziz Nesin knarrte Güls Jacke wütend und Schlüter ärgerte sich, dass das Gespräch schon wieder in die philosophischen Tiefen der Religion abrutschte. Deshalb fragte er schnell: »Und dann? Was geschah dann?«

»Irgendwelche Leute«, setzte die Frau mit einem Seitenblick, diesmal mit einem langen, auf Gül fort, »irgendwelche Leute haben dann das Hotel angezündet und die Rotköpfe sind darin verbrannt. Das haben sie auch verdient, sagt Emin, obwohl Emin damit nichts zu tun hatte. Er war nicht mehr dabei, er war zur Arbeit gegangen. Der Brand war Allahs Wille, sagt Emin. Emin kann nichts dafür.«

»Was für eine Arbeit denn?«, fragte Schlüter.

Die Frau übersetzte. Emin sprach einen kurzen Satz, aus dem Schlüter Ungeduld heraushören konnte.

»Das hat der Onkel Ihnen auch schon erzählt, sagt Emin«, antwortete die Frau. »Jedenfalls hat Emin das Hotel nicht angesteckt. Das waren andere, sagt Emin, er hat damit nichts zu tun. Emin war einfach nur bei der Demonstration dabei, weiter nichts.«

»Dass Ihr Cousin bei der Arbeit war, hat Ihr Vater gesagt, aber ich glaube nicht, bei was für einer. Ich muss wissen, wo Herr Gül war, als es anfing zu brennen. Ich frage ja nicht, weil ich neugierig bin, sondern weil man ihn das bei seiner Anhörung in Celle auch fragen wird. Ich muss die Antwort vorher kennen.«

Die junge Frau wandte sich an ihren Verwandten. Gül begann auf Türkisch zu reden und hackte Holz in der Luft, einen großen Stoß.

»Er sagt, er war nur nachmittags da«, übersetzte die Frau. »Die Moschee hat er um halb zwei verlassen, da war die Demonstration. Erst sind sie alle zum Gouverneur gegangen, weil der den Leuten im Kulturzentrum ja die Erlaubnis erteilt hatte, gottlose Sachen zu machen. Doch die Polizei hat sie weggejagt. Also sind sie zum Kulturzentrum zurück, zum Hotel *Madımak,* da kam die Polizei dann auch hin und hat sie wieder weggejagt. Sie sind noch mal zurück zum Haus des Gouverneurs und dann wieder zum Kulturzentrum und haben demonstriert. Einige haben Steine geworfen und andere haben ein Denkmal zerstört, das die Rotköpfe einen Tag vorher aufgestellt hatten, aber Emin hat dabei nichts gemacht, und weil er damit nichts zu tun haben wollte, ist er ungefähr um halb sechs wieder zur Arbeit gegangen, und als es anfing zu brennen und das alles, das war viel später, da war er bei der Arbeit. Und Emin sagt, er hätte das schon so oft gesagt, er hätte das der Polizei gesagt und allen, und schon ganz oft.«

»Aber ich habe es noch nicht gehört«, sagte Schlüter müde. »Und ich muss seine Aussage doch auch kennen, oder? Deswegen soll er mir verraten, welche Arbeitsstelle das war, zu der er gegangen ist.«

Die Frau fragte Gül, der kurz antwortete.

»Eine Autowerkstatt«, sagte sie dann. »Er hat in einer Autowerkstatt gearbeitet. Er weiß noch, was er gemacht hat. Er hat an einem Auspuff geschweißt.«

»Und wo?«

»Ist das so wichtig?«, fragte die Frau.

»Alles ist wichtig.«

Sie übersetzte, Gül antwortete, etwas unwillig, wie Schlüter schien.

»Das war eine Werkstatt am Stadtrand. Am östlichen Stadtrand, an der Ausfallstraße nach Erzincan.«

»Und wie heißt der Inhaber?«

Gül sagte einen Namen.

»Kamil heißt er, glaubt Emin.«

»Und mit Nachnamen?«

Gül zuckte mit den Schultern und sagte ein paar Worte.

»Er weiß es nicht. Er hat nicht sehr lange dort gearbeitet.«

Schlüter machte sich Notizen. Ob Gül über das Urteil des türkischen Gerichts verfüge, wollte er wissen.

»Das können Sie doch gar nicht lesen, sagt Emin«, erklärte die Dolmetscherin und warf Gül einige türkische Sätze zu. Güls schmale Lippen kräuselten sich, er schüttelte den Kopf.

Warum lerne ich eigentlich Norwegisch?, dachte Schlüter, hier sitze ich und müsste Türkisch können und Feinde am Lagerfeuer belauschen wie Kara Ben Nemsi.

»Emin sagt, das wäre schon übersetzt.«

Schlüter versprach, das Dokument schnellstmöglich von Bardenhagen anzufordern oder ersatzweise vom Gericht. Für den Fall, dass er noch Fragen hätte, ließ er sich die Telefonnummer von Frau Kaya geben.

Damit war das Gespräch beendet; Schlüter stand auf und schaltete die Deckenlampe an. Es war jetzt nach acht.

»Sie dürfen mir also die Hand nicht geben«, sagte er zu der jungen Frau. »Gilt das für alle Frauen?«

»Für alle Mädchen, die ... Jedenfalls nicht für Kinder.«

»Also alle Frauen. Egal ob verheiratet oder nicht?«

»Ich bin so gut wie verheiratet.« Sie warf Gül einen dunklen Blick zu. »Da sind nur noch ein paar Einzelheiten zu klären ...« Sie verstummte und sah zu Boden.

»Ach übrigens«, wechselte Schlüter das Thema. »Was ich noch fragen wollte. Kurden sind Sie nicht, oder?«

»Wie kommen Sie denn darauf?«, fragte die Frau zurück, diesmal ohne die Frage zu übersetzen, und Schlüter hörte deutlich ihre Entrüstung. »Wir sind Türken«, sagte sie stolz.

Schlüter gab Gül die Hand.

Als er an diesem Abend nach Hause ging, nahm er sich vor, mit seinen Lesegewohnheiten zu brechen. Er würde den Björnsson in die Ecke schmeißen, ein paar Suren des Koran lesen, vielleicht auch ein Stück vom Matthäusevangelium, und sich fragen, ob er den Glauben noch hatte. Und welchen.

12.

Als Paul Clever am Morgen dieses letzten Novembertages des Jahres 1994 aufwachte, wusste er, dass es ein besonderer Tag werden würde. Das Licht schien anders in sein kleines Dachfenster als sonst.

Er kochte sich einen Kaffee. Gestern hatte der tätowierte Wolfgang angerufen und Clever gefragt, ob er bereit sei für einen neuen Job. Clever hatte sofort zugesagt, denn er brauchte Geld. Wolfgang entwickelte sich zum Jobvermittler, er hatte Clever schon den Job in der Kaserne beschafft.

Paul Clever wohnte seit seiner Entlassung vor drei Monaten in der Mansarde im fünften Stock eines Mietshauses in der Nähe der Umgehungsstraße. Er hatte seine letzte Strafe bis zum letzten Tag abgesessen, wie jedes Mal, wenn er eingefahren war, damit er sauber draußen umherspazieren konnte und niemandem Rechenschaft schuldig war. Nichts war schlimmer als die staatstragenden Sprüche der Bewährungshelfer. Sie trieften von Weisheit und Richtigkeit. Dabei wusste Clever besser als jeder andere, dass Einbrüche sich nicht lohnten und er sich eine feste Arbeit suchen sollte, aber bis er sich gründlich von den Strapazen der letzten drei Jahre erholt hatte, konnte er sich die Fesseln der Zivilisation nicht anlegen. Er kurierte totale Unfreiheit mit totaler Freiheit. Niemand würde das verstehen, der nicht selbst drei Jahre abgesessen hatte. Paul Clever hätte den Bewährungshelfern viele Ratschläge geben können, die sich nicht mit dem vertrugen, was sie gelernt hatten und tun mussten.

Clever stammte aus einer alten Großenborsteler Säuferdynastie, sein Vater – oder der, den seine Mutter dafür ausgab – war mit unter vierzig an Leberzirrhose gestorben, sein Großvater war unter Adolf nicht an die Front kommandiert worden, sondern zu Hause gemütlich an einer Alkoholvergiftung zugrunde gegangen, zwei von Clevers Brüdern hatte ebenfalls der Alkohol dahingerafft – der eine war ertrunken, nachdem er in Hollenfleth-Bassel mit überhöhter Geschwindigkeit ins Fleth gefahren war, der andere war als Seemann auf Landgang im nordirischen Belfast versehentlich erschossen worden, weil er, voll des Guinness, der Front zu nahe gekommen war. Eine Zeit lang waren sie in der Familie nicht aus den schwarzen Klamotten rausgekommen.

Aber Paul Clever war trocken. Nasse Phasen in seinem Leben hatten allein die Frauen zu verantworten, wenn sie in sein Leben getreten und dann seiner belagernden Fürsorglichkeit überdrüssig geworden waren. Denn Paul Clever, ein leiser und melancholischer Mensch, suchte nach der einzigen, der ewigen, der allumfassenden Liebe, und wenn er sie gefunden hatte, wollte er ihr alle Wünsche erfüllen, sie umschmeicheln, umhegen, umsorgen, umarmen, sie auf Händen tragen und nie wieder loslassen. Die Frauen gaben sich ihm hin, die kurzen und die langen, die breitärschigen und schmalhüftigen, die jungen und die nicht mehr so jungen, und ließen sich von Paul Clever lieben und verwöhnen, bis sie ihn endlich zum Teufel und wieder zurück zu seinem Schnaps schickten. Das war dann stets der Startschuss zu einer neuen Einbruchserie, denn Clever versuchte, sich die Liebe der Frauen mit Geschenken zurückzukaufen, Geschenken, die er sich nicht leisten konnte.

Es hupte auf der Straße, Wolfgang war da. Paul Clever war lang und mager und er bewegte sich mit der scheinbaren Langsamkeit einer Giraffe. In weniger als einer Minute war er unten und bestieg den zerbeulten Pick-up, den Wolfgang sich von einem Kumpel geliehen hatte. Wolfgang hatte seine Verbindungen.

»Was gibt's zu tun?«, fragte Clever in den Motorenlärm hinein, während er sich angurtete. Er legte Wert darauf, die Vorschriften einzuhalten.

Wolfgang antwortete nicht, sondern schwieg überlegen. Also war es ein besonderer Auftrag. Wolfgang wollte Clevers Neugierde steigern. Paul Clever grinste ein breites Grinsen von Ohr zu Ohr, tiefe Kerben erschienen an seinen Wangen. Sie fuhren auf der Allensteiner Straße Richtung Innenstadt.

Verstohlen sah Clever nach hinten zur Ladefläche: Motorsäge, Astschere, zwei Aluleitern, Stricke, Spaten und Axt. Also ein Garten. »'n Garten, wie?«, fragte er möglichst gelangweilt.

»Klar. Aber was für einer!«

Wolfgang hatte trotz der Kälte die Ärmel aufgekrempelt und ließ die Bilder sehen, mit denen er sie im Laufe seiner Knastjahre hatte verzieren lassen. Inzwischen kam Wolfgang mit den zwei Fingern, die ihm eine böse Bandsäge an der rechten Hand gelassen hatte, ganz gut zurecht. Die drei kleinen tätowierten Punkte in der Beuge am Daumen waren noch zu sehen. Sie symbolisierten das nasse Weser-Elbe-

Dreieck zwischen Bremen, Hamburg und Cuxhaven. Außerdem trug Wolfgang die Knastträne unterm rechten Auge, ein kleiner blauer Fleck. Zuletzt hatten sie im Hemmstedter Knast zusammen gesessen, wo Clever der Koch und Wolfgang sein Gehilfe gewesen war. Immer wenn Clever Wolfgang traf, musste er an den Ausbruch denken, den er damals mit August von Borstel und Erich Müller veranstaltet hatte. Es war nie einer dahintergekommen, dass Wolfgang ihnen dabei geholfen hatte.

Clever hatte sich nie tätowieren lassen. Das verdarb seiner Ansicht nach den Schlag bei Frauen und er führte seine Erfolge zum Teil darauf zurück, dass er, obwohl dünn und lang wie sein Strafregisterauszug und mit krummem Lebenslauf, wenigstens nicht tätowiert war. Vielleicht war es aber auch seine Melancholie, die Frauen anzog, weil sie diese mit Weisheit verwechselten. Am wahrscheinlichsten aber betörten Paul Clevers Augen, sein unter tiefen Lidern verschleierter Blick, der manchmal lebensmüde wirkte, voll feuchten Gefühls, wie der einer trächtigen Kuh. Paul Clever war ein Pfadfinder, einer, der sich aus äußeren Dingen nichts machte, und sein kostbarster Besitz war ein Spirituskocher.

Sie fuhren jetzt auf der Teichstraße direkt am Polizeirevier vorbei. Clever warf einen nervösen Blick auf das Gitterportal.

»Hast du wieder was verbrochen?«, fragte Wolfgang.

Clever schüttelte nur den Kopf. Er schielte auf den Tacho. Fünfundfünfzig. Wolfgang fuhr, wie jeder andere auch fahren würde. Clever strich sich mit der Hand über sein frisch gewaschenes Haar und sah sich gedankenverloren seine Handfläche an.

»Na – sauber?«

Clever nickte.

»Das gehört sich auch so, bei dem Job heute.« Wolfgang grinste wie ein Eroberer nach dem Sieg.

Clever gab ihm nicht die Ehre der Nachfrage. Das gehörte zum Ritual. Er wusste, heute würde etwas Besonderes anstehen. Sie fuhren über die Bahnhofsbrücke, bogen links ab, kamen an der Volkshochschule und dem Ochsenmarkt vorbei, ließen nacheinander Zollamt, Jugendmusikschule und Jugendherberge links liegen. Dann, gegenüber vom Kino, bogen sie wieder links ab in die Schlossstraße. Da fing das Villenviertel an. Clever rieb sich den Schweiß von der Stirn. Er erinnerte sich dunkel an den letzten Zug, den er gemacht hatte, bevor sie ihn das letzte Mal verknackt hatten. Das war hier gewesen, vor drei Jahren und drei Monaten, im September 1991. Clever hatte nach einem Einbruch in eine Gärtnerei ein geklautes Fahrrad geschoben, an dem ein geklauter Käfig mit einem geklauten Papagei drin hing, eine geklaute Leiter lag schräg über Lenker und Sattel, und irgendwie hatte er es fertiggebracht, auch noch zwei Steigen mit geklauten Kakteen auf dem Gepäckträger zu balancieren. Das ganze Geschütz war vier Meter lang gewesen, und das mit gut zwei Promille. Das allein wäre nicht Clevers Verderben gewesen. Aber er hatte sein Lieblingslied gesungen, von der Loreley, weil er damals mit Lore zusammen gewesen war, der er diese ausgefallenen Sachen schenken wollte, um sich ihrer Liebe zu versichern, und der Papagei hatte ihm beim Singen geholfen, mit seiner rostigen Urwaldstimme, die hohl und gewaltig durch die Lianen des Stadtparks schallte. Einer von den Reichen hatte wegen Ruhestörung bei der Polizei angerufen, und das war's dann. Der Papagei wurde zu seinem Millionär zurückgebracht und Paul Clever in den Knast. Jedem das Seine. Lore hatte er nur noch einmal wiedergesehen, kurz nach seinem Ausbruch.

»Muss das sein, dass du hier 'n Job hast?«, fragte Clever und seine melancholischen Augen sahen Wolfgang zweifelnd an.

»Hast hier 'n Bruch gemacht?«, es war kein Spott in Wolfgangs Stimme.

Freunde gewinnst du in der Schule und dann höchstens noch im Knast, dachte Clever. »Ja – ist aber abgedient. Hauptsache nur, die Leute kennen mich nicht …«

Wolfgang bog in eine von dichtem Gebüsch gesäumte Sackgasse ein und stellte den Wagen vor einer Einfahrt ab. Clever pfiff leise zwischen den Zähnen. Sie standen vor einer regelrechten Villa aus weißen Ziegeln mit glänzendem Pfannendach und Schlafaugengauben und Erkern und Markisen über den Erkern und weißem Kies vor der Tür, auf dem ein flacher Wagen stand, der mehr wert war als alles, was Paul Clever in seinem ganzen Leben geklaut hatte. Das schmiedeeiserne Gitter hatte vergoldete Spitzen und war geschlossen.

»Na, was hab ich gesagt?«, murmelte Wolfgang zwischen den Zähnen. »Aber das Beste kommt noch, halt die Luft an …«

»Dallas«, flüsterte Clever, ohne die Lippen zu bewegen. Er versuchte ein gleichgültiges Gesicht zu machen, als wäre er der Briefträger, der jeden Tag vorbeikommt.

Wolfgang drückte auf den Klingelknopf an dem weißen Steinpfosten und mit einem geheimnisvollen Klicken sprang die Tür auf. Marmor, dachte Paul Clever mit gesenktem Blick, sieht so Marmor aus? Das Auto auf der Auffahrt fesselte seinen Blick. Die Marke kannte er nicht. Dunkelmetallicblau, getönte Scheiben und flach wie eine Hutschachtel. Ob sie noch mehr als das eine hergestellt hatten? Clever dachte an die rostigen Fahrräder, auf denen er gefahren war, und daran, dass er als Kind auf einem Erwachsenenrad fahren gelernt hatte, mit dem rechten Bein schräg unter der Stange durch. Und dass er bis auf den Spirituskocher nichts von bleibendem Wert besaß, obwohl er schon Mitte dreißig war.

»Guten Tag, da sind Sie ja, kommen Sie rein«, sagte eine Frauenstimme.

Clever schreckte aus seinen Gedanken auf. Wolfgang war nicht mehr zu sehen. In der Tür stand Judy Collins. Rote

Haare, Jeans, blaue Bluse, tief ausgeschnitten. Breites Lächeln. Sterne in den Augen.

»Na kommen Sie, Herr ...?«

Der Ausschnitt war tiefer noch als ihre Stimme.

»Clever mein Name, Paul Clever«, beeilte Clever sich und legte die letzten Meter zurück. Er streckte die gute Hand aus und ergriff ihre ausgestreckte, schloss seine langen Finger um die ihren und schüttelte sie. Ihre Brüste zitterten mit, besonders die rechte, ein Land von Milch und Honig. Ein Kettchen verschwand in dem Tal zwischen den Hügeln und wärmte sich. Endlich schaffte Clever es, der Frau ins Gesicht zu sehen, und ließ ihre Hand los.

»Anna Dieken ist mein Name. Bitte ...«

Die Frau drehte sich um und ging voran. Birnenhintern. Es gibt Apfelhintern, Melonenhintern und Birnenhintern, dachte Clever, und das ist ein Birnenhintern.

Drinnen standen sie in einer großen Halle. Irgendwo oben waren Türen hinter einem Geländer. Große Kübel mit Pflanzen. Glänzende Fliesen, goldene Türdrücker.

Judy Collins drehte sich und zeigte Clever beide Bögen ihres Leibes. »Bitte hierher, meine Herren ...«, sagte sie.

Anna Dieken war die Frau des Oberkreisdirektors, klärte Wolfgang seinen Kumpel stolz auf, als sie außer Hörweite waren. »Mein Mann ist zum Städtetag nach Mannheim gereist«, hatte sie gesagt. »Wenn er zurückkommt, soll der Garten winterfertig sein.« Sie erklärte den Arbeitern, was zu tun war, und zog sich in das Haus zurück.

»Mönsch«, stieß Wolfgang aus und riss an der Motorsäge, »hast du der ihre Titten gesehn?«

»Halt die Klappe, du Arsch. Ein Pfadfinder sieht alles.« Clever lehnte zotige Sprüche ab.

»Apropos Arsch, der ihr 'n Arsch, den möcht ich ma ...«, aber da war die Säge zum Glück angesprungen, und man konnte nichts mehr verstehen.

Sie arbeiteten, schnitten Stauden, fällten Bäume, die zu dicht am Haus standen, lichteten Büsche aus und schleppten das Holz an die Auffahrt, wo es später gehäckselt werden sollte. Sie rissen den alten Kompostplatz auseinander und brachten seinen Inhalt ebenfalls nach vorn.

Nach dreieinhalb Stunden servierte Judy Collins Kaffee. Drinnen durften sie den allerdings nicht trinken. Frau Dieken hatte ein Gartentischchen auf die Terrasse gestellt, eine bleiche Sonne schien und wärmte ein wenig. Während sie servierte, taxierte Wolfgang ihr Fleisch und beäugte unverschämt ihren Busen. Paul Clever fand das ungehörig und mühte sich redlich, anständig zu bleiben. Er ärgerte sich, und als er das merkte, ärgerte er sich noch mehr.

Sie arbeiteten bis vier. Die Sonne war hinter den Bäumen in Deckung gegangen, es dämmerte.

Es war, als sie gehen wollten. Eigentlich waren sie schon gegangen. Clever wollte das Tor hinter sich zuziehen, und Wolfgang hatte schon den Pick-up aufgeschlossen.

»Herr Clever, einen Moment bitte ...«

Er lief die paar Schritte zur Haustür zurück, unter der sie mit verschränkten Armen stand.

»Ich hatte ganz vergessen, Sie zu fragen, ob Sie ... Ich brauche Ihre Hilfe. Wir kriegen zu Weihnachten einen Flügel, und um den im Haus unterzubringen, muss ich ein paar Möbel umstellen. Würden Sie mir dabei helfen?«

»Ja, ich ...«

»Vielen Dank, Herr Clever – und, wenn Sie bitte Ihrem Freund nichts davon sagen würden – er muss nicht neidisch auf den kleinen Extraverdienst sein. Ich brauche nur einen Mann. Und Sie sind mir sympathisch. Abgemacht?« Kleines Lächeln.

Er nickte. Sie bat ihn um seine Telefonnummer. Er sagte sie ihr. Tür zu.

»Was hatte die denn noch?«, fragte Wolfgang.

»Ach nix, sie fragte nur, wann wir morgen wiederkommen.«

»Ja, um acht natürlich, hab ich der doch schon gestern gesagt, am Telefon!«

»Hatt se wohl vergessen gehabt …«

13.

Das Leben schlich weiter auf staubiger Straße. Schlüter konnte sich nicht konzentrieren auf irgendeine Arbeit. Es war einer jener Tage, an denen man sich dem Erstickungstod nahe fühlte. Die Sonne hatte sich seit Wochen nicht blicken lassen und es war ungewiss, ob sie je wieder scheinen würde. Die Sicht draußen betrug seit Tagen kaum mehr als fünfzig Meter und es rührte sich kein Hauch. Weder Frost noch Regen wollten das Regiment führen. In zwei Tagen war Heiligabend.

Schlüter war zwischenzeitlich weder zum Nordpol noch nach Konstantinopel oder auf die Seidenstraße gegangen, sondern wie alle Tage nur ins Büro, zum Gericht und nach Feierabend nach Hause zu den Büchern. Die kurzen Wege, die immer die gleichen waren.

Vorhin hatte er sich die Zankschrift von Hans-Herrmann Rathjens in der Grabsteinsache vorgenommen, auf die er bis heute zu erwidern hatte gemäß Verfügung des Präsidenten, der für den Rechtsstreit zuständig war. Der Hass, der aus jeder Zeile des Schreibens spritzte, hatte Schlüters Seele verätzt. Der jahrzehntelange Konsum schriftlicher Insinuationen hatte ihn nicht hart gemacht wie andere, sondern weich. Nachdem Rathjens fast alle Rechtsanwälte des Bezirks mit seinen Ränken und Stänkereien belästigt hatte, ließ er sich neuerdings vom Kollegen Meier-Mertes vertreten, sekundierte aber mit eigenen Pamphleten, weil er auch ihm nicht über den Weg traute. Die Scheu, die Meier-Mertes vor dem Argument unterhalb der Gürtellinie hatte, ging Rathjens ab. Schlüter fehlte die Kraft, die Tiraden zu studieren; er beantragte Fristverlängerung bis zum 6. Januar, da die notwendige Rücksprache mit der Mandantschaft noch nicht möglich gewesen sei. Nächstes Jahr …

Die Auslieferungssache Emin Gül hatte Schlüter vorübergehend aus seiner Lethargie gerissen, aber die neue Lektüre, zu der sie ihn inspiriert hatte, war nach wenigen Wochen langweilig geworden; den Koran, dieses Buch voller Drohungen, Rache, Vergeltung und Anweisungen für den täglichen Gebrauch, das Lobpreisungen Gottes, Gesetze, Dogmen, Ermahnungen und Polemiken gegen Götzendiener, Juden und Christen in schwülstiger, nur manchmal dichterischer Sprache enthielt, den Tod für die Sache Gottes als sichersten Weg zum Paradies verhieß und verkündete, der Mensch könne kein Jota vom vorherbestimmten Weg abweichen – Schlüter hatte ihn als unverdaulich beiseitegelegt. Die Bibel lag weiter ungelesen auf dem aktuellen Stapel auf dem Sofa, jedes Mal, wenn er sie aufschlug, erschien ihm der Husumer Pastor, der ihn konfirmiert hatte, ein Kreuzfahrer, Kinderschreck und Seelenschänder ohnegleichen. Christa verlor kein Wort mehr über *Die satanischen Verse*, sie hatte die Lektüre irgendwo im zweiten Drittel eingestellt und gesagt: »Das können wir meinetwegen wegschmeißen.«

Immerhin hatten sie gelernt, dass es sich bei den ›satanischen Versen‹ um einen scheinbar harmlosen Vierzeiler handelte, der ursprünglich im Koran gestanden haben soll, dann aber angeblich vom Propheten gestrichen worden war:

Habt ihr Lat und Uzza gesehen,
und auch Manat, diese andere, die dritte?
Es sind die Erhabenen Vögel,
und ihre Fürsprache ist gewiss erwünscht.

Diese dunklen Zeilen mussten es in sich haben. Lat, Uzza und Manat, so viel war zu begreifen, waren im alten Mekka als Göttinnen verehrt worden, aber nicht nur sie, sondern weitere dreihundertzweiundsechzig Gottheiten, für jeden Tag des Jahres eine. Der Statthalter von Mekka, so schrieb der gehässige Rushdie, habe mit den Verehrungstouristen, von denen die Stadt nur so wimmelte, einen Batzen Geld gemacht, denn er verlangte Eintritt. Mohammed aber wollte nur noch einen Gott: Allah. Wogegen sich der Statthalter heftig wehrte; er wollte sich nicht das Geschäft verderben lassen. Mohammed hatte noch nicht das Sagen über die Stadt, deshalb musste er sich mit dem Statthalter arrangieren und suchte die Höhle nahe Mekka auf, um den Erzengel Gabriel, der ihm dort stets erschien und nach und nach den Koran mitteilte, um Rat zu fragen. Gabriel erteilte Mohammed, so behauptete Rushdie, die Betriebserlaubnis für die drei Damen Lat, Uzza und Manat, obwohl sie Allahs Alleinvertretungsanspruch für das Himmlische infrage stellten. Kaum aber hatte Mohammed den Statthalter in Ketten gelegt und selbst die Macht in Mekka übernommen, eilte er zur Höhle, und siehe da, er kam zurück mit der neuen Anweisung des Erzengels, die Nebengöttinnen seien verboten. Und zwar endgültig.

Die Verse wurden aus dem Koran gestrichen. *Was wir auch an Versen aufheben oder in Vergessenheit bringen, wir bringen bessere oder gleiche dafür.* Mohammed, so lästerte Rushdie weiter, hatte das Dogma, es gebe nur einen Gott, dem politischen Kompromiss geopfert. Und der Erzengel hatte ihm dazu geraten. Gabriels Rat war also schlicht gotteslästerlich, ja satanisch. Unglaublich, was sich ein Erzengel herausnahm!

Außerdem spottete Rushdie über den Erzengel, weil er Mohammed so viele Frauen erlaubte, wie er haben wollte, dem gemeinen Mann aber bloß vier.

Die fehlenden Unterlagen in der Sache Gül hatte Schlüter vom Kollegen Bardenhagen angefordert, aber noch nicht bekommen.

Das Telefon auf dem Schreibtisch bimmelte. Angela sagte: »Ein Herr Adaman ist da. Neue Sache. Er fragt, ob Sie Zeit haben, jetzt gleich.«

»Wie heißt der Mann?«

»Adaman. Oder so ähnlich.«

»Und worum geht's?«

»Das wollte er nur Ihnen sagen.«

Der Name hörte sich türkisch an. Schon wieder Türkisch! Wohl wenigstens keine Scheidungssache. Türken ließen sich nicht scheiden. Scheidungsgespräche vertrug Schlüter höchstens zwei in der Woche und er hatte sein Soll schon gestern erfüllt. Frau Rimmel hatte das Bedürfnis, zweimal im Jahr mit ihrem Exmann über Unterhalt zu streiten. Sie war jetzt achtundvierzig, die Scheidung lag zehn Jahre zurück, Frau Rimmel kostete den Unterhaltsanspruch wegen Kindesbetreuung in voller gesetzlicher Länge aus und steuerte auf eine lebenslange Versorgung durch den Exmann zu – der natürlich wieder neu verheiratet war und zwei kleine Kinder hatte. Jetzt behauptete Frau Rimmel Berufsunfähigkeit, Rücken, Sehnenscheiden, Arthrose, nicht mehr als fünf Kilo tragen, nur Tätigkeit im Wechsel von Gehen, Stehen, Sitzen, ohne Zugluft und Hitze maximal zwei Stunden am Tag. Das war Emanzipation. Die Frauen verlangten Gleichberechtigung und, nachdem sie sich deswegen mit ihren Männern verzankt hatten, lebenslange Versorgung.

Nach Frau Rimmel war dann noch ein Greis erschienen, der sich nach fünfzig Jahren Ehe scheiden lassen wollte, offenbar nur wegen der Einzelgrabstelle. Das Weib, das ihm Jahrzehnte des Lebens versauert hatte, sollte im Tode nicht neben ihm liegen. Schlüter hatte es dem Mann nicht ausreden können. »Wenn Sie das Scheusal kennen würden, von der würden Sie sich auch scheiden lassen«, behauptete der Alte.

Überhaupt hatten Greisenscheidungen zugenommen.

»Soll ich ihn reinschicken?«, fragte Angela. Sie stand inzwischen in der Tür.

Schlüter nickte ergeben und räumte die unerledigten Akten von seinem Schreibtisch. Jedenfalls konnte er die Grabsteinsache Rathjens so besser verdrängen.

Schlüter hatte einen kleinen Mann mit schwarzen Haaren erwartet, aber Adaman war groß, bestimmt einen Meter achtzig. Er hatte weiße Haare und einen weißen Schnurrbart und seine bronzene Haut war dunkler als die von Kaya und seiner Sippe.

Adaman lächelte freundlich und wünschte mit rauer Stimme einen guten Tag. Über einem blauen Hemd und einer Weste trug er ein ausgebeultes dunkelbraunes Jackett, das ihm zu groß war, denn es schlenkerte um seine knochigen Schultern.

Schlüter war hinter seinem Schreibtisch aufgestanden, erwiderte den Gruß, indem er eine Hand ergriff, die sich trocken und knotig anfühlte, und wies den Mann auf den Besucherstuhl. Der Mann hatte eine Menge Lachfalten um die Augen und tiefe Kerben auf Stirn und Wangen.

»Was führt Sie zu mir?«, fragte Schlüter wie üblich.

»Mein Neffe«, antwortete der Mann. »Haben Sie Zeitung gelesen?«

Schlüter schüttelte den Kopf und klappte die Hände auseinander. »Ich hab sie abbestellt«, erklärte er. »Es steht zu viel Mist drin.«

Der Mann lachte und nickte. »Stimmt. Aber vielleicht haben Sie trotzdem davon gehört. Im November ist in Hemmstedt ein Mitarbeiter des Arbeitsamts bei der Kontrolle auf einer Baustelle ums Leben gekommen. Er ist vom Gerüst gestürzt ...«

»Davon habe ich allerdings gehört«, sagte Schlüter. »Man hat mir davon erzählt.« Er atmete tief und entschlossen durch.

»Mein Neffe soll ihn getötet haben«, erklärte der Mann. »Absichtlich.«

»Sagen Sie mir nicht, wo Ihr Neffe steckt«, ordnete Schlüter hastig an. »Wenn er verfolgt wird und Sie mir sagen, wo er ist, müsste ich das womöglich der Polizei mitteilen. Meine Verschwiegenheitspflicht gilt nur, wenn ich ein Mandat habe. Und ich werde Ihren Neffen nicht vertreten. Ich kann ohnehin nichts für ihn tun. Von Ausländerrecht habe ich so gut wie keine Ahnung und Strafsachen lehne ich grundsätzlich ab.«

Vor allem hatte Schlüter von türkischen Neffen vorerst genug, die eine Sache mit Gül reichte ihm, aber das behielt er für sich. Er hoffte, der Mann würde jetzt aufgeben, aber Adaman schüttelte den Kopf.

»Dies ist eine besondere Sache, Herr Rechtsanwalt«, sagte er. »Und Sie sind mir empfohlen worden.«

»Von wem? Und weiß dieser Mensch, welches Problem Sie mir antragen?«

»Das habe ich erzählt, ja. Sie hat gesagt, Sie können noch an Unschuld glauben. Sie werden alles richtig machen.«

»Wer ist diese – sie?«, fragte Schlüter und wunderte sich, dass eine Frau zu solchem Vertrauen fähig war.

Der Fremde antwortete nicht. Er saß vorgebeugt und knetete angespannt die Fäuste zwischen den Knien. Ein silbernes Kettchen baumelte ihm vom Hals, daran ein Schwert wie eine winzige Kräuterwiege. Schließlich sagte er: »Mein Neffe hat diesen Mann nicht absichtlich getötet. Er wollte nur weglaufen. Der Mann hat ihn verfolgt und sie haben auf dem Baugerüst im vierten Stock gekämpft. Es hat sich eine Gerüststange gelöst, der Mann hat den Halt verloren und ist abgestürzt.« Er stieß die Hände ineinander.

»Zeugen?«

Adaman schüttelte den Kopf.

»Wenn Ihr Neffe sagt, er hat es nicht getan – warum stellt er sich nicht?«

»Er muss Geld verdienen«, erklärte Adaman. »Er ernährt seine Eltern und seine Schwester. In ihrer Heimat. Die Familie ist auf sein Geld angewiesen. Sie hat sonst nichts. Und auch wenn er freigesprochen wird, wird er auf jeden Fall abgeschoben. Denn er ist fahnenflüchtig. Er ist vom Militärdienst geflüchtet. Man würde ihn in der Türkei gleich ins Gefängnis werfen. Das steht er nicht durch. Bei uns ist Bürgerkrieg. Bei uns sind die Gefängnisse ...« Er verstummte, breitete die Arme aus und ließ die Hände auf seine Schenkel fallen.

Schlüter sah, dass seinem Besucher die Fingernägel am rechten Zeige- und Ringfinger fehlten.

»Und danach müsste er seinen Militärdienst trotzdem noch leisten«, ergänzte Adaman. »Das kann er nicht.«

»Und warum?«, fragte Schlüter.

»Weil sein Gewissen es ihm verbietet. Wir sind Aleviten. Die meisten von uns lehnen Gewalt ab. Besonders wenn man gegen die eigenen Leute kämpfen muss.«

»Aleviten?!« Schlüter richtete sich auf. »Etwa – Rotköpfe?« Er grinste vorsichtig und zwinkerte mit den Augen.

Adaman lachte dröhnend und schlug sich auf die Schenkel. »Genau! So nennen sie uns! Das ist ein Schimpfwort, wissen Sie? Sie haben von uns gehört?«

»Beiläufig«, wich Schlüter aus und sah aus dem Fenster, um dem Blick des Mannes zu entgehen. »Ich wollte Sie nicht beleidigen, entschuldigen Sie. – Und wieso kommen Sie erst jetzt?«, wechselte er das Thema. »Die Sache mit Ihrem Neffen, die ist doch mindestens vor einem Monat passiert?«

»Das ist länger her. Am 10. November war das. Ich habe ihn versteckt, so gut es geht. Aber ich weiß nicht, wie lange ich mich um ihn kümmern kann. Es gibt nur sehr wenige hier in der Gegend, zu denen ich Vertrauen habe. Ich wusste nicht eher von Ihnen.«

Schlüter versuchte, klare Gedanken zu fassen, aber er konnte nicht, weil er in sich Kemal Kayas Stimme hörte: *Rotköpfe, ehrlose Leute, töte sieben Aleviten, so kommst du in den Himmel!*

»Und Sie«, fragte er. »Haben Sie Aufenthaltsrecht?«

Adaman schüttelte den Kopf.

»Haben Sie keine Bedenken, dass Sie aufgegriffen werden, besonders jetzt, nachdem die Sache mit Ihrem – Neffen passiert ist?«

Der Besucher lächelte und sagte: »Natürlich. Deswegen bin ich ja hier. Falls mir etwas zustößt.«

Falls mir etwas zustößt. Ein Fremdländer, von Weitem als solcher zu erkennen, ein stattlicher Mann mit weißem Schnurrbart, dessen Haut von der südlichen Sonne seiner felsigen Heimat dunkel gegerbt war, den man mit einem Bündel Schafwolle auf dem Rücken steinige Pfade in den steilen Schluchten anatolischer Gebirge gehen sah oder an einem Tisch sitzen in einem orientalischen Teehaus, wo er sich am Rande eines Marktplatzes eine Pause vom Handel mit dem Vieh gönnte. Jeder misstrauische Bürger, jeder Polizist musste sich fragen, ob der Mann eine Aufenthaltsgenehmigung hatte. Wie alt mochte er sein?

»Es besteht eine Abschiebeverfügung gegen mich«, erklärte Adaman. »Bei mir ist nichts zu machen. Ich komme sofort in Auslieferungshaft, wenn ich geschnappt werde.«

Er erzählte, er sei vor acht Jahren nach Deutschland gekommen und habe Asylantrag gestellt. Der sei aber zurückgewiesen worden und danach sei er untergetaucht. Anfang letzten Jahres, 1993, habe man ihn erwischt und abgeschoben, aber im Herbst schon sei er wieder zurückgekommen.

»Und wie?«, fragte Schlüter.

»Es gibt Wege«, erklärte Adaman vage. Von Teheran war er eingeflogen, nach Amsterdam, mit einem Pass aus der besten Fälscherwerkstatt in den Souks von Istanbul; fast zehntausend Mark hatte ihn die Reise gekostet.

»Haben Sie Familie?«

Der Mann nickte mehrmals. »Ja«, sagte er zärtlich. »Ich habe eine Frau und vier Kinder, zwei Töchter und zwei Söhne. Sie sind natürlich nicht in Deutschland.«

Schlüter rechnete. Von 1986 bis 1993, sieben Jahre lang, hatte der Mann seine Familie nicht gesehen. Und jetzt seit ungefähr sechzehn Monaten nicht. Schlüter stützte den Kopf in die linke Hand, den Ellbogen auf seinem abgewetzten Schreibtisch. Und er würde heute Abend nach Hause gehen und Christa umarmen, den Duft ihrer Leibes einsaugen und den vielen Nächten, die er bei ihr gelegen hatte, eine weitere hinzufügen, eine Hand auf ihrer atmenden Brust.

Was ist Einsamkeit?

»Ach je«, seufzte Schlüter. »Herrjemine.«

»Es ist besser so«, tröstete ihn der Fremde. »Wir telefonieren einmal in der Woche. Meine Söhne sind in Istanbul, meine Tochter Ezo ist noch zu Hause, die andere ist verheiratet, sie lebt in Izmir.« Er lächelte wieder. War es ein wehmütiges Lächeln?

Er sah Schlüter erwartungsvoll an. Jedes Wort, das dieser Mann sprach, war genau überlegt; ein intelligenter Mann, den ein Schicksal, das Schlüter nicht kannte, zu einem Gesetzlosen in einem fremden Land gemacht hatte. Aber keines seiner knappen Worte ließ Unterwürfigkeit erkennen.

Schlüter spürte, wie sein Herz unter dem erwartungsvollen und selbstgewissen Blick des Mannes langsam weich wurde wie der harte Brotknust heute Morgen, den er in seinen Frühstückstee getunkt hatte, denn er gehörte noch zu den Leuten, denen man beigebracht hatte, nichts umkommen zu lassen.

Er hatte zu viele Fragen gestellt, um noch Nein sagen zu können. »Nun gut«, hörte er sich reden. »Ich werde Ihren Neffen vertreten.«

Die Augen des Mannes leuchteten auf. »Ich habe es gewusst«, lachte er und die Lachfalten dehnten sich als feines Gespinst bis unter die weißen Haare. »Sie hat gesagt, Sie würden zusagen, und sie hat gesagt, ich soll das erst sagen, wenn Sie zugesagt haben. Ich soll bestellen herzliche Grüße von Frau Kalde.«

Schlüter ließ sich in seinem Stuhl zurücksinken. Die Moorhexe aus dem Engelsmoor! Was hatte diese wunderliche Dame, die die Zukunft aus einer Kristallkugel las und mit einer bunten Gesellschaft alter Käuze und einer Unmenge von Katzen in einer krummen Kate tief im Moor südlich von Hollenfleth lebte, mit diesem Mann zusammengebracht?

»Wo kommen Sie eigentlich genau her?«, erkundigte sich Schlüter.

»Aus dem Dersim«, antwortete Adaman. »Man sagt, dort sei das biblische Paradies gewesen. Wenn Sie zu Hause eine Karte haben, dann suchen Sie nach Elazığ und Erzincan. Das Gebirge dazwischen, das ist das Munzurgebirge, da stamme ich her.«

Eine Autowerkstatt an der Ausfallstraße nach Erzincan.

»Ist das weit von Sivas entfernt?«, fragte Schlüter.

»Sie kennen Sivas? Da war ich letztes Jahr. Man hätte mich dort fast umgebracht.«

»Umgebracht!?«, rief Schlüter aus. »Das ist ja fürchterlich, ich meine, das ist ja … wie …« Er verstummte.

Adaman machte eine wegwerfende Bewegung und lachte. »Ich lebe«, sagte er. »Ein Freund hat mich gerettet. Aber genug, ich rede zu viel, das spielt keine Rolle. Es geht um meinen Neffen. – Hier ist eine Telefonnummer, falls Sie mich dringend erreichen müssen. Es ist nicht mein Telefon. Ein Herr Clever wird sich melden.«

Sie verabredeten, dass Adaman seinen Neffen eine Vollmacht für Schlüter unterschreiben ließ, sie aber sonst vorerst nichts unternehmen würden. Erst wenn der Neffe verhaftet werden sollte, würde Schlüter tätig werden und von ihm selbst alles Notwendige erfahren. Deutschland, erklärte Adaman, sei ein gutes Land, es gäbe keine Willkür und jeder, der verhaftet werde, habe das Recht, einen Anwalt anzurufen, und das werde sein Neffe tun, falls es so weit käme.

Adaman beendete das Gespräch, als habe er keine Zeit mehr. Er stand auf, verabschiedete sich und ging, groß, weißhaarig, leicht gebeugt, entschlossen.

Schlüter blieb bewegungslos hinter seinem Schreibtisch sitzen. Sivas, schon wieder Sivas, dachte er. Er hätte Adaman gerne gefragt, ob er das Hotel *Madımak* kenne, ob er gar etwas mit dem Brand zu tun gehabt habe. Aber andererseits – vielleicht war es besser, nicht noch mehr darüber zu wissen. Schlüter schob den Gedanken beiseite. Er fühlte dem festen Druck der verstümmelten Hand nach, sah die blinden Kuppen der Finger, denen der Spiegel des Nagels fehlte, die aber nicht kürzer waren, als Finger sein sollten. Hatte der Mann einen Unfall gehabt? Schlüter spürte ein Ziehen in seiner Hand. Sie haben ihm die Fingernägel herausgerissen, sagte es in ihm, sie haben ihn gefoltert.

Schlüter las die Telefonnummer auf dem Zettel: Clever. Etwa *der* Clever?

Es geschahen Dinge, auf die man keinen Einfluss hatte, und ein dumpfes Gefühl von Gefahr breitete sich in seinem Magen aus. Heute Abend würde er den Atlas aufschlagen, um das Dersim zu suchen.

14.

Auf dem Beifahrersitz saß der Kanake. Schukowski hatte ihn in Hollenfleth aufgegabelt. Meschkat, der Mann fürs Grobe bei *Madaus & Sohn,* hatte Schukowski angewiesen, bei der ARAL-Tankstelle nach einem Südländer Ausschau zu halten. Als der Mann in den Lkw stieg, dachte Schukowski: Auch das noch, ein Hungerhaken, spiddelig und viel zu alt und schlapp zum Möbelschleppen. Er begrüßte den Fremden nicht, wartete nur, bis der die Tür zugeschlagen hatte, und fuhr wieder an.

Einen Nachthimmel gab es über dem Industriegebiet nicht, keine Sterne, sondern nur die Flutlichter über den chemischen Produktionsanlagen. Schukowski wohnte in der Nähe der Industrie am Borsteler Fleth, nur ein breiter Streifen Apfelhöfe dazwischen, deshalb sah er den Sternenhimmel fast nur noch einmal im Jahr, wenn er auf Mallorca war. Schukowski ließ das Industriegebiet hinter sich und fuhr geradeaus auf die Ostumgehung und über die Zugbrücke, unter der die Hemmau floss. Es war Ebbe, die Segelboote im Seglerhafen links von der Brücke klebten im Schlick. Auf den Straßen war nichts los, die Leute waren an diesem 1. Januar 1995 früh zu Bett gegangen, um den Silvesterrausch auszuschlafen.

Als in Lieth die Einfahrt zum Schloss in Sicht kam, drosselte Schukowski die Geschwindigkeit und bog auf das Kopfsteinpflaster ab. Im Licht der Scheinwerfer tauchte das wuchtige Backsteingebäude auf, ein unförmiger Klotz, der mindestens dreistöckig war, Schukowski konnte das Dach nicht sehen. An dem Gebäude klebte ein Turm, in den eine breite Eingangstreppe führte.

»Links vorbei«, sagte der Kanake.

Der spricht ja, dachte Schukowski, und dann auch noch Deutsch. Das war bei den Kanaken nicht selbstverständlich. Meistens lernten die überhaupt kein Deutsch und verstehen konnten sie nur die Faust.

Das Pflaster führte sie abschüssig links im Bogen um das Gebäude herum und endete in einem Wendeplatz vor der Kellertür.

Dort wartete seit einer halben Stunde Paul Clever und bewunderte den Sternenhimmel, während er überlegte, ob das jetzt ein legaler Job war oder nicht. Aber er brauchte Geld und durfte nicht wählerisch sein. Dreihundert Mark auf die Hand, inklusive. Feiertags- und Nachtzulage, wer konnte da widerstehen? Der dicke Meschkat hatte Clever herbestellt auf abends um zehn Uhr und ihm alles erklärt. Zusammen hatten sie noch einige Sachen in den Keller geräumt. Dann war der Dicke wieder abgehauen; er hatte einen Möbelhunt dagelassen.

Als der Lastwagen über das Kopfsteinpflaster rumpelte und quietschend vor Clever zum Stehen kam, war der erste Tag des neuen Jahres schon vorbei. Der Motor starb, das Licht erlosch und zwei Gestalten stiegen aus, eine große vom Beifahrersitz und eine etwas kleinere, der Fahrer.

»Wir sollen das hier einladen«, sprach Clever ins Dunkle und klappte seine langen Arme zum Keller hin aus. »'n Abend, Veli«, sagte er.

Als Clever den Mann aus der Türkei vor zwei Jahren das erste Mal gesehen hatte, hatte er gleich erkannt, dass er einen Erniedrigten und Beleidigten vor sich hatte, so wie er selbst einer war. Veli war ein harter Arbeiter, sehnig, ausdauernd, vor allem aber: schweigsam. Clever mochte solche Typen.

Veli Adaman brannte sich eine Zigarette an und das Feuerzeug warf seinen kleinen Schein auf sein Gesicht.

»Und du?«, wandte Clever sich an den Fahrer, der mürrisch dastand und lange Blicke in das nächtliche Zwielicht über den Marschniederungen der Elbe warf. »Ich heiße Clever. Wie schlau. Heißt du auch irgendwie?«

»Schukowski.«

Clever drehte sich um und schob die Kellertür auf. Stand scharf und schmal in dem kalten Licht der Neonröhren, das ein helles Trapez aus der Nacht schnitt. »Alles klar, Jungs. Lasst uns anfangen. Zuerst die großen Sachen, die Platz brauchen. Steht schon alles hier unten. Später noch ein paar Kleinigkeiten aus dem Erdgeschoss.«

Schukowski ließ die Hebebühne des Lkw herunter. Der Laster trug keine Firmenaufschrift.

Der Keller war ein tiefer Schlund mit niedriger gewölbter Decke, Clever bückte sich, damit er nicht anstieß; unter dem Kalk an der Wand konnte man Feldsteine ahnen. Der hell erleuchtete Raum stand voll mit komischen Möbeln, über einige hatte der dicke Meschkat Clever begeisterte Vorträge gehalten; er schien sich auszukennen mit Antiquitäten, aber Clever hatte die Hälfte schon wieder vergessen: Sofas, riesige Ausziehtische, Kommoden, Schränke mit Portalen und Säulen, Ritterstühle mit ledernen Lehnen und gedrechselten Beinen, Fauteuils mit Löwenkopfschnitzereien, Chaiselongues, mit mächtigen Schlössern und schwarzen Beschlägen versehene Truhen, dünnbeinige Sekretäre mit Geheimfächern, verziert mit ebenhölzernen Intarsien, breite Büfetts mit Türen aus Walnusswurzelholzfurnier.

Sie schufteten und zuletzt schafften sie ein Klavier mit drei Beinen an Bord, ein schwarzes dreieckiges Ungetüm auf winzigen Rädern, für den der Hunt zu klein war, sodass sie nur ein Rad draufstellen konnten und den Rest heben mussten, Clever das eine Bein und die beiden anderen das andere. Auf dieses Instrument hatte Meschkat besonderen Wert gelegt und Clever angewiesen, vorsichtig damit zu hantieren.

Später, als der Keller so gut wie leer war, schickte Clever Veli in das Erdgeschoss. »Sieh mal nach, da oben ist 'n Zimmer mit lauter Büchern und in dem Raum davor stehen zwei Sessel, so geschnitzte, die müssen auch noch mit.«

Clever arbeitete mit Schukowski im Keller weiter. Schukowski hatte außer seinem Namen noch nicht viel gesagt, aber als sie das letzte Stück aufgeladen hatten, beschwerte er sich: »He, sag mal, wo bleibt der Kanake? Macht der sich 'n Lenz da oben oder was? Typisch!«

»Kanake?«, fragte Clever. »Bist du was Besseres? Bist du vielleicht auch 'n Adliger, so wie die Tante aus dem Schloss hier, die jetzt tot ist?« Clever hatte einen Blick wie eine brünstige Kuh, egal, was er sagte.

»Der soll hingehen, wo er herkommt!«, grummelte Schukowski.

»Und?«, fragte Clever. »Wo kommst du her?«

»Borsteler Fleth«, erklärte Schukowski unwillig.

»So, so«, machte Clever. »Weltstadt! Und deine Eltern?«

»Waren Flüchtlinge. Ostpreußen.«

»Kanaken?«, fragte Clever. »Sollen die auch wieder hingehen, wo …«

»Halt deine blöde Fresse!«, fuhr Schukowski auf. »Meine Eltern sind Deutsche!«

»Da kannst du doch nix dafür«, grinste Clever. »Oder hast du dich selber weiß angestrichen?«

Schukowski sagte nichts mehr.

Der war wohl noch nie im Knast, dachte Clever. Denn dort hatte er seine Vorurteile verlernt. Es kam darauf an, wer einem half in der Not und wer einen im Stich ließ. Das konnte man von außen nie vorher sehen. Erst wenn man in der Scheiße saß, stellte sich heraus, wer Kanake war und wer nicht.

Clever fühlte sich veranlasst, nach dem Rechten zu sehen, um seine Autorität zu wahren. »Ich geh mal gucken«, sagte er und stieg die Treppe in das Erdgeschoss hoch.

Er fand Adaman in der Bibliothek am Tisch sitzend, vor einem dicken Buch, in das er seine Nase so tief gesteckt hatte, dass er nicht merkte, wie Clever sich hinter ihn stellte und ihm über die Schulter sah.

»Was liest 'n da?«, fragte Clever, der sich nicht für Gedrucktes interessierte, abgesehen nötigenfalls vom Strafgesetzbuch und vielleicht der Bauarbeiterfrühstückszeitung mit den vielen Bildern.

Weil er keine Antwort bekam, beugte er sich über Adaman. Die Buchstaben kannte Clever alle, aber ihre Zusammenstellung ergab keinen Sinn.

»Verstehst du das etwa?«, fragte er ungläubig.

Er bekam immer noch keine Antwort.

»He, Mann, wir müssen los. Wir müssen auch noch abladen. Wird hell werden, bis wir fertig sind.« Er legte Adaman eine Hand auf die Schulter und drückte sie freundschaftlich. »Komm«, wiederholte er. »Bitte.«

Veli Adaman stöhnte auf, als sei er geschlagen worden. Langsam erhob er sich, klappte das Buch zu und hielt es mit beiden Händen fest. Blieb unschlüssig stehen. Stieg endlich auf einen der Stühle, schob das Buch in die Lücke zurück und nickte Clever mit grauem Gesicht zu.

»Ist dir nicht gut?«, fragte Clever. »Ich meine, brauchst du …«

»Nix«, wehrte Adaman ab. »Schon gut.«

»Wir nehmen nur die mit«, sagte Clever und wies auf die beiden Lehnstühle im Vorraum. »Der Rest soll hierbleiben.«

Als sie unten ankamen, stand Schukowski neben dem Lkw und rauchte ungeduldig. »Wird auch Zeit«, brummte er und warf Adaman einen wütenden Blick zu.

Sie schoben die beiden Stühle auf die Ladefläche und Schukowski ließ die Hebebühne hochfahren.

»Ich schließ unten ab«, sagte Adaman zu Clever. »Hast du den Schlüssel?«

Clever versenkte seine Rechte in der Hosentasche und förderte ein silbernes Ding zutage. »Hier«, sagte er.

»Fahr gleich lieber mit mir«, bot Clever Adaman an und wies auf einen zerbeulten Pick-up, den Adaman vorher nicht beachtet hatte.

15.

Er folgte den Bahnschienen und sprang von Schwelle zu Schwelle. Sie mussten ihn zum Ziel bringen, denn vorgestern, als sie die Möbel aus dem Keller geräumt hatten, hatte er die Züge vorbeirauschen hören. »Das ist der letzte von Hamburg«, hatte Clever erklärt, bevor sie sich die Gurte angelegt und den schweren Flügel auf die Rampe des Lastwagens gezogen hatten.

Kalt glitzerten die Schienen im matten Licht der Nacht. Während Adaman versuchte, auf den eisernen Schienen einen rhythmischen Tritt zu halten, damit er möglichst wenig auf knirschenden Kies trat, überlegte er noch einmal, ob es richtig war, was er sich zu tun vorgenommen hatte. *Hüte deine Zunge, deine Hand und deine Lenden,* hieß es im weisen Buche Buyruk. Wer ein friedliches Zusammenleben aller Menschen wollte, orientierte sich an diesem Gebot, und Veli Adaman hatte daran jede seiner Handlungen geprüft, seit er sich zu den Überlieferungen seiner Ahnen bekannt hatte. *Alles hat ein sichtbares, aber 72 unsichtbare Gesichter.* Die Wahrheit und das Richtige lagen oft nicht offen zutage. Was falsch schien, konnte richtig sein, das Gute kam in der Gestalt des Bösen und umgekehrt. Seine Eltern hatten ihn Veli genannt: Helfer, Beistand, Freund. Das war der Beiname des Propheten Ali und auch des Hacı Bektaş Veli, von dem der weise Satz stammte: *Was du auch suchst, such es in dir selbst.* Wie man Allah gerecht werden konnte, stand in keinem Buch. Man musste es selbst herausfinden. Auch der Koran konnte nicht helfen. Denn der war nicht in seinem ursprünglichen Inhalt bewahrt, sondern redigiert und verfälscht worden vom dritten Kalifen Othman. Allein der letzte Prophet Ali, der Schwiegersohn des Mohammed, hatte den Koran in seiner wahren, verborgenen Bedeutung bei sich bewahrt. Der Mensch musste selbst herausfinden, was richtig und falsch war, er konnte sich nicht auf Vorsager und Vorbeter verlassen, sondern nur auf seinen eigenen Verstand, den Allah ihm geschenkt hatte mit dem Auftrag, ihn zu gebrauchen. Und Adamans Verstand hatte ihm gesagt, dass er so handeln musste, wie er zu handeln beabsichtigte. Denn einerseits würde er stehlen und damit Unrecht tun, aber andererseits – gedachten die Aleviten nicht des Kampfes Alis gegen das Unrecht mit den Worten: *Verbeugt euch nicht vor der Ungerechtigkeit?* Es reichte nicht, kein Unrecht zu tun. Man musste gegen Unrecht angehen, wo immer man konnte. Und Unrecht war, dass in der Heimat die Muttersprache nicht gesprochen werden durfte. Wer sich vor dem Unrecht nicht beugen wollte, der durfte, ja der musste die verbotene Muttersprache sprechen und sie anderen, die sie nie lernen durften, neu lehren. Und dafür brauchte er das Buch. Denn eines Tages würde er in seine Heimat zurückkehren. Wer seine Sprache nicht spricht, kann nicht richtig denken, und wer nicht richtig denken kann, kann nicht richtig handeln. *Der Weg, der nicht durch die Wissenschaft führt, endet in der Finsternis.*

Von Clever wusste Adaman auch, dass die Schienen durch einen kleinen Bahnhof in der Nähe des Schlosses führten, und richtig, ein Licht tauchte auf, es blendete und schwankte in der Ferne auf und ab wie die Laterne eines Wanderers. Als Adaman näher kam, erkannte er eine Hütte, ein offenes Häuschen, in dem die Leute auf den Zug warten konnten. Adaman wich dem Licht aus. Er fühlte den Schlüssel in seiner Hosentasche und sah sich um: Der halbe Mond steckte sein blasses Gesicht durch das Geäst der blätterlosen Bäume.

Adaman machte sich daran, die Böschung zum Schloss hinaufzuklettern, mithilfe seiner Hände bahnte er sich vorsichtig einen Weg durch das Gehölz, auf modrigen Blättern und morschen Ästen.

Er zitterte, als er vor dem Kellereingang stand. Wenn ihn jemand hier entdecken würde! Vorsichtig schob er den Schlüssel in das Schloss und drehte ihn um. Clever gegenüber hatte er behauptet, er habe die Schlüssel verloren. Die Tür ließ sich geräuschlos öffnen, das Schloss war gut geölt. Nicht wie ein Schloss, das man nur selten benutzte. Aber umso besser.

Adaman zog die Tür hinter sich zu, schloss sie wieder ab und steckte den Schlüssel in die Tasche. Er stand im Finstern. Er hörte nur seinen Atem und sah nichts. Er tastete sich an der Wand entlang zur Tür in das Treppenhaus, zog sie leise auf. Wärmere Luft strömte ihm entgegen. Er stieg aus den Schuhen, tappte die steinerne Treppe hoch in das Erdgeschoss. Dann stand er im Empfangssaal, im blassen Licht des Mondes, das durch die Fenster fiel. Der Raum atmete immer noch die Gegenwart von Menschen.

In der Mitte der Bibliothek schimmerte die Platte des langen Tisches, den sie hatten stehen lassen. In Zeitlupe zog Adaman die Vorhänge zu. Er wartete, bis seine Augen sich an die Düsternis gewöhnt hatten und die Konturen des Raumes hervortraten, tastete nach einem der Stühle und stellte ihn vor das Regal, stieg hinauf. Nur Ruhe jetzt! Die Lampe, einen kurzen Augenblick durfte er sie anknipsen. Das Licht schnitt einen scharfen Kegel in die Dunkelheit, schnell ließ er den Schein über die braungoldenen, saffiangrünen, karmesinroten, safrangelben Rücken der Bücher gleiten. Da war es! Da stand es wie vor drei Tagen – ein schweres Buch, gebunden in dunkles Schweinsleder, auf dem Rücken den vergoldeten Namen von Verfasser und Titel. Also hatte er nicht geträumt. Er hatte es sich nicht eingebildet. Es gab dieses Buch tatsächlich, in dem zum ersten Mal die Sprache seines Volkes erklärt, sie all den anderen Sprachen gleichgestellt wurde. Ein Buch, mit dem die Sprache seines Volkes ihr Schattendasein verlor.

Adaman zog es heraus, stieg vom Stuhl, ließ sich am Fuße des Regals auf den Boden sinken und richtete den Strahl der Taschenlampe auf das Buch, öffnete es. Er las: *Karl Hadank, Die Sprache der Zaza in Wort und Grammatik. Leipzig 1932.* Sechs Jahre vor dem großen Massaker war es erschienen, fünf Jahre bevor der Vater hingerichtet worden war, gemeinsam mit dem fünfundsiebzigjährigen Seyit Rıza aus Xozat, der nicht durch die Hand des Henkers hatte sterben wollen.

Der deutsche Forscher war in den Zwanzigerjahren durch die Dörfer gezogen, um die Sprache der Zaza zu lernen, wie sie im Dersim gesprochen wurde. Und nun hielt Veli Adaman das Buch dieses Mannes, das in der Heimat niemand kannte, in seinen Händen. Da waren sie, die verbotenen Buchstaben: das X, das Q, Wörter und Sätze seiner Muttersprache. Warum gab es das Buch des deutschen Sprachforschers nicht in seiner Heimat? Warum hatte es nicht jeder Lehrer in seinem Heim, jede Schule in der Bibliothek?

In den Dörfern des Dersim durfte seit 1937 in den Schulen und auf der Straße nur Türkisch gesprochen werden, die Kinder, die in die Schule kamen, konnten die Lehrer nicht verstehen, so wenig wie Seyit Rıza das Todesurteil, das man ihm vorgelesen hatte. Wer kein Türkisch konnte, weil man zu Hause nur Zazaki gelernt hatte, war dumm, und so wurden die Kinder in den Schulen beschimpft und verprügelt. Deswegen war Veli Adaman Lehrer geworden. Aber auch er musste Türkisch mit den Kindern sprechen. Man bekam schon Prügel für ein X, das man in den Staub kratzte. Niemand durfte einen Namen haben, in dem ein X vorkam. Und kein Dorf, das in seinem Namen diesen Buchstaben trug, behielt ihn.

Hunderte Dörfer im Dersim waren zerstört worden, die Schulen geschlossen, das Land entvölkert, Tausende seiner Bewohner deportiert oder geflüchtet. 1938, in den Siebzigerjahren, in den Achtzigern und jetzt, unter Çiller, nachdem Özal tot war, wieder. Die Felder verdorben, die Wälder verbrannt. Und die Kinder lernten weder lesen noch schreiben.

Kein Volk konnte ohne seine Sprache überleben.

Adaman blätterte in dem Buch. Er durfte hier nicht sitzen, er musste fort, aber er konnte sich nicht sattsehen an den Reihen von Verben und Substantiven, an den kindischen Redewendungen, mit denen die Sprache erklärt wurde, seine Augen bohrten sich in die Zeilen, die Buchstaben, die Wörter, und während er las, liefen ihm die Tränen über die Wangen.

No kıtab yê mıno. Dieses Buch ist meins.

Als er die Stimmen hörte, war es bereits zu spät, obwohl er das Licht sofort löschte.

Sie mussten durch den Keller gekommen sein wie er selbst. Blitzschnell sprang er zum Fenster. Zu hoch. Zu dunkel, er konnte draußen den Boden nicht sehen. Er würde sich die Knochen brechen. Adaman klemmte das kostbare Buch unter seinen Arm, brachte die Taschenlampe in seiner rechten Hosentasche in die richtige Stellung und kauerte sich neben den Durchgang. Eine Tür, hinter der er sich hätte verstecken können, gab es nicht. In fliegender Hast zog er sich seine Schuhe an. Licht flutete in der Halle auf, es wurde hell.

Die Stimmen kamen näher.

»Hier ist nichts mehr drin, was Wert hätte«, sagte die eine Stimme.

»Sie besaß ziemlich viele Bücher«, antwortete die andere, eine hochmütige, eine alte rauchige Stimme, die Adaman kannte. »Hat ihr Mann gesammelt. Er interessierte sich für Sprachen, glaube ich. So aus dem Orient.«

»Kann man die verkaufen?«, fragte der mit der jüngeren Stimme.

»Man kann alles verkaufen. Sicher gibt es hier besondere Ausgaben; die Gräfin sprach öfter davon. Aber wer interessiert sich dafür? Ich kenne mich damit nicht aus.«

»Wie kommst du denn mit dem Verkauf der Sachen voran?«

Sie kamen näher. Jetzt standen sie in dem Zimmer nebenan, auch dort ging Licht an. Adaman hörte den bronchitischen Atem des Alten.

»Hier hat sie immer gesessen übrigens«, sagte der gerade. »Die Sessel waren sehr wertvoll. Alte Schnitzarbeit. Siebzehntes Jahrhundert. Den Verkauf macht der Meschkat. Der Mann von *Madaus.* Der hat nach überall Beziehungen. Sagenhafter Kerl. Wenn Madaus den nicht hätte ...«

»... dann säße er längst im Knast«, lachte der andere. »Was der alles unter seiner Betriebshalle vergraben hat! War ja praktisch, beim Neubau der Halle die Kosten so gleich wieder reinzuholen. Den Inhalt der Fässer hätte er sonst teuer entsorgen müssen. Den Flügel nehme ich übrigens selbst, habe ich alles mit Meschkat besprochen.«

»Fürstliches Geschenk für eine Dame von Format!«, bestätigte der Alte mit Öl in der Stimme und betrat die Bibliothek.

Veli Adaman stand vor ihm, mit seinem Buch unter dem Arm, einer kleinen Verbeugung und einem angedeuteten Lächeln im Gesicht.

Giselbert von Brunkhorst-Rothenfels zuckte zurück, wie von einer Giftschlange gebissen: »Was machst du denn hier, Achmed?!«, zischte er und wollte den anderen Mann daran hindern, den Raum zu betreten, aber es war schon zu spät, weil der schon neben ihm stand, mit offenem Mund.

»Geh!«, fauchte von Rothenfels dem Jüngeren zu. »Go!! He schall di nich sehn!« Packte ihn an der Schulter und schob ihn fort.

»Was hast du gehört, Achmed?«, fragte Rothenfels scharf, als sein Begleiter die Bibliothek verlassen hatte, breitbeinig und mit verschränkten Armen im Durchgang stehend.

»Ich lesen. Hier«, antwortete Adaman und zog das Buch unter seinem linken Arm hervor. »Türkisch Buch. Möchte haben. Türkisch Buch.« Er wollte an dem Mann vorbei.

»Halt!!«, rief der Adlige und breitete seine Arme aus. »Beantworte meine Frage!«

»Oh, ich verstehen, Sie haben Bücher gesagt, Orient, ich glaube. Hier – arabische Bücher auch! Viel Bücher!« Adaman drehte sich zweimal im Kreis, den Schatz in seiner ausgestreckten Rechten.

»Wie kommst du hier eigentlich rein, mitten in der Nacht?«, wollte Rothenfels wissen. Der Zorn entblößte sein aristokratisches Gesicht. Es war nackt und böse.

Adaman hielt inne und ging zum Fenster, wo noch der Stuhl stand und stieg hinauf. Er zeigte nach oben und sagte: »Ganz oben – arabisch Bücher! Türkisch Bücher!«

Giselbert von Brunkhorst-Rothenfels war Adaman gefolgt. Der sah ihm eine Sekunde von oben auf die schütteren Haare, dann stieg er bedächtig vom Stuhl, packte ihn an der Lehne, verstellte damit Rothenfels den Weg und sprang fort. Rothenfels versuchte, den Flüchtenden an der Jacke zu halten, stolperte aber über den umstürzenden Stuhl, und schon hatte Adaman den Durchgang erreicht und stürmte in die Halle.

»Dietrich, holl emm wiss!«, brüllte Rothenfels hinterher.

Aber Dietrich konnte Adaman nicht festhalten, weil er das Comptoir, in dem einst die Gräfin in ihrem Löwenkopfsessel zu sitzen pflegte, schon verlassen hatte, um sich im Empfangssaal in die Ecke neben die Fenster zu drücken, mit abgewandtem Gesicht, um nicht erkannt zu werden. Adaman umrundete den Kachelofen, riss die Tür zum Keller auf, schaltete seine Taschenlampe ein und hastete hinunter. Er stieß die Außentür auf, die Herren hatten sie nicht abgeschlossen, und warf sie hinter sich zu.

Fortlaufen oder abschließen? Er ließ das Buch fallen und fummelte hektisch den Schlüssel aus seiner Tasche. Richtete die Taschenlampe auf das Schloss. Ein Schlüssel steckte. Er drehte ihn um.

Sein Verfolger prallte von innen gegen das Metall. Veli Adaman hörte Flüche und hektische Schritte, die sich entfernten. Er löschte seine Lampe. Sie würden eine Minute brauchen. Mindestens. Wenn sie einen Schlüssel für den Haupteingang hatten, der sicher abgeschlossen war.

Veli Adaman, den Freiherr von Brunkhorst-Rothenfels Achmed genannt hatte, sah sich um: Der Mond war fort. Er hob das Buch auf und sprang die wenigen Schritte zum Wald, in dessen nächtlicher Schwärze er verschwand, ohne Spuren zu hinterlassen. Er würde den gleichen Weg zurück nehmen. Sie würden ihn nicht kriegen.

No kıtab yê mıno. Dieses Buch ist meins.

Veli Adamans leises Lachen kollerte durch den steilen Wald. Er zündete sich eine Zigarette an und flüsterte: »Xatere semah!«

16.

Es ging hauptsächlich um das Klavier. Oder den Flügel, wie sie das Instrument nannte. Clever kannte sich mit derlei Dingen nicht aus. Jedenfalls war es ein schweres schwarzes dreieckiges Ungetüm, das genauso aussah wie das, welches sie vor ein paar Tagen aus dem Schloss geholt hatten. Komischer Zufall. Das Instrument stand im Wohnzimmer, so nannte Anna Dieken den Saal, der eine breite Fensterfront zum dunklen Garten hatte. Die Jalousien waren heruntergelassen. Die Welt war weit weg und ihre Stimmen klangen merkwürdig laut in dem großen Haus.

»Diesen Flügel hat mir mein Mann zu Weihnachten geschenkt«, sagte Anna Diecken, als sie davorstanden. »Wir haben ihn vorgestern erst gekriegt. Die Lieferzeit …«

Sie klappte den Deckel auf, befestigte ihn. Sie hatte einen blauen Einteiler an – Blau war wohl ihre Lieblingsfarbe –, der vorn einen Reißverschluss hatte mit einem großen Klunker dran, den Clever immerzu anstarren musste, ob er wollte oder nicht, denn wahrscheinlich brauchte man ihn nur herunterzuziehen, um die Herrlichkeiten zu sehen, die darunter waren. Wo ihr Mann stecken mochte?

Judy Collins klimperte mit der linken Hand ein paar Töne. »Es ist ein Seuffert«, erklärte sie. »1830 in Wien hergestellt. Davon gibt's in ganz Deutschland keine zwei Dutzend mehr. Und ein Klang – das haben seine Nachfolger Ehrbar und Bösendorfer nie mehr erreicht. Er soll nach drüben – in mein Schlafzimmer.«

Auf den spiegelnden Fliesen ließ sich das Gerät leicht schieben, denn es hatte kleine Räder, und sie schoben es durch die Flügeltüren in die Halle. Anna Dieken nannte den Raum Halle und es war eine Halle. In anderen Häusern waren die Hallen viel kleiner und hießen Flur. Dort ließen sie das Instrument zurück, denn im Schlafzimmer musste erst einmal alles umgeräumt werden, um Platz zu schaffen. Der Flügel sollte dort stehen, wo die Sonne, wenn sie morgens aufging, scheinen würde.

Damit sie, erklärte Anna Dieken, spielen könne, noch bevor sie sich angezogen habe. »Was Schöneres gibt's nicht. Was meinen Sie?«

Es war nicht schwer, sich das vorzustellen. Clever wurde rot, hüstelte und mühte sich, seine anmaßenden Wünsche zu verscheuchen.

Das Bett – ein französisches, das für einen zu groß und für zwei zu klein war, fand Clever – musste herumgedreht werden.

Sie würde jeden Morgen spielen, erzählte sie, aber der Flügel müsse erst eingespielt werden, er sei sicher jahrelang nicht mehr gespielt worden von der alten Dame im Schloss. »Mein Mann hat ihn aus dem Nachlass gekauft.«

Im Leben dieser Leute gab es Hallen, Säle, Schlösser und Flügel. Also doch, dachte Paul Clever. Er sieht nicht nur genauso aus, er ist derselbe.

»So steht er genau richtig!«, sagte sie schließlich, schloss die Doppeltür zur Halle, setzte sich seufzend auf die Bettkante und sagte, sie sei schlapp und könne nun wahrhaftig ein Bier gebrauchen und ob er es nicht aus dem Kühlschrank in der Küche holen könne, und Clever ging in die Küche, als würde er wohnen in diesem Haus, wie der Herr Oberkreisdirektor, als wäre das alles sein Leben und sein Haus, und die Lichter in der Halle glänzten und blendeten, in der Küche fand er den Kühlschrank und zwei Flaschen Bier. Er durfte eigentlich kein Bier trinken, aber sollte er der Frau jetzt etwa einen Kaffee vorschlagen? Eines würde er schon vertragen.

Zurück im Schlafzimmer, knackte Clever die Kronkorken mit seinem Plastikfeuerzeug weg, weil der Flaschenöffner fehlte, Anna Dieken kicherte bewundernd und er war ein bisschen stolz, sie klopfte auf das Bett neben sich und befahl, dass er sich neben sie setze, und sie stießen an mit den Flaschen wie Kumpel auf dem Bau und sagten Prost, tranken und stellten die Flaschen auf den Fußboden.

Und da saßen sie plötzlich, zwei Menschen allein auf der Welt, einander ausgesetzt. Sie hatte wohl an ihrem Klunker gezogen, denn Paul Clever konnte das Tal zwischen den Hügeln sehen, in dem Land von Milch und Honig, wahrscheinlich war ihr bei der Räumerei heiß geworden, denn alles andere war unmöglich, ganz undenkbar, denn nur weil sie ihren Reißverschluss etwas runtergezogen hatte und man ihre Brüste ein bisschen sehen konnte, die übrigens nicht besonders gut eingepackt waren ... Clever beugte sich zum Boden und griff nach dem Bier, das er eigentlich nicht trinken sollte, und hielt sich daran fest.

Sie stand auf und verließ den Raum. Sie kehrte zurück mit einer Kerze in der Hand, die sie ihn anzünden ließ und auf den Flügel stellte. Dann löschte sie das elektrische Licht, fuhr die Jalousien hoch, sie jammerten dabei leise, und setzte sich auf den Schemel, begann zu spielen. Musik, die er nicht kannte, während sich das kleine Licht der Kerze und das große des Mondes miteinander mischten. Die Töne perlten, stiegen empor wie Bläschen im Sekt und sanken wieder nieder, sie vereinigten sich und platzten auseinander, einem Feuerwerk gleich, wie sanfter Regen tröpfelten sie, stürmten wie Pferde und Clever ging mit auf die Reise und vergaß seine kleine Existenz und sogar, dass er im Schlafzimmer der Oberkreisdirektorsfrau auf ihrem Bett saß und gern mit ihr geschlafen hätte.

»Herrlich«, sagte er.

»Ja«, sagte sie, »Chopin.«

Dann blies sie die Kerze aus. Der allwissende Mond schickte sein fernes Licht und übergoss den Raum mit feinem kühlem Silber.

»Sonntag ist Halbmond«, sagte Clever. »Zunehmend.«

»Ja?«, sagte sie.

Sie kniete neben ihm vor dem Bett. Für den Mond interessierte sie sich offenbar nicht die Bohne.

»Magst du mich lieben?«, fragte sie und hielt ihm ihr Gesicht entgegen.

Clever schluckte und sie führte seine zittrige Hand an den Reißverschluss. Mein Gott, dachte er, als er den großen Klunker spürte und das Weiche darunter. »Ja«, sagte er.

Das Mondlicht war so alt wie das, was sie tun würden. Langsam zog Clever den Klunker abwärts und dann musste er vor Aufregung die Augen zumachen, aber als sie zu waren, musste er sie gleich wieder aufmachen, und was er da im Mondlicht schimmern sah, das war …

Paul Clever machte sich auf die Wanderung durch das Land von Milch und Honig.

17.

Schlüter war vom Gericht zurückgekehrt und hatte sich einen Tee gekocht. Zwei Damen hatte er heute geschieden. Zwei Urteile waren gesprochen worden. Man hatte auf Rechtsmittel verzichtet, die Urteile waren sofort rechtskräftig und vier Unfreie waren frei geworden für neue Sklaverei. Bei einer der Parteien lungerte der Nachfolger vor dem Gerichtssaal herum, etwas unsicher im gefährlichen Gelände, aber doch dem Ex frech ins Gesicht blickend. *Sieh her, du Mistkerl, jetzt fick ich deine Alte.* Der Mensch war Jäger, Sammler, Höhlenbewohner und es waren immer noch die niedrigen Instinkte, die die Welt zum Drehen brachten. Das war im neuen Jahr nicht anders als im alten.

Schlüter schlürfte aus der großen Tasse, seufzte und bedauerte die Türken, die ihren Tee aus so winzigen Gläschen trinken mussten. Dann stand er auf, räumte seine Tasche leer, trug die Terminakten ins Schreibzimmer und entsorgte sie auf die Aktenschränke, von wo Angela sie in die Fächer hängen würde. Auf dem Posttisch lag die Ladung zum Termin in der Grabsteinsache: *High noon* am 31. Januar.

»Die Vollmacht ist da«, erklärte Angela. Sie saß vor ihrem Computer, den Kopfhörer auf den Ohren. Sie schob Schlüter eine Akte zu und tippte weiter.

Schlüter sah ihr über die Schulter. Angela arbeitete an dem Schriftsatz, der an den Kollegen Hümmelsee gehen sollte. Er hatte die Vertretung von Frau Rimmel übernommen. Frau Rimmel war, wie Schlüter seit Langem befürchtet hatte, der Unterhaltsprozesse müde geworden, suchte aber das Übel nicht bei sich selbst, sondern bei Schlüter, der sich mit Hümmelsee wegen der noch offenen Gebühren streiten musste. Selbstverständlich würde Frau Rimmel die nicht bezahlen, denn Schlüter habe sie schlecht vertreten. Das hatte man davon, wenn man zu lange der Streitsucht seiner Mandanten nachgab.

Man sollte rechtzeitig den Riegel vorschieben und sich verweigern. Aber Juristen pflanzten von Berufs wegen ihr Interessenfähnlein mal auf der einen, mal auf der anderen Seite des Schützengrabens auf, mal auf diesem Hügel und mal auf jenem. Sie lernten die Beliebigkeit, bis sie sich nicht mehr abgrenzen konnten und krumme Dinger anfingen. Wie Hümmelsee, der seine Mandanten auspresste wie Zitronen. Der Beruf verdarb die Moral, wenn man denn welche gehabt hatte. Eigentlich müssten die Berufsgenossenschaften die Moralverderbnis der Rechtsanwälte als Berufskrankheit anerkennen, dachte Schlüter, man müsste dafür sorgen, dass niemand diesen Beruf länger als zwanzig Jahre ausübte. Früher hatten Leute wie Hümmelsee die Durchführungsverordnungen zu den Rasseschande-Gesetzen ausgearbeitet und Enteignungen jüdischen Eigentums geregelt, heute fuhren sie mit schwarzen Geländewagen bei Gericht vor, trugen einen Dreitagebart auf Kopf und Kinn und karierte Hosen, verwahrten ihre Akten im Kofferraum neben der Golftasche, berichteten freimütig von riesigen Umsätzen und schlossen niemals Vergleiche. Hümmelsee war inzüchtig mit einer Kollegin verheiratet, die einen Oldtimer fuhr, den sie ›mein Baby‹ nannte.

Schlüter fiel ein, dass er diesen Beruf seit siebenundzwanzig Jahren ausübte. Wahrscheinlich war er längst selbst verrückt geworden.

»Ach Scheiße«, sagte er. »Wenn Sie das fertig haben, geben Sie mir das zurück. Ich ändere da noch was.« Er hatte ziemlich giftige Sätze diktiert, hart am Rande der Beleidigung, und die wollte er entschärfen. Hümmelsee sollte nicht merken, dass Schlüter getroffen war. Zwischen den Zeilen sollte der kühle, unangefochtene Schlüter hervorzwinkern.

Die Fassade musste stimmen. Er stellte fest, dass er sich in der Weihnachtszeit nicht erholt hatte, und bei dem Besuch bei den Kindern in Oldenburg hatte er sich auch nicht entspannen können.

»Die Vollmacht ist da«, wiederholte Angela.

»Welche Vollmacht?«

»Die von dem Türken, der letztes Jahr hier war. Außerdem hat der angerufen.«

Angela berichtete, Adaman wolle dringend mit Schlüter sprechen, könne aber nicht in die Kanzlei kommen; ob Schlüter bereit sei, ihn auch an anderem Ort zu treffen, zum Beispiel in dem türkischen Restaurant gleich in der Nähe des Gerichts? Der Mann wolle sich wieder melden.

Schlüter sah den großen Mann mit den weißen Haaren vor sich, der leicht gebeugt ging, aber ungebeugt schien, er sah die nagellosen Finger der verkrüppelten Hand. Was war passiert? Schlüter war sonst allergisch gegen derartige Ansinnen. Ein Rechtsanwalt und Notar war kein fliegender Teppichhändler, der seinen Geschäften unter freiem Himmel, in Dönerläden oder Kneipen nachging und die Preise aushandelte wie auf dem Großenborsteler Bockmarkt, sondern er residierte in seinem Büro, geschützt hinter einem papierbeladenen Schreibtisch, umgeben von Akten, ausgerüstet mit großformatigen Büchern und einem Computer, den Insignien von Wissen und Kompetenz. Die Leute hatten ihn aufzusuchen und streng nach der Gebührenordnung zu bezahlen.

»Moment«, sagte er und verschwand in seinem Zimmer.

Er fand Adamans Akte, in der nichts weiter lag als ein Zettel mit seinen Notizen und der Telefonnummer dieses Clever. Schlüter setzte sich in den Eichenstuhl und wählte.

»Ja?«, meldete sich eine Stimme.

Schlüter erkannte sie an diesen zwei Buchstaben wieder, die ruhige Stimme des Pfadfinders Paul Clever, den Schlüter schon drei Mal auf dem steinigen Weg in den Knast begleitet hatte, mehr als Seelsorger, weniger als Verteidiger. Zu verteidigen gab es bei Clever nie viel; er legte stets Geständnisse ab, bevor der Verteidiger auf der Bildfläche erschien.

»Schlüter hier, der Rechtsanwalt. Sagen Sie ihm, um halb sieben bin ich dort. Danke. Sonst noch was?«

»Nee, nich.« Kein Erstaunen, keine Frage.

»Sonst rufen Sie an, okay?«

»In Ordnung.«

Schlüter legte auf. Ein Telefonat unter Männern. Ein Telefonat wie unter Drogendealern.

Schlüter ging zurück ins Schreibbüro. Angela hatte den Schriftsatz fertig, er konnte überarbeitet werden.

»Ich habe mich mit Adaman im *Bosporus* verabredet«, sagte er. »Heute Abend um halb sieben. Was der wohl hat.«

Und dann machte er sich ächzend an die Diktate des Tages, bevor die nächsten Mandanten kamen: eine Erbausschlagung, die ihm zwanzig Mark einbringen würde, ein gesetzlich verordneter Samariterdienst; ein Verkehrsunfall und eine Kündigungsschutzklage. Und endlich der Schriftsatz in der Grabsteinsache gegen Rathjens. Heute lief die Frist ab. Man hatte nichts davon, wenn man die unangenehmen Dinge vor sich herschob.

Er würde zu tun haben.

18.

Das *Bosporus* befand sich nur einen Steinwurf entfernt vom Haupteingang des Landgerichts, ein schmalbrüstiges, baufällig wirkendes Haus aus roten Ziegeln mit schiefem Pfannendach, neben dem man durch einen schmalen Gang zum alten Holzhafen gelangte, in dem ein paar Hausboote vor sich hin moderten.

Es war schon dunkel, als Veli Adaman das Portal aufzog. Er stand in einem langen Flur, an dessen Ende sich eine Tür befand mit der Aufschrift *Privat.* In den Gastraum führte die linke Tür. Er wusste das, denn er war nicht zum ersten Mal hier. Es war düster in dem Lokal, der Boden mit dicken orientalischen Teppichen bedeckt, die Fenster mit gelben Gardinen verhängt, auf den Tischen in warmen Farben gestreiftes Webzeug, das das matte Licht der kupfernen Lampen verschluckte, an den Wänden sarazenische Szenen zwischen Säulen und Meer. Das Lokal war menschenleer. Bis auf Cihan.

Der stand hinter dem Tresen und grinste, ein Türke, der aus Sivas stammte und Alevit war wie Adaman, ein Mann, auf den er sich verlassen konnte. Cihan war gerade groß genug, dass er nicht hinter dem Tresen verschwand, und hatte ein rundes Gesicht unter einer Halbglatze mit Resten von schwarzen Haaren. Sie begrüßten sich leise und Adaman setzte sich an den kleinen Tisch in der Nähe des Tresens hinter eine Balustrade, die von giftgrünen künstlichen Blumen berankt war. Von dort hatte er die Eingangstür im Blick, ohne selbst gesehen zu werden. Er zündete sich eine Zigarette an.

Cihan machte sich am Kassettenrekorder zu schaffen und legte ein anderes Band ein.

Payiz ama pir ama / Payizo khalo pir ama …, sang eine Männerstimme, begleitet von einer Saz und einer schwermütigen Trommel, *mit dem Herbst kam der Pir / mit dem Spätherbst kam der Pir …*

Obwohl das Lied traurig war, freute Adaman sich, lachte Cihan an und sang mit: *Es erhoben sich vier Brüder und drei Schwestern zur Semah, sie betraten den Weg der göttlichen Gerechtigkeit und schritten aus, die heiligen Stätten und Höhen zählten sie auf, nach links und nach rechts schwangen sie flügelgleich die Arme … Hay hay!*

Cihan verstand den Text nicht, er war Türke und konnte keine der anderen Sprachen, deshalb sprachen sie Türkisch miteinander. Aber er wusste, dass Adaman die verbotenen Lieder aus der Heimat besonders gerne hörte. Sie hatten sich erst in Hemmstedt kennengelernt und entdeckt, dass sie gemeinsame Freunde in Sivas hatten.

Adaman sah Schlüter an den Frontfenstern vorbeigehen, erhob sich sofort und winkte ihm entgegen.

Vor dem dunklen Tresen mit den Zapfhähnen und dem Flaschenregal wirkte Adamans leptosome Gestalt noch größer, seine Haare schienen noch weißer als zuletzt in Schlüters Büro. Adaman gab Schlüter seine verstümmelte Rechte, sie nahmen einander gegenüber Platz. Schlüter legte seine Hände auf den Tisch. Ein bleicher Mensch, dachte Adaman, ihm fehlen Natur und Leben, er hat die Kraft des Geistes und einen guten Willen, aber sein Körper ist schwach. Ein Monat in den Bergen des Dersim würde Wunder tun.

Der schwere Vorhang hinter dem Tresen in der Ecke des Raumes, ein in Sivas gewebter Teppich, teilte sich geräuschlos, Cihan erschien, nickte Schlüter zu, auf seiner Halbglatze spiegelte sich das Licht über dem Tresen, auf den er zwei Gläser stellte und Tee aus einer kleinen Kanne hineingoss, dazu heißes Wasser aus einer großen. Lächelnd servierte er die Getränke auf einem silbernen Henkeltablett.

»Bitte, Herr Schlüter«, sagte er und verschwand wieder durch den Vorhang.

Adaman ließ zwei kleine Löffel mit Zucker in sein Glas gleiten, die kristallenen Körnchen sanken müde zu Boden. Er lächelte: »Ich danke Ihnen, dass Sie hergekommen sind«, sagte er. »Ich muss Ihnen, glaube ich, einiges erklären.«

»Und warum so schnell? Ist Ihr Neffe ...?«

»Nein. Das ist es nicht. Es ist etwas geschehen und ich weiß nicht, wie lange ich noch ... Ich möchte, dass Sie einige Dinge wissen, bevor ...«

Schlüter blieb still, nahm eine Löffelspitze von dem Zucker, rührte und wartete.

»Als ich kurz vor Weihnachten bei Ihnen war, dachte ich, Sie müssten das alles nicht wissen, aber seitdem ...« Adaman holte tief Luft, zog die Zigarettenpackung aus seinem Jackett und brannte eine an.

»Wir sind Aleviten aus dem Dersim«, begann Adaman zögernd, »und wir wurden schon immer verfolgt.«

Dein Adler steigt in die Lüfte, sang es aus dem Kassettendeck, *es ist Morgen, er fliegt von Berg zu Berg. Weiß ist das Untere seiner Flügel, bestickt das Obere, die Spitzen aus Silber. Er ist der Bote der Vierzig Heiligen.*

»Dersim?«, erinnerte Schlüter sich. »Habe ich auf der Karte nicht gefunden.«

»Nein. Tunceli steht auf den Landkarten. Aber Dersim heißt unsere Heimat, dorther kommen wir. Dersim, das Silberne Tor. *Der* heißt Tor, *Sim* heißt Silber ...«

»Da hört sich ja wie Tür an«, unterbrach Schlüter erstaunt. »Wie das plattdeutsche Dör. Oder wie englisch door.«

»Unsere Sprache ist indogermanisch«, erklärte Adaman. »Und ist deshalb mit Ihrer verwandt. Wissen Sie, ich war Lehrer in meiner Heimat und ich wünschte mir, es wieder zu sein. Ich habe mich mit diesen Dingen befasst, es gibt viele Gemeinsamkeiten.«

»Und mit Türkisch?«

»Damit hat unsere Sprache keine Verwandtschaft. Überhaupt keine. Die Vorfahren der Türken stammen aus dem Gebiet der Mongolei, unsere Vorfahren aus dem heutigen Iran, und ich gehöre dem Clan der Alanen an, man sagt, unsere Leute hätten als Söldner Rom erobert, der französische Name Alain zeugt von uns. Aber ich wollte Ihnen erzählen ... Das Dersim ist ungefähr so groß wie hier das Weser-Elbe-Dreieck. Man hat uns dort alles genommen, unsere

Häuser, unsere Dörfer und Schulen, unsere Felder. Jetzt planen sie Stauseen. Sie wollen unsere Täler überfluten, unseren heiligen Fluss Munzur ersticken, die Dörfer ertränken. Den Namen hat man uns schon genommen. Tunceli heißt die Gegend heute, aus dem Silbernen Tor haben sie eine türkische Eiserne Faust gemacht, schön, nicht? Wir haben hohe Berge, viele Steine, tiefe Täler, wenig fruchtbares Land, bei uns ist es sehr heiß im Sommer und sehr kalt im Winter. Auf einigen Bergen ist immer Schnee, auch im Sommer. Das Wasser in den Flüssen ist kalt und tief genug zum Ertrinken. Die Natur ist einzigartig, wir haben viele Pflanzen, die es nur bei uns gibt. Und Bären, Luchse … Dort bin ich geboren, 1938.«

Adamans Stimme war leise geworden, er sprach langsam, mit seltsam steifem Gesicht, tastete nach den Worten wie im Dunkel nach dem Weg, und immer wieder warf er an Schlüter vorbei schnelle Blicke dorthin, wo die Eingangstür war.

Hızır, wende dein weißes Pferd, eile zu uns! / So komm uns doch in unserer Not zu Hilfe, bleib nicht fern! / Du warst es, der Moses den Weg wies, / komm nicht zu spät in unserer Not!

Adaman erzählte und Schlüter hörte zu.

Das Dersim war damals, zu Beginn der Dreißigerjahre, die letzte Region der Türkei, deren Bewohner sich der türkischen Regierung erfolgreich widersetzt hatten. Sie wollten selbstständig bleiben und frei wie von jeher, manche wollten noch nicht mal Steuern zahlen. Die Menschen hatten seit Urzeiten ihre eigene Sprache, Religion und Kultur, seit sie aus dem heutigen Iran dorthin eingewandert waren. Weder den Römern noch den Arabern oder den Mongolen war es gelungen, sich dieses Land in den hohen Bergen zu unterwerfen, und auch die Russen hatten es im Krieg gegen die Türken nicht einnehmen können. 380.000 Armenier versteckten sich 1915 dort, bis die Türken sie aufspürten, deportierten, ermordeten. Manche überlebten, wurden von der einheimischen Bevölkerung versteckt und assimilierten sich. Kein Armenier war im Dersim von einem Aleviten ermordet worden, während drüben in den Bergen bei Bingöl die Kurden ihre armenischen Dorfnachbarn auf Befehl der Türken mit Bajonetten umgebracht hatten.

»Wir sind Aleviten«, wiederholte Adaman. Er sah Schlüters fragendes Gesicht. »Viele von uns rechnen sich nicht einmal zum Islam, wie soll ich Ihnen das alles erklären, wir sind es nicht gewohnt, über unsere Religion zu sprechen, wir sind immer verfolgt worden, wir haben unseren Glauben durch siebenhundert Jahre mündlich weitergegeben, im Geheimen, deswegen haben wir kaum etwas Schriftliches ...«

Der Mensch sei das Ebenbild Gottes, deshalb seien alle Menschen gleich, egal, welche Hautfarbe, Religion oder welches Geschlecht. Das Gebet: ein Nachdenken über sich selbst. Gott sei in allen Dingen, in den Erscheinungen der Natur, weshalb es heilige Berge, Flüsse, Bäume, Orte gebe. Der Mensch werde wiedergeboren, damit er das, was er in seinem letzten Leben gelernt hat, vervollkommnen könne. Gewalt als Mittel der Auseinandersetzung werde abgelehnt, und nicht Mohammed sei der letzte Prophet, sondern Ali, sein Schwiegersohn, dessen Enkel ermordet worden war in Kerbela ... Die Aleviten seien immer als Ketzer verfolgt worden und besonders die, die keine Türken waren.

»Wie soll ich Ihnen das alles verständlich machen?«, fragte Adaman und breitete seine Hände aus. »Man kann keine Religion einfach so erklären und ich bin es nicht gewohnt, darüber zu sprechen.«

Als Atatürk die Trennung von Staat und Kirche verkündet habe, erzählte Adaman, seien die Aleviten begeistert gewesen und unterstützten ihn, in der Hoffnung auf religiöse Freiheit. Aber darum war es Atatürk nicht gegangen ... Die Türkei gehöre den Türken. Und nur den Türken, das sei sein Wille gewesen. Wer behauptete, anders zu sein, bezahlte mit

Tod oder Vertreibung. Alle kleinen Minderheiten seien vernichtet worden: Die Armenier wurden 1915 vernichtet, noch vor Atatürks Herrschaft, aber er habe das Programm fortgesetzt: Zehn Jahre später seien die Griechen, später die Lasen und die Assyrer umgebracht worden. Die Jeziden, die alle Kurden seien, habe man vertrieben, »sie sind alle in Deutschland heute, die meisten in der Gegend von Celle, wussten Sie das?« Die Zaza aus dem Dersim, die sich Dersimi nannten, seien den Türken ein besonderer Dorn im Auge gewesen, »denn wir waren die Letzten, die noch etwas von ihrer Eigenständigkeit bewahrt hatten, und bei uns gab es keine einzige Moschee.«

Der türkische Zentralstaat beschloss 1937, das Dersim endgültig zu unterwerfen. Das Land sollte entvölkert werden. Türkische Verbände kesselten die Dörfer ein, erzählte Adaman, und wo es möglich war, trieb man die Menschen in Scheunen und verbrannte sie an Ort und Stelle. Andere wurden in Todesmärschen ohne Nahrung und Wasser ins Gebirge geschafft. Viele der Verzweifelten ertranken in den Flüssen, weil sie Wasser zu sich nehmen wollten und keine Kraft mehr hatten, der Strömung zu widerstehen, oder sie wurden erschossen, weil sie bei ihren Kindern blieben, die nicht Schritt halten konnten. Die Frauen sprangen von den Klippen in den Fluss Munzur, um nicht vergewaltigt zu werden.

»Geyiksuyu ...«, flüsterte Adaman. »Der Fels der Zwanzigtausend. Laĉ derisı ... Eine Schlucht, die bis nach Pılemorye reicht, vierzehntausend hatten sich dort versteckt vor dem Militär, Frauen, Kinder, Alte, in den Höhlen. Sie hatten ihre Schafe mitgenommen, sie lebten von dem, was die Natur ihnen gab, von Nüssen und Beeren. Man hat sie bombardiert, aus der Luft ... Alle sind gestorben. Ich bin über den Fluss geschwommen im vorletzten Jahr, ich wollte es selbst wissen. Ich habe ihre Knochen gesehen. Ich habe einen Stein mitgenommen ...«

Adaman zog einen Stein aus der Tasche und legte ihn auf den Tisch. »Ich trage ihn immer bei mir, im Gedenken an alle, die sterben mussten. Er erinnert mich daran, dass ich zurückkehren werde, sobald ich kann.«

Schlüter starrte den Stein an, einen kleinen unscheinbaren kantigen grauen Stein, der in eine Faust passte.

Ach, Brüder, diese Grausamen ermordeten uns. / Von uns allen ließen sie liegen die Leichen in Sonne und Wind …

Das Dersim wurde alevitenrein gemacht, im Schatten des kommenden Großen Krieges. Wie viele Menschen starben? Siebzigtausend oder doppelt so viele? Müßige Frage. Hunderttausend wurden deportiert oder flüchteten von selbst in den Westen der Türkei, wo sie entwurzelt, voller Hass und ohne Hoffnung ein neues Leben nicht beginnen konnten. *Inländische Fluchtalternative.*

»Meine Mutter – sie hat überlebt, weil sie in der Mitte gestanden hat. Man hatte die Leute aus den Häusern geholt, zusammengetrieben auf dem Dorfplatz wie Vieh. Sie wurden eingekreist und dann wurde geschossen. Keiner konnte fort. Meine Mutter hat sich tot gestellt und ist am nächsten Tag unter den Leichen ihrer Nachbarn und Verwandten hervorgekrochen, mit einem zerschossenen Arm und mit mir in ihrem Bauch. Vielleicht habe ich sie davor gerettet, verrückt zu werden. Mein Vater war ja vorher schon erhängt worden.«

Adaman schwieg. Schlüter rührte still in seinem Tee. Er hätte eine Menge Fragen stellen können.

»Das ist jetzt siebenundfünfzig Jahre her«, fuhr Adaman fort. »Es gibt nur wenige Dersimi, die die Massaker überlebt haben. Und noch weniger, die darüber sprechen. Wer spricht, riskiert Freiheit, Gesundheit und Leben. Beleidigung des Türkentums heißt der Straftatbestand. Paragraf 301. Viele sind verurteilt worden, weil sie über den Mord an den Armeniern gesprochen haben. Der aber ist wenigstens dokumentiert, historisch bewiesen. Der Mord an unserem Volk –

es gibt fast nichts Dokumentiertes, nichts Schriftliches, und wenn, dann stammt es von den Tätern. Die Überlebenden sterben aus. Viele der Vertriebenen haben sich mit ihrem Schicksal abgefunden, ihre Kinder haben Glauben und Sprache nicht mehr von ihren Eltern gelernt. Der Völkermord im Dersim ist der unbekannteste aller Völkermorde. Und ich habe das alles zum ersten Mal auf Deutsch erzählt.«

Adaman zündete sich eine neue Zigarette an. Schlüter hatte seinen Ärger über Frau Rimmel, den Kollegen Hümmelsee und die Zunft der Juristen vergessen. Alles Kleinigkeiten.

»Fast niemand außerhalb des Dersim weiß vom Völkermord«, fuhr Adaman fort. Er redete jetzt schnell, hastig, als habe er kaum noch Zeit, er rauchte und immer wieder sah er an Schlüter vorbei zur Eingangstür. »Schon in Elazığ werden Sie keinen finden, der davon gehört hat, noch nicht einmal unter den dortigen Zaza. Auch Cihan hier wusste nichts davon.«

Adaman hielt inne und rieb sich die Augen; er hatte ein müdes Gesicht. »Zuletzt war ich in Sivas …«, sagte er. »Ich dachte, da kann ich arbeiten. Sivas liegt über zweihundert Kilometer von der Stadt Dersim entfernt. Ich habe in einer Druckerei gearbeitet, aber dann hätte man mich fast umgebracht …«

Adaman schüttelte heftig den Kopf und zog ein paarmal tief an seiner Zigarette. »Es wäre so einfach«, wechselte er das Thema. »Wir glauben nicht an einen Gott, der uns mit der Hölle bestraft und mit dem Paradies belohnt. Wir glauben an die menschliche Weisheit, wir glauben, dass Gott in uns Menschen lebt und uns Weisheit gibt, wenn wir sie wollen. Das ist das Gegenteil von dem, was die Sunniten glauben. Wir glauben, dass jeder für sich und sein Leben verantwortlich ist, daran, dass ein Mensch seines eigenen Glückes Schmied ist, wir denken so ähnlich wie die Protestanten hier, und manche von uns, die sich vom Islam abgrenzen wollen, treten sogar zum Christentum über. Da staunen Sie, was? Ich behaupte: Wir Aleviten sind die Brücke zu Europa und die Türkei wird nur dann zu Europa gehören, wenn sie ihre Aleviten anerkennt und ihnen Freiheit gibt – oder nie. Und wir werden nur frei, wenn die Türkei die europäischen Grundrechte anerkennt.«

»Wie viele gibt es überhaupt?«, fragte Schlüter.

»Aleviten? Oh, es gibt natürlich keine Zählungen. Und je nachdem, wen Sie fragen, werden Sie eine andere Auskunft bekommen. Es gibt Türken, Kurden, Zaza, vielleicht zwanzig Millionen Menschen. Andere sagen: nur fünf Millionen. Und weil das Alevitentum im Dersim immer besonders stark war …«

Hastig nahm Adaman einen Schluck Tee. »Sie müssen meinem Neffen helfen, wenn er in Schwierigkeiten kommt«, sagte er unverhofft. »Er hat einen Bruder gehabt, Ramazan, der zur PKK gegangen ist, nachdem er miterlebt hat, wie 1986 das Dorf geräumt wurde. Unsere Leute sind traumatisiert, verstehen Sie? Sie fallen zurück in das Jahr 1938, wenn sie die Armee sehen. Alles wiederholt sich, keine Sicherheit, nur Willkür. Wenn Gott das noch einmal zulässt, hat Ramazan gesagt, dann will ich mit Gott nichts mehr zu tun haben. Ramazan hat die Waffe genommen und sie haben ihn verschleppt und umgebracht. Heyder ist weicher. Er ist desertiert. Nach zwei Monaten. Sie haben ihn gefasst. Eine Zeit lang war er in Haft deshalb. Wir konnten ihn durch Bestechung aus der Haft befreien, und dann ist er aus dem Land geflohen. Wenn er zurückmüsste in die Türkei – sie werden ihn wieder in Haft bringen. Das hält er nicht durch. Sie werden ihn foltern. Nach Namen fragen.« Adaman sah sich seine Finger an und lachte grimmig.

»Und warum hat Ihr Neffe kein Asylrecht bekommen? Ich meine, wenn er in der Türkei eine Haftstrafe zu erwarten hat, dann …«

»Asyl ist nur für die, die Blut an den Händen haben!«, unterbrach Adaman. »Wer einen Asylantrag stellt, ist registriert. Und wenn er abgelehnt wird, wird er verhaftet und abgeschoben. Das konnte Heyder nicht riskieren!«

Adaman nahm einen Stift zur Hand und zog aus seiner braunen Jacke ein Brillenetui, öffnete es und setzte sich eine Brille auf; jetzt sah er, fand Schlüter, aus wie ein Lehrer, fast wie ein Gelehrter.

Adaman griff sich einen Bierdeckel, kritzelte etwas darauf und schob ihn Schlüter zu. »Meine Frau, sie heißt Besê. Versprechen Sie mir, dass Sie das gut aufbewahren. Unbedingt! Halt!«, unterbrach er sich und griff wieder nach dem Bierdeckel. »Ich schreibe Ihnen noch einen Namen auf. Meinen Freund Osman in Sivas. Seine genaue Adresse habe ich nicht. Aber es gibt einen Buchladen am *İnönü Bulvarı*. Dort kann man nach ihm fragen. Vielleicht ist er auch noch in seinem Institut, neben dem Hotel *Madımak*. Für den Fall, dass Sie Auskünfte oder Hilfe brauchen, können Sie sich an Osman wenden, er wird Ihnen helfen, auch wenn sein Name das Gegenteil vermuten lässt. Aber seien Sie nachsichtig mit ihm, er glaubt, uns zu kennen, und doch weiß er nichts von uns …« Adaman ergänzte die Notiz auf dem Bierdeckel.

»Ich mich an ihn wenden? In der Türkei?«, fragte Schlüter. »Wie stellen Sie sich das denn vor?«

»Ich stelle mir vor, dass Sie das Richtige tun werden«, antwortete Adaman und zündete sich die wer weiß wievielte Zigarette an. »Heyders Mutter heißt Menez, sein Vater Nuri, sie wohnen in Ovacık.« Er kritzelte die Namen auf den Bierdeckel, schob ihn über den Tisch. »Gut aufbewahren, unbedingt!« Damit schien das Thema für ihn erledigt, denn er fragte: »Kennen Sie den völkerrechtlichen Grundsatz von der Nichteinmischung in die Angelegenheiten eines anderen Staates?«

Schlüter nickte wieder. Das war ein Pfeiler, auf dem das zivilisierte Zusammenleben der Völker ruhte.

Adaman lachte böse auf. »Diesem Grundsatz haben wir so manchen Völkermord zu verdanken. Gerade findet einer in Jugoslawien statt. Und wissen Sie eigentlich, dass der Völkermord im Dersim das Vorbild für Hitler war? Übrigens der einzige Völkermord auf gesetzlicher Grundlage: das Tunceli-Gesetz Nr. 3195 von 1936! Hitler war begeistert von der Planung und Durchführung. So geheim, so verschwiegen, so effektiv. Er hat die Juden Europas später auf gleiche Weise vernichtet. Und genauso wie die Juden sind wir, die wir noch leben, überall verstreut. Deutschland, Schweiz, Holland, Schweden. Asyl bekommen wir selten, Asyl bekommt nur, wer geschossen hat, wer Blut an den Händen hat, denn sonst kann er keine Verfolgung nachweisen, der Friedliche ist vogelfrei. Seit gestern Abend, als ich das Buch … und mich dieser Rothenfels …«

Adamans Augen weiteten sich plötzlich, Schlüter hielt den Atem an, er fühlte einen winzigen kühlen Schmerz im Nacken. Adaman ließ sich in einer einzigen fließenden Bewegung von seinem Stuhl gleiten, der große Mensch klappte zu einem fliehenden Tier zusammen, auf allen vieren bewegte er sich rückwärts und war verschwunden. Der Vorhang hing still.

Komm, sei unser Beschützer! / Komm endlich, komm, sei unser Beschützer! / In Dersim ist das Volk verlassen und ohne Schutz …

Schlüter hörte, wie die Restauranttür geöffnet wurde. Er zwang sich, sich nicht umzusehen, widerstand dem Impuls, das Teeglas seines Gesprächspartners mit einem Handgriff zu verstecken, nahm stattdessen sein eigenes und hielt sich daran fest, während er den Bierdeckel in seine Jacketttasche gleiten ließ und Adamans halb gerauchte Zigarette nahm, die im Aschenbecher qualmte.

Der Stein lag immer noch auf dem Tisch.

Der Gastwirt tauchte wie aus dem Nichts hinter dem Tresen auf und machte sich an den Gläsern zu schaffen.

»Guten Tag, womit kann ich Ihnen dienen?«, fragte er geschäftsmäßig.

Langsam drehte Schlüter sich um. Durch die Ranken der Plastikblumen sah er zwei Uniformierte, keine zwei Meter von der Eingangstür entfernt. Sie näherten sich jetzt dem Tresen.

»Wir suchen einen Mann«, sagte der größere von beiden, ein mächtiger Schnurrbart verbarg seine Oberlippe. Seine Augen flitzten im Raum umher.

»Mich?«, fragte Schlüter und versuchte zu lächeln. Er zog an der Zigarette und sog vorsichtig den Rauch in die Lunge. Der Mann kam ihm bekannt vor. Wo hatte er ihn schon mal gesehen?

»Sie nicht – aber vielleicht den, der mit Ihnen Tee getrunken hat«, antwortete der Polizist. Er hatte eine tiefe Stimme, breite Schultern und ein pockennarbiges Gesicht.

»Der steht vor Ihnen«, antwortete Schlüter und nickte dem Gastwirt zu, der sich die beiden Teekannen schnappte und nachschenkte. Anschließend setzte sich der Wirt auf Adamans Stuhl, zündete sich eine Zigarette an, legte sie aber nach zwei Zügen in den Aschenbecher zu Adamans Kippen, nahm Zucker und fragte, während er sich erhob, die Polizisten: »Darf ich Ihnen auch einen Tee anbieten?«

»Moment!«, grantelte der Schnauzbärtige, wischte den kleinen Gastwirt beiseite und zerteilte mit seinen langen Armen den Vorhang zur Küche. Bevor er verschwand, zeigte er Schlüter einen mächtigen Steiß und einen Fleck auf der linken Backe. Schlüter vermutete Schokolade.

Der Gastwirt wandte sich an den verbliebenen Polizisten: »Bitte erklären Sie mir ... Möchten Sie Tee?« Der Polizist hatte Silberhaare, Sichelbeine und einen vorstehenden Bauch, unter dem der Gürtel eine faltige Uniformhose hielt. Er sah aus, als freute er sich auf seine Pension, und sagte nichts.

»Der Tee ist noch frisch. Kennen Sie türkischen Tee?«, versuchte es der Gastwirt noch einmal und setzte nach einer kleinen Pause hinzu: »Ich habe keine Geheimnisse. Bei mir kann jeder in die Küche, auch ohne Durchsuchungsbefehl. Ich werd's auch bestimmt nicht dem Gesundheitsamt sagen. Bitte!« Damit zog er den Teppich auseinander und lud den zweiten Polizisten zur Durchsuchung ein.

Schlüter sah den dreieckigen Ausschnitt einer menschenleeren neonhell erleuchteten Küche, große Töpfe auf einer langen Platte, eine Kipppfanne, silberne Geräte an der Rückwand.

Der Polizist winkte ab. »Danke«, sagte er nur und blieb stehen, halb zwischen Tür und Tresen.

Der Gastwirt zuckte die Schultern, leerte den Aschenbecher vom Tisch in einen silbernen Müllschlucker und setzte sich wieder zu Schlüter. Rührte seinen Tee und trank einen Schluck. »Wollen Sie mir nun erklären, was Sie …«

Der Sichelbeinige drehte sich um, denn die Eingangstür ging auf und der Schnauzbärtige betrat das Lokal zum zweiten Mal.

»Nichts«, sagte er und zwirbelte seinen Bart.

Schlüter erhob sein Glas und genehmigte sich einen kräftigen Schluck. Vielleicht war der Tee doch gar nicht so schlecht.

Der Schnauzbärtige baute sich vor dem Tisch auf, zog ein Papier aus der Brusttasche, faltete es auseinander und präsentierte dem Gastwirt und Schlüter die Schwarz-Weiß-Kopie eines Gesichts.

»Kennen Sie den?«

»Lassen Sie mal sehen«, kooperierte Schlüter, nahm das Papier, strich es glatt, legte es auf dem Tisch ab, nestelte seine Lesebrille aus dem Jackett und setzte sie auf.

»Nein«, sagte er nach einem kurzen Blick auf das Porträt, das einen jungen Mann mit schwarzen Haaren zeigte. »Warum?« Er reichte das Bild dem Wirt und schob die Brille zurück.

Der Gastwirt betrachtete das Bild aufmerksam. »Ich bin mir nicht ganz sicher«, sagte er. »Ich habe viele Gäste. Auch wenn das im Moment nicht so aussieht. Vielleicht war er mal da. Kommt mir aber nicht bekannt vor. Sieht aus wie ein Türke – ist das einer?«

Er stand auf und steckte sein Teeglas über die Bürste im Abwaschbecken. Seine Bewegungen waren ruhig und konzentriert.

»Und den?«, fragte der Polizist. Er hielt ein zweites Blatt vor der Brust und wandte sich wieder zuerst an Schlüter.

»Moment«, erklärte der und setzte die Lesebrille auf. Das Bild zeigte Veli Adamans schmales, ernstes Gesicht, ein gutes Porträt, noch keine alte Aufnahme. »Hm«, machte Schlüter. »Nee, auch nicht. Wer ist das denn?«

Der Polizist trug das Papier zum Tresen.

»Der hat weiße Haare«, brummelte der Gastwirt wie im Selbstgespräch. »Mehr als ich, wenn auch nicht viel. Aber ob der mal hier war? Glaub ich eher nicht ...«

Der Schnauzbärtige wischte ihm das Foto aus der Hand. »Danke«, raunzte er. Und zu seinem sichelbeinigen Kollegen: »Komm!«

An der Tür drehte sich der Schnauzbärtige um. »Sagen Sie mal«, begann er und näherte sich langsam wieder Schlüters Ecktisch. »Sind Sie nicht ...?«

»Schlüter mein Name«, nickte Schlüter.

»Der Rechtsanwalt?«

»Ja. Und Notar. Warum?«

»Was machen Sie hier eigentlich?«, fragte der Polizist.

»Tee trinken«, antwortete Schlüter. »Türkischen Tee, sollten Sie auch mal probieren, der ist wirklich ...«

»Ach was«, winkte Ewald Schäfer ab, endlich war Schlüter der Name eingefallen.

»Und Sie, warum sind Sie hier?«, fragte er. »Haben die zwei was verbrochen?«

»Das werd ich Ihnen bestimmt nicht sagen«, wehrte Schäfer ab. »Das geht Sie nichts an.«

Schlüter hörte heraus, dass Schäfer ihm die Scheidung noch nicht verziehen hatte. Dabei war die Geschichte bestimmt zehn Jahre her.

Schäfer starrte auf den Tisch. »Was ist das für ein Stein?«, fragte er.

Schlüter nahm den Stein in die Hand, drehte und wendete ihn. Er fühlte sich kühl und glatt an. Ein sehr stummer Zeuge. »Ein Völkermordstein«, antwortete er.

»Ein was?«

»Ein Völkermordstein. Ein Stein, der Zeuge eines Völkermordes war. Ich trage ihn immer bei mir.« Schlüter ließ den Stein in seine Hosentasche gleiten. »Seit ich ihn habe«, fügte er hinzu.

»Muss ich das verstehen?«, fragte Ewald Schäfer und machte ein dummes Gesicht.

»Nein«, antwortete Schlüter. »Man kann solche Sachen nicht verstehen.«

Endlich gingen die beiden Polizisten. Unmittelbar danach öffnete sich die Tür erneut und eine Familie trat ein, ein dunkelhäutiger Mann, eine hellhäutige Frau und zwei Jungen im Grundschulalter. Der Vater rieb sich die Hände und nahm seiner Frau den Mantel ab.

Der Gastwirt war hinter seinem Tresen hervorgetreten und lächelte. Er begrüßte die Gäste und verteilte Speisekarten.

»Das ist ein Zaza aus der Gegend von Palu, er ist Sunnit und ganz in Ordnung«, flüsterte er wenig später, als er Schlüter Tee nachschenkte. »Die Armee hat sein Dorf zerstört und die Felder, vor zehn Jahren schon, deshalb ist er nach Deutschland gekommen. Übrigens – auf dem ersten Bild: Das war Heyder Cengi. Sie sind den beiden auf den Fersen.«

Schlüter zog den Bierdeckel aus der Tasche und las: *Osman Barut – Buchhandlung İnönü Bulvarı. Menez und Nuri Cengi, Ovacık. Besê Adaman, Tunceli, Sanat Sokak 5.* Er drehte die Pappe um und schrieb mit Adamans Stift auf die andere Seite: *Latsch Derisi 14.000. Gäjickßuju 20.000. Rothenfels.* Schlüter legte den Stein auf den Bierdeckel und starrte beides an, als könnten sie Veli Adamans Rede fortsetzen. Aber sie schwiegen, sie beantworteten Schlüters Fragen nicht. Warum war die Polizei ausgerechnet jetzt ins *Bosporus* gekommen? Hatte jemand einen Tipp gegeben, dass Adaman hier war? Hitler und das Dersim – stimmte das? Und was hatte Gül mit Adaman zu schaffen? Oder war das alles nur Zufall? Und vor allem: Was sollte er tun? Erschöpft ließ Schlüter sich zurücksinken. Ihn grauste vor dem Termin in Celle.

Jedenfalls würde er den Stein so bald wie möglich zurückgeben. Er atmete tief durch und spürte, wie die Luft in die Spitzen seiner Lungen drang. Ich lebe, dachte er. Man muss sich etwas gönnen. Zumal jetzt Wochenende war. Christa. Er würde nach Hause eilen und Christa holen, bevor sie womöglich allein gegessen hatte. Sie würden heute Abend mal nicht lesen, sondern türkisch speisen. Und dabei würde er ihr alles erzählen. Und versuchen, etwas davon zu verstehen. Wie konnte eine Religion siebenhundert Jahre im Geheimen überleben? Ohne Bücher, ohne Schriften? Musste das nicht eine mächtige, eine faszinierende Religion sein?

Er reservierte den Tisch und ging.

Teil 2

Niederlagen

Schweig Nachtigall, im Garten herrscht Trauer,
Weil du, mein Freund, hier bist und ich fern von dir.
Mein Docht verbrannt, mein Wachs ist weggeschmolzen.
Freund, dein Leid entflammt in mir.

Pir Sultan Abdal (1480–1550),
türkisch-alevitischer Dichter

19.

Emin Gül saß auf dem Rücksitz von Kayas Mercedes, die Arme auf der Rücklehne ausgebreitet. Wippen konnte er hier nicht und das verdammte Knarren seiner Lederjacke war im Geprassel der Kopfsteine nicht zu hören. Sie suchten nach einem Parkplatz und fuhren eine einspurige Straße entlang, vorbei an einem Park, in dem es ein Schloss mit Teich und Enten darin gab und dauerlaufende magere Herren und Damen in fortgeschrittenem Alter. Und das bei dem Wetter. Hatten die alle nichts Vernünftiges zu tun?

Schlüter mied es, wann immer er konnte, zum Hohen Gericht nach Celle zu fahren, und nach dem Abend mit Veli Adaman am letzten Freitag wäre er heute erst recht am liebsten zu Hause geblieben. Auf welcher Seite stand er? Auf Adamans oder Güls? Und waren das überhaupt zwei Seiten, die sich nicht miteinander vertrugen? War er, Schlüter, auch einer von denen, die jedes Brot fraßen, gleich aus welcher Hand? Er dachte an Christa, die geweint hatte, als er am Abend Adamans Bericht, so gut er konnte, wiederholt hatte. Später, nach dem Essen und wieder zu Hause, hatten sie den alten Atlas vorgeholt und mit den Fingern über das Munzurgebirge gestrichen. Dieser Adaman und seine Leute, sagte Christa, die hätten nichts, nichts, nichts ... Niemanden, der mit ihnen leiden, ihr Leid teilen könne, niemanden, der ihre Berichte vorbehaltlos für wahr halten würde, denn es sei ja nichts dokumentiert. *Ach wirklich? Was du nicht sagst?* Wer den Holocaust leugne, der werde bestraft in Deutschland, aber in der Türkei sei das genau umgekehrt: Es werde derjenige bestraft, der ihn behaupte. Nicht der Täter, sondern der Bote wird bestraft. *Beleidigung des Türkentums* heißt der Paragraf, hatte Adaman erzählt.

»Ein vergiftetes Land muss das sein«, sagte Christa. »Ich will nie dahin.«

Und jetzt war er ausgerechnet mit Aleviten-Hassern unterwegs, mit einem Völkermordstein in der Tasche, mit Leuten, die zwar keine Scheiterhaufen anzündeten, sich aber trotzdem freuten, wenn ein Ketzer darin verbrannte. Jedenfalls für Kaya traf das zu. Aber auf die Gesinnung kommt es nicht an, dachte Schlüter, sondern darauf, ob Gül ein Brandstifter ist oder nicht. Nach Aktenlage war das türkische Verfahren gegen Gül unfair gewesen, seine Gesinnung hatte man bestraft, seine Täterschaft konstruiert, eine strafrechtliche Schuld nicht nachgewiesen. Also durfte er, Schlüter, auch für ihn eintreten, ja er war sogar dazu verpflichtet.

Es gab nichts Grässlicheres, als gesprächigen Mitmenschen ausgeliefert zu sein, aber Schlüter hatte nicht den Mut aufgebracht, Kayas Mitfahrangebot abzulehnen. Gül sprach immer noch kein Deutsch und schwieg, aber Kaya hatte Schlüter die ganze Fahrt hindurch mit dem steten Strom seiner Rede begossen; er sprach von der Ungerechtigkeit, die Gül in der Türkei widerfahren sei; der Gerechtigkeit, die ihm heute in Celle widerfahren werde; von den Sorgen und Nöten eines Grillwirtes mit den Behörden, insbesondere dem Gewerbeaufsichtsamt in Cuxhaven, dem Personal und den unhöflichen Gästen, und nicht zuletzt: den viel zu niedrigen Umsätzen. Er berichtete von seiner vielköpfigen Familie, von seinem zwölfjährigen Sohn, der das Gymnasium in Hemmstedt besuche und dort »der einzige Ausländer in der Klasse« sei, wie Kaya stolz bemerkte, während der Sohn in der Grundschule mit seinen Klassenkameraden aus Kasachstan, Pakistan und Sibirien, Libanon und Palästina die nicht deutsche Mehrheit gestellt habe; am schlimmsten seien die

Araber gewesen, »zwei Gesichter haben die Araber, wissen Sie«, aber nun seien sie aus dem Ausländerviertel, in dem sie gewohnt hatten, »Allah sei Dank« endlich fort, sie wohnten in der gleichen Straße wie der Bundestagsabgeordnete der CDU, der Hemmstedt in der Hauptstadt vertreten würde, im Schwedenviertel. Sie hatten es geschafft, den Aufstieg in die Mittelklasse. Kaya deklinierte seine Familie durch, die demnächst weiter wachsen werde, denn er werde seine Tochter verheiraten, mit Emin Gül, zu dem Kaya sich gutmütig lachend umdrehte, und der Herr Rechtsanwalt und seine Frau seien natürlich herzlich eingeladen zur Hochzeitsfeier, die am 25. März stattfinden werde. »Es wird ein grandioses Fest!«, erklärte Kaya stolz. »Mit vielen Gästen.« Man müsse rechtzeitig planen.

Er werde seinen Terminkalender fragen, wich Schlüter aus, und seine Frau den ihrigen, man werde dann Bescheid geben. »Wissen Sie«, sagte Schlüter vage, »meine Mutter in Husum ...« Ausgerechnet jetzt fällt mir meine Mutter ein, dachte er und fragte, ob Gül nicht Kayas Neffe sei. Ja, das sei er, natürlich, erklärte Kaya, aber nicht ein Neffe, wie man das in Deutschland verstehe. »Unsere Familien sind größer, wissen Sie. Wenn die beiden geheiratet haben, gehört die ganze Familie zusammen«, freute er sich. Dann sind die Schwierigkeiten, von denen die junge Frau gesprochen hatte, wohl beseitigt, dachte Schlüter und versuchte, Veli Adaman zu vergessen und sich auf den bevorstehenden Termin zu konzentrieren.

Er prozessierte nur, wenn er siegessicher war, denn er war ein schlechter Verlierer, und die zweite Instanz, gar das Oberlandesgericht, ließ er sich nur von der Gegenseite aufzwingen. Die Amtsgerichte fällten oft genug Fehlurteile, aber man kannte die Richter und wusste, worauf man sich einließ. Schon beim Landgericht war man vom Leben und seinen Tatsachen so weit entfernt, dass man die Ergebnisse nicht immer voraussehen konnte, aber prozessierte man vor dem Oberlandesgericht, war mit überraschenden Gesetzesauslegungen zu rechnen. Dort wurde unter Umständen unter Zuhilfenahme direkt vom Herrgott abgeleiteter Gerechtigkeitsgedanken entschieden, oder, wenn den Richtern ein Gesetz nicht gefiel, legten sie es im Wege der berühmten *teleologischen Reduktion* aus, um Weihnachtsmänner zu Osterhasen zu machen. Dort war man wie auf hoher See in Gottes Hand.

Doch heute war Schlüter guten Mutes; er hatte sich die Rechtslage gründlich erarbeitet und war überzeugt, Gül vor der türkischen Strafverfolgung retten zu können – obwohl er einen solchen Versuch heute das erste Mal machte.

Schlüter war lange nicht in Celle gewesen. Das Gebäude am Schlossplatz 2 war ein nüchtern weiß getünchter viereckiger Kasten, dem man das hohe Gericht erst glaubte, wenn man das Schild am Haupteingang sah: *Oberlandesgericht Niedersachsen.* Sie stiegen die kleine Freitreppe hinauf, betraten das Gebäude und ließen sich vom Pförtner den Weg zum Klo und zum Sitzungssaal weisen.

Die Tür stand offen; ein großzügiger Raum mit breiter Fensterfront und neuen Möbeln, gediegener Holzvertäfelung. Ein Treppchen führte hinunter wie in einen Kerker. Drinnen trafen sie auf einen Mann, den Schlüter für den amtlichen Dolmetscher hielt, denn er war ein türkischer Typ mit olivgrünem Mongolengesicht. Ganz am linken Ende des noch leeren Richtertresens saß die Protokollführerin und gähnte, eine Frau mit breitem Gesäß.

Schlüter wünschte beiden einen guten Tag und wies Gül den Platz neben sich zu, auf der rechten Seite der vor dem Richtertresen aufgestellten Tischchen. Kaya – ansonsten gab es keine Öffentlichkeit – setzte sich in die zweite Reihe der Zuschauerstühle und der Dolmetscher nahm links neben Gül Platz.

Es war still, nur Güls Lederjacke knarrte verhalten, obwohl er sich nicht zu bewegen schien. Schlüter überlegte, ob er heute noch rechtzeitig für eine ordentliche Tasse Tee wieder zu Hause sein würde. Eher nicht.

Zehn Minuten über der angesetzten Zeit öffnete sich die in der rückwärtigen Holzvertäfelung eingelassene Tür und spie das Gericht aus, das aus drei Menschen mit geschnitzten Gesichtern bestand, zwei Frauen und ein Mann. Offenbar der Vorsitzende, denn er steuerte den mittleren Richterstuhl an, ein müde wirkender Herr mit Altersflecken im Gesicht und zerzausten Haarresten von unbestimmter Farbe, der sogleich durch Handzeichen den Verzicht auf das unterwürfige Strammstehen bedeutete: Man möge sich setzen. Wo ist das eigentlich geregelt, dass der Rechtsuchende aufstehen muss, wenn das Gericht den Saal betritt, überlegte Schlüter grimmig und zum tausendsten Mal.

Mit brüchiger Stimme eröffnete der Vorsitzende die Verhandlung, stellte die Anwesenheit der Anwesenden fest, belehrte den Dolmetscher über seine Pflicht zur unparteiischen Übersetzung und ließ alles zu Protokoll nehmen.

»Die Sach- und Rechtslage wurde erörtert«, diktierte er und übergab die Rede der Richterin zu seiner Linken, die Berichterstatterin in dieser Sache war, einer Dame mit graudünnem Haar in Pagenschnitt und schießschartenschmaler Lesebrille. Das Ritual des Sachvortrages, das Referat des Akteninhalts, den Schlüter natürlich kannte, sie sprach immer nur einen Satz, sah den Dolmetscher ausdruckslos an, wartete, bis er übersetzt hatte, begann den nächsten Satz. Alles ohne jede Gefühlsäußerung, ohne die Stimme zu heben, in trockenstem Aktendeutsch. Es fiel Schlüter schwer zuzuhören, aber er spannte sich an und verfolgte jedes einzelne Wort, damit er eingreifen konnte, falls etwas falsch wiedergegeben wurde. Je höher man in der Gerichtshierarchie vordrang, desto förmlicher wurde verhandelt, desto steifer waren die Gesichter; die Kollegin Sabatier behauptete gar, Richter am OLG werde nur, wessen Gesicht sich nicht von der Farbe des Putzes in den Gerichtsfluren abhob. Schlüter sehnte sich zum Amtsgericht in Hemmstedt; dort wurde noch ein Deutsch gesprochen, das jeder verstand, und das Gericht hatte Muskeln im Gesicht und benutzte sie auch.

Am 1. Juli 1993, berichtete die Berichterstatterin, habe in der anatolischen Stadt Sivas ein alevitisches Kulturfestival des Vereins *Pir Sultan Abdal* stattgefunden. Der Schriftsteller Aziz Nesin, mit diversen anderen Festivalteilnehmern im Hotel *Madımak* einquartiert, habe am gleichen Tag einen Vortrag im alevitischen Kulturzentrum gehalten. Am Morgen des 2. Juli hätten in der Stadt Unbekannte Flugblätter mit dem Titel *Für das islamistische Publikum* verteilt, mit denen die teilweise Veröffentlichung des Romans *Die satanischen Verse* von Salman Rushdie in türkischer Übersetzung durch den Herausgeber Nesin kritisiert worden und die Gläubigen aufgefordert worden seien, sich zu vereinigen und »gegen die Freunde des Teufels« zu kämpfen. Gegen 13.30 Uhr sei es zu einer Versammlung von Personengruppen gekommen, die zuvor in der Großen Moschee und in der Meydan Moschee ihr Gebet verrichtet hätten. Man stimmte Sprechchöre an, die sich gegen den Gouverneur, der die Erlaubnis für das alevitische Kulturfestival erteilt hatte, und gegen Nesin richteten. Die Versammlung vor dem Gouverneurssitz sei auf Betreiben der Sicherheitskräfte aufgelöst worden, habe sich jedoch vor dem Hotel wieder zusammengefunden. Dort seien Steine geworfen und ein Denkmal zerstört worden, das tags zuvor errichtet worden war. Gegen 16.05 Uhr sei es den Sicherheitskräften gelungen, auch dort die Versammlung aufzulösen. Dennoch habe sich abends gegen 18.00 Uhr erneut eine aggressive und erregte Menschenmenge vor dem Hotel eingefunden, die auf zehn- bis fünfzehntausend Menschen angewachsen sei. Unter lautstarker Begleitung von Sprechchören seien Fensterscheiben eingeschlagen, Autos und eine Atatürk-Büste beschädigt worden. Einigen der unmittelbar vor dem Hotel befindlichen Männer sei es gelungen, die Absperrung zu überwinden, in das Gebäude zu gelangen und Einrichtungsgegenstände und Vorhänge hinauszuwerfen, mit denen unter Zuhilfenahme von Benzin das Gebäude in Brand gesetzt wurde.

Im Hotel – hier hob die Berichterstatterin den Blick, um Gül über den Rand ihrer Lesebrille hinweg zu fixieren – seien fünfunddreißig Menschen infolge von Brand- und Raucheinwirkungen und zwei weitere durch Schussverletzungen ums Leben gekommen.

»Dazu Fragen?«, fragte die Berichterstatterin. Sie hatte graue Augen und den gefühllosen Blick einer Schildkröte.

»Vorerst nicht«, erklärte Schlüter vorsichtig.

»Der Prozessvertreter des Verfolgten erklärt, er habe vorerst keine Fragen«, diktierte die Schildkröte der Protokollantin.

Will die mich ärgern?

»Zunächst der weitere Sachverhalt.«

Gül sei am 4. Juli 1993 inhaftiert worden und am 16. Juli 1993 in Untersuchungshaft gekommen. In dem anschließenden Strafverfahren vor dem 1. Staatssicherheitsgericht Ankara seien von einhundertdreiundzwanzig Angeklagten siebenundzwanzig mangels Beweises freigesprochen worden, sechsundzwanzig wegen Brandstiftung mit Todesfolge zu Freiheitsstrafen bis zu fünfzehn Jahren und die übrigen sechzig Angeklagten – darunter Gül – wegen Verstoßes gegen das Versammlungsverbot zu einer dreijährigen Haftstrafe verurteilt worden, die das Gericht wegen der Minderjährigkeit des Verfolgten auf zwei Jahre abgemildert habe. Dieser, so die Feststellungen des türkischen Gerichts, habe sich nach dem Moscheebesuch aufgrund spontaner Entscheidung der rechtswidrigen, weil amtlich aufgelösten Demonstration angeschlossen, habe mit den anderen Parolen gerufen, sich aber anschließend entfernt und sei dann bei den nachfolgenden Ereignissen vor dem Hotel nicht mehr anwesend gewesen. Der Verfolgte sei aus der Untersuchungshaft entlassen worden.

Gegen das Urteil habe die Staatsanwaltschaft Berufung eingelegt, fuhr die Richterin fort. Die 9. Strafkammer des Kassationsgerichts habe das erstinstanzliche Urteil aufgehoben. Der Verfolgte, so das türkische Gericht, habe nicht nur gegen das Versammlungsverbot verstoßen, sondern er habe an einem gewaltsamen Versuch, die Verfassung der Türkei zu verändern oder zu beseitigen, teilgenommen, wenn auch als untergeordneter Teilnehmer, indem er die Chöre der Menschenmenge »Nieder mit dem Laizismus« und »Es lebe das Schariat« mitgerufen habe. Es sei Haftbefehl ergangen, jedoch sei der Beschuldigte inzwischen flüchtig und untergetaucht gewesen.

Nach anschließender Neuverhandlung der Strafsache vor dem 1. Staatssicherheitsgericht in Ankara sei der Verfolgte nunmehr einer aus achtunddreißig Personen bestehenden Gruppe von Angeklagten zugeordnet worden, die an den gesamten Vorgängen – insbesondere auch der Beschädigung der Atatürk-Büste und der Inbrandsetzung des Hotels – teilgenommen habe. Alle seien zum Tode verurteilt worden, wobei das Todesurteil gegen den zur Tatzeit noch minderjährigen Verfolgten auf zwanzig Jahre Freiheitsstrafe ermäßigt worden sei. Dieses Urteil sei rechtskräftig und bilde nunmehr die Grundlage für das Auslieferungsersuchen der türkischen Behörden zum Zwecke der Strafvollstreckung.

»Wollen Sie dazu Ausführungen machen?«, übernahm der Vorsitzende die Regie.

Soll das heißen, dass mein schriftlicher Vortrag nicht ausreichend war?, überlegte Schlüter hastig.

Die Pokergesichter hinter dem Tresen zeigten keine Regung. Sie schwiegen und warteten.

Räuspernd erhob sich Schlüter: »Hohes Gericht. Der Sachverhalt ist zutreffend festgestellt worden. Daraus ergibt sich, wie ich schon schriftsätzlich vorgetragen habe, dass ernstliche Gründe für die Annahme sprechen, dass die von der türkischen Republik beabsichtigte Strafverfolgung gegen den Verfolgten« – Schlüter wandte sich in einer angedeuteten Drehung seinem Schützling zu – »in einer über die bloße Ahndung hinausgehenden Weise den Charakter der politischen Verfolgung in sich trägt. Das Auslieferungsverfahren dient einer Ahndung staatsfeindlicher Aktivitäten durch die Anwendung von Staatsschutzdelikten, deren Unrechtsgehalt ausschließlich oder ganz überwiegend durch den Angriff auf ein politisches Rechtsgut geprägt ist. Es liegt auf der Hand, dass die dem Verfolgten angedrohte Behandlung – also die Vollstreckung einer zwanzigjährigen Freiheitsstrafe – härter ausgefallen ist als die sonst zur Verfolgung ähnlich gefährlicher Straftaten in der Türkei übliche.«

Keine Reaktion. Die Augen des Vorsitzenden waren ausdruckslos, die Berichterstatterin sah mit kaltgrauem Blick in eine Ferne, die es nicht gab, und die Beisitzerin blätterte alibimäßig in einem Stapel Papier, offenbar nur, um nicht für eine Beischläferin gehalten zu werden. Das Gericht trieb seine Unvoreingenommenheit auf die Spitze. Gesichtsbewegungen konnten als Gefühlsäußerungen und damit als Befangenheit interpretiert werden. Wie soll man unter solch keimfreien Bedingungen geordnet denken und reden?, fragte sich Schlüter und zwang sich zur Fortsetzung.

Er begründete, warum der Nachweis, dass Gül an der erkennbar nicht organisierten Demonstration teilgenommen habe, zwar geführt sei, jedoch nicht derjenige, dass er auch an aktiven Handlungen beteiligt gewesen sei. Gül habe seine spontane Teilnahme ausdrücklich eingeräumt, sich jedoch bei der Polizei dahingehend eingelassen, dass er im Verlauf des Nachmittags wieder zu seiner Arbeitsstelle zurückgekehrt sei.

»Als es zu brennen begann, war er nicht mehr dabei«, schloss Schlüter.

»Das werden wir Herrn Gül selbst fragen«, antwortete die Berichterstatterin kühl. »Bitte, Herr Gül – schildern Sie den Verlauf des 2. Juli 1993 aus Ihrer Sicht.«

Der Dolmetscher übersetzte, Güls Jacke knarrte bedrohlich, er wandte sich dem Dolmetscher zu und begann zu sprechen.

»Sie antworten bitte dem Gericht!«, fuhr die Beisitzerin dazwischen und mit der übersetzungsbedingten Verzögerung zwang Gül sich, sie anzusehen, während er sprach.

Satz für Satz musste Gül das Geschehen an jenem fatalen 2. Juli 1993 wiederholen. Satz für Satz wurde übersetzt und Satz für Satz wurde protokolliert. Gül sprach mit gesenktem Kopf und tonloser Stimme. Zwei Tage nach dem Geschehen sei er verhaftet und auf die Gendarmerie von Sivas gebracht worden. Dort habe man ihm befohlen, sich nackt auszuziehen. Man habe ihn mit kaltem Wasser aus einem Wasserschlauch abgespritzt und über Glasscherben gehen lassen, bis seine Fußsohlen blutig und zerschnitten gewesen seien. Gül beugte sich zwischen seine Beine und machte Anstalten, seine Schuhe auszuziehen.

»Lassen Sie das«, unterbrach ihn die Schildkröte und wartete, bis der Dolmetscher übersetzt hatte. »Diese Feststellungen befinden sich bereits in der Akte. Es interessiert uns eine andere Frage. Sie haben Ihren Arbeitgeber als Zeugen benannt. Wie heißt der?«

Der Dolmetscher übersetzte. Gül antwortete.

»Er sagt«, sagte der Dolmetscher, »er habe dies der Polizei und dem Staatsanwalt bereits mehrfach erklärt.«

»Dann erklären Sie es uns noch einmal.«

Gül warf Schlüter einen Hilfe suchenden Blick zu, Schlüter nickte aufmunternd und Gül sagte einen Namen.

»Sein Arbeitgeber heißt Bulut Süzen«, erklärte der Dolmetscher.

»Buchstabieren Sie«, verlangte die Berichterstatterin.

Schlüter wurde unruhig. Was sollte diese Frage? Das ergab sich doch schon aus den Akten oder hatte er sich das nur gedacht? Er spürte den Impuls, den Namen des Arbeitgebers in seinen Unterlagen nachzuschlagen, aber das hätte Unsicherheit verraten, also ließ er es bleiben. Das Gefühl einer Gefahr ergriff von ihm Besitz – einer Gefahr, von der er nicht wusste, ob sie Gül oder ihm selbst galt.

Schlüter hörte Gül sprechen und der Dolmetscher übersetzte: »Herr Gül erklärt, er könne das nicht buchstabieren.«

»Soll das bedeuten, dass Herr Gül nicht schreiben kann? Er muss doch wissen, wie dieser Name üblicherweise geschrieben wird!«

Der Dolmetscher übersetzte. Gül schüttelte den Kopf und zuckte mit den Schultern.

Die Berichterstatterin verlor plötzlich ihre Starre, äffte Gül nach, indem sie ihre Schultern ausgiebig bis zu den Ohren zog, und erklärte mit schneidender Stimme: »Erklären Sie Herrn Gül, dass wir hier nicht auf dem Hühnerhof sind. Er soll sich das Flügelschlagen sparen und die Frage des Gerichts beantworten: Ja oder nein.« Das Schläfrigschildkrötenhafte war aus ihrem Blick gewichen, sie starrte Gül aus Raubvogelaugen an.

»Er sagt: ›Ich bin nur drei Jahre in der Schule gewesen, das meiste habe ich vergessen und deshalb kann ich nicht lesen und nicht schreiben.‹«

»So, so«, stellte die Berichterstatterin fest und diktierte der Protokollantin: »Der Verfolgte erklärt: ›Ich kann nicht lesen und nicht schreiben, deshalb weiß ich nicht, wie der Name des Zeugen geschrieben wird.‹«

»Wie schreibt man den Namen üblicherweise?«, fragte die Berichterstatterin den Dolmetscher. Der buchstabierte.

Dann fragte die Berichterstatterin Gül: »Und wie hieß der Arbeitskollege, den Sie als Zeugen benannt haben?«

Der Dolmetscher übersetzte, Gül senkte den Kopf, und als er ihn wieder hob, antwortete er nur kurz. »Er sagt: ›Ich habe ihn vergessen‹«, übersetzte der Dolmetscher.

»Wie können Sie einen so wichtigen Namen vergessen?«, zerschnitt die Stimme der Berichterstatterin die sekundenlange Ruhe im Saal. »Den Namen eines Mannes, durch dessen Vernehmung Sie im letzten Jahr in dem ersten Prozess eine zwanzigjährige Haftstrafe vermieden haben und der Ihnen jetzt helfen kann, in Deutschland in Freiheit zu leben?!«

Der Dolmetscher übersetzte und Schlüter dachte fieberhaft darüber nach, warum Gül die Namen der beiden Zeugen plötzlich nicht mehr wusste, die er in den türkischen Verfahren zu seiner Verteidigung benannt hatte.

»Vielleicht kann ich …«

»Sie habe ich nicht gefragt, Herr Rechtsanwalt«, mähte die Berichterstatterin seinen Satz ab, bevor er hatte wachsen können. »Bitte – Herr Gül!« Sie hatte eine scharfe Sense und die war frisch gedengelt.

Gül sah Schlüter wieder von der Seite an.

»Ihr Herr Rechtsvertreter war nicht dabei, Herr Gül, diese Frage müssen Sie schon selbst beantworten.«

Der Dolmetscher übersetzte. Schlüter schob seinen Stuhl zurück, um ihn besser sehen zu können. Freute sich der Mann?

Schweigen breitete sich im Gerichtssaal aus wie eine Giftgaswolke. Jetzt hieß es aushalten.

Schlüter ging das gestrige Vorbereitungsgespräch mit Gül durch den Kopf. Gül war, diesmal begleitet von seinem Onkel als Dolmetscher, wortkarg geblieben und hatte auf seinen Bericht in dem Gespräch mit Zekiye Kaya verwiesen.

Schlüter hatte ihm eingeschärft, »einfach die Wahrheit« zu berichten, denn die Wahrheit kenne er schließlich am allerbesten, und wenn er bei der Wahrheit bleibe, gerate er auch nicht in Gefahr, sich in irgendwelche Widersprüche zu verwickeln. Derlei naive Hinweise hielt Schlüter für angebracht, denn die Überzeugung, vor Gericht könne man Märchen erzählen, gewann immer mehr Anhänger. Gül müsse die Wahrheit sagen, denn ertappe man ihn bei einer Unwahrheit, werde man ihm nachträglich das Asylrecht wieder entziehen. Kaya hatte Schlüters Ausführungen mit verständigem Kopfnicken begleitet, jeden Satz, wie es schien, gewissenhaft übersetzt und Gül auf die Schulter geklopft, was dessen Lederjacke mit wütendem Knarren beantwortete. Aber über Namen hatten sie nicht gesprochen.

Und jetzt wusste Gül den Namen seines Zeugen nicht mehr, verdammt. Und er, der schlaue Rechtsanwalt, hatte ihn gar nicht danach gefragt. Was hatte er übersehen?

»Nun gut, Herr Gül«, unterbrach die Berichterstatterin Schlüters Gedanken. »Wir nehmen zur Kenntnis, dass Sie sich nicht erinnern können. Schreiben Sie: Der Verfolgte erklärt: ›Den Namen des Arbeitskollegen habe ich vergessen.‹«

Gül sagte endlich etwas, leise, er zeigte auf seine Füße, seine Stimme zerbrach, der Dolmetscher hatte nichts verstanden und fragte nach.

»Die Haft. Die Schläge. Das Glas, über das ich gehen musste«, übersetzte der Dolmetscher. »Seitdem habe ich Schwierigkeiten, mich an alles zu erinnern …«

Die Berichterstatterin ließ die Erklärung protokollieren. Sie wandte sich wieder an Gül: »Eine letzte Frage. Wo liegt Ihre Arbeitsstätte und welcher Tätigkeit sind Sie nachgegangen?«

Das hatte Gül nicht vergessen. »Eine Autowerkstatt am östlichen Stadtrand, an der Ausfallstraße 200 nach Erzincan. Ich habe an einem Auto geschweißt. Ich habe einen Auspuff repariert.«

Das Gericht erklärte die Anhörung für abgeschlossen, Schlüter wies noch einmal darauf hin, dass die unangemessen hohe Haftstrafe offensichtlich aus politischen Gründen verhängt worden sei, Gül also politisch verfolgt werde und nicht ausgeliefert werden dürfe, und wiederholte seinen schriftlich gestellten Antrag, das Auslieferungsgesuch für unzulässig zu erklären. Das Gericht bestimmte einen Verkündungstermin auf den 7. Februar und die Gerichtsverhandlung war beendet.

Schlüter erhob sich mit gemischten Gefühlen und drehte sich um. Er bemerkte Kayas ausweichenden Blick. Irgendetwas stimmte hier nicht. *Matratze,* ging es Schlüter durch den Kopf, während er gebeugt über seiner Tasche stand, um Akte und Zaubermantel zu verstauen, *Matratze, Matratze, Malaise, Mätresse, Matrose, Matrize, Matrikel, Mantra ...*

Auch Kaya hatte bei ihrer ersten Begegnung von der Arbeit gesprochen, zu der Gül zurückgekehrt war. Aber hatte er nicht von einem *Stadtteil* gesprochen, einen Namen gesagt? Andererseits: Stadtränder gehörten auch zu irgendeinem Stadtteil, oder? Aber von einer Autowerkstatt hatte Kaya nicht gesprochen, sondern von ... *da gibt es den besten türkischen Honig* ... bestimmt nicht am Stadtrand, an der Ausfallstraße nach Erzincan, nein ...

Was hatte das zu bedeuten? Warum hatte Kaya etwas anderes erzählt als sein Neffe? Wahrscheinlich spielt das sowieso keine Rolle, beruhigte sich Schlüter. Ist doch egal, wo er gearbeitet hat. Hauptsache, er gehörte nicht zu denjenigen, die das Hotel in Brand gesetzt haben.

20.

Schlüter hielt die Luft an und hob vorsichtig den Klodeckel seines Büro-WC an. »Verfluchte Kacke!«, schimpfte er und ließ den Deckel fahren.

Angewidert schloss er die Tür und atmete tief die abgestandene Flurluft ein, als duftete sie wie eine Blumenwiese im Frühling. Angela hatte ihn nach dem letzten Mandantengespräch gebeten, sich das Klo anzusehen und es, wenn er dazu imstande sei, bitte auch zu putzen, denn sie müsse schon seit zwei Stunden pinkeln, könne das aber nicht, weil das Klo, mit Verlaub, vollgeschissen sei. »Ich bin ja manches gewöhnt«, gallte sie. »Aber wenn ich das machen muss, dann kotze ich.« Sie war glaubwürdig bleich und schluckte trocken.

Schlüter gehorchte augenblicklich, denn Angela war traumatisiert; der Kollege Lükemeyer, bei dem sie vor langen Jahren Lehrling gewesen war, pflegte nach neuem Klopapier zu rufen, noch über einem dampfenden Haufen hockend, die winkende Hand im Türspalt. Sie musste es ihm reichen und nach vollendetem Geschäft beauftragte er sie mit der Lüftung, er habe vergessen, das Fenster zu öffnen. Wenig blieb geheim in dieser verschlafenen Provinzstadt an den Gestaden der Elbe.

Schlüter holte tief Luft, hielt den Atem an, betrat beherzt das Tatörtchen und hob, die Klobürste im Anschlag, den Deckel ein zweites Mal. Der Mann musste Durchfall gehabt haben.

»Sie können jetzt!«, rief Schlüter, als er fertig war und auf dem Flur wieder durchzuatmen wagte. In der Küche wusch er sich gründlich die Hände, ging zurück in sein Arbeitszimmer, stieß das Fenster auf und erholte sich in der scharfen Januarluft. Als er wieder arbeitsfähig war, öffnete er den grünen Aktendeckel, in dem nur die Strafprozessvollmacht und ein loses Blatt mit seinen Aufzeichnungen lagen, die er sich von dem Gespräch mit Heribert Witt gemacht hatte, dem Bauunternehmer und ehemaligen Arbeitgeber des flüchtigen Türken Heyder Cengi, der den behördlichen Kontrolleur vom Gerüst und in den Tod geworfen hatte. Witt musste sich wegen Schwarzarbeit und Verstoßes gegen das Ausländergesetz verantworten.

Der Bauunternehmer Heribert Witt war ein Mensch mit eingebauter Vorfahrt, wie man sie besonders unter Selbstständigen und Hilfsbedürftigen fand, die aus ihrem Leben den Irrglauben gezogen hatten, sie könnten alles entweder bestimmen oder umsonst bekommen. Heribert Witt wähnte sich im Mittelpunkt der Welt und glaubte, nur er würde ihre Räder drehen, während die Bürokraten auf den Bremsklötzen lagen und schliefen. Und es waren riesige Räder, die Witt drehte, Räder, die weltweit verzahnt waren, auch wenn er nur für Mauern und Putz zuständig war. Nach der Wiedervereinigung hatte man sich auf Abrüstung verständigt, Deutschland reduzierte seine Soldaten. Die Kommunalpolitiker stritten sich in diesem friedliebenden Land darum, wer die Soldaten behalten durfte, Hemmstedt verlor, die Kaserne wurde aufgelöst und die leeren Mannschaftsgebäude sollten zu modernen Wohnungen umgebaut werden. Der Bauträger *Schütt GmbH & Co KG* hatte den Anfang gemacht, dem Bundesvermögensamt drei der ehemaligen Mannschaftsblöcke abgekauft und die Umbauarbeiten ausgeschrieben. Witt hatte die Maurerarbeiten am billigsten angeboten und den Zuschlag bekommen.

»Ich bin so weit mit dem Preis runtergegangen, das kann normalerweise keiner. Die wussten ganz genau, dass ich das nur mit Leuten machen kann, die nicht angemeldet sind. Darauf spekulieren die doch sogar, und wenn ich das nicht mache, macht's ein anderer, und der Generalunternehmer behält saubere Hände.«

Tja ja, so ist das, dachte Schlüter. Der Mächtige bleibt ein Ehrenmann. Aber er sagte nichts.

»Also, wissen Sie, Herr Rechtsanwalt«, schloss Witt seinen Bericht, »da gibt man sich Mühe und strampelt sich ab, aber alle werfen sie einem Knüppel zwischen die Beine. Was nützt das dem Staat eigentlich, wenn ich Pleite gehe und keine Steuern mehr zahle, dann hat da ja wohl keiner was von, oder? Ich kann nun mal nicht alle Leute normal bezahlen, wie es sich gehört und wie ich es auch gern täte. Dann wären meine Kosten zu hoch und ich hätte Preise, die keiner bezahlen will. Ich würde gar keine Aufträge mehr kriegen. Und wissen Sie, woran das liegt? Na?«

Erwartungsvoll, mit gebremstem Triumph in seinem fleckigen Mardergesicht, sah Witt Schlüter an und strich sich erst über den Schnurrbart und dann über seinen Bürstenhaarschnitt.

»Erst mal sind die Löhne viel zu hoch«, quengelte Witt, als Schlüter nicht antwortete. »Und das liegt an den Steuern. Was die Leute netto kriegen, ist noch nicht mal die Hälfte von dem, was ich brutto für sie bezahle, der Rest sind Steuern und Sozialabgaben. Das kann ich mir nicht leisten! Und bevor ich aufhöre, ist es doch besser, wenn ich den Türken da beschäftige, für den ist das doch viel Geld, der hat damit sein Auskommen – und gleich noch seine Familie in der Türkei mit, denen schickt er das Geld ja, das er verdient. Und ich kann meinen Betrieb weiterführen und Geld einnehmen und Steuern zahlen. Wenn auch nicht ganz so viel, wie ich zahlen müsste, das ist schon klar, ich meine ... Aber da sind diese Sesselfurzer ja nicht mit zufrieden, die wollen lieber gar nichts, bevor sie nur die Hälfte kriegen. Und dann die Schmarotzer vom Arbeitsamt, die den ganzen Tag rumsitzen und vergessen haben, dass sie von uns bezahlt werden! Kontrollieren können sie natürlich auch nicht, dabei fallen sie vom Gerüst und sind tot und der Türke haut ab und ich bin mal wieder der Gelackmeierte. Dann hör ich eben auf, bevor ich Pleite mache, und zahle gar keine Steuern mehr. Dann geh ich zum Sozialamt. Wie mein Nachbar. Der ist den ganzen Tag zu Hause. Der geht zweimal im Jahr zum Arbeitsamt und zeigt sein Gesicht. Tothauen könnt ich den manchmal, den faulen Sack. Wissen Sie, dass der mehr Geld hat als ich? Aber mich wollen sie fertigmachen. Das ist doch hirnrissig, oder? Was sagen Sie?«

»Mhhh«, brummelte Schlüter. Er überlegte, ob er heute Abend versuchen sollte, den Koran weiterzulesen, oder ob er mit Christa essen gehen sollte, vielleicht wieder zu Cihan in das *Bosporus*? Man sollte nicht immer nach Feierabend zu Hause hocken im Gerbergang. Er fühlte sich wie ein tausendjähriger Stein in der Klagemauer, der ewigen Litaneien überdrüssig. Auf jeden Fall würde er sich zu Hause als Erstes eine anständige Tasse Tee machen mit frischer Milch aus dem Hollenflether Moor. Sie holten einmal in der Woche die Teemilch vom Hof. Und vielleicht würde er seine Bücherregale inspizieren, auf und ab gehen, das eine und andere in die Hand nehmen. Man könnte auch umstellen. Vielleicht die Skandinavier in das Regal im Wohnzimmer und dafür die Osteuropäer in die Nebenwohnung? Sie hatten sich vor einiger Zeit die frei gewordene Nachbarwohnung dazugemietet, weil kein Platz für Regale mehr da war. Die Bücher hatten still und friedlich jeden freien Raum okkupiert, sie füllten die Regale Wand für Wand, sie lagen anklagend in Stapeln auf dem Teppich davor, sie quetschten sich quer über die Reihen der Bücher, konnten nicht atmen und sogar im Flur bewohnten sie wie Flüchtlinge ein provisorisches Regal, an dem Schlüter mit der Einkaufskiste nicht mehr vorbeikam. Christa hatte vorgeschlagen, Bücher, zu denen sie keine besondere Beziehung hatten, auszusondern und wegzugeben, aber als sie ihre Bestände prüften, konnten sie sich für keines entscheiden. Es war, als sollten sie ihre Vergangenheit wegwerfen, all die Jahre, die sie zusammen und mit ihren Büchern verbracht hatten. Dann hatten sie begonnen, über einen Umzug zu sprechen, und plötzlich war die Nachbarwohnung frei geworden. Eine einmalige Gelegenheit. Und nun hatten sie eine Wohn-Wohnung mit normalem Bücherbestand und eine Bibliotheks-Wohnung mit nichts als Regalen.

»Meinen Sie nicht auch?«, fragte Witt ungeduldig.

»Wahrscheinlich haben Sie recht, Herr Witt«, antwortete Schlüter müde. Er überlegte, warum er im Koran bisher nichts über das Schütteln von Frauenhänden gefunden hatte.

»Eben! Klar. Sag ich doch. Ich wusste, dass Sie meiner Meinung sind. Und die Billigleute aus dem Osten, gegen die kann keiner an. Das liegt alles nur an der Wiedervereinigung. War vorher besser. Unsereiner hat nur Schwierigkeiten davon. Oder etwa nicht? Was sagen Sie?«

Der Marder runzelte sein spitzes Gesicht und wollte sofort eine Antwort, eine Meinung. Davon hatte Schlüter immer weniger in der letzten Zeit. Gott war schon lange tot, Kepler, Newton und Konsorten hatten ihn umgebracht, und mit dem Kommunismus war das letzte Kreuz verloren gegangen, in das man die Koordinaten für Gut und Böse eintragen und eine tadellose Kurve zeichnen konnte, die beides zuverlässig voneinander abgrenzte und Orientierung gab. Neuerdings musste man ohne fremde Hilfe festlegen, was Gut und Böse war. Und bei genauer Prüfung erwies sich dann, dass das Böse sein Gutes hatte und umgekehrt.

»Stimmt doch, oder?«, insistierte Witt wieder.

»Moment mal«, fasste Schlüter sich, reckte sich und zog mit langem Arm den *Sartorius* aus dem Regal. Immerhin gab es ein Gesetz. Daran konnte man sich halten, gegebenenfalls durch mehrere Instanzen. Er legte das dicke Buch mit dem abwaschbaren roten Plastikeinband zwischen sich und den Mandanten und schlug es auf.

»Was ist das denn?«, fragte Witt.

»Das sind Gesetze«, klärte Schlüter kalt auf.

»Kennen Sie die etwa alle?«, hakte Witt nach, Entsetzen und Bewunderung in der Stimme.

»Natürlich. Was denken Sie denn? Das ist hier nur ein kleiner Teil. Augenblick …« Er blätterte. Wo war nun zum Teufel das Ausländergesetz? Verstohlen blickte Schlüter in das Inhaltsverzeichnis, das man auch Idiotenwiese nannte.

»Ich hab doch nichts Schlechtes gemacht«, fing Witt wieder von vorn an. »Muss man doch sagen – ich hab dem Mann Arbeit gegeben, ich hab ihm das Geld gegeben, mit dem er seine Familie in der Türkei ernähren kann. Das ist doch nichts Schlechtes. Was sagen Sie, Herr Rechtsanwalt?«

»Was ich sage?«, murmelte Schlüter, während er die Seiten überflog. »Hier: Paragraf 92a Ausländergesetz. Wer Beihilfe leistet dazu, dass sich jemand ohne Aufenthaltserlaubnis in Deutschland aufhält …« Ihm fiel immer noch der Name ›Deutschland‹ schwer, es war ein Wort, das automatisch andere nach sich ziehen wollte, zum Beispiel *über alles*. *Bundesrepublik Deutschland* war auch falsch, das hatte man vor der Wende gesagt, als es noch eine DDR gegeben hatte. Und BRD konnte man schon gar nicht sagen, diese drei Kommunistenbuchstaben. Im Gesetz stand *Bundesgebiet* – zu akademisch, um dieses Wort vorzulesen.

»Und – was gibt's dafür?«, fragte das Mardergesicht.

»Freiheitsstrafe bis zu fünf Jahren oder Geldstrafe«, las Schlüter weiter, mit Automatenstimme.

»Dann kann ich einpacken«, jammerte Witt.

»Und außerdem war das natürlich Schwarzarbeit«, ergänzte Schlüter und erhob sich. »Moment mal.« Das Gesetz zur Bekämpfung der Schwarzarbeit gab es weder im Schönfelder noch in einer anderen Gesetzessammlung für Juristen. Es war folglich ein unwichtiges Gesetz, das selten zur Anwendung kam, im Gegensatz zum öffentlichen Getöse. Es stand in keiner Gesetzessammlung für den täglichen Gebrauch, sondern allein im Bundesgesetzblatt, Schlüter musste ins Archiv. Seit der Wende gab es jährlich statt zwei drei Bände neuer Gesetze. Die Regale bogen sich unter der Last neuer Bestimmungen. Heribert Witt hatte recht: Die Bürokraten hatten Hochkonjunktur. Der Gesetzgeber war fleißig.

Schlüter kehrte hinter seinen Schreibtisch zurück, schlug den schweren schwarzen Band auf, blätterte. »Paragraf 3 des Gesetzes zur Bekämpfung der Schwarzarbeit. Geldbuße bis zu hunderttausend Mark.«

»Mit anderen Worten: Die können mich ruinieren?« Witts Stimme zitterte, ob vor Angst oder Wut, das war die Frage.

»Das Finanzamt kommt natürlich auch noch«, fuhr Schlüter erbarmungslos fort. »Sie haben Steuern hinterzogen. Das Finanzamt will sein Geld.«

»Das ist doch irre!«, rief Witt mit erhobenen Händen. »Da macht man und schuftet man, meine Frau, die sieht mich kaum noch, meine Kinder kennen mich bald nicht mehr, und dann das zur Belohnung. Das sind die deutschen Gesetze!«

»Sie haben es mit dem Arbeitsamt, dem Finanzamt und dem Staatsanwalt zu tun. Die sind alle hinter Ihnen her«, stocherte Schlüter weiter.

»Wahnsinn«, stöhnte Witt.

»Außerdem wird die Krankenkasse kommen und von Ihnen die Sozialversicherungsbeiträge verlangen.« Schlüter war der Chirurg, der das Skalpell in der Wunde drehte, weil er der Kranken überdrüssig war.

Heribert Witt rieb sich heftig die Augen. »Ich werde verrückt«, sagte er. »Wo leben wir?«

»In Deutschland«, stellte Schlüter fest und klopfte leicht mit dem Zeigefinger auf die Gesetzessammlung. »Im Geltungsbereich dieser Gesetze.« Er fixierte Witt, der endlich mal still war, und fuhr fort: »Ich bin nicht der Gesetzgeber und es steht fest, dass ich die Gesetze nicht ändern kann. Der Gesetzgeber ist auch nur ein Mensch. Oder vielmehr: mehrere. Sie können ja nächstes Mal einen anderen Abgeordneten wählen.«

»Wählen? Tu ich schon lange nicht mehr! Die sind sowieso alle gleich. Stopfen sich selbst die Taschen voll. Das fängt unten schon an. Wenn ich an diesen Oberkreisdirektor denke …« Witt machte eine bedeutsame Pause.

Schlüter tat ihm den Gefallen und fragte: »Was denken Sie dann?«

»Dass der Dreck am Stecken hat, das sage ich Ihnen. Kennen Sie die Geschichte mit dem Schloss in Lieth?«

»Nee, warum?«

»Das hat doch der Landkreis übernommen, stand doch in der Zeitung …«

»Ich lese keine Zeitung.«

»Das soll ein Kulturzentrum werden.«

»So.« Kultur gab es für Schlüter nur zwischen zwei Buchdeckeln. Auch wenn er letztes Jahr im Konzert gewesen war.

»Jedenfalls kann das kein anderer gewesen sein, das mit dem Wasserschaden im Schloss …«

»Wasserschaden?«, fragte Schlüter interessiert.

Witt riss den Kopf nach oben. Er verdrehte die Augen und pfiff durch den gespitzten Mardermund. »Ein sogenannter Wasserschaden. Unten im Keller. Und stellen Sie sich vor, was alles im Keller war: die ganzen teuren Möbel, Zigtausende wert …«

»Dann sind die wohl hinüber«, vermutete Schlüter.

»Stimmt«, erwiderte Witt und versuchte, ein pfiffiges Gesicht zu machen. »Aber nicht so, wie Sie denken …« Er hatte einen Hühnerstall entdeckt, wollte aber nicht verraten, wo.

»Hören Sie«, sagte Schlüter und blätterte im Gesetz. »Wir sind hier nicht in einer Quizsendung. Wenn Sie mir was erzählen wollen, dann raus damit.« Er hasste Rätsel.

»Hinüber schon. Aber nicht im Eimer. Hinüber zum Oberkreisdirektor, das garantiere ich. Und wer weiß, zu wem noch. Jedenfalls sind die Sachen weg. Testamentsvollstrecker ist doch der Rothenfels aus Großenborstel, Sie wissen doch, der ehemalige Landrat. Das stand auch in der Zeitung.«

»Sie wollen doch wohl nicht erzählen, dass der Oberkreisdirektor und dieser Rothenfels sich die Möbel der Gräfin unter den Nagel gerissen haben? Wie kommen Sie darauf?« Schlüter klappte das Bundesgesetzblatt zu, stand auf und legte den Band auf den Ablagetisch. Ob er das *Hemmstedter Tageblatt* wieder abonnieren sollte?

»Das will ich Ihnen sagen. Die haben den Wasserschaden inszeniert. Hat mir der Hausmeister erzählt. Er war über Silvester in Urlaub, sie haben ihn regelrecht weggeschickt, und als er am 3. Januar wiederkam, war der Keller leer – aber alles nass. Die Wasserleitung sei geplatzt, hat Dieken ihm erklärt, leider habe man die Möbel entsorgen müssen. Auf die Müllkippe. Bei *Madaus*, Sie wissen schon. Aber der Hausmeister schwört, er habe den Haupthahn zugedreht. Das macht er immer, sagt er, bevor er wegfährt.«

Schlüter faltete die Hände unterm Kinn. »Frost war ja nicht die letzte Zeit. Und es lief kein Wasser mehr? Gar keins?«

»Nee«, freute sich Witt. »Der Hausmeister sagt, der Keller war nass, aber es lief kein Wasser mehr. Kein Tropfen.«

»Da müsste die Leitung repariert worden sein, bevor der Hausmeister wiederkam, oder?«

»Das ist sie auch«, triumphierte Witt. »Hat mir der Hausmeister erzählt. Aber vorher müssen sie in einer Nacht-und-Nebel-Aktion alles abtransportiert haben. Anders kann es nicht gewesen sein. Nur Dieken und Rothenfels wissen, was wirklich war, wenn Sie mich fragen – und Madaus, wer weiß, was der dafür gekriegt hat, dass er die Klappe hält. Der entsorgt doch den Müll im Landkreis. Und natürlich die Leute, die den Keller leer geräumt haben, die wissen auch Bescheid.

Das können die beiden Bonzen ja nicht alles allein gemacht haben. Richtig arbeiten können die doch überhaupt nicht!«

»Tja«, meinte Schlüter. »Hört sich schräge an, das muss ich zugeben. Und wieso sagt der Hausmeister das nicht laut?«

»Weil ihn keiner fragt. Ganz einfach. Und weil er keine Kündigung kriegen will – und wieso soll er das überhaupt von sich aus sagen, hä? Man mischt sich doch nicht ein, wenn ...«

»Tja«, meinte Schlüter noch einmal. »Verbrecher aller Orten. Die Welt ist schlecht. Aber uns hilft das hier nicht weiter. Wir haben es mit dem Staatsanwalt, dem Finanzamt, dem Arbeitsamt und vielleicht noch der Krankenkasse zu tun. Und nicht mit dem Oberkreisdirektor.«

»Mir schon klar. Fällt mir auch nur so ein. Denen tut man nichts, aber mir wollen sie ans Leder. Die kleinen Leute ...«

»Tja«, meinte Schlüter zum dritten Mal. »Aber hängen wird man Sie nicht. Höchstens ein bisschen bestrafen. Davor kann ich Sie nicht retten. Sie können dem Staatsanwalt schlecht erzählen, der Türke habe ohne Ihr Wissen auf Ihrem Bau gearbeitet.«

»Wohl nicht«, murmelte Witt. Aber dann straffte er sich, seine Nasenwurzel kerbte sich, er machte den Rücken gerade, starrte Schlüter aus engen Augen an und erklärte: »Aber eins will ich Ihnen sagen, Herr Rechtsanwalt, bevor die mich hochnehmen: Ich lass mich nicht fertigmachen, vorher besorge ich mir eine Knarre und nehme noch ein paar von denen mit.«

Witt malte das Massaker aus, er ging seine Ausrüstung durch, Schnellfeuerwaffen, eine Pumpgun, Granaten würde er besorgen, den Bürokraten würde das eigene Gehirn um die Ohren fliegen, und seine Augen glühten großmächtig. Schlüter stellte fest, dass Witt im Unterkiefer nur noch vier braune Zähne hatte. Die Backen waren schon hohl.

Solche Fantasien hörte Schlüter in der letzten Zeit öfter, der theoretische Amoklauf war das Übliche nach einem verlorenen Prozess; Amoklauf war in Mode gekommen, nicht nur in Palästina. Männer, die ihre eigene Familie ausrotteten, aber nicht den Mumm hatten, sich selbst umzubringen. Hin und wieder war auch einer dazwischen, der den bösen Richter im Gericht erschoss oder wenigstens mit dem Bagger bis in die Eingangshalle fuhr. Offenbar war auch Heribert Witt ein Pulverfass und wartete auf die richtige Gelegenheit zur Explosion. Man wusste nie, ob die Leute ernst machen würden; eigentlich müsste ich bei der Kripo eine Liste hinterlegen, in die ich meine Amokläufer eintragen kann. Aber solange noch nichts passiert ist ... Die Welt war voller Michael Kohlhase, aber sie kümmerten sich nur noch um ihre eigene mickrige Gerechtigkeit. Schlüter hörte sich die Massakerpläne emotionslos an und am Ende schlug er dem Bauunternehmer vor, Schlüter anzurufen, bevor er seinen Amoklauf beginnen würde. Man würde das vorher besprechen.

»Na gut«, versprach das Mardergesicht weinerlich und tastete nach den Zigaretten in der Brusttasche. »Werd ich machen.«

»Wird schon nicht so schlimm werden«, tröstete Schlüter. »Am Leben bleiben wir immer. Und in Mitteleuropa verhungern wir nicht. Das gibt mit Sicherheit keinen Knast. Nur Geldstrafe. Wie hoch, das hängt davon ab, wie lange Sie den Mann beschäftigt und wie viel Sie mit ihm verdient haben. Und wegen der Steuern fragen Sie Ihren Steuerberater. Alles endet damit, dass Sie bezahlen müssen. Geld. Mehr nicht. Okay?«

Und dann hatten sie verabredet, dass Schlüter Witts Ermittlungsakte anfordern würde und sie die Einzelheiten berieten, sobald er die Akte vorliegen habe.

»Beschäftigen Sie noch andere Leute als den – wie hieß er noch gleich?«, fragte Schlüter.

»Keine Ahnung. Ich kann mir die Namen von denen nicht merken. Die hören sich irgendwie alle gleich an. Ich glaube,

Murat heißt der. Oder so ähnlich. Er war der letzte Türke, den ich noch hatte.«

»Sonst keine Ausländer?«

»Na ja«, wand sich Witt auf dem Stuhl. »Jetzt sind es Polen, eine Truppe von fünf Mann. Gewaltig schlagkräftig, sage ich Ihnen. Die können aus ’nem krummen Nagel noch was machen. Die können alles. Mit denen ...«

»Aufhören!!«, unterbrach Schlüter. »Sofort damit aufhören! Sie stehen doch jetzt unter Beobachtung, Mann! Die Grünen warten doch nur auf so was bei Ihnen. Wollen Sie denen etwa einen Gefallen tun?!«

»Schon klar, Herr Rechtsanwalt«, murmelte Witt. Inzwischen hielt er nervös die Zigarettenschachtel in der Hand. »Ich danke Ihnen, ich bin ein bisschen erleichtert jetzt.«

Sie waren aufgestanden und hatten sich die Hand gegeben. Und zuletzt, an der Tür, Witt hatte seine Zigarettenschachtel zurück in die Brusttasche geschoben, hatte er gefragt, ob er die Toilette benutzen dürfe.

Schlüter nahm sein Diktiergerät und diktierte den Akteneinsichtsantrag ab. Komische Geschichte, die Witt da von dem Schloss und dem Wasserschaden erzählt hatte, dachte er. Nur – was sollte er damit anfangen? Man war Mülleimer und ließ sich vollwerfen.

21.

Seit Vulgo Hohlmeier, ehemals Vorsitzender der 3. Strafkammer, in die Zivilabteilung gewechselt war und Schlüter keine Strafsachen mehr machte, erlebte Schlüter richtig schlechte Tage nur noch, wenn er Termin beim Präsidenten hatte, bei dem Amtsgerichtsdirektor von Hauff, der ›Präsident‹ genannt wurde, weil er übertriebenen Wert darauf legte, als ›Direktor‹ tituliert zu werden. Zum Leidwesen der

Hemmstedter Justiz war er aus Eisleben zurückgekehrt, die schöne Zeit ohne ihn war viel zu schnell vergangen. Der Präsident walzte seine schmalen Zivilakten aus zu einem dünnen Teig, seine Verhandlungen verkleisterten und verdarben den besten Teil des Vormittags. Der Präsident genoss das Privileg der Langsamkeit, er hatte ein schmales Dezernat, und das war gut, denn sonst hätten die Mühlen der Gerechtigkeit in Hemmstedt nicht langsam, sondern überhaupt nicht mehr gemahlen.

Wenn Schlüter Termine beim Präsidenten hatte, meditierte er sich vorweg mit einer guten Tasse ostfriesischem Tee hinauf zu großer Geduld, schwor sich Selbstbeherrschung und Kontrolle über natürliche Regungen und verließ sein Büro mit dem langsamen Herzschlag eines Frosches im Winterschlaf. Er legte, die alte Tasche unterm Arm, den kurzen Weg durch die Fußgängerzone zum Gericht zurück.

Es war neblig und der Himmel über den Giebeln der Fachwerkhäuser so eng und niedrig wie das Leben in dieser müden Beamtenstadt, in der die *Schwedenwoche* das größte Ereignis des Jahres war. Den Völkermordstein, wie er ihn für sich nannte, trug Schlüter wie immer in der Tasche; irgendwie fühlte er sich verpflichtet, ihn stellvertretend für Veli Adaman stets bei sich zu haben, bis er ihn zurückgeben würde. Er steuerte durch die schmale Gasse, die – leicht abschüssig – auf die St. Wulfhardi-Kirche zuführte, an ihr vorbei zum Gericht, einem Sandsteinbau aus bismarckscher Zeit, als man die Gerechtigkeit dem Volke mit Teelöffeln gab wie ein Almosen. Daneben befand sich der Eingang zur Justizvollzugsanstalt, frisch renoviert und friedlich bewacht von einer großen Linde, und gegenüber das Selbsthilfezentrum für psychisch Kranke. Zwei Orte, an denen die Weltordnung neu definiert wurde. Was hatte Havelack, sein alter Freund, damals gesagt? *Verrückte und Verbrecher bringen die Welt voran, nicht wir Handwerker.* Sie hatten sich zuletzt im

Kultureum gesehen, anlässlich des Konzerts, und das war jetzt mehr als drei Monate her. *Verbrecher, Völkermordverbrecher …*

Schlüter umrundete das Hauptgebäude, gelangte auf den mit alten Klinkern gepflasterten Hinterhof und stieß die Tür zum Nebengebäude auf, die so morsch und schief war, als hinge sie vor einem Hühnerstall. Vom Glockenturm der Kirche schlug es halb zehn. Im Kellerabgang standen zwei hochwertige Fahrräder, vermutlich das Eigentum ökologisch korrekter Justizbeamter. Müde schepperte die Tür hinter Schlüter zu. Im Treppenhaus roch es nach dem Staub alter Akten, Bohnerwachs, Zeugenschweiß und Fehlurteilen.

Schlüter stieg auf in den zweiten Stock, vorbei an zahlreichen Türen, hinter denen Schreibmaschinen klapperten, Offenbarungseide erklärt, Mahnbescheide gefertigt und Beförderungen geduldig abgewartet wurden. Das ferne Simmern und Klacken eines Kopierers, welliger Linoleumboden, auf den Fluren giftgrün gekachelte Waschbecken, an denen sich seit Hindenburg keiner mehr gewaschen hatte. Man hatte vergessen, sie abzureißen, und nun war es zu spät, denn sie standen unter Denkmalschutz und würden noch vielen Generationen den Geschmack verderben. Das Nebengebäude, das den zivilen Streit, Hass und Zank des Bezirks in metallenen Hängeregistraturen beherbergte, hatte das morbide Flair der Vorkriegszeit, wie man es sonst nur noch in den Revieren Ostbrandenburgs fand.

Natürlich war der Präsident noch nicht da. Aber der Kollege Meier-Mertes wartete schon, mit den Händen auf dem Rücken arrogante Kreise drehend. Sie begrüßten sich förmlich und schwiegen sich an, sie hatten einander nichts zu sagen. Über die aktuellen Streitereien, die sie verbanden, wollte Schlüter nicht reden und ansonsten gab es keine Überschneidungen ihrer Weltkreise. Meier-Mertes hatte ein graues Gesicht, lang wie das eines Esels, mit tiefen Kerben, die ihm wahrscheinlich die Unterhaltspflicht gegraben hatte, für drei Ehefrauen – zwei geschiedene, eine aktuelle – und sieben Kinder, darunter ein Kuckuckskind, dessen leiblichen Vater Meier-Mertes zu spät auf die Vaterschaftsanfechtungsfrist hingewiesen hatte. Advokaten konnten nicht nur für leibliche, sondern auch für Prozesskinder unterhaltspflichtig werden.

Unten knarzte die Treppe. Schlüter beugte sich über das Geländer, in der Hoffnung, es wäre ein anderer, der käme, um zu berichten, der Präsident sei krank und der Termin fiele aus. Aber nein. So viel Glück konnte kein Tag bieten. Die Schultern des Präsidenten wankten bei jeder Stufe hin und her unter dem Gewicht der Welt, und unter dem Arm trug er drei mickrige dünne Akten, über die er heute verhandeln würde, ohne jede Scham. Wie immer hatte er einen altmodischen dunklen Anzug an, der um den Bauch herum Klemmfalten warf, und schwarze Bauernstiefel, die gleichermaßen für Beerdigungen, das Schieben von Torfkarren und die Rechtsprechung zugelassen waren. Die unordentlich über den Arm gehängte Robe wirkte demgegenüber aufreizend lässig.

Oben angekommen, nickte sein fleischiger Schädel den beiden Advokaten ernst und wortlos zu, was diese ebenso erwiderten – Meier-Mertes natürlich zackiger als Schlüter. Umständlich machte sich der Präsident an der Tür zu schaffen, bückte sich und streckte seinen breiten Juristensteiß, über dem sich sein Jackett unanständig spreizte und einen verdrehten Gürtel sehen ließ.

»Sie kennen doch den Clever, nicht?«, grummelte der Präsident ins Schlüsselloch, während sein Steiß Halbkreise über trippelnden Stiefeln machte. »Den haben Sie doch schon mal vertreten, oder?«

Schlüter hatte Probleme, den Schamabstand zu wahren. Der Präsident konnte nur Paul Clever meinen, der Mann, mit dem Schlüter in der ersten Januarwoche telefoniert hatte, um sich mit Adaman im *Bosporus* zu verabreden. Erst hörte man drei Jahre lang nichts von ihm, dann zweimal hintereinander.

»Mhhm«, machte der Präsident und wühlte mit dem Schlüssel herum. Er ächzte angestrengt.

»Was hat er denn gemacht?«, fragte Schlüter.

»Er hat versucht, sich umzubringen.« Die tiefe Stimme des Präsidenten klang hölzern und uninteressiert. Sein Interesse galt ausschließlich dem Schlüsselloch, in dem er rührte wie mit dem Schleef im Kochkessel. Endlich knirschte es erfolgreich im Schloss, der Präsident machte sich gerade und schob die hohe zweiflügelige Doppeltür auf.

»Ist das strafbar?«, fragte Schlüter kiebig. In ihm war sofort der Strafverteidiger hellwach.

»Nein, das nicht«, antwortete der Präsident, während sie zu dritt den Gerichtssaal betraten. »Aber er ist jetzt im Krankenhaus und die können ihn nicht länger dabehalten. Außerdem fantasiert er was von einem Schloss und einem geklauten Flügel. Vielleicht ist er verrückt geworden und wir müssen ihn einweisen.«

»Verrückt ist der garantiert nicht«, widersprach Schlüter. Schloss und Flügel?

Saal 118 war ein schäbiger großer Raum mit scheckigen Wänden, auf dessen linker Seite an einem Hufeisen aus Tischen verhandelt wurde, während rechts Reihen hölzerner Stühle der Öffentlichkeit, wartenden Prozessparteien und ihren Anwälten dienten. Durch die Fenster hatte man einen entmutigenden Blick auf marode Dächer und Hinterhöfe; bis hier, an den Ostrand der Stadt, war kein Sanierungsgeld geflossen und jetzt, nach der Wiedervereinigung, war die große Frage, ob das je passieren würde. In diesem Saal wurden die meisten Zivilprozesse des Bezirks entschieden und so sah er auch aus: müde, zerschlissen, abgearbeitet. Die Uhr an der Wand ging schon lange nicht mehr, denn Gerechtigkeit kennt keine Zeit.

Die Advokaten strebten ihren Plätzen zu, setzten sich an die schmalen Enden des Hufeisens, Meier-Mertes links, er war der Beklagte, Schlüter rechts, als Kläger.

Wahrscheinlich hatte Clever wieder eine seiner periodisch auftretenden Diebstahlsarien gesungen und Schlösser geknackt, dachte Schlüter, während er sich seine Robe überwarf, die er Zaubermantel nannte, weil sie ihn, obwohl mittlerweile gänzlich ohne Knöpfe, von einem Menschen in einen Kontrahenten, mitunter in einen Werwolf verwandelte. »Was für ein Schloss und was für ein Flügel ist denn gemeint?«, fragte er.

Von Hauff stieg über einen mit Paketkleber am Fußboden befestigten Kabelzopf und trat hinter die Breitseite des Hufeisens. »Er hat vom Schloss Lieth gefaselt, wissen Sie, von dem, wo neulich die Gräfin gestorben ist. Und von einem Klavier. Und natürlich von einer Frau. Aber den Namen, den wollte er nicht verraten. Was sollen wir damit anfangen? Übrigens hat Clever sich Benzin gespritzt. In den Arm. Aber vorerst ist er über den Berg.«

Schlüter sagte nichts. Schlösser und Klaviere!

»Das ist ja nicht sein Umgang sonst«, erklärte der Präsident. »Wenn man die Akten liest. Wir sprechen nachher drüber.«

Damit war die Sache vorläufig erledigt. Der Präsident unterwarf durch seine graue Hornbrille die drei Prozessakten einzeln der Prüfung, indem er ihre Aktenzeichen studierte, sie langhalsig mit denjenigen auf dem Terminszettel verglich, der auf jedem der drei Plätze lag. Er nickte befriedigt und legte die Akten in richtiger Reihenfolge aufeinander.

Währenddessen hatte auch Meier-Mertes seine Robe aus einem besonderen Fach seines schwarzen Gerichtskoffers befreit, wo sie korrekt gebügelt und gefaltet ihres Einsatzes harrte. Er knöpfte sie zu, bis nur noch sein sehniger Hals mit dem Adamsapfel herausragte.

Der Präsident rückte sich auf dem Richterstuhl zurecht, beäugte das Handteil seines Diktiergerätes wie den Kopf einer Giftschlange, griff dann aber doch beherzt zu, verdeckte den Aufnahmeknopf mit seinem dicken Daumen, quetschte, warf einen Seitenblick auf das Gerät – ja, die kleine Spule drehte sich – und begann mit stadionlauter Stimme: »Achtung! – Achtung!! – An die Kanzlei!!!« Er räusperte sich und fuhr etwas leiser fort: »Es folgt ein Diktat der öffentlichen Verhandlung am 31. Januar 1995. Es spricht Amtsgerichtsdirektor von Hauff.«

Meier-Mertes und Schlüter schlugen ihre Akten auf.

»Es folgt das erste Diktat in dem Rechtsstreit ...«, der Präsident zog die Akte erneut unter seine Brille und las: »Elfers und von Allwörden gegen Rathjens, Aktenzeichen 62 C 53/94.«

Alteingesessene Namen aus der Gegend. Urbewohner dieses Landstriches an der Unterelbe. Seit dem Krieg hatte man von der Überfremdung durch die Flüchtlinge profitiert, denn es gab keine Inzucht mehr und man konnte ins Nachbardorf gehen, ohne dort verprügelt zu werden. Nachdem sich die Industrie angesiedelt hatte, strömte die zweite Zuwanderungswelle und brachte neue Namen, neue Prozesse. Aber es dauerte immer noch zwei Generationen, bis man kein Zugereister mehr war, und Schlüter hatte erst gut zwanzig Jahre hinter sich.

»Es sind erschienen für die Kläger – Rechtsanwalt Schlüter aus Hemmstedt.« Der Präsident blickte kurz auf, Schlüter nickte bestätigend. »Und für den Beklagten Rechtsanwalt Meier-Mertes aus Hemmstedt.« Meier-Mertes senkte sein langes Eselsgesicht wie der Papst bei der Audienz.

Das waren die Präliminarien. Nun kam der Präsident zur Sache. Er breitete den Streitstoff nach den Regeln eines

Gutachtens aus. Das hieß: Erörterung der Sach- und Rechtslage. Es war einer dieser Prozesse, die Schlüter am liebsten vermieden hätte, aber das war ihm nicht gelungen. Er hatte die alte Rathjens im jahrelangen Kampf gegen ihren Sohn vertreten. Nun war sie tot, seit Jahren schon, und es musste in der nächsten Generation um Gerechtigkeit gefochten werden. Schlüter klagte im Namen der Töchter, Elli Elfers und Käthe von Allwörden, beide geborene Rathjens, gegen ihren Bruder Hans-Herrmann Rathjens. Der Präsident listete die von Schlüter eingeklagten Kosten auf: Friedhofsgebühren, Ausheben der Grabstelle, Träger, Grabstein, Blumen, Grabeinfassung, Danksagung, Bewirtungskosten. Von allem ein Drittel.

»Wenn ich unterbrechen darf, Herr Vorsitzender«, warf Meier-Mertes ein. »Es ist nicht richtig, dass die Bewirtungskosten nach der Beerdigung unstreitig sind!«

»Nein?«, fragte der Präsident irritiert.

»Ich verweise auf« – Meier-Mertes blätterte kompetent in seinen Dokumenten und erhob den Zeigefinger, mit dem er den Takt zu seiner Rede schlug – »Seite 3 meines Schriftsatzes vom – ähm – 14. Juni 1994, in dem ich vorgetragen habe, dass ein Betrag in Höhe von mindestens 35,– DM pro Klägerin abzuziehen ist wegen ersparter Selbstverpflegungsaufwendungen. Die Klägerinnen hätten zu Hause auch gegessen, beziehungsweise, weil sie am Leichenschmaus teilgenommen haben, haben sie zu Hause weniger gegessen, und das müssen sie sich abziehen lassen!«

Der Präsident griff zum Diktierkopf. »Ich werde das aufnehmen«, kündigte er an. Er hatte die Angewohnheit, alles zu protokollieren, auch wenn es bereits schriftsätzlich vorgetragen war.

Er hob das Mikrofon an den Mund, quetschte den Aufnahmeknopf, warf erneut einen misstrauischen Seitenblick auf das Gerät – jawohl, die rote Lampe für Aufnahme leuchtete – und sprach: »Der Beklagtenvertreter erklärt Doppelpunkt ein Betrag in Höhe von fünfundzwanzig Mark ist abzuziehen Komma weil ...«

»*Fünfunddreißig* Mark, Herr Vorsitzender!«

»Moment«, sagte der Präsident. Er spulte zurück und drückte auf den Wiedergabeknopf, Hoffnung im Gesicht. Eine Heliumstimme quäkte: »Achtung! Achtung!! An die ...« Das Gesicht des Präsidenten hatte sich verdüstert.

Vorwärtsspulen. »...wörden gegen Rathjens.«

Weiter. Mickymausgeräusche. »...zwanzig Mark ist abzuziehen Komma weil ...« Zu spät.

»Äh!«, machte der Präsident, starrte den Schlangenkopf in seiner Hand wütend an, als wollte er hineinbeißen, und spulte wieder rückwärts.

»... für die Kläger – Rechtsanwalt Schlüter aus Hemmstedt«, quäkte es, die Lippen des Präsidenten sprachen den Text konzentriert nach. »Und für den Beklagten Rechtsanwalt Meier-Mertes aus Hemmstedt. Der Beklagtenvertreter erklärt Doppelpunkt ein Betrag in Höhe von fünfundzwanzig Mark ist abzuziehen Komma weil ...«

»Äh!«, machte der Präsident wieder und quetschte den Knopf.

»... erste Diktat in dem Rechtsstreit Elfers und von Allwörden gegen Rathjens ...«

Der Präsident schüttelte seinen schweren Kopf, schürzte die Lippen und legte seine Stirn in unzählige kleine Falten.

Endlich hatte er die Einsetzstelle gefunden, ein beherztes Zudrücken. Der Präsident diktierte: »Der Beklagtenvertreter erklärt Doppelpunkt ein Betrag in Höhe von« – Blickkontakt, Nicken – »fünfunddreißig Mark ist abzuziehen Komma weil ...«

»Entschuldigen Sie bitte vielmals, Herr Vorsitzender«, unterbrach Meier-Mertes noch einmal. »Fünfunddreißig Mark *pro Person,* pro Klägerin also, sind abzuziehen, weil ...«

Der Präsident nickte seufzend. Er spulte zurück. »...zeichen 62 C 53/94. Es sind erschienen für die Kläger ...« Mickymausgeräusche.

Schlüter versuchte verzweifelt, an etwas Schönes zu denken, etwas, was ihn aus diesem Irrsinn befreite. Gab es nicht ein Gedicht, an das man sich erinnern konnte?

Irgendwann waren sie fertig mit den fünfunddreißig Mark. Aber das war nicht das Ende der Schwierigkeiten.

»Herr Rechtsanwalt Meier-Mertes«, sagte der Präsident. »Können Sie dem Gericht bitte erläutern, was Sie mit Ihrem Vortrag meinen, der Grabstein sei viel zu groß und demzufolge viel zu teuer?«

»Das habe ich bereits vorgetragen, Herr Vorsitzender!«

»Das genügt mir aber nicht!« Das sagte der Präsident immer, wenn er sich nicht daran erinnerte, was vorgetragen war und was nicht.

Meier-Mertes vertiefte sich blätternd in seine Dokumente: »Ich verweise auf – Augenblick bitte – auf meinen Schriftsatz vom 25. Oktober, Seite 4: Dort habe ich vorgetragen, wie groß ein ortsüblicher Grabstein zu sein hat.« Selbst die Art, wie er seinen Zeigefinger beleckte, war anmaßend und hochmütig.

»Präzisieren Sie bitte«, beharrte der Vorsitzende.

Meier-Mertes blies sich auf und wurde zehn Zentimeter größer. »Also«, begann er. »Ein ortsüblicher Grabstein ist höchstens siebzig Zentimeter hoch und fünfzig Zentimeter breit, der streitige Grabstein ist aber über einen Meter hoch und fast siebzig Zentimeter breit. Die Kosten dafür sind ...«

Der Präsident hob sein Diktiergerät und schaltete auf Aufnahme: »Der Beklagtenvertreter erklärt weiter Komma dass ein Grabstein höchstens siebzig Zentimeter breit ...«

»Entschuldigen Sie bitte, Herr Vorsitzender: fünfzig Zentimeter breit ...«

»Was fünfzig Zentimeter?«, fragte der Präsident. Das Aufnahmegerät hatte er zum Stillstand gebracht.

»Höchstens fünfzig Zentimeter breit ist ein ortsüblicher Grabstein; das habe ich vorgetragen.« Meier-Mertes lächelte verbindlich, aber verkrampft.

»Ja und? Das wollte ich doch gerade aufnehmen. Warum unterbrechen Sie mich?«, fragte der Präsident ungehalten.

Meier-Mertes schnappte nach Luft, um sich zu rechtfertigen, bemerkte aber Schlüters abwinkende Hand und machte den Mund wieder zu. Sonst kommen wir hier nie wieder raus, dachte Schlüter.

»Also«, entschied der Präsident. »Ich werde das jetzt aufnehmen.« Er drückte den Aufnahmeknopf. »Der Beklagtenvertreter erklärt Doppelpunkt ein Grabstein sei ortsüblicherweise höchstens – wie viel sagten Sie doch gleich?«

»Siebzig Zentimeter«, antwortete Meier-Mertes.

»... siebzig Zentimeter ...«, nahm der Präsident zu Protokoll, stoppte: »Breit oder hoch?«

»Breit.«

»... breit und höchstens einen Meter«, der Präsident stoppte, »hoch oder tief?«

»Gar nicht, Herr Vorsitzender. Höchstens fünfzig Zentimeter breit und siebzig Zentimeter hoch, habe ich vorgetragen.« Meier-Mertes rang um eine höfliche Fassade.

»Eben haben Sie aber gesagt: siebzig Zentimeter breit. Und jetzt sagen Sie: fünfzig Zentimeter breit. Was denn nun?«

»Das habe ich nicht gesagt, Herr Vorsitzender«, beharrte Meier-Mertes. Eine Strähne seines glatt nach hinten geführten Haares hing ihm über dem linken Ohr und wippte auf und ab wie die verrutschte Haube eines Kiebitzes.

Schlüter nickte. Was wahr ist, ist wahr, dachte er. Der Präsident hat ihn geschafft, den Meier-Mertes.

»Aber ich habe es zu Protokoll genommen. Hier – hören Sie!« Der Präsident spulte zurück.

Die Heliumstimme sprach: »... und für den Beklagten Rechtsanwalt Schlü... Der Beklagtenvertreter erklärt weiter Komma dass ein Grabstein höchstens ...«

»Nanu, da fehlt ja was!«, unterbrach der Präsident die Heliumstimme.

»Sie haben das andere gelöscht, Herr Vorsitzender«, mischte Schlüter sich ein. »Weil Sie zurückgespult haben. Zu weit.«

»Hach!«, rief der Präsident. »Dann müssen wir das andere wiederholen. Dreißig Mark, sagten Sie?«

»Fünf-und-dreißig Mark!! Pro Klä-ge-rin!!« Meier-Mertes war laut geworden.

Der Präsident fing wieder von vorn an. Meier-Mertes gab noch weitere Maße und Zahlen, die zu Protokoll genommen wurden, obwohl sie alle schon in den Schriftsätzen standen. Schlüter schaltete auf Durchzug, damit er nicht anfing zu kreischen. Es hatte keinen Zweck. Man würde ohnehin in der Berufung weiterstreiten, der Streitwert war hoch genug und Hans-Herrmann Rathjens verstand es, jeden Prozess zu einem Streit um Sein oder Nichtsein zu machen. Zum Glück hatte der Präsident, geleitet von einem Rest Weisheit, zum heutigen Termin die Parteien selbst nicht geladen.

Die Tür ging auf, denn die eingeplante Stunde war um, der nächste Termin stand an und die Kollegen Spindelhirn und Albert betraten den Saal.

Albert zwinkerte Schlüter konspirativ zu und führte pantomimisch eine Tasse zum Mund. Ob sie hinterher Kaffee trinken gehen würden? Schlüter zuckte ergeben mit den Schultern: Weiß noch nicht.

Endlich war der Präsident mit Meier-Mertes fertig, dem inzwischen über beiden Ohren der Kiebitzkopf hüpfte. Schlüter hatte gehofft, dass der Präsident keine weiteren Aufklärungsfragen an ihn selbst habe, aber vergebens.

»Herr Rechtsanwalt Schlüter, ist es richtig, dass es sich bei der Grabstätte um eine Familiengrabstätte handelt, das heißt also, dass noch andere dort beerdigt sind als die Mutter der Parteien?«

Was sollte man sagen? Sagte man etwas, versuchte der Präsident, das aufzunehmen, und der unsägliche Kampf mit dem Diktiergerät begann von Neuem. Sagte man nichts, warf er einem später womöglich lückenhaften Vortrag vor.

Bevor Schlüter zu Ende überlegen konnte, sagte Meier-Mertes: »Der Vater der Parteien ist dort beerdigt, Herr Vorsitzender, und eine früh verstorbene Schwester des Vaters. Bei beiden ist die Belegungsfrist abgelaufen. Die Klägerinnen haben die Grabstelle neu gekauft. Das ist allein das Privatvergnügen der Klägerinnen! Der Beklagte sieht nicht ein, wieso er diese Gräber mit bezahlen soll!«

Einer der am häufigsten in Prozessdingen geäußerten Sätze. Man führte Prozesse nicht, weil man Ungeklärtes klären wollte, sondern weil man Einsichtiges nicht einsehen wollte.

Der Präsident zögerte. Sollte er das aufnehmen oder nicht?

Schlüter sagte schnell: »Ich beziehe mich hier auf meinen schriftsätzlichen Vortrag!«

»Das haben Sie vorgetragen?«, zweifelte der Präsident.

»Ja, Herr Vorsitzender!«, bestätigte Schlüter fest, zog den Stein aus der Tasche und legte ihn sanft auf den Tisch. Kleinigkeiten, alles Kleinigkeiten.

»Und wo, wenn ich fragen darf?«

Schlüter klappte demonstrativ seine Akte zu. »Es ist vorgetragen, Herr Vorsitzender, ich versichere es.« Er legte beide Hände um den Stein, wärmte ihn, drehte ihn und setzte hinzu: »Der Zivilprozess ist ein schriftliches Verfahren, ich bin nicht verpflichtet, meinen Vortrag in der mündlichen Verhandlung zu wiederholen. Ich möchte jetzt meinen Prozessantrag stellen!«

Das saß.

Die Erörterung der Sach- und Rechtslage war endgültig abgeschlossen.

»Der Kläger stellt seinen Antrag aus dem Schriftsatz vom 10. Oktober 1994, der Beklagte beantragt, die Klage abzuweisen«, diktierte der Präsident erstaunlich geläufig. Dann konsultierte er einen winzigen Taschenkalender, der in seiner hohlen Hand verschwand, und machte mit einem dünnen Bleistift, wahrscheinlich eine Spezialanfertigung, eine Notiz, ergriff das Diktiergerät und deklamierte: »Termin zur Verkündung einer Entscheidung am 27. Februar 1995, Zimmer 118, 12 Uhr.« Jeweils ein Blick und Nicken.

»Wahrscheinlich ein Beweisbeschluss«, erläuterte der Präsident. »Den hätte ich seinem wesentlichen Inhalt nach auch gleich verkünden können, aber die Zeit drängt. Mal sehen, was ich mache. Es wird wohl ein Gutachten geben.«

Schlüter grauste es. Ein Gutachten zur Frage der ortsüblichen Größe von Grabsteinen!

Plötzlich schwoll die Stimme des Präsidenten an: »Achtung! Achtung! An die Kanzlei!! Ende dieser Sache! Ende dieses Diktats!!! – Ende!! Ende!!! – Ende !!!!«

Dann betätigte er den Knopf, der das Aufnahmegerät zum Stillstand brachte, nahm die Tonbandkassette heraus, steckte sie in die Schachtel und heftete diese auf die Akte Elfers und von Allwörden gegen Rathjens.

Schlüter stand auf und nahm seinen Stein vom Tisch, wog ihn in der Hand.

»Noch mal wegen Clever, Herr Schlüter«, hielt der Präsident ihn fest. »Kann ich Sie beiordnen? Verfahren nach PsychKG.«

Schlüter überlegte nicht lange: »Ja, natürlich.«

Der Präsident zog seinen Bonsai-Kalender hervor und lugte über den Brillenrand hinweg hinein. »Haben Sie Montag Zeit, gleich morgens um 8.30 Uhr? Das ist der 6. Februar. Anhörung im Krankenhaus. Mit dem Chef der Psychiatrie habe ich schon gesprochen.«

»Wo?«, fragte Schlüter nur.

»Haupteingang. Wir gehen dann zusammen rein.«

Schlüter nickte. Falls er schon Termine hatte, würde er sie eben verschieben.

»Was haben Sie da für einen Stein?«, fragte der Präsident plötzlich.

»Das ist ein Völkermordstein«, erklärte Schlüter.

»Ein was?«

»Ein Völkermordstein. Ein Stein, der Zeuge eines Völkermordes gewesen ist.«

Das Gesicht des Präsidenten nahm einen mitleidigen Zug an. »Wir sehen uns Montag in der Psychiatrie«, sagte er.

Spindelhirn schwankte zum Beklagtenplatz, den Meier-Mertes gerade räumte.

Kollege Albert hatte den Wortwechsel verfolgt. »Und wo haben Sie den her?«, fragte er Schlüter.

»Wir streiten uns hier um dämliche Grabstellen«, murmelte der, während er den Stein in der Hand drehte. »Und andernorts liegen die Knochen der Ermordeten in Sonne und Wind. Wir haben Probleme!«

Er stopfte den Stein wieder in sein Jackett und ließ die anderen verdutzt zurück. Mit langen Blicken folgten sie Schlüter, der, in Gedanken versunken, den Gerichtssaal verließ, ohne die Tür hinter sich zu schließen.

Die Kaffeeverabredung mit Albert hatte Schlüter vergessen. Während er die beiden Stockwerke nach unten ging, erschien Paul Clever vor seinem inneren Auge: der lange dünne Bursche, der vom Alkohol nicht lassen konnte und einbrechen ging, um die Beute seiner jeweiligen Liebsten zu schenken.

Draußen war es ungemütlich neblig, immer noch, aber wenigstens war die Luft frisch. Wie immer, wenn er das Gerichtsgebäude verließ, atmete Schlüter auf.

22.

Düstre Wolkenfeudel wischten die letzten Blutflecken vom westlichen Horizont, auf den Pfützen erlosch ihr rötlicher Widerschein, der Wind wurde schwächer und starb, die Vögel suchten ihre Quartiere auf und schwiegen und dann kam auf leisen Sohlen die Nacht. Er hatte sich immer noch nicht daran gewöhnen können, wie lang hier die Dämmerung dauerte.

Noch kein Stern. Er lief weiter. Der Himmel hatte sich nun ganz bezogen, er war niedrig wie die Stirn eines Dummen und bedrückte das dunkle Land, es schien eng wie die Kammer, in der er jetzt immer schlief, in der zuletzt die verstorbene Schwester des Bauern gewohnt hatte. Es gab keine Berge, auf die man steigen konnte, um den Sternen näher zu sein und Übersicht zu gewinnen, keine Täler, denen man folgen konnte, keine Bäche, die durch ihr Plätschern und Murmeln verrieten, auf welcher Seite des Tales man sich befand, und keine Steine, an deren Moos man fühlen konnte, in welcher Richtung Norden war. Hier in der Elbmarsch gab es nur endlose Weiden und Äcker, flach wie ein Brett, über die tags ein eintöniger Wind strich und nachts tote Stille herrschte. In der Nacht war man verloren in der Marsch.

Aber die Wegbeschreibung war genau. Hinter dem Hof die Weide hoch, am matschigen Kuhpfad entlang. Am Ende der ersten Länge über das Gatter klettern, »da warst du schön öfter. Dann bist du im Moor, von da ab kannst du dich an den Entwässerungsgräben orientieren.« Keine Äcker, nur noch bucklige Weiden, und an den Gräben wuchsen immerhin Büsche und Binsen. Auf dem Vorgewende der zweiten Länge fünf Stücke nach rechts bis zum ersten Graben. Tastende Schritte. Unter dem Stacheldraht durch und hinüber. Der Graben war nicht breit, aber sein zögernder Schritt traf ins Nasse; er hielt sich am Ufergras fest und zog sich an der Böschung hoch, holte sich schmierige Knie. Dann wieder unter dem Draht durch. Drei Stücke weiter bis zum zweiten Graben. Wenn du den überquert hast, bist du auf dem Gelände des Torfwerks. An seinem Rand entlang kannst du bis zur Scheidung gehen. Der nackte Torf federte unter seinen Füßen, schwarz und drohend setzten sich die aufgeschütteten Torfmieten gegen den dunklen Nachthimmel ab. Es war also doch nicht völlig finster.

Er lief an diesem Abend des 3. Februar, bis seine Füße eine Steigung fühlten, oben stieß er auf die harten Schienen der Lorenbahn. Diesen nach rechts folgen, bis sie nach links abknicken, dort geradeaus. Ein zweites Gatter, ein eisernes. Dort ist der Torfabbau zu Ende. Manchmal ist das sogar auf, aber du kannst immer drüberklettern.

Die Scheidung macht dann nach fünfhundert Metern einen Knick nach rechts.

»Und dann wird es schwierig, Junge. Du gehst auf einem schmalen Streifen erhöhten Landes, das ist die alte Wasserscheide zwischen Altenmoor und Engelsmoor. Altenmoor gehört zu Moorende und Engelsmoor zu Hollenfleth. Auf beiden Seiten Büsche und Bäume, Birken und Brombeeren, im Dunkeln ist es schwer, die Stelle zu finden, an der du abbiegen musst, zurück zur Moorstraße, um zum Apfelhof von Holthusen zu gelangen. Den siehst du von der Scheidung aus noch nicht. Es ist eine Weide dazwischen, ungefähr fünfzig Meter breit, die musst du überqueren. An einer Stelle stößt ein Birkenwald an die Scheidung, dort steigst du über den Graben, der ist breit und tief ausgebaggert, weil der dicke Bösch einen eigenen Bagger hat und jeden Winter damit unterwegs ist. Wie ein Teichhuhn sieht er aus, der Bösch, weißt du, wie ein Teichhuhn aussieht, nein? Dann sieh dir den Bösch an: roter Kopf, kein Hals, dicker Bauch, lange, staksige, mickrige Beine und große Füße. Er geht auch so zögernd und vorsichtig mit seinen Spreizfüßen. Irgendwann platzt dem noch mal der Wanst. Jedenfalls folgst du dem Birkenwald, ungefähr hundert Schritte, am anderen Ende grenzt er an den Apfelhof von Holthusen. Pass auf, dass du nicht in eins von seinen Wasserbecken fällst, du kannst ja nicht schwimmen. Leute? Nie bin ich jemandem abends auf dieser Strecke begegnet. Wer geht schon spazieren in dieser Gegend, wo man nach ein paar Metern zwei Kilo Dreck an jedem Fuß hat? Wieso muss es dunkel sein? Wieso gehst du nicht etwas früher los, es wird dich schon niemand sehen, und wenn schon? Warum soll nicht einer wie du auch mal da hinten spazieren gehen? Wenn du Angst hast, bleib lieber hier. Er kann doch mal hier vorbeikommen!«

Aber das konnte Veli Adaman nicht, Heyder Cengi wurde gesucht und musste fürchten, dass die Polizei über Adamans Wege wachte. Die Polizei kannte die illegalen Türken natürlich und wusste oft auch, wo sie wohnten, unternahm aber nichts gegen sie, solange sie keine Schwierigkeiten machten. Nach diesen mehr als zwei Monaten allein mit dem Bauern hatte er das Gefühl zu vertrocknen ohne die Stimme seines Onkels.

Während Heyder Cengi fast lautlos über den federnden Moorboden lief, dachte er über ihre letzte Begegnung nach. Nur einmal hatte Adaman nach Cengis Umzug zu Heinsohn seinen Neffen besucht, im Dunkeln, an einem der ersten Tage des Januar. Er war einfach ins Haus gekommen, hatte Heinsohn gefragt, wo Cengi stecke, um ihn dann in seiner Kammer im Obergeschoss des Hauses aufzusuchen. Anschließend waren sie hinunter in Heinsohns Küche gegangen, um Tee zu kochen. Heinsohn hatte sich verkrümelt. Den ersten gemeinsamen Tee seit langer Zeit, am großen Esstisch. Eine Stunde war Adaman geblieben, er hatte die

Vollmacht für den Rechtsanwalt Schlüter zum Unterschreiben mitgebracht, und dann hatte er von dem Buch erzählt, das er gestern im Schloss gesehen hatte. Dass er versuchen wolle, sich dieses Buch zu verschaffen. Damit er die Muttersprache besser verstehen könne. Die Grammatik sei darin erklärt, ein herrliches Buch. Seine Augen leuchteten, während er sprach.

Dann hatte Adaman über ihre Religion gesprochen. Ein Alevit verbarg seine Religion, er sprach mit niemandem darüber, der anderen Glaubens war, und in vielen Dörfern des Ostens ging er sogar zum Schein in die Moschee. Im Dersim gab es keine Moscheen und keine Sunniten, deshalb hatten sie dort ein freies Leben geführt. Nur im Geheimen waren die Lehren weitergegeben worden, vom Vater zum Sohn, von der Mutter zur Tochter, seit siebenhundert Jahren. So hatten sie sich, so gut es ging, vor der Verfolgung durch die Sunniten geschützt. Damit, verlangte Adaman, müsse endlich Schluss sein. Spätestens seit den Ereignissen von Sivas, von denen jeder Alevit in der Türkei erfahren habe, sei klar, dass *takiye,* der Glaube in der Verborgenheit, nicht mehr zeitgemäß sei. Man müsse sagen, was man glaube.

»So wie du es den Leuten von der PKK gesagt hast?«, fragte Cengi.

Adaman nickte düster. »Ja«, sagte er. »Man fragt sich, wer am schlimmsten ist, die Leute von der PKK, dieser Werner Söhl, der um meine Fenster schleicht – oder die anderen.«

»Welche anderen?«, hatte Cengi gefragt.

Es war, als sei Adaman nicht nur gekommen, um Cengi die Vollmacht unterschreiben zu lassen, sondern auch, um ihm das andere zu erzählen.

»Ich habe einen von ihnen gesehen«, hatte Adaman plötzlich gesagt. »In Hemmstedt. Nachdem ich bei dem Rechtsanwalt gewesen bin. In dem Dönerladen in der Fußgängerzone. Der Mann war einer von denen, die in das Hotel eingedrungen sind, durch das zerschlagene Fenster. Ich habe gesehen, wie er die Möbel und die Vorhänge hinausgeworfen hat, wie man sie draußen in Brand gesetzt hat, wie man sie zurückgeschleudert hat. Im Flur sind wir fast ineinander gelaufen. Er hatte einen Kanister in der Hand. Plötzlich stand er vor mir.«

Cengi hatte den Atem angehalten. »Du warst in Sivas dabei?«

»Ja«, murmelte Adaman. »Habe ich das nicht erzählt?«

»Nein – nein!«

»Viele sind umgekommen«, flüsterte Adaman. »Gute Menschen sind verbrannt. Ich höre ihre Schreie. Ich kenne ihre Namen, jeden von ihnen. So viele. Ich kenne ihre Lieder, ihre Gedichte. Wir dürfen nicht länger in der Verborgenheit leben, weißt du? Wir müssen die Zeit der Verborgenheit beenden. Wir müssen endlich sagen, wer wir sind! Wie soll man uns verstehen, wenn man nichts von uns weiß?« Er knöpfte sich das Hemd wieder auf und holte das kleine Schwert hervor, das Schwert Alis, mit dem sich ein Alevit dem andern zu erkennen gab. Er erzählte, wie er und die anderen Teilnehmer des alevitischen Kulturtreffens aus dem Foyer des *Madımak,* in dem sie gemeinsam gesessen hatten auf den schafledernen Sesseln, nach oben geflüchtet waren, in den niedrigen Frühstücksraum, von dem man hinunter ins Foyer und hinaus auf die Straße sehen konnte, auf die brüllende Masse Mensch. Als unten die Scheiben eingeschlagen wurden, flüchteten sie weiter nach oben, hinein in die Falle, denn als es später brannte und der Rauch hochstieg, gab es von dort keine Rückkehr mehr. Er, Veli Adaman, war den anderen nicht gefolgt, sondern in sein Zimmer zurückgekehrt, Zimmer 106 im ersten Stock, das Eckzimmer, und von dort aus dem Fenster hatte er Osman gesehen, den Englischlehrer von nebenan, wie er, eng an die Wand des Restaurants gegenüber gepresst, seltsam steif und die Arme verschränkt, mit aufgerissenen Augen Zeuge des

Wahnsinns war. Veli drückte verzweifelt das Fenster auf, Osman entdeckte ihn, löste sich von der Wand und brüllte mit erhobenen Armen: »He, Leute, da oben ist ein Unschuldiger, ich kenne ihn, er ist ein guter Muslim, er muss da raus, helft ihm!« Osman kämpfte sich durch das Gedränge, brüllte immerfort: »So helft ihm doch!«, der dort oben sei ein guter Muslim, man müsse ihn retten, er sei neulich mit ihm in der *Ulu Camii* gewesen, und tatsächlich bildete sich eine Gasse, man ließ ihn durch, ja, manche riefen selbst: »So helft doch!«

Adaman war aus dem Fenster geklettert, die Fäuste, die Köpfe, die schreienden Münder unter sich, hinunter auf das rostige Gestänge, an dem die Reklame befestigt war, und von dort auf das Vordach über dem Eingang, von wo ihn Osman und zwanzig ausgestreckte Arme auffingen, denn die Leute konnten nicht nur durchdrehen, erhitzt von den Tiraden des Imam, sondern tatsächlich auch sehr hilfreich sein.

Osman hatte ihn eingehakt, wie es die Männer in Sivas tun, wenn sie abends miteinander spazieren gehen, gegen den Strom der Masse, auf dem geborstenen Bürgersteig entlang, vorbei an der Bank und hinein in den übernächsten Hauseingang. »Welch eine Schande, welch eine Schande!«, hatte Osman immer wieder verzweifelt gemurmelt und den Kopf geschüttelt, während sie hinaufstiegen in den dritten Stock des Hauses, um aus dem Fenster seines verräucherten Büros das weitere Geschehen bis zu seinem bösen Ende zu verfolgen.

Er, Veli Adaman, hatte den Anblick der schreienden Menschen jedoch nicht ertragen, er war im Flur hin- und hergerannt wie ein Tiger im Käfig, unter dem Konterfei des großen Atatürk und dem Spruch *Glücklich ist, wer sich ein Türke nennen kann.* Veli Adaman war kein Türke, er war ein Dersimi aus dem Dersim, ein Zaza, den die Türken als Türken und die Kurden als Kurden für sich beanspruchten. Als der Höllengeruch verbrannten Menschenfleisches von Osmans offenem Fenster in seine Nase drang, hatte er sich im rückwärtigen Büro in einen der Ledersessel geworfen und sich Augen und Ohren zugehalten.

»Warum hast du mir das nie erzählt, dass du dabei warst?«, wollte Cengi wissen.

Adaman zuckte mit den Schultern. »Was hätte es dir genützt, wenn ich es dir erzählt hätte?«

»Und was hat er gesagt?«

»Wer?«

»Der Brandstifter, als du ihm im Gang begegnet bist.«

Adaman zögerte. »Nicht viel«, sagte er schließlich. »Nur: Stirb, Rotkopf!«

»Hat er dich erkannt?«, fragte Cengi.

»Hier in Hemmstedt?«

»Ja.«

»Das habe ich mich auch gefragt«, antwortete Adaman. »Aber ich weiß es nicht. Wir standen wieder voreinander. Zum zweiten Mal. Man begegnet sich immer zwei Mal im Leben, sagen sie hier. Er sah mir in die Augen, ganz kurz. Aber er hat nichts gesagt. Erkannt? Ich habe ihm nichts angemerkt. Ich weiß es nicht.«

»Und wenn er dich doch erkannt hat?«

»Dann hat er Angst«, stellte Adaman fest. »Fünf von den Brandstiftern sind nach Deutschland geflohen, sagen unsere Leute in Hamburg. Zwei von ihnen sollen schon Asyl bekommen haben, vielleicht ist der Mann einer von den beiden.«

»Asyl?«, rief Cengi und sprang auf. »Das sagst du so ruhig?! Die kriegen hier Asyl?! Und wir? Hast du gar keine Angst?«

Adaman blieb ruhig. »Du meinst, weil ich ihn verraten könnte und er dann seine Rechte in Deutschland verliert?«

»Was sonst?«, gab Cengi zurück. »Du solltest vorsichtig sein. Wenn er dich erkannt hat, dann weiß er auch, wie gefährlich du für ihn bist, und dann wird er versuchen …«

»Wie soll er mich finden?«, hatte Adaman leise gefragt.

Cengi hatte die Vollmacht unterschrieben, und Adaman war wieder fort.

Wenig später war Heinsohn aufgetaucht. Kein Wort hatte er über den Besucher verloren. Trotzdem war er gesprächiger geworden, er redete sich aus seiner Einsamkeit heraus und stieß Cengi tiefer in seine hinein. Hauptsächlich schimpfte der Bauer über seine Zeitgenossen. Alle waren *bekloppt.* Heinsohn pflegte auf seinem Strohballen unter der Scheunentür zu sitzen wie auf einem Richtstuhl und über alle und alles zu schimpfen. Wie konnte Heinsohn in einer derartigen Einsamkeit und selbst gewählten Isolation sein Leben fristen? Er brauchte wohl niemanden. Dem Postboten, der auch zu den Bekloppten gehörte, weil sie bei der Post ja alle faul waren, nickte Heinsohn von Weitem sparsam zu, dem Milchwagenfahrer, der jeden zweiten Tag den Tank leer pumpte und *nicht ganz dicht* war, denn er roch morgens schon nach Alkohol, sagte er nur Moin und Tschüs, und alle vier Wochen erduldete Heinsohn den Milchkontrolleur, der der Bekloppteste von allen war, weil er Biolandwirtschaft gut fand. Die Nachbarn waren sowieso bekloppt, nicht nur der geizige Quast, der seine Frau schlug, sondern auch Söhl, von dem alle wüssten, dass er pervers sei. Der Tierarzt war bekloppt, weil er Heinsohn nach den Beschwerden der Kühe ausfragte, anstatt sie zu untersuchen, und sogar die Kühe waren bekloppt, weil sie dem Tierarzt nichts erzählen konnten.

Immerhin schlug Heinsohn seine Kühe nicht mehr. Cengi war einmal wortlos daneben stehen geblieben, als Heinsohn in blinder Wut auf eine widerspenstige Kuh mit einem Knüppel eingedroschen hatte. Seitdem nahm sich Heinsohn zusammen.

Wie konnte dieser Mensch so leben? Veli hatte erzählt, dass Heinsohn einmal Frau und Kinder gehabt habe, drei sogar, zwei Töchter und einen Sohn. Eine der Töchter hatte sich eines Tages zu Fuß von der Straße her dem Hof genähert, zusammen mit einem großen jungen Mann, aber Heinsohn hatte schon von Weitem gebrüllt: »Haut ab. Ich brauch euch nicht!!« Seitdem ließ sich keiner mehr blicken von der bekloppten Familie.

Ungefähr einmal in der Woche pflegte Heinsohn einzukaufen, manchmal blieb er dann auch etwas länger weg, zwei oder drei Stunden, und wenn eine Maschine kaputt war, fuhr er zum Schmied, diesem Halsabschneider, der viel zu teuer war und natürlich auch bekloppt.

Heinsohn lebte freiwillig in diesem Gefängnis, das er seinen Hof nannte, aber Cengi konnte eingesperrt nicht leben. Oft schon hatte er gedacht, es wäre besser, sich zu stellen, weil es ohnehin kein großer Unterschied war, ob er auf Heinsohns Hof saß oder im Gefängnis auf einem Stuhl. An seiner Einsamkeit würde es nichts ändern. Vielleicht würde er im Gefängnis sogar Menschen aus der Heimat treffen, es hieß, der halbe Hemmstedter Knast sei voll mit Türken, die abgeschoben werden sollten. Ob ein Zaza oder gar einer aus dem Dersim dabei war, mit dem er in der Muttersprache reden könnte? Auf den Höfen arbeiteten viele Leute aus der Gegend von Bingöl und die meisten von ihnen waren Zaza.

Aber wie hätte er das Heinsohn erklären sollen?

Auch traute Cengi sich nicht mehr, in der Heimat anzurufen. Seine innere Stimme sprach nur noch Deutsch, sogar, wenn er an die Heimat dachte, und er fing an, Heinsohns Platt zu verstehen.

Cengi hörte nur das dumpfe Geräusch seiner Füße auf dem weichen Moorboden und seinen eigenen Atem. Wenn er stehen blieb, schwieg alles. In dieser Gegend konnte man noch das Geräusch der Stille hören. Es begann zu nieseln. Der alte Mongole am Himmel hatte den Schleier vor sein warziges Gesicht gezogen.

Cengi hatte die Lorengleise erreicht und folgte ihnen, fand das Gatter, stieg darüber und lief weiter. Er hielt sich immer hart rechts an den Büschen, um den Wald nicht zu verpassen. Er durchquerte Böschs tiefen Graben, dabei verfing er sich an einer Brombeerranke und riss sich die Hand auf, versank mit dem linken Fuß tief im Wasser, folgte dem Wald auf der Weide daneben. Aus dem dunklen Blätterdach tropfte es ihm in den Kragen. Endlich der Apfelhof. Wenn man in einen Apfelhof geriet, war man gefangen in einem Irrgarten, zwischen buckligen Trollen, die ihre verrenkten Glieder ins Dunkle streckten.

»Du musst dich an die dritte Reihe von links halten, wenn du dort entlang gehst, dann triffst du irgendwann auf das Haus.«

Endlich ein düstrer Haufe vor ihm. Das war der Schuppen, in dem Söhl seine Schweine hielt. Heyder Cengi schlich an der Wand entlang, mit den Fingerspitzen die rissigen Bretter streifend, durch die ein mörderischer Gestank drang. Drinnen grunzte es leise.

Ein schwacher Schein drang aus einem der Fenster des Wohnhauses. Das war Velis Fenster. Der Rest lag in tiefem Dunkel. Es roch nach Rauch. Die Gardine war zugezogen. Cengi klopfte an die Tür. Keine Antwort. Er klopfte lauter. Immer noch keine Antwort. Zögernd drückte er die Klinke herunter. Die Tür gab nach und öffnete sich.

Das Licht der Lampe fiel auf ein längliches Bündel vor dem Ofen. Cengi wusste sofort, dass das kein lebendiger Mensch war, sondern der verdrehte Leib eines Erschlagenen, das kalte Gesicht auf dem nackten Fliesenboden. Drei Schritte, Cengi kniete nieder.

»Xal Veli«, flüsterte er. »Xal Veli, was ist mit dir?«

Veli Adaman antwortete nicht. Sein Kopf, seine Haare waren klumpig von Blut und Hirn.

»Ezane – Heyder … Ich bin Heyder …«

Veli schwieg. Sinnlose Worte. Cengi drehte den Onkel auf den Rücken, der Arm schlenkerte herum, die Hand platschte auf den Boden und Velis tote Augen starrten zur Decke. Langsam löste Cengi seine Hände vom Kopf seines Onkels. Blut und Hirn. Mechanisch stand er auf. Ging zur Spüle. Wusch sich. Kehrte zum Toten zurück. Kniete wieder nieder, drückte seinem Onkel die Augen zu.

Wer hatte den friedfertigen Veli erschlagen?

Cengi konnte nichts tun, außer die Tür zu öffnen, damit es die Seele leichter hatte, den Raum zu verlassen und in die Ewigkeit einzugehen.

»Heiliger Hızır, steh ihm bei«, flüsterte Cengi und wollte aufstehen.

Der Schlag traf ihn links an der Schläfe.

In seinem Bewusstsein blitzte es grell auf, er fühlte keinen Schmerz, und das Letzte, was er sah, bevor er in die Dunkelheit stürzte, war die geflickte Spitze eines schmutzigen Gummistiefels.

23.

Am Samstagmorgen wollte Bauer Heinsohn melken und stellte fest, dass sein Mitarbeiter, der sonst immer vor dem Stall auf ihn wartete, nicht zu sehen war. Der Gedanke, Cengi könnte ebenso plötzlich verschwunden sein, wie er aufgetaucht war, versetzte Heinsohn in Panik. Er hatte sich an den Mann gewöhnt, mit dem er seit mehr als zwei Monaten Arbeit und Alltag teilte.

Er musste Gewissheit haben.

Heinsohn machte vor dem Melkstand kehrt und hinkte, so schnell sein geschwollener Knöchel ihm das erlaubte, zurück zum Wohnhaus, in dessen Obergeschoss er Cengi eine ungeheizte Kammer als Quartier zugewiesen hatte, während er selbst weiter im Erdgeschoss im Schlafzimmer neben der Küche hauste.

Vor der Treppe der erste Blutstropfen. Er musste ihn vorhin übersehen haben. In seinem Kopf erhob sich ein Sausen. Tropfen auf Tropfen führte die Spur die Treppe hinauf, zu Cengis Kammer. Die Tür war zu. Das Sausen in Heinsohns Kopf verstärkte sich zu dem lauten Heulen eines Kreiselmähers bei Vollgas. Er holte tief Luft und zog die Tür auf.

Sein Blick fiel auf das Bett. Ein blutiger Klumpen zuckte, dort, wo das Kopfende war ...

»Neiiiin!!«, brüllte Heinsohn und stürzte davon. »Hilfe, Hilfe, Lars ist ...«, rasselte die Treppe herunter, dunkle Schwaden waberten vor seinen Augen, im Schlafzimmer, was er dort wollte, wusste er nicht, lehnte er sich an die Wand, ließ sich herunterrutschen, verlor die Besinnung und schlug mit dem Kopf auf die Holzdielen auf.

Wie war er das zweite Mal in Cengis Zimmer gekommen? Diesmal lief er nicht fort, aber wieder wurde ihm schwindlig und schwarz vor Augen. Dann musste er kotzen und erledigte das im Flur, unter dem Heulen und Sirren des Kreiselmähers, er würgte grünen Schleim, denn er hatte noch nichts gefrühstückt.

Dann stand er wieder vor Cengis Bett.

»Er ist tot ...«, weinte es aus dem Blutklumpen.

»Wer ist tot?«, schrie Heinsohn.

»Veli ist tot, mein Onkel, Xal Veli.« Die Gestalt auf dem Bett bewegte sich krampfartig. Cengi wimmerte.

Er hatte ein Handtuch um seinen Kopf gewickelt. Es war blutgetränkt.

»Wie siehst du aus, wir müssen ...«

»Es geht schon ...«, weinte Cengi.

Heinsohn nahm sich zusammen und hob mit zitternden Fingern das Handtuch an: blutverschmiertes Gesicht, blutverklebte Haare, das Auge ein pochendes Geschwulst. Heinsohns Geistesgegenwart kehrte zurück, der Kreiselmäher in seinem Kopf ging auf Halbgas.

»Das geht nicht!«, widersprach Heinsohn, eilte nach unten, geordnet diesmal, der Schmerz in seinem Fuß war zurück und jaulte wie ein streitsüchtiger Kater. In der Küche fand er im Telefonbuch die Nummer von Dr. Dewald und brüllte so lange in den Hörer, bis die verschreckte Arzthelferin versprach, Dewald werde sofort kommen, sofort, er laufe schon zum Auto, er ... Dann machte Heinsohn an der Küchenspüle einen Eimer sauber und füllte ihn mit heißem Wasser, zog aus dem Küchenschrank, den Cengi aufgeräumt hatte wie fast alles andere im Haus, einen Stapel Handtücher. Damit eilte er wieder nach oben, und als Dr. Dewald reichlich zehn Minuten später, die Notfalltasche in der Hand, vor der Tür stand, wusste Heinsohn über das wenige Bescheid, das Cengi berichten konnte. Er war nach dem Schlag aufgewacht, unterkühlt und halb im Wasser liegend, und zwar, wie er feststellte, nachdem er herausgekrochen war, im Straßengraben an der Moorstraße vor dem söhlschen Grundstück. Wie er dorthin gekommen war, wusste er nicht: Hatte der Täter ihn fortgeschleppt? An der Straße entlang war er die zwei Kilometer zurückgetorkelt, weinend und halb ohne Besinnung vor Schmerz und Trauer. Der Anblick des Toten war ihm gegenwärtig, aber eine weitere Erinnerung hatte er nicht.

Als Dewald die Haustür öffnete, stand Heinsohn im Flur und sagte mit kratziger Stimme: »Sie wissen doch noch, die Geschichte mit dem kleinen Lars ...?«

Dewald nickte langsam.

»Der da oben«, sprach Heinsohn weiter, »der braucht Ihre Hilfe ... aber Sie sollen niemandem was sagen.« Er schluckte. »Bei dem ist das so ähnlich, wenn Sie wissen, was ich damit meine. Ich – ich leg die Hand für den ins Feuer, egal was die ...«

Dewald blickte Heinsohn stumm ins Gesicht. Die Tasche baumelte in seiner Hand. »Passt schon«, sagte er und grinste, aber es sah aus, als weinte er.

Während Heinsohn danebenstand, reinigte der Arzt Cengis Schädel, tastete ihn vorsichtig ab, versorgte die Wunde mit Jod, verband sie und fragte den Verletzten nach seinem Befinden.

»Schwein gehabt«, diagnostizierte Dewald. »Schwere Schädelprellung. Gehirnerschütterung. Wie es aussieht, kein Schädelbruch. Das war ein fürchterlicher Schlag. Ein Stückchen weiter zum Ohr und Sie wären hinüber gewesen. Jemand wollte Sie umbringen, kein Zweifel.«

Ein Zucken wie ein Gewitterblitz zerriss das Gesicht des Arztes. »Ich würde zur Polizei gehen«, fügte er hinzu und wandte sich ab. »Der Orbitaboden eingeschlagen. Der Wangenknochen unter dem Auge, der härteste Knochen, den der Mensch im Leibe hat. Das muss geflickt werden. Wenn nicht, verrutscht uns möglicherweise das Auge …«

»Mh – mh«, machte Cengi.

»Das sehen wir noch«, sagte der Arzt.

Als er ging, folgte Heinsohn ihm nach unten.

Dewald blieb in der Tür stehen und fragte: »Wo ist eigentlich Ihre Frau?«

Heinsohn schossen die Tränen in die Augen, er konnte nicht sprechen und hob nur die Schultern.

»Und Ihr Sohn?«

Auch auf die zweite Frage erhielt der Arzt keine Antwort.

»Das geht so nicht weiter«, stellte Dewald fest. Seine rechte Wange schoss nach oben, verschloss das Auge und entblößte die Zähne.

Ohne Gruß ging er fort.

Nebel lag wie der Rauch eines Feuers über dem Land, die Birkenbäume schwammen darin wie Inseln. Aus dem Dunst am Horizont strahlte das violette Licht der frühen Sonne.

Heinsohn drehte sich um. Ich habe während der ganzen Zeit noch nichts für Heyder getan, dachte er. Ich habe nur genommen. Er würde ihm einen Tee kochen. Und dann würde er melken, allein.

24.

Pünktlich am Montagmorgen wartete Schlüter vor dem Haupteingang auf den Präsidenten, der mit dem Dienstwagen LG 2 vorgefahren kam, einem schwarzen Mercedes, vorschriftswidrig bis zur Schranke, an der nur Krankenwagen mit physisch Geschädigten zugelassen waren. Des Präsidenten Glatzentarnhaare flatterten im Wind wie ein zerfetzter Schleier, als er sich aus dem Wagen stemmte. Sofort versuchte er, die Scham seiner Stirn zu bedecken.

Sie nickten sich zu, ohne sich die Hand zu geben. Schlüter ging zunächst neben dem Präsidenten, dann hinter ihm, und, nachdem sie die beiden Glastüren des Eingangs durchschritten hatten, schließlich vor ihm, bis ihm einfiel, dass es egal war, ob er hinter, neben oder vor dem Präsidenten ging. Sie durchquerten die mit dunkelblauem Teppich gerüstete düstre Halle, deren Decke so niedrig schien, dass man unwillkürlich den Kopf einzog, vorbei an der Cafeteria, wo es Kaffee, Silvia-Romane und Fernsehzeitschriften zur Beförderung der Gesundheit gab. Hier konnten die Kranken allein oder mit ihren Angehörigen der Illusion von Freiheit und Normalität aufsitzen oder letzte Wege machen, bevor die Anästhesisten sie betäubten und die Ärzte sie aufschnitten. Hier konnten die Überlebenden sich im Sitzen, Gehen oder Rollstuhlfahren üben; bei manchen hingen hohle Hosenbeine herab. Die weißen Götter aber trugen Röntgenbilder von einer Station zur anderen und es roch nach Desinfektionsmittel, Kaffee und Tod.

»Wir nehmen die Treppe«, erklärte Schlüter und steuerte an den Fahrstühlen vorbei ins Treppenhaus, durch dessen gläserne Außenwand der Blick auf die weitläufigen Grünanlagen fiel. Seit hier sein Sohn Markus vor mehr als zehn Jahren nach dem Motorradunfall wieder lebendig geworden war, kannte Schlüter sich aus.

Sie gingen bis in den K2, den zweiten Keller. Schlüter hatte seinen Freund Havelack angerufen und nach dem Treffpunkt gefragt. Nachdem Schlüter eine graue Eisentür aufgestoßen und den Präsidenten hinter sich hatte durchschlüpfen lassen, standen sie unter gleißendem Neonlicht auf grau gestrichenem Betonboden in einem Flur, offenbar dem Reservelager für Rollstühle, Krankenbetten und Operationstische. Hier roch es nur nach Staub.

»Und jetzt?«, fragte der Präsident.

»Jetzt warten wir«, erklärte Schlüter, als hätte er Hausrecht. »Bis Havelack kommt. Da drüben ist die Zelle. Sie können ja schon mal reingucken.« Er zeigte mit gestrecktem Finger auf die übernächste Eisentür rechts. Havelack hatte ihm das alles erklärt.

Der Präsident ging hin, bückte sich geringfügig, stemmte schließlich die Fäuste auf die Oberschenkel und starrte mit seinen dumpfen Augen durch den Spion.

»Schläft«, diagnostizierte er.

Es krachte hinter ihnen und Havelack stand vor Schlüter.

»Moin, mein Lieber«, flüsterte der Chef der Psychiatrie und grinste verschwörerisch. »Ist das dein Präsident?«

Schlüter nickte.

»Tag, Herr Präsident«, rief Havelack fröhlich, während er sich energisch dem Präsidenten näherte.

Schlüter wurde rot. Havelack kannte keine Gnade. Aber immerhin war er gut drauf.

Der Präsident trat vom Spion zurück, drückte sich langsam in die Senkrechte und war kein Voyeur mehr.

»Amtsgerichtsdirektor, bitte, wenn ich bitten darf. Nur Amtsgerichtsdirektor.«

»Tag, Herr Direktor«, nickte Havelack. »Entschuldigen Sie die inkorrekte Anrede. Man kennt sich mit den Dienstgraden ja nicht so aus. Havelack mein Name. Bin der Chef der Psychiatrie. Sie können mich Direktor nennen.«

Der Präsident galt als humorfrei und bestätigte dies mit einem förmlichen Händedruck.

Sie beschlossen, dass Havelack der Veranstaltung nicht beiwohnen müsse, sondern wieder seinen Pflichten als Chef der psychiatrischen Abteilung nachkommen könne, während ein Pfleger, der jetzt durch die Eisentür trat, mit einem Schlüssel ausgestattet wurde.

»Sie gehen zuerst, Herr Schlüter. Ich bitte Sie. Sprechen Sie mit ihm.«

Schlüter nickte. Der Pfleger, ein müder Mann in weißem Anzug mit grauem Gesicht und hängendem Schnurrbart, schloss die Tür auf. Schlüter trat ein. Knirschend drehte sich der Schlüssel hinter ihm wieder im Schloss. Vorschrift ist Vorschrift.

Jetzt sind wir allein, wir zwei, dachte Schlüter und blieb mitten im Raum stehen: der Selbstmörder und der Advokat.

Der Raum mochte drei mal drei Meter groß sein. Der Boden war mit grauem Linoleum ausgelegt. Die Wände weiß und aus Beton. Von der niedrigen Decke spie eine vergitterte Neonröhre ihr giftiges Licht. Kein Fenster. Rechts in der Ecke das einzige Möbel: eine einfache Pritsche, auf der eine lange Gestalt halb unter einer zu Boden hängenden Decke lag. Wie der Gekreuzigte nach der Demontage, dachte Schlüter, wären nicht die Jeans und das karierte Hemd. Die Gestalt hatte das Gesicht zur Wand gedreht und zeigte Schlüter einen langen Rücken, die spitzen Knochen einer aufragenden Hüfte, einen schmalen Hintern und einen sehr langen Oberschenkel.

Ein flacher Atem hob die Decke. Keine hungrige Heuschrecke, sondern ein Mensch, der lebte. Havelack hatte Schlüter nicht viel mehr berichtet, als dass Paul Clever vom Notarzt, den ein Nachbar alarmiert hatte, in halbtotem Zustand eingeliefert worden war und zwecks Unterdrückung seiner Depression mit Haloperidol behandelt wurde. Was mit Clever genau los war, musste Schlüter also selbst herausfinden.

»Tag, Herr Clever«, räusperte Schlüter sich. Seine Stimme hörte sich dumpf an. Wie in einem Grab, dachte Schlüter, acht Meter unter Normalnull.

Die Gestalt rührte sich nicht.

»Rechtsanwalt Schlüter hier, Herr Clever. Ich möchte mit Ihnen reden.«

Die Gestalt rührte sich nicht.

»Mensch, Clever, was machen Sie!«, sagte Schlüter leise und ging die zwei Schritte bis zur Pritsche.

Die Gestalt rührte sich nicht.

Es gab keinen Stuhl und man konnte nicht von oben auf einen Sterbenden herabreden. Das widersprach der Pietät und außerdem war es unbequem.

»Machen Sie mal Platz, Clever, ich möchte mich hinsetzen.«

Die Gestalt rührte sich nicht.

»Sie sind mir aber 'n Unhöflicher!«, kicherte Schlüter mühsam und setzte sich auf die äußerste Kante der Pritsche, zwischen dem spitzen Hintern und den Hacken der Gestalt, an denen verklebte und verdrehte Socken hingen. Es roch nach alten Socken, Erbrochenem, Jod und Fürzen.

»Sie haben Löcher«, sagte Schlüter. »In den Socken, meine ich.«

Die Gestalt rührte sich nicht.

»Heh, Clever, ich komm doch nicht her, damit Sie mir Ihren Hintern zudrehen und nicht Piep und nicht Papp sagen.

Ich will mit Ihnen über Lüneburg reden. Damit Sie da nicht hinmüssen.«

Schlüter wartete die Wirkung seiner Worte ab. Aber die Gestalt rührte sich immer noch nicht.

»'ne Frau, Clever? War es wieder 'ne Frau?«

Der oben liegende Ellbogen der Gestalt zuckte wie ein gerupfter Hühnerflügel nach hinten, als wollte sie Schlüter die Rippen spießen.

»O Mann, Clever. Die wievielte Runde ist das jetzt? Ach nein, vergessen Sie's. Sie hat Sie – sitzen lassen?« Schlüter fixierte misstrauisch den spitzen Ellbogen.

Ein Wimmern brach aus der sorgenvollen Brust hervor und kam als halber Schrei ins Freie.

Schlüter musste grinsen, wenn in seiner Gegenwart geweint wurde, weiß der Teufel warum. Es gehörte sich nicht. Er unterdrückte das Gegrinse und legte dem Mann eine Hand auf den Arm.

»Heee, sind Sie wahnsinnig, ich bin verletzt!«, schrie der Mann unter der Decke, drehte sich um, kroch unter der Decke heraus an das Kopfende, um sich dort embryonenhaft zusammenzurollen. »Lassen Sie mich in Ruhe!« Seine Lider flatterten.

Clevers linker Arm steckte in einem weißen Verband, das einzig Saubere an dem Kerl.

»'tschuldigung, Herr Clever, aber ...« Schlüter rührte die Decke, die auf den Boden gefallen war wie das Leichentuch des Wiederauferstandenen, beiseite.

Clever versteckte sein schmales Gesicht hinter den Armen. »Ich will keine Hilfe. Mir kann keiner helfen!«, murmelte er.

»Und wie heißt die Frau, Herr Clever?«

Clever schüttelte sich unwillig. »Das ist doch scheißegal.«

»Der Richter will Sie nach Lüneburg einweisen, Herr Clever. Er wartet vor der Tür.«

»Soll er, der Scheißrichter.«

»Zuerst mal drei Monate. Da kommen Sie dann zu den Verrückten. Vielleicht müssen Sie auch länger dableiben. So lange, bis Sie ein Richter für gesund erklärt und die Ärzte glauben, dass Sie es nicht wieder versuchen.«

»Na und?«

»Da sind Sie mit Wahnsinnigen zusammen, Clever, mit Bekloppten, Durchgedrehten ...«

»Bin ich hier doch auch«, murmelte Clever. »Die sind hier auch alle bekloppt. Ist mir egal.«

»Mensch, Clever, so geht das nicht. Ich möchte ...«

»... und ich?«, schrie Clever plötzlich und riss seine Augen auf, große braune, matte Kuhaugen. »Was ich möchte, interessiert keinen, was? Ich will sterben! Kapiert das denn keiner? Ich denke, wir leben in einem freien Land, da kann jeder tun, was er will, für mich interessiert sich sowieso niemand, außer der Justiz jedenfalls nicht. Kein Hahn kräht nach mir und der Steuerzahler will Leute wie mich erst recht nicht haben, ich bin eine Ballastexistenz, also wozu ...«

»Was haben Sie eigentlich gemacht mit dem Arm?«

»Benzin«, krächzte Clever trocken. »Da hab ich mir Benzin reingespritzt. Volle Pulle, Herr Doktor!« Eine Spur Stolz klang mit.

Schlüter wurde flau im Magen. Wenn man den Kerl so sah ...

»Und das hat verdammt wehgetan und beim nächsten Mal sorge ich dafür, dass es klappt. Jedenfalls will ich nicht mehr, und das sage ich dem Richterarsch auch, wenn er hier reinkommt, dass das klar ist.«

»Mann, Clever, meinen Sie, es macht mir Spaß, Sie über Jahre weg immer wieder verteidigt zu haben, wenn Sie jetzt einfach den Arsch zukneifen?«, hielt Schlüter dagegen. »Enttäuschen Sie mich nicht!«

Clever starrte Schlüter aus trockenen Augen an. »Das meinen Sie nicht, oder?«

»Doch, das mein ich«, log Schlüter wie ein Pastor, der einem alten Sünder das Paradies verspricht, an das er selbst nicht glaubt. Paradiese sind langweilig, es wollen nur alle hin, weil noch keiner zurückgekommen ist und das endlich mal klargestellt hat.

Clever verzog seine langen Mundwinkel zu den Ohren. »Trotzdem«, sagte er bockig.

»Und warum?«

Clever sackte weiter in sich zusammen und rührte sich nicht.

»Mensch, Clever, meinen Sie wirklich, dass das sein muss?«

Clever stöhnte leise.

»Warum, Clever?«

Clever schüttelte den Kopf. Schlüter wartete.

Schließlich begann Clever, leise und schleppend zu sprechen. »Weil ..., weil, ..., weil alles so sinnlos ist! Erst spielt sie einem Schopäng vor auf ihrem neuen Schlossklavier und trinkt Bier mit einem und und ... Und dann macht sie alles mit einem, alles, was man sich wünscht und schon immer gewünscht hat und sich immer wieder wünschen wird, solange man noch lebt und der Mond scheint auf das Klavier, der Vollmond fast, mit dem man sich auskennt. Und man denkt, das ist alles anders als sonst, es ist das erste Mal, dass es wirklich ernst ist, und man glaubt es, weil sie es sagt, schon allein wegen diesem Scheißschlossklavier ...«

Clever schluchzte und verschanzte sein Gesicht wieder hinter dem bandagierten Arm.

»Schlossklavier?«, fragte Schlüter und tat beiläufig. »Was ist das denn für ein Instrument?«

»Das hat sie aus dem Schloss. Hab ich selber geholt und weggebracht. Heißt Flügel.« Clever klappte die Arme hoch und runter. »Hat aber mit Fliegen nichts zu tun. Sieht wie ein Klavier aus, nur mit drei Beinen. Hat ihr Mann ihr geschenkt ... O Scheiße, das ...« Clever verstummte.

»Mir können Sie doch alles sagen, Clever. Auch dass sie verheiratet ist. Und wenn sie mit dem Papst verheiratet ist.«

»Nee, nicht mit dem Papst, Herr Doktor. Aber so ähnlich. Sie sagt, ihr Mann, der kann sie nicht ordentlich f…, und ich, sagt sie, ich könnte sie viel besser … Scheiße, Herr Doktor, ich red nicht schlecht über Frauen, ich nicht. Ich verrat nix. Sie ist nicht so eine, die nur das eine will, und nun will sie doch wieder mit ihrem Oberkreisdirektor und dem Klavier aus dem Schloss und ihm was vorspielen, bei Vollmond, aber mir nicht mehr. Und da will ich auch nicht mehr, ich will nicht mehr, Herr Doktor, es reicht mir jetzt, keiner kann mir die Freiheit nehmen, die ich noch hab, die letzte, die allerletzte, die ein Mensch hat, dass er sich von allem frei macht, wenn er will und es das Beste für alle ist, Herr Doktor.«

Clever wandte sich ab. Es zuckte ihm die schmale Brust, als hätte er Schluckauf.

»Ich kann Ihnen helfen, Clever.«

»Sollen Sie nicht! Können Sie auch nicht!«

Schlüter dachte nach. Bis er dieser mageren Heuschrecke von Mann Lebensmut aufgeschwatzt haben würde, war der Präsident auf dem Flur verhungert. Ob er die ganze Zeit vor dem Fischauge stand und sie beobachtete? Das Gesetz schrieb eine kurzfristige Entscheidung vor. Niemand sollte ohne Beschluss, also ohne Rechtsgrundlage, gegen seinen Willen seiner Freiheit beraubt werden. Schlüter hatte keine Zeit, Clever ins Leben zurückzuquatschen. Vielleicht war er auch tatsächlich nicht zurechnungsfähig. Wer weiß, mit welcher Dosis Haldol ihn Havelack hatte vollpumpen lassen. Der Präsident würde Clever nach Lüneburg zwangseinweisen, für drei Monate zunächst. Nachdem Clever alles Bisherige ausgehalten hatte, würde er auch das noch aushalten. Und dann würde man weitersehen.

»Was wollten Sie ihr denn schenken, der Frau …?«

»Das isses ja, Herr Doktor. Sie hat ja alles! Für die klauen zu gehen, macht überhaupt keinen Sinn!«

»Sie haben keinen Einbruch gemacht, Clever?«, fragte Schlüter ungläubig.

»Neeheehee«, heulte es zwischen den spitzen Ellbogen hervor.

»Das heißt, Sie kriegen kein neues Strafverfahren?«

»Neiheiiin!«

Schlüter stand auf und atmete tief durch. Für den Strafverteidiger gab es also nichts zu tun. Liebeskummer, das war alles. Und das war definitiv nicht sein Aktionsgebiet.

Kleinigkeiten. Alles Kleinigkeiten.

Clever war ein heimatloser Mann, den die Liebe einsam gemacht und fast umgebracht hatte. Liebe versetzt Berge und Clever lag darunter. Er brauchte einfach nur einen neuen Horizont, ein paar halbwegs normale Leute, mit denen er reden konnte, also auf keinen Fall irgendwelche intellektuellen Schwätzer, vielleicht eine Arbeit, möglichst eine, die müde machte. Erst mal keine Frau. Kein Therapeutengequatsche. Das Gesabbel der Weißkittel kannte Clever zur Genüge, er beherrschte jeden Trick, hatte alle Sprüche zigmal gehört, er war ›austherapiert‹, wie die Therapeuten ihre Erfolglosigkeit umschrieben. Ein verbogenes Leben konnte man nicht gerade reden, schon gar nicht unter den künstlichen Bedingungen einer Anstalt, sondern nur gerade leben. Je länger Clever allein oder unter Verrückten war, desto mehr würde es mit ihm bergab gehen.

Kleinigkeiten. Alles Kleinigkeiten.

Schlüter zog den Völkermordstein aus dem Jackett, drehte und wendete ihn unter dem kalten Neonlicht. Er wog ihn. War er schwerer geworden?

Vor ihm lag Clever. Er hatte sich wieder das Leichentuch über den Kopf gezogen und stieß unregelmäßige Seufzer aus. Ein Zittern ging durch seinen Leib, wie bei einem Sterbenden. Der Stein begann, Gewalt über Schlüters Beschlüsse auszuüben.

»Sie kommen zu mir, Clever«, hörte Schlüter sich entschlossen sagen. »Zu mir nach Hause, okay? Und da erzählen Sie mir, verdammt noch mal, die ganze Geschichte von dem Klavier. Es reicht mir jetzt, ich will sie wissen!«

Dann klopfte er, ohne auf Clevers Antwort zu warten, mit dem Völkermordstein gegen die eiserne Tür.

Der Richterarsch stand direkt davor. Sein breites, selbstzufriedenes Gesicht war steif und ohne Regung wie bei jedem anderen kurzen Prozess.

25.

Wenn in einer Sekunde dein ganzes Leben vor dir erscheinen kann, dann ist eine stille Viertelstunde eine lange Zeit. Schlüter saß auf seinem eichenen Stuhl hinter dem Schreibtisch, die Füße auf dem Papierkorb und die Hände hinter dem Kopf, sein Blick ging hin und her zwischen dem Bild des lokalen Meisters an der Wand und dem Völkermordstein auf dem Schreibtisch, als hätten beide etwas miteinander zu tun.

Er würde ihn nicht mehr zurückgeben können. Dieser Stein war zu ihm gekommen und würde ihn nicht mehr verlassen. Er nahm ihn in die Hand. Er wunderte sich über das Gewicht – oder war es nur die Verantwortung, die er empfand? Aber Verantwortung für was? Es war nichts zu tun. Veli Adaman konnte man nicht mehr helfen und Heyder Cengi konnte man noch nicht helfen, denn er blieb versteckt. Schlüter sollte, konnte erst tätig werden, falls Cengi verhaftet werden würde. Warten also.

Paul Clever war Gast in der Bücherwohnung. Havelack hatte die Bohnenstange freigelassen und damit die Verantwortung übernommen, der Präsident hatte natürlich zugestimmt. In der Bücherwohnung war genug Platz, es gab drei Zimmer und sogar eine Einbauküche, bei deren Anblick Clever stehen geblieben war. »Ist das ’ne Küche?«, hatte er gefragt und trocken geschluckt. Clever hatte vorläufig keine Sachen. Das Klappbett reichte fürs Erste. Schlüter ließ ihn in der Wohnung zurück und schärfte ihm ein, Christa nicht zu erschrecken, falls sie früher nach Hause kommen würde. Anschließend war er ins Büro geeilt, um sich zur Arbeit zu zwingen.

Und dort hatte Angela ihn aufgeregt empfangen mit dem *Hemmstedter Tageblatt* in der Hand, das sie von zu Hause mitgebracht hatte: »Ob er das ist?«

Schlüter legte den Stein zurück auf den Tisch und las den Bericht ein drittes Mal:

KURDE IM MOOR ERSCHLAGEN

Wie das Polizeikommissariat Hemmstedt mitteilte, wurde am Samstag in Engelsmoor Veli A. erschlagen aufgefunden, ein türkischer Kurde, der sich nach Erkenntnissen der Polizei seit Längerem illegal im Landkreis aufgehalten hat. Die Nachbarn hatten den Toten in seiner Küche liegend entdeckt, nachdem er sich, entgegen seiner Gewohnheit, einen Tag lang nicht gezeigt hatte. Die Spuren, so der Pressesprecher des Polizeikommissariats Hemmstedt, deuteten auf einen Kampf hin. Todesursache sei ein Schädelbruch, verursacht durch Schläge mit einem schweren Gegenstand. Einbruchsspuren seien demgegenüber nicht vorhanden. Wahrscheinlich habe das Opfer den Täter gekannt und in die Wohnräume eingelassen. Vorläufig geht die Polizei davon aus, dass es sich bei der Tat um einen Racheakt handelt und der Täter im türkisch-kurdischen Milieu zu finden ist. Die Ermittlungen laufen auf Hochtouren. Wir berichten ausführlich in unserer morgigen Ausgabe.

»Herrgottverdammtescheiße«, murmelte Schlüter und fühlte sein kaltes Herz dumpf klopfen. »Kriege ich gar nichts mehr mit?? Lebe ich nur noch in den Märchen, die ich täglich lese?«

Was sollte er tun?

Wer konnte diesen Mann erschlagen haben? Engelsmoor? Das musste in der Nachbarschaft von Hans-Herrmann Rathjens sein, aber einen Mord traute Schlüter selbst dem nicht zu. Rathjens begnügte sich damit, seine Mitmenschen totzuärgern, das war sozial angepasstes Verhalten und nicht strafbar. Schlüter überlegte, ob er bei der Polizei anrufen sollte. Aber er hatte kein Mandat, keine Vollmacht. Sollte er mitteilen, was Adaman ihm am Abend des 5. Januar im *Bosporus* erzählt hatte? Auf die Gefahr hin, dass man ihn, Schlüter, zu Heyder Cengi befragen würde? Und er dann keine Antwort geben konnte, weil er Cengis Vollmacht hatte? Von dem er immer noch nicht wusste, wo er war. Konnte das, was Schlüter von Adaman wusste, zum Täter führen? Nein.

Schlüter griff nach dem Völkermordstein, schloss die Augen, legte ihn an die Stirn.

Keine Kleinigkeiten mehr.

Schlüter stand auf.

Wie sollte man unter solchen Umständen arbeiten? Diese vielen bedeutungslosen Akten, die in seinem Zimmer herumlungerten. Er starrte auf seinen Poststapel. Die Akte Gül lag obenauf. Er nahm sie an sich und schlug sie auf. Beschluss: Der Verkündungstermin war um einen ganzen Monat auf den 7. März verlegt worden. Na wunderbar. Angeblich wegen Krankheit der Berichterstatterin. Ob das stimmte? Oder ob die Kammer zu keinem Entschluss kommen konnte? Weil Gül widersprüchliche Angaben gemacht hatte? Schlüter ertappte sich bei dem geheimen Wunsch, man möge Gül ausweisen. Dann wäre er die Sache los. Und den Kerl obendrein.

Der Rest: Nebensächlichkeiten. Und heute Abend den Clever zu Hause, auch das noch. Was hatte er sich da eingebrockt! Wann würden sie den wieder loswerden? Was Christa wohl sagen würde? Sie hatte Adaman nicht gekannt und doch hatte sie geweint. Schlüter konnte nicht weinen. Das hatte er nicht gelernt. Aber Clever kannte Adaman, fiel Schlüter ein. Jedenfalls hatte Adaman den Termin im *Bosporus* über Clever ausgemacht. Vielleicht wusste Clever über Adaman etwas, was weiterführte. Schlüter würde sich den Rat eines Serieneinbrechers, Knastbruders und Alkoholikers einholen. Und zwar sofort.

Schlüter lief ins Schreibzimmer: »Ich gehe. Sagen Sie alle Termine für heute ab. Schicken Sie die Leute nach Hause.«

»Und was soll ich sagen?«, fragte Angela mit großen Augen. So hatte sie ihren Chef noch nie erlebt.

»Mir scheißegal«, antwortete Schlüter, den Stein in der Hand.

»Wann kommen Sie wieder?«

Schlüter sah sich im Schreibbüro um wie ein Fremder. Deckenhohe Regale mit Ordnern, alten Terminkalendern und nicht mehr aktuellen Kommentaren; der Kopierer, das Faxgerät, der Tisch, auf dem die diktierten Akten lagen, die Aktenschränke. Angelas herzzerreißend nette Zimmerpflanzen, ihre Kakteensammlung auf dem Fensterbrett; geduldige Stachelpflanzen, denen es gleich war, ob man sich um sie kümmerte oder nicht. Vor allem aber: Papiere, Papiere. Die Papiere wurden zu Akten, die Akten wurden, wenn der Streit beendet und bezahlt war, abgelegt, wanderten ins Archiv, dort warteten sie fünf Jahre in Ablagekartons auf ihre Vernichtung und wurden entsorgt, während immer neue Akten angelegt und immer neue Papiere beschrieben wurden. Ein Kreislauf des Wahnsinns.

»Morgen«, sagte er und ging.

26.

Bauer Heinsohn hatte seinen alten Ford aus der Scheune geholt, tief hing er in seinem weit zurückgestellten Sitz, während Heyder, der Knecht, den der Bauer nicht engagiert hatte, sich auf dem Beifahrersitz so klein wie möglich machte, weil er nicht gesehen werden wollte und noch nicht wieder gesund war. Ein großes Pflaster klebte auf seiner linken Schläfe, sein linkes Auge war tintenblau unterlaufen. Der Frühnebel hatte sich verzogen. Auf den Straßen lagen die Leichen der Nacht: ein Hase, eine Katze, ein Fasan.

Die erste Ausfahrt seit langer Zeit, die Heinsohn nicht zum Supermarkt oder zur Hauptgenossenschaft ins Dorf oder zu Spindelhirn nach Hemmstedt führte, und je weiter sie sich vom Hof entfernten, desto blümeranter wurde ihm.

Heyder hatte gestern Nachmittag das erste Mal wieder unter dem großen Tor des Boxenlaufstalles neben seinem Chef auf dem Strohballen gesessen; Heinsohn erlaubte ihm zwar noch keine Arbeit, aber es schadete wohl nichts, wenn Heyder zwischendurch aufstand und sich die Beine vertrat, zumal es Mitte März und wärmer geworden war. Heinsohn war, seit er Heyder aufgefunden hatte, milde geworden, seine Schroffheiten ließ er nur noch selten heraus, seine Klagen behielt er für sich.

Cengi hatte den Kopf hängen lassen und gesagt: »Ich muss zu meinen Leuten nach Hamburg, Chef.«

»Was willst du denn in Hamburg?«, hatte Heinsohn gefragt.

»Zu meinen Leuten.«

»Was heißt – zu deinen Leuten?«

»Zu meinen Leuten eben.«

»Und was willst du bei deinen Leuten?«

»Sie sehen, Chef.«

Mehr hatte er nicht gesagt.

»Meinst du, du schaffst das schon?«, erkundigte sich Heinsohn fürsorglich, ohne weiter in ihn zu dringen.

Cengi hatte vorsichtig genickt. Er erklärte Heinsohn leise, dass er, nachdem der Arzt fort gewesen war und während Heinsohn molk, in Hamburg angerufen habe, bei seinen Leuten, um Bescheid zu geben von Adamans Tod. Sie hatten sich mit den Behörden in Verbindung setzen wollen, Adamans Familie im Dersim benachrichtigen und sich um die Beerdigung kümmern. Normalerweise fand eine Totenfeier drei Tage nach dem Tode statt, aber das war nicht zu schaffen; deshalb würde man sie um eine Woche zum Wochenende verschieben. Die zweite Feier sollte am 15. März zum vierzigsten Todestag stattfinden, zum Gedenken an die vierzig heiligen Männer und Frauen, die der Prophet Ali ausgewählt und ausgebildet hat in Anbetung und Lehre. Sie würden sich treffen, miteinander essen, über Veli sprechen, um so seiner Seele zu helfen, in die Ewigkeit einzugehen, von wo sie sich auf ihre Wiederkehr vorbereiten konnte. Cengi sprach zum ersten Mal von seinem Glauben. Nur manche Aleviten glaubten an die Wiederkehr der Seele, aber er fand den Gedanken tröstlich und irgendwie logisch, weil auch auf der Erde sich alles umwandelte und wiederkehrte.

»Spökenkrom«, hatte Bauer Heinsohn unwillig gesagt. Aber seine Stimme war nicht harsch, sie war milde wie an jenem Tag, als Heyder die Kuh aus dem Güllekeller gerettet hatte. Und er hatte hinzugefügt: »Machen wir. Ich melke eine Stunde früher und dann fahren wir meinetwegen nach Hamburg, wenn du unbedingt willst.«

»Danke, Chef.«

Und nun fuhren sie schon jenseits von Lieth. Heinsohn begutachtete die Felder beidseits der Bundesstraße, die gepflügt und kahl waren oder auf denen schon das Wintergetreide sprosste. Eins musste man den Bauern von der Geest lassen: Auf ihrem Boden wuchs der Mais bedeutend besser als in der Marsch. Dafür stand in der Marsch der Weizen saftiger im Halm.

In Buxtehude fing es an zu regnen und auf den nassen Straßen Hamburgs verloren sie die Orientierung, weil Heinsohn noch nie mit dem Auto in der Stadt umhergefahren war und ihn der Verkehr auf zwei Spuren nervös machte. Cengi kannte sich nicht aus; er war zwar schon einmal im Kulturzentrum gewesen, wie er sagte, aber den Weg dorthin wusste er nicht. Cengi bestand darauf, nur ›Schwarzhaarige‹ zu fragen, wie er die Ausländer nannte, weil er Angst hatte, dass ein ›Weißer‹ ihn verpfeifen würde. Auf Kopfsteinen gelangten sie endlich, nicht weit von einem der unzähligen Kanäle oder Elbarme – wer konnte das unterscheiden? –, jenseits eines tot daliegenden Bürotraktes zu einem hinfälligen mehrstöckigen Wohnhaus, in dessen Eingang die Drähte aus den Klingelschildern hingen und jemand dem Briefkasten die rostigen Ohren hochgebogen hatte. Es war fast Mittag geworden.

Cengi ging zielstrebig am Eingang vorbei, umrundete das Haus und bog in eine Seitengasse ein, um zur Rückfront des Hauses zu gelangen. Auf dem vielfach geflickten Asphalt vor der Hintertür, die offenbar als Eingangstür diente, stand eine Traube schwarzhaariger Männer, aus der Zigarettenrauch in den regnerischen Himmel aufstieg. Als einer der Männer, ein kleines und feingliedriges Exemplar, die beiden Ankömmlinge bemerkte, löste er sich aus der Gruppe und eilte mit ausgestreckten Händen auf Cengi zu, um ihn herzlich zu begrüßen in einer Sprache, von der Heinsohn kein Wort verstand. Die beiden gaben sich die Hand und hielten sich mit der anderen an den Schultern, dann umarmten sie sich und blieben eine Weile stehen, sich wiegend. Als sie endlich fertig waren, standen schon die anderen um sie herum und begrüßten Cengi auf die gleiche Weise und murmelten ihm etwas zu.

»Ich heiße Sie willkommen, guten Tag, entschuldigen Sie«, sagte der kleine Mann zu Heinsohn, der an den Rand der Gruppe geraten war. »Mein Name ist Sehriban Örnek.«

»Goden Dach«, murmelte Heinsohn verlegen.

»Mein Chef, Herr Heinsohn«, rief Heyder Cengi über die Schulter eines Landsmannes hinweg.

»Kommen Sie herein, wir werden essen«, sagte der Mann und Heinsohn fiel auf, dass er noch besser Deutsch sprach als Heyder Cengi.

Örnek fasste Heinsohn sanft am Ellbogen und bugsierte ihn durch eine Aluminiumtür in ein nacktes Treppenhaus mit abgewetzten Betonstufen, in dem es nach Fleisch roch. Sie gingen nach oben in das erste Stockwerk, und bevor Heinsohn wusste, was mit ihm geschehen war, saß er am Kopf einer langen Tafel, einen Plastikteller mit Fleisch und Gemüse vor sich, von dem er einige Sorten gar nicht kannte. Ein anderer Mann, der neben ihm saß, nickte ihm zu, schob ihm eine Gabel über den Tisch und wünschte guten Appetit, und so gehorchte er, fasste die Gabel und stach in das Essen und aß, und als er den ersten Bissen genommen hatte, sah er sich vorsichtig um. Es gab noch eine zweite lange Tafel in dem großen Raum, näher an der Fensterfront. Um die hundert Menschen, Männer und Frauen, alt und jung, saßen bunt durcheinander, beidseitig der Tische, sprachen leise miteinander und aßen und Heinsohn verstand kein einziges Wort. Er war der einzige Weiße hier und er dachte, eigentlich müssten ihn doch alle anstarren, weil er doch ein Fremder war, aber nichts dergleichen geschah. Man beachtete ihn nicht besonders. Heinsohn erinnerte sich plötzlich an die einzige Reise, die er je gemacht hatte, damals vor fünfzehn Jahren mit Hilda noch, mit dem Versuchsring, sie waren vier Tage nach Paris gefahren und dort hatte es eine Menge Schwarze gegeben, aus den Kolonien, wie es hieß, und Heinsohn hatte die immerzu ansehen müssen.

An Hilda hatte er schon lange nicht mehr gedacht, Heinsohn schnaufte und stieß die Gabel wütend in das Fleisch, wobei er nicht wusste, ob er sich über Hilda ärgerte oder über sich selbst, weil seine Gedanken verrückt geworden waren in den paar Stunden, seit er den Hof verlassen hatte, und sie gegen seinen Willen in seinem Kopf herumspukte und jene drei Nächte in Paris, die einzigen in ihrer missratenen Ehe, in denen sie in einem fremden Hotelbett wie zwei frisch Verliebte ein Liebesmahl eingenommen hatten, mehrgängig und französisch gewürzt, ohne neugierige Eltern, quengelige Kinder und eifersüchtige Schwestern im Haus und hinter der Wand und im Badezimmer und überall. Seine Schwester Hedwig hatte er mit übernommen, mit dem Hof damals. Sie war sitzen geblieben, hatte keinen Mann abgekriegt und war eifersüchtig wie Schwefel; sogar mit faulen Äpfeln hatte sie Hilda beworfen. Bis Hedwig gestorben war, wohnte sie in der Leutekammer und schlich windschief und dürr ihre Wege zum Stall und zurück, wo sie die Kälber versorgte.

Diese Gedanken!

Das Essen war gut. Heinsohn hatte Hunger, denn sie hatten es heute Morgen eilig gehabt und nur einen Kaffee getrunken. Verstohlen hob er seinen Blick.

Der linke Platz neben ihm war leer und rechts neben ihm saß ein Mann, der ein kleines Lächeln auf seinem bronzenen Gesicht erscheinen ließ und sagte: »Wir haben bestimmt noch mehr, he – Erfan«, rief er auf Deutsch einem Halbwüchsigen mit sprießendem Schnurrbart zu, der neben der Tür, die ins Treppenhaus führte, hinter einem Tisch mit einem dampfenden Kessel stand. »Hast du noch was für meinen Nachbarn hier?« Der Mann sprach zwar mit Akzent, aber er machte fast keine Fehler.

»Klar«, antwortete der Junge, kam hinter seinem Tisch hervor, schnappte Heinsohn den Plastikteller vor der Nase weg und stellte ihn kurz darauf gefüllt wieder vor ihn hin. »Bitte schön«, sagte er und verschwand.

»Danke«, sagte Heinsohn gegen jede Gewohnheit.

Als der zweite Teller halb leer war, sagte sein Nachbar: »Gutes Essen, nicht wahr? Übrigens heiße ich Mehmet Yigzi. Und Ihren Namen kenne ich bereits, Herr Örnek hat ihn mir vorhin gesagt, das ist der Mann, der Sie unten begrüßt hat. Heyder hat mit seiner Familie zu sprechen, sicher entschuldigen Sie, dass er keine Zeit für Sie hat. Sie müssen mit mir vorliebnehmen.« Er lächelte wehmütig, wie Heinsohn schien, und fuhr dann fort: »Wir sind hier im Gedenken an Veli Adaman.« Er machte eine Pause und fügte dann seufzend hinzu: »Schreckliche Sache.«

»Ja – das ist es,« stimmte Heinsohn unbeholfen zu. »Er – er ist ermordet worden, nicht wahr?«

Sein Tischnachbar nickte. Er hatte einen schmalen Schnurrbart mit grauen Härchen an den Spitzen und dunkle braune Augen, genau wie Heyder, dachte Heinsohn und sah verstohlen an der Reihe der Speisenden entlang, an deren Ende er saß. Die Menschen hier hatten alle dunkle Augen. Und entweder graue oder schwarze Haare. Die Frauen auch. Zwei Alte hatten ein Kopftuch umgebunden, sie sahen so aus wie damals Heinsohns Mutter, wenn sie zum Rübenhacken oder Kartoffelnauskriegen losging, oder wie seine Schwester Hedwig, wenn sie mit einem Eimer Milch in der Hand wie ein krummer Nagel über den Hofplatz schlich. Vor drei Jahren war sie gestorben und Heinsohn erinnerte sich voller Scham daran, dass er sich gefreut hatte, sie endlich los zu sein. Dann war die Sache mit dem kleinen Lars passiert …

»Weiß man, wer es gewesen ist?«, fragte Heinsohn und schluckte trocken. Er hatte Heyder diese Frage nicht gestellt, das Thema war tabu gewesen zwischen ihnen, denn Heinsohn hatte Angst gehabt, auch von sich etwas preiszugeben zu müssen, wenn Heyder das tat.

»Streng genommen nicht.«

»Wie …?«, fragte Heinsohn.

»Den Namen des Mörders kennen wir nicht«, erklärte Yigzi. »Aber wir glauben, dass wir wissen, wo wir ihn suchen müssen.«

»Wie …?«

»Sie staunen, nicht wahr? Vielleicht staunen Sie auch, warum ich so freimütig darüber spreche. Wenn Sie wollen, erkläre ich es Ihnen. Interessiert es Sie?«

Heinsohn nickte und vergaß, weiterzuessen.

»Das ist eine lange Geschichte«, fuhr der Türke fort. »Aber es ist gut, wenn es möglichst viele Deutsche gibt, die wissen, warum wir Aleviten von manchen unserer Landsleute nicht gemocht werden. Rotköpfe schimpft man uns. Besonders wenn wir keine Türken sind wie ich, sondern Kurden. Oder noch schlimmer: Wenn wir Zaza aus dem Dersim sind. Und das alles auch noch sagen.«

Heinsohn blieb stumm. Er verstand die Rede seines Nachbarn nicht.

»Haben Sie schon mal was von den Morden von Sivas gehört, Herr Heinsohn?«

Heinsohn schüttelte den Kopf.

»Ja, wie auch«, fuhr Yigzi fort und lächelte wieder. »Für die Deutschen, in deren Land wir leben, ist das kein Thema. In Sivas … Wir sind Aleviten. Die Morde von Sivas haben uns zu der Überzeugung gebracht, dass wir uns öffentlich zu unserem Glauben bekennen müssen. Wir sind Muslime, die den heiligen Ali als ihren Propheten anerkennen. Nicht alle Muslime glauben das Gleiche, verstehen Sie?«

Was Heinsohn über Mohammedaner wusste, konnte er in einem Satz zusammenfassen: Sie beteten fünf Mal am Tag zu Allah, sie machten Wallfahrten nach Mekka in Arabien, aßen kein Schweinefleisch und durften mehrere Frauen haben, die in Schleiern herumlaufen mussten. Er sah sich noch einmal verstohlen um. Bis auf die zwei Alten trug keine ein Kopftuch. Am anderen Ende des Tisches begannen zwei Männer, die Teller und das Besteck zusammenzuräumen. Ein junges Mädchen mit schwarzem Haarschopf stand auf und half den beiden Männern, ein alter Grauhaariger räumte mit langen Armen im Sitzen nach rechts und links und schob ihr das Geschirr zu.

Herr Yigzi folgte Heinsohns Blick. »Bei uns ist Gleichberechtigung. Gleichberechtigung von Mann und Frau ist sehr wichtig in unserer Religion. Wir hatten schon vor ein paar hundert Jahren Gleichberechtigung.«

Die drei Geschirrabräumer schwatzten miteinander und bauten gemeinsam einen Tellerstapel, einer der Männer trug ihn hinaus. Küche, Haus, Essen, das war immer Hildas Aufgabe gewesen. Heinsohn erinnerte sich, wie mühsam er kochen gelernt hatte, nachdem er für sich allein hatte sorgen müssen. In der ersten Zeit hatte es nur Pellkartoffeln mit Butter gegeben, dann hatte er herausgefunden, wie man Bratkartoffeln machte, nachdem er endlich den Pfannenwender in einer der Schubladen aufgespürt hatte, und schließlich hatte er angefangen, auch Eier oder Steaks zu braten. Mehr hatte er nicht gelernt. Pellkartoffeln mit Eiern, Bratkartoffeln mit Steak oder eine Mischung davon. Bis Heyder Börek und Lanmacun und Fleischspieße eingeführt hatte.

»Das ist bei den Sunniten anders«, erklärte Yigzi. »Sie nennen uns Ketzer, weil wir so ziemlich alles anders machen als sie. Und mit Ketzern …«

»Fahren Sie nicht nach Mekka?«, fragte Heinsohn, während er überlegte, was ›Sunniten‹ bedeutete. Seine Methode, sich Probleme vom Hals zu halten, indem er sie wegschimpfte, funktionierte nicht. Überhaupt war das heute ein Tag, an dem alles anders war.

Yigzi schüttelte den Kopf: »Mekka ist uns unwichtig. Der Mensch wird nicht besser dadurch, dass er eine Reise macht.

Er wird besser dadurch, dass er sich bemüht, ein gutes Leben zu führen. Er soll mit seinen Mitmenschen in Frieden und Harmonie leben und arbeiten. Die Arbeit, die man macht, tut man doch fast immer für andere, nicht für sich selbst. Sie als Bauer auf jeden Fall. Gute Arbeit schafft die beste Voraussetzung, um mit seinen Mitmenschen in Harmonie zu leben.«

Schön wär's, dachte Heinsohn, wenn man in Harmonie leben könnte. Oder es wenigstens wollte. Er lebte mit seinen Mitmenschen in Unfrieden. Ausnahmslos. Das war nicht zu leugnen. Seine Frau und seine drei Kinder hatten ihn nach und nach im Streit verlassen und er war sogar froh darüber gewesen, endlich Einsiedler und niemandem mehr Rechenschaft schuldig zu sein. Immerhin hatte er damals geheiratet, weil er Hilda liebte, und er war glücklich gewesen über die Geburt ihrer Kinder. Es hatte viele gute Tage in der schweren Zeit gegeben, bis zu der Sache mit Lars. Warum hatte sein Schicksal ihm die Familie zum Feind gemacht?

»Kommen Sie«, sagte sein Nachbar. »Es gibt Nachtisch. Unsere Hızır-Speise. Sie werden sehen, sie schmeckt sehr gut.«

Heinsohn merkte, dass hinter ihm derselbe Junge stand, der ihm vorhin seinen Fleischteller gefüllt hatte. Der Junge hielt zwei neue Teller in der Hand und stellte sie auf den Tisch. Eine gelbe Suppe mit allerlei unbekannten Dingen war darin. Nur die Rosinen kannte Heinsohn.

Arbeit als Gebet, dachte Heinsohn. Sehr witzig. Wie man das wohl schaffen sollte? Er hatte zwar immer geschuftet, aber gern? Dass er für seine Mitmenschen arbeitete, war ihm bisher nicht in den Sinn gekommen. Er hatte sich immer eingebildet, für den Hof zu arbeiten, für seine Familie, für seinen Nachfolger. Als er gleich nach dem Krieg mit sechzehn in die Lehre gegangen war und das eine Jahr auf einem anderen Hof im Land Hadeln lebte, hatte er ein einziges Mal daran gedacht, dass der Weg, den er gehen sollte, vielleicht nicht der richtige war. Denn Zeichnen war sein Lieblingsfach in der Schule gewesen und manchmal, damals, wenn er für sich allein gewesen war, hatte er mit einem Bleistift Bilder auf Papier gemalt. Manchmal sogar mit Tusche, denn in der Schule hatten sie einen Tuschkasten gehabt, in dem seine Lieblingsfarbe Gelb schon fast aufgebraucht war, den Kasten hatte er heimlich mit auf den Lehrhof genommen. Dort hatte er zum ersten Mal ein Zimmer für sich allein, in dem er Sachen machen konnte, die andere nicht sahen. Heinsohn war im Hollenflether Moor zur Schule gegangen, in eine Klasse mit acht Jahrgängen, und alle wurden nur von zwei Lehrern unterrichtet. Der eine war ein rotgesichtiger Grobian, dem die Wut wie Zacken eines Blitzes im Gesicht geschrieben stand. Und die andere war Fräulein Redemund, sie unterrichtete Handarbeit und Kunst, und jetzt, als Heinsohn den Löffel mit Rosinen und Mandeln und den anderen Zutaten, die er nicht kannte, in den Mund schob, fielen ihm ihre Worte wieder ein: »Willi, du kannst richtig gut zeichnen und malen. Ein wunderschönes Bild!« Er war so stolz über dieses Lob gewesen wie über kein anderes in seinem Leben, wobei ihn eigentlich nie einer gelobt hatte, und zugleich hatte er sich geschämt, denn Zeichnen und Malen waren brotlose Künste, die zu nichts taugten, wer ihnen frönte, stand im Verdacht, ein kraftloser Taugenichts zu sein. Er war froh gewesen, dass Fräulein Redemunds leise Worte niemand sonst aus der Klasse gehört hatte. Seiner strengen Mutter hatte er nie davon erzählt, erst recht nicht seinem fernen Vater, der nach dem Krieg aufgetaucht war, niemandem, auch Hilda nicht. Er hatte die Worte Fräulein Redemunds im zweiten Lehrjahr weggeschlossen in sein Herz und war Bauer geworden, wie man es von ihm erwartete. Und seitdem hatte er gearbeitet. Und nicht mehr über falsche und richtige Wege nachgedacht. Nur einmal, nämlich in den Pariser Nächten, als die Lebenstüren plötzlich offen schienen und er kurze Zeit geglaubt hatte, er könne durch jede von ihnen einfach hinausgehen. Sogar mit Hilda hatte er darüber reden wollen. »Mensch, Hilda«, hatte er angefangen, und dann wusste er nicht mehr weiter. Manches kann man nicht aussprechen, es bleibt besser im Kopf. Und als er sich zu Hause erneut in die Siele gelegt hatte, waren die Türen längst wieder zu.

Was ist mit meinem Kopf los?, dachte Heinsohn. Fange ich an zu spinnen? »Eine Frage«, sagte er langsam. »Sie sagen, Arbeit ist Ihr Gebet. Bedeutet das, dass Sie …, dass man die Arbeit – gern tun soll?«

Yigzi sah Heinsohn erstaunt an. »Da sind wir ja mitten in einem Religionsgespräch angekommen«, sagte er. »Wir sagen: Bete mit den Händen, nicht mit den Knien. Es ist unmöglich, eine Arbeit immer gern zu tun. Aber wir sollten versuchen, sie möglichst gut zu tun, egal was es ist.«

Heinsohn versank wieder in Gedanken. Er war jeden Tag mindestens sechzehn, siebzehn Stunden auf den Beinen gewesen. Dass Arbeit Spaß machen und er sie gern tun könnte? Sie musste getan werden. Und wie oft hatte er seine Tiere verprügelt, nur so aus Wut?

»Essen Sie!«, unterbrach der Nachbar Heinsohns Gedanken und griff selbst nach einem der Löffel, die jemand zwischen sie gelegt hatte. Yigzi tauchte ihn in die Speise, schob ihn in den Mund und schloss die Augen.

»Jedenfalls sind wir Aleviten in der Türkei eine Minderheit, obwohl wir sehr viele sind. Wir fasten nicht im Ramadan, der Koran ist uns nicht besonders wichtig und, wie Sie sehen, tragen unsere Frauen keine Schleier. Wir glauben, dass wir für unser Leben selbst verantwortlich sind und nicht Gott verantwortlich machen können, wenn uns etwas misslingt. Aber man erkennt unsere Religion nicht an. Unsere Kinder müssen in den Religionsunterricht der Sunniten, man baut Moscheen in unseren Dörfern. Dabei brauchen wir keine Moscheen zum Beten«, erklärte Yizgi weiter und lachte. »Allah will, dass wir zuerst unsere Arbeit tun. Deshalb ist Arbeit unser Gebet und wir haben wenig Zeit, noch extra zu beten. Wir treffen uns ein paarmal im Jahr zum Cem, das ist unser Gemeinschaftsgebet, aber dafür brauchen wir kein Gotteshaus. Wir machen das zum Beispiel in einer Wohnung oder, wenn wir zu viele sind, hier – oben, im nächsten Stock befindet sich unser Cemraum. Es ist kein besonderer Raum. Gott ist es egal, in welchem Raum man betet, und es ist ihm auch egal, wann man es tut. Wenn wir Zeit haben, dann erwarten wir von Gott, dass auch er Zeit für uns hat und uns zuhört.«

Heinsohn war schon lange nicht mehr in eine Kirche gegangen, zuletzt irgendwann vor langen Jahren zum Erntedankfest, und gebetet hatte er, soweit er sich erinnerte, nicht seit dem Konfirmandenunterricht, und der lag fast fünfzig Jahre zurück. Aber er hatte immer gearbeitet, also hatte er auch immer gebetet, jedenfalls nach den Worten dieses Mannes, mit dem er hier Süßspeise aß.

»Was sind das für runde Dinger da drin?«, fragte Heinsohn.

»Kichererbsen. Es müssen immer zwölf Zutaten in dieser süßen Suppe sein, das Rezept stammt von der Arche Noah«, schmunzelte Yigzi. »Damals hatte man nur noch wenig Vorräte und jeder hat etwas dazugetan. Aber eigentlich wollte ich Ihnen etwas zum Tod unseres Veli Adaman erzählen«, wechselte der Mann das Thema. »Davon sind wir ja ganz abgekommen.« Er schob seinen leeren Teller von sich und fuhr fort: »Seine Familie wünschte, dass er in der Türkei begraben wird. In seiner Heimat. Wir haben ihn deshalb überführen lassen. Seine Familie hat es schwer jetzt. Der Ernährer ist nicht mehr da. Und er war ein weiser Mann, sein Wissen wird uns fehlen.«

»Aber wer hat ihn umgebracht?«, wiederholte Heinsohn seine Frage.

Mehmet Yigzi winkte müde ab. »Schon Velis Vater haben sie umgebracht. Er starb am Galgen – einen Tag nach Seyit Rıza, der sich die Schlinge selbst um den Hals gelegt hat, weil er nicht von fremder Hand sterben wollte.«

Yigzi hielt inne und sah das große Fragezeichen in Heinsohns Gesicht. Dann machte er eine schneidende Bewegung mit seiner rechten Hand. »Es hat keinen Zweck, dass ich Ihnen das alles erzähle«, sagte er. »Es ist zu viel. Sie könnten nichts damit anfangen, es nützt noch nicht einmal uns selbst etwas. Wissen Sie, unser Leben ist sehr verschieden von Ihrem. Und unsere Vergangenheit. Wir glauben, dass man nur das sagen sollte, was man sich vorher gut überlegt hat. Sonst soll man schweigen. Der Mensch soll nicht daherschwatzen, nur um sein Reden zu hören. Das vergiftet die Luft. Ich schwatze gerade. Verstehen Sie?«

Heinsohn nickte. Aber er verstand nichts.

»Vielleicht erkläre ich Ihnen alles ein anderes Mal. Sie sind immer herzlich willkommen.« Yigzi nahm sein Portemonnaie aus der Tasche und zog eine Visitenkarte heraus. »Hier ist meine Telefonnummer. Rufen Sie mich an, wenn Sie Lust haben. Wenn wir unseren nächsten Cem haben, sind Sie herzlich willkommen. Dann sehen Sie, wie wir den Semah tanzen zur Musik der Saz. Mögen Sie einen Tee?«

Cengi stand plötzlich neben den beiden und hielt zwei kleine Gläser in der Hand. »Hab schon welchen mitgebracht«, sagte er und setzte sich links neben Heinsohn auf den leeren Platz. Und dann kam auch noch Herr Örnek und ließ sich neben Cengi nieder, und deshalb hatte Heinsohn keine Zeit mehr zu fragen, was es mit dem Tanz auf sich hatte.

27.

Schweigend fuhren sie zurück. Heinsohn zum Ort seiner Väter und Vorväter und Cengi zu seinem Versteck im Moor, das ihm, wie viele andere zuvor, vertraut geworden war, seit er das Land seiner Väter und Vorväter verlassen hatte. Es war spät geworden, mindestens drei Stunden hatten sie in dem Haus ohne Vordereingang gesessen, Tee getrunken und geredet. Als sie bei der Schafzucht in der Türkei und schließlich beim Thema Kühe und Milch landeten, war Heinsohn aufgeschreckt, weil es höchste Zeit zum Melken war. Heinsohns Fuß funktionierte nach dem langen Sitzen nicht mehr, und obwohl er die Zähne zusammenbiss, hinkte er, als er die Treppe hinabging. Seine Wangen fühlten sich steif an, denn er hatte so viel geredet wie lange nicht.

Die Sonne stand schräg am Himmel und veranlasste ihn, ausnahmsweise gerade zu sitzen. Cengi hingegen hatte sich noch kleiner auf dem Vordersitz zusammensinken lassen als auf der Hinfahrt, er hatte den Sitz nach hinten geschoben und die Rücklehne heruntergedreht; er lag zusammengerollt, als schliefe er.

Feierabendverkehr, in endlosen Kolonnen rollten die Wagen auf der vierspurigen Vorstadtstraße von Ampel zu Ampel.

Heinsohn hing seinen Gedanken nach. Er würde so spät melken wie lange nicht. Er sah sich zwischen den Hintern seiner Kühe stehen, in dem vertieften Graben des Doppelvierer-Fischgrätenmelkstandes. Seit Jahrzehnten verrichtete er diese Arbeit zweimal täglich, er musste den Kopf schütteln. Wie konnte man das so lange freiwillig machen, jeden Tag, das ganze Jahr, all die Jahre? Ob der Hof überhaupt noch stehen würde, nachdem er den ganzen Tag fort gewesen war?

Hinter Hamburg wurde die Straße wieder einspurig, auf den Ausläufern der Geest, am Rande des Elbstromtales fuhren sie sanft hügelauf und hügelab und manchmal konnte man weit hinunterblicken in die Marschen, über Wald und Felder. In Hollenfleth gab es keinen Wald, abgesehen von einem kleinen ein paar Kilometer Richtung Großenborstel zwischen Moorstraße und Torfabbaugebiet, den sie Krönckes Tannen nannten, obwohl es dort praktisch keine Nadelbäume gab und die wenigen waren Fichten. Die Marsch- und Moorbewohner nannten alle Nadelbäume Tannen.

»Wer ist eigentlich Lars?«, fragte Cengi plötzlich.

»Das geht dich nichts an!«, raunzte Heinsohn zurück, die Fäuste am Lenkrad.

Mehr sprachen sie nicht. Kurz vor Lieth geriet der Verkehr erneut ins Stocken, wurde immer langsamer, bis schließlich der Lastwagen vor ihnen anhielt.

Cengi schreckte auf und fragte: »Was ist denn hier los?«

»Stau«, antwortete Heinsohn.

»Kommt das hier öfter vor?«

»Keine Ahnung.«

Cengi lehnte sich wieder zurück und schloss die Augen, aber er hielt es nicht lange aus. »Was ist da vorn bloß los?«, fragte er nervös.

Der Lkw vor ihnen setzte sich schnaufend in Bewegung. Im Schritttempo ging es weiter. Heinsohn lenkte den Wagen ganz an den Mittelstreifen, um an der Kolonne vorbeisehen zu können. »Da vorn sind Blaulichter«, sagte er. »Wahrscheinlich ein Unfall.«

Cengi saß nun senkrecht. Seine innere Alarmsirene schrillte. »Und wenn das eine Polizeikontrolle ist? Wieso fahren die, die uns entgegenkommen, mit normalem Tempo?«

»Warum sollte das 'ne Polizeikontrolle sein?« Heinsohn fuhr wieder ein Stück weiter. »Sicher ein Unfall. Wir sind bald zu Hause, halbe Stunde noch.«

»Halt an!«, rief Cengi und zog seine kleine Tasche vom Rücksitz. »Halt sofort an, Chef!«

Heinsohn gehorchte, er fuhr rechts auf den Grünstreifen zwischen Kolonne und Fahrradweg, und schon war Cengi draußen, seine Tasche unter dem Arm. Durch die halb offene Fensterscheibe sagte er: »Wenn was mit mir ist, geh zu Schlüter, Rechtsanwalt Schlüter in Hemmstedt. Er weiß Bescheid. – Und danke für alles!«

Dann schlenderte er wie einer, der genug Zeit hat, auf dem Fahrradweg in Fahrtrichtung, bis er rechts hinter dem haltenden Lastwagen verschwand. Als der sich in Bewegung setzte, blieb Heinsohn nichts anderes übrig, als den ersten Gang einzulegen und langsam hinterherzufahren.

Plötzlich durchstieß ein Polizeiwagen mit eingeschaltetem Blaulicht die Kolonne vor Heinsohn und raste rechts auf einem Feldweg entlang, querab. Heinsohn scherte aus, ließ seinen Wagen stehen und hastete die Böschung jenseits des Fahrradweges hinauf. Er stand am Rand eines Winterroggenfeldes, über das ein Mann davonrannte, die schräge Vorfrühlingssonne im Rücken, einer schmalen Reihe Büsche entgegen, hinter der man nur den Horizont und seine graublauen Wolkengebirge sah. Das grüne Polizeiauto bog vom Feldweg ab, pflügte zwanzig Meter durch die winterliche Krume und blieb stecken. Die Türen flogen auf, zwei Uniformierte sprangen heraus, folgten dem Flüchtenden.

Heinsohn ballte die Fäuste. Er atmete auf, als er sah, dass die Polizisten es nicht schaffen würden. Cengi tauchte in die Büsche und war verschwunden.

Heinsohn blieb unschlüssig stehen, beobachtete, wie die Polizisten die Landschaft mit ausgeklappten Armen vermaßen, nach unten zeigten.

Die Kiesgrube! Verdammt, Heyder musste in die Kiesgrube gesprungen sein, den steilen Hang hinunter, zwanzig Meter und mehr! Einer der Männer lief zum Auto zurück, der andere hielt mit verschränkten Armen Wache. Die Kiesgrube war eine Falle, die steile Wand würde Heyder nirgendwo wieder heraufkommen, es gab nur einen einzigen Ausgang. Sie würden ihn fangen!

Das wollte Heinsohn sich nicht mehr ansehen. Was sollte er tun? Warten konnte er hier nicht länger, er fiel nur dumm auf. Helfen konnte er auch nicht.

Heinsohn begriff, dass er allein nach Hause fahren würde. Mit geballten Fäusten drehte er sich um, stolperte an der steilen Böschung, knickte um, ein Wolf biss ihm in den Fuß, schlug seine Zähne in die Knochen und Sehnen, Heinsohn taumelte zu seinem Wagen, ihm wurde schwarz vor Augen, aber er schaffte es noch auf den Sitz. Keuchend hielt er sich am Lenkrad fest, kalter Schweiß stand ihm auf der Stirn und es schossen Bilder durch seinen Kopf von seinem Hof, der in Flammen stand.

Der Stau hatte sich aufgelöst. Zwei Polizeiwagen standen noch am Straßenrand. Heinsohn wartete, bis der Schmerz in seinem Fuß zu einem dumpfen Brummen abgeklungen war, und startete den Wagen. Wieder überfiel ihn die Vision, sein Hof könnte abgebrannt sein. Zum ersten Mal empfand er keine Angst bei diesem Gedanken. Vor der Arbeit aber fürchtete er sich.

Er fädelte sich in den Verkehr ein und gab Gas. Jetzt war er wieder allein wie die Jahre zuvor.

28.

Heinsohn war ein kräftiger Mann, dennoch wirkte er mager, als er, einen merkwürdig spitzen Bauch vor sich herschiebend und Gummistiefel an den Füßen, mit der grünen Mütze in der Hand in Schlüters Arbeitszimmer trat, seine verfilzten Haare über der Glatze zurechtschob und einen leisen

Gruß murmelte. Er sonderte einen strengen Geruch von Kuhstall, Verwahrlosung, Angst, Trotz und Trauer ab.

Angela hatte ihm einen Termin zu einer ungewöhnlichen Zeit gegeben. Schlüter hätte an diesem Montagvormittag, den 20. März 1995, lieber seine liegen gebliebene Post aus der letzten Woche bearbeitet; in der Grabsteinsache lag der Beweisbeschluss vor, hatte er gesehen.

Heinsohn setzte sich schnaufend auf den Besucherstuhl. »Ich komme wegen einem Türken«, begann er, und als er das gesagt hatte, wusste Schlüter schon Bescheid. Seit er Anfang Februar vom Tod Veli Adamans erfahren hatte, wartete er darauf, dass Heyder Cengi endlich auftauchen würde.

Seit dem 22. November letzten Jahres habe er einen jungen Türken namens Heyder Cengi bei sich auf dem Hof beherbergt, erzählte Heinsohn leise und, ohne Schlüter in die Augen zu sehen. Der Heyder habe ihm viel Arbeit abgenommen, er sei der beste Arbeiter gewesen, den er je gehabt habe, er könne mit Tieren umgehen wie kein zweiter, schon nach kurzer Zeit habe er alle Kühe mit Namen gekannt, Heyder habe Bauernblut in den Adern, und zwar, wenn er ehrlich sein solle, »mehr als ich«. Ein stiller Bursche sei das, er habe wohl immer Angst gehabt, dass er verhaftet und abgeschoben werde, denn dass er »nicht ganz legal« in Deutschland gewesen sei, das habe man sich denken können; Heyder habe nie fortwollen, er sei mit ihm, dem Bauern, die ganze Zeit allein auf dem Hof gewesen, und das sei ja nicht normal, obwohl er, Heinsohn, ja auch seit – an dieser Stelle räusperte Heinsohn sich, als wolle er sich der Festigkeit seiner Stimme vergewissern –, seit Jahren nicht anders lebe und kaum vom Hof komme, sogar die Zeitung habe er abbestellt, die sei ihm einfach zu blöd geworden.

»Zeitung – hab ich auch nicht«, warf Schlüter ein.

Heinsohn sah scharf auf, nickte kurz und erzählte leise weiter, von der Nacht auf den 4. Februar, als Cengi seinen

Onkel und Paten Veli Adaman im Engelsmoor erschlagen gefunden hatte, und von ihrem gemeinsamen Besuch in Hamburg.

Schlüter hörte schweigend zu, bestätigte nur, dass er vom Tod Adamans gehört habe. Man musste warten, bis die Leute auf Umwegen zum Kern kamen.

»Die in Hamburg haben mir gesagt, sie wüssten, wer den Adaman umgebracht hat. Wie hat der Mann sich noch mal ausgedrückt?« Heinsohn zog ein blau gemustertes Taschentuch an einem Zipfel aus seiner Manchesterhose, um sich zu schnäuzen. »Einer von denen da, so ein kleiner mit Glatze, der hat mir gesagt, sie wüssten schon, wo sie den Mörder von Veli Adaman zu suchen hätten, auch wenn sie den Namen nicht kennen würden.«

Schlüter saß pfeilgerade auf seinem alten Stuhl.

Heinsohn langte in die andere Tasche seiner Hose, holte sein Portemonnaie hervor und legte sorgsam die Visitenkarte des Herrn Yigzi auf den Tisch.

»Das ist er«, sagte er. »Mit dem ich gesprochen habe. Er hat sie mir gegeben, falls ich mal wiederkommen wollte. Aber wie soll ich …«

»Haben Sie gefragt, wo sie den Täter suchen würden?«

»Er hat gesagt, es wäre zu viel, mir das alles zu erklären. Unsere Leben seien zu unterschiedlich.«

»Und damit haben Sie sich zufriedengegeben?«

Vielleicht lag zu viel Schärfe in Schlüters Worten, denn Heinsohn wirkte verunsichert, als er fortfuhr: »Hab ich wohl … Aber letzte Woche, als wir da in Hamburg waren – das war so anders, so ganz anders, als mein Leben sonst ist.«

Heinsohn betrachtete seine schwieligen Hände, die harte gelbe Nägel wie kleine Spaten hatten, alte, abgearbeitete Pranken, und dann warf er einen verstohlenen Blick auf Schlüters weiche Patschehändchen. »Und das sind Leute, die kommen aus der Türkei, da ist ja alles anders – alles.«

Der Mensch ist eine Insel, dachte Schlüter. »Aber das müssen Sie eigentlich der Polizei berichten – nicht mir«, sagte er.

»Ich komme nicht wegen Adaman, ich komme wegen Heyder«, widersprach Heinsohn. »Auf der Rückfahrt von Hamburg sind wir in eine Kontrolle geraten.« Er berichtete die Einzelheiten und fügte am Ende hinzu: »Sie haben ihn verhaftet, garantiert. Ich kann's mir nicht anders vorstellen. Und dann muss er ja jemanden haben, der ihn verteidigt, damit er nicht abgeschoben wird, denn in der Türkei ...« Heinsohn verstummte.

Nachdem er kurz überlegt hatte, weihte Schlüter seinen Besucher ein: »Vielleicht überrascht es Sie. Aber ich habe schon den Auftrag, Cengi zu vertreten. Veli Adaman hat mich darum gebeten, ich konnte bloß noch nicht tätig werden, weil Cengi untergetaucht war und ich keinen Kontakt zu ihm aufnehmen konnte. Bestimmt haben sie ihn nicht verhaftet, weil er illegal hier ist, jedenfalls nicht hauptsächlich. Er wurde verhaftet, weil er am Tod eines Mannes schuld sein soll, der am 10. November in der alten Kaserne ums Leben gekommen ist.«

Schlüter berichtete, was er aus Angelas Zeitung und von Adaman wusste. Heinsohn hörte mit offenem Mund zu, schüttelte mehrmals den Kopf, schluckte und begann krächzend zu sprechen: »Glauben Sie etwa, das hat er absichtlich getan?!«

»Jedenfalls sucht man ihn – wegen Totschlags.«

Heinsohn hatte sich schwerfällig aus dem Besucherstuhl erhoben und stand schwankend vor Schlüters Schreibtisch. Zum ersten Mal sah er Schlüter in die Augen. »So etwas tut man nicht absichtlich, verstehen Sie, niemals tut man so etwas absichtlich, nie!!«

Ein Hustenanfall ließ Heinsohn zusammensacken. Er versuchte zu sprechen, aber neuer Hustenreiz hinderte ihn. Er wandte sich ab, hustete weiter wie ein Schwindsüchtiger, drehte sich langsam wieder um, indem er sich die Hand an der Manchesterhose abwischte.

»So etwas macht man nicht absichtlich«, flüsterte er mit rauer Stimme, beide Fäuste auf die Schreibtischkante gestemmt. »Nie im Leben! Man bringt keinen absichtlich um!« Seine Stimme zitterte und er hatte Tränen in den Augen. »Begreifen Sie doch: Sie müssen ihn da rausholen! Versprechen Sie mir das?«

Er starrte Schlüter von oben an und wartete.

»Ich werde alles tun, was ich kann«, sagte Schlüter zu. Warum regte sich der Mann so auf?, fragte er sich. Als wenn man ihn selbst unschuldig eingesperrt hätte.

Heinsohn ließ sich wieder auf seinen Stuhl sacken. »Danke«, sagte er schlapp. »Wenn Sie irgendwas brauchen dafür – geben Sie mir Bescheid. Sie können auch Geld von mir kriegen. Und wenn es um das Aufenthaltsrecht geht: Ich komme für ihn auf. Bei mir kann er wohnen, klar?«

Als hätte ihm das Gespräch die letzte Kraft geraubt, war Heinsohn klein geworden. Er stand auf, sehr langsam, murmelte einen Abschiedsgruß und ging.

Schlüter öffnete das Fenster und atmete tief durch: Adamans Auftrag. Es konnte losgehen. Die verdammte Warterei hatte ein Ende. Er hatte es eilig, griff zum Telefon und ließ es die eingespeicherte Nummer des Hemmstedter Kommissariats wählen. Man hatte Heyder Cengi tatsächlich in der letzten Woche am Mittwochabend verhaftet und Donnerstag dem Haftrichter vorgeführt. Er befand sich jetzt in Untersuchungshaft in Hemmstedt, nur ein paar hundert Meter entfernt.

Schlüter kontrollierte seinen Terminplan. Er hatte noch zwei Stunden Zeit bis zum nächsten Mandanten.

Er steckte den Völkermordstein ein und brach auf.

29.

Als Schlüter sich auf halber Treppe befand, wurde ihm bewusst, wie lange er nicht an dem Ort gewesen war, den er sich anschickte aufzusuchen. Seit der Strafsache August von Borstel mied Schlüter die Strafjustiz und seit reichlich vier Jahren lehnte er strafrechtliche Mandate grundsätzlich ab. Ein guter Strafverteidiger musste dem Richter, im übertragenen Sinn, auf den Tisch scheißen können, dazu provokant grinsend, und das gelang nur, wem außer dem eigenen Fortkommen alles andere gleichgültig war, insbesondere das Schicksal der Mandanten. Oder dem, der an Paranoia litt und glaubte, alle Staatsanwälte und Richter seien entweder dumm oder böse oder beides. Wenn man lange genug in diesem Geschäft tätig war, stellte sich dieser Glaube fast von allein ein, als eine besondere Art psychischer Berufskrankheit des Strafverteidigers. Demgegenüber glaubten Strafrichter spätestens nach zehn Berufsjahren, alle Angeklagten seien Lügner, alle Polizisten wahrheitsliebend und alle Verteidiger überflüssig. Ein Strafverteidiger, der seinem Mandanten die Vermutung der Unschuld erhalten wollte, musste alle Register der Strafprozessordnung ziehen. Das bedeutete: viele Befangenheits- und noch mehr Beweisanträge, endlose Verfahren, schlaflose Nächte. Damit machte man Eindruck bei den Mandanten und steigerte seinen Ruhm in Straftäterkreisen. Aber was kam dabei heraus? Man zog sich den Zorn des Gerichts zu und sorgte für härtere Strafen. Oder, was schlimmer war: Der Mandant wurde freigesprochen und bekam Zeit und Gelegenheit zur nächsten Tat. Denn wirklich Unschuldige verfingen sich nur selten im Netz der Justiz; allerdings hatte Schlüter auch das schon erlebt. Im Kleinlichen funktionierte die Strafjustiz leidlich.

Nach der Sache August von Borstel hatte Schlüter nur langsam zur Normalität und zu gepflegten zivilrechtlichen Streitereien zurückgefunden. Und nun stand ein Rückfall auf dem Programm.

Die Märzsonne wärmte die fachwerkenen Fassaden der restaurierten Stadthäuser. Schlüter folgte, die Fußgängerzone verlassend, der abfallenden Gasse, in der es ein Prothesengeschäft für den Erotikbedarf gab – zwei Schritte lang der sprachlose Vaginalmund einer Gummipuppe –, und näherte sich den Justizgebäuden. Zwischen Amts- und Landgericht eingeklemmt, befand sich die Justizvollzugsanstalt, der älteste Teil der Gemäuer. Seit Schlüters letzter Strafsache hatten sich die Zeiten geändert. Der Eingangsbereich der JVA war umgebaut worden. Die geheimnisvolle alte Eichentür, an der man früher schellte, dann zurücktrat und auf den gespenstisch schlurfenden Schritt des Wachtmeisters Panke horchte, wartend auf den kleinen Augenblick völliger Stille, in dem man durch den Spion bespäht wurde, bis endlich mittelalterliches Schlüsselklirren klang, die Tür sich mit leisem Saugen öffnete und Pankes grinsendes Gesicht madenbleich aus dem Dunkel auftauchte, um dann hinabzusteigen in den Bauch des Bösen, in die schwülen Sümpfe von Laster und Verbrechen – all das war vorbei, diese morbide Romantik war Vergangenheit. In den Winkel zwischen Land- und Amtsgericht hatte man eine neue dunkel-gläserne Eingangsfront gebaut, eine funktionale Fassade, der man nicht mehr ansah, ob sich dahinter ein Fahrkartenschalter, ein Versicherungsbüro oder ein Gefängnis verbarg. Wie mochte es jetzt drinnen aussehen, nach diesen vier, fünf Jahren, in denen er viele Haare und Illusionen verloren hatte?

Schlüter stieg das Treppchen empor und drückte den Zeigefinger auf den metallenen Knopf mit dem Klingelsymbol. Ein Beamter hinter der dunkelblauen Scheibe sortierte Karteikarten. Panke war es nicht. Der und sein Chef waren pensioniert und nach Jahrzehnten inventarhafter Anwesenheit auf Nimmerwiedersehen aus der aktiven Justiz ausgeschieden, vermutlich vor der gesetzlichen Zeit. Über den kahlen Stellen, die die beiden hinterließen, war das Bürokratenkraut so schnell gewuchert wie Vogelmiere über nackten Marschboden, niemand weinte ihnen eine Träne nach.

Schlüter wartete geduldig, bis es an der Tür schnarrte, und zog sie auf.

»Guten Tag, Schlüter mein Name. Rechtsanwalt. Ich wollte zu Herrn Cengi«, sprach Schlüter mit krummem Rücken durch die Sicherheitsscheibe.

»Ausweis?«, brummelte der dickliche Mann.

»Nee. Wieso Ausweis?«, fragte Schlüter.

»Tut mir leid. Dann kann ich Sie nicht reinlassen.«

»Ist das wegen der Identifikation?«, fragte Schlüter. »Irgendeiner wird mich schon noch kennen hier drin.« Langsam gewöhnten sich seine Augen an das Dämmerlicht. Der Mann sah hinter der dunklen Scheibe mit seinem Schnurrbart wie ein Türke aus. »Vielleicht sagen Sie drinnen mal Bescheid.«

»Nein. Tut mir leid. Hier kennt Sie keiner. Zu wem wollen Sie?«

»Zu Cengi, Heyder Cengi«, wiederholte Schlüter und buchstabierte den Namen.

»Mal sehn. Mit C, sagen Sie?« Der Mann verzog das Gesicht und blätterte schließlich in einem hohen Kasten pappiger Karten, von denen er eine herauszog. »Hier«, freute er sich. »Cengi. Mit C. Haben wir. Stehen Sie aber nicht drauf. Sie brauchen eine Besuchserlaubnis, anders kommen Sie hier nicht rein. Und den Ausweis natürlich.«

Die idyllischen Zeiten waren vorbei. Früher genügte Pankes Gesichtskontrolle: zwei Menschen, die sich kannten und wussten, was zu tun war. Doch menschliches Handeln konnte nur zu menschlichem Versagen führen.

Schlüter drehte um und umrundete das große Gebäude, ging über schlaglöchriges Kopfsteinpflaster an verfallenen Fassaden unsanierter Häuser und einem Spielplatz vorbei, den die kinder- und enkellosen Anwohner als Hundeabort benutzten.

Der Eingang zur Staatsanwaltschaft befand sich auf der anderen Seite des Gevierts. Hier war die Sprechscharte so niedrig, dass man auf den Knien reden musste.

Die Staatsanwältin, der die Paragrafen das Gesicht noch nicht verdorben hatten, fand Schlüter am Ende eines Ganges im dritten Stock des Gebäudes. Er legte ihr Cengis Vollmacht vor, ein zerknittertes Stück Papier, erklärte den Sachverhalt und fragte, ob er die Ermittlungsakten sogleich mitnehmen könne. Es fehlten noch die Bildbände zur zweiten Akte, erwiderte die Staatsanwältin, sie erwarte diese morgen oder übermorgen von der Kriminalpolizei, ob Schlüter die unvollständigen Akten mitnehmen wolle? Nein, dann würde er zunächst ein erstes Informationsgespräch mit Cengi führen, die Akten solle man ihm erst übersenden, sobald alles komplett zusammengestellt sei. Das wurde ihm zugesagt.

Schlüter wartete, während die Staatsanwältin von ihrer Sekretärin die Besuchserlaubnis ausstellen ließ. Aus dem Fenster konnte man quer über den Innenhof zum Schwurgerichtssaal blicken, dem Ort, an dem schon Jahrhunderte Haft verhängt worden waren. Dort würde er also bald wieder verhandeln. Wer war jetzt eigentlich der Vorsitzende der 2. Großen Strafkammer?

»Manchmal übertreiben die da unten das mit der Förmlichkeit«, störte die Staatsanwältin Schlüters Gedanken und drückte ihm die fertige Besuchserlaubnis in die Hand. »Aber es ist vorgekommen, dass da Anwälte rein sind und den beigeordneten Kollegen Mandate abgejagt haben.«

Die Anwaltsschwemme überflutete auch Hemmstedt.

»Ach, nicht wegen der Sicherheit?«, fragte Schlüter.

»Nicht dass ich wüsste. Sicherheitsprobleme hatten wir noch nie, bis auf – ja die Kollegen haben mir von einem Ausbruch erzählt, aber das war vor meiner Zeit. Einer von den dreien, die damals raus sind, soll übrigens immer noch auf freiem Fuß sein, komisch nicht? Ganz ungewöhnlich. Normalerweise werden die ja alle rückfällig und dann kriegt man sie. Aber – was rede ich dummes Zeug. Ich rufe unten an, damit man Sie reinlässt.«

Schlüter grinste in sich hinein. Er erinnerte sich an den Ausbruch vor zehn Jahren. Sogar der Name des glücklich Geflohenen fiel ihm wieder ein, er ließ sich leicht merken: Müller. Was aus dem wohl geworden war?

Während Schlüter den Justizkomplex ein zweites Mal umrundete, jetzt auf der anderen Seite, vorbei an der Parteizentrale der SPD, einem dreistöckigen Haus mit Rundturm, auf dem sich ein Wetterhahn im Wind drehte, dachte er an Müllers Kumpel von damals, Paul Clever, den Christa und er nun schon seit mehreren Wochen beherbergten. Seither konnte sich Schlüter nicht mehr entspannen. Er konnte vor allem nicht mehr lesen, schon gar nicht Björnsson entziffern, wenn das so weiterging, würde er bis zum Ende des Jahres brauchen für die kurze Erzählung. Der Tee schmeckte anders, man konnte sich in dem Alter nicht mehr auf das psychische Umzingeltsein einer Wohngemeinschaft umstellen. Clever war das egal, sein Arm war abgeheilt und seine Depression verschwand zusehends, denn er hatte eine Aufgabe: Er überschüttete seine Gastgeber mit Dankbarkeit und übernahm den Kochdienst. Wenn Schlüter abends nach Hause kam, wartete der gedeckte Tisch, Clever rotierte mit dem Küchenhandtuch vor seiner schmalen Brust zwischen Küche und Esszimmer, wetzte Messer, rührte, briet und schmorte mit fanatischer Begeisterung, servierte mediterrane Fisch- und Fleischgerichte, norddeutsche Hausmannskost und fernöstliche Spezialitäten. Nie in seinem Leben hatte er über mehr als eine Kochplatte verfügt, abgesehen von den Jahren im Hemmstedter Knast, in denen er den Chefkoch gemacht und sich den Kaffee auf der Zelle mit einem aus Rasierklingen gefertigten Tauchsieder zubereitet hatte. Das intime Gespräch mit Christa fiel aus und musste zu später Stunde im Bett stattfinden. Aber Clever, das stand fest, war nach wenigen Tagen der Alte: lang, dünn, mit winzigem Hintern, fast durchsichtigen Ohrwedeln, gut gelaunt und kompetent in allen Lebensfragen.

Gleich am ersten Abend hatten sie über Veli Adaman gesprochen. Clever war von seinem Tod tief getroffen, er hatte immer wieder traurig den Kopf geschüttelt, aber gleichzeitig half ihm diese Nachricht, seine eigene Lebensmüdigkeit zu vergessen. Er riet Schlüter, wegen Adamans Tod keinen Kontakt zur Polizei aufzunehmen; es würde dem Toten nicht helfen. Clever kannte Adaman vom gemeinsamen Job in der alten Kaserne. Sie arbeiteten in den Mannschaftsblöcken, die ein Architekt mit seiner Ein-Mann-GmbH & Co KG gekauft hatte. Während Adaman für den Marder Heribert Witt die Wände putzte, wenn der Obstbauer Holthusen einmal keine Arbeit für ihn hatte, wurde Clever vom Architekten direkt bezahlt.

Und Clever hatte von der Möbelaktion im Schloss Lieth berichtet, wie er gemeinsam mit Adaman die Möbel zu einem Hof in Krummenhörn gebracht hatte, einem Kaff, das aus einer Reihe Häuser am Elbdeich bestand. Adaman kannte den Hof, denn er hatte, wie er Clever erzählte, in seiner ersten Zeit in Deutschland dort gearbeitet, als er noch nicht so gut Deutsch konnte, aber der Dienstherr war Adaman den Lohn für zwei Monate schuldig geblieben. Adaman hatte seiner Familie im Dersim kein Geld schicken können und war fortgegangen, und nach mehreren Zwischenstationen hatte er bei Holthusen im Engelsmoor südlich von Hollenfleth eine neue Bleibe gefunden. Die Scheune aber, in die sie die Möbel geschafft hatten, gehörte zum Gut Rothenfels des Giselbert von Brunkhorst-Rothenfels, einem Adligen von ritterlichen Gnaden. Schlüter hatte sich das stumm angehört und nicht verraten, was der Marder Heribert Witt ihm erzählt hatte, das fiel unter die Verschwiegenheitspflicht.

Nun war Schlüter wieder am Eingang der JVA angekommen und wurde eingelassen. Er kontrollierte seine Uhr; eine Dreiviertelstunde hatte ihn die Anwaltsschwemme gekostet.

Er durchschritt den Metalldetektor, der schon vor zehn Jahren arbeitslos im Flur der Verwaltung gestanden hatte. Endlich hatte er seinen Einsatz gefunden. Er piepte unregelmäßig wie eine Schar ängstlicher Entlein, alarmierte aber niemanden.

»Gehen Sie da rechts rum«, erklärte der Beamte mit gekrümmtem Zeigefinger.

Schlüter folgte dem gebogenen Gang und stand plötzlich vor Pankes alter Eichentür. Sie war geöffnet. Aber nicht Panke empfing ihn, jovial berlinernd, sondern ein mittelgroßer Mann mit dem gleichen ausdrucklosen Gesicht unter rasiertem Schädel, mit dem er wohl am Morgen aufgestanden war. Ohne ein Wort drehte er sich um und ging voran, die wenigen Meter bis zur Gittertür, um Schlüter durchzuschließen.

»Gehen Sie da rein«, befahl der Vollzugsbeamte mit Roboterstimme. »Ich hol ihn.«

Schlüter befand sich in dem hinteren der beiden Besuchsräume. Der gleiche kahle Raum wie früher. Der gleiche Tisch mit Resopalplatte, die hölzernen Stühle, manche mit spinnendünnen Metallbeinen, abgeschabte, aus den Kellern der Justiz hergeschaffte, vor Jahrzehnten abgeschriebene Exemplare, und dort hinter der rückwärtigen Tür war sicher immer noch das Badezimmer, das niemals benutzt wurde. Nur den Türdrücker hatten sie abmontiert, stattdessen eine Nuss angebracht, sodass unbefugtes Baden nun ebenso ausgeschlossen war wie der Eintritt in die Anstalt nur nach Gesichtskontrolle.

Schlüter ließ seine Tasche auf einen der Stühle gleiten, trat zu den milchgläsernen Fenstern und öffnete einen Flügel. Der Blick ging auf den Innenhof des Gefängnisses, den eine hohe Mauer umgab, die mit Glasscherben und Stacheldraht bewehrt war. Orientalische Musik und türkische Rufe schallten herüber.

Auf dem Flur krachte die Eisentür. Schlüter drehte sich um. Ein untersetzter Mann mit schwarzen Haaren und einem Gesicht wie nasse Brikettasche betrat den Raum. Seine linke Gesichtshälfte war blaugrün, das Auge hing schief.

»Herr Cengi, Schlüter mein Name«, ging Schlüter auf ihn zu.

Ein Händedruck, der keiner war. Der Mann hatte eine lasche, feuchte Hand. Im Knast waren alle Hände lasch und feucht.

Ein dunkler Blick aus braunen Augen suchte Schlüters Gesicht ab, ob sich eine Spur von Vertrauen und Aufrichtigkeit darin fände. Dann nickte Cengi vorsichtig.

»Ihr Onkel ...«, begann Schlüter hilflos. »Es tut mir leid.«

Cengi klappte die Arme auseinander und stieß einen langen zittrigen Seufzer aus.

»Setzen wir uns«, bat Schlüter wie ein Hausherr. »Ihr Onkel hat mir den Auftrag erteilt. Ich soll Sie verteidigen, sagte er. Und für Sie ein Asylverfahren betreiben, wenn es ginge. Und dann hat er mir Ihre Vollmacht besorgt. Ich habe mich mit ihm noch einmal getroffen, er hat mir einiges von seinem Leben erzählt – und dann ...« Er hatte schon zu viel geredet. Das tat er immer hier in der Haftanstalt, wenn er auf die hoffnungslosen Gestalten traf. Die alte Gewohnheit stellte sich sofort wieder ein.

»Ja«, sagte Cengi. Er hatte die Unterarme auf den Tisch gelegt wie Schlüter; die Symmetrie der Körpersprache beim

Gespräch. Schlüter spürte, dass die Tischplatte unter seinen Armen vibrierte.

Über den Gefängnishof gellte eine Stimme und Cengi wandte den Kopf zum Fenster. »Es hat keinen Sinn«, sagte er leise. »Es ist ...«, er verstummte, schluckte trocken und schüttelte heftig den Kopf.

»Das können wir doch noch gar nicht wissen«, versuchte sich Schlüter in professionellem Optimismus. »Ich habe die Ermittlungsakte noch nicht eingesehen, ich weiß nicht, welche Beweise gegen Sie vorliegen. Ihr Onkel hat mir gesagt, dass Sie das nicht absichtlich getan haben, Sie haben mit dem Mann auf dem Gerüst gekämpft und es hat sich eine Gerüststange gelöst, der Mann vom Arbeitsamt hat den Halt verloren und ist hinabgestürzt. Das ist doch kein Mord! Noch nicht einmal ein Totschlag! Das ist, das ist ... das dürfte noch nicht mal fahrlässige Körperverletzung sein, meines Erachtens, das ist ...«

Cengi schüttelte wieder den gesenkten Kopf. Schlüter verfluchte sein Juristendeutsch und den Zweifel, der sich hinterrücks in seine Worte eingeschlichen hatte: *meines Erachtens, das dürfte* – konnte man sich nicht klar und eindeutig ausdrücken?

»Das alles ist egal«, flüsterte Cengi. Er war totenbleich unter seiner braunen Haut und seine trockenen Lippen zitterten, während er sprach. Der Tisch vibrierte stärker, Schlüter warf einen verstohlenen Blick unter den Tisch, nein, Cengi wackelte nicht mit den Beinen, er übertrug das Zittern seines Leibes mit den Unterarmen auf die Tischplatte, der ganze Mann stand unter Starkstrom. Heyder Cengi hob einen Arm und wischte sich den kalten Schweiß von der Stirn, sein Atem ging stoßweise, und unter seinen Wangen mahlten die Muskeln.

»Aber nein, Herr Cengi«, beeilte sich Schlüter zu sagen, »bevor ich nicht ...«

»Sie behaupten, ich habe Onkel Veli umgebracht!!«, brach es aus Cengi heraus, es hielt ihn nicht länger auf dem Stuhl, dessen metallene Beine kreischend über den Boden fuhren. »Sie sagen, ich habe ihn ermordet, ich, ich, ausgerechnet ich!!«

»Wie das?«, fragte Schlüter blöd, während ihm einfiel, dass die Staatsanwältin von der ›zweiten Akte‹ gesprochen hatte. Die zweite Akte: Das waren nicht zwei Bände ein und desselben Ermittlungsverfahrens, sondern zwei Ermittlungsverfahren!

Cengi nestelte ein zerknittertes weinrotes Papier aus der Hemdtasche und warf es auf den Tisch: der Haftbefehl. Schlüter versuchte, ihn zu lesen, während Cengi, die Fäuste geballt, hin- und hertigerte zwischen Tür und Tisch.

»Sie haben meine Spuren auf – Xal Velis Kopf gefunden!«, rief Cengi. »Und meine Fußspuren in seiner Küche und sein Blut in dem Waschbecken, in dem ich mir die Hände gewaschen habe, und meine Fingerabdrücke am Wasserhahn und an seiner Tür und …!«

Cengi warf sich wieder auf den Stuhl, hieb das Gesicht zwischen die Unterarme.

»Aber …«

»Nichts aber!!«, schrie Cengi. »Ich bin der Mörder von Xal Veli, ich, ich, verstehen Sie das nicht??!«

Die Tür zum Flur flog auf und das Madengesicht, das Schlüter hereingelassen hatte, stand in der Füllung.

»Nu mal aber 'n bisschen ruhig mit den Geständnissen, mein Lieber«, sagte er und tat zwei große Schritte. »Sonst müssen wir dich erst mal nebenan einsperren.« Er legte Cengi eine schwere Boxerfaust auf die Schulter.

Schlüter fuhr hoch, griff mit seinen schwielenlosen Pastorenhänden nach dem Oberarm des Wärters und bat mit seiner ruhigsten Stimme: »Wir kommen bestens allein zurecht – nicht wahr, Herr Cengi?«

Cengi nickte. Der Wärter brummte unzufrieden und verschwand, die Tür hinter sich schließend.

»So«, sagte Schlüter. »Und jetzt in Ruhe, verdammt noch mal! Ihr Onkel ist tot, dem können wir nicht mehr helfen, aber ich habe keine Lust auf die Nachricht, dass Sie in einem türkischen Gefängnis verrecken! Er hat mich beauftragt, Ihnen zu helfen, und das werde ich tun!«

Er befragte Cengi systematisch über alles, was mit dem Mord an Veli Adaman im Zusammenhang stehen konnte. Cengi hatte seinen Onkel nicht mehr gesehen, seit er bei Heinsohn wohnte, also seit dem 22. November letzten Jahres, nur einmal noch war er kurz erschienen, um Cengi die Vollmacht für Schlüter unterschreiben zu lassen. Schlüter fragte nach möglichen Feinden Adamans, und Cengi berichtete, dass und warum Adaman bei seinem Mitbewohner Söhl verhasst war, und er erzählte vom Besuch der PKK-Leute.

»Und außerdem hatte er Angst vor den Sivas-Leuten und vor den Grauen Wölfen.«

»Sivas?«

Während Cengi von den Geschehnissen in Sivas am 2. Juli 1993 erzählte, zog ein eiserner Ring Schlüters Brust zusammen, und nachdem Cengi auch von Adamans Begegnung mit dem Attentäter in Hemmstedt berichtet hatte, war sich Schlüter sicher: Er hatte auf der falschen Seite gestanden. Die ganze Zeit. Diese Ahnung, die er in sich getragen hatte, seit jenem Abend im *Bosporus,* als er vom Völkermord im Dersim erfuhr, nein, schon seit Adaman bei ihrer ersten Begegnung berichtet hatte, man habe ihn in Sivas fast umgebracht: Jetzt kannte er den Grund. Am 7. März war der verlegte Verkündungstermin in Sachen Gül gewesen. Angela hatte das Ergebnis abgerufen: Schlüter hatte den Prozess gewonnen, der Auslieferungsantrag war abgelehnt worden. Weil er sich nicht recht über das Urteil freuen konnte, hatte er darauf verzichtet, die gute Nachricht persönlich zu übermitteln, und Angela beauftragt, Kaya anzurufen. Das schriftliche Urteil war zwar noch nicht zugestellt, aber das Mandat war bis auf die Kostenabrechnung faktisch erledigt, und er hatte versucht, die Sache zu vergessen.

»In Sivas haben sie versucht, ihn umzubringen«, wiederholte Cengi. »Und einer der Täter lebt hier in Hemmstedt. Wenn er meinen Onkel erkannt hat, als sie sich begegnet sind, dann …«

»Sie meinen, Gül wollte einen Zeugen aus dem Weg räumen?«, fuhr es Schlüter heraus.

»Gül!?«

Schlüter wurde heiß und er spürte, wie er rot anlief. Er ächzte, stützte den Kopf in beide Hände, unter denen augenblicklich der Schweiß aus den Poren brach.

»Sie wissen, wie der Mann heißt!?«

Langsam hob Schlüter seinen Kopf und nickte. »Das hätte ich Ihnen wohl gleich sagen sollen. Ich habe ihn verteidigt. In seinem Auslieferungsverfahren. Ich habe gewonnen, ich wusste nicht, dass …« Nein, dachte er. Ich habe es ihm nicht gesagt, weil ich gehofft habe, dass es nichts miteinander zu tun hat.

Cengi hatte sich langsam erhoben. »Sie arbeiten also für beide Seiten, Sie arbeiten für die Faschisten, für die Grauen Wölfe, für die, die unsere Leute in Sivas umgebracht haben, und dann kommen Sie hierher und wollen mich verteidigen, Sie sind ja ein Verräter!« Cengis Stimme war mit jedem Wort lauter geworden.

»Herr Cengi«, begann Schlüter. »Ich schwöre Ihnen, ich habe nicht gewusst, dass Gül Ihren Onkel …«

»Gewusst, gewusst – das ist doch egal! Sie müssen doch mitgekriegt haben, was das für Leute sind, die freuen sich über jeden Scheiterhaufen, der brennt, über jeden toten Aleviten, das müssen Sie doch gemerkt haben, dass die lügen, da muss man doch mit Blindheit geschlagen sein!«

»Aber ich sage Ihnen ...«

»Hören Sie auf mit der Scheiße, ich will nichts mehr hören«, brüllte Cengi und schüttelte seine Fäuste. »Ihnen ist es doch völlig egal, wen Sie vertreten, für Geld machen Sie alles!«

Die Tür flog auf, zum zweiten Mal, und das Madengesicht packte Cengi, drehte ihm einen Arm auf den Rücken. »Na, dann wollen wir mal, Bürschchen, so geht das nicht!«

»Moment mal«, warf Schlüter ein. »Wir sind noch nicht fertig, Herr ..., einen Augenblick noch, Herr Cengi wird sich beruhigen, er wird ...«

Cengi, der verdreht zwischen den Fäusten des Beamten hing, warf einen geringschätzigen Blick auf Schlüter und sagte: »Mit dem da will ich nichts mehr zu tun haben. Bringen Sie mich in meine Zelle.«

30.

Mit hängendem Kopf schlich Schlüter in sein Büro zurück. Er setzte sich hinter seinen Schreibtisch, legte den Völkermordstein vor sich hin. Ein grauer Stein, aus dem weiße Punkte hervortraten, aber auch ein brauner Schimmer war zu sehen, ein flacher Stein, vielleicht drei Zentimeter stark, auf der einen Seite rund, auf der anderen gerade, ungefähr geformt wie das Viertel eines Ovals, mit Falten an der geraden Seite, die, millionenfach vergrößert, einen steilen Kletterfelsen abgeben würden.

Schlüter stand auf, ging zur Teeküche und ließ Wasser über den Stein laufen. Angela kam und goss sich einen Pfefferminztee ein.

»Was machen Sie denn da?«, fragte sie.

»Ich mache meinen Völkermordstein nass.«

»Ihren was?«

»Völkermordstein.« Er schleuderte die Wassertropfen ab. Das Grau des Steines war eine Nuance dunkler geworden, aber der Stein hatte seinen Charakter nicht verändert. »Dies ist ein Stein, der Zeuge eines Völkermordes gewesen ist. Er hat viele Menschen sterben sehen. Und er schweigt.«

Angela musterte ihren Chef aus großen Augen. Es kam vor, dass er sie mit Rechtsfragen aus seinen Prozessen behelligte, weil er die Kollegen mied, sie hatte ja nach all den Jahren auch etwas Einblick. Aber so hatte er noch nie geredet.

»Haben Sie auch einen Tee für mich?«, fragte Schlüter.

»Pfefferminztee?!«, fragte sie ungläubig. Sie begann, sich ernsthaft Sorgen zu machen.

»Scheißegal«, sagte Schlüter müde. »Irgendwas.«

Schlüter wartete, bis Angela ihm eine Tasse hingestellt hatte, schlürfte von dem Tee und dann begann er, von Adaman zu erzählen, vom Völkermord im Dersim, er berichtete alles, was er wusste, zuletzt von dem Gespräch mit Cengi.

»Ist ja fürchterlich«, sagte Angela zwischendurch. »Ach wie schrecklich.«

Es gibt Dinge, dachte Schlüter, die verhöhnt man, wenn man sie in Worte fassen will, weil die Worte nicht passen, weil sie abgenutzt sind. Es gibt Gefühle, für die es keine Worte mehr gibt, und es gibt Tatsachen, für die es keine Worte mehr gibt, sie sind alle schon verbraucht. Der Stein, den er in der Hand hielt, wusste das. Er schwieg und duldete.

»Und jetzt habe ich auch noch diesen verdammten Prozess mit dem verdammten Gül gewonnen!«, stöhnte er zuletzt. »Was haben die eigentlich gesagt, als Sie sie angerufen haben?«

»Ich habe mit dem Alten gesprochen. Er hat gesagt, er habe gewusst, dass seinem Neffen Gerechtigkeit widerfahren werde.«

»Gerechtigkeit! Schöne Gerechtigkeit! Was soll ich denn jetzt machen?«

»Der Beschluss ist heute mit der Post gekommen.«

»Zeigen Sie her. Ist egal jetzt, dann kann ich ihn genauso gut lesen.«

Angela ging ins Schreibzimmer und kehrte mit dem Beschluss in der Hand in die kleine Teeküche zurück. Schlüter überflog den Text:

In der Auslieferungssache gegen den türkischen Staatsangehörigen Emin Gül hat der 3. Strafsenat durch den Vorsitzenden Richter am Oberlandesgericht Celle ... auf den Antrag der Generalstaatsanwaltschaft, die Auslieferung des Verfolgten an die türkische Regierung zum Zwecke der Strafvollstreckung für zulässig zu erklären, nach Anhörung des Verfolgten vom 10. Januar 1995 beschlossen:

Die Auslieferung ist unzulässig.

»So ein Mist«, erklärte Schlüter und ließ das Papier auf den Tisch segeln. Er hatte wahrhaftig schon manche Mandanten vertreten, mit denen er nicht übereinstimmte, er war sicher schon oft das unwissende Werkzeug eines Betrugs gewesen, aber diese Geschichte war die Krönung. Er hatte einem türkischen Verbrecher die nötige Freiheit verschafft, um ein weiteres Verbrechen begehen zu können: Er, Schlüter, war verantwortlich für den Tod des Veli Adaman. Einen schlimmeren Parteiverrat hatte noch nie ein Rechtsverdreher begangen. Rathjens hatte recht: Schlüter der Rechtsverdreher. Herzlichen Glückwunsch! Der Überlebende eines Völkermordes, dessen Mutter unter einem Berg von Leichen herausgekrochen war, halb wahnsinnig vor Angst, Verzweiflung, Durst und Hunger, den Sohn einsam in der Fremde geboren hatte, dieser Mann, der Lehrer geworden war, um den Kindern seines Volkes die verbotene Muttersprache zu lehren, der ein zweites Mal hatte fliehen müssen, sich fern von seiner Familie als rechtloser Hilfsarbeiter durchgeschlagen hatte – er war ermordet worden, weil er, Schlüter, seinem Mörder die Freiheit dazu verschafft hatte. Und jetzt lief dieser Mörder frei in Hemmstedt herum in seiner knarrenden Lederjacke und freute sich auf seine Hochzeit am kommenden Samstag!

»Scheiße verfluchte!«, rief Schlüter und hieb den Stein in die Tischplatte.

Angela, die seinem Brüten still zugesehen hatte, fuhr zusammen. »Beinahe hätten die Ihren Antrag abgewiesen ...«

»So?«, keifte Schlüter. »Und was nützt das? Geben Sie her!«

Er las:

Der Senat hat zwecks Untersuchung der Beweislage sowohl die Urteile als auch die durch den ersuchenden Staat übersandten Ermittlungsergebnisse ausgewertet. Er vermag aufgrund der vorgelegten Beweismittel nicht festzustellen, dass der Verfolgte im türkischen Verfahren zweifelsfrei überführt wurde, an dem Brandanschlag auf das Hotel Madımak *(sei es durch aktive Handlungen, sei es durch die bloße Anwesenheit vor Ort und die dadurch bedingte Behinderung der Sicherheitskräfte) beteiligt gewesen zu sein. Nach seiner – dem Senat vorliegenden und auch in den Gerichtsurteilen mehrfach wiedergegebenen – Einlassung vor der Polizei und Staatsanwaltschaft ist der Verfolgte indes im Verlauf des Nachmittags wieder zu seiner Arbeitsstelle zurückgekehrt und bei den anschließenden Ereignissen vor dem Hotel* Madımak *nicht mehr anwesend gewesen; hierfür hat der Verfolgte im Ermittlungsverfahren seinen damaligen Arbeitgeber und seine Kollegen als Zeugen benannt. Dass und mit welchem Ergebnis diese Alibibehauptung überprüft worden ist, lässt sich den übersandten Ermittlungsergebnissen nicht entnehmen. Die Widersprüche des Verfolgten zu seiner Arbeitsstelle und seinem Arbeitgeber geben zwar Anlass zu erheblichen Zweifeln an der Wahrheit seiner Einlassung, jedoch rechtfertigen die vorliegenden Indizien die Befürchtung, dass die strafrechtliche Ahndung – mangels konkreter Beweise einer Anwesenheit bei den Ausschreitungen vor dem Hotel – an ein Verhalten im Vorfeld des Brandanschlags anknüpft, das ohne die Anwendung der Staatsschutzvorschrift nicht mit einer derart hohen Strafe belegt worden wäre, mithin aus politischen Gründen härter als sonst sanktioniert wurde …*

»Anlass zu erheblichen Zweifeln an der Wahrheit seiner Einlassung – die Stelle meinen Sie, nicht?«

Angela nickte.

»Tja und?«, seufzte Schlüter. »Ich sag doch: Das nützt nichts mehr. Die Sache ist gelaufen. Alles ist gelaufen.«

»Vielleicht nicht ganz …«, sagte Angela vorsichtig.

»Wie meinen Sie das?«

»Na ja«, überlegte sie. »Man könnte ja die Zeugen befragen, die er angegeben hat, und dann wüsste man, ob er gelogen hat. Und wenn er gelogen hätte, dann wüsste man, ob er bei der Sache in dem Hotel dabei war, denn wozu sollte er sonst lügen. Und wenn er nicht gelogen hat, dann war er nicht dabei. Und wenn er nicht dabei war, dann hatte er auch keinen Grund, Veli Adaman zu töten. Weil er von Adaman nichts zu befürchten hatte. Oder?«

Schlüter schlürfte Pfefferminztee.

»Mhh«, murmelte er dann. »Da ist was dran. Das ist logisch. Aber wie soll man das je rauskriegen? Zeugen – in der Türkei.«

»Man fährt hin und fragt sie, ganz einfach.«

»Ganz einfach?! Sie wollen doch wohl nicht sagen, ich soll in die Türkei fahren und selbst …?« So etwas Naives hatte er schon lange nicht mehr gehört.

»Warum nicht?«

»Hören Sie auf, Angela! Ich bin doch nicht verrückt geworden! Ich kann doch nicht erst den Gül verteidigen und dann hinfahren und Zeugen befragen, die seine Aussage widerlegen und seinen Aufenthaltsstatus kaputt machen. Da leiste ich mir ja noch einen Parteiverrat dazu – diesmal keinen versehentlichen, sondern einen vorsätzlichen. Abgesehen von – in die Türkei, ich bin doch kein ...!«

Das Telefon klingelte.

»... Selbstmörder!«

Angela gab das Gespräch weiter. Herr Kabitzke fragte, ob die Versicherung in seiner Verkehrsunfallsache endlich gezahlt habe, die Frist, die Schlüter gesetzt habe, sei schon seit drei Wochen verstrichen, und er habe doch vorletzte Woche schon versprochen, umgehend die Klage zu fertigen. Schlüter versprach sofortige Erledigung.

»Es hilft nichts«, sagte er dann. »Ich muss arbeiten.«

Bei nüchterner Betrachtung war das Mandat Gül abgeschlossen, weil er gewonnen hatte, und das Mandat Cengi war abgeschlossen, weil Heyder Cengi ihm das Mandat entzogen hatte.

»Am Samstag ist übrigens die Hochzeit von Gül. Ich sollte Sie doch daran erinnern.«

»Ich weiß das, Herrgottverfluchtescheißenochmal!«, brüllte Schlüter und schlug mit dem Stein eine zweite Kerbe in den Tisch. »Das geht aber nicht! Da können wir nicht auch noch hin!«

Er atmete tief durch. Eins nach dem andern. Irgendeinen Vorwand musste es geben, diese Feier zu schwänzen. Zuerst aber würde er die Klage in der Verkehrsunfallsache abdiktieren. Das Leben ging weiter und die Kosten liefen. Schlüter ließ die Tasse stehen und verzog sich in sein Zimmer. Verkehrsunfälle waren seine Lieblingssachen. Man konnte Geld verdienen, ohne sich in kleinlichen Streitereien zu verfangen.

Und man kam garantiert in keine Konflikte mit der Menschlichkeit. Verkehrssachen waren meistens rechtsschutzversichert, um die Gebühren musste man sich also keine Sorgen machen.

Er griff zum Diktiergerät und diktierte: »Machen Sie bitte eine Klage in der Sache Kabitzke gegen Viehöfer fertig. Beklagte sind erstens Lothar Viehöfer als Fahrer, zweitens Sylvia Viehöfer als Halterin und drittens die Auxilium-Versicherung, vertreten durch den Vorstand ... Moment ...«

Er nahm seine Brille ab, um das Kleingedruckte auf dem Briefbogen der Versicherung besser lesen zu können.

Er diktierte weiter: »Also, nehmen Sie auf, vertreten durch den Vorstandsvorsitzenden Dr. Robert Imhausen ... Nanu ...«

Schlüter senkte seine Nase noch tiefer über das Papier und entzifferte am untersten Rand die winzige Schrift:

Vorsitzender des Aufsichtsrats:
Freiherr Giselbert von Brunkhorst-Rothenfels

Er schob die Akte fort, lehnte sich in seinen Stuhl zurück und dachte nach. »Verdammte Hunde«, murmelte er. »Diese verdammten Hunde.«

Giselbert von Brunkhorst-Rothenfels, der Mann, in dessen Scheune die Möbel aus dem Schloss gelandet waren, die angeblich wegen eines Wasserschadens hatten entsorgt werden müssen, dieser Mann saß der Auxilium-Versicherung vor. Es war ausgeschlossen, dass es einen anderen gleichen Namens gab. Wäre doch interessant zu wissen ...

Schlüter griff zum Telefon und wählte die Nummer des Versicherungsmaklers, über den er und Christa alles versichert hatten und der ihm schon manchen Rechtsschutzmandanten vermittelt hatte. Seit Schlüter einen komplizierten Regressprozess für den Makler gewonnen hatte, tat der alles für ihn. Schlüter bat ihn, herauszufinden, bei welcher Versicherung das Schloss Lieth derzeit versichert war.

Dann sog Schlüter die Büroluft tief ein und sammelte Kraft für seine letzte Aktion in Sachen Türkei: die Hochzeit. Danach würde das Land für ihn endgültig gestorben sein. Er ließ sich von Angela die Akte Gül bringen, suchte die Telefonnummer der Kayas heraus und wählte sie.

»Ja?« Eine ängstliche Frauenstimme.

»Schlüter hier. Der Rechtsanwalt. Frau Kaya?«

»Ja ...«

»Ihre Hochzeit am Samstag, ich rufe deswegen an ...«

»Ohh ...«

»Ich möchte meine Frau und mich abmelden, ich habe eine Fortbildung in Celle an dem Tag, Notarfortbildung, wissen Sie, ist obligatorisch, ich kann also nicht und ...«

»Ich will ... ich muss mit Ihnen reden, ich ...« Die Stimme verstummte.

»Haben Sie ein Problem?«, fragte Schlüter, und während er noch sprach, wusste er, dass er genau das nicht hätte fragen dürfen.

Schweigen. Atmen.

»Hören Sie mich?«

»Ja«, hauchte es, ängstlich und einsam.

»Was haben Sie für ein Problem?«, sagte Schlüter und spätestens jetzt war die Geschichte endgültig aus dem Ruder gelaufen.

Schweigen. Atmen. Knistern. Rascheln.

Was war mit der Frau los?

»Kommen Sie her«, sagte Schlüter plötzlich, bevor er weiter nachdenken konnte. »In mein Büro. Sofort.«

Er warf den Hörer auf und brüllte einen Urschrei, wie ihn Angela zuletzt gehört hatte, als er das Urteil des Landgerichts in der Sache Kaczek gegen von Rönn gelesen hatte.

»Was ist?«, fragte sie und stand kreidebleich in der Tür.

Schlüter antwortete nicht, er starrte apathisch auf die Platte seines Schreibtisches.

»Soll ich Ihnen einen Tee kochen?«, fragte Angela. »Oder ... oder soll ich den Arzt ...?«

Schlüter schüttelte stumm den Kopf.

»Gleich kommt diese Alevitenfresserin«, murmelte er, ohne aufzublicken. »Die Tochter von dem Kaya, in der Sache Gül. Irgendwas hat die. Aber wehe, die versucht, mich reinzulegen! Noch mal passiert mir das nicht.«

In halb geschlossener Faust wog er den Stein.

31.

Schlüter warf die Akte Kabitzke gegen Viehöfer auf den dringenden Stapel zurück, wo sie weiterreifen konnte, wies Angela an, Frau Kaya, wenn sie erscheinen sollte, ins Wartezimmer zu setzen und sämtliche Anrufer mit Ausnahme des Versicherungsmaklers abzuwürgen.

Er zog Heyder Cengis Haftbefehl aus der Tasche, den er in der Haftanstalt eingesteckt hatte, faltete das giftrote Papier auseinander, legte es vor sich auf den Schreibtisch und dachte nach.

Der Ermittlungsrichter im Notdienst am Wochenende war Jugendstrafrichter Vollmann gewesen, er hatte den Haftbefehl unterschrieben. Er pflegte seine Fragen an die Angeklagten selbst zu beantworten, indem er drei Varianten vorgab, und sie brauchten wie bei der theoretischen Führerscheinprüfung nur noch verbal die richtige anzukreuzen. Seine Verhandlungen waren quälend lang und eine schwere Prüfung besonders für geständniswillige Angeklagte, denn wegen Vollmanns richterlicher Monologe schrumpften wortreiche Geständnisse zu bloßem Nicken. Die kurzen Sätze des Haftbefehls verrieten davon nichts.

Cengi hatte seine Identität preisgegeben und gestanden, mit dem Opfer Nr. 1 auf dem Baugerüst am Gebäude Nr. 24 im ehemaligen Kasernengelände von Hemmstedt in Höhe des 4. Stocks heftig gerungen zu haben, bestritt aber vehement den Vorwurf des Totschlags. Der Haftrichter unterstellte dem Beschuldigten Tötungsabsicht im Sinne des *dolus eventualis,* mit anderen Worten: Cengi habe den Tod des Kontrolleurs bei der Rangelei auf dem Gerüst zumindest billigend in Kauf genommen.

Was die Ermordung Veli Adamans betraf, hatte man genug Fingerabdrücke von Cengi sichergestellt, um dringenden Tatverdacht zu begründen. Der Haftrichter hielt sogar den Verdacht des heimtückischen Mordes für begründet. Eine Tatwaffe hatte man offenbar nicht gefunden. Adamans Schädel war mit einem harten, stumpfen Gegenstand eingeschlagen worden, mit mehreren Schlägen, die die Schädeldecke durchbrochen und zersplittert hatten. Die Waffe konnte alles Mögliche sein, am ehesten ein Knüppel. Cengis eigene Verletzung erklärte man mit Adamans heftiger Gegenwehr. Aber etwas blieb unklar: Cengis Motiv. Welches Motiv sollte er haben?

Jedenfalls genügten die Indizien für einen dringenden Tatverdacht und damit für einen Haftbefehl. Eine Haftbeschwerde würde ich nicht erheben, dachte Schlüter. Aber er hatte ohnehin kein Mandat mehr, er studierte dieses Papier schon ohne Erlaubnis, zu welchem Zweck?

Schlüter schob den Haftbefehl beiseite. An die Ermittlungsakten würde er jetzt nicht mehr herankommen, nachdem Cengi ihm das Mandat entzogen hatte. Da war nichts zu machen. Er lehnte sich zurück, schloss die Augen und atmete noch einmal tief durch.

Cengi hatte seinen Aufenthalt bei dem Bauern Heinsohn verschwiegen, offenbar wollte er ihn schützen. Aber warum hatte er den Toten am Abend des 3. Februar aufgesucht, im

Dunkeln, ohne besonderen Anlass? Nur um ihn wiederzusehen? Und warum hatte er den Toten angefasst? Würde ein Unschuldiger nicht sofort davonlaufen, ohne etwas zu berühren? Wie benahm sich der typisch Unschuldige?

Heinsohn hatte bei seinem Besuch heute Morgen einen entkräfteten Eindruck gemacht. Er hatte geredet wie ein Mann, der am Ende seiner Tage angekommen ist, mit flacher zittriger Stimme, mit nach innen gekehrtem Blick. Und von Cengi hatte er gesprochen wie von einem eigenen Sohn. »Ich bin jetzt allein«, hatte er am Ende gesagt. »Wieder allein.«

Beide, Heinsohn und Veli Adaman, hatten sich sehr gesorgt um Cengi. Zu Recht?

Und dann waren da noch diese PKK-Leute, von denen Cengi berichtet hatte. Sie hatten Geld von Adaman verlangt und angekündigt, wiederzukommen. Kein Wort darüber im Haftbefehl. Offenbar hatte Cengi auch das verschwiegen, entweder, weil Vollmann ihn nicht hatte reden lassen, oder, weil er es nicht wollte. Aber warum? Und: Brachte die PKK Leute, die keine Unterstützungsgelder zahlten, einfach um?

Das Telefon klingelte. Der Versicherungsmakler berichtete, dass das Liether Schloss bei der Auxilium-Versicherung versichert sei, er habe bei der Liegenschaftsabteilung des Landkreises angerufen und vorgetäuscht, er wolle ein Angebot machen; die Sekretärin habe ihm alles verraten.

»Besten Dank!«, rief Schlüter und legte auf. Er grinste grimmig in sich hinein und erinnerte sich an die gebleckten falschen Zähne des Giselbert von Brunkhorst-Rothenfels in der Konzertpause im *Kultureum* letzten November. Das schien unendlich lange her zu sein. Havelack, dachte Schlüter. Havelack.

Er hörte, wie Angela den Türsummer betätigte. Das musste Zekiye Kaya sein. Warum kümmere ich mich um Leute, die mich nichts angehen?, dachte er. Er zog den Bierdeckel mit den Notizen Adamans aus der Schreibtischschublade, stellte ihn schräg gegen den Völkermordstein, lehnte sich zurück und las laut, mit verschränkten Händen, als handele es sich um ein Orakel: *Osman Barut – Buchhandlung İnönü Bulvarı. Menez und Nuri Cengi, Ovacık. Besê Adaman, Tunceli, Sanat Sokak 5. Latsch Derisi 14.000. Gäjickßuju 20.000. Rothenfels.*

Dann nahm er seinen Stift und schrieb dazu: *Auxilium-Versicherung.* Und weiter, ums Eck herum: *Buch.* Bevor Adaman durch den Vorhang in die Küche des *Bosporus* verschwunden war, hatte er gesagt: *Als ich das Buch geholt habe und dieser Rothenfels* ... Was zum Teufel hatte er damit gemeint?

32.

Wenig später saß Zekiye Kaya vor Schlüters Schreibtisch, so wie er selbst auf der vordersten Kante des Stuhls, eine zerbrechlich wirkende Gestalt, in einen kokonartigen Mantel gehüllt, das Kopftuch eng geschlossen um ihr ernstes kleines Gesicht, sodass kein Härchen zu sehen war, nur der feine Flaum über der Oberlippe und die Augenbrauen, die stark waren wie die des Vaters, sie hielt eine Handtasche auf dem Schoß, die mit silberblauen und goldgrünen Pailletten verziert war.

Sie wolle Emin Gül nicht heiraten, erklärte sie mit niedergeschlagenen Wimpern, sie wolle überhaupt noch nicht heiraten, sie wolle ihre Ausbildung als Hotelfachfrau abschließen und dann vielleicht wieder zur Schule gehen und Abitur machen und vielleicht noch studieren und danach einen Beruf ausüben, aber den Emin Gül, den wolle sie nicht heiraten, der sei ja manchmal ganz nett, aber um ihn zu heiraten, sei er bestimmt nicht nett genug, sie stelle sich vor, wenn sie mal heiraten würde, dann müsse ihr Mann irgendwie anders sein als Emin, ganz anders, aber ihr Vater habe angeordnet, dass sie ihn zu heiraten habe, sie aber habe ihrem Vater vorgestern, am Samstag, gesagt, sie wolle Emin nicht heiraten, und da habe ihr Vater einen Wutanfall bekommen, er habe sich vergessen, »er hat mich geschlagen, mit der flachen Hand ins Gesicht«, sagte sie und der Zorn blitzte aus ihren Augen, sie schleuderte Blitze wie ihr Vater, als er über die gotteslästerlichen Rotköpfe geredet hatte, und die junge Frau begann zu weinen, wischte sich die Augen mit dem Taschentuch, das sie aus ihrer fröhlich glitzernden Handtasche gezogen hatte, und als sie wieder sprechen konnte, erzählte sie weiter, ihr Vater habe sie eingesperrt, sie habe am Wochenende nicht aus dem Haus gehen dürfen und heute habe er sie noch nicht einmal zur Arbeit im Hotel *Zum Wikinger* gehen lassen, »das am *Kultureum,* wissen Sie, wir richten immer die Veranstaltungen aus«, er habe gesagt, ihr Vater, sie bleibe so lange zu Hause, bis sie seinem Willen folge, denn er sei ihr Vater und Allah habe ihm das Recht verliehen zu bestimmen, wen sie heirate, und er habe gemeinsam mit Güls Vater bestimmt, dass die Kinder heiraten würden, und wenn sie sich seinem Willen nicht beuge, dann sei er nicht mehr ihr Vater und ihre Mutter sei nicht mehr ihre Mutter, er werde sie zurück in die Türkei schicken, nach Sivas, »und da will ich unter keinen Umständen hin, ich kann ja nicht mal richtig Türkisch«. Ihre Mutter habe ihr nicht helfen wollen, sie stünde hinter dem Vater, und das, obwohl sie selbst gegen ihren Willen verheiratet worden sei, mit siebzehn schon, und obwohl er sie oft geschlagen habe, die müsste sie doch verstehen können, und doch lasse sie zu, dass die eigene Tochter das gleiche Schicksal erleide wie sie, das sei doch …

»Ich bin aus dem Fenster geklettert«, schloss Zekiye Kaya ihren Bericht.

»Ach du Scheiße«, seufzte Schlüter. »Und jetzt?«

Sie zuckte mit den Schultern. »Ich kann nicht zurück«, flüsterte sie mit endgültiger Traurigkeit.

»Ach du Scheiße«, wiederholte Schlüter. Über den Völkermordstein hinweg, der zwischen ihnen lag, fing er vom Frauenhaus an, aber es kam ihm wie ein Ablenkungsmanöver vor, und richtig, kaum hatte er das Wort ausgesprochen, da schüttelte Zekiye Kaya heftig den Kopf und unterbrach Schlüter: Dort könne sie unter keinen Umständen hin, das habe sie sich schon überlegt, das Frauenhaus liege mitten in der Stadt, an der Kreuzung, wo es über den Hafen zum Ostpreußenviertel abgehe, »da, wo die ganzen Ausländer wohnen«, das kenne doch jeder, das Haus stehe geradezu auf dem Präsentierteller, da sei sie wie im Gefängnis, dort auch, nur nicht so sicher, denn ihr Vater und ihr Bruder und Emin Gül und alle würden ihr auflauern, vor der Tür oder in einiger Entfernung hinter der nächsten Straßenecke, das hätten andere auch gemacht, da könne keine türkische Frau hin, die türkischen Männer hätten nämlich keine Angst vor irgendwelchen gerichtlichen Anordnungen, die würden sich ihre Frauen trotzdem zurückholen und durchsetzen, was sie wollten, die würden warten, bis die Frau irgendwann doch mal aus dem Hause müsste, und dann würden sie … Und dann …?

»Ach du Scheiße«, sagte Schlüter zum dritten Mal und dachte daran, dass er es noch nicht mal geschafft hatte, Erna Rathjens vor ihrem Sohn zu schützen. Aller einstweiligen Verfügungen zum Trotz hatte der seine Mutter doch aus dem Haus geworfen, an den Füßen über den Tritt geschleift. Man musste nicht Türke sein, um deutsche Gerichtsurteile zu missachten, das konnten die Eingeborenen auch sehr gut erledigen. Jede entschlossene Faust war der Justiz überlegen, das wusste jeder Familienrechtsanwalt.

»Sie müssen mir helfen«, flehte Zekiye mit dünner Stimme.

Schlüter nickte schweigend. Seit er Veli Adaman kennengelernt hatte, dessen Vermächtnis in Gestalt des Steines und seiner fürchterlichen Geschichte vor ihm auf dem Schreibtisch lag, verlor er die Kontrolle über die engen Grenzen seines Lebens. Er konnte Privatleben und Beruf nicht mehr abgrenzen und, was schlimmer war, er fragte sich, warum und seit wann es eine Grenze geben musste.

»Sie sind der Einzige, der mir eingefallen ist, wo ich hingehen könnte«, fügte sie hinzu. »In meiner Berufsschulklasse sind auch ganz Nette, aber mit so was könnte ich denen nicht kommen …«

Schlüter, der Helfer in der Not, der Retter, ein Ritter der Artusrunde, der allen Erniedrigten und Beleidigten beistand, besonders aber den ehrenwerten Jungfrauen. Wie konnte es sein, dass ausgerechnet diese Muslimin auf die Idee kam, ihn als letzte Rettung anzusehen? Diesen bleichen, ältlichen, immer langweilig grau und korrekt gekleideten Anwalt mit dünnen Armen, Gleitsichtbrille, Halbglatze und Bauchansatz?

»Zu Ihnen habe ich Vertrauen …«

»Ach du Scheiße, ja«, erwiderte Schlüter, und als die Frau erschrocken zusammenzuckte, fragte er: »Hat Sie jemand hier reingehen sehen?«

Sie schüttelte entschieden den Kopf und sah ihn aus wässrigen Augen hoffnungsvoll an.

»Nach Sivas will er sie schicken, Ihr Vater?«, fragte Schlüter. »Wie ist das da eigentlich?«

Er vergaß, die Alevitenhasserin zu fragen, ob sie Aleviten hassen würde.

33.

Danach ging alles ziemlich schnell und noch am Abend wurden weitreichende Beschlüsse gefasst, deren Logik Schlüter schon zwei Tage später stark bezweifelte, aber da war es bereits zu spät. An manchen Tagen quollen die Ereignisse über wie Hirsebrei über den Schüsselrand.

Zekiye Kaya wartete in der Teeküche, still bei einem Pfefferminztee, bis Schlüter mit den Mandanten des Nachmittags gesprochen und die notwendigste Arbeit des Tages erledigt hatte. Zwischendurch rief er Christa an und weihte sie in sein neues Problem ein: noch ein Gast für die Bücherwohnung.

»Bist du ganz und gar verrückt geworden?« Sie flüsterte am Telefon, vermutlich, weil Clever sie schon wieder mit seiner elenden Fürsorglichkeit umstrich und sie nicht laut sprechen konnte. »Du kannst doch nicht die ganze Welt retten!«

»Die ganze Welt nicht«, flüsterte Schlüter zurück. »Aber vielleicht einen Menschen.« *Und wer einen am Leben erhält, soll sein, als hätte er die ganze Menschheit erhalten.* So stand es im Koran, was sollte falsch sein an dem Spruch? In kurzen Worten erklärte er Christa das Hochzeitsproblem. »Weißt du, ich konnte nicht anders – dieser Stein – bestimmt wird es nicht lange dauern. Und den Clever werden wir auch wieder los.«

Im Schutze der Dunkelheit verließ Schlüter mit Zekiye Kaya das Büro und schlich, den Umweg über die Kehdinger Straße nehmend, vom anderen Ende des Gerbergangs her nach Hause. So mieden sie die Fußgängerzone und den *Sivas-Grill.*

Christa zerschmolz augenblicklich, als sie die zarte Frau, die ihre bunt schillernde Handtasche mit weißen Knöcheln an sich gepresst hielt, in Schlüters Schatten unter der Tür stehen sah.

»Bitte entschuldigen Sie«, flüsterte Zekiye schüchtern. »Ich danke Ihnen so sehr …«

»Aber nicht doch«, lächelte Christa und nahm die junge Frau in den Arm. »Kommen Sie. Hier sind Sie erst mal sicher. Wir haben doch Platz!«

Zekiye Kaya brach in Erleichterungstränen aus und dann fing sie an zu jammern, dass ihr Vater nicht wüsste, wo sie wäre, und ihre Mutter würde sich noch viel mehr Sorgen machen, sie würden natürlich nach ihr suchen und zur Polizei gehen, spätestens übermorgen, um sie als vermisst zu melden, und dann würde auch die Polizei nach ihr suchen; und ihre Arbeitsstelle – sie würde bestimmt eine Kündigung bekommen, wenn sie unentschuldigt fortbleiben würde, ihr Chef verstünde da nicht viel Spaß …

»Das regeln wir morgen«, unterbrach Schlüter. Morgen werde er vertraulich mit ihrem Chef sprechen und Staschinsky von der Polizei in Bremervörde anrufen, der eine sinnlose Fahndung zu verhindern wüsste. In Hemmstedt kannte Schlüter keinen Polizisten, zu dem er so viel Vertrauen hatte. Er hatte das erste Mal bei der Strafsache von Borstel mit Staschinsky zu tun gehabt, der Polizist galt bei seinen Kollegen als widerborstig und unbequem, weil er nicht den Bullen spielte.

Eine Stunde später begann der Kriegsrat, zu viert, in der noch kahlen Küche der Bücherwohnung, die mit den hinterlassenen Einbauten des Vorgängers ausgestattet war, an einem nüchternen Esstisch, im Reich des Truchsesses und Mundschenks Paul Clever, der zunächst das Abendbrot serviert hatte, eine Tomatenquiche und zum Nachtisch Birnen-Avocado-Carpaccio mit Honig und Walnüssen, und nun reichte er Käse, dazu Wein für die Schlüters und Tee für die Flüchtlinge, denn Wein ist nichts für Alkoholiker und Muslime. Obwohl, wie Schlüter inzwischen wusste, der Koran da sehr widersprüchlich war, denn nichts im Leben ist wirklich klar geregelt, schon gar nicht die Ge- und Verbote in den heiligen Büchern, auch wenn ständig das Gegenteil behauptet wurde: *Und so er,* der Koran, *von einem anderen als Allah wäre, wahrlich sie fänden in ihm viele Widersprüche.*

Was war zu tun?

Schlüter beschloss, Zekiye Kaya einzuweihen. Die Heimlichtuerei gegenüber Veli Adaman und Heyder Cengi, denen er von dem Mandat Gül nichts verraten hatte, weil er der Schweigepflicht unterlag, hatte ihm ein Großproblem eingebrockt.

Er erzählte von seinem Besuch bei Cengi, berichtete von der mündlichen Verhandlung in Celle, davon, dass Gül sich nicht an die Namen seines Arbeitgebers und seiner Entlastungszeugen erinnert hatte und seine Auslieferung an die Türkei letztlich nur deshalb zurückgewiesen worden war, weil das türkische Strafverfahren allem Anschein nach unfair und politisch motiviert war.

Wenn der Verdacht gegen Gül den Tatsachen entsprechen sollte, erklärte Schlüter, und Gül außerdem Adaman bei der zufälligen Begegnung vor dem *Sivas-Grill* wiedererkannt habe, bedeutete dies, dass Gül ein Motiv hatte, Adaman zu töten. Denn Adaman hätte Güls Flüchtlingsstatus in Deutschland zerstören können mit der sicheren Folge, dass Gül in die Türkei ausgeliefert und dort in Haft genommen worden wäre. Ein Menschenleben gegen zwanzig Jahre Haft, das konnte man nachvollziehen.

Zekiye Kaya hatte schweigend zugehört, Erstaunen, schließlich Abscheu im Gesicht.

»Können Sie eventuell sagen, wo Ihr Cousin am Abend des 3. Februar – das war ein Freitag übrigens – gewesen ist?«, fragte Schlüter.

»Emin ist nicht mein Cousin«, antwortete sie kühl. »Er ist nur der Sohn der Schwester der Ehefrau des Bruders meines Vaters.«

»Moment«, warf Christa ein. »Von Ihrem Onkel väterlicherseits, das heißt von Ihrer angeheirateten Tante – ein Neffe?«

Zekiye Kaya nickte. »Streng genommen bin ich mit ihm nicht verwandt. Jedenfalls in Deutschland nicht.«

Clever wedelte verlegen grinsend mit seinen langen Fingern und schenkte Tee nach. Er konnte nicht folgen, denn komplizierte Verwandtschaftsverhältnisse waren ihm nicht geläufig. Er hatte es in seinem Leben nur mit seiner Mutter, sechs Halbgeschwistern und sieben Vätern zu tun gehabt, von denen er nicht wusste, welcher seiner war. Wenn einer von ihnen gekommen war, um seine Mutter zu vögeln, hatten sie ihn stets vor die Tür gesetzt. Seitdem kämpfte er täglich für ein bisschen Würde.

»Und«, setzte Schlüter nach. »Können Sie sich an den Tag erinnern?«

Zekiye Kaya schüttelte den Kopf. »Das ist jetzt wie lange her? Über sechs Wochen? Emin wohnt ja nicht bei uns. Er wohnt im Ostpreußenviertel. Aber er war oft da, besonders am Wochenende, und – ja – besonders an den Freitagabenden. Er ist immer mit meinem Vater in die Moschee gegangen am Freitag, zum Abendgebet waren sie oft zusammen weg. Aber genau an dem Tag?« Sie legte die Hände in den Schoß und sah nach oben in die Ecke der Küchendecke, wo noch die Spinnweben des Vormieters hingen. Schließlich schüttelte sie den Kopf.

»Wäre auch Zufall«, sagte Schlüter. »Ich weiß auch nicht mehr, was ich am 3. Februar gemacht habe.«

»Doch«, entgegnete Christa mit zartem Augenaufschlag. »Am 3. Februar hat doch Markus Geburtstag und …«

Sie waren abends im *Bosporus* gewesen und hatten Haşlama gegessen, gekochtes Lammfleisch, und Cihan hatte sich zwischendurch, wenn er Zeit hatte, zu ihnen gesetzt und Tee mit ihnen getrunken. Und anschließend waren sie nach Hause gegangen und hatten eine Flasche Rotwein aufgezogen und auf Markus' Geburtstag angestoßen, und danach hatten sie sich geliebt, im Schattenreich des Schlafzimmers, Christa hatte ihm ihre Dreikinderbrüste zur Liebkosung hingegeben, mit ihrem vertrauten Duft, eine träge Hand in seinem grau gewordenen Haarkranz, und das war vielleicht die Zeit gewesen, als Adamans Mörder im Dunkel der Nacht um das Haus im Moor geschlichen war, nicht auszudenken …

»An einem Freitag war er nicht da, das weiß ich noch«, beendete Zekiye Kaya Schlüters Gedankenglück. »Das fällt mir jetzt ein. Mein Vater hatte sich daran gewöhnt, freitags mit Emin in die Bahnhofstraße in die Moschee zu gehen. Und an einem Freitag war Emin nicht da. Und mein Vater wusste nicht, warum. Er fragte noch meine Mutter. Aber sie wusste es auch nicht. Er wartete. Und er ärgerte sich.«

Sie schloss die Augen, legte den Kopf in die Hände und überlegte. Die anderen wagten kaum zu atmen.

»An dem Tag war ich müde«, murmelte Zekiye Kaya in ihre Hände. »Sehr müde. Anstrengende Arbeit. Ich hatte mich gefreut, dass Emin nicht gekommen war, so musste ich nicht mit ihm reden und konnte früh zu Bett. Ich war den ganzen Tag herumgelaufen. Wegen der Gäste. Eine Tagung.« Sie atmete in ihre Hände.

Endlich nahm sie die Hände vom Gesicht und blickte auf. »Industrie- und Handelskammertag. Den haben wir ausgerichtet. Im *Kultureum.*«

Clever klatschte sich auf die Schenkel.

»Man muss nur in der Zeitung nachsehen«, fügte Zekiye hinzu.

Aber sie hatten keine Zeitung und schon wieder fragte sich Schlüter, ob es zeitgemäß war, keine zu haben. Christa stand auf und erklärte, sie werde ihre Kollegin Piegelsberger-Klawitter anrufen, mit der sie in einem Damenkreis einmal im Monat Bridge spielte, ihre einzige Konzession an das mondäne Leben und einer der wenigen Außenkontakte, die sie pflegten.

Nach wenigen Minuten kehrte sie zurück, drei gespannte Augenpaare auf sich gerichtet. »Prost«, sagte sie und hob das Glas. »Bingo.« Sie funkelte mit den Augen.

Paul Clever lachte begeistert und schlug seine langen Hände zusammen, Zekiye Kaya wusste nicht, ob sie sich freuen sollte oder nicht, und Christa zündete sich aufgeräumt eine Filterlose an. Abends war sie Raucherin. Aber was sollten sie mit der Erkenntnis anfangen, dass Emin Gül am Abend des 3. Februar 1995 nicht, wie sonst üblich, seine Braut und künftigen Schwiegereltern besucht hatte? Ein Alibi konnte er trotzdem haben. Andererseits war der Verdacht gegen ihn noch stärker geworden.

Schlüter zog den Bierdeckel aus seiner Jacketttasche und studierte ihn zum hundertsten Mal. »Da ist noch ein offener Punkt«, überlegte er laut. »Adaman wollte mir von einem Buch erzählen, das er tags zuvor geholt hatte, und im gleichen Atemzug hat er den Namen Rothenfels …«

»Was für 'n Buch?«, fragte Clever dazwischen.

»Keine Ahnung. Buch und Rothenfels, mehr weiß ich nicht.«

»Aber ich hab 'ne Ahnung!«, rief Clever und erhob sich, und während er die Weingläser und Teebecher nachfüllte, erzählte er von der nächtlichen Möbelaktion mit Adaman und Schukowski.

Schlüter hörte mit offenem Mund zu. »Den ersten Teil der Story kenne ich«, sagte er. »Aber das Buch …?«

»Ich konnte ihn von der Schwarte kaum wegkriegen«, endete Clever. »Der war wie festgeklebt. Als hätte er einen Schatz vor sich.«

»Der Oberkreisdirektor Dieken und Rothenfels haben sich die Möbel der Gräfin unter den Nagel gerissen!«, rief Schlüter aus. »Und einen Versicherungsschaden vorgetäuscht. Das Haus ist bei der Auxilium-Versicherung versichert, Rothenfels ist Vorsitzender des Aufsichtsrates. Das habe ich heute Nachmittag rausgekriegt. Der Mann hat Narrenfreiheit, der kann machen, was er will! Den kontrolliert doch keiner! Und Adaman wollte sich ein Buch holen, wir wissen nicht, was für eines, und dabei hat Rothenfels ihn überrascht, und ...«

»Rothenfels kann's auch gewesen sein«, fasste Christa zusammen. »Und Dieken. Jedenfalls hatten die ein Motiv.«

»Und die Leute von der PKK«, ergänzte Schlüter und gab, unter Zekiye Kayas erschrockenen Augen, Cengis Bericht wieder. »Falls die so weit gehen bei ihrer Geldeintreiberei.«

»Und wer noch?«, fragte Clever, indem er sich triumphierend umsah und die offenen Hände ausbreitete wie ein Moslem beim Gebet. »Bitte ...«

»Ich will wissen, ob ich für Adamans Tod verantwortlich bin, verdammt noch mal«, knurrte Schlüter. »Sonst frisst mich das auf. Das merke ich jetzt schon.«

»Und ich will wissen, ob der Mann, mit dem mein Vater mich verheiraten will, ein Mörder ist«, erklärte Zekiye Kaya.

»Und wieso geben wir das nicht der Polizei bekannt, was wir wissen?«, fragte Christa. *Wir,* sagte sie, und mit diesem Wort gründete sie eine Verschwörung und gab dem Gespräch die entscheidende Wendung.

Das ginge nicht, antwortete Schlüter. Dann könne er seinen Beruf an den Nagel hängen. Denn er habe Gül vertreten – er könne ihn doch jetzt nicht in die Pfanne hauen, das sei Parteiverrat, eines der schwersten Vergehen, dessen sich ein Anwalt schuldig machen könne. Er wolle nur für sich selbst Klarheit haben.

»Ist sogar ein Verbrechen«, ergänzte Clever. »Mindeststrafe ein Jahr, wenn ich mich nicht täusche.«

Schlüter nickte. Er war nicht der einzige Sachverständige im Raum. »Jedenfalls muss ich Heyder Cengi davor bewahren, dass er in die Türkei abgeschoben wird. Mandat hin oder her. Das habe ich Adaman versprochen. Und das ist mir das Wichtigste.« Was Adaman ihm erzählt habe, reiche aus, um Asyl für Cengi zu beantragen, notfalls in einem zweiten Verfahren. Cengi sei ein Nachfahre Verfolgter, von

Überlebenden eines Genozids. Zudem werde er selbst verfolgt. »Ich habe ja wenig Ahnung von Asylrecht, aber es muss mit dem Teufel zugehen, wenn ein Alevit aus dem Dersim kein Asyl bekommt. Wenn die UNO den Juden Palästina gibt, wenn Deutschland verfolgte Juden aus Russland aufnimmt oder jetzt Leute aus Jugoslawien, dann muss es verdammt noch mal auch verfolgte Dersimi aus der Türkei aufnehmen!«

»Nur dass keiner was von diesem Völkermord weiß«, warf Clever ein.

»Dann muss man ihn eben beweisen«, sagte Christa.

»Und wie soll man das machen?«, fragte Schlüter.

»Indem man hinfährt«, antwortete Clever sachlich. »Anders geht das nicht. Ist doch klar, oder?«

Schlüter sackte in sich zusammen. Clever hatte Angelas Worte wiederholt.

»Dann kann man auch gleich die Sache mit Gül klären«, setzte Clever nach und schwenkte mit leichter Hand seinen Tee. »Wenn man schon mal da ist. Dann weiß man wenigstens, was los ist.«

Zekiye Kaya nickte überzeugt. Keiner sagte mehr etwas.

Clever stand auf, er ragte auf wie ein Strichmännchen im grellen Licht der Küche, irgendwie heroisch, trotz seines melancholischen Blicks, seiner fettigen Haare und seiner großen, fast durchsichtigen Ohren. »Ich bin dabei«, sagte er und hob seinen Becher. »Prost!«

»Das ist doch völlig unmöglich!«, widersprach Schlüter. »Wir können doch nicht einfach Völkermorde aufklären und Beweise für Verfolgungen sammeln – in der Türkei! Das ist doch Wahnsinn!«

Jetzt stand auch Christa auf, das Glas in der Hand. »Stimmt«, sagte sie. »Völkermorde kann man als Einzelner nicht aufklären. Aber wenn ich das richtig verstanden habe, dann muss dein Cengi staatliche Verfolgung nachweisen, um

Asyl zu bekommen. Gehen wir mal davon aus, dass den deutschen Gerichten die ethnischen und religiösen Verfolgungen nicht ausreichen. Aber Adaman hat berichtet, dass Cengi in der Türkei wegen Fahnenflucht gesucht wird. Er hat Zeugen benannt, die das bestätigen können. Und wenn ihr diese Zeugen findet und mit ihnen sprecht …?«

»Meinen Pass habe ich dabei«, sagte Zekiye Kaya und stellte sich neben Christa.

Schlüter war der Einzige, der noch saß. Er sah sich um. Er überlegte, ob er seine Feigheit hinter angeblicher Vernunft versteckte und ob der Beruf seine Moral verdorben hatte. Dann packte er sein Weinglas, schob seinen Stuhl zurück und richtete sich auf.

»Ach du Scheiße«, sagte er.

Und damit war die Sache besiegelt.

Teil 3

Reise in den Krieg

Sie nennen uns Ergebende,
Wir haben nur einen Feind: den Hass.
Wir hassen niemanden,
Alle sehen wir als Gleiche und in Einheit.

Yunus Emre (1241–1321),
türkisch-alevitischer Dichter

34.

In geschlossener Gesellschaft konnte man sich in Pläne und Taten hineindenken und -reden, aus denen man nicht mehr herauskam, ohne sie umzusetzen und zu tun. Drei Tage später fuhren sie durch das karge Ostanatolien: Schlüter als Anwalt und Fahrer, Clever als Fährtenleser, mit wissendem Gesichtsausdruck, offenbar in seinem Element, er sog die fremde Luft durch geblähte Nasenflügel ein, die Karte auf den Knien, Sitz und Lehne seiner langen Beine wegen weit zurückgestellt, und Zekiye Kaya als Dolmetscherin hinter Schlüter auf dem Rücksitz, schweigsam, neben sich das getürmte Gepäck, eingehüllt in ihren langen Mantel.

Mächtige Berge beherrschten das baumlose Land, wie böse Riesen in langen grauen Mänteln, nur manchmal in den Tälern, auf lehmocker Feldern, verstreute blatt- und blütenlose Bäume, nackt und schutzlos den Elementen preisgegeben, vielleicht Aprikosen, denn die getrockneten Früchte wurden an den Straßen verkauft, vielleicht aber auch Datteln; schneebedeckte Gipfel, verschneite Hochebenen, glitzernd wie arktische Seen im gleißenden Licht der Sonne, braune strauchlose Steppen, hin und wieder war im Dunst zwischen den faltigen Füßen ferner Felsen ein einsames Dorf auszumachen: ein Haufe grauer Häuser im Schnee, aus dem ein Minarett aufragte. Der Himmel hatte keine Wolken und bot keinen Schutz vor dem All. Dass es hier noch so kalt war, hatte Schlüter nicht geahnt.

Die Straße: ein vierspuriges graues Band, meistens leer bis zum Horizont. Zweimal hatten sie militärische Kontrollposten passiert, an einer Brücke über das steinige Bett eines fast ausgetrockneten Flusses und auf einem schneebedeckten Pass; die Soldaten in ihren grünen Uniformen hatten sich in ihre Schilderhäuser am Straßenrand zurückgezogen und sie fuhren weiter.

»Was soll das denn?«, hatte Schlüter gefragt.

»Krieg«, hatte Clever geantwortet.

»Hier?«

»Ja, offensichtlich.«

»Und woher wollen Sie das wissen? Vielleicht setzen die das Militär auch für Verkehrskontrollen ein?« Schließlich diskutierte man in Deutschland auch darüber, ob man die Bundeswehr im zivilen Bereich einsetzen wollte. Vielleicht waren die in der Türkei schon weiter?

»Wenn man im Knast war, weiß man vieles, was andere nicht wissen.«

Damit war die Diskussion beendet.

Vom Flughafen Malatya waren sie mit dem Taxi in die Stadt gelangt und hatten dort einen Leihwagen genommen, einen kleinen Fiat, der hoffentlich durchhalten würde. Den Motor konnte man nicht hören, denn der grobe Asphalt dröhnte im Fahrgestell. Die Nacht hatten sie in Darende verbracht. Das Hotel *Tiryandafil,* ein sechsstöckiger Klotz und ziemlich neu, lag an einer vierspurigen Straße, die den Ort in zwei Teile zerschnitt, und während Schlüter aus dem schlecht schließenden Plastikfenster seines Hotelzimmers auf den Berg gegenüber blickte, wartete er, dass seine Seele nachreisen würde, mit der er heute Morgen, halb in der Nacht, noch in Hemmstedt erwacht war.

Alles war unwirklich.

An der Rezeption verlangte man den Namen von Vater und Mutter, der umständlich in ein Formular einzutragen war. Sein Vater sei lange tot, ließ Schlüter durch seine Dolmetscherin vorbringen, und seine Mutter über achtzig Jahre alt, was die beiden für eine Rolle spielten? Egal, um eingelassen zu werden, musste er ihre Namen auf ein Blatt Papier schreiben, in Druckbuchstaben, damit sie ins Gästeformular transkribiert werden konnten. Und die Berufe waren anzugeben: Rechtsanwalt. Auszubildende. Clever gab sich als Koch aus, was einigermaßen stimmte, und entschied sich für einen seiner sieben Väter. Ein livrierter Page trug das Gepäck zum Fahrstuhl, Zekiye flüsterte Schlüter das Wort Trinkgeld zu, er grub in seinem zerschlissenen Portemonnaie und konnte nur einen Zehnmarkschein finden, den er dem erstaunten Burschen in die Hand drückte.

Der Berg drüben hatte eine geröllbedeckte Flanke und mächtige Falten in seinem fahlen Gewand, an seinem Fuß die grauen Häuser, dünne hölzerne Stelzen trugen Blechdächer mit offenen Giebeln, unter denen Wäsche baumelte; dort wohnten wohl die armen Leute. Vor den Häusern ein ausgetrockneter Fluss, in dessen Ufergebüsch die Fetzen alter Plastiktüten flatterten wie tibetische Gebetsfahnen, herabgespült von irgendeiner Müllhalde, wenige kerzenförmige Bäume, dünn wie Bohnenstangen, deren Äste man bis hinauf in die kümmerlichen Wipfel amputiert hatte: Heizmaterial, Baumaterial. Aber weiter unten, in der Stadt, türmten sich Hochhäuser mit unzähligen liegenden Tonnen auf dem Dach, wie gestapelt, für das warme Wasser, wie Zekiye Kaya erklärt hatte.

Schlüter hatte den Fernseher ausprobiert, es lief eine Direktübertragung aus Mekka, unter fischgrünem Licht flutete ein Männermeer in weißen Tüchern um den schwarzen Kubus der Kaaba wie träges Badewasser um den Abfluss, die monotone Stimme eines unsichtbaren Mannes rezitierte mit langen Pausen, arabisch wohl, vielleicht aus dem Koran. Schlüter hielt das grüne Büchlein in seiner Hand, konnte sich aber nicht entschließen, seine Studien fortzusetzen. Er konnte sich überhaupt schlecht konzentrieren, denn er war noch nie so weit von der Heimat fort gewesen und hatte Angst, sich zu verlieren. Er wusste fast nichts über das Land, in dem er sich befand. Seine Kenntnisse beschränkten sich auf die Berichte Veli Adamans, einige Urteile des Bundesverwaltungsgerichts in Asylsachen und die Jahrzehnte zurückliegende Lektüre der Abenteuerromane von Karl May. Aber Schlüter war nun tatsächlich hier, nicht nur in der Fantasie wie der Lügenbaron aus Radebeul, und er hatte noch nicht einmal den Schutzbrief des Pascha bei sich, der fremde Türen öffnen oder aus Gefahren befreien würde. Zwar hatte er vor der Abreise die Telefonnummer auf der Visitenkarte angewählt, die Bauer Heinsohn von seinem Besuch bei den Hamburger Aleviten mitgebracht hatte, aber Heinsohns Gesprächspartner, Herr Mehmet Yigzi, war wortkarg geblieben, vielleicht weil er schon mitbekommen hatte, dass Cengi Schlüter das Mandat entzogen hatte, wer weiß? Jedenfalls hatte Schlüter nichts erfahren, was die Reise hätte vorbereiten können.

Schlüter blickte weit hinaus in den Abend und unversehens begann es in der Luft zu knistern, der auf- und abschwellende Schrei eines Mannes füllte die Atmosphäre, gutturale Silben drangen, nicht ganz synchron, aus unsichtbaren Lautsprechern ringsum: Das musste der Gebetsruf des Muezzin sein. Er rief von den Minaretten, als drückte man ihm die Kehle zu, und bevor ihm endgültig die Luft ausging, verstummte er ebenso abrupt, wie er begonnen hatte, wie mitten im Wort und Schlüter hörte nur noch das Rauschen des Stadtverkehrs zu sich empordringen. Und die arabisch rezitierende Stimme aus dem Fernseher hinter ihm.

Die Kreuzung drüben beherrschte ein hektischer Verkehr, dem die Ampel nur eine Empfehlung zu sein schien, denn die Letzten fuhren noch bei Rot und die Ersten schon bei Rot. Für den Mann im schwarzen Jackett, der da seinen hölzernen Marktkarren mit mühlsteingroßen Rädern, beladen mit leeren Gemüsekisten, über die Straße zog, als sein eigener geduldiger Esel, war das ein gefährliches Spiel.

Die Nacht war ein Übeltäter, sie warf dem Tag die Kapuze über und es war dunkel. Es gab keine Dämmerung. Schlüter schloss das Fenster. Auf dem Bett lag sein aufgeklappter Koffer. Wie war er so plötzlich hierhergekommen?

Am Abend hatten sie ein erstes Essen in dem fremden Land eingenommen, im vollen Speisesaal des Hotels. Man liebte hier alles, was glänzte – die Fliesen glänzten, die steinernen Säulen glänzten –, und man liebte das Plüschige und Geraffte, rote, rosa und weiße Rüschen verzierten Tisch und Stühle, es gab verstaubte künstliche Blumen und gelbe Gardinen. Der Koch hinter dem Tresen garte die Spieße über glühenden Kohlen, er schoss wie ein Weberschiffchen hin und her, die Kellner bedienten im Galopp, schweißüberströmt rissen sie Schlüter Besteck und Teller fort, noch bevor er fertig gegessen hatte, kehrten mit einem Fläschchen zurück, bespritzten die Hände der Gäste mit einer wohlriechenden Essenz, kehrten nochmals zurück und servierten Tee in winzigen Gläsern. Zekiye Kaya erklärte, dass man immer etwas auf dem Teller zurücklassen müsse, ein Stück vom Tavuk Şiş, vom Hühnerspieß, ein Viertel Tomate, ein Häufchen Reis, der nach Kardamom schmeckte und mit Rosinen gewürzt war und Pilaw hieß; nur arme Leute, in denen der Hunger bohrte, aßen alles auf.

Nach der ersten Nacht, heute Morgen, waren vor dem Hotel viele Autos vorgefahren, aus jedem stiegen sieben oder acht festlich gekleidete Männer, Frauen und Kinder und aus einem blumengeschmückten Wagen eine weiße Frau mit brandrotem Brautschleier über dem Kopf. Sie wurde geführt wie eine Blinde, wie eine Kuh zum Schlachter, hinein zur Feier in das Hotel und das türkische Eheleben.

Das aber war schon Vergangenheit, denn die Zeit schritt fort wie bisher, und jetzt, am Nachmittag, fuhren sie auf der

Straße Nr. 850 nach Sivas, der zweitkältesten Stadt in diesem Land, das auch für Zekiye Kaya ein fremdes war. In Sivas, der Stadt ihres Vaters, war sie niemals gewesen, sie war in Deutschland geboren, auch wenn sie ein Kopftuch trug und Muslimin war. Nun fuhr sie freiwillig in die Heimat ihrer Ahnen. Schlüter hatte bei ihrem Arbeitgeber einen zehntägigen Urlaub erwirkt, danach würde man weitersehen.

Clever holte eine Thermoskanne unter seinem Sitz hervor, schwenkte sie übermütig und erklärte, es sei Zeit für den Unterwegskaffee.

»Wo kommt der denn her?«, fragte Schlüter erstaunt.

»Tja?«, grinste Clever glücklich.

»Haben Sie den etwa im Hotel gekocht?«

»Wo sonst?«, bestätigte Clever stolz. »Man muss sich zu helfen wissen. Ich hasse es, Sachen gebracht zu kriegen.« Er erklärte die Funktionsweise seines Spirituskochers, den er *Sturmküche* nannte, auf den ließ er nichts kommen.

Parkmöglichkeiten, gar Rastplätze, gab es nicht. Vor und hinter den Städten Halden von abgekipptem Abfall, hauptsächlich Baumaterial, Steine, Fliesenreste, so wie sie von der Ladefläche eines Lkw gerutscht waren, ausgedehnt je nach Größe der Stadt nur hundert Meter oder bis zum Horizont. Nach vielen Kilometern fanden sie endlich eine Stelle, wo sie die hohe Asphaltkante hinabrollen und im Geröll am Straßenrand halten konnten, neben sich einen Haufen aus Betonresten und Fliesenschutt. Sie stiegen aus, aber ein kalter Wind, der über die mongolischen Weiten pfiff, biss ihnen durch die Kleider. Nach ein paar steifen Schritten zogen sie sich wieder zurück und nahmen das Getränk im Wagen ein.

Kein Land für Reisende.

Tee wäre Schlüter lieber gewesen, aber der schmeckte bekanntlich nicht aus Thermoskannen, außerdem fehlte die Milch. Also trank er den Kaffee, er war schwarz und heiß und machte munter nach der langen Fahrt. Schlüter sehnte sich schon jetzt, am ersten Tag ihrer verrückten Reise, nach Christa und einer Tasse Tee und Zweisamkeit. Und nach einem seiner abseitigen Bücher.

Clever trug ein offenes Hemd, er hatte sich ein blau gemustertes Taschentuch um seinen dünnen Hals geknotet, das seinen Adamsapfel verbarg. Er sah ein bisschen wie ein Pfadfinder aus. Jetzt entdeckte Schlüter auch den Kompass, der vor Clevers Hühnerbrust an einem roten Band baumelte. Ein Kompass! Übertrieb der Mann nicht etwas?

»Brauchen wir den denn?«, fragte Schlüter. »Schließlich haben wir eine perfekte Straßenkarte dabei.« Er warf einen kurzen Blick nach hinten. »Und eine perfekte Dolmetscherin, die nach dem Weg fragen kann.«

»Wer weiß, was wir alles erleben?«, orakelte Clever bedeutungsschwanger. »Sicher ist sicher. Auch wenn es am Tag die Sonne und nachts die Sterne gibt.«

Als am späten Nachmittag neue Schutthalden in Sicht kamen, erklärte Clever: »Sivas. Wir sind da.«

Fern in der Ebene stapelten sich Hochhäuser vor dem milchigen Horizont. Zekiye auf dem Rücksitz wurde lebendig.

»Wohin fahren wir zuerst?«, fragte sie.

»In die Stadtmitte«, bestimmte Clever.

Eine Kreuzung mit Schildern. Geradeaus nach Tokat, rechts nach Erzincan, der kältesten Stadt der Türkei.

»Fahren Sie rechts und dann da vorne, sehen Sie? *Şehir merkezi*«, erklärte Zekiye. »Stadtmitte.«

Das erste türkische Wort, das ich lerne, dachte Schlüter. Und ich will hier was klären.

Er bog nach rechts ab und dann wieder links.

Es wurde langsam ernst.

35.

Die Stadt brodelte, ja sie kochte, die Bürgersteige quollen über, die Menschen waren unterwegs auf den Straßen, in den Parks, überall.

Sie fuhren hinein in das Chaos, bis zum gefühlten Zentrum, denn Hinweisschilder gab es nicht mehr, manchmal im Schritttempo, bedrängt von vieltönigem Hupen, jeder mit seiner eigenen Melodie, Schlüter hatte Angst, die Leute zu überfahren, die gebeugt am Straßenrand standen, vor ihnen kreuz und quer über die Fahrbahn sprangen. Er parkte den Wagen zwischen zwei anderen, an einem hohen zerborstenen Kantstein. Sie stiegen aus, um sich zu orientieren. Die Fassaden waren voller greller Schilder, ein Knabe auf einem Fahrrad schoss an ihnen vorbei, im Slalom durchs Gewühl, er fuhr freihändig und balancierte ein riesiges silbernes Tablett mit einer Pyramide Brezeln auf dem Kopf und schrie immer wieder ein fremdes Wort.

»Wir müssen den *İnönü Bulvarı* finden«, sagte Schlüter. Veli Adaman hatte ihm erzählt, dass diese Straße mitten im Zentrum der Stadt lag; dort sollte es einen Buchladen geben, in dem sie nach Osman Barut fragen konnten.

»Kein Problem«, erklärte Clever und stiefelte los, die leicht abschüssige Straße hinunter, ohne sich umzusehen.

Zögernd folgte Schlüter und vergewisserte sich, dass Zekiye mitkam. Sie hatte Angst im Gesicht, sah sich befremdet um, strich ihren kokonartigen grauen Mantel glatt und setzte sich endlich ebenfalls in Bewegung. Clever hatte schon dreißig Meter Vorsprung und wäre nicht seine lang aufragende, strichdünne Gestalt gewesen, die durch die Menge pflügte wie ein schmales Schar, seine ruhigen, doch raumgreifenden Schritte, die seine Bewegung unverwechselbar machten, so hätten sie ihn in dem Gewimmel auf dem Bürgersteig verloren. Er war ein Fremder und doch bewegte er sich wie auf heimatlichem Boden. Sie stiegen immer wieder vom hohen Kantstein hinunter und wieder herauf, um den Menschen auszuweichen; meist junge Leute, getrennt nach Geschlechtern gingen sie, zu zweit, in Gruppen, die Frauen mit und ohne Kopftuch, manche im schwarzen Tschador, der nur die Augen freiließ, denen man nicht ansah, ob sie jung oder alt waren, manche auch westlich gekleidet, mit offenen Haaren, in denen die Sonne leuchtete, die Männer schlenderten untergehakt nebeneinander, im Gespräch. In der Stadt war es überraschend warm und Schlüter brach der Schweiß aus.

Clever war an eine T-Kreuzung gelangt und blieb stehen. Er wartete, bis die beiden anderen ihn eingeholt hatten.

»Hier müsste es ungefähr sein«, behauptete er.

Sie standen zu dritt und machten lange Hälse.

»Sind Sie aus Deutschland?«, hörte Schlüter eine Stimme neben sich.

Ein schwarz gekleideter Mann mit Mütze und grauem Schnurrbart, einen Kopf kleiner als er selbst und zwei Köpfe kleiner als Clever, lächelte ihn an.

»Äh – ja, warum?«

»Oh, ich habe Mannheim gearbeitet, dreißig Jahre, jetzt wieder hier, Rente.« Das Lächeln des Mannes verbreiterte sich. »Darf ich Sie zum Tee einladen?«

Bevor Schlüter antworten konnte, drängte sich ein halbwüchsiger Bursche in die Gruppe, er schwenkte ein silbernes Henkeltablett, auf dem vier winzige Gläschen standen, deren gläserne Untertassen umgedreht obenauf lagen, darauf je zwei Stückchen Zucker.

»Bitte«, sagte der Mann mit einer einladenden Handbewegung.

Konnte der Mann zaubern? Der Bursche hatte eines der Teegläschen auf die Untertasse gestellt und reichte es Schlüter, dann machte der Junge sich daran, die anderen zu versorgen.

»Wie gefällt Sie hier?«, fragte der Fremde.

»Oh …«, machte Schlüter und begann ebenfalls zu lächeln.

»Tolle Stadt«, sagte Clever begeistert. »Wirklich toll!«

Der Türke nickte geschmeichelt und ertränkte seinen Zucker im Tee. Die drei Reisenden machten es ihm nach, und so standen sie in Sivas, der zweitkältesten Stadt der Türkei, mitten auf dem betonierten Bürgersteig einer hektischen Ampelkreuzung, rührten in den Tässchen und tranken Tee, in der überraschend warmen Sonne des späten Nachmittags, während die Autos vorbeibrausten und die vielen Fußgänger einen Bogen machten um die kleine Teeparty.

»Deutschland sehr gut!«, sagte der Fremde. »Europa sehr gut! Kohl sehr schlecht. Er mag nicht Türkei. Was denken Sie?«

»Kohl spinnt«, übernahm Clever die Konversation. »Die Politiker spinnen alle. Und lügen tun sie den ganzen Tag.«

Der Fremde lachte, er hätte eine Banane quer essen können, und zeigte einen goldenen Zahn und schwarze Stümpfe. »Haha, richtig, richtig!« Als er ausgelacht hatte, fragte er: »Urlaub?«

Schlüter und Clever nickten.

»Warum nicht Antalya? Antalya so schön wie europäische Stadt, sehr viel schöner Stadt!«

»Stimmt! Aber da waren wir schon«, log Clever. »Jetzt wollen wir uns hier ein bisschen umsehen.«

Schlüter bemerkte, dass zwei Kinder stehen geblieben waren, ein bezopftes Mädchen und ein Junge.

»What's your name?«, fragte das Mädchen.

»My name is Peter Schlüter«, antwortete Schlüter, der bisher noch nicht viel gesagt hatte, als fiele es ihm leichter, Englisch zu sprechen.

»What's your profession?«, fragte das Mädchen ernst. Sie hatte neugierige braune Augen.

»O well, I am …«

»Haha«, machte der Fremde und tätschelte dem Mädchen den Kopf. »Schlaue Mädchen.«

»And his name is Paul Clever«, fuhr Schlüter fort. »He is a cook.«

Aber der Türke wollte sich das Gespräch nicht nehmen lassen, er berichtete von seiner Zeit in Mannheim, von seiner Tochter, die in Deutschland verheiratet sei, von seinem Sohn, der in Köln lebe, bald werde er beide besuchen, er wiederholte, Deutschland sei ein gutes Land, ein reiches Land, bald werde die Türkei auch zu Europa gehören und dann werde alles besser werden, und zuletzt fragte er, ob er den Reisenden helfen könne. Als Schlüter erklärte, sie suchten den *İnönü Bulvarı*, lachte der Mann wieder und sagte, sie stünden ja schon auf der Straße. Das da, sagte er und wies auf die Querstraße, sei der *İnönü Bulvarı.* »Großer Mann. Politiker war!« Er zwinkerte Clever zu.

Der Tee war ausgetrunken, aus dem Nichts tauchte der Bursche mit dem silbernen Tablett wieder auf, sammelte, während der Gastgeber ihm einen zerknüllten Schein zusteckte, die Tassen ein, trabte im Slalom zwischen den hupenden Autos durch zur anderen Straßenseite und verschwand in einem schwarzen Türloch, über dem *kavahanesi* stand.

»Gute Reise!«, verabschiedete sich der Mann. »Gott beschütze Sie.« *Gott* sagte er.

»Vielen, vielen Dank«, fand Schlüter seine Sprache endlich wieder. Und, als der Mann fort war, zu Zekyie Kaya gewandt: »Ist das hier immer so?«

»Woher soll ich das wissen?«

»Na klar ist das hier so«, behauptete Clever. Denn wenn man im Knast gewesen war, wusste man manches, was andere nicht wussten. Er sah sich um und blähte wieder seine Nasenflügel, als könne er riechen, wohin sie sich nun wenden sollten.

»Hello«, piepste es neben ihnen. »What's your name?« Die beiden Kinder standen immer noch da und ein drittes, ein Mädchen mit pfiffigem Gesicht, hatte sich dazugesellt. Sie grinste voller Erwartung und Zahnlücken.

»My name is …«

»Pass auf, junge Dame«, unterbrach Clever und beugte sich freundschaftlich hinab. »Wir haben hier mächtig zu tun und ihr zischt mal schnell nach Hause zu Mami und lasst uns schön allein, ja? Wir haben schon alle Fragen beantwortet, frag mal die andern.« Er legte seine Hand auf die kleine Schulter des Mädchens, pfiff und schob sie fort. Die drei Knirpse trotteten tuschelnd davon, immer wieder lachende Blicke über die Schultern werfend.

»Da drüben«, sagte Clever und klappte seinen rechten Arm aus. »Da ist 'ne Buchhandlung.«

In der Tat, auf der anderen Straßenseite konnten sie in dem Eckhaus an der T-Kreuzung Bücher in den Schaufenstern liegen sehen. Clever kreuzte, wie alle anderen, bei roter Ampel die Straße, und während Schlüter und Zekiye brav auf Grün warteten, wie sie es zu Hause gelernt hatten, war Clever schon fort und betrat, vermutlich das erste Mal in seinem Leben, einen Buchladen.

Als Schlüter aufgeschlossen hatte, redete Clever eifrig auf den Verkäufer ein, einen jungen Mann mit angehendem Schnurrbart, der wohl noch nicht volljährig war und nicht viel zu verstehen schien. Die Wände waren vom Boden bis zur Decke mit Regalen voller Bücher bedeckt und Schlüter ärgerte sich einmal mehr, dass er die Sprache des Landes nicht verstand und die Titel nicht entziffern konnte. In den Verkaufsständern vor den Regalen Postkarten, Briefumschläge und Schreibpapier, Bürobedarf.

»Einen Osman Barut kennen die hier nicht«, gab Clever das Ergebnis seiner Verhandlungen bekannt.

»Fragen Sie noch mal«, flüsterte Schlüter Zekiye zu.

Sie fragte auf Türkisch. Der Verkäufer antwortete und schüttelte dabei den Kopf.

»Sag ich doch«, sagte Clever, leicht sauer.

Schlüter schlug vor, dass sie einfach nach einem Englischlehrer fragen sollten, Zekiye übersetzte, ja, ein Englischlehrer sei bekannt in dem Bücherladen, man habe ihn weder heute noch gestern gesehen, und wann er kommen würde, wüssten sie nicht, so zweimal die Woche käme er, er habe sein Institut in der *Belediye Sokak* drüben hinter dem *Atatürk Bulvarı,* dort würden sie ihn wohl treffen. Der Mann kam hinter seinem mit Büchern, der Kasse und Papieren voll gestapelten Tresen hervor, ging zum hinteren Teil des Ladens, öffnete dort eine Luke im Fußboden, verschwand im Keller und tauchte nach drei langen Minuten mit einem Papprohr wieder auf, aus dem er einen riesigen Stadtplan zog. Er bestand darauf, ihn zu verschenken, wollte kein Geld, nein, unter keinen Umständen, sie seien seine Gäste, erklärte sich aber damit einverstanden, den wichtigsten Teil des Stadtplanes, das Zentrum, zu kopieren, brachte einen Kopierer in Gang, der hinter einem der Regale mitten im Raum stand, kehrte stolz mit einem Blatt Papier zurück, auf dem er, wieder hinter dem Tresen, den Buchladen und die Straße, in der das Institut zu finden war, markierte. Er drückte das Blatt Clever, den er für den Chef der Truppe hielt, in die Hand.

»Teşekkür«, sagte Kaya.

»Teşekkür«, sagte Clever.

»Te-te-teşekkür«, sagte Schlüter.

»Sağol«, sagte Clever und grinste überlegen.

»Was hieß denn das?« fragte Schlüter, als sie wieder in der Sonne standen.

»Danke«, warf Zekiye ein, während Clever immer noch grinste.

»Und teşekkür?«

»Auch danke.«

»Eigentlich heißt sağol wörtlich übersetzt: Ich wünsche dir ein langes Leben«, ergänzte Clever.

»Können Sie etwa Türkisch?«, fragten Schlüter und Zekiye wie aus einem Munde.

»Ich kann alles«, antwortete Clever, ohne mit der Wimper zu zucken, während er den Stadtplan achtlos faltete und in seine Jeanstasche schob. Wenn man im Knast war …

»Yallah! Lasst uns gehen, bevor wir wieder angequatscht werden.« Clever setzte sich zielstrebig in Bewegung, zurück auf die andere Straßenseite, wo sie Tee getrunken hatten, und weiter den *İnönü Bulvarı* entlang.

Schlüter hätte ihn gern gefragt, woher er die richtige Richtung wusste, und sich den Stadtplan angesehen, aber dann konstatierte er, wie himmelhoch ihm dieser Knastbruder überlegen war, wenn es um den Kontakt mit fremden Völkern und die Orientierung in fremden Städten ging. Es mochte sein, dass Clever weder mit Alkohol noch mit Frauen umgehen konnte, aber alles andere …

36.

Die Bürgersteige des *İnönü Bulvarı* waren jetzt breiter und sie kamen schneller voran. Clever erhöhte das Tempo, sie wurden nicht mehr angesprochen, aber Schlüter spürte die neugierig-freundlichen Blicke, die man den beiden fremden Männern zuwarf, in deren Kielwasser eine türkische Frau mit Kopftuch folgte. Wir sind hier wie die Weißen in Togo, dachte Schlüter.

Clever ging, zielstrebig wie bisher und ohne den Stadtplan in der Gesäßtasche seiner Jeans zu konsultieren, vor ihnen her. Es blieb nichts anderes übrig, als weiter hinter ihm herzulaufen. Er überquerte den *İnönü Bulvarı* und sie passierten einen Park, hinter dessen Bäumen kathedralenähnliche, filigran verzierte Türme in Sicht kamen und ein kastenförmiger Bau, aus dem der graue Penis des Minaretts ragte. Oben hingen die Lautsprecher. An einem Brunnen saßen Männer, einige hatten ihre Schuhe ausgezogen und wuschen sich die Füße, andere Arme und Gesicht: *Waschet euer Gesicht und eure Hände bis zu den Ellbogen und wischet eure Häupter und eure Füße bis zu den Knöcheln ab.* In den Verkaufsbuden am Rande des Parks wurden Brezeln, Maronen und Süßigkeiten feilgeboten. Sie waren am Atatürk Platz angelangt, wie Clever den Kreuzungspunkt der großen Boulevards der Einfachheit halber nannte, denn auf dem Stadtplan, auf den er Schlüter endlich einen Blick werfen ließ, hieß der Ort *Vilayet.* Drüben standen mächtige Verwaltungsgebäude. Clever führte sie weiter, am Rande des Platzes entlang bis vor die gläsernen Fassaden der Geschäftshäuser zur Mündung des *Atatürk Bulvarı*, einer langen, leicht abschüssigen Geschäftsstraße. Nach weiteren zwanzig Metern blieb Clever vor einem Dönerimbiss stehen.

»Da drüben ist es«, sagte er und nickte der anderen Straßenseite zu. »Wir sind da.«

Schräg gegenüber mündeten zwei Straßen wie ein V auf den *Atatürk Bulvarı.* Am zweiten Gebäude der Häuserzeile in der hinteren der beiden Straßen hingen große Buchstaben einzeln an der Fassade, vom ersten bis dritten Stockwerk: *Oteli Madımak.*

Ein Schild am Eckhaus: *Belediye Sokak* hieß die Straße.

Ein Metallzaun riegelte das Hotel ab. Die Fenster des Hauses waren von innen mit Brettern vernagelt, an der Fassade schwarze Brandspuren bis hinauf in den obersten Stock. Hinter dem Zaun Stapel von Steinen, Zementsäcke, Bretter, Eimer, eine Schubkarre. Die Mauern des Erdgeschosses waren aufgerissen, sie blickten in das ehemalige Foyer des Hotels, auf einen Wald von dünnen Rundhölzern, die miteinander verschraubt und vernagelt waren, ein Bau-

oder Stützgerüst. Aber kein Mensch arbeitete auf der Baustelle und es sah auch nicht so aus, als wäre in der letzten Zeit jemand aktiv gewesen.

Schlüter drehte sich um und blickte zurück Richtung Gouverneurspalast. Nicht viel Platz für fünfzehntausend wütende Männer. Sie mussten eng gedrängt gestanden haben, die hintersten hatten sicher erst mitbekommen, was passierte, als der Rauch aus dem Gebäude quoll. Hier also hatten sich die Fanatiker versammelt und das Hotel in Brand gesetzt, unter ihnen – vielleicht – Emin Gül, der Asyl in Deutschland bekommen hatte wegen Verfolgung durch den türkischen Staat, und drinnen im Inferno Veli Adaman, der zum zweiten Mal geflohen und nach zwei weiteren, bitteren Jahren in der Illegalität ermordet worden war.

Die *Belediye Sokak* war eine schmale Gasse, eine Einbahnstraße. Clever zeigte auf ein Reklameschild, das an dem zweiten Haus hinter dem Hotel an der Fassade hing: *Enstitüsü İngilizce*, hoch oben am dritten Stock.

»Da finden wir ihn«, sagte er. »Diesen Osman, oder wie der heißt.«

Sie setzten sich wieder in Bewegung, vorbei an einem schmalen Bankgebäude, aus dem ein Mann auf den Bürgersteig trat, ein Bündel Geldscheine in der Tasche verstauend, und dann standen sie vor einer Aluminiumtür mit undurchsichtigem Glaseinsatz, daneben an der Fassade ein Schild mit der Aufschrift: *Enstitüsü İngilizce – Osman Barut.*

Clever präsentierte das Ziel ihrer Suche stolz wie einen Schatz: »Bitte sehr!«

Es knisterte in der Luft und sie hörten wieder den Ruf des Muezzins, der durch die Straße hallte. »Wie 'n Gockel mit Potenzstörungen«, flüsterte Clever, damit Zekiye nichts mitbekam, und grinste.

Schlüter schob sich an ihm vorbei und übernahm die Führung, für englische Angelegenheiten war er zuständig. Er stieß die nur angelehnte Tür auf. Im Treppenhaus roch es nach Staub und toten Zigaretten, die Wände aus Beton, unter den Füßen undefinierbar gemusterte Fliesen. Schlüter machte sich an den Aufstieg, der Muezzin war nur noch schwach zu hören. Türenschlagen und Schlüsselklimpern. Schlüter blieb auf dem Treppenabsatz stehen. Neonlicht flackerte auf, Schritte.

Der Mann war von gedrungener Gestalt, er trug einen Anzug und darunter einen quer gestreiften Pullover, dazu einen roten Schlips. Er hatte eine Zigarette in der Hand und alten Schweiß auf der Stirn. Sein breites Gesicht wies ihn als Türken aus.

Schlüter sprach den Mann an: »Excuse me, Sir, we would like to meet Mr Osman Barut ...«

»I am the person you would like to meet – may I help you?«, lächelte Barut und streckte die Hand aus.

Er bat die Reisenden, ihm zu folgen, drehte sich um und stieg wieder die Treppe bis in den dritten Stock hinauf.

Kurz darauf saßen sie in schwarzen Ledersesseln im Chefzimmer des Englischinstituts, Barut bot Zigaretten an, alle lehnten ab, er fragte, ob er weiterrauchen dürfe, versprach, sofort Tee zu bereiten, und zog an seiner Zigarette. Dann fragte er nach ihrem Begehr.

»Wir kommen wegen Veli Adaman«, erklärte Schlüter auf Englisch.

»He is a very good friend of mine«, fuhr Barut erfreut auf. »I haven't heard of him for a long time ago. How is he?«

»He is dead and that is why we are here«, antwortete Schlüter.

Barut starrte Schlüter aus großen Augen an. »No«, sagte er. »It's not true. It can't be true!«

»I'm sorry to tell you«, antwortete Schlüter und erläuterte Barut die Umstände von Adamans Tod. Barut hörte mit offenem Mund zu, während er immer wieder den Kopf schüttelte, seine Miene sich verdüsterte und seine Augen sich mit Trauer füllten.

Er vergaß, an seiner Zigarette zu ziehen, und drückte sie schließlich fahrig aus, stand auf, sagte: »Excuse me«, und verließ den Raum.

Sie hörten, wie er im Flur eine Tür hinter sich schloss. Schlüter stellte sich ans Fenster und sah hinaus. *Hakan kuaför,* las er auf den Reklameschildern auf der Fassade gegenüber, die wie Fahnen in die Straße ragten, *Selçuk Hamamı, San-Kay Kuyumculuk ltd.* In dem Gebäude schräg gegenüber saßen im zweiten und dritten Stockwerk Männer, die mit blitzschnellen Bewegungen auf runden Tischen schwarze Täfelchen hin- und herschoben.

»Was soll man machen?«, sagte Schlüter.

»Alles Scheiße«, sagte Clever, die Ellbogen auf den Knien.

»Allah sei seiner Seele gnädig«, sagte Zekiye leise, die Hände zwischen den Knien.

Irgendwann kehrte Barut zurück. »Allah sei seiner Seele gnädig«, sagte er mit belegter Stimme, setzte sich in seinen Sessel und hörte, eine Hand vor den Augen und in der anderen eine neue Zigarette, Schlüters Bericht an.

Kurz darauf befanden sie sich, ohne Tee getrunken zu haben, wieder auf der Straße. Barut hatte bestimmt, dass die Reisenden bei ihm zu Abend essen und nächtigen würden, Schlüter versuchte höfliche Einwände, aber Barut wies diese mit großer Bestimmtheit zurück. Adaman sei ein sehr guter Freund von ihm gewesen, vielleicht der beste, den er in Sivas gehabt habe, also seien auch sie seine guten Freunde, und es komme überhaupt nicht infrage, dass er sie in einem Hotel schlafen lasse. Seine Frau werde sich freuen, die Gäste zu bewirten. Er habe genug Platz und heute Abend habe er ausnahmsweise keinen Kurs, erst morgen wieder.

Baruts Wohnung befand sich im Erdgeschoss eines vierstöckigen Hauses in einer Seitenstraße des *İnönü Bulvarı,* jenseits des Bücherladens, an dem sie erneut vorbeigingen. Frau Barut begrüßte Zekiye Kaya mit einem Wangenkuss und Schlüter war erstaunt, als sie ihm und Clever, der plötzlich schüchtern geworden war, ganz selbstverständlich einen festen Händedruck gab.

»Nice to meet you. How do you do?«, begrüßte sie die Gäste in perfektem Englisch.

Sie war schlank, trug eine Hose und zeigte den Männern ihre Brüste unter einem engen Pullover, sie hatte wallende schwarze Haare und grüne Augen; ein Kopftuch trug sie nicht. Zwei Mädchen im Grundschulalter versteckten sich hinter der Mutter zwischen den Jacken an der Garderobe. Barut zog sie hervor, strich ihnen zärtlich über die Köpfe, stellte sie als »my angels« vor und war erst zufrieden, als sie alle drei Gäste artig begrüßt hatten.

»This is my wife, Fatma«, sagte Osman Barut.

»I am Peter.« *Pieter* sagte Schlüter.

Zekiye Kaya stellte sich auf Türkisch vor. Sie könne so gut wie kein Englisch, erklärte sie auf Deutsch.

»Paul«, sagte Paul Clever trocken und streckte noch einmal seine Hand aus. »Ihr könnt mich Paul nennen.«

Im großen Wohnzimmer gab es ein blaues Sofa, mehrere blaue Sessel, Bilder an den Wänden und einen Fernseher und im hinteren Teil des Raumes einen Tisch mit Stühlen vor einem wandfüllenden Schrank, neben dem ein goldenes Schild mit eingravierter arabischer Schrift hing.

»Dieses Land ist eine Katastrophe«, sagte Barut traurig, als sie eine Stunde später, der Wagen war geholt und um die Ecke abgestellt worden, nach dem Begrüßungstee bei laufendem Fernseher um den großen Tisch saßen, bei Tavuk, Pilaw, Kichererbsen, Salat und Börek und Ayran aus zinnernen Trinkgefäßen. »Wir werden noch ein paar hundert Jahre brauchen, bis wir in Europa angekommen sind.«

Draußen hatte die Nacht dem Tag die Augen ausgestochen.

Der Tod von siebenunddreißig Menschen im Hotel *Madımak* am 2. Juli 1993 sei eine Schande für das Land, und er schäme sich für die Stadt und ihre Einwohner und auch für sich selbst, für den Tod der Menschen. Veli Adaman sei sein Freund geworden, nach jenem Tag, viele Abende sei er ihr Gast gewesen, bevor er fort sei, erzählte Barut, Allah möge seiner Seele gnädig sein. Er hörte auf, alles, was er sagte, ins Türkische zu übersetzen, es sei zu anstrengend, lachte er, und außerdem würden gewisse Ansichten, die er habe, bei bestimmten Leuten nicht gerade Begeisterung auslösen, »but you are a man of justice, my friend«, sagte er zu Schlüter, »you have to know everything«. Barut vermied es, Zekiye bei diesen Worten anzusehen und lächelte stattdessen seine Frau an.

»There shall not be violence in belief, our holy book says«, sagte Barut. »Doch was machen wir mit den Leuten?«

Tja, was machten sie mit den Leuten?

»Was macht den Glauben der Aleviten eigentlich aus?«, fragte Schlüter und erinnerte sich an Adaman, wie er im *Bosporus* erzählt hatte. *Aber seien Sie nachsichtig mit ihm, er glaubt, uns zu kennen, und doch weiß er nichts von uns.*

»Sie sind Muslime, wie wir«, antwortete Barut.

»Und wo sind die Unterschiede?«

»Sie gehen nicht in die Moschee.«

»Sie beten nicht?«

»Doch, aber das tun sie zu Hause.«

»Ist das alles? Sie haben doch eine eigene Religion?«

Die Aleviten hätten keine eigene Religion, widersprach Osman, sie seien Muslime wie alle anderen. »Wir sind alle Brüder, verstehst du?« Nur die Buchreligionen seien eigene Religionen, die anderen, na ja, ein bisschen Folklore ... Osman lächelte überlegen. »Aber sie haben den falschen Propheten«, fügte er hinzu.

»Da sind die Aleviten anderer Meinung.«

»Das mag sein. Aber das ist falsch. Sie haben den falschen Propheten!« Osmans Stimme hatte einen bösen Beiklang.

Ob die Aleviten keine Versammlungshäuser hätten?, fragte Schlüter. Eines, antwortete Barut. Ob sie nicht weitere Häuser haben wollten? Nicht dass er wüsste, meinte Barut, die Leute würden doch zu Hause beten, wozu bräuchten sie dann extra Häuser? Aber dieser fürchterliche Tag vor bald zwei Jahren ...

Ob das mit den *satanischen Versen* zu tun gehabt habe, fragte Schlüter, wie ihm der Vater von Frau Kaya berichtet habe?

»O ja!«, bestätigte Osman. Aziz Nesin, der an der Versammlung der Aleviten teilgenommen habe, leider ein Atheist und ein umstrittener Mann, der habe *Die satanischen Verse* in der Türkei herausgebracht, ein grässliches Buch, für das die iranischen Mullahs ein Todesurteil gefällt hätten über den Verfasser und seine Helfer, auch über Nesin, den Herausgeber, und das in einem zivilisierten Land mit uralter Kultur, die so alt sei, da hätten sie in Europa, abgesehen von Griechenland vielleicht, noch auf den Bäumen gesessen, und hier in Sivas hätten die Imame die Gläubigen aufgehetzt, ohne eine Zeile des Buches zu kennen, besonders die zwei, die in der *Ulu Camii* predigen würden, eine Moschee, die er, Osman Barut, seit dem 2. Juli 1993 nicht mehr betreten habe, und wenn es hundert Mal stimme, dass der heilige Hızır dem vormaligen Imam an zwei aufeinanderfolgenden Tagen an der 31. Säule erschienen sei, ein Ereignis, das den Ruf dieser fast tausend Jahre alten Moschee noch weiter schallen ließ, aber dennoch: Er würde sie so lange nicht betreten, wie diese verantwortungslosen Gesellen dort predigten, die nichts von der Toleranz des heiligen Hızır wüssten, denn der sei ein Samariter gewesen und habe jedem geholfen, egal, welchen Glaubens er war; diese Imame, von denen der eine wie ein Geck herumlaufe in weiß glitzernden Anzügen, und auch der andere sei eitel wie sonst was, das würde man ja schon an seinem Bart sehen, den er sich alle zwei Stunden stutze, nein, die wolle er, Osman Barut, nicht mehr anhören. Zwar sei das Buch des Herrn Rushdie schwere Kost für einen rechtschaffenen Muslim, er selbst habe auch sehr schlucken müssen, als er es gelesen habe, auf Englisch übrigens, wie er über »unseren Propheten hergezogen« sei, aber wer für Meinungsfreiheit eintrete, und seit er in England gewesen sei, trete er dafür ein, der müsse das aushalten, egal ob das Buch sonst tauge oder nicht. Und er, Osman Barut, behaupte: Das Buch tauge nichts, da habe jemand einen Wälzer vollschwadroniert, wer wolle dem schon durch seinen Irrgarten folgen? Osman zündete sich erbost eine neue Zigarette an, obwohl sie noch längst nicht mit Essen fertig waren, und sah Schlüter erwartungsvoll an.

Dass dieser Mann Christas Urteil über das Buch teilte, ja, dass er es gelesen hatte, erfüllte Schlüter mit heimatlicher Freude und freundschaftlichen Gefühlen.

Dann fing Osman plötzlich an, türkisch zu reden, und als Schlüter ihn fragte, ob er nun alles übersetzt habe, erklärte Osman, natürlich habe er alles übersetzt, insbesondere, dass die Große Moschee eine wunderbare Atmosphäre habe, zu Recht sei der Imam stolz darauf, dass sie in der Moscheenatmosphärenweltrangliste auf Platz sechs rangiere, er habe Frau Kaya gerade empfohlen, sie morgen unbedingt zu besuchen. Ein kühles Lächeln erschien in Osmans rundem Gesicht.

Schlüter fragte, ob er, Osman, an dem üblen 2. Juli in der Moschee gewesen sei?

Ja, antwortete Osman und redete weiter auf Englisch, das habe er doch gerade gesagt, er habe am besagten Tag die Freitagspredigt gehört, eine Hass- und Hetzpredigt sei das gewesen, eine Aufforderung zu Gewalttaten, eine Anstiftung zum Mord, und auch er sei der Masse zur *Belediye Sokak* bis vor das Hotel gefolgt, mit einem Sausen im Magen, er habe abends noch einen Kurs abhalten wollen, das Hotel liege ja nebenan, und dann erzählte er, wie er Veli Adaman am Fenster ganz links im ersten Stock entdeckt und geholfen habe, dass der Mann nicht verbrenne, und wenn nicht auch andere geholfen hätten, sogar welche, die vorher noch gebrüllt hätten, man müsse die Aleviten töten, dann wäre Adaman schon damals umgekommen. Allah habe ihn, Osman Barut, vor das Hotel geführt, damit er Adaman habe helfen können, und Allah habe »you, my friends« hierher geführt, damit er auch ihnen helfen könne. *Denn Allah hat Macht über alle Dinge.*

Osman hatte sich in Fahrt geredet. Fast vergaß er zu essen.

Die Religionsgelehrten hätten zu viel Macht, behauptete er, sie würden seit Jahrhunderten über Spitzfindigkeiten streiten, zum Beispiel über die korrekte Berechnung der Gebetszeiten, nämlich wann das Nachmittagsgebet stattzufinden habe: wenn der Schatten eines senkrechten Gegenstandes gleich sei der Schattenlänge zu Mittag zuzüglich der wahren Länge des Gegenstandes, wie es die Rechtsschulen der Schafiiten, Malikiten und Hanbaliten vertreten würden, oder aber, wie die Rechtsschule der Hanifiten behauptete, wenn der Schatten eines Gegenstandes gleich der doppelten Länge des Gegenstandes zuzüglich der Schattenlänge zu Mittag sei, »Do you understand that?«. So genau, meinte Osman, komme es nicht auf die Einzelheiten an.

So ging der Abend hin.

Clever blieb schüchtern und fast wortlos; dies war nicht das Terrain, auf dem er sich bewegen konnte. Religion interessierte ihn nicht und das Jüngste Gericht nur insoweit, als man es essen konnte. Er fragte nicht nach Übersetzungen. Immerhin hatte er sich, mit Zekiyes Hilfe, mutig die Rezepte von der Frau des Hauses erklären lassen, insbesondere die Fertigung von Börek, er lobte das Essen und versprach einen türkischen Abend, sobald sie wieder zu Hause seien. Das erinnerte Schlüter an sein verwaistes Büro, es kam ihm unwichtig und fern vor. Gleich morgen würde er Angela anrufen, nahm er sich vor.

Die beiden Mädchen hatten die Gäste aus großen Augen still beobachtet, dem dreisprachigen Gespräch gelauscht und sich nach der Mahlzeit vor dem Fernseher auf dem Sofa unter eine Wolldecke gekuschelt, wo sie schließlich eingeschlafen waren. Die Eltern warfen immer wieder zärtliche Blicke hinüber und Fatma ging hin, um die Decke über drei nackte Füße zu ziehen.

»Wie oft gehen Sie in die Kirche?«, fragte Osman.

»Nie«, antwortete Schlüter.

Osman hob entsetzt beide Arme. »Aber das geht nicht!«, rief er. »Man muss doch beten!« Das Gebet in der Moschee helfe ihm, ein besserer Mensch zu sein, keine Frage, und er, Schlüter?

Schlüter erklärte, da sei er ein wenig wie dieser Nesin, und dann fragte er Osman, ob er sich vorstellen könne, dass die beiden schlafenden Engel da drüben auf dem Sofa als Sünderinnen geboren seien? Osman hob ein zweites Mal entsetzt beide Arme, unmöglich seien seine Engel Sünderinnen, Kinder seien frei von Schuld und Sünde, wie ein Engel, und Sünden könne ein Mensch erst begehen, wenn er für sich selbst verantwortlich sei, und vor der Pubertät sei das gar nicht möglich, ganz ausgeschlossen, wer könne so einen »bullshit« behaupten?

»Die christlichen Kirchen«, antwortete Schlüter. »Erbsünde nennen sie das.«

»Was?«, fuhr Osman auf. »Das habe ich nicht gewusst! Erbsünde? So was gibt's nicht, das schwöre ich! Aber beten muss man«, beharrte er. »Deshalb gehe ich in die Moschee. Zumindest jeden Freitag. Ich gehe seitdem in die *Aliağa Camii,* die ist gleich bei meinem Institut um die Ecke.« Nicht in die *Ulu Camii* und zu ihren Imamgecken.

Fatma lächelte und Schlüter zuckte hilflos die Schultern. Osman ging einfach in eine andere Moschee, Schlüter war heimatlos. Nein, er betete nicht. Und er teilte nicht den Glauben an die Erbsünde, der die Menschen davon abhielt, die Welt zu verbessern.

Osman erzählte von seinen Plänen; er halte es in dieser Stadt, die sowieso viel zu kalt sei, nicht mehr lange aus, sie würden hoffentlich bald nach Antalya gehen, wo man auch Menschen aus aller Welt treffen könne, mit denen man englische Konversation machen könne, hier in Sivas sei die Welt vernagelt, die Geschehnisse des 2. Juli lägen wie ein Fluch über der Stadt, die Verwaltung habe es abgelehnt, das Hotel zu einem Mahnmal zu machen oder wenigstens einen Gedenkstein errichten zu lassen, mit den Namen der Ermordeten, wie es die Aleviten verlangt hätten, nein, das Hotel werde wieder aufgebaut, das Böse werde verdrängt, es glühe weiter unter der Asche, fange erneut an zu brennen, wenn einer käme und auflegen, die Flamme anfachen würde, das Böse wachse im Dunkel unter der Asche wie ein Dämon, man müsse ihn ans Licht zerren, sein Feuer löschen mit dem klaren Wasser der Wahrheit, aber nichts dergleichen geschehe – auch deshalb wolle er fort nach Antalya, dort gebe es mehr Freiheit in Gedanken und Rede, »I think you understand, my friend, because you are the man of justice«, sagte Osman traurig, »even if you don't pray«, und vielleicht könne seine Frau dort auch wieder als Englischlehrerin arbeiten, sobald die Kinder aus dem Gröbsten heraus seien, hier in Sivas gebe es zu wenig Leute, die Englisch lernen wollten. Schlüter, der Mann der Gerechtigkeit, nickte, und er hätte gern mit einem Rotwein auf die neue Freundschaft angestoßen, vielleicht auch mit Raki, denn er war gerührt. Aber sie befanden sich in einem ordentlichen alkoholfreien sunnitischen Haushalt, und so hob er sein Teeglas und stieß es an Osmans und trank, als wäre es Wein.

Sie besprachen den Plan für den nächsten Tag. Höchstens zwei Tage könnten sie in Sivas verbringen, sagte Schlüter, spätestens übermorgen müssten sie aufbrechen nach Dersim.

»Dersim?«, fragte Osman. »Tunceli meinen Sie?«

»Ja, Tunceli.«

»Versprich mir eins, lieber Freund, sage niemals Dersim in diesem Land. Das ist Separatismus, man könnte Sie ... und außerdem herrscht dort Krieg! It's a no go area. You must not go there!«

Darüber werde noch zu sprechen sein, murmelte Schlüter, obwohl ihm das Herz pochte. Heute Vormittag hatte Clever das gleiche Wort benutzt: Krieg. Osman redete weiter und jetzt übersetzte er wieder, er habe morgen Vormittag verschiedene Termine und abends Unterricht, aber am Nachmittag könne er ihnen helfen, etwas über Emin Gül und seine Aktivitäten am 2. Juli 1993 zu erfahren, womöglich den Mord an Veli Adaman, Allah sei seiner Seele gnädig, aufzuklären, denn dies sei seine Pflicht als guter Muslim.

Fatma wies den Reisenden ihre Betten, die Zimmer lagen im ersten Stock, und es war weit nach Mitternacht, als Schlüter im Finstern auf dem Gästediwan lag und die Eindrücke des Tages in seinem Kopf wirbelten: die zweite Nacht in dem fremden Land, aber noch beschützt von Veli Adaman und seinen Informationen. Aber was kam danach? Wie würde es weitergehen auf dieser verrückten Reise?

Draußen hörte er einen Wind durch die Gassen gehen, nackt und auf erfrorenen Füßen.

37.

Als man *in der Morgenröte einen weißen Faden von einem schwarzen Faden unterscheiden konnte*, wachte Schlüter auf. Der Gebetsruf schallte von mehr als siebzig Minaretten durch alle Viertel, Straßen und Gassen der Stadt und bis in die Keller und Innenhöfe, durch die Türen, Fenster und Ritzen einer jeden Wohnstatt, der Ruf weckte Reich und Arm, die Gottesfürchtigen und Gottlosen gleichermaßen, ob sie es wollten oder nicht. Schlüter wollte nicht beten, konnte aber nicht mehr einschlafen, sah immer wieder auf seine Uhr, wartete, bis es endlich sieben geworden war, und stand auf. Im Badezimmer klappte es mit dem Pinkeln schon besser als gestern. Man musste die Hosen weit herunterlassen, bis auf die Fersen, in die Hocke gehen und die Hose in der Mitte hochhalten, damit man sich nicht draufpinkelte, eine orientalische Haltung, die der Europäer nicht beherrscht, weil ihm die Sehnen und Muskeln fehlen und vielleicht auch die Demut. Man spülte mit dem Wasser aus der Kanne und füllte sie anschließend aus dem Hahn, der knapp über dem gefliesten Boden aus der Wand ragte. Im Hotel hatte es noch Toiletten wie in Europa gegeben, wo man seine Notdurft auf dem Thron verrichtete und dafür den Hinternschweiß des Vorgängers mitnahm.

Unten traf Schlüter Osman und Fatma, die das Frühstück bereitete: weißes Fladenbrot, zwei Sorten Fetakäse, Wabenhonig, schwarze und grüne Oliven, Tomaten, Gurken, Tee. Die Kinder schliefen noch. Osman zeigte ein zerknittertes Gesicht.

»I talked too much yesterday«, sagte er mürrisch und zog an seiner ersten Zigarette. Er habe so wenig Gelegenheit, offen zu sprechen, und da habe er vielleicht ein bisschen zu viel gesagt. Ob Schlüter sicher sei, dass Zekiye kein Englisch verstehe? Man müsse bedenken, dass sie einiges missverstanden haben könne.

Wenig später befand Schlüter sich auf der Straße. Er hatte darauf bestanden, ohne Begleitung und noch vor dem Frühstück das Haus zu verlassen. Er wollte die Stadt allein erkunden, ihre Gerüche, ihre Atmosphäre schmecken, die

Menschen beobachten und in den Straßen umhergehen, damit sie ihre Fremdheit verloren. Der *İnönü Bulvarı* kam ihm heute eine Spur vertrauter vor. Er sog die Luft ein. Ein stahlblauer Morgen, auf den Wischwasserpfützen vor den Läden Eis. Schlüter knöpfte sich den Mantel zu, steckte die Hände in die Taschen und umschloss mit der einen den Völkermordstein, der ihn an seine Beschlüsse erinnerte und an das Vermächtnis des Veli Adaman.

Wohin sollte er sich wenden? Er zog den Stadtplan aus der Tasche, den er sich gestern noch von Clever hatte geben lassen, und studierte ihn.

»Kann ich helfen?«, sprach es neben ihm.

Wieder ein dunkel gekleideter Rentner, der viele Jahre in Deutschland verbracht hatte, lächelte, Deutschland lobte, und wenn es um diese frühe Zeit schon Tee in den Teestuben gäbe, so lüde er den Herrn gern zum Tee ein, aber Schlüter fand eine Menge höflicher Worte und machte den Deutschen: keine Zeit.

Er zwang sich fortan, so flott zu gehen wie Clever gestern, den *Bulvarı* hinauf, durchquerte den *Selçuk Parkı*, achtete aber nicht weiter auf die historischen Gebäude, erreichte den »Atatürk Platz«, setzte fort hinunter den *Atatürk Bulvarı*, verlangsamte seine Schritte, als er die verbrannte Fassade des Hotels sah, unter dem die Glut des Bösen schwelte, und folgte dem Boulevard, hinein in den Schilderwald, der die Straße bis hoch in die obersten Stockwerke besäumte und sie hinten zu versperren schien.

Er war noch nie allein und ohne jede Hilfe in einem Land gewesen, dessen Sprache er nicht beherrschte. Er war überhaupt selten an fremden Orten gewesen und plötzlich wurde ihm bewusst, dass sein ganzes Leben im eisernen Gleis von Herkunft, Sicherheit und Planung verlaufen war und er nie die Weichen gestellt hatte. Sein Lebenskreis war immer eng gewesen, er hatte sich noch nie auf Situationen eingelassen, in denen er ein Risiko eingehen würde. Als er jetzt an einem Schaufenster vorbeikam, in dem runde Stapel süßen Gebäcks und Bleche goldgelber Küchlein zu sehen waren, hielt er an, fasste sich ein Herz und trat ein. Es war ein schmales Lokal, gleich neben der Eingangstür befand sich der Verkaufstresen, dahinter eingequetscht ein dicker Mann, dessen breites Gesäß den Hocker verbarg. Schlüter bedeutete durch Zeichen, welches Gebäck er haben wollte, und schon saß er an einem der winzigen Tische, vor sich einen Teller Baklava und ein Glas Tee.

Während er das honigtriefende Gebäck verzehrte, freute er sich daran, beflügelt von kindischem Stolz, dass er sich so problemlos und ohne Dolmetscher versorgt hatte. Trotzdem kam ihm die Reise immer verrückter vor. Was wollte er eigentlich bewirken? Wie zum Teufel war er in diese fremde Stadt gelangt? Vor über vier Monaten hatte die Geschichte angefangen, nach einem langweiligen Arbeitstag an einem grauen Novemberabend, als er, an seiner eigenen Bedeutungslosigkeit leidend und voll lächerlicher Abenteuerlust, diesen fatalen Herrn Kaya in seinem Grill in der Fußgängerzone von Hemmstedt kennengelernt hatte, einen pausbäckigen Türken, der einen schweren Ring an der Hand trug, mit drei eingravierten Vögeln! Schlüter schlürfte den Tee und beobachtete den dicken Verkäufer, wie er Kuchen verkaufte, sah an ihm vorbei auf die Straße, die sich allmählich mit Fußgängern füllte. Auf zerborstenen Bürgersteigen liefen sie, auf losen Platten, über achtlos hingeschmierte Zement- und Asphaltkanten, vorbei an grauen und bröckligen Hausfassaden, an denen hoch bis in die obersten Geschosse hässliche Schilder in allen Größen hingen, Transparente, die an die Häuser gespannt waren, Fahnen, die flatterten und grelle Reklame machten. Dort drüben am zweiten Stock, Schlüter dehnte sich, um besser zu sehen, ein rotes Stück Stoff. Mit drei Vögeln darauf! Daneben die Buchstaben MHP. Was bedeutete das? Nein, das waren natürlich keine Vögel. Sondern drei Halbmonde.

Schlüter sah die Hand des Hemmstedter Grillwirtes vor sich auf dem Tisch liegen, als er von den Morden des 2. Juli 1993 erzählte, die Hand mit den kurzen Wurstfingern, von denen einer den schweren Ring trug, und plötzlich hörte er die Worte des Mannes in seinem inneren Ohr: *Da war er schon fortgegangen, schon am späten Nachmittag, zurück zu seiner Arbeit in einem Geschäft für gebrauchte Möbel ... Er ist zur Arbeit gegangen in Yahya Bey, nicht weit von der* Gökmedrese, *wo es übrigens den besten türkischen Honig in der Stadt zu kaufen gibt, fragen Sie nach Achmed ...*

Schlüter vergaß seine Zweifel und holte den Stadtplan aus der Manteltasche, faltete ihn auseinander, prüfte systematisch jeden Namen auf dem Blatt. Da stand es: *Gökmedrese M.* Und etwas daneben: *Yahya Bey M.* Was bedeutete *M?* Es gab viele solcher Bezeichnungen auf dem Stadtplan: *Mevlana M*, *Çiçekli M* und er befand sich jetzt dort, wo *Eski Kale M* stand. Schlüter zog auch sein Wörterbuch hervor. Stadtviertel hieß Mahalle. Er drehte den Plan, bis er verstand, in welcher Richtung der Stadtteil *Yahya Bey* lag. Nur ein paar hundert Meter den *Atatürk Bulvarı* weiter, und dann nach rechts abbiegen ...

Schlüter bezahlte sofort und brach auf.

Von Weitem schon sah er das Doppelminarett der *Meydan Camii* und ihre silbern glitzernde Kuppel, die Moscheen schienen die einzigen Gebäude zu sein, die man mit Bedacht schön gestaltete, *denn das irdische Leben ist nur ein Spiel und ein Scherz; das jenseitige Haus ist besser für die Gottesfürchtigen.*

Abseits der Prachtstraße herrschte Wirrnis und Chaos. Man wusste nicht, wem die öffentlichen Flächen gehörten: den Autos, den Fußgängern oder den Händlern und ihren ausgestellten Waren. Schlüter bahnte sich seinen Weg, vorbei an Läden, einem Schaufenster mit lila verschleierten Modepuppen, durch die Verkaufsstände, die Häuser waren niedriger geworden, auf den Straßen standen Säcke mit Tee, Früchten und Gewürzen, es lagen Rollen mit Draht herum für die Zäune, Stände mit Werkzeug, Geschirr, riesige silberne Tabletts. Schlüter ließ sich wie ein träges Boot in der Strömung treiben, durch ein hohes Tor in eine Halle hinein, durch deren gläsernes Dach die Sonne leuchtete auf die warmen Farben der Früchte, getrocknete Aprikosen, Pflaumen, Rosinen, auf Walnüsse, Sonnenblumenkerne und Pistazien, auf kunstvoll geschichtete Pyramiden von Tomaten und Okraschoten, Stapel von Granatäpfeln, Gurken, auf Säcke, aus denen grüner, roter, schwarzer, scharfer, schärferer und allerschärfster Pfeffer quoll, Salbei, Minze, Kardamom und Zimt, auf duftige Petersilienberge, Zitronenstapel, Zwiebel- und Knoblauchgebinde, die wie Vorhänge an den Budendächern baumelten, auf Käsezöpfe in Salzlake, auf die toten Augen in gestapelten Schafsköpfen, auf abgehäutete Karnickel, von denen das Blut tropfte, und auf Würste in langen Ketten. Ein Mann schüttete aus einem Sack getrocknete Rosinen auf ein wagenradgroßes Blech, in einem Brunnen plätscherte Wasser und erzählte Märchen, und dann geriet Schlüter vor einen Stand, an dem es außer Trockenfrüchten, Feigen, Bohnen, Erbsen, Nüssen, Kichererbsen und Pilzen in überquellenden Bergen auch Honig und getrockneten Sirup gab, er las *pekmez* und *bal* auf den Schildern und schlug die Wörter in seinem Wörterbuch nach. Ein zierlicher Mann mit weißem Käppchen, weißem Bart, langer Jacke und weit durchhängender Tuchhose trat hinter seinem Stand hervor, lächelte und sprach fremde Worte.

Schlüter zeigte ein ratloses Gesicht und sagte: »Ich kann leider kein Türkisch, ich verstehe Sie nicht.«

Der Mann kreuzte die Arme vor der Brust, verbeugte sich lächelnd und sagte: »Achmed.«

Schlüter kreuzte die Arme vor der Brust, verbeugte sich lächelnd und sagte: »Peter.«

»Peter?«, vergewisserte sich der Verkäufer.

»Peter. Achmed?«, vergewisserte sich Schlüter.

Das Lächeln des Mannes wurde breiter und er verbeugte sich wieder mit gekreuzten Armen vor der Brust. »Achmed!«, nickte er. »Alman?«

»Alman«, nickte Schlüter zurück. Er zeigte auf das Schild, das in einem Block hellbrauner Masse steckte: »Bal?«

»Evet, Bal.«

Achmed nahm eine Plastiktüte, er hatte krumme abgearbeitete Finger, bedächtig zog er das Messer aus dem Sirupblock, der aussah wie dunkles Marzipan, schnitt ein kleines Riefchen ab und hieß Schlüter, es zu probieren. Schlüter schmeckte und nickte, und dann schnitt Achmed einen ordentlichen Batzen heraus, spießte ihn auf und blickte Schlüter fragend an, der nickte wieder, die Ware wurde gewogen, eingewickelt, übergeben, Schlüter zog sein Bündel Geldscheine hervor und bezahlte, ohne zu wissen, wie viel er gegeben hatte, weil die Zahlen mit den vielen Nullen ihn verwirrten.

Er verbeugte sich wieder, kreuzte die Hände vor der Brust, Achmed tat ebenso, sie lächelten sich an, wer weiß, vielleicht könnten wir Freunde werden, dachte Schlüter, verneigte sich ein letztes Mal und spazierte, nun Eigentümer des besten türkischen Honigs, den man in der Türkei kaufen konnte, aus dem gegenüberliegenden Tor aus der Markthalle hinaus ins Freie.

Wen Allah will, leitet Er irre, und wen Er will, den führt Er auf einen rechten Pfad. Ein geheimnisvoller Faden verband den Dönergrill in Hemmstedt mit der Markthalle in Sivas, Schlüter beschleunigte seinen Schritt, denn das Jagdfieber pochte jetzt in seinen Adern, er fühlte fast Euphorie, gar Lust am Abenteuer, entschlossen umfasste er den Völkermordstein in der Tasche und tauchte ein in das Gewirr der Gassen von Sivas.

Es war wärmer geworden, Schlüter knöpfte seinen Mantel auf, das Viertel wimmelte nun von Menschen, die Straße gehörte den Fußgängern, in den Teestuben saßen rauchende und teetrinkende Männer. Schwarz verschleierte Frauen und junge Frauen mit offenem Haar kreuzten seinen Weg, mit Taschen auf Einkaufstour, und sogar ein Karren, auf dem ein stolzer Bursche mit federnden Knien stand und sein Pferd durch die Menschenmengen lenkte, ein Mann auf einem knatternden Moped, einen todgeweihten Truthahn vor sich gefesselt auf dem Tank.

Schlüter überquerte eine Kreuzung, sah sich um und stellte fest, dass er sich in der *Yahya Bey Cadde* befand, die hier breit und an den Seiten unbefestigt war, die Bauten wichen zurück, zwischen Straße und Häusern lagen Unrat und Schutt in den aufgetauten Pfützen, dort standen Pflüge, gebrauchte Schlepper und allerlei landwirtschaftliches Gerät, und gegenüber, vor einer flachen Budenzeile, aus deren blinden Fenstern und Dächern Ofenrohre jeglichen Kalibers ragten, alte löchrige neben neuen silbernen, waren Sofas, Tische, Schränke, Stühle und Sessel ins Freie zum Verkauf gestellt. Auf einem der Sessel saß ein Mann, vielleicht der Verkäufer, der auf Kundschaft wartete, vielleicht ein müßiger Kunde. Er hatte seine Beine übereinandergeschlagen, den Kopf gebeugt über ein Glas Tee, in dem er den Zucker verrührte. Er sah auf. Der Mann war – Emin Gül.

38.

Das Büro war nicht tot, nur weil der Chef nicht da war. Das Leben ging auch ohne den Chef weiter und doch war es ein totes Büro. Sie hielt die Routine aufrecht: um halb neun der

Gang zum Gericht, das Postfach leeren. Auf dem Rückweg bei der Bank die Kontoauszüge holen, aus dem Hausbriefkasten die Post mit hochnehmen. Dann mit dem Brieföffner an den Posttisch.

In der Gerichtspost befand sich ein dickes Paket und Angela packte die Ermittlungsakte Heyder Cengi aus. Die Staatsanwaltschaft hatte die Papiere geschickt, obwohl das Mandat beendet war. Bürokratie hat lange Wege. Angela wog die beiden dicken roten Hefter. Was sollte sie damit machen? Einfach zurückschicken wäre sicher das Beste. Aber wer weiß. Sie stellte den Kopierer an, heftete die Ordner auseinander und kopierte alles durch. Sogar die Bildbände. Man konnte sie nicht kopieren, ohne dass die Bilder ins Auge sprangen: der blutige Leichnam des Veli Adaman, aus allen Perspektiven, der zerschlagene Schädel, die klaffende Wunde, aus der Blut und Gehirn ausgetreten war, die verkrampften Hände, die noch hatten greifen wollen – das Leben, den Mörder? Angela hatte geschworen, damals bei der Strafsache von Borstel, nie wieder die Bildmappe aus der Akte von einem Gewaltverbrechen zu kopieren, aber der Chef hatte noch nicht angerufen, obwohl er schon zwei Tage fort war, und sie konnte ihn nicht fragen, hoffentlich war ihm nichts zugestoßen. Er war in den letzten Tagen sehr merkwürdig gewesen, besonders mit diesem komischen Stein, den er seinen Völkermordstein nannte. Mit dem er sogar sprach. Ihr wurde flau im Magen, sie spürte, wie ihr der Schweiß aus den Haarwurzeln trat.

Es klingelte an der Tür. Angela betätigte den Öffner und wartete eine Minute, bis der Besucher in den dritten Stock heraufgestiegen sein würde. Dann ging sie ihm entgegen. Sie öffnete die Bürotür und vor ihr stand ein zierlicher Mann mit Haaren, die ehemals schwarz gewesen und jetzt grau durchsprenkelt waren; er hatte tiefe trockene Falten im Gesicht und einen durchdringenden Blick aus schwarzen Augen.

Er stellte sich mit dem Namen Erich Müller vor und fragte, ob Herr Rechtsanwalt Schlüter zu sprechen sei. Als er hörte, Schlüter sei auf Dienstreise und werde nicht vor Mittwoch in der nächsten Woche zurückerwartet, ließ er sich einen Termin für Donnerstag geben, vertraute Angela einen Briefumschlag an und verabschiedete sich.

Angela bereitete sich einen Salbeitee, setzte sich an den Posttisch und öffnete den Brief.

Sie las:

Lieth, den 17. November 1994

Mein lieber Junge,

diese Zeilen wirst Du lesen, wenn ich nicht mehr sein werde. Ich weiß, ich habe mich in meinem Leben nicht viel um Dich gekümmert, im Gegenteil, ich habe Dir viele Steine in den Weg gelegt und mir ist klar, dass Du um meinetwillen viel gelitten hast. Lange Jahre war ich überzeugt, richtig gehandelt zu haben, und als ich erkannt hatte, dass mein Tun falsch und selbstsüchtig war, war es zu spät. Ich werde bald sterben und ich bitte Dich um Verzeihung. Man macht viele Fehler im Leben, die meisten kann man nicht berichtigen. Dieser war mein schlimmster Fehler.

Wie Du vielleicht weißt, bin ich eine reiche Frau. Den Preis dafür hast Du bezahlt. Etwas von dem, was ich Dir genommen habe, will ich Dir jetzt zurückgeben.

Also: Dein Stiefvater ist seit fünf Jahren tot. Ich habe ihn allein beerbt und werde morgen den Heimatverein des Landkreises Hemmstedt als Alleinerben meines Nachlasses einsetzen. Ich werde den Heimatverein verpflichten, aus Schloss Lieth eine Kulturstätte zu machen. Die Kosten dafür wird der Landkreis Hemmstedt übernehmen. Ich

werde einen Erbvertrag schließen, in dem das geregelt ist und Dir ein Vermächtnis von 100.000 DM zugesprochen wird. Der Landkreis wird glauben, man könne Dich mit dieser Summe endgültig abspeisen. Lass Dich unter keinen Umständen darauf ein! Gebe Dich damit nicht zufrieden!
Wenn Du diese Nachricht erhältst, werde ich längst unter der Erde sein und der Heimatverein wird das Erbe angetreten haben. Du bist mein einziger Sohn und hast deshalb einen Pflichtteilsanspruch gegen den Heimatverein. Der Landkreis muss dem Heimatverein alle Verpflichtungen aus dem Erbe abnehmen und auch diesen Anspruch erfüllen. Du hast ein Recht auf so viel Geld, wie es dem halben Wert meines Vermögens entspricht. Ich schätze mein Vermögen auf mindestens drei Millionen Mark. Bargeld ist nicht viel da, aber die Ländereien und Gebäude haben einen großen Wert, auch wenn sie praktisch nicht verkäuflich sind. Das ist der Grund, warum ich nicht Dich als Erben eingesetzt habe. Was solltest Du mit einem Erbe anfangen, das nur kostet, wenn gleichzeitig kein Bargeld vorhanden ist? Mit den riesigen Gebäuden, die Unsummen verschlingen? Deshalb hat Dein Pflichtteilsanspruch mehr Wert als das Erbe eines teuren Schlosses.
Ich bitte Dich: Suche mit diesem Brief den Rechtsanwalt Peter Schlüter in Hemmstedt auf. Du kennst ihn von damals. Zeige ihm diesen Brief, er wird dann das Richtige tun, damit Dein Anspruch erfüllt wird.
Ich habe alles veranlasst und sichergestellt, dass dieser Brief Dich erreicht, wenn ich mindestens vier Monate tot bin.
Ich bitte Dich noch einmal um Verzeihung. Lebe wohl, mein lieber Sohn.

In Liebe
Deine Mutter, Gräfin Sigunde von Thalheim

Angela las den Brief zweimal. So was! Ein schönes Mandat. Der Chef wird sich freuen.

Das Schloss kannte jeder im Landkreis. In der Zeitung hatte gestanden, dass daraus ein Kulturhaus entstehen solle. Im Kreistag hatte es Streit wegen der Betriebskosten gegeben, denn der Haushalt war stark verschuldet, schon für die laufenden notwendigen Ausgaben musste man Kredit aufnehmen und für freiwillige zusätzliche Aufgaben habe man erst recht kein Geld. Besonders die Grünen regten sich auf, sie behaupteten, der Betrieb des Schlosses als Kulturhaus würde jährlich eine halbe Million Zuschuss verschlingen. Der Rest des Kreistages hielt dagegen, die Grünen könnten nicht rechnen. Der Oberkreisdirektor rechtfertigte seine eigenmächtige Vorgehensweise, ohne Zustimmung, wenigstens Konsultation des Kreistages einen Erbvertrag abgeschlossen zu haben, damit, dass der unmittelbar bevorstehende Tod der Gräfin eine schnelle Entscheidung erfordert habe. Kunst und Kultur seien nun einmal nichts, womit man Geld verdienen könne, da müsse die öffentliche Hand einspringen, nur sein beherztes Handeln habe das Schloss, dieses einmalige Kulturdenkmal, für die Öffentlichkeit gerettet. Ein Bild von dem Oberkreisdirektor war auch in der Zeitung gewesen; darauf grinste er so breit wie ein Geldschrank.

Schließlich hatte man die vollendeten Tatsachen hingenommen.

Die Umbauarbeiten hatten bereits begonnen und im Herbst sollten die ersten Veranstaltungen stattfinden: Konzerte, Kunstausstellungen, Lesungen. Vielleicht, überlegte Angela, würde sie einmal hingehen. Die Möbel waren ja weg, die Grünen im Kreistag hatten zwar eine Anfrage gestellt, wo sie geblieben seien, und zweifelten an dem Wasserschaden im Keller des Schlosses ebenso wie an der Behauptung des Oberkreisdirektors, die Möbel hätten auf der Mülldeponie des Landkreises entsorgt werden müssen. Bei ihren Recherchen förderten die Grünen auch einen Vertrag zutage. Die Firma *Madaus & Sohn* hatte die Mülldeponie, die ihr gehörte, an den Landkreis verpachtet, und die Pacht sollte jährlich um fünf Prozent steigen, bis zum Ende aller Tage. Das, so hieß es aus dem Kreishaus, sei die übliche Kostensteigerung und nichts Besonderes. Deshalb hatten die Grünen sogar Dienstaufsichtsbeschwerde erhoben. Aber ob etwas dabei herauskommen würde? Schlüter behauptete, derartige Eingaben seien form-, frist- und zwecklos.

Angela hatte alle Zeitungsartikel gesammelt und würde sie Schlüter vorlegen, wenn er wieder zurück wäre. Sie legte den Brief in einen leeren Aktendeckel und trank einen Schluck Salbeitee. Hoffentlich würde der Chef heil zurückkommen.

Das Telefon klingelte. Kemal Kaya war dran, der Dönermann. Er müsse Schlüter sprechen. Er wolle ihn fragen, ob er wüsste, wo Zekiye sei.

»Er ist noch nicht zurück«, antwortete Angela.

Wie lange er noch fort sei, fragte Kaya und Angela wiederholte, was sie Kaya schon vorgestern gesagt hatte. Die Geschäftsreise dauere voraussichtlich noch bis Mitte nächster Woche.

Kaya war damit nicht zufrieden, er legte grußlos auf.

Hoffentlich habe ich alles richtig gemacht, dachte Angela. Es war schwierig, alles allein entscheiden zu müssen.

39.

Rasch hatte sich Schlüter umgedreht und war abgetaucht in eine Seitengasse, in der es keine Läden mehr gab, sondern nur noch verschlossene Türen in langen Mauern und Jungen, die ihm nachstarrten und »What's your name?« riefen. Hatte Gül ihn auch gesehen? Natürlich hatte er ihn gesehen. Ein ältlicher Mann mit silbernem Haarkranz, gekleidet in einen hellen Mantel aus einem Hemmstedter Herrenbekleidungsladen musste in dieser anatolischen Stadt auffallen. Schlüter verfluchte seinen naiven Vorwitz, der ihn getrieben hatte, allein den Kundschafter zu spielen.

An der nächsten Ecke nestelte er wieder den Stadtplan hervor, aber er fand keine Straßennamen an den Häuserwänden und wagte auch nicht stehen zu bleiben, um genauer nachzusehen. Er wandte sich aufs Geratewohl in irgendeine Richtung, wünschte sich Clever herbei, der den Weg zurück sicher gewusst hätte. Schlüter eilte durch Straßen und Gassen, die immer schmaler und staubiger wurden, mit wachsender Unruhe, schließlich mit Panik wie ein Kind, das sich verlaufen hatte, während die Erkenntnis in ihm wuchs, dass er alles falsch gemacht hatte: Ich hätte einfach weitergehen sollen, dachte er, wie ein Mann, der ein Ziel hat, nicht wie einer, der vor etwas davonläuft. Oder wenigstens hätte ich hinter der nächsten Ecke anhalten sollen, um zu beobachten, was Gül unternahm, ob er ruhig seinen Tee weitertrinken würde – dann wüsste ich, dass er mich nicht bemerkt hat –, oder ob er schnell davongehen würde – dann wüsste ich, dass er mich gesehen hat. Schlüter beschleunigte seinen Schritt und mit jedem weiteren entfernte er sich von der Möglichkeit, seinen Fehler zu korrigieren. Endlich las er wieder einen Namen an der Wand, konnte ihn aber auf dem Stadtplan nicht finden, die Buchstaben verschwammen vor der verdammten Gleitsichtbrille, wahrscheinlich brauchte er eine neue. Also lief er weiter, kreuzte Straßen, bog in Gassen ab, kehrte um, fand zurück in belebte Viertel, stand an Ampeln, in der ihn umgebenden Menge, spürte die gelben Blicke der Männer, die sich um ihn legten wie feine Seile, die seine hellen Haare taxierten, seine braunen Schuhe, seine weißen Hände, seine fremdländische Eile, er umklammerte den Völkermordstein in seiner Tasche mit schwitzender Hand wie eine Waffe, die ihn beschützen könnte, bis er sich schließlich nach langem Zickzack erschöpft auf dem *Atatürk Bulvarı* wiederfand, nicht weit von der Moschee, an der er vorhin abgebogen war. Er blieb stehen.

»Guten Tag«, sagte jemand neben ihm.

Schlüter fuhr zusammen, floh wortlos fort, der Blick des Mannes brannte in seinem Nacken, während der Ruf zum Vormittagsgebet von allen Minaretten scholl wie ein Fanal zur Verfolgung. *Nehmt nicht die Ungläubigen zu Freunden!*

Als er wieder vor der Tür von Osmans Wohnung stand und auf den Klingelknopf drückte, war er dümmer als je zuvor. Hatte Gül ihn erkannt?

Osman war fort in sein Büro, und Clever und Zekiye Kaya saßen noch beim Frühstück, wurden bedient von der Frau des Hauses. Sie forderte die Gäste auf, kräftig zuzulangen. Schlüter verehrte ihr den Honig und sie packte ihn sofort aus, um den Frühstückstisch zu bereichern.

»Na?«, fragte Clever und steckte sich eine schwarze Olive in den Mund.

Schlüter schwieg, zuckte nur mit den Schultern und setzte sich, nahm sich Brot, beschmierte es mit Honig und aß.

»Der beste türkische Honig«, prahlte er. »Wunderbar.«

Fatma Barut füllte ihm das Teeglas und machte sich zu schaffen; die Kinder seien aus dem Haus, zur Schule, ließ sie Zekiye übersetzen. Sie werde nun einkaufen gehen, die Gäste sollten sich wie zu Hause fühlen, der Schlüssel stecke von innen, sie könnten ihn mitnehmen, falls sie in der Zwischenzeit gingen, und unbedingt zum Mittagessen wieder zurück sein.

Als die Gastgeberin fort war, nahm Schlüter einen Schluck Tee und sagte so beiläufig wie möglich: »Ich habe Gül gesehen.«

Zekiye Kaya fuhr hoch. »Wen haben Sie gesehen?!« Der halbe Bissen steckte ihr im Mund.

»Gül. Emin Gül. Ihren – Verlobten.«

Sie begann zu zittern. »O mein Gott«, sagte sie, »wie ist das möglich?«

Clever steckte sich eine grüne Olive in den Mund, schob Schafskäse nach und sagte: »Ist wohl hergeflogen. Und gefahren. Wie wir.« Er nahm sich eine Tomate und streute Salz darauf. »Ich denke, die stecken ihn hier in den Knast, wenn sie ihn erwischen? Der muss doch wahnsinnig sein!«

Zekiye Kaya ließ sich nicht beruhigen. »Sie wissen, dass ich hier bin«, lamentierte sie. »Sie müssen es irgendwie erfahren haben, ich habe gesagt, dass sie mich kriegen werden, und jetzt bin ich hier, wohin mein Vater mich, sie ...«

»Immer mit der Ruhe, junge Dame«, erklärte Clever und wandte sich an Schlüter. »Wer weiß, dass wir hier sind?«

»Zwei Personen«, antwortete Schlüter. »Meine Frau und meine Angestellte. Sonst niemand. Und ich lege meine Hand dafür ins Feuer, dass Angela niemandem was gesagt hat. Sie hat noch nie was aus dem Büro rausgelassen.« Er überlegte. War es möglich, dass Kaya oder Gül im Büro angerufen hatten und Schlüter hatten sprechen wollen, wegen des Urteils, das sie in der Zwischenzeit zugeschickt bekommen hatten? Dass Angela ihnen gesagt hatte, er, Schlüter, sei in die Türkei gereist, nach Sivas? Ja richtig, er hatte ihr gesagt, sie würden von Malatya aus als Erstes nach Sivas fahren. Aber er hatte Angela auch eingeschärft, niemandem ihr Reiseziel zu verraten. Und wenn sie doch?

Clever war aufgestanden, wischte sich den Tomatensaft an der Hose ab und sagte: »Dem werden wir sofort auf den Grund gehen. Yallah«, sagte er zu Schlüter. »Wir gehen.« Er drehte ab, holte seine Jacke von der Garderobe und war reisefertig.

Auch Schlüter hatte seinen Mantel wieder übergestreift.

»Wir können«, sagte er. Nun würden sie zu zweit sein. Ein Mann war stets zum Aufbruch bereit, eine Eigenschaft, die ihn fundamental von Frauen unterschied, die erst noch pinkeln und sich umziehen mussten, die Handtasche sortierten, Zettel schrieben, überlegten, was mitzunehmen sei …

Zekiye Kaya sah gehetzt von einem zum andern. Sie stand auf. »Ich gehe noch eben zur Toilette«, sagte sie zweifelnd.

»Sie bleiben hier«, bestimmte Clever. »Das machen wir allein.«

Zwei Minuten später befanden sich die Männer auf dem *İnönü Bulvarı,* marschierten Richtung Gouverneurspalast, während Schlüter von seinem Erlebnis berichtete.

»Da stimmt was nicht«, erklärte Clever grimmig und übernahm die Führung. Schlüter hatte Mühe, Schritt zu halten, lief hinter Clever her und fühlte sich alt.

Der bekannte Weg bis zum Hotel *Madımak* war schnell zurückgelegt und nun verschwanden sie im Labyrinth der Gassen. Clever teilte mit dem schmalen Bug seines Leibes den Strom der Menschenmassen und Schlüter folgte im Kielwasser. Sie gerieten in die Gasse der Tischler, die in garagentiefen Höhlen arbeiteten, fertige Türen und Fenster lehnten an den Wänden, ein Einäugiger schob einen Vierkant über einen Abrichter, tief gebeugt über die heulenden Messer, es roch nach harzigen Spänen und Öl; in einer anderen Gasse hockten die Schuhmacher, klopften Leder, nähten Stiefel, es roch nach Leim und Wichse, in einer dritten hämmerten schwarze Schmiede vor rauchenden Essen auf glühende Eisen; in einer vierten wurden in winzigen Verschlägen Tücher und Stoffe, Geknüpftes, Gewirktes und Gewebtes in allen Mustern und Farben feilgeboten; in einer fünften lagen Teekännchen in Stapeln wie die Totenschädel der *Killing Fields,* riesige silberne Tabletts und Kessel, in den dunklen Tiefen der Buden baumelten Kellen, Besen und anderes hölzernes Gerät von der Decke wie Dschungelgewächse.

Dann fanden sie die Markthalle, in der Achmed wohl immer noch Honig verkaufte, und ließen diese links liegen. Als sie in die *Yahya Bey Cadde* gelangt waren, versteckte Schlüter sich in einer der Seitengassen, während Clever als Vorhut das Gelände erkundete.

40.

Vor einer Konditorei war er gelandet. Schlüter sah durch das Fenster.

Ein junger Bursche stand an einem silbernen Kessel, der so groß wie ein Molkereifass war. Auf die obenauf drehende Backplatte spritzte er aus den feinen Düsen eines kleinen Apparats haardünne Teigfäden, die augenblicklich härteten zu zerbrechlichem Gespinst.

Als der Mann den Fremden vor der Scheibe entdeckte, grinste er Schlüter aufmunternd zu und winkte ihn herein. Ergeben öffnete Schlüter die Tür und trat ein. Nach ein paar Sekunden drückte ihm ein mehlbestaubter Alter, der aus dem Dunkel des Raumes auftauchte, ein Glas Tee in die Hand und wies ihm den Zuckertopf auf der Fensterbank. Während Schlüter trank und der Produktion von Baklava zuguckte, warf er immer wieder unruhige Blicke nach draußen.

Wo blieb Clever?

Endlich, nach einer unendlichen Viertelstunde, tauchte dessen Gestalt, dünn, fast durchsichtig, vor dem Fenster auf wie ein Fisch im Aquarium. Schlüter hechtete zur Tür und riss sie auf. Clever grinste entspannt. Auch er wurde hereingebeten, ein zweiter Tee wurde serviert und Schlüters Tasse neu gefüllt. Erst als der Tee getrunken war, durften sie fort. In diesem Land konnte man nicht verdursten, jedenfalls bekam man stets Tee in Überschallgeschwindigkeit und an den unmöglichsten Orten. Vielleicht war das der Grund für die kleinen Gläschen: Man konnte sie überall und sofort servieren.

Sie verabschiedeten sich wortreich und der junge und der alte Konditor standen vor ihrem Laden, lachten und winkten ihnen nach.

»Was hast du rausgekriegt?«, fragte Schlüter atemlos.

Aber Clever antwortete nicht, sondern bog ab in die *Yahya Bey Cadde.* Vor dem Möbelgeschäft, von dem Schlüter geflohen war, stand jetzt ein schnurrbärtiger Mann und wartete.

»Das ist Kasım«, stellte Clever vor.

»Kasım«, sagte Kasım ernst und streckte die Hand aus.

»Peter«, sagte Schlüter und ergriff die Hand, eine warme, starke.

Kasım ging voran in eine Art Büro, denn es gab einen verstaubten Schreibtisch, auf dem wüste Haufen Papier lagerten. Eine Minute später saßen sie auf einem zerschlissenen Sofa zwischen alten Fernsehern, vor einem kalten Kanonenofen, dessen Rohr durch eine Blechplatte im Fenster nach draußen führte, über ihnen eine nackte Glühbirne, die das Tageslicht ersetzte, jeder mit einem Teeglas, das ihnen Kasım in die Hand gedrückt hatte, bevor er ihnen gegenüber in einem schiefen Sessel Platz genommen hatte. Er hatte breite Hamsterbacken und deswegen ein dreieckiges Gesicht, seine Kopfhaut schimmerte durch dünne schwarze Haare, als wüssten die Haare nicht, wo sie zuerst mit der Glatze anfangen sollten. Er trug ein schmutziges Hemd über einem Speckbauch, rauchte und drückte seine Zigarette auf dem Ofen aus, auf dem die Teekannen standen, die kleine auf der großen.

»Ich habe ihm erzählt, weshalb wir hier sind«, eröffnete Clever das Gespräch. »Man kann sich auf ihn verlassen.«

Woher wollte der Mann das wissen? Konnte man einen Fremden allein nach seinem Händedruck beurteilen? Aber ob Misstrauen weiterhalf? Sie waren so verloren in diesem Land, in dem es allerorten Tee zu trinken gab, aber mit Misstrauen würden sie erst recht nichts herausbringen.

Kasım nickte und lächelte. Alle lächelten hier.

»Verlassen, ja«, bestätigte er. In Deutschland sei er gewesen, erzählte er. Deutschland gut, sehr gut. Die übliche Geschichte: Touristenvisum, Asylantrag, untergetaucht, Arbeit in Dönerbuden, Spielhallen, bei Gärtnern und Bauern und auf dem Bau, nach drei Jahren abgeschoben, Einreiseverbot. Er hatte genug Deutsch aufgeschnappt und war nach sechs Wochen Abschiebehaft und ohne einen Pfennig in der Tasche nach Sivas zurückgekehrt. Und dann hatte er diesen Laden aufgemacht.

»Hier man kann nicht leben, weißt du«, sagte er und warf einen resignierten Blick auf die Eingeweide, die aus den aufgerissenen Rücken der toten Fernseher quollen, auf die Ersatzteile, die in Regalen ringsum auf Transplantation warteten.

»Wo ist Gül?«, fragte Schlüter endlich.

Kasım erklärte, dass Gül Mittagspause mache, er sei zur Moschee gegangen, zur *Ulu Camii*, es sei doch Freitag heute, er werde deshalb etwas länger wegbleiben als sonst, in knapp zwei Stunden werde er wiederkommen. Schlüter zog Christas Uhr aus der Manteltasche. Selbst besaß er keine. Es war halb eins. Als er die Uhr zurückschob, klapperte sie am Diktiergerät, das er zusammen mit ein paar Kassetten in Hollenfleth eingesteckt hatte.

»Seit wann ist er hier?«, fragte Schlüter weiter.

»Seit zwei Jahren«, antwortete Kasım.

»Ich meine, jetzt. Seit wann ist er wieder zurück?«

»Von der Mittagspause?«

»Nein, seit wann ist er wieder hier, meine ich, hier in Sivas.«

»Von wo?«

»Na, von Deutschland.«

»Er war nicht weg.« Kasım schüttelte den Kopf, beugte sich vor, schenkte Tee nach und wiederholte: »Er war nicht weg.«

»Das kann nicht sein!«, rief Schlüter. »Er ist doch in Deutschland gewesen!«

»Er nicht. Sein Bruder Emin.«

Schlüter atmete tief durch und sah Clever mit offenem Mund an. »Ach du Scheiße!«, stieß Schlüter erleichtert aus. »Ich Idiot!«

»Sag ich doch«, sagte Clever.

»Adem sehr ähnlich«, erklärte Kasım. »Viele verwechseln.«

»Wir sind gekommen, um herauszukriegen, wo Emin Gül war, als die Sache mit dem Hotel *Madımak* passiert ist.«

Kasım schüttelte den Kopf, stand auf und stellte sich an das blinde Schaufenster vor dem Schreibtisch. Draußen trieben die Menschen umher wie in einem schwarz-weißen Stummfilm, der nachträglich mit Sonnengold koloriert worden war.

»Was wisst ihr davon?«, fragte er schließlich, ohne sich umzudrehen.

»Alles«, sagte Clever leise. »Die Morde und alles. Die ganze Scheiße von vorne bis hinten. Du kannst uns vertrauen. Wir sind Christen. Wir haben die Hexenverbrennungen hinter uns.«

Schlüter wollte die Sache mit den Christen richtigstellen und machte den Mund auf, aber Clever versetzte ihm einen leichten Schlag in die Seite und legte einen Finger an die Lippen.

Endlich kehrte Kasım zu seinem schiefen Sessel zurück. Er sagte immer noch nichts, sondern zog seine Zigaretten aus der Hemdtasche und bot den Fremden an. Beide griffen zu, ließen sich Feuer geben, inhalierten tief und husteten.

»Ich Alevi«, flüsterte Kasım, als die Zigaretten halb abgebrannt waren, und stieß sich seinen Zeigefinger vor die Brust.

»Adem weiß das nicht?«, fragte Schlüter.

Kasım schüttelte stumm den Kopf. Er erwürgte seine Zigarette auf dem Kanonenofen und schob die Leiche zu den anderen. »Wir sprechen nie über Religion. Keiner hier. In diesem Land kannst du nicht über Religion sprechen.«

Als wollte er die Gelegenheit nutzen, das endlich nachzuholen, fing Kasım an zu reden. In Sivas gebe es über siebzig Moscheen, erklärte er, wenn sie alle voll wären, könnten mindestens fünfzigtausend Männer gleichzeitig beten, so viele erwachsene Sunniten gäbe es in der Stadt überhaupt nicht, und die Aleviten, die immerhin die Hälfte der ungefähr zweihunderttausend Einwohner zählenden Stadt ausmachten, müssten mit einem einzigen Versammlungshaus auskommen, das schon überfüllt sei, wenn zweihundert Menschen zum Cem kämen, deshalb wollten sie schon lange ein neues bauen, aber die Stadt erteile ihnen keine Bauerlaubnis, staatliches Geld gebe es nicht dafür und selbst sammeln dürfe man auch keines, oder man müsse es auf staatliche Konten legen, wo die Inflation das Geld auffresse. Die Religionsbehörde, das *Diyanet,* mit ihren neunzigtausend Mitarbeitern ein Krake von Verwaltung, strecke ihre Tentakel bis in den letzten Winkel des Landes, bis in das einsamste Dorf im wilden Osten, sie bezahle die Reparatur jeder Moschee im Lande und im Ausland, sorge für die Ausbildung und das Gehalt der Imame und bestimme den Religionsunterricht noch der abgelegensten Dorfschule. Die Politik behaupte, Staat und Kirche seien getrennt, das Militär behaupte, es sei der Garant, dass dies immer so bliebe, aber in Wahrheit gebe es in der Türkei die sunnitische Staatsreligion und eine sunnitische Religionsdiktatur, der angebliche Laizismus des türkischen Staats sei eine Legende, die so oft wiederholt werde, dass sogar die Europäer daran glaubten. Das habe er gemerkt, als er in Deutschland gewesen sei.

Die Aleviten grenze man aus, indem man ihre Religion einfach zu einem Trachtenverein abwerte, es sei ihnen verboten, religiöse Vereine zu gründen, sie dürften sich nur in Kulturvereinen zusammenfinden, in deren Namen das Wort Alevit nicht vorzukommen habe, deshalb heiße der Verein in

Sivas *Pir Sultan Abdal,* das sei ein Dichter gewesen, und man habe die Erlaubnis für den Verein nur deshalb bekommen, weil seine Gedichte auch bei den Sunniten sehr beliebt seien. Das Alevitentum existiere gar nicht, behaupteten die Sunniten, das sei nur eine minderwertige Abart des rechten Glaubens, für Leute, die nicht so gern in die Moschee gingen und lieber ein bisschen tanzten, wenn sie sich träfen, und deshalb würden sie auch keine Moscheen brauchen und auch nichts anderes, denn ein anständiger Sunnit bete in der Moschee und seine Frau zu Hause.

»So ist das!«, sagte Kasım. Er hatte sich in Rage geredet und zündete sich eine neue Zigarette an, wobei er vergaß, den Besuchern auch welche anzubieten. »In der Religionsbehörde sitzt kein einziger Alevit! Sie versuchen, die Religion regelrecht auszutrocknen!«

Das Bodenpersonal Gottes, dachte Schlüter, das taugt im Westen nichts und im Osten ist es auch nicht besser.

Religionsfreiheit – die habe es in der Türkei seit den Zeiten des Hacı Bektaş Veli nicht mehr gegeben, behauptete Kasım. Und am 2. Juli vor zwei Jahren, als die Aleviten endlich einmal auf sich und ihre Religion und Kultur aufmerksam machen wollten, da habe man sie verbrannt »wie die Hexen bei Ihnen im Mittelalter«.

»War Adem auch dabei?«, fragte Schlüter.

Kasım hob die Schultern. »Er war da. Viele waren da. Sehr viele. Aber ob er was gemacht hat …? Wir schweigen. Die Stadt ist vergiftet seit damals. Die Stadt war voll mit Gendarmerie und Militär. Und trotzdem haben sie nicht gerettet … Erst als alle tot waren, sind sie gekommen … Wir glauben, dass das Absicht gewesen ist. Es geschehen hier viele Dinge, über die nicht geredet wird. Alles hat zwei Gesichter. Was ist mit Adems Bruder – war der dabei?«

»Schließlich ist er verurteilt worden, hier in der Türkei«, antwortete Schlüter. »Aber ob er mit Feuer gelegt hat, das wissen wir nicht. Das ist es ja gerade, was wir rauskriegen wollen. Kann es sein, dass Emin Gül zu der Zeit, als es gebrannt hat, in einer Autowerkstatt gearbeitet hat, an der Ausfallstraße nach Erzincan?«

Kasım dachte nach. Schließlich nickte er. »Da gibt es Autowerkstatt. Ganz draußen. Ich kenne Besitzer. Er auch Alevi …«

Schlüter klatschte sich die Faust in die hohle Hand: »Wir müssen hin!«

»Ich hol den Wagen«, sagte Clever.

»Kannst du überhaupt fahren?«, fragte Schlüter. »Und wie findest du wieder her?«

Clever sah Schlüter beleidigt an und streckte die Hand aus. »Schlüssel«, sagte er.

Schlüter machte sich lang und grub in seiner Manteltasche, bis er den Schlüssel gefunden hatte.

Sie standen alle drei gleichzeitig auf.

Plötzlich knisterte es in der Luft und der gutturale Ruf zum Mittagsgebet erscholl, er hallte durch alle Gassen der Stadt, er rief die Sunniten zum Gebet und er erinnerte die Aleviten zum dritten Mal an diesem Tag daran, wer des einzigen Gottes und seines Propheten Diener und wer Ketzer war.

Draußen prüfte Schlüter seinen Schatten. Er war doppelt so lang wie er selbst. Oder etwas länger. Vielleicht.

41.

Kasım bestimmte, dass sie nicht mit Schlüters Leihwagen, sondern mit seinem Transporter fahren würden, so wahr er, Kasım, den Namen des 7. Imam trage.

»Wenn die Leute die 44 von Malatya sehen, werden sie misstrauisch«, erklärte er. »Außerdem können wir sofort losfahren. Vielleicht komme ich vor Adem wieder zurück.«

Sie folgten Kasım durch eine Lücke zwischen den Buden in den Hinterhof, in dem es außer tiefen Löchern im gelben Staub, schmutzigen Fassaden und aus rostigen Blechplatten und Folienresten gefertigten Schuppendächern und Verschlägen nichts zu sehen gab. Neben einem Berg zerschlagener Möbel, die offenbar als Feuerholz dienten, stand ein zerbeultes Gefährt mit Pritsche, eine Kreuzung zwischen Pick-up, Lastwagen und Traktor. Sie bestiegen das Fahrzeug, hockten zu dritt auf der Vorderbank, Schlüter in der Mitte. Jetzt fehlt nur noch die Thermoskanne, die Stullenschachtel und die Zeitung mit den nackten Frauen auf der Titelseite, dachte Schlüter.

Sie ruckelten los, das Fahrzeug hatte keinen Auspuff mehr, vielleicht hatte es nie einen gehabt, das Getriebe klöterte wie Steine in der Mischmaschine und ein Gespräch war nicht möglich.

Schlüter achtete nach kurzer Zeit nicht mehr auf den Weg, das überließ er Clever, der an seinem Kompass herumfummelte und verstohlene Blicke auf die kreisende Magnetnadel warf. Schlüter tastete nach dem Diktiergerät in der Manteltasche und spulte es zurück; er fühlte das Vibrieren des Geräts und den Anschlag des Bandes.

Zuerst rollten sie noch durch enge Gassen, kurvten zwischen Menschen, Mopeds und den Auslagen der Geschäfte, Kasım ließ seine Hupe wütend tröten, als gäbe es noch nicht genug Lärm, aber bald fuhren sie auf breiter, löchriger, staubiger Piste mit Resten von Asphalt, hinter halbmeterhohen Bordsteinen grob verputzte Häuser mit flachen Dächern, über denen blaugraue Berge leuchteten, und dann gab es gar keine Häuser mehr, sondern nur noch die Schutthalden beiderseits der Straße. In der Ferne unter der friedlichen Sonne flimmerten die schneebedeckten Gipfel, hinter denen Dersim liegen musste, wo Krieg sein sollte.

»Da«, sagte Kasım und wies voraus.

Zwischen den Schutthalden kam etwas in Sicht, das sich im Näherkommen als Produkt menschlichen Überlebenswillens entpuppte, ein Haufen unregelmäßiger Gebäude, Garagen und Schuppen, zusammengeschustert in verschiedenen Zeitaltern und aus verschiedenen Materialien. Kasım fuhr auf Schotter an zwei rostigen Zapfsäulen vorbei und brachte sein Gefährt in einer Staubwolke vor einer mit Blechplatten bedeckten niedrigen Halle zum Stehen. Aus der dunklen Tiefe der Halle trat ein struppiger Mensch mit schwarzen Schmiedefäusten grinsend hervor und schüttelte Kasım, der schon ausgestiegen war, erfreut die Hand.

»Günaydın«, sagte der Mann. Er war sehr dunkel im Gesicht.

»Günaydın«, antwortete Clever und streckte seine Hand aus.

Auch Schlüter ließ es zu, dass seine weißen Finger in der schwarzen Faust des Autoschmiedes verschwanden, wartete auf den Schmerz, der aber nicht kam, und lächelte erleichtert.

»Alman?«, fragte der Mann gespannt.

»Evet«, nickte Clever.

»Almanya seeehr gut!«, lachte der Mann. »Çay?«

»Evet, sevinirim«, erwiderte Clever.

Schlüter staunte. Er wurde nicht gefragt. Er folgte den anderen ins Büro, einem Raum in dem flachen Gebäude hinter den Zapfsäulen, durch dessen Fenster man weder hinein- noch, wenn man drin war, hinaussehen konnte, geputzte Fenster gab es wohl nur in Deutschland, wo die Leute sich den ganzen Tag mit Nebensächlichkeiten beschäftigten. Der Raum war ebenso wie Kasıms Büro mit einem eisernen Kanonenofen und einem Sofa ausgestattet, außerdem mit vier metallenen Stühlen und einem Schreibtisch, auf dem sich das Telefon und die Kasse befanden. Es roch nach Tabakasche und Schmieröl.

Eine Minute später hatte jeder von ihnen ein Teeglas in der Hand und Kasım begann mit dem Schwarzen, dessen Namen Schlüter noch nicht wusste, leise auf Türkisch zu reden. Clever machte ein gespanntes Gesicht und Grimassen, als könne er etwas verstehen. Der Schwarze hörte Kasım aufmerksam zu, nickte ernst, dann schüttelte er wieder den Kopf und begann ebenfalls zu reden, mit einer leisen Stimme, die nicht zu seiner breitschultrigen Ringerfigur passte. Schlüter verstand »Gül« und »Adem« und »Emin«.

Draußen röhrte ein Motor, Reifen knirschten im Kies und an den Zapfsäulen hielt ein weißer Kombi, aus dem ein Mann im Geschäftsanzug stieg. Der Schwarze sprang auf und eilte, um den Kunden zu bedienen.

»Was hat er gesagt?«, fragte Schlüter.

»Er hat gesagt, dass ...«

Weiter kam Kasım nicht, denn der Gastgeber riss die Tür auf, zischte etwas in den Raum und war wieder draußen.

Kasım war aufgespungen. »Schnell, verstecken!«, flüsterte er und stellte sich vor das schmutzige Fenster, die Arme vor der Brust verschränkt.

Clever hatte sich von seinem Stuhl geschlängelt und hockte mit spitz aufragenden Knien hinter dem Schreibtisch, er winkte Schlüter, ihm zu folgen, hüpfte wie eine Heuschrecke zu einer angelehnten Tür in der Rückwand des Raumes, schob sie auf und, nachdem Schlüter ihm schwerfällig auf allen vieren gefolgt war, hinter beiden wieder zu. Sie hielten den Atem an. Der Raum war pechdunkel bis auf das spärliche graue Licht, das durch den Türspalt drang. Es roch nach Gummi und Öl.

Sie hörten, wie vorn im Büro die Tür aufging und der Kunde sprach. Der Schwarze und Kasım antworteten ihm. Die Rede ging hin und her, kurze Sätze, der Schwarze brummte, dann hörten sie die Eingangstür, wie sie auf- und wieder zuging, das Schlagen der Wagentür, das Röhren des Motors und eine Sekunde später zog Kasım die Tür zu ihrem Versteck auf.

»Ihr könnt rauskommen«, sagte er. Seine Stimme zitterte.

Clever saß gemütlich im Schneidersitz wie am Nachtfeuer der Karawanserei, grinste siegerhaft und fuhr ohne Hilfe der Hände hoch, indem er seine eingeklappten Beine aufstellte wie der Sternsinger den Scherenstern.

»Wer war das?«, fragte Schlüter, der sich mühsam aufächzte. Seine Knie taten weh.

»Zweiter Chef von MHP Sivas«, antwortete Kasım düster, während der Schwarze mit mahlenden Backenmuskeln seine schweren Schmiedehände betrachtete, als bereue er es, den Kunden nicht erwürgt zu haben. Dann ließ er sich mit einem tiefen Seufzer auf das Sofa fallen.

»MHP? Was ist das?«, fragte Schlüter und hatte die Bilder vor Augen: die Fahne, dachte er, der Ring mit den drei ..., wenn man doch bloß nicht so ahnungslos wäre in diesem Morgenland. Er tastete nach dem Diktiergerät in seiner Manteltasche.

»Bozkurt«, antwortete Kasım und machte mit der flachen Hand einen Sensenstrich vor der Kehle. Er zog eine Schreibtischschublade auf und holte die zwei Teegläser hervor, die er dort hatte verschwinden lassen.

Der Schwarze schenkte aus und mit dem feinen Plätschern des Tees beruhigte sich die Atmosphäre, auch wenn man nicht wusste, was ein Bozkurt war. Ach Tee, seufzte Schlüter im Stillen, während er resigniert den großen Ölfleck betrachtete, der sich auf seinem Mantel ausbreitete, vorn, wo er auf dem Boden gekniet hatte, ein Himmelreich für eine richtige Tasse Tee, die diesen Namen verdiente, groß genug, um sein Gesicht darin zu versenken, und mit frischer Milch. Er schob den Aufnahmeknopf hoch. Das Gerät müsste auf dem Tisch liegen, dachte er. Sonst nimmt es wahrscheinlich nicht vernünftig auf.

»Was ist ›Bozkurt‹?«, fragte er.

»Graue Wölfe«, erklärte Clever. »Faschisten. Das sind die Leute, die alles bestimmen. Die und das Militär.«

»Woher …?«, wollte Schlüter wissen.

»Später«, wehrte Clever ab, indem er die Luft mit der waagerechten Handkante zerschnitt.

Schlüter drückte das Diktiergerät gegen den dünnen Mantelstoff und sah Kasım fragend an.

»Wenn der Mann euch hier sieht«, sagte Kasım, »kann er sich den Rest denken.«

»Hat er aber nicht«, stellte Clever fest. »Was weiß dein Kollege?«

Kasım sah den Schwarzen unsicher an, sprach einige türkische Sätze, bekam eine lange Antwort und sagte: »Er sagt nur, wenn ihr versprecht …«

»Wir werden schweigen«, antwortete Clever an Schlüters statt. »Er soll erzählen, dann werden wir ihn fragen, was wir weitergeben wollen. Wenn er es nicht erlaubt, werden wir schweigen. Vaat etmekuz.«

Kasım übersetzte. Der Schwarze zögerte, antwortete nur kurz und nickte dabei.

»Ihr habt versprochen«, sagte Kasım.

Clever nickte. »Yemin etmekuz«, sagte er, legte die Unterarme gekreuzt vor seine Hühnerbrust und sah den Schwarzen dabei an.

Schlüter überlegte, ob das nicht zu theatralisch war, aber dann fielen ihm Achmed und der türkische Honig ein, denn dessen Verbeugungen hatten auf ihn ähnlich gewirkt. Clever war Türke geworden.

Kasım ließ zwei Stücke Zucker in den Tee gleiten, rührte und nahm einen Schluck. »Den Tag, als es passiert ist«, begann er, »hat Emin Gül gearbeitet. Hier. Hatte ein paar Monate vorher angefangen. Nach Freitagspredigt ist er mit Adem hierher gekommen. Sie haben zwei Kanister mit Benzin vollgemacht. Sind wieder fort. Sie waren sehr eilig. Kamil hatte hier noch Arbeit und hat beide gesehen. Emin ist dann geschnappt worden. Der Polizei hat er gesagt, dass er die ganze Zeit hier war. Nichts von Benzinkanister. Kamil sollte das bezeugen. Wie nennt man das …«

»Alibi«, half Clever.

»Kamil sollte Emin Alibi machen. Adem war zwei Tage später hier und hat das verlangt. Und Kamil sollte nicht verraten, dass Adem auch hier war und Benzin geholt hat. Und noch mal zwei Tage später war der hier …« Kasım zeigte nach draußen, wo der weiße Wagen gestanden hatte. »Kamil ist nicht einziger Zeuge, von dem man so verlangt hat. Andere sind abgeholt worden. Man hat sie auf der Gendarmerie verhört, sie beschuldigt PKK, obwohl sie nicht waren, denn die meisten sind Türken hier, aber es gibt auch Zaza. Sie haben Leuten Zähne ausgeschlagen. Und andere Sachen gemacht. Viel schlimmer noch. Und welche sind nie wiedergekommen.«

»Und?«, fragte Schlüter. »Was hat – Kamil gemacht?«

»Nichts. Er ist nicht Zeuge gewesen. Gar nicht gefragt worden. Und er musste nicht zum Gericht. Sie haben Emin auch so verurteilt. Gericht – macht mal so, mal so. Wenn die Bozkurt jemandem helfen wollen, müssen sie Leute in der Justiz haben. Das klappt nicht immer. Und die Gerichte verurteilen auch ohne Beweis, wenn sie sollen. Befehl von oben, weißt du. Faschisten, Militär, Fanatiker – weißt du, was gefährlicher ist? Gerichte hier sauschlecht. Regierung auch sauschlecht. Die Bozkurt haben nicht geschafft mit Emin. Die anderen haben geschafft. Militär hat gesagt, Fanatiker müssen verurteilt werden. Also sind sie verurteilt worden. Militär hat gewonnen. Aber Bozkurt auch. Sie haben Gül nach Deutschland geholfen.«

»Scheiße, Scheiße, Scheiße«, knurrte Schlüter. »Und was können wir davon erzählen?«

»Nichts«, antwortete Kasım.

»Gar nichts?«, fragte Schlüter noch einmal.

Kasım und Kamil schüttelten den Kopf.

»Vaat etmekuz«, wiederholte Clever die komischen Wörter und verbeugte sich.

»Wenn ihr redet, sind wir tot«, sagte Kasım. »Wenn du Wahrheit weißt, muss das reichen. Du fährst nach Hause. Wir müssen hierbleiben. Und wollen auch leben.«

Irgendwie war Schlüter erleichtert, einerseits, denn gegen Emin Gül durfte er sowieso nicht tätig werden, weil er sein Mandant gewesen war. Andererseits – was war schon ein mickriger Parteiverrat gegen einen Mord? Eine Puppensünde. Vorsichtig schaltete er die Aufnahmefunktion ab.

Kamil schenkte Tee nach und sie rührten den Zucker hinein und tranken.

Adem und Emin Gül hatten Benzin geholt, während die Demonstration vor dem Hotel zu weißer Wut entbrannte, und einen von beiden hatte Adaman im Flur des Hotels getroffen, mit dem Kanister in der Hand. Wenn es Adem gewesen war, konnte Veli Adaman nicht von Emin in Hemmstedt wiedererkannt worden sein und folglich konnte Emin auch nicht Adamans Mörder sein.

Sie waren keinen Schritt vorangekommen. Nur einen halben. Denn Emin Gül war ein Brandstifter, das stand jetzt fest. Er hatte gelogen. Er hatte sich sein Asylrecht erschlichen, wahrscheinlich mithilfe türkischer Faschisten. Aber ob er Adaman umgebracht hatte, das stand nicht fest. Und mehr würden sie nicht klären können.

Schlüter seufzte und schüttelte resigniert den Kopf, und als die beiden Aleviten das sahen, zogen sie die Zigaretten aus dem Hemd und ließen die Schachtel kreisen.

Morgen würden sie aufbrechen, noch weiter in den Osten und in den Krieg ins Dersim. Bis jetzt hatten sie noch einigermaßen die Kontrolle über das, was geschah. Was würde morgen sein?

42.

Das Band war weg.

Gestern Abend hatte Schlüter das Diktiergerät auf den Fußboden gelegt neben seine Schlafstatt, nicht ohne vorher eine Probe zu machen, ob die Worte zu verstehen waren: Sie waren es. Das kleine Biest hatte besser funktioniert, als er erwartet hatte. Hochmütig hatte er in sich hineingegrinst und sich wie ein Mann vom Geheimdienst gefühlt. Zu früh gefreut. Heute Morgen war er zuerst ins Badezimmer gegangen, danach hatten sie gemeinsam gefrühstückt und anschließend die Sachen gepackt; und dabei stellte er fest, dass das Band nicht mehr im Diktiergerät war. Er hatte zunächst überlegt, ob er es gestern selbst herausgenommen hatte. An was konnte man sich schon sicher erinnern? Aber nein. Er war sich sicher. Also musste sich jemand anders das Band geschnappt haben. Aber wer? Osman? Was machte das für einen Sinn? Osman, der Freund und Retter von Veli Adaman. Und Zekiye Kaya? Hatte sie von Osmans ketzerischen Reden doch etwas begriffen, war sie empört gewesen, wollte sie Schlüters Nachforschungen behindern und Emin Gül helfen? Auch wenn sie ihn nicht mehr heiraten wollte? So oder so: Wegen des unerlaubten Mitschnitts wagte Schlüter keinen Aufstand und zog es vor, über den Diebstahl zu schweigen. Vielleicht war es besser so. Kamil hatte Verschwiegenheit verlangt. Reden konnten sie jetzt zwar immer noch, aber nichts mehr beweisen.

Dann fiel Schlüter siedend heiß ein, dass dieses Band Kasım und Kamil verraten würde, wenn es in falsche Hände gelangte. Naiver Grünschnabel! Vielleicht wollte Zekiye den Aleviten schaden? Oder ihm, Schlüter? *Nehmt euch nicht die Juden und Christen zu Freunden.* Der Schweiß brach Schlüter aus bei der Vorstellung, man würde die beiden Informanten unter Vorwänden verhaften und verhören, womöglich unter Schlägen. Fieberhaft überlegte Schlüter, was er tun sollte. Und aus Angst, das Falsche zu tun, tat er nichts. Aber ein wilder Grimm hatte Besitz von ihm ergriffen und die Wut über seine Dummheit. Er würde verdammt noch mal in das Dersim fahren und dort sein Bestes geben, um Heyder Cengi vielleicht doch noch zu seinem Asylrecht zu verhelfen. Er würde Veli Adamans Familie in Tunceli und Heyder Cengis Eltern in Ovacık finden, jetzt erst recht.

Zekiye Kaya aber durfte auf keinen Fall mitkommen. Was würde sie sich noch einfallen lassen, diese Tochter eines Alevitenfressers?

Sie vertrauten sie der Obhut der Familie Barut an und versprachen, sie entweder hier abzuholen oder sich mit ihr in vier Tagen in Malatya zu treffen. Man würde telefonieren. Die Kinder waren begeistert, dass Zekiye blieb.

Osman war mit dieser Entscheidung sehr einverstanden. Er hatte bestimmt und mit scharfer Stimme verboten, Zekiye mitzunehmen, in diese Gegend, die Tunceli hieß, auch Fatma schloss sich diesem Urteil an, und so blieb Zekiye nichts anderes übrig, als ihre Rolle als Dolmetscherin aufzugeben.

Osman verbot den Davonreisenden, je das Wort Dersim zu gebrauchen, denn das könne als Separatismus ausgelegt werden und zu Verhaftung und Strafe führen; in dieser Gegend herrsche Krieg, das Munzurgebirge stecke voller Soldaten, dort müsse man mit allem rechnen, es gäbe täglich Schießereien und oft Tote, aber weder ein deutsches Konsulat noch überhaupt Leute, die ihnen im Ernstfall helfen würden. Sie seien unterwegs in einem Land, in dem Polizisten und Soldaten nach dem Gesetz für Übergriffe im Dienst nicht zur Rechenschaft gezogen werden durften. Das sei eine Einladung zu Folter und Mord, und wer in die Hände eines Bösen gerate, sei vogelfrei.

»Do not go there!«, hatte Osman gesagt, mehrmals, aber Schlüter blieb stur: Es musste nun einmal sein, dass sie hinfuhren.

Kurz nach neun Uhr waren sie aufgebrochen. Erst neben dem Auto, als es schon fast zu spät war, beim Abschied, während sie sich umarmten, sich mit den Teufelshörnchen sanft berührten, einmal rechts, einmal links, wie es Brauch war unter Männern hier, hatte Schlüter Osman vom Verschwinden der Kassette ins Ohr geflüstert. Er werde Zekiyes Sachen durchsuchen, »until I find it, I promise«, flüsterte Osman. Und dann würde er das Band vernichten, mit Verlaub. Noch ein Versprechen.

»Excuse me, my friend, but you are a bloody bastard«, wisperte Osman zum Schluss, berührte noch einmal mit seiner rechten Stirn Schlüters linke, wie könne er, Schlüter, sich einbilden, so schlau zu sein, während er doch gleichzeitig dumm wie Bohnenstroh gehandelt habe? Und glauben, er könne in Tunceli irgendetwas ausrichten? Wo er noch nicht einmal wisse, welche Worte gefährlich waren und welche nicht? Osman tupfte seine linke Stirn an Schlüters rechte und dann noch einmal die rechte an Schlüters linke, presste ihm zuletzt die Schultern und ließ ihn endlich los: »I will miss you, man of justice«, sagte er laut.

Meine Bücherweisheit, dachte Schlüter, was nützt mir die? Sie war gut für die Flucht aus dem Alltag, hier taugte sie nicht. Aber es war zu spät. Sie fuhren ins Dersim. Manchmal musste man eine Dummheit mit der nächsten krönen. Eine Dummheit kommt selten allein. Umkehren? Wann war die Zeit zum Umkehren? Immerhin war Clever ruhig wie stets, seit sie in Hamburg gestartet waren. Er war in seinem Element. Und eine Beruhigung, irgendwie.

Osman war enttäuscht gewesen, dass sie seiner Hilfe in Sivas nicht mehr bedurften, und so waren sie gestern am späten Nachmittag mit ihm zusammen nur auf Sightseeingtour gewesen, zur *Şifaiye Medresesi,* die auf dem Weg zu dem Institut im *Selçuk Parkı* lag. Der Fürst der Mongolen hatte sie im 12. Jahrhundert bauen lassen, ihre Tore schmückten Tierköpfe und Pflanzen, was Osman zu einem Exkurs über die Toleranz des Islam angeregt hatte, denn das Bilderverbot habe es nicht immer gegeben, es sei erst vor sechs- bis achthundert Jahren von den Hardlinern eingeführt worden, die behaupteten, der Koran höchstselbst verbiete Bilder. Heute glaube man, es habe nie andere Meinungen gegeben. Demnächst, so schimpfte Osman, werde man noch auf die Idee kommen, die Verzierungen zu schleifen, weil sie einen Affront gegen rechtschaffene Muslime darstellten.

Am Abend hatte Schlüter am Englischkurs teilnehmen müssen, denn diese hervorragende Gelegenheit zu praktischen Übungen am lebenden Ausländer durfte Osman seinen Schülern nicht vorenthalten. Plötzlich hatte Schlüter sich einer bunt gemischten Gruppe von Frauen und Männern verschiedenen Alters an Abc-Pulten gegenübergesehen und Konversation für Anfänger gemacht, während Osman an der Tafel schrieb. *What's your name? What's your profession? How do you like Turkey? Are you married? Do you have children?* Alles musste Schlüter brav beantworten. Außerdem wollten die Schüler von ihm wissen, wie lange es noch dauern würde, bis die Türkei endlich in die EU aufgenommen würde. Erwartungsvoll sahen sie ihn an, als sei er der Herr über die politischen Geschicke beider Länder. Alle waren sich einig, dass Kohl ein lausiger Kanzler war, der Vorurteile gegen das auserwählte türkische Volk hatte, obwohl, und das hatte er davon, sein Sohn mit einer Türkin liiert war. Schlüter wand sich und erklärte, er wünsche sich die Türkei als Teil von Europa, aber leider werde es sicher noch sehr lange dauern, bis es so weit sei.

Als die beiden Unterrichtsstunden um waren, schüttelten ihm die zwölf Schüler, auch die vier Frauen, die Hand, manche nahmen beide Hände, und ein Mann namens Seydi schüttelte sie ihm besonders inbrünstig mit den Worten: »I love Germany so very much!« Deutschland war für jeden zweiten Türken das Land der Sehnsucht, in dem Milch und Honig flossen, warum?

»Was ist Seydis Beruf?«, hatte Schlüter Osman gefragt, als die Schüler fort waren.

»Er ist beim Militär«, antwortete Osman und sah abwesend auf das Konterfei des Großen Atatürk, das im Flur hing. »Er will nach oben und dafür muss er Englisch können.«

»Und was bedeutet der Spruch da?«, fragte Schlüter, Osmans Blick folgend, wobei er an das französisch-deutsche *Wörterbuch für den Kontakt mit dem Feind* dachte, das er von seinem Großvater geerbt hatte.

»Oh«, sagte Osman. »Ne mutlu türküm diyene: Glücklich ist, wer sich ein Türke nennen kann.«

»Und wer kein Türke ist, was soll der sagen?«

»Alle sind Türken. Wir sprechen von den türkischen Völkern, sie sind zwar verschieden, aber alle sind Türken. Wir sind alle Brüder, weißt du?«

»Und was ist mit den Kurden und den Zaza und …«

»Das sind Türken, sagte ich doch«, unterbrach Osman. »So wie ihr auch Leute habt, die in der Türkei geboren und jetzt Deutsche sind. Sie sind alle Deutsche.«

Schlüter seufzte. Er würde nie begreifen, was ein Türke unter einem Türken verstand. Jedenfalls musste es schwer sein, ein Bruder zu sein, der nicht die gleichen Rechte genoss.

»Und was bedeutet der andere Spruch da?«

Zwei Meter neben dem Bild hing ein anderes, das den Führer der türkischen Völker im fortgeschrittenen Alter zeigte, mit weiß-weisem Schnurrbart und visionärem Blick.

»Glück im Haus, Glück im Land. So ungefähr.«

»Findest du die Sprüche gut?«

»Das ist egal, was ich finde. Die Hauptsache ist, dass die Bilder da hängen. Wenn sie da nicht hängen würden, bekäme ich Schwierigkeiten.«

»Wieso trugen die Frauen keinen Schleier?«

»Entweder weil sie sowieso keinen tragen, vielleicht weil sie Aleviten sind, oder weil sie keinen tragen dürfen, weil das hier eine Schule ist. In öffentlichen Einrichtungen darf man keinen Schleier tragen.«

»Aber deine Englischschule ist doch privat!«

»Ja, aber mit staatlicher Genehmigung.«

So war das.

Dann waren sie zu Fuß zurück zu Osmans Wohnung gegangen, wo die anderen schon beim Abendessen saßen, der Fernseher lief und die beiden Engel sich auf dem Sofa räkelten.

Fort waren sie gefahren, verfolgt von Osmans besorgtem Blick. Und rasselten jetzt mit einhundertundzehn Sachen über die raue graue Piste der Straße Nr. 200, deren vierspuriges Band meistens schnurgerade das Hochland zerschnitt gen Osten, woher der kalte Wind wehte. Ringsum verstellten schneebedeckte Berge den Horizont. Es waren nur fünf Grad, behauptete Clever. Er hatte seinen Sitz nach hinten gestellt, so weit es ging, und das Gepäck auf der Rückbank verteilt. Endlich konnte er seine langen Beine ausstrecken.

»Was meinst du?«, fragte Schlüter unsicher. »Übertreibt Osman nicht vielleicht ein bisschen?«

»Inwiefern?«

»Mit dem Krieg.«

»Und wenn schon?«, antwortete Clever sibyllinisch und kräuselte die Lippen.

»Ich meine nur so«, sagte Schlüter. »Weil wir ja theoretisch noch umkehren könnten.«

»Willst du?«

»Nee.«

Und damit war es endgültig zu spät. Sollte es kommen, wie es kommen wollte.

Und nun fuhren sie hier, Schlüter, der Advokat auf Abwegen, und Clever, sein Auslandsgehilfe, und das verdammte Tonband war weg. Sollte er diese Sache jetzt ansprechen?

»Was hat dieses Vademecum gestern bedeutet oder wie das hieß?«, fragte er stattdessen.

»Vaat etmekuz?«, korrigierte Clever. »Wir versprechen.«

»Woher weißt du das alles eigentlich?«

»Knast«, sagte Clever. »Ich habe über ein halbes Jahr mit zwei Türken zusammen gesessen. Ein Kurde, der wegen Rauschgift drin war, und ein Türke, den sie abschieben wollten. Die haben die ganze Zeit Türkisch geredet. So kriegt man das eine oder andere eben mit.«

Sie fuhren durch die Steppe, die kahl und menschenleer war. Manchmal begegnete ihnen ein Lastwagen mit hochgetürmter Ladung, der, wer weiß, aus dem Iran kam, wohin die Straße geradewegs führte, oder aus Aserbaidschan, wenn er über Horasan von Nordosten kam, und eine Wolke von Staub und Steinen hinter sich aufwirbelte.

Die wenigen Dörfer lagen abseits der Straße: Hafik, Zara, İmranlı hießen sie. Graue Häuser, staubige Lehmwege, die dorthin führten, und immer wieder die goldenen, silbernen, grünkupfernen Dächer der Moscheen, die auch zwischen den ärmsten Hütten noch prächtig waren.

Clever meinte, es sei Zeit zu essen, er habe grausamen Hunger, das türkische Frühstück sei nichts für ihn. Er wollte wenigstens einen Kaffee kochen, aber bevor er Ernst machen konnte, bog Schlüter nach Refahiye ab und sie hielten vor einer heruntergekommenen Fassade, an der man die Inschrift *lokanta* mit Mühe lesen konnte. Sie stiegen eine schiefe Betontreppe hoch, zogen eine quietschende Eisentür auf und traten ein. Sie waren die einzigen Gäste in einem großen Raum. An der scheckigen Wand hing ein Fernseher, in dem ein Unterhaltungsprogramm mit türkischer Folklore lief. Schnurrbärtige Männer mit breiten Schärpen hockten auf dem Boden und schlugen einen ewigen Rhythmus auf Trommeln, begleitet von quäkenden Tröten und leierndem Gesang, die Musik war Schlüter so fremd wie chinesische Opern. Nomaden, die das Land gerade erobert hatten, feierten ihren Sieg.

Ein weißhaariger Alter kam gebeugt angeschlurft, begrüßte sie mit einem Lächeln und fasste Schlüter unter den Arm, führte ihn mit Trippelschrittchen durch eine Tür in die Küche zu zwei großen Kesseln, in denen das Essen kochte; eine schwarz verhüllte Matrone rührte darin, ohne aufzusehen. Sie entschieden sich für den Eintopf mit Hühnerfleisch, Tomaten und Auberginen, den ihnen ein ebenso alter Gehilfe mit Salat, Fladenbrot und einem Glas Wasser servierte. Der Alte ging am Stock und servierte nur mit einer Hand. Wo waren die jungen Leute?

Nach dem unvermeidlichen Tee brachen sie auf. Sie waren über zweihundert Kilometer gefahren und hatten keinen Baum und keinen Strauch gesehen und nichts als braune Steppe mit verdorrtem Wintergras und Berge mit Schnee. Dann kamen sie nach Erzincan. Die Straße führte vierspurig durch die Peripherie der Stadt. Der Ruf zum Mittagsgebet wehte zerrissen zum Fenster herein. Sie hielten sich nicht auf, der Tank war noch drei viertel voll.

Die Straße trug jetzt die Nummer 100. Sie würde noch gut vierhundert Kilometer weiter bis zur Grenze in den Iran führen. Sie waren am Fuß der weißen Gipfel des Munzurgebirges angelangt, die nach der Karte über dreitausend Meter hoch waren. Der letzte Ort vor der Abzweigung nach Tunceli hieß Pasinler. Neben der Straße flossen die grauen Wasser des Flusses Karasu in einem großen Bogen westlich um das Munzurgebirge und hinunter zum Euphrat. Bisher hatten sie noch kein Militär gesehen.

Doch das änderte sich, als sie abgebogen waren und auf der schmalen Brücke über den Fluss fuhren.

Soldaten. Der Krieg begann.

43.

Hinter der Brücke versperrten Betonklötze in Sofagröße die Fahrbahn. Man musste sie im Slalom umfahren, im ersten Gang. Rechts ein Schilderhaus, mit einer Veranda aus Betonelementen in Tarnfarbe. Ein Soldat löste sich aus dem Schatten und vier andere marschierten aus dem Haus. Alle fünf steckten in Tarnuniformen, trugen einen Helm und hatten die rechte Hand am Abzug einer Maschinenpistole. Der, der an der Wand gelehnt hatte, wies Schlüter an, den Wagen auf den freien Platz vor die Kontrollstation zu fahren. Die Soldaten umstellten das Auto.

»Hände auf das Lenkrad«, zischte Clever. »Und da lassen.«

Schlüter umklammerte das Lenkrad. In schwierigen Situationen war Clever der Chef.

Der, der an der Wand gelehnt hatte, musterte Schlüter aus einem mageren Jungengesicht. Der Kerl war bestimmt noch keine zwanzig. Und hatte schon so viel zu sagen.

»Come out«, hörte Schlüter durch die offene Scheibe. Der Jüngling winkte mit der freien Hand.

»Both?«

»Yes.«

»Du sollst auch aussteigen«, gab Schlüter den Befehl weiter.

Beide krabbelten sie, ohne die Hände zu senken, aus dem Wagen.

»Follow«, sagte der Soldat.

Sie gehorchten. Im Schilderhaus gab nur einen Raum, in dem ein Schreibtisch, drei Stühle und ein Kanonenofen standen. Der Jüngling setzte sich auf den Stuhl hinter dem

Schreibtisch, der bis auf ein schwarzes Telefon und einen akkuraten Stapel Papier leer war, und wies ihnen die zwei Stühle gegenüber zu. Zwei der anderen Soldaten bezogen hinter den Reisenden Stellung. Aus den Augenwinkeln sah Schlüter die Läufe ihrer Gewehre, während er sich vorsichtig setzte.

»Passport«, befahl der Jüngling und deutete mit dem Zeigefinger auf die Schreibtischplatte.

Zum Glück trugen sie die Dokumente bei sich. Vorsichtig langte Schlüter in sein Jackett. Und wenn ich jetzt eine Waffe ziehen würde, fragte er sich, was würden die dann machen? Als er wieder aufsah, traf er auf den kalten Blick des Jünglings hinter dem Schreibtisch, der auch im Sitzen nicht die rechte Hand vom Abzug seiner Waffe genommen hatte. Schlüter hatte sich noch nie so darüber gefreut, dass er keine Waffe besaß.

Sie legten die Ausweise auf den Tisch. Der Jüngling konfiszierte sie, hob zwei Blatt von dem Stapel Papier und schob sie über den Schreibtisch. »Fill out«, sagte er.

Es waren zwei Formulare, die Rubriken waren auf Türkisch und Englisch erklärt. Name, Vorname, Geburtsdatum, Geburtsort. Beruf. Wohnort. Vaternamen, Mutternamen. Keine Rubrik für die Staatsangehörigkeit.

Es lag nur ein Kugelschreiber auf dem Tisch. Schlüter begann, seine Daten in das Formular einzutragen. Langsam. Was sollte er als Beruf eintragen? *Lawyer* etwa? Rechtsanwälte konnten sie im Dersim mit Sicherheit nicht gebrauchen. Der Krieg kennt keine Rechtsanwälte. Die kommen erst wieder zum Zuge, wenn der Krieg vorbei ist und die Verbrecher in Zivil und zurück in Amt und Würden sind. Denn Krieg heißt Gesetzlosigkeit. Der Soldat macht seine Urteile selbst und vollstreckt sie auch gleich. Ohne Rechtsmittel. So war es Brauch auf der Welt nicht erst seit Dschingis Khans Zeiten.

Es gibt eine Menge Berufe, überlegte Schlüter mit klopfendem Herzen, aber welcher würde zu ihm passen, sodass man keinen Betrug witterte? Einer plötzlichen Eingebung folgend, trug er *Hotelmanager* in das Formular ein. Veli Adaman hatte gesagt, er wünsche sich, wieder einmal Lehrer in der Heimat zu sein, oder wenn das nicht ginge, wolle er auf der Hochebene bei Ovacık ein Hotel bauen. Touristen müssten ins Dersim reisen, hatte er gesagt, denn wenn Touristen kämen, würde das Militär gehen. Ich muss immer Tunceli denken, von jetzt ab, korrigierte sich Schlüter erschrocken. Tunceli, Tunceli, Tunceli. Denn im Krieg sind auch die Gedanken nicht frei. Wer die Macht hat, bestimmt nicht nur, was du tust, er bestimmt auch, was du denkst. Nächste Rubrik: die Namen der Eltern.

»My father has been dead for fifteen years and my mother is nearly ninety years old, what do you need their names for?«, fragte Schlüter aufmupfig.

»Father's name. Mother's name«, befahl die digitale Stimme des Soldaten.

Der Mann, wenn er denn schon einer war, hatte ein olivgrünes rundes Gesicht, Schlüter glaubte auch eine kleine Augenfalte zu sehen. Ein Nachfahre der Eroberer, ein Erbe des Mongolenfürsten, dessen Reiterhorden einst das Land verheert hatten, der Städte und fruchtbare Felder in Schutt und Asche hatte legen lassen. Der Englisch gelernt hatte, um auch dem Reisenden befehlen zu können. Ob Seydi, Osmans Schüler, der Europafan, sich für solche Einsätze schulte? Schlüter senkte die Augen und schrieb: *Herrmann Claus Schlüter, Hermine Magdalene Schlüter.* Besser auch den zweiten Namen. Unterschrift. Ich versichere, dass alles richtig ist und der Wahrheit entspricht.

Dann schob er Clever den Kugelschreiber zu.

Clever trug seine Daten in das Formular ein, langsam, ohne Zögern, methodisch, mit halb geschlossenen Augen.

Geboren am 20. März 1961. Da hätte ich zum Geburtstag gratulieren sollen, dachte Schlüter. Beruf: Koch. Der Hotelmanager und sein Koch. Haha. Unter der Rubrik Vatername schrieb Clever: *Wolfgang Schäuble Clever.* Und unter der Rubrik Muttername: *Maria Theresia Clever.* In ungelenken Buchstaben. Schlüter riss seinen Blick fort vom Formular und versuchte, so harmlos wie möglich auszusehen und zu atmen. Clever unterschrieb, schob auch sein Formular über den Schreibtisch.

Der Soldat legte die Blätter nebeneinander, beugte sich über sie, verglich die Daten mit denen in den Ausweisen. Er hatte braune Augen. Endlich legte er sein Gewehr auf den Boden.

»Where you go?«, fragte der Soldat.

»To Tunceli city.«

»What you do?«

Schlüter zuckte die Schultern. »Look around. We are tourists. Nice landscape. Big mountains.«

»Where you sleep?«

»Hotel.«

»What Hotel?«

»We do not know yet.«

»Where you come from today?«

»Sivas.«

»Where you sleep?«

Auf diese Frage war Schlüter nicht vorbereitet.

»Sivas Büyük«, antwortete Clever.

Der Jüngling mit dem steinernen Gesicht stand auf, die Hand am Abzug. »Look at car«, sagte er.

Er ging wieder voran, die beiden Wachen folgten als Letzte, die beiden, die draußen gewartet hatten, machten die Nachhut.

Jetzt erst entdeckte Schlüter den Unterstand, der jenseits der Straße wie ein Schwalbennest am Fels klebte, auch aus

Beton und mit grünem Tarnanstrich, aus der Schießscharte ragten zwei Gewehrläufe. Sie zielten auf seine Brust.

Er versuchte, so normal wie möglich zu gehen. Nicht schnell und nicht langsam. So, wie einer geht, wenn er nach dem Pinkeln zurück zu seinem Auto geht und an nichts Besonderes denkt. Ein normales Gesicht, ein normaler Gang, das ist es, was du brauchst.

Am Wagen angekommen, wurden sie wie bei der Ankunft von den fünf Soldaten umstellt. Der Anführer öffnete die Türen, hob das Gepäck, durchstöberte Schlüters Reisetasche, sah unter die Sitze. Ein Glück, dass ich mein Diktiergerät in der Manteltasche habe. Und was, wenn sie mich auch noch durchsuchen wollen? Der Kofferraum wurde geöffnet. Er war so gut wie leer.

»You drive«, sagte der Anführer und gab den Weg frei, indem er mit der freien Hand in die Richtung des Gebirges wies. Er hielt Schlüter die beiden Ausweise hin.

Schlüter setzte sich hinter das Steuer, so normal wie möglich, er sah die Gewehrläufe vom Berg aus der Schießscharte ragen, er startete den Motor und legte den ersten Gang ein, langsam setzte er den Wagen in Fahrt, so normal wie möglich, die Gewehrläufe zogen langsam mit, und dann sah Schlüter, dass oberhalb des Schilderhauses am Fels noch ein Schwalbennest aus Beton klebte, aus dem zwei weitere Gewehre auf sie zielten, schemenhaft erkannte er einen behelmten Kopf dahinter. Im Slalom fuhr er um die Betonschikanen, immer schön langsam, so normal wie möglich, und hinter der letzten Barrikade legte er den zweiten Gang ein, er spürte den Zwang, sich umzudrehen, zu prüfen, ob die Gewehrläufe ihnen immer noch folgten.

»Nicht umdrehen!«, bellte Clever, »nie umdrehen!«, und Schlüter ließ es, gab etwas Gas, aber nicht zu viel, und legte den dritten Gang ein und dann hatten sie die Kontrolle hinter sich gelassen.

Hinter der nächsten Kurve wischte Schlüter sich den Schweiß aus dem Gesicht und knetete seine verkrampften Hände. »Bist du wahnsinnig?«, rief er. »Wolfgang Schäuble Clever?!«

Ein Tanklaster kam ihnen entgegen. Schlüter musste den Wagen an den Rand der Straße steuern und anhalten, sie verschwanden in einer Staubwolke.

Clever kicherte. »So was, das hab ich mir mein ganzes Leben lang gewünscht. Und heute, heute hab ich es endlich mal gemacht!«

»Bist du verrückt geworden?!«

»Wieso das denn?«

»Und wieso ausgerechnet Schäuble?«

»Ist doch klar: Der war für mich zuständig, als ich im Knast war. Da war er Innenminister. Er hat für Essen und Trinken gesorgt und für ein Dach über dem Kopf. Wie ein wahrer Vater. Wie ich nie einen hatte. Was ist daran so verkehrt? Du kannst übrigens weiterfahren.«

»Und das mit dem Hotel, woher ...«

»Da sind wir dran vorbeigekommen. Das hab ich mir gemerkt.«

»Und woher wusstest du, dass ...«

»Es ist Krieg hier, Mann!! Wir machen keine Kaffeefahrt!«

»Und Maria Theresia?!«

»Eine starke Frau, eine berühmte Frau soll das gewesen sein, so wie ich mir meine Mutter gewünscht habe.«

»Weißt du überhaupt, wer das war?«

»Mir doch scheißegal, Mann.«

Schlüter schüttelte ergeben den Kopf. Ihm fiel nichts mehr ein.

Der löchrige Asphaltbelag hörte nach ein paar hundert Metern auf. Ein steiler Schotterweg, den man in die blutigen Flanken der Berge getrieben hatte. In Serpentinen führte er empor zu den weißen Gipfeln, scheinbar geradewegs in den

Himmel, und das Slalomfahren im zweiten Gang nahm kein Ende.

»Jetzt haben sie uns im Sack«, sagte Clever mit der Karte auf den Knien.

»Was meinst du damit?«

»Dass wir im Sack stecken. Es gibt nur drei Straßen hier rein. Von Süden über den Euphrat. Von Südost über Kovancılar. Und diese hier. Die Gebirgswege von Osten können wir vergessen. Die sind wahrscheinlich voll Schnee und nicht passierbar. Und keiner, der reinkommt, kommt ohne Kontrolle wieder raus. Von jetzt ab wissen sie, wo wir sind. Sie kennen jeden, der ins Dersim fährt.«

»Tunceli!«

»Ja, ja!«

»Ja, ja heißt: Leck mich am Arsch!«

»Ja, ja!! Fängst du jetzt auch an, mir meine Gedanken zu verbieten? Ein bisschen Freiheit darf ja wohl noch sein, oder?!«

Dieser Paul Clever war ein renitenter Bursche. Aber vielleicht verstand er von Freiheit mehr als andere, die niemals unfrei gewesen waren. Vielleicht verlernt man in gemütlichen Zeiten die Fähigkeit zum Widerstand, man musste üben, damit der Muskel der Freiheit nicht schlaff wurde und das gerade Kreuz krumm. Und das war vielleicht der Grund, warum die Menschen immer wieder von vorn anfingen. Schlüter musste sich auf den Gebirgsweg konzentrieren. Ein steiler Weg, der über die schneebedeckte Brustwehr des Munzurgebirges führte, hinein in das Land der Gipfel. Ein schmaler Schotterweg, den die Schneeschmelze ruiniert hatte. Er wich tiefen Löchern aus. Aus den verletzten Flanken des Berges auf der linken Seite war das Geröll auf die Straße gestürzt, hatte manchmal kaum eine Autobreite frei gelassen, und rechts war die Kante am Abgrund zerrissen und ausgewaschen. Der Wagen durfte ihr nicht zu nahe kommen, sonst würden sie abstürzen, so wie der Lastwagen da unten, der wie ein Käfer auf dem Rücken lag.

Oben, am Ende einer langen Steigung, stand ein Panzer und zielte mit seinem langen Rohr auf sie, und daneben ein Bewaffneter, der rauchte. Über beiden, im unerträglich friedlichen blauen Himmel, zog ein großer Vogel unangefochten seine majestätischen Kreise. Ein Adler auf Jagd. Oder gab es hier etwa Geier?

44.

Die Nacht hatte den Tag in den Abgrund gestoßen.

Die Soldaten harrten in ihren Unterständen aus und horchten in die Dunkelheit, die PKK-Kämpfer verließen ihre Tagesverstecke und schlichen sich an. Es war noch gefährlicher geworden für sie, seit die Wälder niedergebrannt worden waren, denn die wenigen Höhlen und Spalten waren dem Feind bekannt. Nur die Dunkelheit beschützte sie. So war das hier. So hatte Besê Adaman berichtet.

Keine Träne aus ihren Augen. Eine harte Frau mit tiefen Falten im Gesicht, sie war Mitte vierzig und sah aus wie eine alte Frau. Nur ein kurzes Lächeln, ein Funke in den Augen, als Schlüter von dem ersten Besuch ihres Mannes in seiner Kanzlei erzählte. Der erlosch, als er berichtete, wie er ihn das letzte Mal gesehen hatte.

Veli Adamans Testament, in diesem Buch hatte es gelegen, das aus Deutschland geschickt worden war, ein Buch, das weite Wege hinter sich hatte. Ein dünnes Blatt Papier hatte er beschrieben, einen Brief, den er gefaltet hinten in das Buch eingelegt hatte, gerichtet an den Rechtsanwalt Schlüter in Hemmstedt. Er hatte den Brief nicht mehr abschicken können, noch nicht einmal zu Ende geschrieben. Es wird Zeit, dachte Schlüter, wieder nach Hause zu kommen, um dort das Notwendige zu veranlassen, soweit man es nicht selbst tun konnte. Einen Augenblick glaubte er, er könne alle Probleme lösen, auch seine eigenen. Adamans Testament. Oder wie sollte man das nennen? Wer hätte das gedacht? Die Polizei hatte die Schrift nicht entdeckt; sie hatte das Buch den Vertretern der Hamburger Aleviten übergeben, die es, zusammen mit anderen Effekten des Toten, in die Türkei geschafft hatten.

Schlüter stand am offenen Fenster seines dunklen Zimmers im dritten Stock des Hotel *Yüksel* in der Stadt Tunceli und seine Gedanken fuhren Achterbahn. Die scharfe Nachtluft strömte herein, verdünnte den kalten Zigarettendunst und den süßlichen Gestank nach altem Urin, von dem das Zimmer erfüllt gewesen war. Schlüter atmete tief durch, froh, endlich einmal allein zu sein, aber zugleich war ihm düster und trüb vom Bericht der Witwe; es war zu viel. Was tut ein Mensch, der unter der Übermacht aus Gewalt, Unrecht und Verfolgung lebt? Er verzweifelt. Und dann? Dann flieht er. Oder es packt ihn die Wut und er kämpft, auch um den Preis des eigenen Todes. Und die anderen, die weder fliehen noch kämpfen, was tun die? Sie versinken in Depression. Die ernsten Gesichter der Menschen in der Stadt, ihr sinnloses Hin und Her, die Gruppen schwarz gekleideter Männer. Und was tut ein Mensch, der solche Berichte anhört? Mitleid? Das ist Hohn. Helfen? Das ist nicht möglich. Er wird stumm und möchte fort, zurück nach Hause, und vergessen. Schlüter wünschte sich eine Tasse Ostfriesentee und die Nähe seiner Frau. Er hatte sie noch nicht einmal angerufen, nur aus Malatya, von dem winzigen Flughafen aus, als sie heil angekommen waren am Mittwochabend. Mittwoch? Heute war Samstag, der 25. März. Es kam ihm vor, als sei er schon Wochen unterwegs in diesem Land und nicht erst seit drei Tagen. Und im Büro hatte er sich auch noch nicht gemeldet. Irgendwie war es ihm egal geworden. Von hier aus hatte er keine Macht über die Geschehnisse dort. Es musste ohne ihn gehen. Sollte es laufen, wie es wollte. Die Welten waren zu verschieden, sie passten nicht in einen Kopf. Er wollte fort von hier. Zurück in die heile Welt. Nein: Morgen, am Sonntag, würden sie nach Ovacık fahren. Heyder Cengi. Einem Einzelnen konnte man vielleicht helfen.

Unten öffnete sich die Tür des gegenüberliegenden Hauses, ein Schein gelben Lichts fiel traulich auf das Pflaster, Männer gingen ein und aus. Worte schallten herauf, Gesprächsfetzen. Fast wie zu Hause im Gerbergang, wenn er oben am Fenster stand, mit einer Tasse Tee auf dem Fensterbrett, vielleicht einem Buch in der Hand oder unter dem Arm. *Birahanesi*, Bierstube, stand in großen Lettern unten über der Tür. Zwei Frauen zogen sie auf, die Lampen leuchteten eine halbe Sekunde auf ihr braunes Haar, als sie in das Lokal traten. Erst jetzt wurde Schlüter bewusst, was es war, was ihn an zu Hause erinnerte und was zugleich so anders war in dieser unzugänglichen Gebirgsgegend, anders als in den großen Städten Malatya und Sivas und anders als in all den anderen Orten, die sie unterwegs gesehen hatten: Seit der Abzweigung von der Straße Nr. 100, seit über hundert Kilometern, hatten sie keine einzige Moschee gesehen, keine einzige verschleierte Frau. Hier trugen die Frauen ihre langen Haare offen, auch die Alten ließen sie in Zöpfen auf den Rücken fallen, sie gingen ohne männliche Begleitung aus, abends in eine Bierkneipe, es gab keine Schleier, keinen Çarşaf und auch keine Burka, wie er sie vereinzelt in Sivas gesehen hatte, und nirgendwo erscholl der Ruf zum Gebet. In dieser Stadt roch es europäisch. Mitten im Krieg. Besê Adaman hatte mit ihnen so gesprochen wie eine Frau in Deutschland mit Männern sprechen würde. Sie hatte ihnen in die Augen gesehen, mit einem Blick, der voller Trauer und depressiv, resigniert war, ihnen gegenüber auf einem Sessel hatte sie gesessen, sie trug ihre Haare in einem langen losen

Zopf, der ihr halb den Rücken hinunterreichte. Dichtes, schon graues Haar, an den Spitzen hennarot gefärbt, über das Veli Adaman zuletzt im Herbst 1993 seine Hand gestrichen hatte, beim Abschied für ungewisse Jahre, vor seinem gefährlichen Weg nach Deutschland, mit falschem Pass über Teheran nach Frankfurt.

Bevor sie Besê Adaman gefunden hatten, waren sie drei weitere Stunden durch das Gebirge gefahren, bis sie nach Tunceli gekommen waren. Schneller ließ es die gefährliche Piste nicht zu.

Allgegenwärtig waren die Soldaten, in Baracken, Containern, Panzern, Jeeps. Das Militär belauerte die Dörfer, die ausgestorben wirkten. Vor manchen Lehmhütten hockten ein paar Alte in der Sonne wie schwarze Krähen, als warteten sie auf bessere Zeiten, auf die Rückkehr der Jungen, die geflohen waren nach Europa oder wenigstens nach Istanbul, die vielleicht aber auch in den Bergen lagen, im Schnee versteckt waren, denn die PKK griff nachts die Posten an, hatte Besê Adaman berichtet, oder vielleicht warteten sie auch nur auf den Tod.

Die Straße steil am grauen Fluss, der durch die engen Windungen der steinigen Schlucht nach Süden schäumte, um sich bei Tunceli mit dem Munzur zu vereinigen und dann die gestauten Wasser des Euphrat zu mehren. Osman hatte erzählt, dass man die fruchtbaren Ebenen im Süden des Landes, bis nach Şanlıurfa hin, bis an die syrische Grenze bewässern wollte, bis zu jener Stadt sollte das Wasser fließen, die in alter Zeit den griechischen Wissenschaftlern Asyl gewährt hatte; an der Medrese von Şanlıurfa, das damals Edessa hieß, wurden ihre Werke ins Arabische übersetzt, um mit Mohammeds Siegeszug an der Küste Nordafrikas entlang nach Spanien zu gelangen, wo sie wiederum in europäische Sprachen zurückübertragen wurden. Wissen fließt in jede Richtung, Wasser nach unten und Geld nach oben.

Zerschossene Fassaden, Patronenhülsen, verlassene Gehöfte, zerstörte Brücken, Gräber neben der Straße, als habe man die Toten nicht weiter forttragen können oder als sollten sie in der Heimat bleiben, neben ihrem Haus, mit weitem Blick über Fluss und Berge, im tröstenden Licht der Sonne. Manche Häuser waren notdürftig repariert, Lumpenhäuser aus hergeschlepptem Stein, Plastikfolien und Lehm, dünner Rauch entwich dem Rohr im Dach und es roch falsch nach Frieden. Eine zähe Sorte Mensch. Von den meisten Brücken über den Fluss ragten nur noch die Stümpfe aus dem blattlosen Gestrüpp, das auf den Frühling wartete und sich danach sehnte, vielleicht wieder zu Bäumen zu wachsen …

Nach mehr als sechzig Kilometern südlich von Pülümür, an einer Brücke, die noch intakt war, an der Abzweigung nach Nazımiye, die nächste Kontrolle. Das Gepäck wurde nicht kontrolliert, offenbar vertrauten die Soldaten auf ihre Kameraden im Norden. Aber auch hier fünf Krieger, die den Wagen und seine Insassen mit schussbereitem Gewehr gefangen hielten, auch hier mussten sie demütig aussteigen, in das Schilderhaus folgen, ihre Ausweise vorlegen und das unsinnige Formular ausfüllen. Schlüter hätte den Anführer, auch er ein magerer Kerl mit kleinem rundem Gesicht, gern gefragt, warum sie ihre Angaben wiederholen mussten, denn wer an diesem Ort in die Kontrolle kam, konnte nicht anders als vom Fluss Karasu her gekommen sein, von der Straße mit der Nummer 100. Aber Schlüter blieb stumm. Der Bürokratie ist es egal, ob Krieg oder Frieden herrscht, sie gedeiht unter beiden, und im Krieg beantwortet sie keine Fragen. Also schrieb Schlüter ein zweites Mal den Namen seines toten Vaters und seiner fast neunzigjährigen Mutter auf, die im Altenheim in Husum nichts ahnte von ihrer späten asiatischen Wichtigkeit. Clever trug sein Wolfgang Schäuble Clever in das Formular ein und Schlüter fand nicht mehr viel dabei, ihm unbewegten Gesichtes zuzusehen. Man gewöhnte sich schnell, schon glaubte man, die Situation unter Kontrolle zu haben, nur weil man sie schon einmal erlebt hatte. Die Gewehre jagten ihm weniger Angst ein, er hatte die Hände wie von selbst auf dem Lenkrad liegen lassen, sogar seinen Gang empfand er ungezwungener als beim ersten Mal, und es fiel ihm nicht schwer, beim Fortfahren nur nach vorn zu sehen. Sie hatten ihn schon ein wenig erzogen, die Soldaten, er gehorchte auch ohne neuen Befehl.

»Blöde Säcke«, knirschte er, als er die Bewaffneten im Rückspiegel nicht mehr sehen konnte. Dann fragte er: »Und wenn sie schießen?«

»Dann schießen sie«, erwiderte Clever lakonisch.

»Und was machen wir dann?«

»Gas geben, wenn das noch funktioniert, was sonst?«

Immerhin, das war eine Option. Clever hatte sich alles überlegt. Als würde es keine Überraschungen geben für ihn, den Exselbstmörder.

Spät am Nachmittag erreichten sie Tunceli, die Eiserne Faust, die Stadt, die ihre Einwohner nicht mehr Dersim nennen durften, das Silberne Tor. Sie lag auf Hügeln, umgeben von den schneebedeckten Zinnen des Munzurgebirges, das Stadtzentrum war kleiner als das von Hemmstedt, man konnte es zu Fuß in fünf Minuten durchqueren. Sie stellten ihren Wagen ab und stiegen aus, verfolgt von den Blicken der Schuhputzer, die hinter ihren vergoldeten Werkzeugkästen saßen und geduldig auf Kundschaft warteten. Hinter ihnen, jenseits der wintergrauen Grünanlage: Militärlaster, Absperrgitter, patroullierende Soldaten, Kettenfahrzeuge, Fahnen mit Halbmond, ein großes Verwaltungsgebäude.

Auf den Straßen waren die Menschen unterwegs, ziel- und tatenlos strömten sie durch die Gassen, standen in Gruppen, bevölkerten die Teehäuser, sie schienen höher gewachsen zu sein als die Leute in Malatya und Sivas und waren von dunkler, fast bronzener Hautfarbe. Ernste Gesichter, prüfende Blicke. Selbstbewusste Frauenblicke. Die Stadt war voller Flüchtlinge, erfuhren sie später von Besê Adaman, die meisten dunkel gekleidet wie in Trauer. Sie fanden ein heruntergekommenes Hotel, das den Namen *Otel Yüksel* trug, ein schmales vierstöckiges Gebäude in einer Gasse, die nicht viel breiter als ein Auto war. Im Foyer auf zerschlissenem rotem Teppich eine lange Reihe zerschlissener roter Sessel. Das Paar, das dort saß und sich unterhalten hatte, verstummte, sah den Fremden neugierig nach, bis sie von einem ebenso stummen Portier nach oben geführt wurden. Die Deutschen waren die einzigen Gäste.

Aber touristischen Zeitvertreib konnten sie sich nicht leisten. Sie verließen das Hotel wenig später zum Essen, saßen im ersten Stock eines Restaurants und sahen zu, wie unter ihnen auf glühender Kohle Fleisch an Spießen gegart wurde, aßen Pide, tranken süßen Tee aus winzigen Gläsern, alles wurde auch hier in Höchstgeschwindigkeit bereitet und serviert, als seien sie Nomaden, die für einen schnellen Bissen vom Pferd gesprungen waren. Dann machten sie sich auf die Suche nach der *Sanat Sokak,* einer abschüssigen Straße, in der Besê Adaman in einem sechsstöckigen Haus wohnte. Tiefe Pfützen im aufgerissenen Belag.

Veli Adamans Witwe lebte in einer Dreizimmerwohnung, seit man das Dorf nahe Ovacık, das ihre Heimat gewesen war, niedergebrannt hatte. Zwanzig Minuten Zeit zur Räumung. Das war 1984 gewesen. Manche der Vertriebenen waren zurückgekehrt, sie bauten sich Sommerzelte auf, um ihre Felder zu bestellen, aber seit das Kriegsrecht galt, war es verboten, Äcker und Weiden außerhalb der Orte zu betreten. Seit 1994 war ein Lebensmittelembargo verhängt. Die erlaubten Mengen waren so knapp bemessen, dass man für den langen Winter, wenn die Wege nicht passierbar waren, keine Vorräte anlegen konnte. Aber auch im Sommer konnte man nicht jeden Tag zwanzig Kilometer zu Fuß gehen, um einzukaufen. Wovon leben? Das Lebensmittelembargo hatte den endgültigen Tod der Dörfer bedeutet. Vor 1937 hatten zweihunderttausend Menschen im Dersim gelebt. Und jetzt war nur noch ein Viertel übrig geblieben. Die anderen waren in der Fremde, auf der Flucht. Oder tot.

Auch Veli Adaman war fortgegangen, um sein Leben zu retten und um Geld zu verdienen, und das, so erklärte Besê Adaman in gebrochenem Englisch, war genau das Ziel der Nationalisten: Vertreibung, Entwurzelung, Verbot der Sprache, Verbot der religiösen Zeremonie. Kein Cem in den Häusern. Das Kriegsrecht verbot Versammlungen. Aus Kurden, Zaza und Dersimi sollten brave Türken gemacht werden. Die Armenier hatte man umgebracht, danach die Griechen und die Lasen. Überschaubare Völkchen. Zwanzig Millionen Kurden und sechs Millionen Zaza aber konnte man nicht umbringen. Man musste sie zwangsweise assimilieren. Sie würden sich in der Fremde mit den Türken vermischen und ihre Herkunft und Kultur vergessen. Wer von selbst ging, den musste man nicht mehr deportieren. Das, so erklärte Besê Adaman, sei türkische Politik seit Atatürk. Bei uns nennen sie das *inländische Fluchtalternative,* erinnerte Schlüter sich an seine Lektüre in der Bibliothek des Gerichts.

Ezo, die sechzehnjährige Tochter, reichte Börek, Schlüter war längst satt, denn sie hatten ja gerade gegessen, aber Clever griff ordentlich zu, sein langer Leib fasste leicht doppelte Speise. Er war wieder schüchtern geworden, seit er es nicht mehr mit Krieg und Soldaten zu tun hatte und kein Türkisch geredet wurde und lauter Frauen im Zimmer waren. Nach dem Tod des Ministerpräsidenten Turgut Özal, erzählte Besê Adaman weiter, habe man mit der Vernichtung der Dörfer von Neuem losgelegt. Auch mit Özals Tod im April 1993 sei es nicht mit rechten Dingen zugegangen. Sicher habe man ihn vergiftet. Ein Kurde war er, ja. Auch wenn er das selbst nicht zugegeben hatte, nur, dass seine Großmutter Kurdin gewesen sei. Aber das war schon zu viel. Man könne als Kurde alles erreichen in diesem Land, man dürfe nur nicht sagen, dass man Kurde sei, und kein einziges Wort Kurdisch dürfe man sprechen. Ja, schon die Behauptung, es gebe ein kurdisches Volk und eine kurdische Sprache, sei verboten. Oder gar Zaza, zu denen die Dersimi gehörten. Ein Kurde als Präsident, der keine Dörfer mehr verbrennt und schließlich mit der PKK über eine Waffenruhe verhandelt, ist verdächtig und wird umgebracht. So ging es zu in diesem Land: Eine kurdische Parlamentsabgeordnete, unten aus Diyarbakır, war wegen Landesverrats zu fünfzehn Jahren Haft verurteilt worden, weil sie bei ihrer Vereidigung im Parlament einige Sätze Kurdisch gesprochen hatte. Nach ein paar Sätzen schon war sie vom Pult gezerrt und in den Kerker geworfen worden. Das Militär, die Gendarmerie, sie sitzen überall auf unserem Leben, sie hocken unter jedem Stein, und sogar wenn der Esel den Schwanz hebt, dann glotzen sie dich an.

So viele dunkle Jahre.

»Kennen Sie Musa Anter?«, fragte Besê Adaman.

Nein, Schlüter hatte diesen Namen nie gehört.

Ein Kurde aus Mardin, ein Journalist, der damals oft im Dersim gewesen sei. Natürlich habe man ihn verhaftet, weil er für die Sache seines Volkes eingetreten sei.

Ich ziehe es vor, ein Dorn im Garten der Freiheit als eine Rose im Garten der Sklaverei zu sein, hatte der sterbende Emin Batu, Mitgefangener des Kurden Musa Anter aus Mardin, an seine Zellenwand geschrieben, mit dem tuberkulösen Blut, das ihm aus dem Mund lief. Die Kloake des Gefängnisses ließ man durch seine Zelle laufen und er hatte kein Bett, auf das er sich legen konnte, nur einen Betonklotz, der knapp zum Sitzen reichte. Tausend kurdische Intellektuelle wollte man hinrichten, das kurdische Volk köpfen, um die kurdische Sache, wie es hieß, für dreißig Jahre aufzuhalten. Batu und Anter gehörten zu den ersten fünfzig, denen man den Schauprozess machen wollte, damals, 1959 in Istanbul. Fünfzig weitere sollten folgen, und immer so weiter, bis die tausend voll waren. Aber daraus wurde Gott sei Dank nichts. Heute saß man in Gemeinschaftszellen, und das war das Einzige, was sich geändert hatte.

»Haben Sie von Seyit Rıza gehört?«

Schlüter schüttelte abermals den Kopf.

»Er hat gekämpft damals. Für unsere Freiheit. Jeder hier in der Gegend kennt seine Geschichte. Ich möchte sie Ihnen erzählen …«

Und Besê Adaman erzählte die Geschichte jenes Mannes, der selbst zum Galgen schritt, den Henker fortstieß und sich den Strick um den Hals legte, der starb, ohne gebetet zu haben, weil sein ganzes Leben ein Gebet gewesen sei. *Betet nicht mit den Knien, sondern mit dem Herzen.*

»Fahren Sie nach Ovacık und fragen Sie nach Dede Fırık«, riet die Witwe. »Er hat mit Seyit Rıza gekämpft damals, er wird Ihnen mehr erzählen.«

Und die PKK?

Um Ovacık herum gab es nur noch wenig belebte Dörfer und die PKK hatte Probleme, Kämpfer zu rekrutieren, es kamen jetzt sogar welche aus Europa und aus dem Irak. Leute, die im Verdacht standen, die PKK zu unterstützen, wurden hingerichtet, so wie vor zwei Wochen der Bauer, Mansuroglu hieß er, dem man zuerst die Augen ausgestochen hatte, um ihn dann zu erschießen und mit zwei toten PKK-Kämpfern auf ein Panzerfahrzeug zu legen und durch die Stadt zu fahren und dabei die Fahne mit den drei Halbmonden zu hissen.

»Wir werden hier krank vor Hass«, sagte die Witwe leise. »Manche werden vom Hass aufgefressen. Sie werden gierig darauf, jemanden zu töten. Sogar die Frauen. Eine hat sich auf der Militärparade vor drei Wochen in die Luft gesprengt. Fünf Soldaten sind mit ihr gestorben.«

Vergiss nicht, dass auch dein Feind ein Mensch ist. Schätze keinen Menschen und kein Volk gering. Auch wenn man dich verletzt hat – verletze niemanden.

»Manchmal ist es schwer, so zu handeln.«

»One day I will go back to my village«, sagte Ezo plötzlich, die an der Tür lehnte. »And live there with my family.« Auch sie konnte Englisch, besser noch als ihre Mutter, die stolz bemerkte, die alevitischen Frauen seien bekannt für ihre Bildung. Da stand Ezo, in Jeans, entschlossen, mit leuchtenden braunen Augen. Hoffnung. Die Hoffnung der Vertriebenen. Wenn du deine Heimat nicht freiwillig verlässt, träumst du ewig von deiner Rückkehr. Und schlägst keine Wurzeln.

Sie waren nach Tunceli gegangen, die Adamans, weil sie gehofft hatten, hier in der Stadt etwas sicherer zu sein als in dem kleinen Ovacık, wo die Spitzel sehen konnten, wohin du gehst, mit wem du redest, was du einkaufst. Und sie hatten sich diese Dreizimmerwohnung leisten können, solange Veli Geld geschickt hatte, und jetzt würde sie Geld von den Verwandten aus Basel bekommen, die meisten seien in die Schweiz geflohen, andere in die Gegend von Köln, nur Veli sei in Hamburg gelandet. Auch dort gäbe es viele Aleviten, die meisten allerdings seien Türken und denen müsste man erst erklären, wie es hier im Dersim zugehe, sie wüssten nichts oder wenig vom Völkermord.

Und dann hatte Ezo das Buch geholt und vor Schlüter auf das Beistelltischchen gelegt, auf dem der Teller mit dem Börek, den er nicht gegessen hatte, und das Teeglas standen. Das Buch handelte von ihrer Sprache, so viel hatten die Adamans verstanden. Aber mehr nicht. *Karl Hadank, Die Sprache der Zaza in Wort und Grammatik. Leipzig 1932.*

Schlüter hatte das Buch aufgeschlagen. Grammatik, Sätze. Er begann zu erklären. Die Muttersprache der Zaza – dass der deutsche Forscher ihnen die Schrift gegeben hatte. Für den Dialekt rund um Pülümür. Ein gefährliches Buch übrigens, ein separatistisches Buch, über eine Sprache, die es nicht geben durfte. Bergtürkisch nannten die Türken diese Sprache und sie behaupteten, es sei schlechtes Türkisch, ein minderwertiger Dialekt. Dabei war es eine indogermanische Sprache, die mit Polnisch, Deutsch und Französisch verwandt war und nicht mit Turkmenisch, Uigurisch und Tscherkessisch.

Schlüter hatte das Buch durchgeblättert. Plötzlich das mit Bleistift beschriebene, gefaltete Papier zwischen den leeren Einbandblättern am Ende des Buches: *Hollenfleth, den 1. Februar 1995*, begann der Text.

»Is that the handwriting of your husband?«, hatte Schlüter aufgeregt gefragt, obwohl er die Antwort kannte.

Mutter und Tochter beugten sich über die Schrift. Sie hatten das Blatt übersehen, sahen es zum ersten Mal. Ja, es war Veli Adamans Handschrift. Es war sein Testament, sein Letzter Wille, denn zwei Tage später war er ermordet worden, er hatte es nicht mehr geschafft, den Brief auf den Weg zu bringen. Schlüter versprach, wenn er wieder zurück sei, werde er Adamans letzten Willen erfüllen. Wieder ein Versprechen. Er hatte den Text abgeschrieben, die Abschrift in das Buch gelegt, zur Sicherheit, und das Original in seine Manteltasche gesteckt.

Und dann hatte er Christa angerufen. In der Wohnung gab es ein Telefon, Frau Adaman stellte die Verbindung her. Christa.

»Ja? Oh …«

»Du musst gleich morgen Angela im Büro anrufen. Sie soll sofort Heinsohn anrufen und ihm sagen, er soll unbedingt Cengi in der Haftanstalt aufsuchen. Ich habe etwas gefunden, was für ihn sehr wichtig ist, sehr gut, ich kann nicht mehr sagen, ich …«

»Ich verstehe. Wie geht es euch?«

»Gut, ja gut, ich habe keine Zeit …«

Man musste einen kühlen Kopf behalten. Denn es ging nicht um die Toten, sondern um die Überlebenden und morgen würde für Heyder Cengi der entscheidende Tag sein. Morgen würden sie nach Ovacık fahren, dorthin, von wo es kein Entrinnen gab. Ezo hatte erklärt, sie werde mitfahren, in jedem Fall. Sie wusste von ihrem Vater, wo die Massaker stattgefunden hatten, denn er hatte ihr die Orte schon als kleines Kind gezeigt. Ihre Mutter hatte Ezo lange prüfend angesehen. Hin ja, hatte sie gesagt. »Aber zurück fährt sie nicht mit. Das ist zu gefährlich. Zurück ist es am gefährlichsten. Zurück wird sie nicht mit euch fahren.«

Schlüter trat einen Schritt vom Fenster weg. Der süßliche Gestank war noch nicht fort, er steckte fest im Bett und in der Matratze. Ziemlich ekelhaft. Aber was soll's, dachte er. Es gibt Schlimmeres. Er sparte sich das Zähneputzen, denn im Badezimmer war es auch nicht besonders gemütlich. Es gab keine Duschwanne, sondern nur einen Schlauch an der Wand und einen Abfluss im Fliesenboden, aus dem es verdächtig roch.

Er zog die Schuhe aus, legte sich in Kleidern auf das Bett und warf sich eine der Wolldecken über. Er dachte an den morgigen Tag, er wartete auf den Schlaf, er versuchte, an Christa zu denken, aber die rötlichen Lichtflecken an der Wand machten ihm Angst, sie sahen aus wie die blutigen Buchstaben des sterbenden Emin Batu und sie zuckten wie der Leib des greisen Seyit Rıza am Galgen. Schlüter tastete nach seinem Mantel und war erst beruhigt, als er das Knistern des Papiers hörte, auf dem Adaman seinen letzten Brief geschrieben hatte.

45.

Schlimme Geschichten.

Nach flachem Schlaf stand Schlüter zeitig auf und weckte Clever. Der süßliche Geruch der Hotelzimmer klebte in ihren Kleidern und sie waren froh, sie lüften zu können, denn im Hotel gab es kein Frühstück, sie nahmen es auswärts ein, in einem *pastahane*, mit Blick über die Straße auf das Militärlager und seine patrouillierenden Soldaten, auf wartende Schuhputzer und die umherstromernden Männer, in deren Gesichtern keine Hoffnung war.

»Wie hast du geschlafen?«, fragte Schlüter.

»Ich könnte sie heiraten«, sagte Clever. »Hab ich mir überlegt heute Nacht.«

Schlüter sperrte den Mund auf, brachte aber keine Antwort zustande und steckte deshalb eine Olive hinein.

»Dann können die beiden ausreisen«, fuhr Clever fort. »Dann können sie weg hier. Die müssen doch weg.«

»Das kannst du doch nicht einfach so ...«

»Wieso nicht?« Clever sah Schlüter an, mit einem Gesicht voller Entschlossenheit.

»Und wenn sie nicht will?«

»Muss sie wissen.«

»Spinnst du, sag mal?«

»Wieso soll ich spinnen? Gibt es einen besseren Grund zum Heiraten als den? 'ne Scheinheirat ist immer noch besser als 'ne Heirat bloß wegen der Steuern.«

Gab es einen besseren Grund?

»Hast du die Schüsse gehört?«, fragte Clever.

»Ja.«

»Heute Morgen um fünf. Über eine halbe Stunde lang.«

»Ich habe sie gehört.«

Sie verloren kein Wort mehr darüber.

Sie wollten das Haus von Besê Adaman kein zweites Mal aufsuchen und sich womöglich verdächtig machen, deshalb hatten sie sich mit Ezo vor der Schlachterei unten um die Ecke verabredet, nur ein paar Meter vom Hotel entfernt. Sie trug Jeans, Windjacke und Stiefel und schlüpfte flink hinten in den Wagen. Nach wenigen Minuten lag die Stadt hinter ihnen, sie fuhren wieder auf einer schmalen Straße, deren Belag aus Resten von altem Asphalt, meistens aber aus Schotter bestand und die weiter hinauf in die Berge führte, in langen Windungen am Fluss Munzur entlang, der hinter Ovacık aus dem Fuß der Gebirge quoll, dort, wo es nur Schnee gab und noch nie Menschen gewohnt hatten. Einundsechzig Kilometer bis Ovacık.

Der Munzur, erklärte Ezo Adaman, die Lebensader des Dersim, sei den Aleviten heilig, denn Gott erscheine den Menschen im Wunder der von ihm geschaffenen Natur, er schenke den Menschen Wasser zum Trinken und zum Bewässern ihrer Felder. Sie erzählte ihnen die Sage von Munzur Bava und seiner Flucht mit dem Topf mit Ziegenmilch, die er verschüttete. Vierzig Tropfen fielen zu Boden, aus denen vierzig Quellen entsprangen, die sich zum großen Fluss Munzur vereinigten. Der Staat plane einen großen Staudamm im Dersim; er solle Wasser liefern für die fruchtbaren Ebenen im Süden, behauptete man. Aber das sei nicht der wahre Grund für das Bauvorhaben. In Wahrheit wolle man die Heimat der Dersimi und ihre Kultur für immer ertränken.

Die Straße führte steil am Berg entlang durch felsige Klüfte und Schluchten. Keine Bäume, nur hier und da winterstarres Gestrüpp an sonst kahlen Hängen.

»Stop. Here it is«, sagte Ezo, als sie eine Viertelstunde unterwegs waren. Sie hielten an einer etwas breiteren Stelle und stiegen aus. Von der Höhe blickten sie hinunter auf eine mächtige Kehre des Flusses, über deren Außenseite der Fels sicher über hundert Meter senkrecht aufragte, darüber das schmale Band der Straße wie eine Kerbe in der Flanke des Berges.

»Geyiksuyu«, sagte Ezo. »Dort ist der Fels der Zwanzigtausend.«

Sie setzte sich auf einen Steinbrocken und streckte den Zeigefinger aus. Ob sie den großen Fels sähen, der, halb aus dem Wasser des Flusses ragend, vor der senkrechten Wand liege?

Schlüter nickte, übersetzte leise. Clever nickte.

Dort oben, erzählte Ezo Adaman, habe das größte Massaker jener Jahre stattgefunden, dort oben hätten die Soldaten auf Befehl des großen Demokraten und verehrten Staatsgründers Atatürk, dessen Konterfei in jeder Amtsstube und jedem Geschäft des Landes aushing, den man auch im Westen als modernen Politiker schätzte, dort oben auf dem Plateau hätten seine Soldaten auf seinen Befehl zwanzigtausend unschuldige Dersimi zusammengetrieben, Menschen aus den umliegenden Dörfern. Männer, Frauen, Kinder, Alte. Menschen, für die eine Kugel zu schade war. Einzeln waren sie zur Klippe gezwungen worden, an den Abgrund. Dort stachen die Soldaten mit Bajonetten auf sie ein. Sie ließen keinen aus. Schubsten sie vom Felsen, in den Abgrund. Unten zerschmetterten sie auf dem großen Stein. Ein schrecklicher stummer Haufen verrenkter Menschen, auf den immer neue fielen, der größer wurde, auseinanderrutschte, in den Fluss tropfte. Wer nicht schon tot, erstochen oder erschlagen war, ertrank im kalten Fluss. Es dauerte Tage, bis die Soldaten mit dem Schlachten fertig waren. Das heilige Wasser färbte sich rot bis hinunter zum Euphrat, die Leichen lagen an den Ufern, verfingen sich im Gebüsch, verkeilten sich in den Stromschnellen, trieben auf, es dauerte Wochen, bis Körper, Beine, Köpfe, Arme, Gedärm zerrissen, zerfasert, verwest, fort oder zum Grund gesunken waren.

»Zwei Frauen haben überlebt. Die eine lebt immer noch, hier in der Stadt. Sie hat meinem Vater alles erzählt, aber nun will sie nicht mehr darüber sprechen. Sie will nicht, dass man ihren Namen sagt. Sie hat Angst. Der Stadtkommandant hat ihr ein Strafverfahren angedroht. Sie würde lügen, hat er gesagt. Beleidigung des Türkentums. Paragraf 301 des Strafgesetzbuches.«

Ein schöner Paragraf. Er hielt die Wahrheit unter dem Teppich und den Türken ihre Völkermorde vom Gewissen, an den Armeniern, den Griechen, den Lasen, den Kurden und den Dersimi. Und er stopfte den letzten Zeugen den Mund.

Schlüter übersetzte. Clever hörte zu, kommentarlos, bleich im Gesicht, aus dem jede Spur von Melancholie gewichen war. Er nickte noch nicht einmal. Sein Mund war schmal wie ein Strich.

Sie hockten im kalten Wind unter der schon wärmenden Sonne an der Böschung der einsamen Straße und blickten stumm hinüber zum Richtplatz über der Biegung des Flusses, ein majestätischer Blick. Schließlich zog Schlüter sein Diktiergerät aus der Manteltasche und bat Ezo Adaman, den Bericht zu wiederholen. Für Heyder Cengi. Und für ihren Vater. Sie wiederholte ihre Erzählung, sprach, ohne zu stocken, sah das Diktiergerät, sein langsam drehendes Tonband und das rote Aufnahmelämpchen, dabei fest an und am Ende fragte sie das Diktiergerät, ob es einen anderen Grund für das Staudammprojekt geben könne, als den Ort des Verbrechens für alle Zeit verschwinden zu lassen?

Wie hatte Osman in Sivas gesagt? *Wir sind alle Brüder.*

Was sie von der Politik der PKK hielte, wollte Schlüter von der jungen Frau wissen. Sie war erst sechzehn, aber im Krieg werden die Leute schneller erwachsen. Gott, antwortete sie, habe den Menschen geschaffen als Ebenbild seiner selbst und deshalb sei auch der Mensch heilig, weshalb es eine schwere Sünde sei, einen Menschen zu töten, auch wenn es sich um einen Feind handele. *Andere haben die Kaaba, meine Kaaba ist der Mensch,* hatte Hacı Bektaş Veli gesagt.

Aber Notwehr?, dachte Schlüter. Ist das Notwehr, wenn ich einen Besatzer töte? Ob die Kämpfer in den Bergen wirklich Verbrecher seien, fragte er, Leute, die ihren Glauben verloren hätten?

Besê Adaman hatte behauptet, kein Kämpfer sei ein Alevit, die Türken hätten das Alevitentum zerstört, deshalb glaubten die Jungen nur noch an Kampf und Politik. Und die Soldaten seien nur wegen der PKK da und umgekehrt. Würde ein Teil abziehen, hätte der andere keinen Grund zu bleiben, würde auch irgendwann verschwinden, und dann könnten die Menschen endlich wieder in ihre Dörfer zurückkehren, vielleicht ihre Häuser reparieren oder neu bauen und ihre Felder bestellen. Andererseits – würde der Staat aufhören, Kurden und Zaza und Dersimi zu Türken zu machen? Würde man verzeihen können ohne Entschuldigung? Würden die Rassisten weniger rassistisch handeln, wenn die PKK abzöge? Würden sie die Sprache erlauben, Zeitungen, Radiosender, Schulen, in denen die Muttersprachen gelehrt wurde, Cemhäuser, in denen sie sich treffen, wie früher allen Streit schlichten, dann gemeinsam singen und zu den Klängen der Saz den Semah tanzen konnten?

»Wenn ich achtzehn bin, werde ich Christin«, sagte Ezo stolz und warf ihre Haare nach hinten.

Schlüter sah sie erstaunt an. »Christin?«

»Ich will nicht mehr, dass sie uns Aleviten Moslems nennen. Wir sind keine Moslems. Wir sind Aleviten. Und dann werde ich eine christliche Alevitin sein. Dann kann keiner mehr sagen, dass ich eine Muslima bin und in die Moschee gehen soll. Das hat meine Cousine auch schon gemacht. Sie ist nach Istanbul gefahren und hat sich registrieren lassen.«

Ezo stand auf und klopfte sich den Staub von der Jeans.

»Aus den Moscheen kommt keine Toleranz für uns«, sagte sie. »Und seit den Morden von Sivas wissen wir, dass wir über unsere Religion nicht mehr schweigen dürfen.«

Sie fuhren weiter. Keine Häuser. Kein Verkehr. Keine Menschen. Nackte braune, braunrote, graublaue Bergflanken, darüber die einsamen beschneiten Gipfel, unten das türkisgrün heraufleuchtende Band des Flusses, in dem frühmorgens die Bären badeten. »Braunbären, sie sind hier glücklich.« Und über allem der stahlblaue Himmel, der keine Wolken zu kennen schien.

Nach abermals zehn Minuten Fahrt hieß Ezo Schlüter erneut halten. Die Straße führte jetzt in einer tiefen Schlucht am Ufer des Flusses entlang, der hier keine zwanzig Meter breit war und mit gleichmäßigem Rauschen an ihnen vorbeischoss. Ezo kletterte auf die Steinbrocken am Ufer, bog die Äste beiseite und wies auf die andere Flussseite. Sie wartete, bis die beiden Männer neben ihr standen.

»Laĉ derisı. Die Schlucht der Vierzehntausend.«

Eine Schlucht? Schlüter entdeckte hinter dem kahlen Gestrüpp der Uferbüsche eine Spalte im grauen Berg, eine schmale Öffnung zwischen schräg versetzten Felsen. Dort drüben, berichtete Ezo, beginne die Schlucht, sie führe bis fast nach Pülümür hinauf, an die fünfzig Kilometer weit. Darin hätten sich vierzehntausend Dersimer Aleviten vor dem Militär versteckt, damals 1938, viele, die nicht hatten weiter fort fliehen können, die meisten also Alte, Kinder und Frauen. In der Schlucht hätten sie alles gefunden, was der Mensch zum Überleben braucht: Aprikosen, Birnen, Äpfel, Nüsse, Pilze und Gulik, ein porreeähnliches Gewächs, »das ist wie Medizin«, denn hier im Dersim sei einmal das Paradies gewesen, man könne von der Natur leben, tief in der Schlucht gebe es weite Stellen, dort sei es geschützt und warm, kein Wind käme dorthin, in die Höhlen hätten sich die Flüchtlinge zurückgezogen, und auch Feuerholz gebe es dort in Massen. Ein perfektes Versteck. So lange, bis eines verhängnisvollen Tages zwei Kinder zum Fluss schlichen. Zwei durstige Alevitenkinder, die dort drüben aus der Felsspalte hervorgekrochen waren, durch die Büsche an das Ufer, um Wasser zu schöpfen, sie tauchten ihre kleinen Hände in das Wasser und löschten ihren Durst. Zwei Soldaten aber, die genau hier standen, sahen sie. Hätten sie sich doch abgewandt! Hätten sie doch geschwiegen! Wären sie doch ohne ein Wort fortgegangen! Aber die beiden waren gehorsame Soldaten, denn der Soldat denkt nicht, er fühlt nicht, er schont keine Kinder. Er gehorcht und er mordet. Zwei Feinde seien aufgetaucht, am Wasser, aus der Schlucht. Die Nachricht geht von Schreibtisch zu Schreibtisch, von Telefon zu Telefon, von Mund zu Ohr. Bis Ankara.

»Sabiha Gökçen, die Adoptivtochter Atatürks, sie war die erste Frau in der Türkei, die ein Militärflugzeug fliegen konnte. Sie hat die Menschen in dieser Schlucht bombardiert. Das war ihr Werk, nicht nur etwas, an dem sie teilgenommen hat.«

Woher sie das wüsste?, fragte Schlüter.

»Die Adoptivtochter hat es selbst zugegeben. In einer Fernsehsendung am 15. Februar 1990. Sie hat gesagt: *Als ich an einem Ereignis teilnahm ...*«

Eine Kurdin sei sie gewesen, diese Adoptivtochter. Viele Türkenfamilien hätten Kurdenkinder aufgezogen, um sie zu türkisieren. Um sie zu Schlangen zu machen.

Alle seien umgekommen in der Schlucht, verbrannt, erstickt, erschlagen, von Bomben getroffen. Die Knochen der Toten lägen unbestattet zwischen den Felsen. Niemand hat überlebt. Und doch ist die Wahrheit nicht gestorben.

»Mein Vater ist hinübergeschwommen«, erzählte Ezo weiter. Genau hier durch den reißenden Fluss. Er fand die Knochen, gebleicht lagen sie in der Sonne seit bald sechzig Jahren, er saß bei ihnen, beweinte die Toten, und als er aufstehen wollte, fühlte er einen Stein in seiner Hand, den hat er mitgenommen, zur Erinnerung an »unsere Leute, an unsere Großväter und Großmütter, an unsere Onkel und Tanten, mit denen unsere Eltern hätten Tee trinken können, wären sie nicht umgebracht worden, an die Kinder und Kindeskinder, die nicht geboren wurden, weil die Menschen, die vielleicht ihre Eltern und Großeltern hätten werden können, so früh schon sterben mussten ...«

»Dieser Stein?« Schlüter hielt sich mit einer Hand am Gestrüpp fest und zog mit der anderen den Völkermordstein aus seiner Tasche heraus.

Ezo Adaman sah den Stein mit großen Augen an.

»Das ist er«, sagte sie. »Das ist er. Woher ...?«

»Er lag auf dem Tisch, als er fort ist, Ihr Vater, und ich habe ihn an mich genommen. Und immer bei mir getragen seitdem, die ganze Zeit.«

»Wie mein Vater.«

Nur deshalb war er, Schlüter, jetzt hier. Der schweigsame Stein hatte ihn hergeführt an die Orte des Grauens. Er hätte ihn jetzt hinüberwerfen, den Kreis schließen können. Aber der Stein hatte noch einen Weg vor sich, noch vierzig Kilometer bis Ovacık, das man nicht mehr Pulur nennen durfte.

Ezo Adaman verlangte das Diktiergerät von Schlüter, ließ sich von ihm die Aufnahmefunktion erklären und sprach die ganze Geschichte hinein, alles, was ihr Vater ihr gesagt hatte, was sie von ihren Nachbarn und Verwandten wusste, langsam, mit fester Stimme, und irgendwann wechselte sie in ihre eigene Sprache, bis das Gerät piepte, und dann drehte Schlüter das Band um und sie sprach weiter, bis das Band voll war.

Bleich und mit trockenen Augen blieb sie stehen, und sie hörten nur noch das Rauschen des Flusses.

»So eine verfluchte Scheiße«, sagte Clever, als sie wieder in den Wagen einstiegen. »Dagegen kann ich das bisschen Mist, das ich erlebt habe, glatt vergessen.«

46.

Die letzte Straßensperre befand sich unmittelbar vor der Abzweigung nach Hozat, das eigentlich Xozat hieß, wie Ezo klarstellte, aber das X sei eben ein verbotener Buchstabe, weshalb »die Türken« den Ort umbenannt hätten. Ob man sich etwas Lächerlicheres vorstellen könne als eine Regierung, die sich damit beschäftigt, Buchstaben zu verbieten? Wie viel Angst müsse eine solche Regierung haben, wenn sie solche Lächerlichkeiten ernst nahm?

Immer das Gleiche, dachte Schlüter. Als Erstes verbietet der Eroberer Sprache und Kultur der Unterworfenen. Aber er hat Angst vor ihnen und fürchtet Rache. Er weiß, dass er ungerecht gehandelt hat. Die Unterworfenen kämpfen und der Sieger reagiert mit Härte und Strafe. Ein Teufelskreis.

Die Soldaten warteten auf der Höhe eines Passes auf sie.

Schlüter spürte sein Herz klopfen. Clever hatte ihn erst ein paar Kilometer zuvor anhalten lassen.

»Das Diktiergerät bitte«, hatte er gesagt, die Hand ausgestreckt mit dem fordernden Zeigefinger.

Schlüter gab ihm das Gerät ohne Widerworte, Clever nahm das Band mit Ezos Bericht heraus, ließ sich von Schlüter sämtliche anderen Bänder einschließlich der Reservebänder aushändigen, legte alle sorgfältig nebeneinander in eine Tüte und klemmte sie über seiner Sonnenblende fest. Das Diktiergerät verstaute er im Handschuhfach, unter den Papieren der Leihwagenfirma.

»Dann frag ich dich jetzt, wo das verdammte Band in Sivas geblieben ist«, murrte Schlüter.

»Auch da oben«, sagte Clever und zeigte auf die Sonnenblende. »Das habe ich vorsichtshalber mit kassiert.« Während er sprach, knöpfte er sich das Hemd zu und rückte sein

Halstuch zurecht, um seinen Kompass verschwinden zu lassen.

Und jetzt die Kontrolle. Als ob sie erst durch Clevers Vorsichtsmaßnahme bedrohlich geworden sei, obwohl Schlüter doch wusste, dass das Gegenteil richtig war. Die beiden Unterstände klebten rechts und links an den steilen Flanken des Passes, jeweils zwei Gewehrläufe ragten heraus, die Straße war zu einem Platz, halb so groß wie ein Fußballfeld, verbreitert worden, auf dem wieder ein Parcours mit Betonbarrieren angelegt war. Das blutige Fleisch des Berges hatte man über die Kante des nächsten Abbruches hinunter in die Schlucht gekippt, eine lange unfruchtbare Halde, auf der nie wieder etwas wachsen würde. Die Natur musste der Sicherheit weichen: freies Schussfeld.

Sie stiegen aus.

Sie warfen kurze scharfe Schatten, denn die Sonne stand fast im Zenit. Graues Bruchgestein knirschte unter ihren Füßen. Die Kontrolle war eine fast perfekte Kopie der ersten. Mit dem Unterschied, dass die Soldaten auch das Gepäck genauer untersuchten. Sie forderten die Insassen auf, die Taschen aus dem Wagen zu nehmen, sie in den Staub des Platzes zu stellen, sie zu öffnen. Während ein Soldat den Inhalt unter die Lupe nahm, wurden sie von zwei weiteren bewacht. Die beiden übrigen Militärs nahmen sich den Wagen vor. Schlüter sah zu, wie sie die Radkappen von den Rädern rissen. Sich niederknieten, um den Wagen von unten zu untersuchen. Den Kofferraum öffneten. Schlüter wandte sich ab, sein Herz pochte in seinen Schläfen.

Sie mussten folgen ins Schilderhaus, das etwas größer war als die beiden, in denen sie schon gewesen waren. Das vermaledeite Formular. Verfluchte Bürokratur. Ezo Adaman schrieb den Namen ihres Vaters mit fester Schrift. Das Entleeren der Taschen: Geldbörse, Kugelschreiber, Taschentuch. Und der Stein. Schlüter legte den Stein auf den Tisch.

»What's that?«

»A stone. Souvenir.« Schlüter zuckte die Schultern.

Die Uniformierten wechselten unsichere Blicke.

Es folgte die Leibesvisitation: Abtasten nach Waffen. Sie mussten sich aufstellen, mit gespreizten Armen, die Beine leicht auseinander, und einer der Männer ging vor ihnen auf die Knie, um sie abzutasten, Clevers Röhrenjeans, Schlüters Salz- und Pfefferhose, dann Clevers Pfadfinderhemd und Schlüters blau gestreiftes Businesshemd. An Clevers dürrer Gestalt konnte man ohnehin nichts verstecken, was auftrug. Ezo rührten sie nicht an. Aber die zwei Soldaten, die die Prozedur mit gezückter Waffe bewachten, sahen unzufrieden aus. Ein Mann durfte eine Frau nur im Schlafzimmer berühren und nur, wenn es seine eigene war.

Schlüter zog den Mantel wieder an, der Ölfleck aus Kamils Lagerraum grinste laut, und sortierte seine Sachen in die Taschen. Auch den Stein nahm er wieder an sich und versenkte ihn in der rechten Manteltasche.

»Where you go?«

»Ovacık.«

»What you do?«

In diesem Augenblick begann Ezo zu sprechen. Schlüter hatte sie in seiner eigenen Anspannung nicht beachtet, aber jetzt fielen ihm ihre trotzige Stimme und ihre zornigen Augen auf. Sie stand auf, redete schnell und gestikulierte, drang auf den Soldaten ein, der sie aber nicht ansah. Er sah an ihr vorbei, Schlüter auf die Brust.

»You drive«, sagte der Soldat plötzlich.

Ezo ließ zum Abschied eine weitere lange Tirade auf den Mann niedergehen, während sie das Häuschen verließen. Sie stiegen wieder ein. Schlüter startete den Motor, legte den ersten Gang ein und fuhr vorsichtig an. Alles in Zeitlupe. Er fuhr weiter im ersten Gang, durch den ganzen engen Parcours, und erst, als sie die Abzweigung nach Xozat knappe hundert Meter hinter der Kontrollstelle passiert hatten, beschleunigte er etwas.

Er atmete tief aus. Sie begannen alle drei gleichzeitig zu reden. Clever ließ ein triumphierendes Lachen dröhnen, klappte die Sonnenblende herunter und setzte eines der leeren Tonbänder in das Diktiergerät ein.

»Arschlöcher blöde«, machte er seiner Wut Luft. »Verdammte Scheißer elende! Mistkerle verfluchte, Wichser primitive!«

Ezo schüttelte den Kopf. »You can't blame them; sie sind ahnungslose Jungen. Sie haben Angst und man hat ihnen Schauergeschichten über uns erzählt.« Sie hatte ein Lächeln im Gesicht, das erste Mal, und so breit, dass Schlüter es im Rückspiegel sehen konnte.

Clever hatte einen roten Kopf bekommen. Verstand die Frau etwa deutsche Flüche? »Was hat sie eigentlich für 'ne Sprache geredet?«, fragte er schnell.

Schlüter übersetzte.

Sie hatte zuerst Türkisch gesprochen, aber dann Dersimci, den Zazadialekt, der in dieser Gegend gebräuchlich war.

»Ich denke, der ist verboten?«

»Ist er auch, aber die Kerle trauen sich nichts, wenn eine Frau ihnen in die Augen sieht und die Wahrheit sagt. Sie müssen endlich kapieren, dass sie uns und unsere Sprache niemals ausrotten können. Und sie müssen lernen, dass wir eine Sprache haben, die sie nicht verstehen. Sie müssen begreifen, dass wir kein türkisches Volk sind, das einen türkischen Dialekt spricht!«

Was habe Ezo gesagt? Sie habe den Soldaten erklärt, dass die Ausländer zu Besuch seien, Deutsche, wie sie ja wohl in den Pässen gelesen hätten, Touristen, die das Paradies noch sehen wollten, bevor es untergehe, die mit Sicherheit nichts mit der PKK zu schaffen hätten, falls man das vermuten sollte, und deshalb habe kein verdammter Soldat das Recht, die Besucher wie verdammte Terroristen zu behandeln, sondern die verdammte Pflicht zur Gastfreundschaft.

»Verdammt habe ich zwar nicht gesagt, aber trotzdem können sie es nicht aushalten, wenn eine Frau ihnen in die Augen sieht und die Wahrheit sagt!«

Jetzt lachte sie. Die sechzehnjährige Frau.

Die Straße führte wieder am Fluss entlang, oft im Schatten überhängender Felsen, manchmal auf der einen, manchmal auf der anderen Seite des Flusses, aber immer bergauf. Durch Wasserlöcher, an Steinschlaghalden vorbei. Eine dumpfe Gleichgültigkeit hatte sich Schlüters bemächtigt. Ich muss mich zusammenreißen, dachte er. Und machte sich klar, weshalb sie diese Expedition wagten. Wir sind verrückt. Wir bringen uns um Kopf und Kragen. Wann fahren wir endlich wieder nach Hause? Wann kriege ich endlich wieder eine anständige Tasse Tee?

Wo die Schlucht sich weitete zu ebenem Land, gab es Häuser, Dörfer, die wie alle anderen vom Militär belagert, eingeschnürt waren, sie schienen öder, verlassener, einsamer noch als die nördlich von Tunceli, Menschen waren nicht zu sehen, noch nicht einmal die Soldaten, nur ihre Unterkünfte, ihre Panzer, ihre Zäune. Ein paar schwarz gekleidete Alte hockten vor ihren Lehmbauten apathisch in der Sonne.

Irgendwann tauchten sie aus der Enge der Felsen auf und gelangten auf eine kahle Hochebene, die von schneebedeckten Bergen umschlossen war: wie ein weißer Thron unter dem Himmel. Vor ihnen tauchte ein breiter Haufe Häuser auf: Ovacık, die Heimat des Heyder Cengi. Schnee und brauner Lehm wechselten sich ab. Kein Strauch, keine Blume, kein Frühling, keine Hoffnung.

Sie waren am Ziel.

Vor dem Ort, auf freiem Feld: Zelte, flatternde blaue und grüne Planen, schiefe Verschläge, zwischen denen Kinder, Schafe und Hunde im schmutzigen Lehm liefen. Hier wohnten die Vertriebenen der noch weiter abgelegenen Dörfer in den Hochtälern. Sie hatten den eisigen Winter auf freiem Feld und ohne feste Behausung überlebt: die künftigen illegalen Wanderarbeiter von Bern, Köln, Uppsala und Hemmstedt.

Sie fuhren durch den Ort, der aus Gevierten gemauerter zweistöckiger Häuser und umliegenden flachen Gebäuden aus Beton und Lehm bestand. Auch hier die Plätze und Straßen voller untätig umherstreifender Menschen mit ernsten Gesichtern, mehr, als die kleine Stadt fassen konnte.

Ezo erklärte, sie kenne jemanden, den sie nach dem Dede fragen könnte, und dirigierte Schlüter an das westliche Ende des Ortes vor ein breites Gebäude mit einer Betontreppe, die in den ersten Stock führte: *Otel Doğa Turistik.* Es gab sogar ein Hotel, am Ende der Welt.

Sie parkten vor der Treppe, stiegen steifbeinig aus und folgten Ezo in eine benachbarte Straße. Im Erdgeschoss eines Wohnhauses befand sich offenbar eine Teestube, denn sie sahen zwei große Fenster, dazwischen eine Eingangstür, darüber ein blaues Sonnensegel und vor der Tür saßen Männer, fast alle jenseits der fünfzig, auf winzigen Hockern mit u-förmiger Sitzfläche an Tischchen und schlürften Tee aus Gläschen. Alle blickten sie in die Richtung der Neuankömmlinge. Bärtige Männer in groben Hosen und ausgebeulten Jacketts mit langsamen, abwartenden Bewegungen. Niemand lächelte. Nur einer, der einzige junge unter ihnen, löste sich mit plumpen Schritten aus der Gruppe und kam blöde grinsend auf die Reisenden zu. Ihm fehlte ein Zahn im Unterkiefer und der Speichel lief ihm am Kinn herunter. Er griff nach Schlüters Hand, lallte und versuchte, die Hand zu küssen, wie der Leibeigene die seines strengen Herrn.

Ezo sprach den Mann an, schob ihn sanft in die Gruppe der anderen Männern zurück und ging mit entschlossenem Schritt in die Teestube. Langsam folgte Schlüter ihr, durch die Phalanx der Männer, die sich vor ihm schweigend öffnete.

47.

Die Teestube war ein tiefer Raum, an dessen dunklem Ende der Wirt hinter seinem hölzernen Tresen mit dem Aufbrühen frischen Tees beschäftigt war. An einem der vier runden Tische, die es gab, saßen vier rauchende Männer, jeder sein Glas vor sich, auch sie eher alt als jung. Verstohlen betrachteten sie die Fremden, die nacheinander das Lokal betreten hatten. Die Sonne schien, und wer das Licht des Tages vertrug, trank seinen Tee lieber draußen in der frischen Luft.

Ezo sprach den Mann hinter dem Tresen an und wechselte einige leise Sätze mit ihm.

Der Teewirt sah auf, lächelte und sagte auf Deutsch: »Herzlich willkommen in Ovacık.«

Clever nahm an dem Tisch gleich vor dem Tresen Platz. »Wo bist 'n du her?«, fragte er. Er hatte den schwäbischen Tonfall bemerkt und den Bruder im Geiste erkannt.

»Heidelberg«, antwortete der Teestubenwirt und grinste. »Da bin ich hin, als ich fünf war. Heidelberg ist meine Heimat.« Er trug einen drei Tage alten Schnurrbart, der seinem Gesicht etwas Verwegenes gab. Er mochte reichlich zwanzig sein und sah durchtrainiert aus. Einer der wenigen jungen Leute hier, dachte Schlüter.

»Und wieso bist du jetzt hier?«

»Das is 'ne lange Geschichte. Und ihr?«

»Wir suchen Leute, die uns was über die Verbrechen von 1938 erzählen können«, kam Clever zur Sache, denn mit Brüdern sprach man ohne Umschweife. »Und Leute, die – kennst du …?«

»Keine Namen bitte«, unterbrach der Teewirt. »In diesem Ort gibt es mindestens zweihundert Spitzel, die gegen Geld alles verraten, und man kann sich nie sicher sein, ob nicht gerade einer im Raum ist. Ihr könnt alles von mir erfahren, wenn ihr so tut, als ob ihr Touristen seid.«

Er wandte sich an die vier Männer an dem runden Tisch und begann auf Türkisch zu reden. Mittlerweile konnte Schlüter den Klang der Sprachen – Türkisch und Zazaki, oder Dersimci, wie die Leute ihren Dialekt nannten – auseinanderhalten.

Zwei der Männer antworteten. Die beiden anderen verharrten in brütendem Schweigen über ihrem Tee und zogen an ihren Selbstgedrehten.

»Sie sagen, ihr solltet unbedingt zur Quelle fahren«, erklärte der Teewirt, während er Teegläser auf dem Tisch verteilte. »Zur Quelle des Munzur, meine ich. Der Schnee ist einigermaßen weggetaut. Vielleicht ist es warm genug, wenn die Sonne scheint. Die Leute gehen oft dahin. Sie machen Picknick. Deutsch kann von denen übrigens keiner, das weiß ich.«

»Und wieso redet ihr nicht in eurer eigenen Sprache?«, fragte Schlüter. Er vermied das Wort Dersimci.

»Ich bin nicht lebensmüde«, meinte der Teewirt achselzuckend. »Wer unsere Sprache spricht, ist Separatist. Ein Satz reicht für zwei Jahre Haft, und wenn du rauskommst, bist du nicht mehr der, der du vorher warst. Ich kenne genug Leute, die fertig sind für den Rest. Ich spreche unsere Sprache nur zu Hause, mit meiner Frau. Mit meiner Mutter. Mit ein paar Leuten noch. Noch nicht einmal mit unseren Kindern. Deutsch aber«, lachte er, »Deutsch ist hier gar kein Problem. Ich könnte problemlos 'ne deutsche Minderheit gründen und Kurse abhalten. Wahrscheinlich würde die Çiller persönlich vorbeikommen, mir ein Vereinshaus und Geld spendieren. Deutschland extra prima!« Er wurde wieder ernst. »Schlaft ihr drüben im Hotel?«

»Das sollten wir tun«, meinte Clever. »Sonst kriegt noch jemand Schwierigkeiten wegen uns.«

Der Teewirt nickte bestätigend und schenkte ein. »Wie hieß der Mann doch gleich, über den ihr was wissen wollt? Ihr könnt ja buchstabieren, ich meine …«

»Sehr schön«, grinste Clever. Er verstand sofort. »Also das ist Helmut, Erna, Ypsilon, Dora, Erna, Richard – das war der Vorname, kapito?«

Der Kneipenwirt nickte.

»Und der Nachname ist Cäsar, Erna, Nordpol, Gustav, Ida.« Clever war in seinem Element.

»Und was wollt ihr über den wissen?«

»Ob er hier Schwierigkeiten hatte …«

»Schwierigkeiten haben wir alle, das kannst du mir glauben …«

»Ich meine, ob sie den suchen, ob das Militär ihn haben will, ob er …« Clever warf einen Blick auf die vier Männer.

»… in den Bergen war?«

Schlüter nickte. »Auch das.«

Sie hatten ausgetrunken und der Wirt schenkte die zweite Runde ein. »Der Name kommt mir bekannt vor«, sagte er.

»Seine Mutter heißt Martha, Emil, Nordpol, Emil, Zeppelin, sein Vater Nordpol, Ungarn, Richard, Ida.«

»Ich weiß. Ich werde zu ihnen gehen heute Abend.«

»Außerdem wollen wir …«, Schlüter senkte die Stimme, »Dede Fırık besuchen.«

»Er ist unsere Stimme seit 1938, ein alter Mann, aber …«

»Everybody in Dersim knows Dede Fırık«, fügte Ezo hinzu. »Er ist den Weisheitsweg der vier Tore und vierzig Stufen gegangen.«

Schlüter fiel auf, dass sie sich keine Mühe gaben, den Namen zu flüstern oder ihn zu buchstabieren. Vielleicht war der Mann immun?

»Er war schon 1937 dabei, mit der Waffe in der Hand«, erklärte der Teewirt. »Ein sehr alter Mann. Er sieht ein bisschen arm aus und sein Haus ist so alt wie er selbst, er ist so alt wie unser Elend hier, und vielleicht sind seine Ansichten darüber, wie wir da rauskommen, auch zu alt, er redet zu viel vom Glauben und dem Alevitentum und zu wenig vom Kampf, denn er ist ein Dede, aber ich sage euch, Religion wird die Türken nicht vertreiben! Aber wenn ihr wissen wollt, wie es damals gewesen ist …«

Er habe teuer bezahlt, der Dede, so teuer, wie man überhaupt bezahlen könne. Sein Sohn Bezaht sei von einem Hauptmann des Militärs umgebracht worden. Das sei 1981 gewesen, als es noch Wald gegeben habe hier in der Gegend. Bezaht sei Lehrer gewesen, oben in Trabzon am Schwarzen Meer, er habe seinen Vater besuchen wollen und sei festgenommen worden, unter irgendeinem Vorwand. Man habe ihn im Wald an einen Baum gefesselt, Holz vor ihm aufgeschichtet und ihn verbrannt, und das vor den Augen seines Bruders. Das Schlimmste an der Geschichte aber sei, fügte der Teewirt hinzu, dass der Sohn des Dede von einem Nachbarn verpfiffen worden war. Aus Neid. Wegen einer Strohschneidemaschine! Wie könne man sich gegenseitig so etwas antun?

Sie beschlossen, den Alten sogleich aufzusuchen. Über jeden ihrer Schritte werde gewacht, erklärte der Teewirt. Touristen gebe es hier nicht, und wenn Fremde kämen, dann gingen die Spitzel und das Militär davon aus, dass diese Leute keine Touristen seien, sondern etwas Böses gegen den ehrenwerten türkischen Staat im Schilde führten, und sie würden vermutlich auch davon ausgehen, dass sie mit ihm, dem deutschsprachigen Ali Öztürk, einem der zehn Teewirte von Ovacık, nicht über Touristenzeugs und das Wetter und anderen langweiligen Mist gesprochen, sondern Informationen von ihm bekommen hätten, die dem ehrenwerten türkischen Staat Schaden zufügen und das ehrenwerte Türkentum beleidigen könnten, und genau das sei der Grund, warum es hier in der Gegend so gut wie keinen Menschen gäbe, der mit Fremden redete, denn jeder müsse damit rechnen, anschließend verhaftet und verhört zu werden, und von einem Verhör käme man meistens nicht gesund wieder zurück, vielleicht taugten die Arme nichts mehr, denn die Folter sei doch ein schönes Mittel zur Wahrheitsfindung, zumal sie auch Spaß bringen könne, vor allem, wenn man dafür niemals bestraft werden könne, aber ihm, Ali Öztürk, sei das scheißegal, denn er habe die Freiheit kennengelernt in Deutschland, und wer die einmal geschmeckt habe, der könne nicht von ihr lassen, Deutschland sei seine Heimat, vierzehn herrliche Jahre habe er in Deutschland verbracht, vom fünften bis zum neunzehnten Lebensjahr, alle seine Freunde lebten in Deutschland, aber leider sei er so ein Vollidiot gewesen und habe sich nicht brav verhalten, er habe die Schule geschwänzt und sei klauen gegangen und ausgewiesen habe man ihn schließlich, als Einzigen von der ganzen Familie, die anderen seien alle noch in Heidelberg, seien längst deutsche Bürger geworden, nur er sitze hier in diesem Drecksnest und sei umgeben von Feiglingen, Spitzeln und Militär. Ein kleines Verhör würde er schon noch durchstehen, denn man sei kein Mensch mehr, wenn man zu feige sei, aber auch bald keiner mehr, wenn man zu mutig sei, man sei den ganzen Tag damit beschäftigt, diesen verdammten Mittelweg zu finden. Er werde den Herren schon erklären, was er den Touristen von seiner Zeit in Heidelberg erzählt habe, und heute Abend könne man sich vielleicht drüben im Hotel im Restaurant treffen, vielleicht so gegen neun, vielleicht wisse er dann auch mehr über den Herrn Helmut Erna Ypsilon, und sie möchten von ihm, dem Teewirt, den ehrwürdigen Dede grüßen, denn dieser Mann sei ein Monument, er habe sein ganzes Leben hier im Dersim verbracht, obwohl man ihm das Kostbarste genommen habe, was ein Mensch besitzen könne: sein Kind, seinen Sohn. Und doch habe man ihn nicht brechen können.

Seitdem sein Sohn tot sei, habe sich der Dede nicht mehr den Bart und das Haar geschnitten und keine Hilfe mehr vom Staat angenommen. Von den Mördern seines Sohnes brauche er weder Gnade noch Hilfe. Niemand dürfe ihn deshalb aufsuchen, ohne ihm ein Geschenk mitzubringen, erklärte der Teewirt.

Er verschwand hinter seinem Tresen, bückte sich und tauchte mit einem großen Packen Tee wieder auf. »Das, bitte, gebt ihm das.«

Clever nahm das Paket mit beiden Händen entgegen und versprach: »Klar, Mann.«

Ezo beugte sich vor und fragte: »What did he tell you?«

»He spoke about his time in Germany«, antwortete Schlüter, eine Spur lauter als notwendig, damit die Herren vom Nebentisch vielleicht etwas mitbekämen. »Germany is very good, he says, and he wants Turkey to become a part of the European Union.«

Sie ließen sich die Wegbeschreibung geben und brachen auf. Vor der Tür empfingen sie die Sonne und der Blöde, der Schlüter wieder die Hand küssen wollte.

Noch lange spürten sie die Blicke der schweigenden Männer im Rücken.

48.

Sie fanden das Haus des Alten nicht weit von der Zeltsiedlung am Anfang des Ortes in einer Nebenstraße, in der es nur Häuser mit flachen Dächern aus gestampftem und gesalzenem Lehm gab, manche von ihnen sogar zweigeschossig, mit Treppen und Laubengängen aus runden Stämmen. Schmutzige Schneeberge türmten sich zwischen den Häusern und zwei Kinder in zerrissenen Kleidern spielten mit einem Hundewelpen heile Welt.

Das Haus war ein Eckhaus, sie standen vor einer niedrigen Brettertür, von der die blaue Farbe blätterte. Sie wurde geöffnet von einer winzigen Greisin mit tausend Runzeln in ihrem runden Gesichtchen. Aus jungen leuchtenden Augen sah die alte Frau fragend von einem zum andern. Sie trug ein Kopftuch, unter dem ein hennagefärbter Zopf hervorlugte, und eine blau geblümte geräumige Pumphose, wie sie von den Frauen dieser Gegend getragen wurde. Ezo sprach mit ihr, sie begrüßte alle mit zartem Handschlag und bat die Fremden ins Haus. Schlüter musste sich bücken und nach ihm Clever noch tiefer.

Sie traten in einen dunklen Flur und wurden in ein Zimmer rechter Hand geführt.

Der Alte hockte gebeugt und zottelköpfig auf einem zerschlissenen Diwan gegenüber der Tür, die stockdünnen Beine unter dem Gesäß gekreuzt, eine Decke über die spitzen Schultern gelegt, die großen Hände ruhten in seinem Schoß. Vor dem eisernen Ofen stand ein winziger Tisch mit den Resten des Mittagmahls, von dem er wohl gegessen hatte. Vorsichtig traten die Besucher ein. Der Greis reagierte nicht. Plötzlich stand ein Mann in den Fünfzigern neben Schlüter; Ezo sprach mit ihm und bedeutete Schlüter und Clever, ihm die Plastiktüten mit Obst und Gemüse auszuhändigen, die sie mitgebracht hatten. Und Öztürks Tee.

»Das ist sein Sohn«, erklärte Ezo. »Sein anderer Sohn.«

Der andere Sohn trat an den Diwan und sprach den Vater an. Der Vater hob den Kopf und wurde der Besucher ansichtig. Seine Augen hüpften im grauen Gespinst von Bart und Haaren wie Insekten im Gras, er hob eine Hand und begrüßte die Gäste mit einer langsamen Bewegung. Er sagte etwas.

»Was sagt er?«, fragte Schlüter.

»Er sagt, dass er müde ist und alt«, übersetzte Ezo. »Und dass wir uns setzen sollen, und Sie sollen sich neben ihn setzen.«

Zwei alte Frauen waren in das Zimmer gekommen, die eine von ihnen stellte einen runden Klapptisch in der Mitte auf, der nur eine Handspanne hoch war, dann ließ sie sich neben der anderen auf einem zweiten Diwan an der linken Wand nieder, von wo aus sie Schlüter erwartungsvoll ansahen. Zuletzt erschien die kleine Greisin, die sie empfangen hatte, mit einem winzigen hölzernen Höckerchen, das sie mit erstaunlicher Behändigkeit an die Wand neben die Tür stellte. Sie zupfte an Clevers Holzfällerhemd und bedeutete ihm lächelnd, darauf Platz zu nehmen. Sie verschwand erneut und kam wenige Sekunden später mit einem zweiten Hocker für Ezo zurück. Dann nahm sie selbst auf der Vorderkante des Diwans Platz, auf dem schon die beiden Frauen mit dem zweiten Sohn saßen.

Der Alte hatte sich wieder in sich selbst zurückgezogen, bewegungslos hockte er auf seinen Füßen neben Schlüter, den Blick ins Ungefähre gerichtet. Die Frau, die den Tisch aufgestellt hatte, brachte die Teegläser und den Tee. Sie schenkte ein.

An der Wand über Clever hing neben einem langhalsigen Saiteninstrument ein Bild, es zeigte das Porträt eines jungen Mannes mit Schnurrbart, der in die Ferne schaute.

»Wer ist das?«, fragte Schlüter.

Ezo übersetzte. Die Greisin begann zu sprechen, mit einer leisen festen Stimme.

»Das ist der Dede 1938«, sagte Ezo. »Da war er siebenunddreißig Jahre alt. Als er mit Seyit Rıza gekämpft hat …«

Schlüter rechnete. Der Mann neben ihm, der nur aus Haut, Knochen und Haaren zu bestehen schien und einer langen Nase, die aus seinem Gesicht ragte, war ein Jahr jünger als das Jahrhundert, er musste 94 Jahre alt sein.

Der zweite Sohn stand auf und nahm das Instrument von der Wand. »Saz«, sagte er erklärend, legte es seinem Vater in den Schoß und flüsterte ihm etwas zu.

Es war, als wachte der Alte auf; er sah alle Anwesenden der Reihe nach an, als sähe er sie erst jetzt, warf zuletzt Schlüter einen ernsten langen Blick zu und begann zögernd, die Saiten zu zupfen, er lauschte den Klängen nach, sie mischten sich mit dem leisem Zirpen der Grillen im Dach, dann öffnete er seinen zahnlosen Mund und begann zu singen. Der Alte fügte Strophe an Strophe, ein Refrain war herauszuhören. Seine Hände wirkten zu groß an seinen schmächtigen Armen und er hatte klauenartige gelbe Fingernägel.

Als er zu Ende gesungen hatte, lehnte er das Instrument vor sich an das Sofa, zog das eine Bein unter dem Gesäß hervor, stellte es senkrecht vor seiner Brust auf und begann langsam zu sprechen, in einem lallenden Ton, mit verwischten Silben, als falle es ihm schwer, seine Lippen Laute formen zu lassen.

»Er heißt euch willkommen«, sagte Ezo. »Er hat euch zur Begrüßung ein türkisches Lied vorgesungen, ein türkischer Freund hat das Gedicht geschrieben und der Dede hat die Musik dazu gemacht.«

»Warum ein türkisches Lied?«, fragte Schlüter.

»Warum nicht? Wenn es ein schönes Lied ist?« *Vergelte nicht Gleiches mit Gleichem. Verachte kein Volk.* Und hatte nicht Hacı Bektaş Veli seine Weisheit in der türkischen Sprache verkündet?, erklärte Ezo. Und der Dichter Yunus Emre, der Dichter der Aleviten, habe seine Gedichte in türkischer Sprache geschrieben.

Schlüter bat Ezo, dem Alten zu erklären, warum sie die lange Reise gemacht hatten. Ezo übersetzte, und als sie begann, sah Schlüter die wachsende Spannung auf den Gesichtern der Leute, er fühlte den wach gewordenen Blick des Alten auf sich ruhen, und als sie fertig war, schwiegen alle. Eine Minute. Zwei. Schlüter fragte, ob er das, was sie ihm berichten würden, auf Band aufnehmen dürfe, und zog sein

Diktiergerät hervor. Er benötige Beweismaterial für die deutschen Gerichte.

»Wir sind noch niemals befragt worden über das, was geschehen ist«, übersetzte Ezo.

Sie begannen zu erzählen, zuerst der Alte und dann die Frauen.

49.

Jede Nacht wache ich auf und sehe wieder, was ich damals gesehen habe, ich sehe es, als hätte ich es heute erlebt.

Ich liege versteckt hinter einem Felsen, den Kopf zwischen den trockenen vorjährigen Disteln, aber ich spüre ihre Stacheln nicht, neben mir liegt meine Cousine Nesrin, wir lugen zwischen den Steinen durch hinunter auf unser Dorf, auf die zwölf Häuser aus Stein, die unsere Heimat waren. Unsere Eltern haben uns in die Berge geschickt, wir sollten meinem Bruder, der oben im Tal unsere Schafe und Ziegen hütete, etwas zu essen bringen und auf dem Rückweg vielleicht ein bisschen Gulik sammeln, wenn er schon aus der Erde gekommen ist, denn es ist März und die Sonne ist schon warm. Es ist die gleiche Zeit wie jetzt und der Schnee liegt so da draußen, wie er jetzt liegt. Welcher Tag es ist, das weiß ich nicht. Es muss nach Mitte März gewesen sein. Wir waren ganz oben in den Bergen gewesen, wo nur noch Schnee und Himmel sind, wir kehren zurück, wir springen lustig über die Schneeflecken, die noch im Schatten liegen, und singen ein Lied, und wir wissen nicht, dass es die letzte glückliche Stunde in unserem Leben sein wird. Plötzlich, bevor wir über die Hügelkuppe kommen, hören wir die Schüsse. Erschrocken bleiben wir stehen. Wir ziehen die Köpfe ein und ducken uns. Was haben die Schüsse zu bedeuten? Wir haben viel gehört in der letzten Zeit, Gerüchte von den Dörfern jenseits der Stadt Dersim, drüben bei Pülümür, die Eltern saßen für sich und steckten die Köpfe zusammen und flüsterten ernst miteinander. Es gab kein Radio und keine Verbindung zwischen den Dörfern, man wusste nichts Genaues oder hoffte, das Gehörte wäre falsch. Was hätten wir tun sollen? Wohin hätten wir fliehen sollen? Alle hatten Angst.

Wir bücken uns noch tiefer und schleichen uns an die Kante der Hügelkuppe, wir verstecken uns und spähen zwischen den Steinen hervor. Soldaten haben das Dorf umstellt, sie stehen auf den Hügeln hinter den Häusern, sie laufen auf den Platz zwischen den Häusern, sie schreien, aber wir können nichts verstehen, denn es sind türkische Schreie, und wir beherrschen kein Türkisch, damals noch nicht. Die Soldaten reißen die Türen der Häuser auf, wir hören neue Schüsse, sie dringen in alle Häuser gleichzeitig ein. Ich sehe, wie meine Tante an den Haaren aus ihrem Haus gezerrt wird, sie schreit laut, zwei Soldaten werfen sie auf den Boden. Mein Onkel kommt aus dem Haus gerannt, er hat seine Flinte in der Hand, wir hören einen Schuss, dann noch einen, er torkelt und bleibt liegen und bewegt sich nicht mehr. Meine Tante wirft sich auf ihn und schreit noch lauter. Auch aus den anderen Häusern werden unsere Leute gestoßen, getrieben, meine Mutter, mein Vater, sie haben die Hände hinter dem Kopf verschränkt, sie haben verstanden, dass Gegenwehr mit dem Tod bestraft wird. Sie müssen sich auf den freien Platz zwischen den Häusern hinstellen. Wir sehen, wie die Soldaten lachen und die jungen Frauen aus der Gruppe herausziehen, ich kann die Gesichter erkennen, meine andere Cousine Zeynep ist dabei, sie ist dreizehn, meine Mutter nicht, sie ist über vierzig. Die Soldaten halten den Frauen die Gewehre vor, sie zucken mit den Läufen, sie treiben sie hinter die Häuser, damit die anderen nicht sehen, was sie mit ihnen machen, vielleicht schämen die Soldaten sich, aber Zeynep dreht sich um und will fortlaufen, wir hören wieder zwei Schüsse, ihre Arme fliegen in die Luft und sie fällt um, bleibt liegen, ein paar Meter fort vom Vater, sie hat es über-

standen, sie hat es hinter sich, aber die anderen Mädchen und Frauen sind jetzt hinter dem Haus, wir sehen ihre aufgerissenen Augen, sie müssen sich ausziehen, und sie tun es, denn sie wollen nicht erschossen werden und sie wissen ja noch nicht, dass sie sowieso sterben müssen. Als die Soldaten anfangen, will meine Cousine neben mir aufstehen, sie zittert, aber ich zische ihr zu, sie soll liegen bleiben, sie will schreien, aber ich halte ihr den Mund zu, still, zische ich, bleib liegen, denn sonst müssen auch wir beide sterben, und sie weint in die trockene Erde, sie drückt ihr Gesicht fest hinein in die Erde und hebt es nicht wieder auf, damit sie nicht schreit; ich aber, ich kann nicht wegsehen, ich wollte, ich hätte es gekonnt, denn es ist eine furchtbare Strafe, das zu sehen, was ich gesehen habe, und nicht helfen zu können und überlebt zu haben, ganz zufällig und ohne eigenen Verdienst. Oft denke ich, es wäre besser gewesen, wenn ich damals mit gestorben wäre, ich denke, du hättest im Dorf sein sollen und auch fortlaufen sollen wie Zeynep, dann hätten sie dich erschossen und du hättest nicht dein ganzes Leben lang diese Bilder sehen müssen. Manchmal, wenn ich vielleicht glücklich sein könnte wie andere Großmütter, denke ich an das Geschehene, zum Beispiel, wenn ich meiner Enkeltochter beim Spielen zusehe, wenn sie Fragen stellt und alles wissen will, sie ist schlau, sie spricht schon Türkisch, wenn sie mich anlacht, könnte ich so glücklich sein wie sie, so glücklich, wie ich damals war, bevor die Soldaten alle getötet haben, nur nicht uns beide, die wir zwischen den Steinen oberhalb unseres Dorfes lagen, und meinen Bruder, der die Schafe hütete. Ich habe nicht geweint, nie mehr habe ich geweint seitdem, ich habe trockene Augen.

Als die Soldaten fertig sind, müssen die Frauen aufstehen, aber zwei können das nicht mehr, der Kommandant schreit ein Kommando und ein Soldat bückt sich, und ich sehe, dass er ein Messer in der Faust hat, die Klinge blitzt in der Sonne auf, ich sehe seine Faust einen Ruck, einen Bogen machen, ich sehe das

Blut und ich sehe die beiden Leiber, die Beine zucken, und ich höre unsere Leute verzweifelt schreien und weinen, ich sehe meine Eltern, die sich aneinanderklammern, das verzerrte Gesicht meines Vaters, und dann müssen die Männer die Hosen herunterlassen und die Frauen, die nicht vergewaltigt worden sind, und die anderen, die noch laufen können, müssen den Männern ein Band um die Hoden binden und daran müssen sie die Männer im Kreis führen, die Männer müssen laufen, so schnell sie können, aber sie fallen hin, und sie müssen wieder aufstehen und weiterlaufen, und die Soldaten lachen und freuen sich und schreien begeistert, nur zwei nicht, einer steht abseits und starrt in die Berge und der andere hält sich an einem Stein fest und kotzt, sie sind Schwächlinge und noch nicht abgehärtet für den Krieg, vielleicht machen sie ja beim nächsten Mal mit, vielleicht sind sie aber auch anständig. Dann haben ihre Kameraden genug von diesem Spiel, sie nehmen sich wieder mehrere Frauen, diesmal ist unsere Nachbarin dabei, sie ist im achten Monat schwanger, sie schreit laut, aber es nützt ihr nichts, sie bringen auch sie hinter unser Haus und sie fangen wieder mit dem Vergewaltigen an, und als sie damit fertig sind, nehmen zwei ihre Messer und schlachten die Frauen und auf der anderen Seite des Hauses schießen sie so lange in den Haufen Menschen hinein, bis alle liegen und sich nichts mehr regt. Die Soldaten gehen in die Häuser und nach kurzer Zeit sehe ich Rauch aus den Fenstern quellen und Flammen aus den Dächern schlagen, ich höre das Prasseln, die Funken schießen in den Himmel. Die ganze Zeit will ich meine Augen schließen, aber ich kann es nicht, ich starre und starre und starre immer weiter auf das Dorf unter uns, das eine Hölle geworden ist.

Als alle Häuser brennen, ziehen die Soldaten ab, ich höre ihr Lachen lange, ich höre es heute noch, ich mag kein Männerlachen mehr hören und keine Frauenschreie. Ich sage meiner Cousine, dass sie meinen Bruder holen soll, er ist doch oben bei den Schafen. Aber wir müssen warten, bis keiner von den Sol-

daten mehr zu sehen ist, erst dann trauen wir uns aufzustehen, und da kommt mein Bruder schon von selbst, denn er hat die Schüsse und die Schreie gehört bis ins oberste Tal, zu dritt laufen wir in unser verlorenes Paradies. Alle sind tot, meine Mutter, mein Vater, sie liegen in ihrer letzten Umarmung. Hinter unserem brennenden Haus finden wir die Frauen, unserer Nachbarin haben die Soldaten den Bauch aufgeschlitzt, ihre aufgerissenen Augen starren in die Sonne, die sie nicht mehr blenden kann. Ihre Hände hat sie in ihr Blut und ihre Eingeweide getaucht, wir sehen, wie ihre Hände sich bewegen, obwohl sie doch tot ist, unter ihnen rührt sich der Säugling. Wir sind Erwachsene geworden in dieser einen Stunde, wir heben das Kind heraus und schneiden die Nabelschnur durch, wir holen Wasser vom Bach und säubern es, wir nehmen Zeyneps Hemd und reißen es in Streifen und verbinden den Fuß des Kindes, denn das Messer des Soldaten hat seine kleine Sohle geritzt. Es ist ein Mädchen. Wir haben sie Rahşan genannt wie ihre Mutter, sie wohnt nebenan, und wenn Sie wollen, gehen wir hin, damit sie Ihnen die Narbe auf ihrer Fußsohle zeigen kann.

Wir sind dann in die Berge zu unseren Schafen geflohen, Schafsmilch haben wir Rahşan gegeben. Wir hatten nichts als ein großes schwarzes Tuch, um uns darunter zu verstecken, wenn die Flugzeuge über uns hinwegflogen. Sie haben uns nicht entdeckt. Wir vier sind die Einzigen aus unserem Dorf, die überlebt haben. Cousine Nesrin, mein Bruder Baran, Rahşan und ich.

Später haben wir Überlebende aus anderen Dörfern getroffen, die man überfallen hatte, vor und nach unserem, und nach und nach erfuhren wir, dass die Massentötungen von Mitte März bis Ende Mai gedauert haben. Viele grausige Geschichten haben wir gehört, so wie unsere. Nicht alle Türken sind schlecht, wurde uns erzählt. Ein Soldat hat sich geweigert, ein kleines Kind zu erschießen, das an der Brust seiner toten Mut-

ter saugte, er bekam Prügel und der Kommandant befahl dem nächsten Soldaten, das Kind zu erschießen, aber der drehte sich um und erschoss den Kommandanten. Mit den Überresten von achtzehn Familien fanden wir ein Haus, das wir reparieren konnten, und dort haben wir gewohnt, bis wieder Soldaten kamen. Die haben uns nicht umgebracht, wie wir erwartet haben, sondern wir wurden nur deportiert in ein Dorf in der Nähe von Izmir, tausend Kilometer weit fort.

Während der Deportation habe ich Türkisch gelernt. Neun Jahre später durften wir zurück, mit neuen Nachnamen, denn in der Heimat hatten wir keine Nachnamen gehabt, und ich habe in unserem Dorf gelebt, bis es wieder verbrannt worden ist, 1983. Es kamen wieder Soldaten. Sie haben uns nicht getötet und nicht vergewaltigt, sie haben uns auch nicht deportiert. Sie haben nur unser Dorf verbrannt und wir mussten uns selbst eine neue Wohnstätte suchen. Jedes Mal, wenn ich einen Soldaten sehe, wird mir kalt.

Und nun lebe ich in Ovacık und erzähle diese Geschichte, aber nicht, um zu Hass, Menschenfeindlichkeit oder gar Vergeltung aufzurufen, wie es die Religion Mohammeds erlaubt, sondern damit die Wahrheit ans Licht kommt und zukünftige Generationen sich nicht etwa wieder wie reißende Tiere benehmen. Wir Aleviten denken mehr an die Zukunft als an die Vergangenheit.

50.

Der Anruf hatte ihn elektrisiert und er hatte es nicht abwarten können, bis es endlich Montagmorgen geworden war. Leider musste er auch an diesem Tag zuerst die Kühe melken, allein, wie in den zwölf Tagen, seit Heyder verhaftet worden war. Schlüter in der Türkei! Was mochte diesen Mann dazu bewogen haben, in das Land der Muselmanen zu fahren?

Diese verdammten zwölf Tage waren Heinsohn wie zwölf lange Wochen vorgekommen. Er hatte keine Kraft mehr. In weniger als sechs Wochen würde er das Vieh auf die Weiden treiben und die Drainage war nicht in Ordnung. Das hatten sie nicht mehr geschafft. Und vieles andere auch noch nicht. Allein: Er hatte keine Kraft. Die Sonne, die jeden Tag ein Stück höher in den Himmel stieg, flößte ihm auch keine ein. Im Gegenteil. Sie machte ihm Angst, denn die Zeit der Sonne war die Zeit, in der man das nächste Jahr sicherte. Heinsohn schaffte es gerade noch, die tägliche Routine aufrechtzuerhalten, aber nichts gelang, was über den Tag hinausging. Er hätte den Hof auch gleich aufgeben können, aber das hätte einen Entschluss verlangt und auch dafür fehlte ihm die Kraft.

Er wollte nicht nachdenken und machte einfach irgendwie weiter. Tief unten hoffte es in ihm, dass ihm die Entscheidung abgenommen werde. Ein Herzinfarkt, ein Schlaganfall oder ein Unfall auf dem Hof, ein Beinbruch, eine Karambolage mit dem Auto, die ihn ins Krankenhaus befördern würde.

Aber es passierte ihm nichts, Heinsohn blieb gesund, er bekam noch nicht einmal eine mickrige Erkältung und er wühlte weiter auf seinem heruntergekommenen Hof, die Küche sah fast wieder so aus wie an jenem 22. November im letzten Jahr, an dem Heyder Cengi in sein Leben getreten war, es gab weder Lamacun noch Börek, sondern Steak mit Pellkartoffeln oder Bauernfrühstück.

Und dann der Anruf am Samstagabend um neun. Schlüter hatte sich aus der Türkei gemeldet und seine Frau Christa rief ihn, Heinsohn, an, um mitzuteilen, dass Schlüter dort etwas Wichtiges über Veli Adaman herausgefunden hatte, sie vermute, etwas, was Heyder Cengi helfen könne, sich wenigstens von dem Vorwurf zu befreien, seinen Onkel erschlagen zu haben. Er, Heinsohn, möge Cengi so schnell wie möglich aufsuchen, um ihm das mitzuteilen. Alles andere später.

An diesem Morgen des 27. März spürte Heinsohn zum ersten Mal seit Heyders Verhaftung so etwas wie Lebensenergie in seinen müden Adern. Dieser Schlüter hielt sein Versprechen und machte, was er konnte. Heinsohn war noch eine Stunde früher aufgewacht als sonst und hatte schon kurz nach fünf Uhr mit dem Melken angefangen, und jetzt, zweieinhalb Stunden später, saß er in seinem Wagen und schaukelte die Moorstraße entlang nach Hemmstedt, so schnell es ging. Nach einer weiteren Stunde stand er, die Besuchserlaubnis des Amtsrichters Vollmann in Händen, vor dem Eingang zur Justizvollzugsanstalt und klingelte. In seinen geflickten Gummistiefeln, die er in der Melkkammer mit Schlauch und Besen von Jauche und Mist gereinigt hatte, sah er wahrscheinlich heruntergekommen aus, aber das war ihm egal. Die Halbschuhe, die er zuletzt in Hamburg getragen hatte, passten nicht mehr, denn der linke Fuß war weiter angeschwollen, seit er an der Straßenböschung umgeknickt war, nachdem er Heyder am Rande der Kiesgrube hatte verschwinden sehen. Zurück auf seinem Hof hatte Heinsohn festgestellt, dass sein ruinierter Fuß auch nicht mehr in die aktuellen Gummistiefel hineinpasste, die er sich vor höchstens drei Monaten bei der *Labag* gekauft hatte. Man musste nur ein paar Stunden den Hof verlassen und nichts war mehr so, wie es vorher gewesen war. Also hatte er seine abgelegten Gummistiefel wieder aktiviert, deren zahlreiche Löcher mit Fahrradflicken zugeklebt waren. Man schmiss ja nichts weg, und das war mitunter praktisch.

Er war aufgeregt, aber als er Heyder durch die Gittertür schleichen sah, bleich, gebeugt und mit verrutschtem Auge, bewacht von einem Justizgorilla, packte ihn das Entsetzen. Was hatten sie mit diesem Mann gemacht? Was war mit seinem Auge?

Wenn Untersuchungshäftlinge Besuch bekommen, beaufsichtigt ein Justizbeamter das Gespräch, hatte Christa Schlüter erklärt, er, Heinsohn, möge das im Hinterkopf behalten. Und nun saßen sie in dem Besuchsraum einander gegenüber, während der Muskelberg, am Kopfende des Tisches hockte und zwischen ihnen an die Wand starrte. Sein Glatzkopf wirkte auf den breiten Schultern geradezu unterentwickelt, fand Heinsohn. Aber was sollte der Mann auch mit einem großen Kopf, wenn er ihn nicht benutzte?

»Ich soll dich schön von Schlüter grüßen«, begann Heinsohn ohne Rücksicht auf den Beamten. Er hatte keine Geduld.

»Von wem?!«, antwortete Cengi und richtete sich auf.

»Er ist in der Türkei. In Ovacık. Seine Frau hat mich Sonnabendabend angerufen und mir das erzählt.«

»Wo ist er??«

»Über die Tat und alles, was damit zusammenhängt, wird nicht gesprochen, klar?«, grummelte der Beamte misstrauisch und verschränkte die Arme vor der Brust.

»Damit hab ich sowieso nichts zu tun«, grollte Heinsohn lässig. »Da machen Sie sich man keine Sorgen über.« Und zu Cengi gewandt fuhr er fort: »Er hat was herausgefunden über deinen Xal.« Cengi starrte Heinsohn unverwandt an, der Beamte wollte sich einmischen, aber Heinsohn war schneller und fragte: »Wissen Sie, was ein Xal ist?« Er wartete nicht auf die Antwort und log: »Das heißt … äh, Bürgermeister. Xal ist Zazaki und heißt Bürgermeister. Ja, wirklich!«

»Zazaki?«

»Das erklär ich später«, sagte Heinsohn herablassend.

»Und was soll mit dem Bürgermeister sein?«, wollte der Beamte jetzt wissen.

»Na ja«, antwortete Heinsohn und überlegte fieberhaft, wie er Heyder von Veli Adamans Brief erzählen konnte, ohne den Beamten misstrauisch zu machen. »Eigentlich will ich es ja Heyder sagen und nicht Ihnen, aber wo Sie sich jetzt dafür interessieren, ist es mir egal, wenn Sie's auch erfahren. Also«, wandte er sich an Cengi, »dein Xal hat einen Brief geschrieben, drei Tage bevor er ..., und das ist ganz hervorragend, soll ich ausrichten. Er hat was aufgeschrieben, was Freiheit bringen wird, jedenfalls was den Xal betrifft, das kann ich ausrichten, das steht fest.«

»Was kann das denn sein?«, fragte der Beamte unsicher.

»Tja«, sagte Heinsohn. »Mehr weiß ich auch nicht. Höchstens noch, dass Schlüter den Brief in einem Buch gefunden hat, in einem Buch über die Sprache der Zaza, das ein Deutscher geschrieben hat. Ja, ja, so ist das, mein Lieber, mach dir keine Sorgen.« Heinsohn tätschelte scheu Heyders Hände und zog den Tabak aus der Tasche, den er besorgt hatte. »Hier«, wechselte er das Thema. »Hab ich dir Tabak mitgebracht. Hast ja sonst nix vom Leben hier drin. Meine Güte.« Er ließ den Beamten das Päckchen Tabak mit Blättchen kontrollieren, schob es dann Heyder über den Tisch.

Als Cengi zugreifen wollte, packte Heinsohn dessen Hände und hielt sie fest. »Guten Mut!«, sagte Heinsohn. »Den kannst du haben! Übrigens will Schlüter dich unbedingt besuchen, wenn er wieder hier ist.«

Cengi sagte nichts, er öffnete das Päckchen und begann, sich eine zu drehen. Seine Hände zitterten, der Tabak fiel zwischen Tischkante und Hemd auf die Hose, Cengi schob seinen Stuhl zurück und beugte sich, um das Kraut einzusammeln. Plötzlich hielt er in seiner Bewegung inne und erstarrte. Blieb mit dem Kopf halb unter dem Tisch stecken. Wie festgefroren.

»Was ist denn da unten los?«, wollte der Beamte wissen.

Heinsohn blickte verwundert auf Cengis gebeugten Nacken und überlegte sich, ob er nachsehen sollte.

Bevor er dazu kam, richtete sich Cengi langsam wieder auf. Trotz seiner dunklen Gesichtsfarbe konnten sie sehen, dass er totenbleich war. Vielleicht war das der Grund, warum der Beamte so geistesgegenwärtig war, den Mann aufzufangen, als er ohnmächtig wurde. Er packte Cengi mit der Faust am Hemd und ließ ihn vorsichtig vom Stuhl auf den Boden gleiten.

»O Gottogott!«, fuhr es Heinsohn heraus.

Gemeinsam brachten sie den Häftling in die stabile Seitenlage. Heinsohn zog sich die Jacke aus, rollte sie zusammen und schob sie Heyder unter den Kopf. Da lag er, mit flatternden Augenlidern.

Der Beamte riss sich das Walkie-Talkie von der Hüfte, um den Notarzt zu alarmieren.

Heinsohn zog seinen Stuhl beiseite und nahm den Fußboden unter dem Tisch ins Visier. Es war nichts zu sehen. Nichts außer ein paar Tabakkrümeln und ein bisschen Dreck aus Heinsohns Stall. Meine Güte, so schlechte Nerven!

Der Bauer hockte sich, so gut es ging, neben Heyder und wartete, dass der Beamte zurückkam.

51.

Aller guten Dinge sind drei, dachte Schlüter, als sie sich der Straßensperre hinter der Abzweigung nach Xozat näherten. Drei Mal waren sie jetzt kontrolliert worden. Drei Mal hatten sie das vermaledeite Formular ausgefüllt und drei Mal hatten die kindergesichtigen Soldaten sie misstrauisch angestarrt. Und immer war es gut gegangen. Clever hatte die Waffenträger mit den Namen seiner Eltern verarscht und abgesehen vom Zeitverlust war es nicht zu Problemen gekommen. Aber jetzt beschlich Schlüter ein böses Gefühl. Die Nacht schwenkte ihr frostiges Zepter und verhöhnte den Tag.

Nachdem sie gestern beim Dede gewesen waren, hatten sie Touristen gespielt und waren zur Quelle des Munzur gefahren, auf der Schotterstraße westlich von Ovacık, die wie ein Bahndamm schnurgerade über die Hochebene führte, durch endlosen Schnee und umgeben von hohen Gipfeln. Es war noch zu kalt gewesen, um auf den Steinen an der Quelle zu sitzen.

Und am Abend pünktlich um neun Uhr hatten sie sich mit dem Teewirt im Restaurant des Hotels getroffen. Sie hatten einen Eckplatz genommen, von wo aus man das Lokal übersehen konnte. An zwei der Tische saßen Soldaten in Zivil und aßen. Ihre runden Gesichter und ihr gedrungener Körperbau wiesen sie als Türken aus, und sie warfen misstrauisch-neugierige Blicke. Sie waren ohne Waffen. An einem anderen Tisch unterhielten sich zwei Frauen, während sie aßen.

»Hast du was über Cengi rausgekriegt?«, fragte Clever und beschmeckte den Eintopf mit Hühnerfleisch und Auberginen fachmännisch.

»Na klar«, antwortete Öztürk. »Sein Bruder Ramazan ist in die Berge gegangen und sie haben ihn umgebracht. Jedenfalls ist er verhaftet worden und nie wieder aufgetaucht. Wir wissen, was das zu bedeuten hat. Dann wurde Heyder zum Militär eingezogen. Nach Diyarbakır. An der irakischen Grenze. Das ist eine fürchterliche Gegend. Dort ist es fast noch schlimmer als hier. Es leben nur Kurden dort. Doch die Armee vertreibt sie aus ihren Dörfern. Und dazu war Heyder eingesetzt. Überall jagen sie PKK-Kämpfer und PKK-Helfer. Heyders Kommandant hat eine Frau verhört, deren Mann verschwunden war. Sie sollte sagen, wo er steckte. Heyder musste vor der Tür Wache schieben, als der Kommandant …«

Öztürk hielt inne und sah die drei Zuhörer hilflos an.

»Wir sind es nicht gewohnt, über so etwas zu reden«, flüsterte er. »Aber weil es wichtig ist, sage ich es jetzt: Frauen, die den Soldaten zu alt sind, vergewaltigen sie nicht. Sie nehmen – einen Stock …«

Heyder habe ihre Schreie hören müssen. Die Frau sei verblutet, und Heyder sei untergetaucht, in die Berge geflüchtet. Er habe sich den PKK-Kämpfern angeschlossen, die hätten ihn versteckt. Er habe Glück gehabt. Denn die PKK-Leute seien sehr misstrauisch, wenn Soldaten zu ihnen überliefen. Sie hätten Angst vor Spitzeln. Viele Soldaten würden umgebracht werden, weil sie mit den Türken kollaboriert hätten. Cengi habe versucht, irgendwie außer Landes zu kommen. Bis fast zur griechischen Grenze habe er es geschafft, in Edirne habe man ihn geschnappt. Und dort habe er im Gefängnis gesessen. Vier Monate lang. Bis es seinen Verwandten gelungen sei, die Wachen durch Mittelsleute zu bestechen.

»Noch im letzten Sommer haben sie Heyder gesucht«, erzählte Öztürk weiter. »Seine Mutter und seine Schwester Berfe haben mir das bestätigt. Die Gendarmen haben beide mit auf die Wache genommen und sie zwei Tage lang verhört. Zwei Tage lang! Zwei verdammte Tage lang!«, knirschte Öztürk.

Aber sie hätten nichts verraten. Und es sei auch sonst nichts passiert. Nicht alle Soldaten würden so handeln wie ...

»Ich habe alles aufgeschrieben. Mit meiner Telefonnummer. Die sollen mich einfach anrufen aus Deutschland.«

So verdammt einfach war das.

Schlüter fragte, ob es Sinn mache, Heyder Cengis Familie noch selbst aufzusuchen. Öztürk empfahl, das bleiben zu lassen. Die Spitzel in Ovacık hätten mitbekommen, dass sie zum Dede gegangen seien. Wenn sie jetzt auch noch mitbekämen, dass sie Cengis Familie aufsuchten, würden sie die Leute noch mehr in Gefahr bringen.

Ali Öztürk hatte empfohlen, unbedingt erst nach Einbruch der Dunkelheit zu fahren, sie hätten bessere Chancen, sich zu verstecken, wenn etwas passieren würde. Was denn passieren könne? Oh, hatte der Teestubenwirt gegrinst, manchmal würden die Soldaten die Autos beschießen, entweder um jemanden einfach hereinzulegen, dem sie nichts hatten beweisen können, oder vielleicht, weil die Abstimmung zwischen den Soldaten unten am Schilderhaus und denen oben im Unterstand nicht klappte, manchmal aber auch, weil man die Quote an erlegten PKK-Kämpfern noch nicht erreicht habe, und wenn einer erst einmal tot sei, könne er ja nicht mehr beweisen, dass er nicht zur PKK gehört und nur friedliche Absichten gehabt habe, oder? Schließlich seien mindestens neunundneunzig Prozent der Einwohner von Dersim aktive PKK-Kämpfer, was sie schon gewesen seien, bevor es die PKK überhaupt gegeben habe, während der Rest sie mit Lebensmitteln versorge, da könne es ohnehin keinen Falschen treffen, haha. Eins aber müsse man wissen hier im Dersim: Dorfschützer gebe es nicht wie sonst überall im Osten, kein Dersimi habe sich dazu erniedrigt, vom türkischen Militär eine Waffe zu nehmen, um sie gegen seine eigenen Leute einzusetzen, und bislang sei es auch noch niemandem gelungen, die verschiedenen linken Organisationen gegeneinander auszuspielen: Wenn es darauf ankäme, arbeiteten sie zusammen. Und das sei es, was den Kontrolleuren an der Straße Angst mache, besonders in der Nacht. Gerade deshalb rate er ihnen, in der Nacht zu fahren, denn die Straßen seien tagsüber ebenso einsam wie nachts, nachts aber könne man sich besser verstecken.

Ja aber, hatte Schlüter eingewendet, sie seien doch Deutsche, deutsche Touristen, denen könne man doch keine PKK-Sachen anhängen.

»Na ja«, hatte Öztürk erwidert, »das stimmt schon, eigentlich, deswegen ist es ja auch besser, ihr fahrt allein, aber hier weiß man nie ...«

Und dann hatte er gelacht und festgestellt, dass genau das doch gelogen sei, denn sie seien keine harmlosen Touristen, ganz und gar nicht ...

Jedenfalls waren Öztürk und Ezo im Wagen des Hotelbesitzers vorausgefahren. Bei Tageslicht. Ihn würden die Soldaten kennen, ihm würde schon nichts passieren, und Ezo auch nicht. Schlüter und Clever mussten auf eigene Faust durchkommen, dabei könne er ihnen nicht helfen. Öztürk und Ezo hatten immerhin das Diktiergerät, die besprochenen Bänder und Öztürks Aufzeichnungen über Heyder Cengi mitgenommen. »Euch werden sie gründlich filzen«, hatte der Teewirt vermutet. »Jeder hier in Ovacık weiß, dass ihr nicht hergekommen seid, um die Quelle des Munzur zu sehen, sondern irgendwas im Schilde führt, vor allem, nachdem ihr beim Dede wart.«

Sie hatten verabredet, dass Ezo und Öztürk an der ersten Brücke über den Fluss auf Schlüter und Clever warten würden, mit den Dokumenten.

»Wir angeln solange«, hatte Ali Öztürk gelacht. Er war der Bruder Leichtfuß, zu leichtfüßig für Deutschland, und nun schmiedete er unablässig Pläne für die Rückkehr. Deutschland, so sagte er in singendem Schwäbisch, sei nun einmal seine Heimat und werde es bleiben. Er wolle sich von seiner Frau scheiden lassen und illegal nach Deutschland reisen, dort zum Schein heiraten, um sich dann, ausgestattet mit dem Recht zu dauerhaftem Aufenthalt, wieder scheiden zu lassen, damit er am Ende seine alevitische Frau neu heiraten und die beiden Kinder nachkommen lassen könne – ein Projekt von mindestens acht Jahren, das nebenher den Vorteil habe, dass er sich dabei seines elenden Namens entledigen könne.

»Weißt du, was Öztürk heißt?«, hatte er gefragt.

Sie schüttelten den Kopf.

Öztürk, erklärte er, heiße so viel wie echter Türke. Dabei sei er ja noch nicht mal ein richtiger Dersimi und mindestens zu drei Vierteln gefühlter Deutscher. Diesen Namen hatten die Türken seinem Großvater verpasst, nach 1938, damit er und seine Nachkommen von nun an und für alle Zeit echte Türken seien. Denn seit damals gebe es ein Gesetz, wonach es nur rein türkische Familiennamen geben dürfe.

»Ich hasse meinen Nachnamen. Aber mein Vorname, der ist in Ordnung. Und sie werden uns nicht kleinkriegen!«

Die vierte Kontrolle. Das gleißende Licht der Scheinwerfer blendete sie. Hier weiß man nie, dachte Schlüter. Schon an der Abzweigung nach Xozat schaltete er herunter in den ersten Gang, langsam tuckerten sie auf die Soldaten zu.

Das gleiche Prozedere wie die drei Mal zuvor. Aussteigen. Durchsuchung. Abmarsch mit Eskorte ins Schilderhaus, die Augen auf den Boden gerichtet, weil das grelle Licht blind machte. Eine Hitzewolke umgab den Bollerofen, auf dem der Tee kochte, den man ihnen nicht anbot. Sie füllten die Formulare aus. Clever schrieb sein überflüssiges Wolfgang Schäuble hin. Wozu begibt er sich unnütz in Gefahr?, dachte Schlüter. Konnte man seinen Protest nicht auf ungefährliche Art äußern?

»You go!«, erklärte der Soldat hinter dem Schreibtisch.

Die Tür flog auf und einer der Uniformierten stürzte herein, Clevers Spiritusflasche wie eine Trophäe in der Hand.

»Sit down!!«

Zögernd, unsicher setzten sie sich wieder.

»What is that for?«

Das sei Spiritus, erklärte Schlüter. Sie hätten ihn in Darende gekauft, zum Teekochen unterwegs. Das sei doch ganz normal, wie man denn sonst unterwegs Tee kochen solle?

»This is weapon!«, behauptete der Schreibtischmann, den Zeigefinger auf die Flasche gerichtet. Seine Augen waren noch schmaler geworden.

Schlüter widersprach.

Der Soldat ließ eine lange Rede vom Stapel, die aus mindestens drei Sätzen bestand und bedeutete, dass man die

Waffe konfiszieren werde. Er zog ein anderes Formular aus einer Schublade des Schreibtisches, füllte es umständlich aus und verlangte eine zweite Unterschrift, indem er es umdrehte und über den Tisch schob.

Schlüter studierte das Papier. Der Text war auf Türkisch. Er verstand kein Wort und warf Clever einen Hilfe suchenden Seitenblick zu.

»Ich kann hier kein Türkisch«, stellte Clever klar. »Ich bin doch nicht lebensmüde!«

»Aber du …«

»Meinst du etwa, wir können hier großartig verhandeln? Wenn wir das nicht unterschreiben, und zwar genau so, wie er es ausgefüllt hat, dann behalten die uns hier, klar?«

Schlüter wollte Zeit gewinnen. Er nahm das Formular in die Hand und versuchte zu lesen. Aussichtslos.

»Jetzt siehst du endlich mal, wie es unsereinem so geht, wenn wir auf'm Amt sind …«

»Mein Wörterbuch …«

»Mann, unterschreib schon! Scheiß auf das Formular! Dein Juristenhirn, vergiss endlich, was es dir sagt!!«

Schlüter unterschrieb, der Soldat griff sich das Papier, stellte die Spiritusflasche darauf und sagte langsam: »You drive …«

Sie gingen durch das weiße Licht der Scheinwerfer zu ihrem Wagen zurück und stiegen ein. Das Gepäck auf dem Rücksitz war durchwühlt worden, das Handschuhfach stand offen: Öztürk hatte recht gehabt. Das Maschinengewehrnest am Hang war nicht zu sehen. Sie schnallten sich an. Schlüter startete den Motor. Langsam setzte er den Kleinwagen in Fahrt.

Sie umrundeten die erste Betonbarriere. Fuhren rechts hinüber. Dann die zweite, links hinüber. Dann wieder rechts hinüber. Und wieder links. Noch zwei, dann würden sie Gas geben können.

Plötzlich zuckte ein neonblauer Blitz in Schlüters linken Augenwinkel, ein metallisches Kreischen in seinem Rücken füllte sein Bewusstsein bis zum Rand, trotzdem hörte er den Schrei an seinem Ohr und trat das Gaspedal durch. Der Motor des Fiat heulte auf, Schläge einer riesigen Peitsche brachten die Luft zum Zittern, es knirschte, zischte, Staub und Steine in der Luft, Schlüter kuppelte, erzwang den zweiten Gang, trat das Gaspedal bis zum Boden durch, der Wagen machte einen Satz, stellte sich quer, knallte mit der hinteren Seite gegen die vorletzte Betonbarriere, was ihn wieder in Fahrtrichtung brachte, raste auf die letzte Barriere zu, Schlüter stemmte sich auf die Bremse, warf das Steuer herum, gab wieder Vollgas und riss die Handbremse hoch. Der Wagen schleuderte an der letzten Barriere vorbei und kam in volle Fahrt, den Berg hinab.

»Gas!!! Gas!!!«, schrie Clever.

52.

Sie rasten hinab zwischen Felswand und Abgrund. Serpentinen, schmale Kehren, hinunter in den dunklen Schlund der Schlucht.

Ohne Rücksicht hobelte Schlüter den Wagen über die Schlaglöcher. Noch nie war er so gefahren. Der Wagen tanzte auf der schmalen Straße wie ein Ball hin und her.

»Sie folgen uns!«, rief Clever.

Schlüter umklammerte mit seinen schwachen Fäusten das Lenkrad, bremste, kuppelte und gab Gas wie ein Automat. Er starrte auf das Ende des hellen Tunnels, das die Scheinwerfer ins Dunkle bohrten.

»Schneller!«, verlangte Clever.

Der Wagen schleuderte um die engen Kurven, schlidderte jetzt hart am Ufer des Flusses entlang und nahm Fahrt auf.

»Wir schaffen es!«, verkündete Clever, stieß ein Siegesheulen nach hinten aus und schüttelte triumphierend eine Faust.

Egal, wie viele Fahrzeuge ihnen folgten, sie konnten nur hintereinander fahren. Und zwei Minuten Vorsprung sind viel. Und vielleicht taugte der Fahrer, der im vordersten Wagen saß, nichts. Vielleicht hatte er Angst. Vielleicht wollte er keinen Krieg. Vielleicht hätte er sie lieber nicht verfolgt.

Plötzlich tauchten vor ihnen Männer im Scheinwerferlicht auf.

»Scheiße, Scheiße, Scheiße!«, brüllte Clever.

Vier Leute mit umgehängten Gewehren kreuzten die Arme über dem Kopf und zwangen sie zum Halt. Sie schossen nicht, sie zielten noch nicht einmal auf sie.

Schlüter stellte den Motor ab und riss die Arme hoch, im gleichen Augenblick flog die Fahrertür auf.

»Schnell«, schrie ein Mann. »Raus!«

Es war Öztürk.

Er zerrte Schlüter vom Sitz, stieß ihn zur Seite und nahm seinen Platz ein.

»Fort, schnell!!«, befahl Öztürk und warf den Motor wieder an.

Schlüter taumelte, drehte sich um. Scheinwerfer leckten schleimig durchs Geäst der Uferbüsche, tasteten gierig an der Felswand über ihnen entlang.

Schlüter wurde von einem Mann fortgestoßen, er stolperte ins Dunkle, das Licht der herannahenden Verfolger im Nacken, er wurde niedergedrückt auf die Knie in den Schatten der Felsen. Er sah nichts mehr.

Aber er hörte. Er hörte das Blockieren von Rädern im Schotter, er hörte das Aufheulen eines Motors, das Gebell der Gewehre, das Wimmern von Querschlägern. Er hörte Schreie. Schüsse. Stöhnen. Schlüter presste die Fäuste an die Ohren. Ein Schrei, ein verzweifelter Schrei, dessen Echo die

Felswände hinaufhallte, dem ein letzter einsamer trockener Schuss, ein einziger, ein Ende machte. Und dann Schweigen. Nur noch das eiskalte Rauschen des Flusses, in dessen grauen Wassern der tückische Mond glitzerte.

»Habt ihr alles?«

Sie nickten, sie brauchten nichts mehr.

Auf den Sitzen des Fiat und auf ihrem Reisegepäck züngelten bläuliche Flammen. Der Wagen stand quer auf der Straße. Ein Bergrutsch, eine Halde von Geröll und Schlamm hatte dort nur einen Durchweg von gut zwei Metern Breite gelassen. Öztürk musste den Wagen als Blockade quer in die Lücke bugsiert haben. Damit waren die Verfolger gestoppt worden.

Die Flammen des brennenden Fiat zuckten auf den Felsen wider, aber Schlüter spürte nicht die Wärme des Feuers, sondern die segnende Hand des Dede auf seinem kahlen Kopf und die Abschiedsküsse der kleinen Greisin in seinem Gesicht, das sie gestern, unter der morschen Tür des Lehmhauses, mit beiden Händen zu ihrem herabgezogen hatte, auf beide Wangen hatte sie ihn geküsst, und er hörte ihre geflüsterten Worte.

»So eine verfluchte Scheiße!«, sagte Clever.

»Kommt!«, befahl Öztürk mit verzerrtem Gesicht und rasselndem Atem.

»Was mag sie gesagt haben?«, murmelte Schlüter und wischte sich die Tränen ab. »Was?«

53.

Clever kauerte, versteckt hinter Steinen, oberhalb der hell erleuchteten Anlegestelle von Pertek und sah hinaus auf den nächtlichen Euphrat, auf dem sich das matte Licht des Mondes spiegelte. Die Fähre lag noch drüben am anderen Ufer, mit ihren kleinen marsgrünen Lichtern. Um vier Uhr würde sie dort ablegen. Die Überfahrt dauerte eine knappe halbe Stunde. Um fünf Uhr würde sie von Pertek wieder abfahren. Zwischen zehn nach vier und zwanzig nach vier würde ein weißer Lieferwagen die Rampe zur Fähre hinunterfahren und diesseits der Verkaufsbuden, die in der Nacht geschlossen hatten, anhalten. Dann würde er die Kontrollstelle zweihundert Meter weiter oben, wo die Rampe begann, schon passiert haben. Der Fahrer würde den Wagen so rangieren, dass die Beifahrerseite im Dunkeln lag. Er würde aussteigen und die Tür öffnen und sich im Laderaum zu schaffen machen. Dann würde er sich vor die Fahrertür in das Scheinwerferlicht des Anlegers stellen und eine Zigarette rauchen. Und dies würde der Augenblick sein, in dem Clever und Schlüter hinter den Steinen hervorkriechen und im Schutz der Schatten und der Dunkelheit zum Lieferwagen schleichen und hineinkrabbeln würden. Das einzige Problem sei der Lichtschein, der von den Buchstaben am Hang ausgehen würde, den steinernen Buchstaben, »frag nicht so viel, du wirst sie sehen«. Der Fahrer würde seine Zigarette zu Ende rauchen und über die blinden Passagiere eine Decke werfen, den Wagen starten und rückwärts an Bord fahren, denn auf der Pertek-Seite fuhr man rückwärts auf die Fähre. Und dann würden sie über den Euphrat setzen und nach einer knappen halben Stunde am Südufer anlegen. Dann waren sie so gut wie in Sicherheit, vorausgesetzt, es liefe alles so wie geplant und sie würden sich nicht rühren unter der Decke. Das Weitere würde sich finden, darüber könne er, Ali, nichts sagen.

Unten am Anleger standen drei Autos, ein viertes rollte langsam heran, der Motor starb und das Licht erlosch.

Die zwei Kilometer im Dunkeln über die Felsen bis nach Pertek hatten sie in weniger als einer Stunde geschafft. Ali hatte den Weg genau beschrieben, er war ihn unzählige Male gegangen und für einen erfahrenen Pfadfinder mit Kompass war es kein großes Problem gewesen, es ihm nachzutun. Clever hatte Schlüter fast an der Hand führen müssen, seit der Schießerei hatte Schlüter nicht mehr viel gesagt.

»Was habt ihr mit den Leuten gemacht?«

»Das Gleiche wie das, was sie mit uns gemacht hätten.«

»Und was hätten sie mit euch gemacht?«

»Sie hätten keine Gefangenen gemacht.«

»Seid ihr verrückt geworden, meint ihr, das bringt was, unschuldige Soldaten umzubringen?«

»Brüll nicht so und bilde dir nicht ein, du würdest von unseren Angelegenheiten etwas verstehen! Soldaten sind Mörder. Unschuldige Soldaten gibt es nicht.«

»Gibt es doch!«

»Gibt es nicht.«

»Aber irgendeiner muss doch mal aufhören damit!«

»Fang bloß nicht an zu heulen. Wir haben oft genug aufgehört. Seyit Rıza hat aufgehört. Sie haben ihn trotzdem aufgehängt. Später haben wir aufgehört. Immer wieder haben wir aufgehört. Sie wollen uns zu Türken machen und sie sind erst zufrieden, wenn sie im Letzten von uns das Gedächtnis an seine Herkunft ausgelöscht haben. Und weil wir das wissen, werden wir jetzt nicht mehr aufhören.«

»Trotzdem –«

»Du hast keine Ahnung! Sie sind wie Tiere, sie haben dem Bauern die Augen ausgestochen. Und vor ein paar Tagen hat es einem Jungen ein Bein abgerissen, auf einer Mine, bei Nazımiye …«

»Aber diese haben das nicht getan!«

»Diese drei? Sie vielleicht nicht. Aber sie sind wie die anderen, die es getan haben.«

Ab da hatte Schlüter geschwiegen.

Clever blickte sich um. Er war hellwach. Das Melancholische in seinen Augen war verschwunden. Gegen den nächtlichen Himmel sah er ein paar Meter hinter sich Schlüters reglose Schulter an einem Felsblock lehnen. Noch nicht einmal für sein Diktiergerät, die Bänder und die Papiere hatte er sich mehr interessiert. Die hatte er, Paul Clever, in einem Beutel neben sich liegen. Die Aufnahmen. Die Ausbeute dieser Reise! Damit konnten sie Cengi schließlich helfen. Als Ali die Sachen übergeben wollte, hingen Schlüter die Arme runter, als wäre er lahm geworden. Auch für Clever war das die erste Schießerei gewesen, die er miterlebt hatte. Aber er hatte sich oft genug von Schießereien erzählen lassen, um sich vorstellen zu können, was dabei mit einem passierte. Er selbst hatte nie mehr als einen kräftigen Schraubenzieher mitgenommen und war bei dem kleinsten Zeichen von Schwierigkeiten getürmt. Wie Leute ihre Opfer umbringen konnten, wenn sie beim Diebstahl überrascht wurden, war ihm unbegreiflich. Schließlich musste der Mensch wichtig und unwichtig auseinanderhalten können, aber offenbar fiel das manchen Leuten schwer. Nicht nur Einbrechern, auch Studierten.

Drüben legte die Fähre ab. Vier Uhr. Man hörte ein fernes Brummeln und sah, wie die hellen Stäbe der Scheinwerfer suchend über das Wasser zuckten. Die Lichter an Bord gingen aus. Die Fähre machte Fahrt.

Es wurde Zeit für den Lieferwagen.

Ali hatte sich auf den Heimweg gemacht, sobald sie ausgestiegen waren. »Ich muss morgen wieder in Ovacık sein, und das wird ein langer Marsch werden.« Sie hatten sich umarmt und Clever hatte gelernt, dass man gute Kumpel nicht nur im Knast, sondern auch in den anatolischen Bergen treffen konnte. »Mach's gut«, hatte er gesagt. »Hoffentlich sehen wir uns mal wieder, in der deutschen Heimat.« Nein, man konnte sich kein Urteil erlauben.

Die Fähre hatte fast die halbe Strecke hinter sich gebracht. Zwei weitere Autos hatten sich an der Rampe in die Schlange gestellt. Clever hoffte, es würden noch mehr werden.

Als die Fähre so nah war, dass er die einzelnen Autos erkennen konnte, bemerkte er zuerst den weißen Lieferwagen. Langsam rollte das Fahrzeug die Rampe hinab.

Und dann den Soldaten. Er hatte seine Waffe umgehängt und schlenderte von der Kontrollstelle zum Anleger, als wollte er sich die Beine vertreten. Der Lieferwagen fuhr einen Bogen und blieb mit Sicht auf die Beifahrerseite stehen.

Aber der Soldat.

Er hatte den Anleger erreicht, blickte dem Schiff entgegen, schaukelte auf seinen Beinen hin und her, als mache er Dehnübungen, drehte sich um und steuerte direkt auf Clever zu, als wüsste er, wer sich da versteckte. Laus mich der Affe, dachte Clever. Als der Soldat bei den beleuchteten Buchstaben angekommen war, drehte er sich wieder um und setzte sich, Clever den Rücken zudrehend, halb ins Dunkle auf einen großen Stein. Kurz darauf roch Clever die Zigarette und sah ihre Glut. Hau ab, du Blödmann! Der Blödmann saß genau zwischen Clever und dem Lieferwagen, der Fluchtweg war versperrt.

Die Fähre hatte noch fünfzig Meter bis zum Anleger.

Clever tastete umher. Lehm, winzige Steinchen und große Brocken fühlte er. Nichts Passendes. Sie mussten an Bord. Wenn sie bei Tageslicht noch hier lagen, waren sie geliefert.

Auf Händen und Fußspitzen schlich er rückwärts, bis sein rechter Fuß an Schlüters Seite stieß. Clever tastete Schlüters Manteltasche ab, fand den Völkermordstein und zog ihn heraus.

»Was willst …«

Er hielt Schlüter den Mund zu.

Der Fahrer des Lieferwagens stand vor seinem Fahrzeug und rauchte. Der Soldat war mit dem Rauchen fertig.

Die Fähre drehte sich für das Anlegemanöver.

Clever machte sich an den Rückweg. Es kam auf jede Bewegung an. Kein Geräusch. Jetzt hoffte er, der Mann würde sitzen bleiben. Wer weiß, wohin er sich stellen würde, wenn er jetzt aufstand. Bleib sitzen, du Blödmann! Bleib sitzen! Mit einem steinernen Knirschen schob sich die Rampe der Fähre auf den Anleger, lang hallte das hässliche Geräusch gegen den Hang, und noch bevor es ausgeklungen war, hatte Clever seine Feder gespannt und sich schnell wie ein Kastenteufel zu voller Länge aufgerichtet. Er holte aus und hieb dem Soldaten den Stein an die Schläfe. Mit einem Seufzen sank er zur Seite.

Vorsichtig zerrte Clever den Riemen von der Schulter des Soldaten und schob das Gewehr fort. Dann zog er ihm den Gürtel aus der Uniform und fesselte damit seine Hände auf dem Rücken. Als er fertig war, spürte er Schlüter neben sich.

»Ist er …?«

»Dieser dumme Komantsche schläft nur«, flüsterte Clever beruhigend.

»Sicher?«, zweifelte Schlüter.

Clever tastete nach dem Handgelenk des Soldaten.

»Sicher«, sagte er.

»Wie hast du das gemacht?«

»Mein Jagdhieb«, sagte Clever.

Er nestelte sein Halstuch ab und knotete dem Soldaten daraus einen Knebel, zuletzt fixierte er mit den Schnürsenkeln seine Füße. Dann schleifte er ihn, bis er so lag, dass man ihn bei Tageslicht sehen würde. Und ganz zum Schluss trug Clever das Gewehr zwanzig Meter fort und schob es hinter einen Felsen. Gewehre waren das Letzte, was er anfassen mochte. Womöglich funktionierten sie.

Die Autos fuhren von der Fähre, und wenn sie sich beeilten, konnten sie es noch schaffen. Clever nahm Schlüter bei der Hand.

»Bücken!«, befahl er. »Und leise!«

Den Stein behielt er fest in seiner Faust, einstweilen. Als sie den Lieferwagen erreicht hatten, drehte Clever sich um.

Ne mutlu türküm diyene, sagte die steinerne Schrift am Hang von Pertek.

»Ne mutlu türküm diyene«, murmelte Clever.

54.

»Wie sehen Sie denn aus?«

Schlüter stand in der Tür zum Schreibzimmer seines Büros und Angela starrte ihn mit offenem Mund an wie einen Wiedergänger. Tja, das würde ich auch gern wissen, dachte er langsam. Es war lange her, dass er sich bewusst in einem Spiegel betrachtet hatte.

»Wo kommen Sie her?«

Er kam direkt aus dem Krieg. Er war ein Kriegsheimkehrer. Er war kurz hintereinander in zwei Schießereien verwickelt worden. Er hatte über einen Völkermord Dokumente gesammelt, deren Inhalt sein Fassungsvermögen überstiegen und die ihm eine Verantwortung auferlegten, der er nicht gewachsen war. Sein Leihwagen war verbrannt. Er war illegal aus der Türkei geflüchtet.Wahrscheinlich suchte man dort nach ihm. Der Unbekannte hatte ihn und Clever im Lieferwagen über den Euphrat geschmuggelt und noch in der gleichen Nacht zu Leuten nach Elazığ gebracht, zu einem zweistöckigen Haus am Rande der Stadt, in dem sie in einer winzigen Stube mit zehn oder zwölf Leuten auf dem Fußboden gesessen und gegessen und Tee getrunken hatten, auf einem Tuch, alle gemeinsam aus den Schüsseln, man hatte nur einen Löffel, alles serviert von schweigenden, bis hoch zur Nase verschleierten Frauen, die nur mit niedergeschlagenen Augen ins Zimmer traten, ihnen nicht die Hand gegeben hatten und nach getanem Dienst sofort wieder verschwanden. Mitten in der Nacht. Die Männer behandelten die Frauen wie Luft. Schlüter hatte sich bei ihnen bedanken wollen, wie es sich gehörte, aber das war nicht möglich. Von den Besuchern erwarteten die Frauen, nicht anders behandelt zu werden als von ihren Männern. Einer der Männer sprach Deutsch. Schlüter hatte ihn nach den Geschehnissen von 1938 befragt; er wusste nichts davon. Aber er wusste Clevers Frage zu beantworten, was die beleuchtete Schrift am Anleger von Pertek bedeutete: *Glücklich ist, wer sich ein Türke nennen kann.* Der Spruch unter dem Bild im Büro des Englischlehrers.

»Aber es wohnen doch überhaupt keine Türken im Dersim«, hatte Clever gesagt.

»Eben«, antwortete sein Gastgeber. »Deshalb ja. Das ganze Land ist voll von diesem Spruch.«

»Und wie findet ihr das?«

»Entweder man regt sich auf und erschießt sie alle oder man regt sich nicht auf und ignoriert das. Glücklich ist, wer die Gedankenfinsternis erhellt.«

Nach dem Essen hatten sie ihre Flucht fortgesetzt, den Rest der Nacht hindurch und den halben nächsten Tag. Sie hatten geschlafen in einem Haus an der Küste und waren in der folgenden Nacht mit einem Fischerboot nach Rhodos übergesetzt. Dort hatten sie sich neu eingekleidet und ihre verdreckten Sachen weggeworfen, auch den vollgesauten Mantel, und waren mit dem Flugzeug über Athen nach Hamburg zurückgekehrt.

Und nun stand Schlüter hier, in nagelneuen Klamotten, die merkwürdig wirkten, weil er sie auf Rhodos gekauft hatte. Er blickte an sich herunter wie an einem Kleiderständer. Er war müde. Er hatte zu viel erlebt, um etwas davon erzählen zu können. Er sehnte sich nach seiner Frau und einer Tasse Tee, nicht nach einem dieser türkischen Fingerhüte, sondern nach einer Tasse, die diesen Namen verdiente. Aber Christa war noch nicht zu Hause, er hatte es nicht geschafft, sie anzurufen, und außerdem hatte er keine Zeit.

»Was ist heute für ein Tag?«

»Donnerstag, der 30. März 1995.«

»Was, Donnerstag schon?«, rief Schlüter aus.

Der letzte Wochentag, den er sich gemerkt hatte, war Montag gewesen. Diesen Tag hatten sie noch in Ovacık verbracht. So viel war sicher. Dann waren sie Dienstag an der Küste angekommen und Mittwoch auf Rhodos gelangt. Die Nacht in Athen. Heute Morgen Hamburg. Mit dem Taxi hierher. Stimmt.

»Stimmt«, sagte er.

Er drehte sich um, ging aufs Klo und musterte sich im Spiegel, um herauszubekommen, wie er aussah. Tränensäcke unter den Augen. Graues Gesicht, trotz der Sonnenbräune. Natürlich die Glatze. Pessimistische Mundwinkel. Die Falten an der Nase vielleicht noch tiefer. Ein vergrämtes Gesicht. Ein hässlicher Mann mit schlechter Laune, der keine Lust auf Leben hatte. Was Wunder, wenn neben einem Leute erschossen wurden und man selbst war der Anlass dafür. Das war die größte Scheiße, die er je erlebt hatte. Er hatte ein kleines Problem gelöst und drei neue riesengroße geschaffen. Drei Tote. Aber er war heil zurück und Clever auch. Ohne den wäre er nicht bis hierher gekommen. Clever hatte ihm das Leben gerettet. Und jetzt? Wie sollte es weitergehen?

Schlüter ging in sein Arbeitszimmer. Er sah die Akten auf der Ablage und fragte sich, was er mit ihnen zu schaffen hatte, wie sie sich in sein Leben geschlichen hatten. Hatte er selbst etwa das ganze Papier produziert? Er griff in seine Taschen und leerte sie aus, legte den Völkermordstein vor sich auf die abgeschabte Platte des Schreibtisches.

Er setzte sich. Der Stuhl knarrte. Das Geräusch erinnerte ihn an Emin Gül und seine Lederjacke. Er zog sich den Telefonapparat heran, suchte in seinem Notizbuch und wählte Osman Baruts Nummer.

»Man of justice, where are you?« Osmans Stimme zitterte vor Freude und Aufregung. »I thought you almost dead, my friend!«

Schlüter erklärte, er sei gesund nach Hause gelangt, es sei eine gute Reise gewesen, er sei sehr zufrieden. Leider habe er keine Möglichkeit gehabt, sich vorher zu melden.

»Did you have problems?«, fragte Osman besorgt. »There has been shooting in Tunceli, so we have heard – it is said that four of our soldiers have been killed ...« Und er habe die Kassette nicht gefunden.

»Doesn't matter«, unterbrach ihn Schlüter. »Once again in our life we will meet in Antalya and eat and drink and talk, my friend.« Clever habe die Kassette an sich genommen. »How is Mrs Kaya?«

Osman berichtete, Zekiye Kaya habe sich bestens mit den Engelchen und ihrer Mutter angefreundet und erlebe gute Tage in Sivas. Sehr gute Tage. Osman lachte anzüglich. Die Männer versprachen sich ewige Freundschaft und Osman sagte zu, sich bald zu melden und mitzuteilen, wann Zekiye Kaya nach Deutschland zurückkehre, damit Schlüter sie wieder unter seine Fittiche nehmen könne.

Schlüter legte auf und seufzte. *Four of our soldiers ...* Was bedeutete das? Im Auto hatten nur drei Verfolger gesessen ... Als sein Blick auf den Stein fiel, stand er auf, raffte den Inhalt seiner Taschen von der Platte zusammen und trug alles in Angelas Schreibzimmer.

»Das schließen Sie bitte in den Tresor und von dem Zettel hier machen Sie mir bitte eine Abschrift und dann schließen Sie das Original auch mit ein.« Den Stein behielt er in der Hand.

»Wollen Sie gar nicht wissen, was es Neues gibt?«

Der Strafbefehl gegen Heribert Witt war letzte Woche zugestellt worden; er kam mit einer Geldstrafe von sechzig Tagessätzen davon. Das Finanzamt hatte sich noch nicht gerührt. Und in der Grabsteinsache gegen Rathjens lag jetzt das Sachverständigengutachten vor.

Schlüter winkte ab. »Neues hab ich verdammt genug gehabt in letzter Zeit.«

»Dann ruhen Sie sich doch erst mal aus.«

»Was war heute noch gleich für ein Tag?«

»Der 30. März.«

Schlüter stand vor Angelas Tisch und dachte nach. Er konnte nicht mehr schnell denken.

»Dann ist morgen der 31. März, richtig?«

»Richtig.« Merkwürdig war der Chef geworden.

»Dann endet morgen die Amtszeit des Oberkreisdirektors Dietrich Dieken. Rufen Sie im Kreisbüro an und verbinden Sie mich mit der Sekretärin des OKD.«

Angela sah die Nummer nach, wählte, sprach und übergab den Hörer.

»Schlüter hier, Tag, der Rechtsanwalt. Ich muss den OKD sprechen. Ja, den alten. Herrn Dieken. Ich brauche einen Termin mit ihm. Sofort. Sagen Sie ihm, es geht um Leben und Tod und um das Schloss Lieth und um Veli Adaman. Und um ihn selbst. Dann weiß er Bescheid.«

»Tut mir leid«, hörte Schlüter die Sekretärin mit routinierter Stimme sagen. »Herr Dieken ist seit Anfang der Woche schon nicht mehr im Dienst. Er ist nicht erreichbar, wenn Sie Montag …«

Schlüter legte den Hörer auf. »So ein Mist«, knurrte er. Der Mann war ihm entwischt. Unbehelligt offenbar. Nach Köln. Damit er dort mehr verdienen konnte. Dieser Verbrecher!

»Mist verdammter!!«, rief Schlüter, den Völkermordstein in der Faust hebend.

Man kann richtig Angst vor ihm kriegen, dachte Angela. »In der Sache Cengi sind die Akten gekommen«, sagte sie schnell. »Ich wusste nicht, ob – jedenfalls habe ich eine Kopie gemacht, wenn Sie …«

Schlüter ließ den Stein sinken. »Das ist gut«, sagte er. »Sehr gut!! Wo sind sie?«

»In Ihrem Zimmer. Auf der Ablage, neben ...«

Schlüter hatte den Raum schon verlassen.

»Wenn Sie das fertig geschrieben haben, bringen Sie mir das bitte rüber«, rief er über die Schulter zurück.

Er fand die Akte und setzte sich auf die vorderste Kante seines Stuhls, der bedenklich ächzte. Wahrscheinlich musste er sich erst wieder an Schlüters Hintern gewöhnen. Zwei Bände, einer wegen Totschlags an dem Mitarbeiter des Arbeitsamts, der zweite wegen Mordes an Adaman. Eingelegt die Bildbände. Schlüter öffnete den Vorgang zum Nachteil Veli Adaman. Mit fliegendem Blick scannte er die Papiere. Wo war das Wesentliche?

Der Tod Adamans war der Hollenflether Polizei von dem Nachbarn Werner Söhl gemeldet worden. Adaman, so Söhls Aussage, habe sich entgegen seiner Gewohnheit am Samstag, den 4. Februar, nicht blicken lassen, da habe man angeklopft und sei, weil Adaman nicht geantwortet habe, in seine Wohnung gegangen. Dort habe er tot in seinem Blute gelegen. Gehört hätten sie nichts. Ja, Besuch hätte Herr Adaman gehabt, von drei fremden Herren, wohl aus der Türkei, einige Zeit vor seinem Tod. Die seien schon mal da gewesen.

Die Beamten der Hemmstedter Kripo, so der Ermittlungsbericht, beschrieben die Spurenlage bei ihrem Eintreffen mit *katastrophal:* Söhl, sein Bruder und seine Mutter hatten sich in Adamans Wohnung benommen wie der berühmte Elefant im Porzellanladen und sie waren um seine Leiche herumgetanzt wie die Hochzeitsgesellschaft um das Brautpaar. Sie hatten sogar an Adamans Leiche herumgezerrt, und wahrhaftig hatte die alte Frau Söhl trotz ihrer miserablen Gesundheit – schwerer Hüftschaden und Zuckerkrankheit mit Durchblutungsstörungen im rechten Fuß – mit Wasser und Feudel weitere mögliche Spuren vernichtet.

Sie hatte das nicht etwa verschwiegen und abgestritten, sondern ganz naiv berichtet und damit begründet, dass es in der Wohnung »von dem armen Mann so zugestanden« habe, sie habe doch nur »'n büschen schier« gemacht und man habe ihn »doch nicht so liegen lassen können«, zunächst habe man ihn ja noch in die stabile Seitenlage bringen wollen, bis der Arzt käme. Und das, obwohl die Totenstarre längst eingesetzt hatte? Die Leute hatten an dem Toten so respektlos gewirtschaftet wie Professor Abronsius an dem Wirt Chagal, den die Vampire totgebissen hatten.

Trotz aller Gründlichkeit der Söhls hatte die Polizei Cengis Fingerabdrücke an der Tür und besonders aber am Waschbecken gefunden – das die alte Frau Söhl übrigens nicht sauber gemacht hatte, denn sie hatte ihr eigenes Wischwasser im Feudeleimer mitgebracht – und als Zugabe einen sehr schönen Handflächen- und Daumenabdruck an der Herdstange, an der sich Cengi offenbar festgehalten hatte. Beide Abdrücke waren durchsetzt mit Adamans Blut und damit nicht genug: Cengis Blut fand sich auf den Kleidern des Toten. Also doch Spuren genug, jedenfalls was Heyder Cengi betraf. Der Fall Helmcke lag noch nicht lange zurück, eine Querverbindung war schnell hergestellt, die Spuren konnten dem Täter Açikgöz zugeordnet werden, das war der Name, unter dem Cengi untergetaucht war. Man hatte den Söhls das Foto aus dem Album Heribert Witts gezeigt, sie hatten Açikgöz alias Cengi wiedererkannt als den Mann, der vorübergehend bei Adaman gewohnt hatte. Die Sache war klar.

Die Tatwaffe hatte man allerdings nicht gefunden. Und auch kein Motiv.

Während Schlüter las, öffnete sich die Tür und Angela legte ihm die Abschrift von Adamans Brief auf den Schreibtisch.

Das Verhalten der Söhls war nicht nur merkwürdig, sondern höchst verdächtig. Konnte man eine derartige Naivität für sich in Anspruch nehmen? Nur ein Täter hatte ein Interesse an der Beseitigung der Spuren und es war merkwürdig genug, dass die Polizei die Söhls nicht gleich als Beschuldigte geführt hatte. Zumal dann doch die entscheidenden Spuren auf Cengi wiesen und bei der Reinigungsaktion ausgespart worden waren.

Ein Alibi hatten die drei Söhls nicht. Sie waren angeblich zu Hause gewesen und hatten vor dem Fernseher gesessen – wo sonst konnte eine deutsche Familie abends, dazu noch freitagabends, sitzen? Der Apparat war wegen der Schwerhörigkeit der Mutter laut aufgedreht, das söhlsche Wohnzimmer lag auf der anderen Seite des Hauses. Insofern hatte man ihnen geglaubt, dass sie nichts von dem Lärm mitbekommen hatten, den der Kampf zwischen Adaman und seinem Mörder wahrscheinlich gemacht hatte.

Schlüter las den Namen unter dem Ermittlungsbericht: Polizeikommissar Staschinsky, Bremervörde. Schlüter wählte die Nummer des Polizeikommissariats und ließ sich mit Staschinsky verbinden.

»Schlüter hier. Rechtsanwalt in Hemmstedt.«

Staschinsky brummelte.

»Sie ermitteln in Sachen Cengi, wie ich lese?«

»Ich habe ermittelt. Wir sind fertig. Und Sie sind nicht mehr sein Verteidiger, wie ich hörte?«

Schlagfertig war der Bursche.

Schlüter berichtete von seinem Besuch bei der Witwe des Veli Adaman. Und von dem Blatt Papier, das er von dort mitgebracht hatte. »Soll ich Ihnen den Text mal vorlesen?«

»Schießen Sie los!«

Schlüter zog sich das Papier heran, räusperte sich und begann zu lesen:

31. Januar 1995

Sehr geehrter Herr Schlüter,

ich will Ihnen berichten und Sie bitten, dass Sie tun, was Sie für richtig halten, weil ich nicht weiß, wie lange ich noch hier bin.
Am 20. September im letzten Jahr war eine junge Frau hier, schon das dritte oder vierte Mal, sie will unbedingt ein Pferd von Werner Söhl kaufen, aber die beiden können sich über den Preis nicht einigen. Ich habe Äpfel gepflückt, auf der Leiter habe ich gestanden, und plötzlich höre ich die Schreie der Frau. Ich steige so schnell von der Leiter herunter, wie ich kann, und laufe dahin, woher die Schreie kommen.
Ich mag es nicht schreiben, was er ihr getan hat, der Bruder Gustav Söhl. Er muss krank sein. Mitten im Apfelhof. Er muss ihr aufgelauert haben. Er hat sie gewürgt. Ich bin hingelaufen, habe ihn am Kragen gepackt und ihn fortgerissen. Und dann habe ich ihm ins Gesicht geschlagen, so stark ich konnte. Er ist gleich weggelaufen. Dann habe ich ihr geholfen und sie zu mir reingeholt.
Sie wollte unter keinen Umständen zur Polizei. Sie wollte nicht, dass ihre Eltern von der Sache erfahren. Was sollte ich tun? Ich selbst konnte nicht zur Polizei gehen. Sie hätten mich verhaftet. Ich war sogar froh, dass sie keine Polizei wollte. Ich habe sie nach ihrem Namen gefragt. Sie heißt Carola Stieglitz, sie wohnt in Hannover-Langenhagen. Ich habe gewartet, bis sie fort war. Dann bin ich nach drüben gegangen und habe Gustav und Werner gesagt, dass ich zur Polizei gehe, wenn Gustav so etwas noch einmal macht. Dass mir alles egal wäre dann. Wir Aleviten dulden kein Unrecht. Wir haben immer unter Unrecht gelitten.

Und heute ist es wieder passiert. Er hat ein Mädchen vom Fahrrad und in den Straßengraben gezerrt. Sie hat laut geschrien und ich bin wieder hingelaufen. Als er mich sah, hat er sie losgelassen, und sie ist aufgesprungen, hat ihr Fahrrad genommen und ist weggefahren. Ich weiß nicht, wer sie ist, aber es muss ein Schulmädchen sein, das hier im Moor wohnt.
Und dann …

Schlüter schwieg.
»Das hört so auf, mitten im Satz?«, fragte Staschinsky.
»Ja. Er hat es nicht geschafft, fertig zu schreiben.«
»Was sagen Sie, wie heißt die Frau?«
Schlüter wiederholte den Namen.
»Und wo haben Sie das her?«
Schlüter erklärte es noch einmal.
»Der Brief war in einem Buch?«
»Ja. Das Buch konnte ich nicht auch mitnehmen. Was meinen Sie, wie gefährlich das in der Türkei ist, wenn man die falschen Bücher im Auto hat.«
Stille am anderen Ende. Staschinsky war offenbar beeindruckt.
»Ich werde das checken lassen und melde mich dann wieder bei Ihnen«, sagte er. »Schicken Sie mir eine Kopie.«
Schlüter ließ den Hörer sinken und atmete tief durch. Dann sah er auf die Uhr.
Er drückte auf Angelas Taste. »Verbinden Sie mich noch mal mit der Sekretärin des OKD.«
Und als er die Frau am Draht hatte, fragte er: »Wie heißt der neue Oberkreisdirektor?«
»Das ist Herr Everding. Er tritt Montag seinen Dienst an.«
»Ich brauche einen Termin bei Herrn Everding. Es geht um Leben und Tod. Das ist kein Witz, sondern bitterer Ernst. Ich brauche fünfzehn Minuten, um ihm das zu erklären.

Richten Sie ihm das bitte aus. Ich komme jederzeit und unbedingt nicht später als in der nächsten Woche …«

Schlüter fühlte, wie sich ein Stein auf seinen Magen legte, ein Völkermordstein, der schwerer war als der, der vor ihm auf der abgewetzten Tischplatte lag. Bald war es zwei Uhr mittags. Christa würde noch nicht zu Hause sein. Er würde es gerade noch schaffen in die JVA. Fragte sich nur, ob er eine Besuchserlaubnis bekam. Denn Verteidiger war er ja nicht mehr.

Teil 4

Landpartie

Sei fleißig, verdienstvoll und freigiebig.
Gewinne die Seele der Menschen!
Ein Besuch, der einem Menschen Freude macht,
ist tausendmal verdienstvoller als eine Pilgerfahrt nach Mekka.

Yunus Emre (1241–1321),
türkisch-alevitischer Dichter

55.

Die wievielte Einladung war das eigentlich, der sie folgten in diesem Sommer auf den Hof Heinsohn in Engelsmoor? Die vierte? Die fünfte? Sie hatten sie alle angenommen, besonders gern aber diese, denn nicht Heinsohn persönlich hatte gebeten, sondern sein Oberknecht Heyder Cengi, der am Telefon, wie Christa berichtete, geheimnisvoll von einer Überraschung sprach. Was immer das bedeutete, wahrscheinlich eine kulinarische Überraschung, denn natürlich war auch Clever stets mit von der Partie, als Chefkoch, der sich von Heyder sekundieren ließ. Schlüter war neugierig, außerdem wollte er es niemals wieder so weit kommen lassen, dass er aus purer Abenteuerlust zum Nordpol wollte, um dann in eine Schießerei in den Bergen Anatoliens zu geraten. Er hatte für den Rest seines Lebens genug erlebt in dieser einen letzten Märzwoche. Er war voll davon und er würde sich niemals leer erzählen können, weil er außer Heyder Cengi, den es anging, nur Christa, seiner treuen Angestellten Angela und seinem einzigen Freund Arthur Havelack davon erzählt hatte. Niemand anders würde ein Wort erfahren. *Hüte deine Zunge.*

Eine Einladung zu Bauer Heinsohn im Engelsmoor befriedigte Schlüters Bedürfnis nach Abenteuer jetzt voll und ganz. Auch wenn ihm hierdurch ein Leseabend verloren ging. Seit der Schießerei in der Schlucht des Munzur war Schlüter der Lesefanatismus abhandengekommen. Er hatte genug von Geschichten, die womöglich ausgedacht waren. Neuerdings saß er nach der Arbeit am offenen Fenster des

Wohnzimmers, genoss die lange Dämmerung und ließ den Lufthauch des Sommerabends hereinströmen, in dem garantiert ein paar Moleküle vom Dunst des Dönerfleisches enthalten waren, das sich, nur gut hundert Meter von der Wohnung im Gerbergang entfernt, im *Sivas-Grill* am Spieß drehte, in dem immer noch Kemal Kaya Hausherr war, assistiert von seinem sogenannten Neffen Emin Gül. Wenn Schlüter ehrlich war: In der Stadt fühlte er sich nicht mehr wohl.

Wenn er so am Fenster saß an den hellen Sommerabenden, hörte er wieder und wieder den letzten heiseren Schrei und den letzten trockenen Schuss. Wieder und wieder lief der Film in seinem Kopf ab. Die Kontrolle. Die plötzlichen Schüsse. Clevers Gebrüll. Die im Schotter durchdrehenden Reifen des Fiat. Wer hatte sie verfolgt? War es der Soldat hinter dem Schreibtisch gewesen, der den heiseren Todesschrei ausgestoßen hatte? Oder einer von den beiden, die sie in dem Schilderhaus bewacht hatten? Schlüter versuchte, sich ihre Gesichter in Erinnerung zu rufen. Kleine steife Jungengesichter, scheinbar nicht zu Regungen fähig. Man hatte ihnen beigebracht, wahrscheinlich mit Prügel und Schikane, zackig zu sein, keine Miene zu verziehen. Sie sollten Angst verbreiten. Respekt. Da durfte man keine Gefühle zeigen. Da durfte man nicht lächeln. Das taten sie wohl nur, wenn sie mit ihrer Familie zusammen waren. Sicher hatten sie Familie, eine Freundin oder ein Mädchen, der sie versprochen waren, vielleicht waren sie schon verheiratet und hatten sogar Kinder. Kinder ohne Väter. Mütter, Väter, ohne Söhne.

Four soldiers.

Irgendwann hatte er Christa von dem Telefonat mit Osman erzählt. Wenn man sich in den Krieg begab, kam man nicht ohne Schuld wieder heraus, sagte Schlüter. Sie hatten überlegt, ob vielleicht in der Zeitung geschrieben stand, wo der vierte Mann gestorben war, ob Schlüter Osman deshalb anrufen sollte. Aber er hatte es nicht getan. Christa glaubte, es werde nichts bringen, sie behauptete, Schlüter habe keine Schuld, und auch Clever nicht, falls ... Sie sagte, das Ganze sei Schicksal gewesen.

Den Völkermordstein hatte Schlüter hinter die Bücher im Wohnzimmer gelegt. Immer, wenn er daran vorbeiging, sprach der Stein. Er hatte seine Stummheit verloren. Er redete die ganze Zeit, wisperte Tag und Nacht.

Auch das war ein Grund, warum sie die Einladungen des Bauern Heinsohn alle angenommen hatten: Man kam ein paar Stunden aus der Grübelei heraus.

Der Wagen schaukelte auf der Moorstraße, die auf tausendjährigem Torfbrei schwamm, sie fuhren gerade dort, wo die Birken über ihnen ihre Hände falteten, der zweite Schnitt war eingebracht, das frische Grün der Weiden und Wiesen leuchtete in allen Facetten des späten Tages. Es roch nach Gülle.

Schlüter kurbelte die Scheibe hoch. Eine starke Gegend hier, dachte er, dieser Geruch von Fäulnis, Gärung und Wiederauferstehung stärkt Leib und Seele des matten Städters.

Eine kurzfristige Einladung war das gewesen, an dem Freitagabend hatte Schlüter sich schon mit seinem alten Freund Arthur Havelack verabredet, sie wollten die Rätsel der Welt bei einer anständigen Flasche Rotwein lösen, und weil Schlüter das eine nicht absagen wollte, um nur das andere zu tun, hatte er Heyder Cengi am Telefon kurzerhand gefragt, ob er Havelack mitbringen dürfe, denn der sei sowieso der wahre Retter Cengis und der Urheber aller glücklichen Fügungen, weil Havelack Clever aus dem Krankenhaus in Schlüters Bücherburg hatte türmen lassen, anstatt ihn in die Lüneburger Psychiatriefestung einzuweisen, und ohne dies wäre Clever nie mit in die Türkei gefahren und Schlüter entweder ebenfalls nicht oder ohne Ergebnis – oder tot – zurückgekehrt. Also war Havelack mit von der Landpartie, saß auf dem Beifahrersitz und machte einen ausgeglichenen Eindruck, und das war viel.

»Wo ist das eigentlich, wo wir hinfahren?«, fragte er.

»Engelsmoor«, erwiderte Schlüter.

»Wo die Dame wohnt – wie heißt sie noch gleich ...«

»Agathe Kalde.«

»Richtig, gibt's die eigentlich noch?«

»Und wie«, nickte Schlüter. »Der habe ich den ganzen Schlamassel doch zu verdanken, die hat den Adaman doch zu mir geschickt.« Eigentlich hätte Cengi die auch einladen müssen, dachte Schlüter, denn ohne sie ...

»Dabei ist die doch verrückt, oder?«, fragte Havelack.

»Was ist verrückt?«, fragte Schlüter zurück. »Wir waren verrückt, dass wir in die Türkei gefahren sind. Jedenfalls, bevor wir losfuhren. Aber ob es tatsächlich verrückt ist, was man tut, weiß man immer erst hinterher, wenn man weiß, ob es geklappt hat oder schiefgegangen ist. Und ohne Clever ...«

»Ist der nicht auch verrückt?«, fragte Havelack. »Wenn ich so daran denke, wie der bei uns im Keller saß ...«

»Und weil du verrückt bist, hast du ihn nicht nach Lüneburg eingewiesen, sondern ihn rausgelassen zu mir, der reine Wahnsinn. Das hätte dich einen Skandal und den Job kosten können, mein Lieber!«

»Und ich«, jammerte Christa, »was ist mit mir? Ich will auch verrückt sein ...«

»Du bist verrückt, weil du mit diesem Psychopathen verheiratet bist«, grinste Havelack. »Mit diesem manisch lesenden Eigenbrötler, diesem menschenscheuen Paragrafenreiter, dieser grauen Maus, die sich nichts traut, bis auf –«

»Ich hab mich gar nichts getraut«, widersprach Schlüter. »Ich konnte mich bloß nicht wehren gegen diese Reise. Der Einzige, der Mut hatte, war Clever.«

»Außerdem – er liest nicht mehr viel in der letzten Zeit«, sagte Christa ernst. »Er sitzt am Fenster und guckt Löcher in die Luft.« Und will mich immer neben sich haben, aber das sagte sie nicht.

»Ja bist du denn tatsächlich verrückt geworden?«, wollte Havelack wissen. »Oder wirst du allmählich normal? Die meisten Leute brauchen viel länger, bis sie das Geheimnis des langen Lebens entdeckt haben und es endlich schaffen, nichts zu tun, als Löcher in die Luft zu gucken, sie schaffen das erst, wenn ihr Verstand kaputt ist, wenn sie dement sind, wenn sie nichts mehr davon haben ...«

»Ich scheiß auf das lange Leben«, unterbrach Schlüter düster und ein paar hundert Meter lang sagte keiner was.

»Und wie heißt der, wo wir hinfahren?«, fragte Havelack.

Sie waren an der Kreuzung angekommen, an der rechts das Gasthaus lag, in dem neuerdings die Ü30-Partys stattfanden.

»Heinsohn«, antwortete Schlüter. »Willi, glaube ich, ist sein Vorname. Bauer, Engelsmoor 27. Ist nicht mehr weit.« Er bog links ab.

»Bauer sagst du?«

»Ja, warum, kennst du ihn?«

»Och nee, ihn nicht«, murmelte Havelack in seinen Einsteinbart.

Das erste Mal hatten sie, Christa und Peter Schlüter, den Bauern Heinsohn im Mai besucht, kurz nachdem Heyder Cengi aus der U-Haft entlassen worden war, um seine wiedergewonnene Freiheit zu feiern. Eigentlich war es nicht schwierig gewesen, Cengi freizubekommen. Nicht mehr, nachdem Staschinsky die junge Frau ermittelt hatte, die Gustav Söhl im letzten Jahr im Apfelhof vergewaltigt hatte. Sie hatte bestätigt, dass ein Unbekannter mit dunklem Gesicht Söhl fortgerissen und mit gewaltiger Kraft k. o. geschlagen, sie mit in seine Wohnung genommen habe, wo sie sich so weit erholte, dass sie allein zurück nach Hannover reisen konnte. Gustav Söhl war, mit dieser Aussage in Staschinskys Verhör konfrontiert, zusammengebrochen und hatte nicht nur dies zugegeben, sondern auch den Überfall auf das Mädchen, eine vierzehnjährige Schülerin aus der Nachbarschaft, die auf dem Weg nach Hause gewesen war. Das Mädchen hatte sogar ihren Eltern von dem Vorfall erzählt, aber die hatten, wie bei derartigen Fällen schon fast üblich, nicht das Rückgrat gehabt, Söhl anzuzeigen und sich womöglich mit Holthusen anzulegen, bei dem Söhl arbeitete, oder mit Söhls unschuldiger Mutter, bei der man neulich noch zum Geburtstag eingeladen war, ach, und wer weiß, nachher können wir das nicht beweisen …

Schlüter hatte eine ergänzende Vernehmung Cengis verlangt, in der Cengi der Polizei mitteilte, was ihm erst bei dem Besuch des grimmigen Bauern Heinsohn und dem Anblick seiner Stiefel unter dem Besuchertisch ins Bewusstsein getreten war: Das Letzte, was Cengi gesehen hatte, als er neben Adamans Leiche niedergeschlagen worden war, war die Spitze eines geflickten Gummistiefels gewesen. Solche Stiefel gab es viele in Engelsmoor und auch bei Söhls hatte man solche gefunden, denn wie die meisten, die aus kümmerlichen Verhältnissen stammten, waren sie geizig und schmissen nichts weg, was noch zu gebrauchen war.

Diese Fakten ließen die akribische Sauberkeit des Tatortes, die das fantasielose Hemmstedter Polizeikommissariat bis dahin mit der beknackten Spießigkeit der Landbewohner und ihrer allgemeinen Dummheit verharmlost hatte, in neuem, nämlich verdächtigem Licht erscheinen, und am Ende hatte Gustav Söhl gestanden, dass sein Bruder Werner den Nachbarn mit einem Holzknüppel erschlagen hatte, mit einem Stück Eichenholz, das sie nachher in ihrem Ofen verbrannt hatten. Beide Brüder wurden wegen Mordes verhaftet und zogen in die Hemmstedter U-Haftanstalt ein, um gemeinsam mit Heyder Cengi am Hofgang teilzunehmen.

Staschinsky hatte den Fall aufgeklärt, die Sache Adaman war für Cengi somit erledigt, wenn auch nur strafrechtlich.

Schlüter konnte sich danach voll der Sache Helmcke widmen. Zum Glück hatten die Hemmstedter Polizisten den Tatort gründlich fotografiert. Auf einem der Bilder war die herabhängende Gerüststange gut zu erkennen. Eine Kniestange, also eine Stange in Kniehöhe. Eine von Schlüter angeregte Befragung der an dem Bau beteiligten Arbeiter hatte ergeben, dass die Stange an dem Tag vor Helmckes Tod ordnungsgemäß in waagerechtem Zustand gewesen war. Eine Gerüststange konnte man aber nicht ohne Weiteres lösen, man musste sie losschrauben. Ein längerer Vorgang. Dass Cengi dies nicht während eines Ringkampfes mit Helmcke auf dem Gerüst bewerkstelligt haben konnte, leuchtete ein. Und dass er dies nicht in Erwartung einer Kontrolle und eines möglichen Ringkampfes just an dieser Stelle zuvor schon erledigt haben konnte, erst recht. Schließlich stellte sich heraus, dass die Gerüststange auf der einen Seite normal verschraubt gewesen war, auf der anderen Seite aber, weil eine schräge Stange störte, an dieser mit einer Kupplung festgeklemmt worden war. Auch eine solche Kupplung musste man festschrauben. Doch war sie nicht festgeschraubt, war das nicht sichtbar. Eine Prüfung und Abnahme des Gerüstes nach seiner Aufstellung konnte nicht bewiesen werden. Der Bauleiter der Gerüstbauer hatte zwar das ›Gerüstticket‹ unterschrieben, aber nur, wie er zugab, eine Sichtprüfung vorgenommen. Auf die Frage, ob es Sinn habe, das Ticket zu unterschreiben, ohne die einzelnen Verbindungen geprüft zu haben, hatte er geantwortet: »So gesehen nicht, aber die Unterschrift ist vorgeschrieben.« Wie das in einem bürokratischen Gemeinwesen üblich ist: Die Theorie musste stimmen, die Realität interessierte nicht. Schlüter hatte die Berufsgenossenschaft befragt und die erklärte, es müssten in jedem Fall Stichproben genommen werden, bevor der Unbedenklichkeitszettel ausgestellt werden dürfe. Ergebnis: Es war nicht auszuschließen, dass die

Stange, weil nicht ordentlich festgeschraubt, unter dem Druck der Kämpfenden aus der Kupplung geflogen war. Und damit war die Anklage gegen Cengi im Eimer, noch bevor sie geschrieben worden war. Der Haftbefehl wurde aufgehoben. Cengi wurde entlassen und konnte sich in aller Ruhe das Gesicht reparieren lassen. Den Gefängnisarzt war er los.

Aber Cengi wäre eigentlich immer noch kein freier Mann gewesen, denn er befand sich in Deutschland und verfügte nicht über ein Aufenthaltsrecht oder wenigstens eine Duldung. Es gab eine alte Abschiebeverfügung gegen ihn. Der Haftbefehl wegen Totschlags hatte ihn sogar in gewisser Weise vor der Abschiebung geschützt.

»Der neue Oberkreisdirektor ist auch verrückt«, erklärte Schlüter.

»Warum das denn schon wieder? Der alte war verrückt, denke ich«, wandte Havelack ein.

»Weil er dem Cengi auf meinen Bericht und meine blauen Augen ...«

Drei Tage nach dem Dienstantritt des neuen Oberkreisdirektors hatte Schlüter den verlangten Termin bei Ehlert Everding bekommen, ein Mann mit einem glatten, vielleicht etwas zu roten, möglicherweise etwas aufgedunsenen Gesicht, wie bei Leuten mit zu hohem Blutdruck und einem Alkoholproblem. Schlüter hatte sich kurz vorgestellt, dem Mann in die Augen gesehen, dabei kein Falsch erkannt und alles auf eine Karte gesetzt. Er hatte keine taktischen Manöver fahren können. Dazu reichte seine Kraft nicht mehr. Er riss alle Mauern der Vorsicht ein. Eigentlich, so gestand Schlüter dem Mann, habe er geplant, dessen Amtsvorgänger an diesem Ort zu erpressen, um eine Aufenthaltsgenehmigung für Heyder Cengi durchzudrücken, einen Häftling in der JVA, der demnächst wegen wahrscheinlicher Unschuld entlassen werde. Ja, er, Schlüter, Rechtsanwalt und Notar seines Zeichens, habe den Herrn Vorgänger erpressen wollen, denn dieser habe sich strafbar gemacht. Aber das tue nun nichts mehr zur Sache, denn nun sei der alte OKD fort, Gott sei Dank, doch könne er das Ausländeramt nicht mehr anweisen. Und er, Schlüter, keine Erpressung mehr begehen und Amt und Ehre aufs Spiel setzen. Also bitte er den neuen OKD herzlich und um der Menschlichkeit willen um eine Aufenthaltsgenehmigung für Herrn Heyder Cengi aus Ovacık in Tunceli, vormals Dersim. Nur vorübergehend selbstverständlich, bis zum rechtskräftigen Abschluss des Asylverfahrens.

Schlüter erzählte dem neuen Verwaltungschef an dessen drittem Arbeitstag die Quintessenz seiner Reise in die Türkei. Inklusive Schießerei. Inklusive Clevers Schlag auf den Schädel des Soldaten in Pertek. Mit dem Völkermordstein.

Schlüter hatte sein Hemd aufgerissen und Everding die wehrlose Brust gezeigt.

»Du bist tatsächlich verrückt«, sagte Havelack.

»Er hat mir gesagt, ›Herr Schlüter, wo leben wir denn, selbstverständlich bekommt der Mann seine Freiheit‹, und er hat an Ort und Stelle den Leiter des Ausländeramtes rantelefoniert und ihn in meiner Gegenwart angewiesen, Cengi eine Duldung zu erteilen. Drei Tage später hat er sie mir zugestellt.«

»Und warum hat er das gemacht?«, fragte Havelack. »So ohne Gegenleistung?«

»Weil er eben nicht verrückt ist«, antwortete Schlüter. »Weil er damit das Normalste von der Welt getan hat, denn die Welt ist verrückt, und wer das Verrückte geraderückt, der ist normal.«

»Hast du nicht Angst, dass er die Sache mit der Schießerei weitererzählt?«

»Nicht die geringste. Das Auto habe ich übrigens bezahlt, die Leute von der Mietwagenfirma wollten nur das Geld, der Rest war denen egal.«

»Ich fürchte um den neuen OKD«, machte Havelack sich Sorgen. »Wenn der jetzt schon so menschlich anfängt, dann wird er es nicht weit bringen im Landkreis.«

»Was ist weit?«, fragte Schlüter. »Nach welcher Messlatte?«

»Schon klar, Bruder«, grinste Havelack.

Sie schaukelten weiter.

»Wo wir gerade dabei sind – was ist eigentlich aus der Schlossgeschichte geworden?«, fragte Havelack.

Schlüter lachte und erstattete Bericht. Eines der besten Mandate, das er je gehabt hatte: wenig Arbeit, viel Geld. Vor zwei Monaten hatte er für Erich Müller, den illegitimen Sprössling der Gräfin, einen Abschlag auf seinen Pflichtteilsanspruch in Höhe von einer halben Million besorgt. Der Landkreis zahlte zähneknirschend, soweit ein Landkreis mit den Zähnen knirschen konnte. Die Gräfin Sigunde von Thalheim hatte alle hereingelegt, einschließlich Spindelhirn, der geglaubt hatte, besonders schlau zu sein. Sie hatte mit einem Schlag zwei Fliegen erschlagen, die sehr weit auseinander gesessen hatten: Das Schloss wurde zum Kulturhaus hergerichtet und der verstoßene Sohn bekam schnelles Geld. Als der Umfang des Pflichtteilsanspruchs bekannt wurde, schäumten die Grünen im Kreistag vor Wut, aber wem hatte es schon je genutzt, recht gehabt zu haben? Man musste sich mit den Realitäten abfinden. Im Herbst sollten die ersten Veranstaltungen stattfinden. Dem fortgereisten Dietrich Dieken war ein Verfahren wegen der Möbel nachgeschickt worden. Gegen Zahlung läppischer 6.000 Mark wurde es aber eingestellt. Diekens Job als Stadtdirektor von Köln stand zu keiner Zeit infrage. Sein Kragen blieb weiß.

Der neue OKD Everding war unangefochten, er hatte diese Suppe nicht gekocht. Aber auch Erich Müller blieb, wie es schien, unangefochten. Mit dem Geld machte er nichts, er ließ es liegen auf einem einfachen Girokonto. Er brauche kein Geld, sagte er. Seine Mutter hatte ihn kurz nach der

Geburt zu Pflegeeltern im Hessischen abgeschoben, die sie reichlich mit Trink-Geld versorgte, und Müller war auf die schiefe Bahn geraten. Im Knast hatte er Clever kennengelernt, sie waren vor zwölf Jahren gemeinsam ausgebrochen; während man Clever vor der Haustür seiner damaligen Dame verhaftet hatte, war es Müller gelungen, sich nach Südfrankreich durchzuschlagen, wo er – wie Cengi im Norden – als Illegaler gearbeitet hatte, im Weinbau. Die Vollstreckung seiner alten Strafen war inzwischen verjährt.

Wieso er kein Geld brauche, hatte Schlüter ihn gefragt. Wieso er mit dem Geld nichts machen wolle?

»Ach, wissen Sie«, hatte Müller geantwortet. »Das ist ganz einfach. Sie können nicht leben mit der ständigen Angst, verhaftet zu werden. Ich hatte fast zwanzig Jahre gesessen, als ich abgehauen bin, wissen Sie noch? Und Sie können auch nicht ewig hoffen, Ihre Situation würde sich verbessern. Denn dafür gibt es nicht die geringsten Anzeichen. Unter solchen Umständen drehen Sie entweder durch oder Sie lernen zu leben: mit wenig und im Augenblick. Und das habe ich gelernt. Und das kann ich jetzt. Und das will ich nicht mehr ändern. Es wird sich schon was finden.«

»Noch ein Verrückter«, erklärte Havelack und lachte.

»Widerspruch!«, sagte Schlüter. »Geld zeigt den Charakter. Erich Müller ist übrigens heute Abend auch dabei.«

»Illustre Gesellschaft. Wer ist denn noch da?«

»Die Tochter des Grillwirtes, Zekiye Kaya.«

Sie war eine Woche nach Schlüter und Clever aus der Türkei zurückgekehrt; Schwierigkeiten hatte es nicht gegeben. Sie brachte die herzlichsten Grüße von Osman Barut mit und neue Pläne, denn sie hatte in Sivas einen Mann kennengelernt, einen Aleviten, ausgerechnet in Sivas, wohin ihr Vater sie hatte verbannen wollen. Aber sie wollte nicht in der Türkei leben ... Ihre Lehre konnte sie fortsetzen und zunächst hatte sie noch im Gerbergang gewohnt. Christa hatte sich mit Zekiyes Mutter in Verbindung gesetzt, aber es war den beiden Frauen nicht gelungen, den alten Kemal zu beruhigen. Seine Ehre war ruiniert, lag in Trümmern im Dreck, er hatte nicht nur vor Emin Gül, sondern auch vor dessen großer Sippe das Gesicht verloren, denn ein Vater, dem die Tochter nicht gehorcht, ist ein Waschlappen. Er kann allenfalls sein halbes Gesicht wiederfinden, indem seine Tochter nicht mehr seine Tochter ist und auch ihre Mutter nicht mehr ihre Mutter ist, denn wenn ein Mann schon nicht über seine Tochter Gewalt hat, muss er wenigstens Gewalt über seine Frau haben, deswegen hatte Kemal seiner Frau unter Androhung schwerer Prügelstrafe den Kontakt zur Tochter untersagt. Aber Mutter Kaya wollte ihr bisschen Leben nicht der Ehre ihres Mannes opfern, ihr Herz funktionierte noch und sie setzte sich heimlich mit ihrer Tochter in Verbindung. Nach sechs Wochen bezog Zekiye eine eigene Wohnung, die sie mit ihrem Lehrlingsgehalt, vielen Überstunden und dem Geld finanzierte, das ihre Mutter dem Vater stibitzte, womit sie ihn eigentlich unwiderruflich demütigte. Aber davon merkte er nichts. Vielleicht wollte er auch nur nichts merken. »Bei Ehrenrettungen kommt es auf die tatsächlichen Verhältnisse nicht an. Hauptsache, die Theorie stimmt«, schloss Schlüter seinen Bericht.

»Noch 'n Verrückter. Ich sage ja immer, Verrückte bevölkern die Welt. Man kann nie wissen, auf welcher Seite man steht. Da tröstet Essen und Trinken, weil das fast die einzigen normalen Beschäftigungen sind. Hat unser Gastgeber einen ordentlichen Wein? Oder müssen wir roten und grünen Schnaps trinken?«

»Verlass dich auf unseren Alkoholiker!«

Schlüter kurbelte die Scheibe wieder herunter.

»Hier stinkt's nach Gülle«, warnte Havelack.

»Besser als nach Döner«, behauptete Schlüter und bog vorsichtig ab auf den langen Moorweg zum Hof Heinsohn.

Der war neuerdings gut befahrbar, weil Cengi die Schlaglöcher mit Brocken gefüllt hatte.

56.

Die Vorspeise nahmen sie im Garten ein.

Cengi hatte aus Böcken und Brettern einen Tisch gebaut und sie saßen unter dem Apfelbaum vor der Küchentür an der Nordseite des Fachwerkhauses: Außer Christa und Peter Schlüter waren zugegen Clever als Koch, Cengi als Beikoch, Heinsohn als Hausherr am Kopfende, Havelack als Überraschungsgast ihm gegenüber und schließlich Zekiye Kaya als Hilfsköchin; sie war tags zuvor schon mit Clever angereist, weil sie am Wochenende freihatte und helfen wollte.

Clever reichte Kichererbsenmus mit Knoblauch, Zitrone, und Sesamöl, Hommus heiße das Mus, erklärte er und aus seinen Augen lächelten fünf Sterne. Dazu gab es albanische Leber und Hirtensalat und Raki, jedenfalls für die, die Alkohol vertrugen und denen er nicht verboten war.

Havelack roch an seinem Glas. »Nicht schlecht«, erklärte er.

»Wo bleibt Erich nur?«, drehte Clever sich um. Er hatte für sich und Zekiye einen türkischen Tee gekocht und wollte anstoßen.

»Er wartet wohl, dass das Brot im Backofen heiß wird«, vermutete Heinsohn.

Schlüter fiel auf, dass zwei leere Stühle am Tisch standen.

Da öffnete sich die Küchentür und er kam schon heraus: ein kleiner, filigran gebauter Mann mit sehnigen Armen, einem dunklen Gesicht mit scharfen, tief eingravierten Falten und einem durchdringenden Blick aus schwarzen Augen.

Erich Müller stellte den Korb mit dem Fladenbrot auf den Tisch, nahm auf einem der freien Stühle Platz und erhob sein Glas. »Auf die Gesundheit, auf Glück und Zufriedenheit, und auf unseren Rechtsanwalt!«

»Auf die Freiheit!«, prostete Schlüter.

»Und die Liebe!«, prostete Christa.

»Und auf den Tee, das Zweitwichtigste im Leben!«

»Und auf Veli Adaman. Gott sei seiner Seele gnädig«, fügte Cengi hinzu.

Sie stießen reihum an und tranken.

Der Sommerabend war ein Flaneur, er schlenderte, eine Hand in der Tasche seines blauen Fracks, in der Tiefe des birkenbesäumten Hofweges und bei den Holunderbüschen umher. Ein lauer Wind rauschte in den Blättern der Bäume, die Sonne bestrich sie nur noch mit Zwielicht, denn sie wollte Feierabend machen.

»Für wen ist denn der Stuhl?«, fragte Heinsohn. Gleich links neben ihm, an der langen Seite, zwischen ihm und Clever, stand er, der freie Stuhl.

»Muss ich mich verzählt haben«, murmelte Cengi, sprang auf und stellte den Stuhl zur Seite.

»Prost«, sagte Heinsohn leise. »Auf die Gesundheit.« Er trank sein Glas leer und hielt es Clever zum Nachschenken hin. »Ich heiß Willi!«

»Und ich Paul!«

»Ich heiße Arthur.«

»Ich bin Christa.«

»Heyder.« Cengi schwenkte sein Teeglas. Er mochte keinen Schnaps.

»Zekiye bin ich.«

»Erich mein Name.«

»Peter, Prost.«

Schlüter nahm einen Schluck. »Sag mal, Willi, was ich die ganze Zeit schon wissen wollte: Wieso eigentlich hast du den Heyder letztes Jahr bei dir aufgenommen? Du wusstest doch, dass die Polizei ihn sucht, oder?«

Heinsohn nahm sich ein Stück Fladenbrot, riss es auseinander und bestrich es mit Hommus. »Das war mir«, Heinsohn räusperte sich, »das war mir egal.«

»Und warum hast du dich so für ihn eingesetzt? Ich weiß noch, als du bei mir das erste Mal im Büro warst, da war mir fast so, als wenn du selbst von der Polizei gesucht wirst und als wenn du selbst der Unschuldige gewesen wärst.«

»Tja«, machte Heinsohn, steckte das Brot in den Mund und tastete seine Jacke nach der Pfeife ab. »Tja, ich ...« Er sah einen nach dem andern in der Runde an, als suche er Hilfe. Bei Havelack blieb sein Blick etwas länger hängen.

Dann hielt er Clever wieder sein Glas zum Nachschenken hin. Clever füllte das Glas. Heinsohn kippte den Inhalt in einem Zug hinunter.

»Das ist so gekommen«, begann er und räusperte sich die Kehle frei. »Das fing damit an, dass die Sache mit dem kleinen Lars passiert ist. Damals vor drei Jahren. Vor einer Woche vor drei Jahren. Genau gesagt, am 25. Juli 1992. Ich wollte Gras mähen ...«

Der kleine Lars, das sei sein Enkel, der Sohn seiner Tochter Karina, knapp drei Jahre alt damals, ein blonder Knirps, so ein kleines Menschenkind, an dem schon alles dran ist, Arme und Beine, nur eben alles noch klein, mit dem man schon schnacken kann und der schon alles kann, aber der die Vernunft noch nicht hat, der sei immer auf dem Hof rumgeströöpt, wenn die Tochter zu Besuch war mit ihm, der kleine Lars war im Stall und zwischen den Kühen und auf der Weide und am Graben und vor dem Trecker und hinter dem Trecker und unter dem Hänger, wie solle man auf so einen aufpassen auf dem Hof, das sei doch gefährlich, ja, und dann sei er, Willi Heinsohn, auch mal böse geworden und habe geschimpft, wie man so schimpft mit kleinen Kindern, und »dann habe ich was gesagt, was ich nie hätte sagen dürfen, ich habe gesagt, er kriegt 'n Jack voll von mir, wenn er noch mal ohne Erlaubnis auf dem Hofplatz ist«. Und dann habe er, Willi Heinsohn, mähen wollen. Mit dem Kreiselmäher. Der auf dem Hof gestanden habe. Da sei er rückwärts mit dem Trecker ran. Unterlenker an, Oberlenker an, Zapfwelle angesteckt. Und dann ...

»Ich hab die Maschine angehoben, mit der Hydraulik, nur so ein bisschen, hätte ich sie doch ganz hochgehoben, dann hätte ich ihn gesehen, er hatte sich unter der Schürze versteckt, ich hab ihn nicht gesehen ...« Heinsohn verstummte.

Cengi war aufgestanden und hatte sich hinter seinen Chef gestellt. Er legte ihm beide Hände auf die Schultern und fragte leise: »Und dann?«

Heinsohn sank zusammen, als hätten Heyders Hände Gewichte. Er räusperte sich wieder und flüsterte kaum hörbar: »Sie hat ihn zerfetzt, die Maschine. Klein gehackt. Die Messer, sie sind so scharf. Ich hab nur einmal Vollgas gegeben, um zu probieren, ob alles läuft – er war ...«

Heinsohn begann zu zittern, seine Schultern zuckten auf und ab, sein Gesicht verzerrte sich und dann weinte er, während Cengi ihn mit beiden Armen umfing und festhielt wie einen wahren Bruder. Die anderen schwiegen mit niedergeschlagenen Augen.

»Er war – sofort tot?«, flüsterte Havelack endlich.

Heinsohn nickte.

»Und sie haben gesagt, du bist schuld?«

Heinsohn nickte. »Karina«, schniefte er, »Karina hat gesagt, ich sei ein Mörder. Und Klaus, mein Schwiegersohn, hat gesagt, er will mich nie wiedersehen. Kann ich auch alles verstehen, weil ... aber ...«

Clever stand jetzt auch hinter Heinsohn und legte eine seiner langen schmalen Hände neben Cengis auf Heinsohns Schulter. »Da kannst du doch nichts dafür! Das war ein grässliches Unglück! Deine Tochter – warum hat sie nicht besser auf den Jungen aufgepasst?!«

»Das konnte ich doch nicht sagen!!«, rief Heinsohn und warf beide Arme empor. »Und außerdem – der Junge hatte Angst vor mir, wenn ich ihn nicht so scharf angedonnert hätte, hätte er sich nicht versteckt, wenn ich das damals nicht gesagt hätte, dass er was an die Ohren kriegt, wenn er auf dem Hofplatz ist, dann würde er heute noch leben!«

»Und deswegen hast du mir geholfen, weil du wusstest, dass ich den Mann nicht absichtlich vom Gerüst geworfen habe?«, fragte Cengi leise, den Mund an Heinsohns linkem Ohr.

»Ja«, nickte Heinsohn. »Ja. Ja.«

»Du hast mir das Leben gerettet!«, rief Cengi. »Dein kleiner Lars hat mich gerettet, weißt du das? Der ist für mich gestorben ...«

Heinsohn drehte sich schwerfällig zu Cengi um. »Da hab ich noch nicht über nachgedacht«, sagte er.

»Das Strafverfahren – ist eingestellt worden?«, fragte Schlüter.

Heinsohn nickte. »Vor dem Gesetz habe ich keine Schuld. Aber was nützt mir das, der kleine Lars ist tot und die ganze Familie ist auseinander, sogar Klaus und Karina, und jetzt ...«

Keiner sagte mehr etwas. Ein Kauz streifte lautlos über sie weg, auf der Jagd.

»Ich wollte die ganze Zeit nicht drüber nachdenken, obwohl ...« Heinsohn nahm sein Schnapsglas, trank es leer und stellte es mit einer entschlossenen Bewegung wieder auf den Tisch.

»Lasst uns reingehen«, schlug Clever vor. »Erstens müssen wir dann nicht so mit dem Essen hin und her und außerdem sehen wir hier bald nichts mehr.«

In der Tat. Die Dämmerung dehnte sich aus. Die Fledermäuse zickzackten über ihnen. Sie standen auf, räumten die Sachen vom Tisch und brachten alles in die Küche, wo Cengi schon die Tafel für den Hauptgang aufgebaut hatte. Es würde Hähnchen mit Okraschoten geben, verkündete er und machte sich sogleich am Backofen zu schaffen, man möge sich setzen und dem geöffneten Rotwein zusprechen, es werde nicht lange dauern. Cengi ordnete das Geschirr, rückte die Weingläser und schenkte ein, auch für sich selbst ein Schlückchen.

»Ich denke, du trinkst keinen Alkohol«, sagte Müller.

»Ich bin kein Moslem«, antwortete Cengi. »Ich bin Alevit. Wir haben keine Verbote. Bei uns ist alles frei. Jeder entscheidet für sich. Manchmal trinke ich ein bisschen.«

Bald saßen sie beim zweiten Gang, und als die Teller sich zu leeren und die Bäuche sich zu füllen begannen, hob Schlüter sein Glas, sie stießen wieder an, Clever und Zekiye mit Wasser, die anderen mit Wein, und Schlüter sagte: »Leute! Hört mir bitte zu! Wir müssen in die Zukunft sehen. Wir haben schreckliche Sachen hinter uns. Ich denke jeden Tag, fast jede Stunde an die Woche im März, als Paul und ich im Dersim waren. Veli Adaman ist tot. Helmcke ist tot. Der kleine Lars ist tot und …«, er zögerte und suchte Clevers Blick, »… drei Soldaten im Dersim sind tot. Die Vergangenheit können wir nicht mehr ändern. Nur die Zukunft können wir gestalten, indem wir in der Gegenwart handeln. Wir dürfen es nicht zulassen, dass die Vergangenheit unsere Zukunft bestimmt. Daher frage ich euch: Wo wollen wir in fünf Jahren angekommen sein?« Er sah sich erwartungsvoll um.

Christa machte den Anfang: »Mit dir auf einer Reise durch Anatolien. Ohne Bücher. Wir kündigen unsere Wohnung und ziehen wieder aufs Land!«

Schlüter sah sie mit großen Augen an und grinste.

Clever erhob sich und sagte feierlich: »Ich sehe mich in Ovacık im Hotel in der Küche. Es ist Frieden im Dersim, weil die türkische Regierung sich für die Verbrechen der Vergangenheit entschuldigt hat. Die Soldaten sind fort und die Touristen kommen. Ich habe Besê Adaman geheiratet. Sie ist wieder ein bisschen froh.«

»Siehst du«, kicherte Christa. »Da haben wir gleich ein ordentliches Hotel für die Reise. Aber ist Besê Adaman nicht zu alt für dich, Paul?«

»Um das Alter geht's dabei nicht. Das erklär ich dir nachher«, entgegnete Clever ernst und setzte sich.

»Und ich gehe zurück nach Südfrankreich«, sagte Müller leise. »Da geht es mir gut. Aber die Kohle für dein Hotel, Alter, die kannst du von mir kriegen.«

»Du leihst mir das Geld für meinen Traum?«, schoss Clever herum.

»Wo denkst du hin, Mann! Ich verleih doch kein Geld! Bin ich 'ne Bank? Hältst du mich für verrückt?«

Clever saß da mit offenem Mund.

»Und ich werde Reisen nach Tunceli organisieren!«, rief Zekiye. »Bergtouren, Wandertouren, Skitouren, Raftingtouren! Denn ich habe in fünf Jahren meine eigene Reiseagentur! Vielleicht brauche ich dafür auch etwas länger als fünf Jahre ... und ich werde nach Sivas fahren, bald!« Ihre Augen leuchteten.

»In fünf Jahren«, sagte Cengi zweifelnd »werde ich wissen, ob es richtig ist, in die Berge zu gehen oder nicht. Auf jeden Fall gehe ich zurück in die Heimat, so bald es geht. Wenn es je geht. Wenn unsere Leute vielleicht den Semah wieder tanzen dürfen ...«

»Du kannst dann ja bei mir arbeiten«, bot Clever an.

»Und bis dahin bei mir«, sagte Heinsohn.

Cengi stand auf und ging in den Flur.

»Und ich«, ergriff Havelack das Wort, »hänge meinen Job an den Nagel und mache endlich meine eigene psychiatrische Praxis auf.« Er goss sich einen Schluck Rotwein in die Kehle und wischte sich den weißen Schnurrbart. »Ich will endlich, verdammt noch mal, Zeit für meine Patienten haben!«

»Und du?«, fragte Christa ihren Mann.

»Ich? Oh – in fünf Jahren habe ich die Asylrechtsprechung Deutschlands betreffend die Türkei umgekrempelt, insbesondere bezüglich der Aleviten aus dem Dersim, die verstreut, heimat- und rechtlos in aller Welt leben müssen. Wenn wir den russischen Juden Heimat gewähren und Flüchtlinge aus dem ehemaligen Jugoslawien aufnehmen, dann werden wir auch die Dersimi aufnehmen! Heyders Verfahren wird das erste sein, das wir gewinnen, und dann werden andere folgen!« Seine Augen blitzten begeistert.

»Und ...?«, fragte Christa.

»Die Wohnung geben wir auf, ganz klar!«

»Und ...?«

»In die Türkei komm ich mit, weil ich Paul in seinem Hotel sehen will, weil ich sehen will, was er da alles geschafft hat, weil Paul und ich, wir haben ...«

Er verstummte und sein Blick traf den Clevers. Schlüter hob sein Glas und stieß es quer über den Tisch an Clevers Tee. »Danke«, sagte Schlüter. »Wir haben das alles nicht absichtlich gemacht.«

»Nee«, antwortete Clever und versuchte zu grinsen.

»Es ist so gekommen«, sagte Schlüter. »Wir haben das Beste gewollt und trotzdem ist es so gekommen.«

Clever nickte. »Das wird schon wieder«, sagte er. »Muss ja.«

Nun hatten sich alle geäußert bis auf Heinsohn. Alle sahen ihn erwartungsvoll an und sie spürten die Kraft ihrer Wünsche.

»Das klingt ja ein bisschen bescheuert«, sagte Heinsohn. »Aber – in fünf Jahren? So weit kann ich nicht gucken. Ich hab ja nun gerade das mit Lars erzählt. Zum ersten Mal. Und wenn Heyder wieder zurückgeht ... Ich hab mir 'n Termin beim Arzt geholt, mein Fuß, das geht ja so nicht weiter. Und dann hab ich mich bei der Volkshochschule für einen Zeichenkurs angemeldet, der fängt in drei Wochen an, und ...«

Plötzlich klopfte es und die Tür zum Flur ging auf. Eine große Frau mit grauen Haaren, die sie zu einem Pferdeschwanz gebunden hatte, stand auf der Schwelle. Sie trug eine Jeans, hatte grüne Augen und versuchte ein kleines Lächeln.

Der neunte Stuhl, dachte Schlüter, als er Heyder Cengi hinter ihr sah.

»Willi …«

»Mensch, Hilda«, sagte Heinsohn nur, wie damals in Paris, als die Lebenstüren offen standen.

Nachbemerkung

Fast alle Personen und die Handlung dieses Buches sind frei erfunden. Ähnlichkeiten mit Personen aus dem wirklichen Leben sind zufällig und nicht beabsichtigt.

Tatsache ist:

In den Zwanzigerjahren des vorigen Jahrhunderts erforschte der Sprachforscher Karl Hadank von der Universität Leipzig die Sprache der Zaza. Er erfasste das grammatische System und schuf die Schriftsprache dieses anatolischen Volkes.

Die Hinrichtung des Anführers der Dersimer Aleviten in Elazığ im November 1937 wurde vom späteren Außenminister der Türkei, Sabri Çağlayangil, in seinen Memoiren überliefert. Çağlayangil behauptet, dies sei am 8. November geschehen, andere Quellen (Musa Anter, *Meine Memoiren*) berichten vom 16. November.

Zwischen März und Mai 1938 wurden auf Befehl des türkischen Präsidenten Kemal Atatürk in der ostanatolischen Provinz Tunceli zwischen siebzig- und hunderttausend Menschen planmäßig ermordet und ungefähr weitere einhunderttausend in westliche Teile der Türkei deportiert, mit dem Ziel, die Bevölkerung der Provinz auszurotten und ihre Kultur zu vernichten. Dieser Völkermord war für Adolf Hitler das logistische Vorbild für die Vernichtung der Juden Europas. Die Provinz Tunceli ist bis heute nicht zur Ruhe gekommen. Der Bürgerkrieg endete 1999, flackert aber immer wieder auf und noch im Juli 2007 gab es – im Schatten der türkischen Angriffe im Irak – einen großen Militäreinsatz, an dem fünfzehntausend Soldaten beteiligt waren. Noch heute steht in jedem Dorf im Dersim das Militär.

Seit Jahren plant Ankara, weite bewohnte Teile der Provinz durch ein Staudammprojekt unter Wasser zu setzen, damit den heiligen Fluss Munzur zu vernichten und den traumatisierten Nachkommen der Überlebenden des Völkermords für immer ihre Heimat zu nehmen. Die Politik der Türkisierung wird fortgesetzt mit anderen Mitteln.

Der Brandanschlag auf das Hotel *Madımak* in der Stadt Sivas geschah am 2. Juli 1993 so, wie er geschildert wurde. Mehrere Täter flüchteten nach Deutschland, einer der Täter erhielt politisches Asyl in Deutschland. Die Ereignisse vor dem Hotel entsprechen den Feststellungen des Oberlandesgerichts Düsseldorf, das die Auslieferung eines der Täter untersagt hat. Das Hotel *Madımak* sollte nach dem Wunsch der Aleviten in der Türkei eine Gedenkstätte werden. Es wurde aber als Hotel wieder aufgebaut und der Reisende kann in Zimmer 106 übernachten, aus dessen Fenster Veli Adaman dem Brand entkommen ist ...

Der türkische Schriftsteller Aziz Nesin (1915–1995) ist dem Brandanschlag mit knapper Not entkommen. Er ist in der Türkei einer der beliebtesten Schriftsteller. Seine Freisinnigkeit musste er mit zweihundert politischen Strafverfahren, zahllosen Verhaftungen und fünf Jahren Haft bezahlen. Aus seiner Feder stammt – neben vielen anderen – das Buch *Surnâme,* das der Einleitung zu diesem Buch die Überschrift gegeben hat. Surnâme hieß in osmanischer Zeit das Festgedicht zu Lob und Preis der Sultansfamilie.

Die Rechtsprechung zum deutschen Asylrecht 1993–1995 ist in den Urteilen des Bundesverwaltungsgerichts nachzulesen, abgedruckt in den entsprechenden Jahrgängen der Zeitschrift *Deutsches Verwaltungsblatt.* Schlüters Hoffnung, diese Rechtsprechung würde sich ändern, ist noch unerfüllt. Immerhin wurde Heyder Cengi vom Verwaltungsgericht in Hemmstedt als asylberechtigt anerkannt, weil er mithilfe der von Clever und Schlüter gesammelten Aussagen eine persönlich gegen ihn gerichtete Verfolgung beweisen konnte.

Was die Machenschaften des Oberkreisdirektors Dietrich Dieken, des Grafen Giselbert von Brunkhorst-Rothenfels und der Müllfirma *Madaus* betrifft – das könnte so oder ähnlich überall in Deutschland geschehen sein. Wer glaubt, so etwas hätte sich im Landkreis Stade ereignet, dem widerspreche ich hiermit ausdrücklich.

Ich danke allen Menschen, die mir Informationen und Eindrücke verschafft haben, ohne die ich dieses Buch nicht hätte schreiben können, und ganz besonders:

Herrn F., der mir von seinen Erlebnissen in der türkischen Haft berichtet hat.

Meinem Kollegen, Herrn Rechtsanwalt Ali Ayman in Köln, der mir mit großem Vertrauen Zugang zu wichtigen Dokumenten verschafft hat.

Herrn S. in Sivas, mit dem ich über den Brandanschlag in Sivas diskutiert und die Moschee *Ulu Camii* besichtigt habe.

Herrn U. in Zürich, der mir vom Völkermord in der Provinz Dersim berichtet hat.

Den Menschen in Dersim/Tunceli, die mir die Orte der Verbrechen gezeigt, mir von ihrem Alltag erzählt, mir ihre traurigen Lieder vorgesungen und mich mit ihrer Offenheit und Herzlichkeit überrascht haben.

Posthum Dede Fırık in Ovacık/Tunceli für seinen Segen. Er ist im Juli 2007 im Alter von 106 Jahren gestorben.

Den Menschen vom alevitischen Kulturzentrum in Hamburg-Rothenburgsort, die mir die alevitische Religion nahegebracht haben.

Der Familie Ö. in Hamburg, die mir von ihren schrecklichen Erlebnissen im Dersim im Frühjahr 1938 berichtet haben.

Und immer wieder Sıddık für die vielen Diskussionen über die Türkei und den Islam.

Der berüchtigte Paragraf 301 des türkischen Strafgesetzbuches, der diesem Buch den Namen gegeben hat, war vor 2005 in der Fassung des Paragrafen 159 gültig. Der Einfachheit halber habe ich die Vorschrift nur mit ihrem neuen Namen genannt. Der Paragraf ist vom türkischen Parlament im Mai 2008 geändert und angeblich entschärft worden. Alle Menschen- und Bürgerrechtsorganisationen sind sich darin einig, dass die Änderung reine Kosmetik ist und auch in Zukunft eine ehrliche Auseinandersetzung über den Rassismus und die Völkermorde in der Türkei unterdrücken wird. Deshalb verzichte ich zum Schutz einiger Informanten auf die Nennung ihrer vollständigen Namen.

Für eventuelle Fehler entschuldige ich mich hiermit; sie sind allein von mir zu verantworten.

Etliche der *kursiv* geschriebenen Sätze sind Zitate aus dem Koran (Ausgabe des Reclam Verlages, übersetzt von Max Henning).

Ich danke dem Team des Grafit Verlages für die alevitische Geduld und besonders meiner Lektorin Ulrike Rodi für ihre hervorragende Unterstützung.

Und zuletzt: Wer das Paradies Dersim erleben will, fahre dorthin und mache dort Urlaub. Denn wenn die Touristen kommen, gehen die Soldaten.

Und zuallerletzt: Danke, Renate, dass du meine schlechte Laune ertragen hast. Jetzt ist Schluss damit!

W. E., Buschhörne, im Juni 2008

Nachwort zur Taschenbuchausgabe

Das Alevitentum ist sehr undogmatisch und von großer Freiheit geprägt. Aleviten legen mehr Wert auf den Umgang der Menschen miteinander als auf eine saubere Theologie, sie fragen wenig danach, ob jemand die religiösen Regeln befolgt, dafür umso mehr, ob der Mensch sich anständig verhält.

Trotzdem will ich einen Fehler auf Seite 162 korrigieren, auf den mich zwei alevitische Leser aufmerksam gemacht haben. Mohammed, nicht Ali, wird von den Aleviten als der letzte Prophet angesehen. Wichtiger als Mohammed ist den Aleviten aber Ali, der im Jahre 599 geborene Cousin, Adoptivsohn und Schwiegersohn Mohammeds (der Ehemann der Tochter Fatma). Er ist für die Aleviten der erste Muslim, er stand Mohammed am nächsten, wurde von ihm zum Nachfolger bestimmt und war somit der erste Imam, d. h. Nachfolger Mohammeds, jedoch kein Prophet. Nach Mohammeds Tod kam es zum Streit über die religiöse Nachfolge, den die reichen sogenannten Omayyaden mit Gewalt für sich entschieden, auch um sich die weltliche Macht zu sichern. 661 wurde Ali, der ein Leben in Einfachheit und Armut geführt hatte, von seinen Kontrahenten ermordet. Alis Sohn Hüseyin, also Mohammeds Enkel und zweiter Imam, wurde im Jahre 680 bei Kerbela mitsamt seiner siebzigköpfigen Begleiterschar ebenfalls ermordet. Dieses Ereignis spielt eine große Rolle in der Religion der Aleviten. Das veranlasst manche Sunniten – wie Osman Barut in dem Buch – zu behaupten, die Aleviten hätten »den falschen Propheten«.

W. E., Buschhörne, im Januar 2010

Mehr von Peter Schlüter

Wilfried Eggers

Die Tote, der Bauer, sein Anwalt und andere

ISBN 978-3-89425-233-5

»Ohne je an Fahrt zu verlieren, gewürzt mit bissigen Schilderungen aus dem Innenleben der Justiz, lockt der Roman mit prallen Bildern in die Tiefe von Landschaft, Geschichte und Schicksal.«
Robert Hültner, Münchener Abendzeitung

»Vom Recht, vom Moor und von den Bauern hat Eggers also eine Ahnung – und darüber schreibt er zum Glück auch. Und wie! ... Stilsicher wechselt der Schriftsteller zwischen den Milieus, die er treffsicher und amüsant beschreibt.« Westdeutsche Zeitung

»Mann tötet Frau – der ›Bauernkrimi‹ handelt von einem ganz normalen Fall mit einem nicht ganz so normalen Ende. Er erzählt von dem Leben auf dem Land, den angeblich Normalen und den herrlich Verrückten, die es überall gibt. Und er vermittelt einen Einblick ins Intimleben der blinden Justitia.« Land & Forst

Ziegelbrand

ISBN 978-3-89425-277-9

»In Eggers' Roman überzeugen die dichte Atmosphäre und die sorgfältige Charakteristik der Protagonisten, selbst der Nebenfiguren. Der Anwalt Schlüter repräsentiert glaubhaft den Zweifler an Justiz und Gerechtigkeit, Döpner den klassischen Mitläufer im Nationalsozialismus – denjenigen, der nie gefragt und aus Angst nie Nein gesagt hat.« The Associated Press

»Wilfried Eggers gelingen in seinem zweiten Krimi mehrere Kunststücke. Das eine: Er berichtet mit unbarmherziger Genauigkeit vom Alltag im Altersheim und kann die Leser damit nicht nur für die Alten einnehmen, sondern sie auch noch amüsieren. Das andere: Er verzichtet auf viele Elemente einer gängigen Krimidramaturgie – auf Action sowieso – und erreicht doch eine Suspense-gesättigte Lektüre von Beginn bis hin zum überraschenden Ende.« Lesart

grafit

Politthriller aus Finnland

Harri Nykänen
Ariel. Mord vor Jom Kippur
Kriminalroman. Deutsche Erstausgabe
Aus dem Finnischen von Regine Pirschel
ISBN 978-3-89425-662-3

In Helsinki erreicht das Verbrechen eine neue Dimension: Zwei Araber werden bei der Eisenbahnbrücke von Linnunlaulu ermordet aufgefunden. Nur kurze Zeit später entdecken Ariel Kafka und sein Team zwei weitere Leichen, auch sie Muslime – und sie bleiben nicht die letzten Toten innerhalb nur weniger Tage.

Hat der jüdische Gemeindevorsitzende recht mit seiner Warnung vor einem geplanten Terroranschlag auf die Synagoge? Aber warum stoßen dann die Mordermittler immer wieder auf Mitglieder der Gemeinde?

»Ein fesselndes und vielschichtiges Milieu. ... Kafka, der sicher nicht ohne Grund so heißt, ist eine der sympathischsten und vielversprechendsten Detektivfiguren, die in den letzten Jahren das Licht der Buchwelt erblickt haben. Trocken und nachdenklich, dabei mit einem besonders schnodderigen Humor gesegnet, lässt er sich vor keinen Karren spannen – auch nicht, wenn der Druck zunimmt.«
Westfalenpost

»Ein jüdischer Kriminalkommissar in Finnland ist eine unerwartete Kombination. Aber eine, die spannende Einsichten verspricht, die der Autor mit flotter Schreibe auch einzulösen weiß. ... Mehr davon!«
Gießener Allgemeine Zeitung

»Ein kluges Beispiel dafür, wie Vernunft und ein wacher Verstand vor Vorurteilen schützt, ist Harri Nykänens Kriminalroman ›Ariel. Mord vor Jom Kippur‹.« Badische Zeitung

»Die komplizierten Verwicklungen beschreibt der 56-jährige Harri Nykänen verständlich, klischeefrei und vor allem so spannend, dass man das Buch ungern aus der Hand legt. Und noch etwas ist bemerkenswert: Nykänen kommt ohne die von den schwedischen Nachbarn zur Schau getragene politische Moral aus.«
Märkische Allgemeine